EDGAR ALLAN POE

Narraciones Extraordinarias

Las aventuras de Arthur Gordon Pym

Relatos Cómicos

OBRASELECTAS

– EDGAR ALLAN POE –

NARRACIONES EXTRAORDINARIAS
LAS AVENTURAS DE ARTHUR GORDON PYM
RELATOS CÓMICOS

Copyright © EDIMAT LIBROS, S. A.
Calle Primavera, 35
Polígono Industrial El Malvar
28500 Arganda del Rey
MADRID-ESPAÑA

ISBN: 84-8403-633-2
Depósito legal: M-6824-2004

Autor: Edgar Allan Poe
Traducción "Narraciones Extraordinarias": Mª Victoria Tealdo Simó
Prólogo: Isabel Guillén Pardo
Diseño de cubierta: Juan Manuel Domínguez
Impreso en: COFÁS, S. A.

www.edimat.es

EDMOBSEAP

IMPRESO EN ESPAÑA – PRINTED IN SPAIN

PRÓLOGO

Se ha dicho que la vida de Poe parece extraída de uno de sus relatos. Nació en Boston el 19 de enero de 1809 —el mismo año que Abraham Lincoln—, en el seno de una familia de cómicos ambulantes. A los dos años pierde a su padre, tísico y alcoholizado, que deja a su esposa, enferma del mismo mal, la tarea de sacar adelante a sus tres hijos. Pronto morirá ésta también, iniciando nuestro autor en su temprana niñez una sobrecogedora familiaridad con la muerte.

Poe fue adoptado por un rico comerciante escocés de Richmond (Virginia), John Allan, cuya esposa no tenía hijos. Ésta y su hermana colman de afecto al huérfano, tolerando todos sus caprichos. Los negocios del matrimonio se ven amenazados por la guerra independentista norteamericana y por el bloqueo naval inglés. Los Allan se trasladan, pues, a Inglaterra —a Liverpool—, y Edgar cursa sus estudios en Escocia, en Londres y en Stoke Newington, donde durante cinco años aprende francés, latín, historia y literatura. Con todo, su experiencia inglesa se ve marcada principalmente por la influencia mágica de los viejos barrios, las casas antiguas, los húmedos sótanos y los tétricos corredores, que llevan al espíritu medroso y excitable del futuro escritor una extrema afición por lo macabro y lo misterioso.

Vuelve con la familia Allan a Estados Unidos, donde Poe completa su formación humanística y empieza a vivir una larga cadena de amores imposibles, frustrados y platónicos, que constituirán una tónica a lo largo de toda su existencia. Nuestro joven autor siente en su interior, no sin cierta complacencia morbosa, un desconcierto de tenebrosas fuerzas. «Desciendo de una raza eminentemente hipersensible y tan rica de ingenio como de pasión.» He aquí la frase clave que encontramos constantemente en sus relatos autobiográficos. El norteño huérfano de unos cómicos de la legua no logra aclimatarse ni responder a las expectativas de la rica familia aburguesada del sur.

Matriculado en la Universidad de Virginia, es expulsado por su afición a los juegos de azar, ante la repulsa de su padre adoptivo, de quien se separa orgullosamente a los dieciocho años de edad, cambiando el ambiente afectuoso y acomodado de la familia que le había tenido como hijo por una existencia sometida a los avatares del azar, un azar presidido por una predisposición heredada al alcohol que pesará sobre él como una inexorable condena.

Poe se traslada a Boston e invierte el poco dinero que le resta en la publicación de unos primeros escritos —*Tamerlán y otros poemas*— que pasan inadvertidos. Sirve en el ejército mientras redacta su poema *Al Aaraaf*, intentando acomodarse a la disciplina de la prestigiosa Academia Militar de West Point, de la que acaba siendo expulsado. Sediento de afecto familiar, se traslada a Washington a probar fortuna inútilmente, y luego a Baltimore, a casa de su tía paterna María Clemm —«el sol moral de la vida» de Edgar, según el decir de Baudelaire—, donde vivirá uno de los pocos períodos felices de su existencia, en relación con su hermano Henry, a la sazón oficial de Marina.

Su tía y su jovencísima primita colman el afán de cariño de nuestro autor, cuyas poesías comienzan a ver la luz pública y a recibir una buena acogida de la crítica. Su *Manuscrito encontrado en una botella* obtiene el premio de una revista, y, amparado por el crítico Kennedy, inicia una labor de redactor periodístico, truncada y fragmentada por su afición al juego y al alcohol.

Estamos en 1836, y Edgar se ha casado con su prima, casi una niña, la hija de su tía María Clemm, en un matrimonio que probablemente nunca se vio consumado. Su crónica melancolía deshace lo que podía haber sido una vida familiar emocionalmente estable y la regularidad de un trabajo fijo y bien remunerado. Es el momento, empero, en que nuestro autor da a conocer su única novela, *Las aventuras de Arthur Gordon Pym*, y su primer volumen de narraciones —*Relatos de lo grotesco y lo arabesco*—, aparecidas en una revista de Filadelfia, donde el escritor da muestras de su acusada personalidad en cuentos como *El hundimiento de la casa Usher, William Wilson y Morella*.

Nuevos problemas creados por su conducta desordenada, que esta vez se ven acrecentados por la grave enfermedad de su esposa —la tuberculosis vuelve a hacer acto de presencia en la vida de Poe—, y por muy serios apuros económicos. Edgar tiene el ambicioso y utópico proyecto de publicar una revista propia y original, pero se ha de contentar con colaborar en algunos periódicos neoyorkinos. En ellos aparecen relatos que, como *El escarabajo de oro y Los crímenes de la calle Morgue*, constituirán el auténtico embrión de la moderna novela policíaco-detectivesca. En 1845 el «Evening Mirror» publica su breve poema *El Cuervo*, cuyo carácter tétrico, fatalista y morboso produce un indudable impacto en el público, abriéndole las puertas de la fama.

Poe inicia una caótica gira por Norteamérica recitando en todos los círculos cultos su exitoso poema mientras su esposa languidece en el campo, víctima de la tuberculosis. Trata de dirigir el «Broadway Journal», pero la miseria económica y su incapacidad congénita para llevar a cabo un trabajo sistemático y ordenado ponen fin a su empresa. Su siempre solícita tía acude en su ayuda y le convence para que se retire a Fordham con su esposa, donde la familia sobrevivirá prácticamente gracias a la caridad del vecindario. El poeta combate la monotonía y la frustración de su vida tratando de evadirse de la realidad mediante la relación con varias mujeres que le amaron y admiraron. Con todo, la muerte de su esposa fue para nuestro autor un golpe muy duro, que plasmó literariamente en *Ulalume*.

Aunque en los años siguientes continúa su labor de escritor, completando su poema filosófico *Eureka* y componiendo nuevas poesías, se entrega a una vida agitada de conferenciante bajo el impulso de una apasionada búsqueda de afecto femenino. Su heredada y enfermiza afición al alcohol, propia de un auténtico dipsomaníaco, frustra todos los intentos de lograr una relación estable con una mujer y de dar forma a un relato largo. Poe es ya el reconocido especialista en relatos cortos que, pese a sus reducidas proporciones, darán al conjunto de su obra la apariencia magnífica de un espléndido mosaico.

Desde aquí, la existencia de Poe se precipita en declive: sufre una crisis de *delirium tremens*, intenta suicidarse en dos ocasiones y su último período de estabilidad en el refugio campestre de su tía María se ve interrumpido una vez más por su temperamento inquieto. Años antes, defendiéndose de la acusación de ser un alcohólico, aficionado además al láudano, había escrito: «No encuentro precisamente ningún placer en los estimulantes a los que me entrego con frecuencia tan vehementemente. No es en verdad por amor al placer por lo que he expuesto a la ruina mi vida, mi reputación y mi razón.»

En un intento de encauzar definitivamente su situación afectiva y económica, proyecta contraer matrimonio con Elmira Royster, su primer gran amor, convertida ahora en una viuda tan acaudalada como crédula. Viaja hacia Nueva York para tratar de implicar a su tía en este nuevo proyecto, pero el alcohol y el láudano, que han dejado en él una huella de muerte, le obligan a detenerse en Baltimore.

A la luz pálida de la madrugada, su cuerpo moribundo es hallado en medio de una calle; no lleva documentación ni dinero. Conducido urgentemente al Washington Hospital, muere, víctima tal vez de un colapso circulatorio o de una complicación pulmonar, el 7 de octubre de 1849. Contaba sólo treinta y siete años de edad, y, como señalara Baudelaire en su breve biografía, «su muerte fue casi un suicidio, un suicidio preparado desde hacía mucho tiempo».

Suele interpretarse la producción literaria de Poe desde la clave de su propia vida. Si sus ansias de amor y de autodestrucción penetran en sus movimientos y configuran su existencia, no es de extrañar que se consideren sus escritos como el fruto de una fantasía alucinada, traumatizada por sus experiencias infantiles. La vida y la obra de Poe, en suma, aparecen como una presa fácil para que sobre ellas caiga la interpretación «científica» del psicoanalista de turno. ¿Acaso su búsqueda compulsiva de una madre tan tempranamente perdida y sus amores incestuosos con su prima hermana, adolescente aún, no eran una confirmación arquetípica de los impulsos básicos del hombre desvelados por Freud? ¿Hemos de sorprendernos de que María Bonaparte, discípula predilecta del fundador del movimiento psicoanalítico, viera la vida de Poe enteramente condicionada por impulsos sádicos, necrofílicos, por un complejo de Edipo nunca liquidado, ya que en todas las mujeres amadas el escritor había buscado las imágenes de su madre inmovilizada por su temprana muerte?

Lo cierto es que, en cualquier caso, tales interpretaciones no hacen justicia a un importante aspecto de la obra de Poe: su lucidez casi académica, una lucidez que le lleva, pese a las singularidades de su estilo y de sus temas, a buscar el máximo efecto sobre el lector, dosificando la narración con tal maestría que consigue mantener la atención constantemente viva. ¿Dónde dejar la pulida y arquitectónica construcción de sus relatos, ese esmero suyo que en ocasiones le hace parecer excesivamente literario e incluso erudito?

No quiero decir con ello que el encanto de Poe sea sólo aparente, y que tras él se esconda un alma cuadriculada, en abierta oposición a las usuales interpretaciones que se hacen de su vida y de su obra. Mi interés, por el contrario, es llevar al ánimo del lector una visión más totalizadora y realista de Poe, reducido muchas veces al estereotipo fácil de un autor alcoholizado que plasma genialmente en sus fantásticos relatos los fantasmas de su cerebro dañado. Bien es cierto que Poe presta su voz a los monstruos de una fantasía alucinada, pero una visión completa de su obra nos hace ver el cuadro de un hombre de carne y hueso, desgarrado entre el deseo de supervivencia y el instinto inconfesable de autodestruirse, entre inteligencia y sentimiento, entre el ansia de vivir plenamente y la sed de conocerlo todo.

Rescatar a Poe de su usual presentación como un autor «maldito» constituye una labor de crítica literaria requerida pero que escapa a los reducidos límites de este prólogo. Sólo desde esta perspectiva no sesgada es comprensible la pasión generalizada de leer a Poe que se despierta en cualquier persona con aficiones literarias que se acerque a uno solo de sus breves relatos. Verlaine y Baudelaire (quien por cierto señaló que Poe le había enseñado a razonar) tienen sus incondicionales y sus adeptos, pero su talento no se ve acompañado por esa magia irresistible y universalmente captada que Edgar sabe transmitir a cuanto escribe. Y es que, como ha hecho ver Savater, «quien no haya leído *El gato negro, El pozo y el péndulo, El extraño caso del señor Valdemar, Las aventuras de Arthur Gordon Pym* o *El escarabajo de oro*, aún no sabe hasta qué punto leer puede ser una operación arriesgada y gozosa».

Charles Baudelaire, auténtico autor «maldito», supo ver como nadie el aspecto sombrío y excepcional de Poe, cuyas obras tradujo a un perfecto francés. He aquí su confesión: «Ningún hombre, lo repito, ha narrado con más magia que Poe las *excepciones* de la vida humana y de la naturaleza; la alucinación, dejando al principio lugar a la duda, bien pronto convencida y razonadora como un libro; el absurdo instalándose en la inteligencia y gobernándola con una espantable lógica; la historia, usurpando el sitio de la voluntad; la contradicción establecida entre los nervios y el espíritu, y el hombre desacordado hasta el punto de expresar el dolor por la risa.»

Maestro, como se ha dicho, de la narración, Poe es, ante todo y por voluntad propia, un poeta. Las necesidades económicas que le llevaron a lo largo de su vida a tener que escribir relatos publicables por revistas y diarios de larga tirada frustraron tal vez una creación poética más dilatada. No obstante, sería un error separar las tres actividades artísticas de Poe: la poesía, la narración y la crítica. Alguien ha señalado acertadamente que su obra es «un continuo y recíproco trasvase de temas, situaciones y apuntes de la poesía a la narrativa, y de la narrativa a la crítica y una vez más a la poesía, lo que convierte su producción, aparentemente fragmentaria y discontinua, en un solo "monumento" artístico».

El conjunto de escritos, que con el título de Relatos cómicos, presentamos en este volumen, responde a la división de la producción literaria de Poe, establecida en la edición póstuma publicada por la Buckner Library, donde se distinguía entre «poemas» y «narraciones», y dentro de estas últimas, entre «relatos fantásticos» —tal vez los más conocidos—, «relatos cómicos» y «relatos varios».

Estos *Relatos cómicos* constituyen una faceta totalmente desconocida de Edgar Allan Poe, y su lectura resulta imprescindible para lograr esa visión unitaria y no sesgada de la personalidad y de la producción literaria de nuestro autor. En ellos, aun haciendo uso de su general perfección estilística, logra con los mismos medios de comicidad en vez del terror. Su carácter grotesco y satírico no puede, empero, hacernos olvidar que representan un gran retrato de diversos estamentos de la sociedad norteamericana del pasado siglo.

Poe escribió estos *Relatos cómicos* entre 1837 y 1845, publicándolos periódicamente con notable éxito en distintos diarios y revistas norteamericanos. Es de decir que los ocho relatos que incluimos en esta edición constituyen una selección de los que pueden ser encuadrados en este rótulo bajo el signo de una singular comicidad. Otros títulos no incluidos aquí serían: *Mixtificación, Arquitectura de un artículo, Mellonta Tauta, Von Kempelen y su descubrimiento, Los mil y dos cuentos de Scherezade, Vida literaria de Thingum Bob, Cuatro diálogos con una momia, Los ojos o el amor a primera vista, La estafa considerada como una de las ciencias exactas, La semana de los tres domingos, Por qué el francés lleva el brazo al cuello, Una historia de Jerusalén, El duque del Omelette, El diablo en el campanario, etc.* En todos estos relatos breves Poe hace alarde de un agudo ingenio crítico para con la sociedad en que vive, y principalmente para con la forma de vida del hombre de negocios americano, dando muestras de un humor, eso sí, un tanto macabro. Los nuevos inventos técnicos y las recientes terapias psicológicas son puestas en solfa por un espíritu radicalmente conservador. *No apostar la cabeza con el diablo*, por ejemplo, es una crítica de la manía de sus compatriotas por las apuestas, cuyo desenlace revela el gusto de Poe por lo macabro.

Los relatos cómicos de Poe que presentamos en esta edición se inician con *El sistema del doctor Brea y el profesor Pluma*; en él se describe un manicomio en el que se han invertido los papeles: los enfermos hacen de médicos y éstos de pacientes, con la consiguiente confusión y sorpresa de un visitante del centro a quien su antiguo director —y ahora internado— explica las técnicas psicoterapéuticas más singulares.

Como un león es una rápida crítica a una sociedad de especialistas y constituye una excelente muestra de lo que décadas después será el teatro del absurdo, no sólo por el predominio de los diálogos sobre la narración, sino por el tipo de humor que rezuma. El resto de los relatos incluye un variopinto desfile de personajes estrambóticos y singulares, colocados en situaciones paradójicas que harán las delicias del lector en castellano, pese a su indudable carácter genuinamente anglosajón.

El Relato de Arthur Gordon Pym de Nantucket —título literal en inglés de la obra que incluimos en este volumen— es la única novela larga que, en forma de folletín, le publicó a nuestro autor por vez primera el «Southern Library Messenger», de Richmond, en 1837. Al año siguiente apareció en Nueva York una edición íntegra de la misma, y seis años después fue difundido por una editorial inglesa, alcanzando una extraordinaria aceptación.

Parece que Poe abandonó momentáneamente su producción de relatos breves por consejo de su amigo John K. Paulding, quien le sugirió que «la fórmula mágica» —esto es, el recurso literario para ganar fácilmente dinero— consistía en escribir una novela extensa. La penuria económica de Poe y la buena acogida que entre el público de la época merecían los relatos «vividos» de expediciones a territorios exóticos serían, pues, los factores extrínsecos explicativos de la forma y del contenido de la novela en cuestión.

Un año antes de la aparición de *Gordon Pym*, nuestro autor había trabado contacto con J. N. Reynolds, cuyo informe sobre un proyecto de expedición al Antártico había hecho público el Comité de Asuntos Navales de los Estados Unidos. Huelga decir que Poe se sintió extraordinariamente atraído por la magia de un viaje en el que se lograra alcanzar el Polo Sur del globo terráqueo. A los habituales ingredientes de las novelas de aventuras en el mar —naufragios, motines, tempestades, epidemias, actos de canibalismo para supervivir, etcétera— se sumaba en este caso la exploración de tierras ignotas, en condiciones que ponían a prueba las aptitudes físicas y psíquicas de los intrépidos viajeros.

En este último sentido, Daniel Defoe había sido el portavoz literario de la clase media comerciante de su tiempo —a la que por adopción pertenecía Poe—. Su *Robinson Crusoe* significaba la encarnación de los valores representados en el ideal burgués del individuo que se autorrealiza, elevándose por sus propios esfuerzos y personales aptitudes. A esta característica habría que añadir, en el caso de los escritores norteamericanos, el «espíritu de frontera», el afán por explorar territorios lejanos —que, dominado el continente americano se proyecta a escala planetaria, y, en nuestros días, a escala interplanetaria—, como un componente esencial de la *personalidad básica* de este pueblo.

En el terreno de lo histórico es de recordar al lector que un navegante ruso fue el primero en avistar, entre 1819 y 1821, dos de las islas que componen las «tierras polares». En el momento de la aparición y de la difusión de *Gordon Pym*, y al margen de los numerosos descubrimientos ocasionales por diferentes barcos balleneros, el francés Jules-Sébastien Dumont d'Urville, en una serie de exploraciones sistemáticas, logró descubrir la tierra de Graham (actual Antártida); mientras que por los mismos años el inglés James Clark Ross organizó una expedición científica con dos navíos que llegaron a la Gran Barrera y a las islas volcánicas que llevan el nombre del esforzado navegante. Empero, habrá que esperar a 1911 —sesenta y cinco años después de que Poe dejara de existir— para que Roald Amundsen alcance el Polo Sur y permanezca allí tres días haciendo precisas observaciones sobre la posición conquistada.

No es de extrañar que este clima ávido de aventuras exóticas se reflejara en el plano de la literatura. Benjamín Morell y Jack London —por citar sólo a dos autores norteamericanos del momento— habían escrito o escribirían por estos años sendos relatos ubicados precisamente en los mares del Sur. Sin embargo, y como no podía ser de otro modo, cada uno de ellos plasmó en su obra su peculiar estilo y forma de ser. En relación a Poe es de decir que su afición a lo macabro y a la descripción de situaciones terroríficas está presente en *Gordon Pym*. Valga señalar momentos tales como la aparición de una nave holandesa que marcha a la deriva con sólo cadáveres en avanzado estado de descomposición, o como la escena en que, en una situación de hambre extrema a bordo, un personaje propone a otros tres que se decida a suertes quién debe sacrificarse para ser devorado por sus compañeros.

En una primera lectura da la impresión de que Poe pretende dar a la novela un tinte de autenticidad en orden a conseguir que el lector se identifique más vivamente con las peripecias narradas. Contribuyen a ello el carácter autobiográfico de la narración —la novela está escrita en primera persona— las referencias concretas a la situación geográfica de los viajeros, el aire realista de algunos momentos y hasta las presuntas disquisiciones «científicas» que jalonan las aventuras confiriendo una cierta premiosidad a algunos pasajes.

En cuanto a la línea argumental, el propio Poe la sintetizó así: «Detalles del amotinamiento y la feroz matanza que tuvo lugar a bordo del bergantín norteamericano «Grampus», en su viaje hacia los mares del Sur; con un relato de la reconquista del buque por los supervivientes; su naufragio y horribles tormentos a causa del hambre; su rescate por la goleta británica «Jane Guy»; el breve crucero de esta última en el océano Antártico; su captura y la carnicería de la tripulación en un archipiélago del paralelo 84 de latitud Sur, conjuntamente con los increíbles descubrimientos y aventuras realizados más al Sur, a los cuales dio lugar aquel calamitoso desastre...»

Hay pues, dos partes en la novela, que pueden ser claramente diferenciadas. La primera reúne todos los tópicos de los relatos de aventuras en el mar, y, por decirlo de alguna manera, se mueve dentro de las coordenadas de «lo conocido». La segunda, empero —lamentablemente más breve—, puede ser vista como «literatura de anticipación», en el momento en que, llegada la acción a cierto punto, los supervivientes de las anteriores peripecias —Pym, su amigo Peters y un salvaje llamado Nu-Nu— se internan en un territorio no hollado por mortal alguno. La descripción de una fauna y de una flora fabulosas, amén de la aparición de unos «hombres nuevos», permite a Poe exhibir todos los portentosos recursos de su fantasía.

La acción cobra aquí un ritmo de vértigo, «un avance de profundidad —como escribe Cortázar— que coincide simbólicamente con el avance hacia el Polo». He de decir que la lectura de esta última parte —que ha atraído la atención de la crítica contemporánea— me ha recordado en especial la velocidad trepidante que logra Arthur C. Clarke al final de su *2001, una odisea espacial*. En ambos casos, cuando la aventura alcanza su clímax y el protagonista se halla «a las puertas del misterio», la narración accede a un plano psicológico, surrealista y subconsciente. Los protagonistas penetran en un mundo en el que ya no hay obstáculos que superar apelando a las posibilidades humanas: se hallan pasivamente en manos de una fuerza ultraterrena y superior que decide sobre sus destinos. En el caso de *Pym*, es «el gigante blanco» del último capítulo ante el que se presenta nuestro héroe tras haberse precipitado en el seno de una catarata. En el caso de *2001, una odisea espacial*, Bowman queda a merced de unas misteriosas inteligencias superiores a las terrestres cuando llega a las proximidades del planeta Saturno. La diferencia —cuya interpretación dejo a la inteligencia del lector— es que Pym muere, mientras Bowman es transformado en un ser correspondiente a una etapa más evolucionada de la humanidad.

He querido detenerme en este punto para desechar la tesis de algunos críticos para los cuales la novela de Poe queda inacabada. Muy al contrario, el escritor norteamericano confiere a las tradicionales historias de marineros o crónicas de exploraciones un sesgo fantástico y portentoso que le colocan, en lo que a esta obra se refiere, entre los precursores de una determinada línea de la actual ciencia-ficción. La tesis de Poe es que el elemento fantástico, portentoso, terrible y casi mágico que los recovecos más íntimos del psiquismo humano vislumbran y proyectan, *puede* tener una existencia real extramental. Esta intención del autor es, a mi modo de ver, palpable en el casi reto que lanza en el párrafo que cierra el libro: «Las afirmaciones del autor relativas a estas regiones podrían ser confirmadas o desmentidas por la expedición al océano Antártico que el Gobierno prepara en la actualidad.»

Esta última idea es lo que considero que presta actualidad y vigencia —conectando, pues, con la sensibilidad del lector de hoy— a lo que podía haber sido simplemente un relato de aventuras más, con todas las características de este género en la época decimonónica. El portentoso genio de Poe fue mucho más allá de la descripción de los aspectos terroríficos y macabros de la realidad circundante. Presintió, con la fuerza de su genio, que lo que el aumento del conocimiento de la realidad tiene reservado al hombre, *puede* superar infinitamente las mayores creaciones de la más desbordante imaginación.

Bajo el título de Narraciones Extraordinarias hemos agrupado algunos de los mejores relatos de Poe como *El barril de amontillado*, *El corazón delator*, *El pozo y el péndulo*, etc. En otras de sus obras, como *El escarabajo de oro* —cuya acción gira en torno al desciframiento de un criptograma—, *Los crímenes de la calle Morgue* o *El misterio de Marie Rogêt*, este autor se erigió como el padre de la novela policíaca moderna. Su detective aficionado, el francés Dupin, y sus métodos deductivos son el punto de partida de Conan Doyle y de toda una larga serie de escritores del genero de misterio e investigación detectivesca.

Al mismo tiempo la traducción puede considerarse perfecta, ya que se ha respetado la vena poética, la dosis de emoción y toda la riqueza literaria de quien escribía en un sentido universal. Es posible que la enfermedad que padecía, provocada por su afición a ciertas drogas y a las bebidas más fuertes, le hubiera situado en un punto donde la realidad bordea el delirio, pero sin llegar a la locura. Por ese motivo comprendió como nadie las dudas de la mente humana, sobre todo de quienes planean un homicidio o pretenden realizar lo que cualquier ser humano corriente estimaría "un imposible".

NARRACIONES
EXTRAORDINARIAS

EL ESCARABAJO DE ORO

«¡Oh! ¡Oh! ¡Este hombre baila como loco!
Le ha picado la tarántula.»

TODO AL REVÉS

Hace muchos años conocí a un tal William Legrand. Pertenecía a una antigua familia calvinista y alguna vez había sido rico, pero una serie de desgracias le habían llevado a pasar necesidades. Para evitar el sufrimiento provocado por tales desastres, dejó Nueva Orleáns, la ciudad de sus ancestros, y se instaló en la isla de Sullivan, cerca de Charleston, en Carolina del Sur.

La isla es muy particular. Está formada casi por completo por la arena del mar y tiene una extensión de tres millas. En ningún punto su ancho excede del cuarto de milla. Está separada del continente por un pequeño arroyo, que se abre camino en una solitaria zona de juncos y limo, lugar favorito de las pollas de agua. Como cabe suponerse, la vegetación es muy escasa o, al menos, enana. No se ven árboles de ningún tamaño. Cerca del extremo occidental, donde se encuentra el fuerte Moultrie, se encuentran algunas construcciones de poca importancia, que habitan durante el verano los que deciden alejarse del polvo y la fiebre de Charleston y donde puede encontrarse el palmito erizado. Toda la isla, a excepción de la zona occidental y una línea de playa blanca en la costa, está cubierta por una densa maleza de arrayán, muy apreciada por los agricultores de Inglaterra. El arbusto alcanza a menudo una altura de quince o veinte pies y forma un matorral casi impenetrable, que impregna el aire con su fragancia.

En uno de los lugares más apartados de este matorral, cerca del extremo oriental de la isla, Legrand se había construido una pequeña cabaña que ocupaba en la época que le conocí, por casualidad. Nuestra relación se convirtió rápidamente en amistad, ya que este hombre solitario despertaba interés y estima. Me parecía un hombre muy educado, con una inteligencia poco común, pero dominado por la misantropía y sujeto a complicados cambios de humor entre el entusiasmo y la melancolía. Tenía

muchos libros, pero pocas veces los utilizaba. Sus principales entretenimientos eran la caza y la pesca o las caminatas por la playa y los sotos de
arrayán, buscando caracolas o especies entomológicas; su colección
de estas últimas hubiera despertado la envidia de un Swammerdamm.
En estas excursiones le acompañaba un viejo negro llamado Júpiter, que
había sido mantenido por la familia Legrand antes de que comenzaran los
problemas, pero que no se planteaba abandonar, por amenazas o promesas, lo que él consideraba su derecho a seguir los pasos de su joven amo
Will. Es probable que los parientes de Legrand, que le consideraban algo
inestable, hubieran hecho lo necesario para alentar esta obstinación de
Júpiter, como forma de control y cuidado de aquel ser extraviado.

Los inviernos en la latitud de la isla Sullivan son pocas veces muy
severos y el otoño de aquel año fue uno de los pocos casos en que se
haría necesario encender fuego. Sin embargo, a mediados de aquel mes
de octubre de mil ochocientos y algo, hubo un día de considerable frío.
Poco antes del atardecer, me abrí paso por las malezas hacia la cabaña
de mi amigo, a quien no había visitado en las últimas semanas, ya que
mi casa, en ese momento, estaba en Charleston, a una distancia de
nueve millas desde la isla, donde las comunicaciones eran mucho más
difíciles que las actuales. Al llegar a la cabaña, golpeé la puerta, como
era mi costumbre, y al no recibir respuesta busqué la llave donde sabía
que la escondían, abrí la puerta y entré. En el hogar ardía un fuego muy
acogedor. Era algo novedoso, aunque muy agradable. Me quité el abrigo, me instalé en un sillón cerca de los leños ardientes y esperé pacientemente la llegada de mis anfitriones.

Llegaron poco después del anochecer y me dieron una cordial bienvenida. Júpiter mostraba una sonrisa de oreja a oreja e insistió en preparar unas codornices para la cena. Legrand estaba en uno de sus accesos (¿cómo llamarlos si no?) de entusiasmo. Había encontrado un
bivalvo desconocido, que formaba parte de una nueva especie, y además había cazado y guardado, con la ayuda de Júpiter, *un escarabajo*
que creía totalmente nuevo, pero sobre el cual quería saber mi opinión
al día siguiente.

—¿Por qué no hoy? —le pregunté, frotándome las manos cerca del
fuego mientras mentalmente deseaba que toda la tribu de *escarabajos* se
fuera al demonio.

—¡Si hubiera sabido que estaba usted aquí...! —dijo Legrand—.
Pero hace tanto que no le veía, que no podía saber que me visitaría esta
noche. Mientras venía para casa, me encontré con el teniente G..., del
fuerte, y, como un tonto, le presté mi escarabajo. Por tanto, no será
posible que usted lo vea hasta mañana por la mañana. Quédese aquí
esta noche y le enviaré a Jup a buscarlo al amanecer. Es lo más adorable
de toda la creación.

—¿Qué? ¿El amanecer?

—¡No, no! El escarabajo. Es de un brillante color dorado, del tamaño de una nuez, con dos manchas negras, una en un extremo del dorso y otra, un poco más grande, en el otro. Las antenas son...

—No tiene nada de raro, *amo Will*, ya le dije —interrumpió Júpiter—. El bicho es de oro, todo de oro, por dentro y por fuera, menos las alas. Nunca vi un bicho más pesado en mi vida.

—Bueno, supongamos que así es, Jup —respondió Legrand, con más severidad que la exigida por el caso—. ¿Es esa una razón para que dejes que las aves se quemen? El color —ahora se dirigía a mí— es realmente impresionante para justificar la idea de Júpiter. Nunca verá usted un brillo metálico semejante al de sus élitros. Pero esto no podrá usted juzgarlo hasta mañana por la mañana. Mientras tanto, puedo darle una idea de la forma —al decir esto, se sentó a una pequeña mesa sobre la que había una pluma y tinta, pero no había papel. Buscó en un cajón, pero no lo encontró.

—No importa —dijo finalmente—. Esto nos dará la respuesta.

Sacó del bolsillo de su chaleco un pedazo de lo que me pareció un sucio pergamino y comenzó a dibujar con la pluma. Mientras lo hacía, me quedé en mi sillón cerca del fuego, ya que todavía tenía frío. Cuando terminó el dibujo, me lo dio sin levantarse. Al recibirlo, se oyó un fuerte ladrido, seguido de un ruido de patas que arañaban la puerta. Júpiter la abrió y entró corriendo un gran terranova, propiedad de Legrand. El perro me saltó a los hombros y me llenó de caricias, ya que siempre le había hecho mucho caso en mis anteriores visitas. Cuando terminaron sus cabriolas, miré el papel y, a decir verdad, me sorprendí bastante por lo que mi amigo había dibujado.

—Bien —dije, después de contemplarlo durante unos minutos—, debo confesar que este es un escarabajo raro. Nunca vi algo igual, a menos que fuera un cráneo o una calavera, que es a lo que se parece de todas las cosas que alguna vez yo vi en mi vida.

—¿Una calavera? —repitió Legrand—. Sí, puede ser, tiene cierto parecido en este dibujo, sin duda. Las dos manchas superiores parecen ojos, ¿no? Y la más grande de abajo parece una boca, y la forma es oval.

—Puede ser —dije—. Pero, Legrand, me temo que no es usted un gran artista. Voy a tener que esperar a ver el escarabajo para poder darme una idea de su apariencia real.

—Bueno, no sé —dijo, un poco molesto—. Yo dibujo bastante bien. Al menos, debería, ya que tuve muy buenos maestros y presumo de no ser ningún estúpido.

—Pero, mi amigo, entonces está usted de broma —observé—. Esto es bastante parecido a un *cráneo*. Diría que es un cráneo *excelente*, según la sabiduría popular en estos temas de fisiología. Y su escarabajo debe ser el *escarabajo* más raro del mundo si se parece al dibujo. En fin, esto podría ser un indicio de una superstición. Supongo que lo llamará *scarabœus caput jominis* o algo por el estilo. Hay muchos nombres similares en la historia natural. Pero, ¿dónde están las antenas de las que habló?

—Las *antenas*... —dijo Legrand, que parecía inexplicablemente acalorado con el tema—. Estoy seguro de que usted debe ver las *antenas*. Las dibujé con tanta claridad como se ven en el insecto original y entiendo que debería ser suficiente.

—Puede ser —dije—. Tal vez sea como dice, pero aún no las veo. Y le entregué el papel sin hacer más comentarios para no irritarle, pero me sorprendió mucho el giro que había tomado nuestra conversación. Su mal humor me dejó perplejo. Y, en cuanto al dibujo del bicho, no se veía ninguna *antena* e insisto en que se parecía mucho a una calavera.

Recibió el papel muy malhumorado y estaba a punto de estrujarlo, aparentemente para tirarlo al fuego, cuando al mirar el dibujo nuevamente algo le llamó la atención. En un momento, su cara se sonrojó violentamente y, en seguida, se puso muy pálido. Durante algunos minutos, siguió escrutando el dibujo sin moverse de su asiento. Finalmente, se levantó y, con una vela que tomó de la mesa, se sentó en un cofre, situado en el rincón más alejado de la habitación. Nuevamente, examinó ansiosamente el papel, haciéndolo girar en todas las direcciones. Sin embargo, no dijo nada y su actitud me sorprendió mucho. De todos modos, pensé que era prudente no exacerbar su creciente mal humor con ningún comentario. Después, sacó una cartera de su bolsillo, colocó en ella el dibujo y guardó todo en un pupitre, cerrándolo con llave. Ahora parecía más tranquilo, pero su aire de entusiasmo había desaparecido. Parecía, sin embargo, más absorto que enfadado. A medida que fue pasando la noche, se perdía más en su ensoñación, sin que ninguno de mis comentarios pudiera sacarle de este estado. Yo había tenido la intención de pasar allí la noche, como antes, pero viendo el ánimo de mi anfitrión, me pareció mejor irme. No me presionó para que me quedara; pero, cuando me iba, me estrechó la mano con más cordialidad que de costumbre.

Pasado un mes (durante el cual no vi a Legrand), recibí, en Charleston, la visita de su ayudante, Júpiter. Nunca había visto al buen viejo negro más desanimado y me temí que algún desastre le hubiera ocurrido a mi amigo.

—Bien, Jup —le dije—. ¿Qué pasa ahora? ¿Cómo está tu amo?

—De verdad, *amo*, no está tan bien como debía.

—¡No está bien! Lo siento mucho. ¿De qué se queja?

—Ese, ese es el problema. No se queja de nada, pero está muy mal por todo eso.

—¿*Muy mal*, Júpiter? ¿Por qué no me lo dijiste antes? ¿Está en cama?

—No, no es eso, no está. No está en ninguna parte. Ese es el problema. Mi mente está muy preocupada por el pobre amo Will.

—Júpiter, me gustaría entender de qué estás hablando. Dices que tu amo está enfermo. ¿No te ha dicho qué le duele?

—No, *amo*, es inútil. No dice lo que le pasa. Pero, entonces, ¿por qué va de un lado a otro, con la cabeza pa'bajo y los hombros pa'rriba, blanco como las plumas de un ganso? Y después se pasa el tiempo haciendo números...

—¿Qué hace?

—Hace números y figuras en una pizarra. Las figuras más raras que he visto en toda mi vida. Estoy empezando a tener miedo, le confieso. Tengo que estar siempre vigilándole. El otro día se levantó antes del amanecer y no apareció en todo el día. Ya tenía un palo para pegarle cuando volviera, pero le vi tan atontado que no me animé. Estaba tan triste...

—¿Cómo? En realidad, creo que no tienes que ser tan severo con el pobre hombre. No le pegues, Júpiter. Puede estar bastante mal y no soportarlo. Pero, ¿no puedes hacerte una idea de qué ha causado su enfermedad o su cambio de conducta? ¿Pasó algo desagradable desde la última vez que te vi?

—No, *amo*, no pasó nada malo desde que le vi, sino desde antes, creo. El mismo día que usted estuvo allí.

—¿Cómo? ¿Qué quieres decir?

—Eso, amo, el bicho; eso quiero decir.

—¿El qué?

—El bicho. Para mí que el bicho le picó en la cabeza.

—¿Y qué te hace suponer eso, Júpiter?

—Tiene bastantes pinzas... y boca también. En mi vida vi un bicho más endemoniado. Pateaba y mordía todo lo que se le acercaba. Amo Will lo cogió con rabia, pero tuvo que soltarlo en seguida. En ese momento le habrá picado. No me gustaba la boca del bicho. Yo tampoco quería cogerlo con mis dedos, pero lo envolví con un pedazo de papel que encontré. Le puse un papel en la boca... Eso hice.

—Y, entonces, ¿crees que el escarabajo mordió a tu amo y que eso hizo que enfermara?

—Yo no creo nada. Lo sé. Si no, ¿por qué sueña tanto con el oro, si no es porque le mordió el escarabajo de oro? Yo he oído hablar de escarabajos de oro antes.

—Pero, ¿cómo sabes que sueña con oro?

—¿Cómo lo sé? Porque habla en sueños. Por eso lo sé.

—Bueno, Jup, tal vez tengas razón. Pero, ¿a qué circunstancias debo atribuir el honor de tu visita de hoy?

—¿Qué pasa, amo?

—¿Me traes algún mensaje del señor Legrand?

—No, amo, le traje una carta.

Y Júpiter me entregó una nota que decía lo siguiente:

«Querido...: ¿Por qué hace tanto tiempo que no le veo? Espero que no haya cometido la tontería de ofenderse por alguna pequeña *brusquedad* que pude haber tenido con usted. No, eso no es posible.

Desde que le vi la última vez, me he sentido muy ansioso. Tengo algo que decirle, pero casi no sé cómo hacerlo o si debo hacerlo.

No he estado bien los últimos días y el pobre Jup me molesta mucho con sus bien intencionadas atenciones. ¿Me creerá usted si le cuento que el otro día había preparado un garrote para castigarme por haberme escapado y por haber pasado todo el día, *solus*, en las colinas de tierra firme? Creo firmemente que mi mal aspecto, como enfermo, me salvó de una paliza.

Desde que nos vimos, no he añadido nada nuevo a mi colección.

Si puede, venga con Júpiter. Por favor, venga. Espero verle esta noche; es muy importante. Le aseguro que se trata de un asunto de la máxima importancia.

Un afectuoso saludo.

WILLIAM LEGRAND»

Algo en el tono de la carta me inquietó. Su estilo no se parecía en nada al de Legrand. ¿Con qué estaría soñando? ¿Qué nueva excentricidad había invadido su excitable cerebro? ¿Qué «asunto de la mayor importancia» podía estar preocupándole? Lo que contaba Júpiter no me dejaba tranquilo. Temí que el continuo peso de la desgracia, finalmente, había acabado con la razón de mi amigo. Entonces, sin dudarlo un momento, me preparé para acompañar al negro.

Al llegar al muelle, vi que en el fondo del bote donde debíamos embarcar había una guadaña y tres palas nuevas.

—Eso, amo, es una guadaña y tres palas.

—Obviamente. Pero, ¿qué hacen aquí?

—El amo Will me hizo comprarlas en la ciudad y han sido muy caras.

—Pero, a ver, dime, en nombre de todo lo misterioso, ¿para qué necesita tu amo Will guadañas y palas?

—No me pregunte lo que no sé contestar, pero que me lleve el demonio si el amo Will sabe algo más que yo. Pero todo es culpa del bicho.

Al ver que no encontraría una respuesta satisfactoria de Júpiter, cuyo intelecto parecía absorto por el «bicho», subí al bote y comenzamos a navegar. Había una brisa tranquila pero fuerte y en seguida llegamos a una pequeña cala al norte del fuerte Moultrie y, después de caminar un par de millas, llegamos a la cabaña. Eran casi las tres de la tarde. Legrand había estado esperándonos con mucha ansiedad. Me estrechó la mano con nerviosa impaciencia, que me preocupó y aumentó mis sospechas. El rostro de Legrand estaba pálido, casi como un espectro, y sus profundos ojos brillaban de una forma muy poco natural. Después de preguntarle por su salud, y sin saber qué más decir, quise saber si había recuperado ya el escarabajo del teniente G...

—Sí —respondió sonrojándose violentamente—. Lo recuperé la mañana siguiente. Nada me hará separarme del *escarabajo*. ¿Sabe que Júpiter tiene razón?

—¿En qué? —pregunté, con un triste presentimiento.

—En suponer que este escarabajo es de *oro verdadero*.

Hablaba con mucha seriedad, lo que me preocupó de un modo indescriptible.

—Este insecto me ayudará a hacer fortuna —continuó, con una sonrisa de triunfo—, a recuperar las posesiones de mi familia. ¿Le sorprende, entonces, que lo valore tanto? Desde que la Fortuna me lo trajo, debo hacer un uso adecuado de él y llegaré hasta el oro del cual el escarabajo es sólo un índice. ¡Júpiter, tráeme el escarabajo!

—¿Qué? ¿El bicho, amo? Mejor que no me meta en líos por ese bicho. Tráigalo usted mismo.

En seguida, Legrand se levantó y, con mucha seriedad, me trajo el insecto de una caja de cristal donde estaba guardado. Se trataba de un escarabajo hermoso y, hasta ese momento, desconocido para los naturalistas, lo que lo hacía especialmente valioso desde el punto de vista científico. Tenía dos manchas negras redondas cerca de una extremidad del dorso y otra larga cerca de la otra. Los élitros eran extremadamente brillantes y duros, con apariencia de oro bruñido. El peso del insecto era realmente considerable y, teniendo en cuenta todos los detalles, no podría culpar a Júpiter por su opinión al respecto; pero lo que no era fácil de explicar era que Legrand compartiera ese parecer.

—Mandé a buscarlo —dijo, en tono grandilocuente, cuando terminé de examinar al insecto—. Mandé a buscarlo, porque quería contar con su consejo y su ayuda para cumplir con los designios del destino y del escarabajo...

—¡Mi querido Legrand! —exclamé interrumpiéndole—. Usted no está bien y debería tomar algunas precauciones. Váyase a la cama y me quedaré con usted por unos días, hasta que haya superado esto. Está calenturiento y...

—Tómeme el pulso —me pidió.

Se lo tomé y, a decir verdad, no noté ningún síntoma de fiebre.

—Pero puede usted estar enfermo aunque no tenga fiebre. Déjeme que le aconseje. Vaya primero a la cama. Después...

—Usted se equivoca —me interrumpió—. Estoy todo lo bien que podría esperar, teniendo en cuenta la excitación que estoy padeciendo. Si realmente quiere el bien para mí, deberá aliviar esta excitación.

—¿Y cómo se supone que lo debe hacer?

—Muy fácil. Júpiter y yo saldremos en una expedición a las colinas de la tierra firme y, para esta expedición, necesitaremos la ayuda de alguien en quien podamos confiar. Usted es la única persona en quien confiamos. Triunfemos o no, esta excitación que usted percibe en mí habrá terminado.

—Siento el deseo que ayudarle como sea —respondí—, pero, ¿me está diciendo que este insecto infernal tiene algo que ver con la expedición a las colinas?

—Sí.

—Entonces, Legrand, no podré participar de tan absurdo plan.

—Lo siento, lo siento mucho, pero deberemos intentarlo nosotros solos.

—¡Intentarlo ustedes solos! Este hombre está loco. ¡Espere! ¿Cuánto tiempo se proponen estar fuera?

—Tal vez toda la noche. Saldremos de inmediato y volveremos, como sea, al amanecer.

—¿Y me promete usted, por su honor, que cuando termine este capricho suyo y todo este asunto del escarabajo (¡Dios mío!) se haya resuelto, volverá a su casa y seguirá mis consejos como si fuera su médico?

—Sí, lo prometo. Y ahora, salgamos; no podemos perder más tiempo.

Acompañé a mi amigo, profundamente deprimido. Salimos alrededor de las cuatro: Legrand, Júpiter, el perro y yo. Júpiter llevaba la guadaña y las palas, que insistió en cargar, más por miedo —me pareció— de que estuvieran al alcance del amo que por diligencia o exceso de complacencia. Estaba muy malhumorado y las únicas palabras que pronunció durante todo el viaje fueron: «Ese maldito bicho...» Por mi parte, me hice cargo de un par de linternas, mientras Legrand se contentó con llevar al escarabajo, que colocó en el extremo de un hilo y que hacía dar vueltas mientras andaba, como si fuera un prestidigitador. Al ver esto último, prueba de la locura de mi amigo, casi no pude contener las lágrimas. Sin embargo, pensé que era mejor seguirle la corriente, por lo menos por el momento o hasta que pudiera adoptar medidas más enérgicas con alguna posibilidad de éxito. Mientras tanto, me dediqué, en vano, a tratar de averiguar el motivo de la expedición. Al haber logrado que le acompañara, no parecía querer conversar sobre temas de poca importancia y, como respuesta a todas mis preguntas, sólo me dijo: «¡Ya veremos!»

Cruzamos el arroyo al extremo de la isla por medio de un esquife y, remontando las colinas de la costa de la tierra firme, seguimos en dirección noroeste, por un sendero de campo excesivamente salvaje y desolado, donde no había rastros de huellas humanas. Legrand nos guiaba con gran decisión. Sólo se detenía un momento de cuando en cuando para consultar lo que parecían ser las marcas que había dejado con anterioridad.

De este modo, viajamos durante dos horas y el sol ya se estaba ocultando cuando entramos en la región más desolada que habíamos recorrido. Era una especie de meseta, cerca de la cumbre de una colina casi inaccesible, cuyas laderas presentaban una densa arboleda y estaban sembradas de enormes peñascos que parecían estar despegados del suelo y que no rodaban a los valles inferiores sólo porque los frenaban los troncos. Los profundos precipicios en todas direcciones daban a aquel escenario un aire aún más solemne.

La plataforma natural a la que habíamos trepado estaba cubierta de espesas zarzas, que no podríamos haber atravesado si no hubiéramos tenido la guadaña. Júpiter, a las órdenes de su amo, comenzó a abrir un sendero en dirección hacia un gigantesco tulipero, que se encontraba, junto con ocho o diez robles, a nivel más alto y sobrepasándolos a todos (y hubiera sobrepasado a cualquier otro) por la belleza de su follaje, por su forma, por la extensión de sus ramas y su imponente apariencia. Cuando llegamos a este árbol, Legrand se dirigió a Júpiter para preguntarle si podría treparlo. El viejo parecía un poco asombrado por la pregunta y no contestó durante unos momentos. Al final, se acercó al enorme tronco, caminó a su alrededor y lo examinó con mucho cuidado. Cuando hubo completado su inspección, sólo dijo:

—Sí, amo, Jup trepa cualquier árbol que ha visto en su vida.

—Entonces, sube lo antes posible, ya que más tarde estará muy oscuro para ver lo que buscamos.

—¿Hasta dónde tengo que trepar, amo? —preguntó Júpiter.

—Primero sube por el tronco principal y después te indicaré por dónde seguir y entonces... ¡Espera! Llévate el escarabajo.

—¿El bicho, amo Will? ¿El bicho de oro? —gritó el negro, retrocediendo—. ¿Para qué tengo que subir con el bicho? Maldito si lo hago...

—¡Cómo un negro grande como tú va a tener miedo, Jup, de llevar un inofensivo escarabajo muerto! Lo puedes llevar con el hilo, pero si no subes con él de alguna manera, me veré obligado a romperte la cabeza con esta pala.

—¿Qué pasa ahora, amo? —preguntó Jup, evidentemente avergonzado y dispuesto a hacer caso—. Siempre busca pelea con el pobre negro. Sólo estaba bromeando. ¡Cómo voy a tener miedo del bicho! ¿Qué me importa el bicho? —tomó cuidadosamente el extremo del hilo y, manteniendo el insecto tan lejos de su cuerpo como le era posible, se dispuso a trepar por el árbol.

El tulipero, o *Liriodendron Tulipiferum*, el más magnífico de los árboles americanos, cuando es joven, tiene un tronco especialmente liso y a menudo llega a una gran altura sin ramas laterales; pero cuando envejece, la corteza se vuelve irregular y rugosa, y van apareciendo pequeñas ramas en el tronco. De este modo, la dificultad de trepar era más aparente que real. Abrazando el ancho cilindro, todo lo que podía, con los brazos y las rodillas, buscando con las manos algunas ramas salientes y apoyando los pies descalzos sobre otras, Júpiter, después de estar a punto de caer una o dos veces, llegó por fin hasta la primera bifurcación y pareció considerar que había terminado con su cometido. En realidad, el riesgo había desaparecido, aunque ahora se encontraba a sesenta o setenta pies del suelo.

—¿Hacia dónde tengo que ir, amo Will? —preguntó.

—Sigue la rama más grande, la de este lado —dijo Legrand.

El negro obedeció rápidamente, pero con bastante dificultad. Subió más y más, hasta que no pudo ver su figura a través del denso follaje que le envolvía. Su voz sonó como el eco.

—¿Cuánto más tengo que subir?

—¿A qué alturas estás? —preguntó Legrand.

—Nunca estuve más alto —respondió el negro—. Puedo ver el cielo a través de la cúspide del árbol.

—No importa el cielo, pero atiéndeme lo que te voy a decir. Mira hacia abajo y cuenta las ramas que tienes debajo de ti, desde este lado. ¿Cuántas ramas has pasado?

—Una, dos, tres, cuatro, cinco... Pasé cinco grandes ramas, amo, de este lado.

—Entonces, debes subir una rama más.

Unos minutos después volvió a oírse la voz que ahora anunciaba que había llegado a la séptima rama.

—Ahora, Jup —gritó Legrand, evidentemente muy excitado—. Ahora quiero que sigas por esa rama todo lo que puedas. Si ves algo extraño, dímelo.

A estas alturas ya no me quedaban dudas de que mi amigo estaba loco. No tenía más remedio que declararle demente y sentí ansiedad por llevarle de regreso a casa. Mientras pensaba qué era lo mejor que podía hacer, se oyó nuevamente la voz de Júpiter.

—Amo, tengo miedo de seguir por esta rama. Es una rama muerta.

—¿Has dicho que es una rama *muerta*, Júpiter? —gritó Legrand con la voz temblorosa.

—Sí, amo, muerta, y bien muerta. Acabada para siempre.

—Por todos los cielos, ¿qué hago? —preguntó Legrand, profundamente deprimido.

—¿Qué va a hacer? —aproveché la posibilidad de intercalar una frase—. ¡Pues puede volver a casa y acostarse! ¡Vamos, ahora mismo! Se hace tarde y, además, no olvide su promesa.

—¡Júpiter! —gritó sin prestarme la menor atención—. ¿Me oyes?

—Sí, amo, le oigo muy bien.

—Intenta cortar la madera con tu cuchillo para ver si está *muy* podrida.

—Podrida está, amo, estoy seguro —contestó el negro poco después—. Pero no tan podrida que tenga que parar aquí. Puedo intentar seguir un poco más si voy solo.

—¿Solo? ¿Qué quieres decir?

—Pues... el bicho. Es un bicho muy pesado. Si lo tiro, la rama no se romperá con el peso de un negro.

—¡Qué listo! —gritó Legrand, aparentemente muy aliviado—. ¿Qué tonterías estás diciendo? Si tiras el escarabajo, te retorceré el cuello, Júpiter, ¿me oyes?

—Sí, amo, no hace falta que le grite tanto al pobre negro.

—Bien, ahora escucha. Si te arriesgas a seguir un poco más por la rama y no dejas caer el escarabajo, en cuanto bajes te regalaré un dólar de plata.

—Ya estoy caminando, amo Will —respondió el negro, rápidamente—. ¡Ya llegué casi a la punta!

—¿*Casi hasta la punta*? —gritó Legrand—. ¿Dices qué estás en la punta de ese rama?

—Falta poco, amo... ¡Oh...! Dios me ayude. ¿Qué es esto que hay en el árbol?

—Y bien —gritó Legrand muy contento—, ¿qué es lo que hay?

—¡Es... es una calavera! Alguien se olvidó la cabeza en el árbol y los cuervos comieron toda su carne.

—¿Una calavera? ¡Perfecto! ¿Cómo está sujeta a la rama?

—Voy a ver, amo... Es muy raro, amo, muy raro. Hay un clavo en la calavera, que la mantiene sujeta al árbol.

—Bueno, Júpiter, ahora te diré exactamente lo que tienes que hacer. ¿Me oyes?

—Sí, amo.

—Presta atención. Primero busca el ojo izquierdo de la calavera.

—¡Humm...! ¡Esto sí que es raro! ¡No tiene ojo a la izquierda!

—¡Imbécil! ¡El agujero donde estaba el ojo! ¿Oyes? ¿Sabes distinguir tu mano derecha de la izquierda?

—¡Ah, sí, amo! Claro que lo sé. La mano izquierda es la que uso para cortar leña.

—Perfecto, ya sé que eres zurdo. Bueno, el ojo izquierdo está del mismo lado que la mano izquierda. Ahora sabrás encontrar el ojo izquierdo del cráneo o el agujero donde antes estaba el ojo. ¿Lo encuentras?

Después de un largo silencio, por fin, el negro dijo:

—¿El ojo izquierdo de la calavera está del mismo lado que la mano izquierda de la calavera? ¡Pero si la calavera no tiene mano izquierda...! Bueno, no importa, ya tengo el ojo izquierdo... ¡Aquí está! ¿Y ahora qué hago?

—Pasa el escarabajo por él y déjalo caer hasta donde llegue el hilo... Ten cuidado de no soltar el extremo.

—Ya está, amo, Es muy fácil pasar el bicho por el agujero. Mire cómo baja...

Mientras hablaban, no se veía rastro de Júpiter. Sin embargo, al descender, apareció el escarabajo en el extremo del hilo y brilló como un globo de oro puro al rayo del sol poniente, que aún alcanzaba a iluminar la altura donde estábamos. El escarabajo colgaba debajo del nivel de las ramas y, si Júpiter lo hubiera soltado, habría caído a nuestros pies. Legrand tomó la guadaña y despejó un espacio circular de tres o cuatro yardas de diámetro, justo debajo del insecto. Cuando término de hacerlo, ordenó a Júpiter que soltara el hilo y bajara del árbol.

Clavó una estaca, con mucho cuidado, en el suelo, en el mismo sitio donde había caído el escarabajo. Luego extrajo del bolsillo una cinta métrica. Fijó un extremo de la cinta en la parte del tronco del árbol más cercana a la estaca. Después la estiró hasta tocar la estaca y siguió desenrollándola, siguiendo la dirección fijada por los dos puntos, hasta una distancia de cincuenta pies. Mientras tanto, Júpiter limpiaba el lugar con ayuda de la guadaña. En el punto así logrado clavó otra estaca y, a su alrededor, dibujó un imperfecto círculo de unos cuatro metros de diámetro. Luego Legrand tomó una pala, nos dio una a Júpiter y a mí, y nos pidió que caváramos lo más rápido posible.

A decir verdad, nunca me sentí muy inclinado a una tarea de este estilo y, en este momento en particular, habría dejado de hacerlo de buena gana, ya que se acercaba la noche y me sentía cansado de tanto ejercicio. Pero no vi ninguna vía de escape y tenía miedo de perturbar el equilibrio de mi pobre amigo si me negaba. Si hubiera contado con la ayuda de Júpiter, no habría dudado en intentar llevar al lunático por la fuerza; pero conocía demasiado bien al viejo para esperar que me ayudara, en cualquier circunstancia, a luchar contra su amo. No había ninguna duda de que éste sufría la influencia de las innumerables supersticiones del Sur acerca del dinero enterrado y de que su fantasía había sido confirmada por el hallazgo del escarabajo o, tal vez, por la obstinación de Júpiter por insistir en que era un «bicho de oro de verdad». Una mente con tendencia a la demencia es claramente susceptible de dejarse arrastrar por estas sugestiones, en especial si éstas coinciden con ideas preconcebidas. Después me vino a la mente el discurso del pobre hombre cuando dijo que el escarabajo era «la señal de la fortuna». Sobre todo, me sentía tristemente afectado y perplejo, pero decidí tomar las cosas lo mejor posible, seguir cavando con buena disposición y convencer lo antes posible al visionario, por comprobación visual, de la falsedad de sus pensamientos.

Cuando se encendieron las linternas, nos pusimos a trabajar con una dedicación digna de una causa más racional. Y, mientras la luz caía sobre nuestros cuerpos y nuestras herramientas, no podía dejar de pensar en el pintoresco cuadro que ofrecíamos y qué extrañas y sospechosas habrían parecido nuestras actividades a cualquiera que pasara casualmente por allí.

Seguimos cavando durante dos horas. Casi no hablamos y nos preocupaban especialmente los ladridos del perro, que se interesaba en nuestro trabajo. Finalmente, se volvió tan molesto que temimos que podría llamar la atención de quienes anduvieran por las inmediaciones; aunque, en realidad, el más inquieto era Legrand, ya que, por mi parte, me hubiera sentido muy contento de que algo interrumpiera la escena y tuviéramos que hacer volver a mi amigo a casa. Júpiter fue quien finalmente le acalló; salió del pozo muy resuelto y, con sus tirantes, hizo un bozal para cerrar la boca del animal. Luego volvió muy sonriente al trabajo.

Después de dos horas, ya habíamos llegado a una profundidad de cinco pies y no había señales de ningún tesoro. Luego hicimos una pausa y empecé a desear que la farsa hubiera terminado. Sin embargo, Legrand, aunque se mostraba muy desconcertado, se rascó la frente y volvió a empezar. Habíamos cavado todo el círculo de cuatro pies de diámetro, pasamos el límite y seguimos dos pies más de profundidad. No aparecía nada. El buscador de oro, por quien yo sentía pena, finalmente salió del pozo sin ocultar la amargura de la desilusión y comenzó lentamente a ponerse la chaqueta que se había quitado al empezar el trabajo. Mientras tanto, no hice ningún comentario. Obedeciendo a un gesto de su amo, Júpiter comenzó a recoger las herramientas. Cuando terminó, y después de quitar el bozal al perro, iniciamos, en un profundo silencio, el regreso a casa.

Habíamos recorrido apenas unos doce pasos, cuando Legrand gritó, corrió hacia Júpiter y le sujetó por el cuello. El sorprendido negro abrió enormemente los ojos y la boca, soltó las palas y se puso de rodillas.

—¡Bribón! —dijo Legrand, haciendo silbar las palabras entres sus dientes—. ¡Negro del infierno! ¡Maldito pícaro! ¡Habla! ¡Dime ahora mismo y no sueltes una tontería! ¿Cuál... cuál es tu ojo izquierdo?

—¡Oh, Dios! Amo..., ¿no es este mi ojo izquierdo? —rogó el aterrado Júpiter, mientras con la mano se tapaba el ojo derecho y la mantenía en esa posición desesperadamente, temiendo que el amo se lo arrancase.

—¡Lo sabía! ¡Lo sabía! ¡Hurra! —gritó Legrand, soltando al negro y dando vueltas y cabriolas, que sorprendieron enormemente a Júpiter, quien, poniéndose en pie, miraba mudo primero a su amo y después a mí, alternativamente.

—¡Vengan! Tenemos que regresar —dijo el amo—. ¡El juego no ha terminado todavía!

Y nos condujo nuevamente hacia el árbol.

—Júpiter —dijo cuando llegamos al pie del árbol—. Ven aquí. ¿El cráneo estaba fijado a la rama con la cara hacia afuera o con la cara hacia la rama?

—Hacia afuera, amo, y así fue como los cuervos comieron sus ojos sin problema.

—Bueno, entonces, ¿era este ojo o aquel a través del cual dejaste caer el escarabajo? Legrand tocaba cada uno de los ojos de Júpiter.

—Fue éste, amo, el ojo izquierdo, como usted me dijo —y el negro señalaba su ojo derecho.

—Suficiente. Debemos intentarlo de nuevo.

Mi amigo, cuya demencia ahora presentaba ciertos rasgos de arrebato, extrajo la estaca que señalaba el punto donde había caído el escarabajo y la colocó a unas tres pulgadas hacia el Oeste. Después, estiró la cinta métrica desde el punto más cercano del tronco hasta la estaca, como antes, y, continuando en línea recta hasta una distancia de cincuenta pies, señaló un sitio alejado varias yardas desde el punto donde habíamos estado cavando.

En este nuevo punto, Legrand trazó un círculo un poco más grande que el anterior y nos pusimos a trabajar con las palas. Yo estaba agotado, pero casi sin entender qué cambió mi forma de pensar, ya no sentía aversión por el trabajo que debíamos realizar. Me sentí inexplicablemente interesado, hasta algo excitado. Tal vez había algo en la extravagante conducta de Legrand, algo de premonición o de seguridad, que me impresionaba. Cavé con ansiedad y me encontré buscando, con expectación, ese tesoro que había ocupado la mente de mi desafortunado amigo. En el momento en que estos delirios se apoderaban más de mí, y cuando habíamos estado trabajando durante una hora y media, nuevamente nos interrumpieron los violentos aullidos del perro. Al principio su inquietud había sido, evidentemente, el resultado de un capricho o un juego, pero ahora tenía un tono más amargo y serio. Cuando Júpiter trató de ponerle el bozal, se resistió con furia y, saltando al agujero, cavó frenéticamente la tierra con sus patas. Pocos segundos después, ponía al descubierto una masa de huesos humanos que formaban dos esqueletos completos entre los cuales se veían botones metálicos y algunos restos aparentes de lana podrida. Al golpear una o dos veces con la pala, sacamos a la superficie un ancho cuchillo español. Seguimos cavando y descubrimos tres o cuatro monedas de oro y plata.

Al verlas, Júpiter no pudo contener su alegría, pero la expresión del rostro de su amo era de profunda decepción. Sin embargo, nos pidió que siguiéramos cavando y, en cuanto terminó de decirlo, me tropecé y caí hacia adelante, al enganchar la punta de mi bota en una anilla de hierro semienterrada en la tierra removida.

Seguimos trabajando con fervor y debo decir que nunca pasé diez minutos de más intenso entusiasmo. Durante este tiempo, habíamos desenterrado un cofre de madera oblonga que, a juzgar por su excelente estado de conservación y maravillosa firmeza, habría sido sometida a algún proceso de mineralización, probablemente con ayuda de bicloruro de mercurio. El cofre tenía tres pies y medio de largo, tres pies de ancho y dos pies y medio de profundidad. Estaba firmemente asegurado con bandas de hierro forjado, que formaban una especie de enrejado sobre todo el cofre. A cada lado, cerca de la tapa, había tres anillos de hierro, seis en total, por medio de los cuales seis personas podían levantarlo con firmeza. Nuestros esfuerzos combinados sólo sirvieron para mover levemente el cofre en su lecho de tierra. De pronto, vimos que era imposible mover semejante peso. Por suerte, la tapa no estaba sujeta más que por dos pasadores. Los corrimos, temblando y jadeando de ansiedad. En un momento, un tesoro de incalculable valor apareció brillando delante de nuestra vista. Cuando los rayos de las linternas cayeron sobre él, hicieron brotar un confuso montón de oro y joyas que nos cegaron.

No intentaré describir lo sentimientos que me invadieron. Por supuesto, la sorpresa predominaba. Legrand parecía agotado con tanta excitación y pronunció muy pocas palabras. Durante unos instantes, la cara de Júpiter se volvió tan pálida como puede estarlo un negro. Parecía estupefacto, como si lo hubiera fulminado un rayo. En ese momento, cayó de rodillas y enterró en el oro sus brazos desnudos y hasta los codos, y los dejó allí un rato, como si disfrutara del lujo de un baño. Finalmente, suspiró y exclamó, como si hablara consigo mismo:

—¡Y todo esto viene del bicho de oro! ¡El maldito bicho de oro! ¡El pobre bicho de oro, al que tan mal traté! ¿No te avergüenzas de ti mismo, negro? ¡Contesta!

Finalmente, se hizo necesario advertir tanto al amo como al criado de la conveniencia de transportar el tesoro. Se estaba haciendo tarde y nos llevaría mucho trabajo llevar todo a la casa antes del amanecer. Era difícil decir qué hacer y tardamos mucho tiempo en decidirlo, ya que todos teníamos las ideas muy confusas. Por fin, aligeramos el cofre quitando dos tercios de su contenido y así pudimos, con bastante dificultad, levantarlo del pozo. Depositamos los objetos que quitamos entre las zarzas y dejamos al perro para cuidarlos, con estrictas órdenes de Júpiter de que no se moviera del lugar ni abriera la boca hasta que volviéramos. Llevamos rápidamente el cofre a casa y llegamos, después de grandes esfuerzos, a la una de la madrugada. Agotados como estábamos, no era humano seguir de inmediato. Descansamos hasta las dos, cenamos y volvimos a salir hacia las colinas, con tres sacos fuertes que, afortunadamente, encontramos en la cabaña. Poco antes de las cuatro, llegamos al pozo, dividimos el resto del botín en partes iguales entre los tres y, dejando el pozo al descubierto, volvimos a casa, donde llegamos con nuestras cargas doradas cuando comenzaban a asomar en el Este las primeras luces del alba, entre las copas de los árboles.

Estábamos extenuados, pero la excitación del momento no nos permitió descansar. Después de un sueño intranquilo de tres o cuatro horas, nos levantamos, como si nos hubiéramos puesto de acuerdo, para examinar el tesoro.

El cofre estaba lleno hasta el borde y pasamos el día entero y gran parte de la noche siguiente en investigar el contenido. Nada estaba en orden. Todo había sido amontonado sin cuidado. Clasificamos los objetos y nos encontramos frente a una riqueza mucho mayor de lo que habíamos supuesto. En monedas, había más de cuatrocientos cincuenta mil dólares, calculando el valor de las piezas, con tanta exactitud como nos fue posible, teniendo en cuanta las tablas de valores de la época. No había una sola partícula de plata. Era todo oro antiguo y de gran variedad: francés, español y alemán, junto con algunas guineas inglesas y algunas monedas de las cuales nunca habíamos visto un ejemplar. Había varias monedas muy grandes y pesadas, tan gastadas que no podíamos leer las inscripciones. No se trataba de dinero americano. El valor de las joyas era más difícil de calcular. Había diamantes, algunos de ellos extremadamente grandes y delicados, ciento diez en total, y ni uno de ellos era pequeño; dieciocho rubíes de notable brillo; trescientas diez esmeraldas, todas preciosas; veintiún zafiros y un ópalo. Las piedras habían sido arrancadas de sus monturas y arrojadas al cofre sueltas. Las monturas que encontramos entre el resto del oro, parecían haber sido golpeadas con martillos, como para evitar ser identificadas. Además, había una gran cantidad de adornos de oro macizo; casi doscientos anillos y pendientes; ricas cadenas, treinta, creo; ochenta y tres crucifijos muy grandes y pesados; cinco incensarios de gran valor; una increíble ponchera, adornada con hojas cinceladas y figuras báquicas; dos puños de espada, finamente trabajados, y una gran cantidad de objetos más pequeños que ahora no recuerdo. El peso de estos valores excedía las trescientas cincuenta libras. Y en esta estimación no he contado ciento noventa y siete relojes de oro magníficos, tres de ellos por un valor, cada uno, de quinientos dólares. Muchos de ellos eran muy antiguos y no tenían valor como relojes, ya que la máquina había sufrido la corrosión, pero todos eran ricas joyas y estaban guardados en cajas de gran valor. Calculamos el contenido total del cofre, esa noche, en un millón y medio de dólares, y, cuando más tarde liquidamos dijes y joyas (guardando algunas para nuestro uso personal), descubrimos que la estimación del valor del tesoro había quedado muy por debajo de la realidad.

Por fin, cuando terminamos el examen y quedó, en cierto modo, apagada la intensa excitación del momento, Legrand, que vio que me moría de impaciencia por encontrar una solución a este extraordinario enigma, inició a detallar todas las circunstancias relacionadas con él.

—Recordará —dijo— la noche en que le entregué el boceto que hice del escarabajo. También recordará que me quedé perplejo por su insistencia en que mi dibujo parecía una calavera. Cuando usted hizo esta aseveración, pensé que estaba de bromas; pero después recordé las peculiares manchas que había al dorso del insecto y admití que su observación tenía algún fundamento. Sin embargo, sus comentarios irónicos me habían irritado, ya que me considero un buen artista, y, por tanto, cuando me devolvió el trozo de pergamino, traté de arrugarlo y tirarlo al fuego.

—Se refiere al trozo de papel —dije.

—No. Parecía papel y al principio pensé que eso era, pero cuando me puse a escribir sobre él descubrí, de repente, que era un trozo de delgado pergamino. Estaba un poco sucio, como usted recordará. Bien, cuando estaba a punto de arrugarlo, mi vista recayó sobre el boceto que usted había estado mirando y puede imaginar mi sorpresa cuando me di cuenta de que, en realidad, allí se veía una figura de una calavera exactamente donde, según mi parecer, yo había dibujado un escarabajo. Por un momento, me sentí demasiado perplejo para pensar con exactitud. Sabía que mi dibujo era muy diferente de éste, aunque se podían distinguir ciertas similitudes en el aspecto general. Luego tomé una vela y me senté en el otro extremo del salón. Comencé a examinar el pergamino más de cerca. Al darlo vuelta, vi mi propio dibujo al dorso, exactamente como yo lo había dibujado. Mi primera idea fue de mera sorpresa por la notable similitud de diseño, por la especial coincidencia del hecho de que, aunque lo desconocía, debería haber un cráneo del otro lado del pergamino, inmediatamente debajo de la figura del escarabajo, y que este cráneo, no sólo en diseño sino en tamaño, se pareciera tanto a mi dibujo. Quiero decir que la particularidad de esta coincidencia me dejó estupefacto durante un rato. Este es el efecto normal de estas coincidencias. La mente lucha por establecer una relación, una secuencia de causa y efecto, y al no poder hacerlo sufre una especie de parálisis temporal. Pero, cuando me recuperé de este estupor, me invadió una convicción que me sorprendió aún más que la coincidencia. Sin duda, empecé a recordar que no había ningún dibujo sobre el pergamino cuando hice mi boceto del escarabajo. Estaba seguro de ello, ya que recordaba que había dado vuelta el pergamino varias veces buscando la parte más limpia. Si la calavera hubiera estado allí, sin duda la habría visto. Aquí estaba el misterio que me pareció imposible explicar, pero aun en ese primer momento pareció brillar, levemente, en lo más remoto y secreto de mi inteligencia, como una luciérnaga mental, la verdad que la aventura de anoche nos demostró. Me levanté y, guardando el pergamino, descarté otros pensamientos hasta que me encontrara solo. Cuando usted se fue y Júpiter se durmió, me dediqué a una investigación más metódica del asunto. El primer lugar, consideré el modo en el cual el pergamino había llegado a mi poder. El sitio donde encontramos el escarabajo estaba en la costa de la tierra firme, a una milla hacia el este de la isla y a poca distancia del nivel de la marea alta. Cuando lo atrapé, me mordió con fuerza, lo que hizo que se me cayera de las manos. Júpiter, con su habitual cuidado, antes de agarrar al insecto, que había volado hacia él, buscó una hoja o algo así para apoderarse del bicho con cierta seguridad. En ese momento, sus ojos y los míos descubrieron el trozo de pergamino, que entonces creí que era un papel. Estaba medio enterrado en la arena y sólo asomaba una esquinita. Cerca del sitio donde lo encontramos, reparé en los restos de la quilla de una embarcación que debió ser el bote de un barco. Los restos daban la impresión de haber estado allí durante mucho tiempo, porque apenas podía verse la forma primitiva de las maderas. Júpiter recogió el pergamino, envolvió con él al escarabajo y después me lo entregó. Poco después, nos dirigimos a casa y nos encontramos con el teniente G... Le enseñé el escarabajo y me pidió que se lo prestara para llevarlo al fuerte. Se lo di y lo puso directamente en el bolsillo de su chaleco, sin el pergamino en el que había sido envuelto y que yo seguía teniendo en la mano mientras él examinaba el insecto. Tal vez temiera que yo cambiara de idea y pensó que era mejor asegurarse... Usted sabe lo entusiasta que es de todos los temas relacionados con la historia natural. Al mismo tiempo, sin ser consciente de ello, debí haber guardado el pergamino en mi propio bolsillo. Usted recordará que, cuando me dirigí a la mesa para hacer el dibujo del escarabajo, no encontré papel en el lugar habitual. Miré en el cajón y tampoco había allí. Busqué en mis bolsillos, como buscando una carta vieja, cuando mi mano halló el pergamino. Con tanto detalle le cuento la forma exacta en que llegó a mi poder, ya que me impresionó de forma especial. Usted creerá que fantaseo, pero ya había establecido algo así como una *conexión*. Había unido dos eslabones de una gran cadena. Había un barco cerca de la costa y no muy lejos de allí había un pergamino, *no un papel*, con una calavera dibujada. Por supuesto, se preguntará cuál es la conexión. Y yo le contesto que el cráneo o la calavera es el emblema reconocido de los piratas. La bandera con la calavera se iza en todos los combates. Dije que lo que encontramos era pergamino, no papel. El pergamino dura, es casi imperecedero. Casi nunca se conectan asuntos de poca importancia con el pergamino, ya que para escribir o dibujar no se adapta tan bien como el papel. Esta reflexión me sugirió algún significado, algo importante, en la calavera. No dejé de observar, además, la forma del pergamino. Aunque una de sus puntas se había destruido, por accidente, podía verse que su forma original era oblonga. Era un trozo de pergamino que podría haberse elegido para escribir un documento importante, algo que debía ser recordado mucho tiempo y con mucho cuidado.

—Pero —intervine— usted dice que el cráneo no estaba en el pergamino cuando usted dibujó el escarabajo. ¿Cómo puede establecer una conexión entre el barco y la calavera, si, como usted mismo admite, la calavera debe haber sido dibujada (Dios sabe cómo o por quién) en algún momento posterior al instante en que usted dibujó el escarabajo?

—Ahí reside todo el misterio, si bien el secreto, en este punto, no tiene para mí mayor dificultad. Iba por el buen camino y no podría llegar sino a un solo resultado. Por ejemplo, pensé lo siguiente: Cuando dibujé el escarabajo, no aparecía ninguna calavera sobre el pergamino. Cuando completé el dibujo, se lo entregué a usted y lo estuve observando detenidamente hasta que me lo devolvió. Por tanto, usted no dibujó el cráneo, como tampoco lo hizo ninguno de los presentes. Entonces no fue realizado por ningún agente humano. Y, no obstante ello, fue realizado. A esta altura de mis reflexiones, intenté recordar y *recordé* con perfecta claridad cada incidente ocurrido en el período en cuestión. Hacía frío (¡extraño y feliz accidente!) y habíamos encendido el fuego en el hogar. El ejercicio me había hecho entrar en calor y me senté cerca de la mesa. Sin embargo, usted había acercado su silla a la chimenea. En el momento en que le entregué el pergamino, y mientras usted intentaba inspeccionarlo, entró *Wolf*, mi terranova, y le saltó a los hombros. Usted lo acarició con la mano izquierda y lo alejó, mientras su mano derecha, que sostenía el pergamino, colgaba entre sus rodillas cerca del fuego. En un momento pensé que el fuego lo había alcanzado y estaba a punto de alertarle, pero antes de hacerlo, usted había retirado la mano y comencé la inspección. Cuando consideré estos detalles, no dudé ni un momento que había sido el calor el agente que había hecho surgir en el pergamino el cráneo que vi dibujado en él. Usted sabe muy bien que existen y han existido, desde siempre, preparados químicos con los que se puede escribir sobre papel o pergamino, sin que se pueda ver lo que se ha escrito a menos que se lo someta a la acción del fuego. Se utiliza a menudo zafre diluido en agua regia mezclado con cuatro veces su peso en agua. El resultado es una coloración verde. El régulo de cobalto, disuelto en esencia de salitre, produce un color rojo. Estos colores desaparecen un tiempo después de la escritura, pero aparecen nuevamente al aplicar calor. Entonces inspeccioné la calavera con cuidado. Los bordes externos, los bordes del dibujo más cercanos al borde del pergamino, eran mucho más precisos que los otros. Está claro que la acción del calor había sido imperfecta o desigual. Inmediatamente encendí un fuego y sometí el pergamino en su totalidad al calor. Primero, sólo noté que las líneas más suaves del dibujo se reforzaban. Pero, al seguir con el experimento, apareció, en la esquina del pergamino, en diagonal a la mancha donde estaba dibujada la calavera, una figura que me pareció una cabra. Sin embargo, al mirarlo más de cerca, reconocí que se trataba de un cabrito.

—¡Bueno, bueno! —dije—. Seguro que no tengo derecho a reírme de usted, ya que un millón y medio en dinero es un asunto demasiado serio como para hacer bromas, pero no irá usted a buscar el tercer eslabón de la cadena. No será posible establecer ninguna conexión entre los piratas y la cabra. Como sabe, los piratas no tienen nada que ver con las cabras. Pertenecen al campo de interés de los granjeros.

—Pero acabo de decirle que el dibujo no correspondía a una cabra.

—Bueno, un cabrito, entonces, que es casi lo mismo.

—Casi, pero no del todo —dijo Legrand—. Usted habrá oído hablar de un tal *capitán* Kidd*. En seguida pensé que la figura del animal era una especie de firma jeroglífica o simbólica. Y digo firma, porque su sitio en el pergamino me sugirió esta idea. Del mismo modo, la calavera dibujada en la esquina opuesta parecía un sello, un símbolo estampado. Pero me desconcertó que no hubiera nada más, que no hubiera un cuerpo de mi supuesto documento, el texto en sí.

—Supongo que usted esperaba encontrar una carta entre un sello y una firma.

—Algo así. El hecho es que me impresionó el presentimiento de que se acercaba la buena fortuna. No puedo explicar por qué. Tal vez

* *N. del T.*: Cabrito, en inglés, se dice Kid.

fuera el deseo más que la absoluta creencia, pero, ¿sabe usted que las palabras tontas de Júpiter cuando dijo que el insecto era de oro macizo tuvieron un notable efecto en mi imaginación? Y después toda esa serie de accidentes y coincidencias. ¡Era todo tan extraordinario! ¿Ve usted cómo un simple accidente fue lo que hizo que este día, el único día del año en el que hizo suficiente frío como para encender el fuego y que, sin el fuego o sin la entrada del perro en el momento exacto en que apareció, nunca me hubiera dado cuenta de que había una calavera dibujada y, por tanto, nunca hubiera llegado a mi poder este tesoro?

—Pero continúe usted. Estoy impaciente.

—Bien. Seguro que ha escuchado hablar de muchas historias y vagos rumores sobre tesoros enterrados por Kidd y sus compañeros en la costa del Atlántico. Estos rumores deben tener algún fundamento. Y los rumores han existido por tanto tiempo y con tanta continuidad que empecé a pensar que el tesoro *continuaba* enterrado. Si Kid hubiera escondido por un tiempo los frutos de sus andanzas para recuperarlos tiempo después, es difícil que los rumores hubieran llegado a nosotros sin grandes cambios. Usted podrá ver que las historias que se cuentan versan sobre buscadores de dinero y no sobre los que lo encuentran. Si el pirata hubiera recuperado su dinero, el tema hubiera perdido actualidad. Me pareció que algún accidente, como por ejemplo la pérdida de un documento que indicara su localización, no le habían permitido conocer el medio de recuperarlo y que este accidente era conocido por sus seguidores, quienes de otro modo nunca habrían sabido que el tesoro había sido escondido y quienes, sin haber conseguido recobrarlo, habían dado origen, y después actualidad universal, a los informes que ahora se conocen. ¿Ha oído decir alguna vez que se haya desenterrado algún tesoro importante en la costa?

—Nunca.

—Pues bien, se sabe que los tesoros acumulados por Kidd eran inmensos. Por tanto, di por hecho que aún estaban enterrados y no le sorprenderá que le diga que tuve la esperanza, casi la certeza, de que ese pergamino que encontramos de un modo tan extraño contenía un documento perdido sobre la localización.

—Pero, ¿cómo procedió usted?

—Acerqué nuevamente el pergamino al fuego, después de aumentar el calor, pero no apareció nada. Pensé que era posible que la capa de suciedad podría tener algo que ver con el error. Entonces limpié cuidadosamente el pergamino, vertiendo agua caliente. Después, lo coloqué en una fuente de hojalata con el dibujo de la calavera hacia abajo y puse la fuente sobre las brasas del carbón. En unos minutos, cuando la fuente se había calentado por completo, quité el pergamino y con mucha alegría lo vi manchado en varias partes con lo que parecían ser números alineados. Nuevamente, lo coloqué en la fuente y tuve que esperar otro minuto. Al quitarlo, todo estaba como usted lo ve ahora.

Ahora Legrand, después de recalentar el pergamino, me lo dio para que lo inspeccionara. Aparecían los siguientes caracteres, toscamente trazados en rojo, entre la calavera y la cabra:

53‡‡†305))6*;4826)4‡);806*;48†8¶60))85;I‡‡(;"‡*8†83(88)5*†;46(;88* 96*?;8)*‡(;485);5*†2:*‡(;4956*2(5*-4)8¶8*;4069285);)6‡8)4‡‡;I(‡9;48o 8I;8:8‡I;48†85;4)485†528806*8I(‡9;48: (88;4(‡?34;48)4‡;I6I;:I88;‡?;

—Pero —dije, devolviéndole el pergamino— me quedo a oscuras como antes. Si las joyas de Golconda hubieran tenido que esperar mi solución a este enigma, estoy seguro de que no habría podido conseguirlas.

—Sin embargo —dijo Legrand—, la solución no es tan difícil como usted podría imaginar al ver de una primera ojeada los caracteres. Verá usted que éstos forman una cifra, es decir, que encierran un sentido. Pero, por lo que se sabe de Kidd, no podía imaginarlo capaz de emplear las criptografías más difíciles. De repente, me convencí de que era sencillo, pero que para la torpe inteligencia de un marino resultaba absolutamente indescifrable sin tener la clave.

—¿Y de verdad lo resolvió usted?

—Muy fácilmente. He resuelto otros de una dificultad diez mil veces mayor. Las circunstancias y cierta tendencia personal me han llevado a interesarme por estos enigmas y dudo que el ingenio humano pudiera construir un enigma de este tipo, que el ingenio humano no pudiera descifrar si se lo propone. De hecho, una vez que puse en orden legible esos caracteres, no me preocupó demasiado la dificultad de descubrir su significado. En este caso, y en todos los casos de escritura secreta, la primera pregunta concierne al *lenguaje* de la cifra, ya que los principios de solución, especialmente cuando se refieren a las cifras más sencillas, dependen de las características del idioma. En general, la única alternativa pasa por experimentar (siguiendo las probabilidades) todas las lenguas que conoce quien intente la solución, hasta llegar a la verdad que se busca. Pero, con la cifra que tenemos delante de nuestros ojos, toda dificultad desapareció con la firma. El juego de palabras acerca de «Kidd» se aprecia sólo en inglés. Si no hubiera sido por esta consideración, habría empezado por el español y el francés, ya que éstos eran los idiomas en los que normalmente se escribían estos mensajes secretos si provenían de un pirata de los mares españoles. Por tanto, entendí que la criptografía estaba escrita en inglés. Como ve, no hay divisiones entre las palabras. De haber existido estas divisiones, la tarea habría sido comparativamente fácil. En ese caso, habría comenzado por cotejar y analizar las palabras más cortas y, si hubiera aparecido una palabra de una sola letra (como a o I, es decir uno o yo), habría considerado la solución como asegurada. Pero al no existir divisiones, mi primer paso fue determinar cuáles eran las letras menos frecuentes. Al contar todas ellas, construí la siguiente tabla:

Del carácter 8 hay		33
;	"	26
4	"	19
‡)	"	16
*	"	13
5	"	12
6	"	11
†I	"	8
o	"	6
92	"	5
:3	"	4
?	"	3
¶	"	2
—.	"	1

En inglés, la letra que más se utiliza es la e. Después, la lista es la siguiente: o i d h n r s t u y c f g l m w b p q x z. Predomina la e, tanto que existen pocas oraciones en las que esta letra no sea el carácter predominante. Así tenemos el comienzo del fundamento de algo más que una mera adivinanza. El uso general que puede hacerse de la tabla es obvio, pero, en esta cifra en particular, necesitamos esta ayuda de forma muy parcial. Como nuestro carácter predominante es el 8, comenzaremos por asumir que era la e de nuestro alfabeto. Para verificar esta suposición, observemos si el 8 aparece doble, ya que la e aparece doble en inglés, en palabras como «meet», «fleet», «speed», «seen», «been», «agree», etc. En este caso, la vemos doble no menos de cinco veces, a pesar de la brevedad de la criptografía.

Asumimos, pues, que el 8 es la e. Ahora bien, de todas las palabras, la más frecuente es «the». Veamos entonces si hay otras repeticiones de tres caracteres en el mismo orden, cuando el último es un 8. Si descubrimos repeticiones de dichas letras así ordenadas, es muy probable que representen la palabra «the». Al investigar, vemos no menos de siete de estas secuencias con los caracteres ;48. Por tanto, podemos inferir que ; representa a la t, 4 representa a la h y 8 representa la e, y así queda conformada esta última. Hemos dado un importante paso.

Pero, habiendo establecido una sola palabra, podemos establecer un punto muy importante, es decir, varios comienzos y terminaciones de otras palabras. Por ejemplo, si nos referimos a la penúltima vez en que aparece la combinación ;48, no muy lejos del fin de la cifra. Sabemos que el ; que sigue inmediatamente es el comienzo de una palabra y de los seis caracteres que siguen a este «the» vemos no menos de cinco. Escribamos los caracteres con las letras que sabemos que representan, dejando un espacio para el que desconocemos:

t eeth.

Aquí podemos afirmar que las letras th no forman parte de la palabra que empieza con la primera t, ya que, luego de probar todo el alfabeto para adaptar una letra al espacio libre, convenimos en que es imposible formar una palabra de la cual dichas th formen parte. Por tanto, nos quedamos con

t ee,

y, repasando otra vez el alfabeto, llegamos a la palabra tree (árbol) como posible lectura. Así ganamos otra letra, la r, representada por (, con las palabras «the tree» (el árbol) en yuxtaposición.

Pasando estas palabras, muy cerca, vemos nuevamente la combinación ;48, que empleamos como para terminar lo que precede. Tenemos así:

the tree ;4(‡?34 the

o, reemplazando los signos por las letras correspondientes que conocemos,

the tree thr‡?3h the.

Ahora si, en lugar de los caracteres desconocidos, dejamos espacios en blanco o reemplazamos por puntos, podemos leer:

the tree thr... h the,

donde se adivina la palabra *"through"* (a través). Y este nuevo descubrimiento nos da tres nuevas letras: o, u y g, representadas por ‡? y 3.

Al observar con cuidado la cifra, buscando combinaciones conocidas de caracteres, encontramos, cerca del principio, la siguiente secuencia:

83(88, o sea egree,

que, sin duda, es el final de la palabra «degree» (grado) y nos descubre otra letra, la d, representada por †.

Cuatro letras después de la palabra «degree», vemos la combinación

;(48;88

Al traducir los caracteres conocidos y representar los desconocidos con puntos, como antes, leemos:

th rtee

una combinación que nos sugiere inmediatamente la palabra «thirteen» (trece), y tenemos otros dos caracteres, i y n, representados por 6 y *.

Al referirnos al comienzo de la criptografía, encontramos la combinación

53‡‡†

Al traducir, como antes, obtenemos:

good

que nos asegura que la primera letra es una A, y así las dos primeras palabras son A good (un buen, una buena).

Ahora podemos ordenar nuestra clave, a partir de lo que hemos descubierto, en forma de tabla, para evitar confusión. Sería la siguiente:

5 representa la	a
† "	d
8 "	e
3 "	g
4 "	h
6 "	i
∗ "	n
‡ "	o
("	r
; "	t

Por tanto, tenemos no menos de diez de las letras más importantes representadas y no será necesario continuar con los detalles de la solución. He dicho lo suficiente como para convencerle a usted de que las cifras de este tipo son fáciles de resolver y como para hacerle entender el fundamento de esta idea. Pero tenga claro que esto que tenemos delante pertenece a una clase muy sencilla de criptografía. Sólo queda darle la traducción completa de los caracteres que hay en el pergamino, sin enigma. Es así:

«Un buen vidrio en el hotel del obispo en la silla del diablo cuarenta y un grados trece minutos nor-nordeste tronco principal séptima rama lado este tirad del ojo izquierdo de la cabeza del muerto una línea de abeja del árbol a través del tiro cincuenta pies afuera.»

—Pero todavía estoy igual que antes con respecto al enigma —dije—. ¿Cómo se puede encontrar un significado a todo esto de «la silla del diablo», «la cabeza del muerto» y «hotel del obispo»?

—Confieso —respondió Legrand— que el asunto todavía es difícil si se lo mira por encima. Mi primera idea era dividir la oración según la división natural sugerida por quien hizo la criptografía.

—¿Quiere decir puntuarla?

—Algo por el estilo.

—Pero, ¿cómo era posible?

—Reflexioné que era un punto a favor del escritor haber puesto las palabras sin división, como para aumentar la dificultad de su solución. Ahora bien, un hombre no muy listo, al perseguir este objetivo, podría exagerar. Cuando, en la composición, llegara a un corte que requiriera naturalmente una pausa o un punto, tendería a poner más signos de los que habitualmente lleva un texto. Si usted observa el mensaje, en este caso, podrá detectar cinco casos de exageración. Teniendo esta pista, realicé la siguiente división: «*Un buen vidrio en el hotel del obispo en la silla del diablo — cuarenta y un grados trece minutos — nor-nordeste tronco principal séptima rama lado este — tirad del ojo izquierdo de la cabeza del muerto — una línea de abeja del árbol a través del tiro cincuenta pies afuera.*»

—Esta división también me deja a oscuras.

—También me pasó a mí durante algunos días —respondió Legrand—. Durante esos días, investigué en las cercanías de la isla de Sullivan para ver si encontraba un edificio conocido con el hombre de Hotel del Obispo. Como no conseguí averiguar nada al respecto, pensé en extender mi área de acción y actuar de forma sistemática, cuando una mañana recordé de repente que este «hotel del obispo» podía referirse a una antigua familia llamada Bessop, que, desde mucho tiempo atrás, posee una casa de veraneo a unas cuatro millas de las plantaciones. Volví a mis averiguaciones al norte de la isla y me dirigí hacia allí para hablar con los negros más viejos de las plantaciones. Finalmente, una mujer muy mayor me dijo que había oído hablar de un sitio llamado *Bessop's Castle* (castillo de Bessop) y que me podía guiar hasta allí, pero que no era ningún castillo ni hotel, sino una gran roca. Ofrecí pagarle por sus molestias y, después de dudar un poco, decidió acompañarme hasta el lugar. Lo encontramos sin mucha dificultad y, dejándola de lado, empecé a investigar el lugar. El «castillo» era un grupo irregular de acantilados y rocas, una de las cuales era muy imponente por su altura y por su apariencia artificial y aislada. Trepé hasta su cima y me sentí desconcertado acerca de cuál sería el próximo paso. Mientras pensaba, mis ojos encontraron un estrecho saliente en la parte oriental de la roca, más o menos a una yarda desde donde me encontraba. Este saliente se proyectaba unas dieciocho pulgadas y no tenía más de un pie de ancho; un hueco del acantilado, justo encima de él, le daba un aspecto tosco, parecido a una de esas sillas con respaldo cóncavo usadas por nuestros antepasados. No tuve duda de que se trataba de la «silla del diablo» a la que se refería el mensaje y ahora creí haber encontrado la solución a todo el secreto del enigma. Sabía que el «buen vidrio» podía referirse sólo a un telescopio, ya que la palabra «vidrio» rara vez se usa con otro significado entre los hombres del mar. Debía usar un telescopio y desde un sitio determinado, sin admitir otra posibilidad. Tampoco dudé que las frases «cuarenta y un grados y trece minutos» y «nordeste por el norte» eran indicaciones para la nivelación del telescopio. Muy entusiasmado por estos descubrimientos, me dirigí rápidamente a casa, busqué un telescopio y regresé a la roca. Me deslicé por la cornisa y vi que sólo en una posición podía mantenerme sentado. Esto confirmó mi idea preconcebida. Decidí utilizar el telescopio. Por supuesto, los «cuarenta y un grados y trece minutos» sólo podían referirse a la elevación sobre el horizonte visible, ya que el sentido horizontal estaba claramente indicado por las palabras «nordeste y norte». Establecí esta última dirección con la ayuda de una brújula de bolsillo; después, apuntando con el telescopio lo más cerca posible de un ángulo de cuarenta y un grados de elevación, lo moví con cuidado hacia arriba y hacia abajo hasta que me llamó la atención un orificio en la copa de un árbol que sobrepasaba a todos los demás desde la distancia. En el centro de esta copa vi un punto blanco, pero no podía distinguir qué era. Ajusté el foco del telescopio y miré nuevamente, hasta que descubrí que se trataba de un cráneo humano. Al descubrir esto, me alegré tanto que consideré resuelto el enigma, ya que la frase «tronco principal, séptima rama, lado este» sólo podía referirse a la posición del cráneo en el árbol, mientras que «tirad del ojo izquierdo de la cabeza del muerto» no admitía a su vez más que una interpretación, en relación con la búsqueda de un tesoro escondido. Comprendí que se trataba de dejar caer una bala desde el ojo izquierdo del cráneo y la línea de abeja o, en otras palabras, la línea recta, dibujada desde el punto más cercano del tronco a través del «disparo» (o el lugar donde la bala caía) y siguiendo hasta una distancia de cincuenta pies, indicaría un punto determinado, y debajo de este punto pensé que sería al menos posible que se ocultara un valioso depósito.

—Todo esto —dije— está sumamente claro y muy sencillo y explícito, a pesar de ser tan ingenioso. ¿Qué hizo usted al abandonar el Hotel del obispo?

—Una vez que me aseguré de conocer la exacta ubicación del árbol, volví a casa. En el momento en que dejé *la silla del diablo*, el agujero circular desapareció. Desde cualquier sitio que mirara, me resultaba invisible. Esto es lo que me parece más ingenioso de todo el asunto (y tenga en cuenta que lo he comprobado a través de varios experimentos): que el orificio circular en cuestión sea visible sólo desde el punto que encontré en la estrecha cornisa de la roca. En esta expedición al *Hotel del obispo* me acompañó Júpiter, quien, sin duda, venía observando desde había unas semanas la distracción en que me hacía sumido y tuvo especial cuidado en no dejarme solo. Pero al día siguiente me levanté muy pronto y me las arreglé para ir a las colinas a buscar el árbol. Después de mucho trabajo, lo encontré. Cuando volví a casa por la noche, mi criado tenía toda la intención de darme una paliza. Del resto de la aventura creo que usted sabe tanto como yo.

—Supongo —dije— que usted confundió el sitio al primer intento de cavar por el error de Júpiter al dejar caer el insecto a través del ojo derecho de la calavera, en vez del izquierdo.

—Exactamente. Este error supuso una diferencia de dos pulgadas y medias en el «disparo», es decir, de la posición de la estaca cercana al árbol, y si el tesoro hubiera estado debajo del «disparo» el error no habría tenido mayor importancia. Pero el «disparo» junto con el punto más cercano del árbol, eran sólo dos puntos para establecer una línea de dirección; por supuesto, el error, aunque parecía irrelevante al principio, aumentó al seguir con la línea y cuando llegamos a una distancia de cincuenta pies, nos habíamos alejado por completo del sitio correcto. Si yo no hubiera estado totalmente convencido de que allí había un tesoro enterrado, todo nuestro trabajo habría sido en vano.

—Pero su grandilocuencia y su forma de balancear el escarabajo... Estaba seguro de que usted estaba loco. ¿Y por qué insistió en dejar caer el insecto, en lugar de una bala?

—Para ser sincero, me sentí algo enfadado por su evidente sospecha referente a mi salud mental y entonces decidí castigarle tranquilamente, a mi modo, con un poco de mistificación en frío. Por eso balanceaba el escarabajo y, también por eso, lo hice bajar desde la calavera. Cuando usted observó lo mucho que pesaba el insecto, decidí hacerlo así.

—¡Ah, entiendo! Y ahora sólo me queda un aspecto por aclarar. ¿Qué deduciremos de los esqueletos hallados en el agujero?

—Esta es una cuestión que ni usted ni yo podríamos resolver. Sólo se me ocurre una explicación posible... y, no obstante, me cuesta creer una barbaridad como la que acarrea mi sugerencia. Está claro que Kidd —si fue Kidd quien escondió el tesoro, cosa que no dudo— debió hacerlo con ayuda. Pero cuando su trabajo terminó, debió pensar que era necesario deshacerse de los que participaron de su secreto. Tal vez bastaron un par de golpes de azada, mientras sus ayudantes seguían trabajando en el pozo; tal vez, fueron necesarios una docena. ¿Quién sabe?

LA VERDAD SOBRE EL CASO
DEL SEÑOR VALDEMAR

De ningún modo intentaré considerar sorprendente que el extraordinario caso del señor Valdemar haya dado lugar a tantas discusiones. Si así no hubiera sido, habría sido un milagro, especialmente en aquellas circunstancias. A pesar de que todas las partes involucradas preferían mantener el tema al margen del público, al menos por el momento o hasta que hubiera otras oportunidades para investigar, y a pesar de todos nuestros esfuerzos para conseguirlo, comenzó a difundirse en la sociedad un relato alterado o exagerado que se convirtió en fuente de desagradables interpretaciones falsas y, por supuesto, de profunda incredulidad.

Es necesario que yo dé a conocer los hechos, tal como yo los entiendo. En resumen, se trata de lo siguiente:

Durante los últimos tres años, el hipnotismo había llamado mi atención. Hace aproximadamente nueve meses, se me ocurrió de repente que en la serie de experimentos hechos hasta el momento se había producido una notable e inexplicable omisión: nadie había sido hipnotizado *in artículo mortis*. Primero, quedaba por verse si, en tal condición, existía un paciente susceptible de influencia magnética; en segundo lugar, en caso de existir, si dicho estado aumentaría o disminuiría esa susceptibilidad, y, en tercer lugar, en qué medida o por cuánto tiempo el proceso podría detener la intrusión de la muerte. Quedaban otros puntos por aclarar, pero éstos eran los que más excitaban mi curiosidad, especialmente el último, por la inmensa importancia de sus consecuencias.

Pensando si entre mis conocidos había alguien con quien probar estos puntos, me acordé de mi amigo Ernest Valdemar, el conocido compilador de la *Biblioteca Forensica* y autor (bajo el *nom de plume* de Issachar Marx) de las versiones polacas de *Wallenstein* y *Gargantúa*. El señor Valdemar, que vivía en Harlem, Nueva York, desde 1839, es (o era) particularmente notable por su extraordinaria delgadez (sus miembros inferiores se parecían a los de John Randolph) y también por lo blanco de sus patillas, en violento contraste con el negro de su pelo, lo que hacía que muchos creyeran que llevaba peluca. Su temperamento era muy nervioso y resultaba un buen sujeto para experiencias hipnóticas. En dos o tres ocasiones, yo le había adormecido sin gran dificultad, pero me sentí decepcionado por otros resultados que no pude conseguir a pesar de su especial constitución. Su voluntad no quedaba nunca sometida completamente a mi control, y, en cuanto a la *clarividencia*, ninguno de los resultados obtenidos con él merecían confianza. Siempre había atribuido mis fracasos a su mal estado de salud. Durante algunos meses antes de relacionarme con él, los médicos le habían declarado tuberculosis. En realidad, habitualmente hablaba con calma cuando se refería a su próximo fin, como algo que no podía olvidarse ni lamentarse.

Cuando las ideas a las que aludía vinieron a mi mente, resultaba natural que pensara en el señor Valdemar. Conocía la serena filosofía del hombre demasiado bien como para tener algún escrúpulo de su parte. Al no tener parientes en América, nadie podía interferir. Le hablé con franqueza sobre el tema y, para mi sorpresa, se mostró muy entusiasmado. Digo que me sorprendió porque, aunque siempre se había prestado libremente a mis experimentos, nunca me había demostrado interés por lo que yo hacía. La enfermedad que padecía permitía calcular el momento en que se produciría su muerte. Finalmente, acordamos que mandaría a avisarme veinticuatro horas antes del momento anunciado por el médico para su fin.

Hace ahora más de siete meses desde que recibí el siguiente mensaje del señor Valdemar:

«Estimado P...: Puede venir *ahora*. D... y F... están de acuerdo en que no podré aguantar más de mañana a medianoche y creo que han calculado muy bien la hora. Valdemar.»

Recibí esta nota dentro de la media hora después de ser escrita y en quince minutos más me encontraba en el dormitorio del moribundo. No le había visto en los últimos diez días y me sorprendió la horrible alteración que había sufrido durante ese breve período. La cara tenía un color plomizo; los ojos carecían de todo brillo y su delgadez era tan terrible que la piel se le había abierto en los pómulos. Expectoraba continuamente. Su pulso era casi imperceptible. Sin embargo, conservaba de manera notable su poder mental y cierto grado de fuerza física. Hablaba con claridad, tomó algunas medicinas sin ayuda y cuando entré en la habitación estaba escribiendo en un libro de notas. Se mantenía sentado en el lecho con la ayuda de unas almohadas y a su lado se encontraban los doctores D... y F... Después de estrechar la mano de Valdemar, aparté a estos caballeros y les pedí que me contaran con todo detalle cuál era el estado del paciente. El pulmón izquierdo se hallaba desde hacía dieciocho meses en un estado semióseo o cartilaginoso y, por supuesto, no funcionaba en absoluto. La parte superior del pulmón derecho estaba al menos parcialmente osificado, mientras que la parte inferior era una masa de tubérculos purulentos que se confundían unos con otros. Presentaba varias perforaciones dilatadas y, en su lugar, se había producido una adherencia permanente a las costillas. Todos estos fenómenos del pulmón derecho eran de fecha reciente. La osificación se había producido con inusual rapidez; un mes antes no había ningún signo y la adhesión sólo se había observado en los tres días anteriores. Además de la tuberculosis, los médicos sospechaban que también sufría de un aneurisma de aorta, pero los síntomas de osificación hacían imposible dar un diagnóstico. Los dos médicos opinaban que el señor Valdemar moriría a medianoche del día siguiente, domingo. Eran ahora las siete de la tarde del sábado.

Al alejarme de la cama del moribundo para conversar conmigo, los doctores D... y F... se habían despedido de él definitivamente. No tenían intención de regresar; pero, a petición mía, acordaron volver a ver al paciente alrededor de las diez de la noche siguiente.

Cuando se fueron, hablé libremente con el señor Valdemar acerca del tema de su cercana muerte y también, más especialmente, del experimento propuesto. Todavía se mostraba deseoso y hasta ansioso de participar en él y me presionó para que comenzara de inmediato. Había allí una enfermera y un enfermero, pero no me sentí muy convencido de comprometerme en una tarea de este tipo delante de testigos tan poco fiables en caso de ocurrir algún accidente repentino. Por tanto, postergué la operación hasta las ocho de la noche siguiente, cuando llegó un estudiante de medicina, a quien yo conocía bastante bien (Teodoro L...l), quien me libró de toda preocupación. Mi intención inicial había sido esperar a los médicos. Pero tuve que proceder, primero por las urgentes peticiones de Valdemar y segundo por mi propia convicción de que no había un minuto que perder, ya que su decadencia era muy rápida.

El señor L...l fue muy amable al acceder a mi deseo de que tomara nota de todo lo que ocurría. Mi relato procede de sus apuntes, ya sea en forma condensada o literal.

Faltaban unos cinco minutos para las ocho cuando, tomando la mano del paciente, le pedí que dijera lo más claramente posible y en presencia del señor L...l si él (el señor Valdemar) estaba de acuerdo en que hiciera el experimento de hipnosis con él en el estado en que se encontraba.

Respondió con voz débil, pero clara:

—Sí. Deseo ser hipnotizado —y añadió inmediatamente después—: Me temo que sea demasiado tarde.

Mientras decía esto, comencé a efectuar los pases que ya en ocasiones anteriores habían resultado más efectivos con él. Era evidente que recibió la influencia del primer movimiento lateral de mi mano por su frente, pero, aunque ejercí todos mis poderes, no se observó ningún efecto hasta algunos minutos después de las diez, cuando llegaron los doctores D... y F..., según lo que habíamos acordado. Les expliqué en pocas palabras lo que tenía pensado y como no se opusieron, dado que el paciente ya se encontraba en la etapa de agonía de muerte, proseguí sin dudarlo, intercambiando, no obstante, los movimientos laterales por otros hacia abajo y dirigiendo mi mirada hacia el ojo derecho del paciente.

En este momento su pulso era imperceptible y respiraba entre estertores, a intervalos de medio minuto.

Esta condición se mantuvo estable durante un cuarto de hora. Sin embargo, al cabo de este tiempo, un suspiro perfectamente natural, pero muy profundo, escapó del pecho del moribundo y cesó la respiración estertorosa o, mejor dicho, los estertores dejaron de percibirse. Los intervalos siguieron siendo los mismos. Las extremidades del paciente estaban heladas.

A las once menos cinco, percibí los síntomas inequívocos de la influencia hipnótica. La vidriosa mirada de los ojos cambió por una expresión de intranquilo examen interior, que nunca se percibe excepto en casos de hipnotismo y que no puede interpretarse de otro modo. Con unos rápidos pases laterales, hice palpitar los párpados, como cuando se acerca el sueño, y con otros más, se los cerré del todo. Sin embargo, no me sentía satisfecho y continué vigorosamente mis manipulaciones; puse en ellas toda mi voluntad, hasta que logré la completa rigidez de los miembros del paciente, a quien había colocado con anterioridad en una posición más cómoda. Las piernas estaban totalmente extendidas, los brazos casi lo estaban también y descansaban sobre la cama, a corta distancia de los flancos. La cabeza estaba ligeramente levantada.

Una vez logrado esto, era medianoche y pedí a los caballeros que se encontraban presentes que examinaran el estado del señor Valdemar. Después de algunas exploraciones, admitieron que estaba en un inusualmente perfecto estado de trance hipnótico. La curiosidad de ambos médicos se veía excitada. El doctor D... resolvió de repente permanecer con el paciente toda la noche, mientras el doctor F... se marchó con la promesa de regresar al amanecer. El señor L...l y los enfermeros se quedaron.

Dejamos al señor Valdemar completamente tranquilo hasta las tres de la madrugada, cuando me acerqué y le encontré en el mismo estado que cuando se fue el doctor F...; es decir, permanecía en la misma posición. El pulso era imperceptible; la respiración era tranquila (casi imperceptible, a menos que se aplicara un espejo delante de sus labios); los ojos estaban cerrados de forma natural, y los miembros estaban tan rígidos y fríos como el mármol. Sin embargo, la apariencia general distaba mucho de ser la de la muerte.

Cuando me acerqué al señor Valdemar, hice un esfuerzo intermedio para ejercer influencia sobre el brazo derecho, para que siguiera los movimientos del mío, que movía suavemente sobre su cuerpo. En estos experimentos con el paciente, nunca antes lo había logrado y casi no esperaba lograrlo ahora. Sin embargo, para mi sorpresa, su brazo, débil pero seguro, siguió todos los movimientos que le señalaba con el mío. Decidí entonces intentar intercambiar unas breves palabras con él.

—Señor Valdemar —pregunté—, ¿está usted dormido?

No respondió, pero percibí un temblor en sus labios y repetí la pregunta una y otra vez. Al preguntar por tercera vez, todo su cuerpo se agitó levemente; sus párpados se abrieron hasta dejar a la vista una línea del blanco del ojo; sus labios se movieron lentamente, mientras en un susurro apenas audible pronunciaban las siguientes palabras:

—Sí, estoy dormido. No me despierte. ¡Déjeme morir así!

Palpé sus miembros y los noté tan rígidos como siempre. El brazo derecho, al igual que antes, seguía el movimiento de mi mano. Le pregunté de nuevo:

—¿Todavía siente dolor en el pecho, señor Valdemar?

La respuesta fue inmediata, pero menos audible que antes.

—No hay dolor. Estoy muriendo.

No creí aconsejable perturbarle más en ese momento y no dije ni hice nada más hasta que llegó el doctor F..., quien vino poco después del amanecer y expresó una gran sorpresa al encontrar al paciente todavía con vida. Después de tomarle el pulso y de aplicar el espejo a sus labios, me pidió que hablara con el paciente otra vez. Le dije entonces:

—Señor Valdemar, ¿todavía duerme?

Al igual que antes, pasaron algunos minutos hasta que recibí una respuesta. Durante el intervalo el moribundo parecía estar juntando energías para hablar. A la cuarta repetición de mi pregunta, dijo débilmente, casi de forma inaudible:

—Sí, todavía duermo... Me estoy muriendo.

Ahora los médicos opinaban o, mejor dicho, deseaban que el señor Valdemar no fuera sometido a otras molestias en el presente estado de aparente tranquilidad, hasta que llegara el momento de la muerte, que creían que llegaría en pocos minutos. Sin embargo, decidí hablarle una vez más y simplemente repetí mi anterior pregunta.

Mientras hablaba, se produjo un notable cambio en la apariencia del hipnotizado. Los ojos se abrieron lentamente, aunque las pupilas habían girado hacia arriba. La piel adquirió un tono cadavérico, más parecido al papel que al pergamino, y los círculos hécticos, que hasta ese momento se destacaban claramente en el centro de cada mejilla, se apagaron bruscamente. Uso esta expresión porque la rapidez de su desaparición trajo a mi mente la imagen de una vela que se apaga al soplarla. Al mismo tiempo, el labio superior se replegó, dejando al descubierto los dientes, que antes habían estado totalmente ocultos, mientras la mandíbula inferior caía con un temblor que todos oímos, dejando la boca completamente abierta y mostrando una lengua hinchada y ennegrecida. Supongo que todos los presentes estábamos acostumbrados a los horrores de un lecho de muerte, pero la apariencia del señor Valdemar en este momento era tan horrible que todos nos alejamos de la cama.

Creo que he llegado a un punto de este relato en el que el lector sentirá una absoluta incredulidad. Sin embargo, es mi deber continuarlo.

Ya no había el menor signo de vitalidad en el señor Valdemar; seguros de que estaba muerto, decidimos dejarlo a cargo de los enfermeros. De repente, observamos un fuerte movimiento vibratorio de su lengua, que duró cerca de un minuto. Al finalizar, surgió de las mandíbulas inmóviles una voz, que sería absurdo por mi parte describir. En realidad, hay dos o tres epítetos que podrían aplicarse en parte. Podría decir, por ejemplo, que el sonido era áspero, quebrado y hueco. Pero la total fealdad es indescriptible, ya que nunca percibió el oído humano algo semejante. No obstante, hubo un par de detalles que en ese momento consideré, y aún considero, podrían ser característicos de ese sonido y dar alguna idea de su carácter sobrenatural. En primer lugar, la voz parecía llegar a nuestros oídos (por lo menos, a los míos) desde una gran distancia y desde una profunda caverna dentro de la Tierra. En segundo lugar, me dio la misma sensación (me temo, en realidad, que no podré explicarme) que se siente al tocar una materia gelatinosa o viscosa.

He hablado tanto de un «sonido» como de una «voz». Quiero decir que el sonido era un silabeo perfecto y maravillosamente nítido. El señor Valdemar *habló*, obviamente, en respuesta a la pregunta que le había formulado unos minutos antes. Le había preguntado, como se recordará, si aún dormía. Ahora respondió:

—Sí... no... He *estado* durmiendo... y ahora... ahora... *estoy muerto*.

Ninguno de los presentes pudo negar o reprimir el inexpresable, terrible, horror que estas palabras, así pronunciadas, tenían que producir. El señor L...l (el estudiante) se desvaneció. Los enfermeros salieron inmediatamente de la habitación y no pudimos hacerlos entrar. No intentaré explicar mis impresiones al lector. Durante casi una hora nos dedicamos en silencio, sin pronunciar palabra, a reanimar al señor L...l. Cuando volvió en sí, volvimos a estudiar el estado del señor Valdemar.

Permanecía en todos los aspectos tal como le describí la última vez, a excepción de que el espejo ya no reflejaba la evidencia de la respiración. Intentamos provocar que sangrara por el brazo, pero no lo logramos. También debo decir que este brazo ya no obedecía a mi voluntad. Intenté en vano hacer que siguiera el movimiento de mi mano. En realidad, la única indicación real de la influencia hipnótica podía hallarse en el movimiento vibratorio de su lengua, cada vez que dirigía una pregunta al señor Valdemar. Parecía estar haciendo un esfuerzo por responder, pero ya no tenía la voluntad suficiente. Parecía totalmente insensible a las preguntas que le formulara cualquier otra persona que no fuera yo, aunque intenté que todos los presentes establecieran una relación hipnótica con él. Creo que he relatado todo lo necesario para describir el estado del paciente en ese momento. Buscamos otros enfermeros y a las diez me fui con los dos médicos y el señor L...l.

Por la tarde, volvimos todos para ver al paciente. Su estado permanecía exactamente igual. Ahora discutimos si sería apropiado o posible despertarle, pero no dudamos que no lograríamos nada con ello. En ese momento, era evidente que la muerte (*o lo que habitualmente se llama muerte*) había sido frenada por el proceso hipnótico. Parecía obvio para todos que si despertábamos al señor Valdemar sólo lograríamos su inmediato o, por lo menos, su rápido fallecimiento.

Desde ese momento y hasta el fin de la semana pasada (*un período de casi siete meses*) continuamos visitando diariamente la casa del señor Valdemar, acompañados por médicos y otros amigos. Durante todo este tiempo, el paciente permaneció exactamente igual al estado que he descrito. La atención de los enfermeros fue continuada.

El viernes pasado decidimos hacer el experimento de despertarle o intentar despertarle, y tal vez sea el desafortunado resultado de este último experimento el que dio origen a tanta discusión en círculos privados y a una opinión pública que no puede dejar de considerarse injustificada.

Para reanimar al señor Valdemar del trance hipnótico, utilicé los movimiento habituales. Durante un momento, no lo logré. El primer indicio de reanimación lo proporcionó el descenso parcial del iris. Como dato notable, observamos que el descenso de la pupila fue acompañado de un abundante flujo de icor amarillento (que salía de debajo de los párpados) y que despedía un olor penetrante y fétido.

Me sugirieron que debería intentar influir sobre el brazo del paciente, como antes. Lo intenté, pero no lo conseguí. El doctor F...

expresó su deseo de que hiciera una pregunta al paciente. Lo hice, con las palabras siguientes:

—Señor Valdemar, ¿podría usted explicarnos qué siente o qué desea en este momento?

Hubo una inmediata reaparición de los círculos hécticos sobre sus mejillas; la lengua tembló o, mejor dicho, giró violentamente dentro de la boca (aunque las mandíbulas y los labios permanecían tan rígidos como antes) y, finalmente, se oyó nuevamente esa horrible voz que describí antes:

—¡Por amor de Dios...! Pronto... Pronto... Hágame dormir... o despiérteme... Pronto. ¡*Le digo que estoy muerto*!

Perdí por completo la serenidad y por un momento no supe qué hacer. Primero, intenté calmar otra vez al paciente, pero al fracasar, por la total suspensión de su voluntad, cambié de proceder y luché con todas mis fuerzas por despertar al paciente. En este intento pensé que podría lograrlo (o, por lo menos, imaginé que mi éxito sería completo) y estoy seguro de que todos los presentes estaban preparados para ver despertar al paciente.

Sin embargo, nadie podía estar preparado para presenciar lo que ocurrió.

Mientras ejecutaba rápidamente mis pases hipnóticos, al tiempo que los gritos de «¡Muerto! ¡Muerto!» *explotaban* de la lengua y no de los labios del paciente, violentamente, en el lapso de un minuto, o menos, todo su cuerpo se encogió, se deshizo, se *corrompió* entre mis manos. Sobre la cama, ante todos los presentes, no quedó sino una masa líquida putrefacta, repugnante, detestable.

MANUSCRITO HALLADO EN UNA BOTELLA

«Qui n'a plus qu'un moment à vivre
N'a plus rien à dissimuler.»
QUINAULT, ATYS

De mi país y mi familia tengo poco que decir. El mal trato y el paso del tiempo me han alejado de uno y me han distanciado de la otra. La riqueza heredada me ha procurado una educación poco común y mi espíritu contemplativo me permitió ordenar metódicamente los conocimientos adquiridos por mis primeros estudios. Más que nada, las obras de los moralistas germanos me causaron gran placer, no por una admiración errónea de su elocuente locura, sino por la facilidad con la que mi rígida forma de pensar me permitió detectar sus falsedades. Muchas veces se me reprochó la aridez de mi genio; se me acusaba por mi deficiente imaginación como por un crimen y siempre me he destacado por el escepticismo de mis opiniones. De hecho, creo que mi preferencia por la filosofía física ha influido en mi mente con un error muy común de estos tiempos: me refiero al hábito de relacionar todo hecho, aun el menos susceptible de ser relacionado, con los principios de esa ciencia. En general, nadie puede ser menos propenso que yo a desviarse de los severos límites de la verdad por los fuegos fatuos de la superstición. He creído necesario exponer estas observaciones, por miedo a que el increíble cuento que voy a relatar pueda ser considerado como el desvarío de una imaginación exaltada, más que como una experiencia positiva de una mente para quien los sueños de la fantasía han sido letra muerta y una nulidad.

Después de muchos años de viajes por el extranjero, navegué en el año 18... desde el puerto de Batavia, en la rica y populosa isla de Java, hacia el archipiélago de las islas de la Sonda. Viajaba como pasajero, sin más motivo que una especie de nerviosismo que me acosaba como una fiera.

Nuestra nave, un precioso barco de unas cuatrocientas toneladas, con remaches de cobre, había sido construida en Bombay con teca de Malabar. Llevaba carga de algodón y aceite de las islas Laquevidas. También había a bordo bonote, melaza, manteca de leche de búfalo, coco y algunas cajas de opio. El almacenaje se había realizado sin cuidado y, en consecuencia, el barco se inclinaba.

Comenzamos el viaje con poco viento y durante muchos días nos mantuvimos cerca de la costa este de Java, sin más incidente para distraer la monotonía de nuestro crucero que el encuentro ocasional con algunos de los pequeños barcos del archipiélago al que nos dirigíamos.

Una tarde, mientras estaba apoyado en el coronamiento, distinguí en el noroeste una nube aislada muy particular, tanto por su colorido como por ser la primera que habíamos visto desde que partimos de Batavia. La observé hasta el anochecer, en que se extendió hacia el Este y el Oeste, ciñendo el horizonte con una estrecha franja de vapor, que parecía una larga línea de playa baja. Después atrajo mi atención el oscuro color rojo de la Luna y la especial apariencia del mar, que experimentaba un rápido cambio y cuyas aguas parecían más transparentes que de costumbre. Aunque podía ver perfectamente el fondo, lancé la plomada y vi que el barco estaba a quince brazas. Ahora hacía un calor insoportable y el aire estaba cargado con exhalaciones en espiral similares a las que surgen del hierro caliente. A medida que caía la noche, desapareció la brisa y llegó una impensable calma absoluta. La llama de una bujía colocada en la popa ardía sin moverse en absoluto y un cabello, sostenido entre dos dedos, podía colgar sin que pudiera percibir la más mínima vibración. Sin embargo, como el capitán dijo que no observaba ningún indicador de peligro y como nos estábamos dirigiendo hacia la costa, ordenó que se arriaran las velas y que se echara el ancla. No se apostó ningún guardia y toda la tripulación, principalmente compuesta de malayos, se echaron a descansar en cubierta. Bajé con el presentimiento de que se avecinaba algo malo. Expresé mi temor al capitán, pero él no atendió a mi advertencia y se marchó sin siquiera dignarse contestarme. Sin embargo, mi preocupación no me permitió dormir y, sobre la medianoche, subí a cubierta. Cuando puse el pie en el último escalón de la escalera de toldilla, me sobresaltó un fuerte zumbido, como el que produce la rueda del molino al girar con velocidad, y, antes de poder saber de qué se trataba, sentí que el barco se estremecía. A continuación, nos invadía un mar de espuma que, pasando por encima de nosotros, barría la cubierta de proa a popa.

La terrible furia de la ráfaga consiguió, en gran medida, salvar el barco. A pesar de que estaba completamente cubierto de agua, como sus mástiles se habían volado por la borda, un minuto después, la nave se elevó a la superficie del mar y, después de vacilar un rato bajo la espantosa presión de la tempestad, finalmente se enderezó.

Es imposible asegurar por qué milagro escapé a la destrucción. Atontado por el golpe del agua, al recuperarme me vi atascado entre el codaste y el timón. Con gran dificultad, me puse en pie y, mirando asombrado a mi alrededor, me sorprendió la idea de que estábamos entre rompientes, por el terrible e inimaginable remolino de montañas de agua y espuma donde estábamos encerrados. Un instante después, escuché la voz de un viejo sueco que había embarcado con nosotros en el momento de la partida. Le llamé con todas mis fuerzas y rápidamente caminó hacia mí tambaleándose. Pronto descubrimos que éramos los únicos supervivientes del accidente. Todo, salvo nosotros mismos, había sido barrido de la borda. El capitán y los oficiales debían de haber muerto mientras dormían, ya que sus camarotes estaban completamente inundados. Sin ayuda, no esperábamos poder hacer gran cosa por la seguridad del barco y nos sentimos paralizados al pensar que pronto nos hundiríamos. Era de suponer que nuestro cable se habría partido como si fuera bramante al primer golpe del huracán; de lo contrario, nos habríamos hundido instantáneamente. Nos desplazábamos a una velocidad espantosa y las olas rompían sobre nosotros. La estructura de popa estaba demasiado destruida y el barco había sufrido daños considerables en todos los sentidos, pero con gran alegría descubrimos que las bombas no estaban atascadas y que el lastre no se había desplazado. Ya había pasado la furia de la ráfaga y la violencia del viento no representaba gran peligro para nosotros; sin embargo, temíamos que se detuviera completamente, ya que sabíamos que naufragaríamos como consecuencia de la marejada que vendría a continuación. Pero esta acertada apreciación no parecía verificable a corto plazo. Durante cinco días y sus noches, en los cuales sólo nos alimentamos de un poco de melaza que conseguimos con dificultad en el castillo de proa, el averiado barco se desplazó a una velocidad que desafiaba cualquier cálculo, ante incesantes ráfagas de viento que, si bien no se asemejaban a la primera en violencia, me resultaban más terribles que cualquier otra tempestad que hubiera visto alguna vez. Navegamos durante los primeros cuatro días, con algunas variaciones, hacia el sudeste y al Sur, y debimos pasar cerca de la costa de Nueva Holanda. Al quinto día, el frío se volvió extremo, aunque el viento había virado un punto más en dirección hacia el Norte. El Sol se elevó con un lánguido color amarillo y subió pocos grados sobre el horizonte, emitiendo una luz muy suave. No se veían nubes, pero el viento aumentaba y soplaba con furia irregular. Hacia el mediodía —por lo que podíamos calcular— nuevamente nos llamó la atención la apariencia del Sol. No irradiaba luz propiamente dicha, sino un brillo triste sin reflejo, como si sus rayos estuvieran polarizados.

Antes de hundirse en el inmenso mar, su fuego central desapareció de repente, como si lo hubiera extinguido un poder inexplicable. Quedó sólo un opaco aro plateado, a medida que se hundía en el insondable mar.

En vano esperamos la llegada del sexto día, que para mí todavía no ha llegado y para el sueco nunca llegó. Desde ese momento, quedamos sumidos en una terrible oscuridad, tal que no hubiéramos podido ver nada a veinte pasos del barco. La noche eterna continuó envolviéndonos, sin que ni se suavizara con el brillo fosforescente del mar al que nos habíamos acostumbrado en el trópico. También observamos que, aunque la tempestad seguía rugiendo con implacable violencia, ya no podíamos distinguir las olas ni la espuma que hasta ese momento nos habían acompañado. A nuestro alrededor sólo había horror, profunda oscuridad y un sofocante desierto negro como ébano. El terror supersticioso fue aumentando en el espíritu del sueco y mi propia alma se vio envuelta en un silencioso asombro. No prestamos atención al barco, por considerarlo inútil; nos aseguramos lo mejor posible al tocón del palo de mesana y nos quedamos mirando con amargura hacia la inmensidad del mar. No teníamos medios para calcular el tiempo y era imposible conocer nuestra situación. Sin embargo, sabíamos perfectamente que habíamos llegado más al Sur que cualquier navegante anterior y nos sorprendimos de no haber encontrado las habituales barreras de hielo. Mientras tanto, cada momento nos amenazaba con ser el último de nuestra vida; las inmensas olas se acercaban para destruirnos. El oleaje sobrepasaba todo lo que yo creía posible y es un milagro que no nos hubiéramos hundido en un instante. Mi compañero se refirió a lo ligero de nuestra carga y me recordó las excelentes características de nuestro barco, pero yo no podía evitar sentir la absoluta desesperanza de la esperanza misma y me preparaba tristemente para una muerte que, creía, nada podía postergar más de una hora, ya que con cada nudo de camino que atravesaba el barco, el oleaje de aquel terrible y oscuro mar se volvía más amenazante. Por momentos, jadeábamos en busca de aire, alzados a una altura mayor a la del albatros; en otros, nos mareábamos por la velocidad del descenso a algún infierno de agua, donde el aire parecía estancado y ningún sonido interrumpía el adormecimiento del monstruo marino.

Estábamos en el fondo de estos abismos, cuando un repentino grito de mi compañero rompió aterradoramente la noche. «¡Mire, mire! —me gritaba al oído—. Dios Todopoderoso! ¡Mire! ¡Mire!» Mientras él hablaba, comencé a notar un suave resplandor rojizo que aparecía a los lados del enorme abismo en que nos habíamos hundido, alumbrando con incertidumbre nuestra cubierta. Al alzar los ojos, tuve ante la vista un espectáculo que me heló la sangre. A una terrorífica altura por encima de nosotros y al borde de aquel precipicio de agua, se elevaba una gigantesca nave, tal vez de unas cuatro mil toneladas. Aunque surgía por sobre la cresta de una ola que lo superaba cien veces en altura, su tamaño excedía al de cualquier otro barco existente de línea o de la Compañía de la India Oriental. El enorme casco era negro y opaco y no mostraba ninguno de los habituales adornos de un barco. Sólo asomaba una línea de cañones de bronce por las cañoneras abiertas y su superficie reflejaba el brillo de innumerables faroles de batalla que se balanceaban en los aparejos. Pero lo que más horror y sorpresa nos inspiró fue que el barco mantuviera las velas desplegadas en medio de aquel mar sobrenatural y aquel indomable huracán. Al verlo por primera vez, sólo se veía su proa, mientras se elevaba lentamente del golfo oscuro y horrible de donde provenía. Durante un momento de intenso terror, se detuvo en el vertiginoso pináculo, como para contemplar su propia sublimidad; después tembló, vaciló y... cayó sobre nosotros.

En este momento, no sé qué repentino autocontrol sobrevino a mi espíritu. Alejándome todo lo que pude, esperé sin temor la ruina que nos aniquilaría por completo. Nuestro propio barco había dejado de luchar y su proa se hundía en el mar. En consecuencia, el choque de la masa descendente lo golpeó en la parte de su estructura que estaba casi bajo agua y el resultado inevitable fue que me lanzó violentamente sobre los aparejos de la otra nave.

Cuando caí, el barco viró y atribuí a la confusión reinante el hecho de haber pasado inadvertido para la tripulación. Sin dificultad, me dirigí hacia la escotilla principal, que estaba parcialmente abierta, y pronto encontré una oportunidad de esconderme en la bodega. No podría decir por qué lo hice. Una indescriptible sensación de miedo que se había apoderado de mí al ver por primera vez a los navegantes del barco pudo haber sido la razón de que me ocultara. No podía fiarme de unas personas que me habían provocado, con sólo verlos, tanto asombro, duda y aprensión. Por eso, creí más apropiado asegurarme un escondite en la bodega. Lo conseguí quitando una parte de la estructura movible, como para procurarme un sitio adecuado entre las enormes cuadernas del barco.

Apenas hube completado mi trabajo, unos pasos en la bodega me obligaron a hacer uso del escondite. Un hombre pasó cerca de mí con pasos débiles e inseguros. No podía ver su cara, pero tuve la oportunidad de observar su apariencia general. Mostraba signos de gran debilidad y avanzada edad. El peso de los años le hacía temblar las rodillas y la estructura de su cuerpo se estremecía por aquella carga. Hablaba solo, con voz baja y entrecortada, en un idioma que no podía entender, y tanteó en un rincón entre un montón de instrumentos extraños y antiguas cartas de navegación. Su actitud revelaba una mezcla salvaje del mal humor de la segunda infancia y la solemne dignidad de un dios. Finalmente, volvió a cubierta y no le vi más.

* * *

Un sentimiento que no puedo describir se apoderó de mi alma, una sensación que no admite análisis, para la que el aprendizaje de otros tiempos resulta inadecuado y para la que, creo, ni el futuro podrá ofrecerme la clave. Para una mente constituida como la mía, esta última consideración es un mal verdadero. Nunca, lo sé, nunca estaré satisfecho con la naturaleza de mis concepciones. Sin embargo, no debe sorprenderme que estas concepciones sean indefinidas, ya que tienen su origen en fuentes demasiado nuevas. Un nuevo sentido, una nueva entidad, se suma a mi alma.

* * *

Hace mucho tiempo que subí por primera vez a la cubierta de este terrible barco y creo que los rayos de mi destino se concentran en un foco. ¡Hombres incomprensibles! Envueltos en meditaciones de una clase que no puedo adivinar, pasan a mi lado sin notar mi presencia. Esconderme es una tontería de mi parte, ya que esta gente *no quiere ver*. Hace sólo un momento que pasé frente a los ojos del segundo; no hace mucho que me aventuré en el camarote privado del capitán y allí encontré los materiales con los que he escrito y estoy escribiendo. De cuando en cuando seguiré escribiendo este diario. Es verdad que puede ser que no halle la oportunidad de transmitirlo al mundo, pero no dejaré de hacer el intento. En el último momento, colocaré el manuscrito en una botella y lo lanzaré al mar.

* * *

Ocurrió un incidente que me dio nuevos movitos para meditar. ¿Estas cosas ocurren por un azar ingobernado? Subí a cubierta y me tendí, sin llamar la atención, sobre un montón de flechaduras y velas viejas, en el fondo de un bote. Mientras pensaba en la singularidad de mi destino, dibujé sin darme cuenta con un pincel con brea los bordes de un ala de trinquete que se encontraba a mi lado, doblada perfectamente sobre un barril. Ahora la vela está extendida en el barco y los toques descuidados del pincel se despliegan formando la palabra *DESCUBRIMIENTO*.

Últimamente estuve observando la estructura del barco. Aunque está armado, creo que no es un buque de guerra. Los aparejos, la construcción y el equipamiento general no corresponden a un barco de este tipo. Puedo decir *qué no es*, pero me temo que es imposible *decir qué es*. No sé cómo es, pero al observar el extraño diseño y su particular estructura de mástiles, el gran tamaño de sus velas, su sencilla proa y su anticuada popa, aparece repentinamente en mi mente una sensación de cosas familiares, y siempre se entremezcla con esas sombras indistintas de recuerdos una inexplicable memoria de antiguas crónicas extranjeras de tiempos remotos.

* * *

Estuve mirando la estructura del barco. Está construido con un material que desconozco. Una característica especial de la madera me llama la atención, como si no se correspondiera con el fin para el que se ha utilizado. Me refiero a su extrema *porosidad*, considerada independientemente de la condición de haber sido comida por los gusanos, como consecuencia de la navegación por estos mares y de estar podrida por el tiempo transcurrido. Tal vez parezca una observación más que curiosa, pero esta madera tenía todo el aspecto del roble español, si el roble español fuera dilatado por algún medio artificial.

Al leer la oración que antecede, recuerdo un extraño dicho de un viejo navegante holandés: «Es tan seguro —solía decir cada vez que alguien ponía en duda su veracidad—, es tan seguro como que existe un mar donde el barco mismo crece como el cuerpo viviente de un hombre de mar.»

* * *

Hace una hora, me atreví a mezclarme con un grupo de tripulantes. No me prestaron ningún tipo de atención y, aunque me quedé en medio de todos ellos, parecían no tener la menor conciencia de mi presencia. Como el que vi por primera vez en la bodega, todos mostraban signos de ancianidad. Sus rodillas temblaban inseguras; sus hombros se doblaban con decrepitud; su piel arrugada temblaba contra el viento; sus voces eran bajas, temblorosas y entrecortadas; sus ojos brillaban con la humedad de los años, y sus grises cabellos se movían terriblemente en la tempestad. A su alrededor, en toda la cubierta, yacían esparcidos instrumentos matemáticos de la más extraña y obsoleta construcción.

* * *

Hace un tiempo, mencioné que una vela había sido izada. Desde entonces, el barco ha seguido su terrible carrera hacia el Sur, agobiado por el viento, con toda la tela desplegada desde la punta de los mástiles

hasta la parte interior, hundiendo constantemente las vergas del juane-
te en el más horroroso infierno de agua que se pudiera imaginar. He
abandonado la cubierta, donde es imposible para mí mantenerme en
pie, aunque la tripulación parece no experimentar muchos problemas.
Me parece un milagro de milagros que nuestra enorme masa no sea tragada de una vez para siempre. Seguramente, estamos predestinados a
andar siempre al borde de la eternidad, sin llegar a precipitarnos por fin
en el abismo. Atravesamos olas mil veces más grandes que las que he
visto jamás, con la misma facilidad de una gaviota, y las colosales aguas
se alzan sobre nosotros como demonios de las profundidades, pero
como demonios destinados a ser simples amenazas y que tienen prohibido destruir. Me inclino a atribuir estos frecuentes escapes a la única
causa natural que puede explicar dicho efecto. Debo suponer que el
barco está bajo la influencia de alguna corriente fuerte o de una impetuosa corriente de fondo.

* * *

He visto al capitán cara a cara y en su propio camarote, pero, como
esperaba, no me prestó atención. Aunque el observador casual no halle
en su apariencia nada que pueda parecer fuera de lo humano, se mezclaba un sentimiento de inevitable reverencia y temor con la sensación
de maravilla con la que yo lo observaba. Es casi tan alto como yo, es
decir, cinco pies y ocho pulgadas. Tiene una estructura corporal compacta, ni muy robusta ni todo lo contrario. Pero la singularidad de la
expresión que gobierna su cara, la intensa, maravillosa, sorprendente
evidencia de avanzada edad, tan clara, tan extrema, produce una sensación en mi espíritu, un sentimiento inefable. Su frente, aunque poco
arrugada, parece llevar el sello de una mirada de años. Sus cabellos grises son signos del pasado y sus ojos aún más grises son sibilas del futuro. El suelo del camarote estaba cubierto de extraños folios con broches
de hierro, arruinados instrumentos de ciencia y cartas obsoletas ya
olvidadas. Apoyaba la cabeza en las manos y miraba, con ojos inquietos y llameantes, un papel que creí era una orden y que, en todo caso,
tenía la firma de un monarca. Murmuró para sí, al igual que el primer
marino que vi en la bodega, algunas palabras confusas y malhumoradas
en lengua extranjera, y, aunque quien hablaba estaba cerca de mi codo,
su voz parecía llegar a mis oídos desde una milla de distancia.

* * *

El barco y todo su contenido están impregnados por el espíritu de
la Vejez. La tripulación se desplaza como los fantasmas de siglos sepultados; sus ojos muestran ansiedad e intranquilidad, y cuando sus dedos

se iluminan por el reflejo de las linternas de batalla me siento como no me había sentido antes, aunque toda mi vida fui anticuario y asimilé las sombras de las columnas caídas de Baalbek, de Tadmor y de Persépolis, hasta que mi propia alma se convirtió en una ruina.

* * *

Cuando miro a mi alrededor, me siento avergonzado de mis aprensiones anteriores. Si temblé ante el huracán que nos ha seguido hasta este momento, ¿cómo no horrorizarme ante el ataque de un viento y un océano para los que las palabras tornado y tempestad suenan triviales e ineficaces? Todo alrededor del barco es la oscuridad de la noche eterna y un caos de agua sin espuma; pero a una legua a cada lado de nosotros pueden verse, cada tanto y borrosas, gigantescas paredes de hielo que se alzan en el desolado cielo y como si fueran las murallas del universo.

* * *

Tal como imaginaba, el barco está en una corriente, si puede llamarse así a una marea que, aullando y gritando entre la inmensidad del blanco hielo, va hacia el Sur como un trueno y con la velocidad de una catarata.

* * *

Creo que es imposible concebir el horror de mis sensaciones. Sin embargo, por encima de mi desesperación predomina la curiosidad por penetrar en los misterios de estas extrañas regiones y me reconcilio con los aspectos más horribles de la muerte. Resulta evidente que corremos hacia un conocimiento apasionante, un secreto que nunca compartiremos y cuya obtención nos lleva a la destrucción. Tal vez, esta corriente nos conduce al polo austral. Debemos confesar que una suposición tan salvaje en apariencia tiene todas las probabilidades a su favor.

* * *

La tripulación recorre la cubierta con pasos inquietos y temblorosos, pero hay en su rostro una expresión que se parece más a la ansiedad de la esperanza que a la apatía de la desesperación.

Mientras tanto, el viento sigue en popa y, como todas las velas están desplegadas, por momentos el barco se ve levantado sobre el mar. ¡Oh! ¡Horror y más horror! El hielo se abre de repente hacia la derecha y hacia la izquierda y estamos girando vertiginosamente, en inmensos círculos concéntricos, alrededor de los bordes de un gigantesco anfiteatro, cuyas paredes se pierden en la oscuridad y la distancia. ¡Poco tiempo me queda para pensar en mi destino! Los círculos se van haciendo más pequeños rápidamente. Nos precipitamos en el torbellino. Y entre el rugido, el oleaje y el trueno del océano y la tempestad, el barco se estremece y, ¡oh Dios mío!, se hunde.

NOTA DEL AUTOR: *El Manuscrito hallado en una botella* se publicó por primera vez en 1831. Sólo muchos años después llegaron a mis manos los mapas de Mercator, en los que el océano se representa como precipitándose por cuatro bocas en el golfo polar (Norte) y es absorbido por las entrañas de la tierra. El polo aparece representado por una roca negra, que se alza a una altura prodigiosa.

UN DESCENSO AL MAELSTRÖM

> «Los caminos de Dios en la naturaleza, como en la providencia, no son como nuestros caminos; tampoco los modelos que construimos pueden proporcionar la vastedad, la profundidad y la inescrutabilidad de Sus obras, que tienen una profundidad mayor *que la del pozo de Demócrito.*»
>
> JOSEPH GLANVILLE

Habíamos llegado a la cumbre del despeñadero más elevado. Durante algunos minutos, el anciano pareció mucho más cansado para hablar.

—No hace mucho —dijo finalmente— podría haberle guiado en esta ruta igual que lo haría el más joven de mis hijos; pero, unos tres años atrás, me ocurrió algo que nunca le había pasado a ningún mortal (o, por lo menos, a un mortal que haya sobrevivido para contarlo) y las seis horas de terror de muerte que soporté en ese momento me destrozaron en cuerpo y alma. Usted creerá que soy muy viejo, pero no lo soy. En un solo día, mis cabellos de color negro azabache se volvieron blancos, se debilitaron mis miembros y mis nervios quedaron tan frágiles que tiemblo al menor esfuerzo y me asusto de una sombra. ¿Sabe que apenas puedo mirar desde este pequeño acantilado sin sentir vértigo?

El «pequeño acantilado» —sobre cuyo borde se había tumbado con tanta negligencia a descansar de modo que la parte más pesada de su cuerpo colgaba del mismo, mientras que se cuidaba de caer apoyando el codo en una resbalosa arista del borde—, se elevaba formando un precipicio de roca negra y reluciente de unos mil quinientos o mil seiscientos pies, sobre una gran cantidad de despeñaderos situados más abajo. Nada me hubiera convencido de acercarme a menos de seis yardas de aquel borde. En realidad, estaba tan impresionado por la peligrosa posición de mi compañero que me recosté en el suelo, sujetándome de los arbustos cercanos, y no me atreví siquiera a mirar hacia el cielo, mientras luchaba en vano por alejar de mí la idea de que los cimientos de la montaña corrían peligro a causa de la furia de los vientos. Pasó largo tiempo antes de que pudiera juntar coraje para sentarme y mirar a lo lejos.

—Usted debe superar estas fantasías —dijo el guía— ya que le he traído hasta aquí para que pueda tener la mejor vista posible de la escena del hecho que le mencioné y para contarle toda la historia en el mismo escenario que tiene usted delante de su vista. Estamos ahora —continuó con la minuciosidad que le caracterizaba— cerca de la costa de Noruega, a sesenta y ocho grados de latitud, en la gran provincia de Nordland y en el terrible distrito de Lofoden. La montaña sobre cuya cima estamos sentados es Helseggen, la Nebulosa. Enderécese un poco... Sujétese a las plantas si siente vértigo..., así..., y mire, más allá de la franja de vapor que tenemos debajo, hacia el mar.

Miré, con vértigo, y observé una gran extensión de océano, cuyas aguas tenían un color tan parecido a la tinta que me traían a la mente la descripción de un geógrafo acerca del *Mare Tenebrarum*. Un panorama tan deplorablemente desolado como no podría imaginar el hombre. Hacia la derecha y la izquierda, hasta donde podía verse, se tendían, como murallas del mundo, cadenas de acantilados horriblemente negros y colgantes, cuyo aspecto lúgubre se reforzaba con el mar que, con sus crestas blancas y lívidas, rompían aullando y rugiendo en la eternidad. Exactamente frente al saliente donde nos encontrábamos y a una distancia de unas cinco o seis millas dentro del mar, había una pequeña isla de aspecto desértico o, mejor dicho, su posición podía distinguirse a través de los salvajes rompientes que la envolvían. Aproximadamente a dos millas más cerca de la tierra se levantaba otra de menor tamaño, horriblemente escarpada y estéril, rodeada en varias zonas por grupos de rocas oscuras.

En el espacio comprendido entre la isla más lejana y la costa, el aspecto del océano era algo inusual. Aunque en ese momento soplaba un viento tan fuerte hacia la costa que un bergantín que navegaba por el mar se mantenía a flote con dos rizos en la vela mayor y continuamente se hundía y se perdía de vista, no había un oleaje embravecido, sino breves, furiosos y rápidos golpes de agua en todas las direcciones. Tampoco podía verse espuma, excepto en la proximidad de las rocas.

—La isla allí a lo lejos —continuó el anciano— es la que los noruegos llaman Vurrgh. La que está en medio se llama Moskoe. Hacia el Norte, a una milla, se encuentra Ambaaren. Más allá, Islesen, Hotholm, Keildhelm, Suarven y Buckholm. Todavía más lejos, entre Moskoe y Vurrugh, están Otterholm, Flimen, Sandflesen y Stockholm. Estos son los verdaderos nombres de estos sitios, pero ni usted ni yo podríamos entender el motivo por el cual fue necesario ponerles nombres. ¿Oye usted algo? ¿Ve usted algún cambio en el agua?

Llevábamos unos diez minutos en la cima del Helseggen, adonde habíamos llegado desde el interior de Lofoden, de modo que no pudimos ver el mar hasta que se apareció ante nosotros desde la cima.

Mientras el anciano hablaba, escuché un sonido fuerte y que iba en aumento, como el mugir de un enorme rebaño de búfalos en una pradera americana. Y, al mismo tiempo, percibí lo que los marineros llaman picado, cuando se refieren al océano que, como el que teníamos abajo, se iba transformando en una corriente que se dirigía hacia el Este. Mientras miraba, esta corriente iba adquiriendo una velocidad monstruosa. A cada momento incrementaba la velocidad y su descontrolada impetuosidad. En cinco minutos, todo el mar, hasta Vurrgh, se movía en una ingobernable furia; pero era entre Moskoe y la costa donde se producía con más rabia. Allí, la enorme superficie del agua se abría en miles de canales antegónicos, explotaba repentinamente en una frenética convulsión, encrespándose, hirviendo, silbando, girando en gigantes e innumerables torbellinos, y todo formaba una vorágine que corría hacia el Este con una rapidez que el agua nunca alcanza, excepto en la caída por un precipicio.

Pocos minutos después, sobrevino otra alteración radical. La superficie en general se volvió más estable y los remolinos, uno por uno, fueron desapareciendo, mientras se veían prodigiosas fajas de espuma allí donde nada se había visto antes. Finalmente, estas fajas se extendían a gran distancia y se combinaban y adquirían el movimiento giratorio de los desaparecidos remolinos, como si fueran el origen de otro más vasto. De repente, en un instante, todo apareció como una realidad clara y nítida, formando un círculo de más de una milla. El borde del remolino estaba formado por una ancha faja de brillante espuma, pero ni una partícula de ésta se mezclaba en el interior del espantoso embudo, que, hasta donde podía verse, era una lisa, brillante y negra pared de agua, inclinada unos cuarenta y cinco grados hacia el horizonte, y giraba vertiginosamente, con un movimiento oscilante y agobiante, produciendo un ruido horrible, entre rugido y clamor, que ni siquiera la enorme catarata del Niágara despide en su inmensa caída.

La montaña temblaba desde la base y las rocas oscilaban. Me tumbé boca abajo y me aferré a las escasas hierbas con una gran agitación nerviosa.

—Esto —dije finalmente al anciano—, no puede ser sino el gran remolino de Maelström.

—Ese es el nombre que recibe algunas veces —me contestó—. Nosotros, los noruegos, lo llamamos Moskoe-ström, por la isla de Moskoe que hay en medio.

Las descripciones comunes de este torbellino no me habían preparado para lo que estaba viendo. La descripción que hacía Jonas Ramus, que tal vez sea la más detallada, no puede transmitir una idea real de la magnificencia o del horror de la escena... o de la salvaje sensación de novedad que turba al observador. No podría asegurar desde qué punto de vista aquel escritor lo había investigado ni en qué época, pero no creo que hubiera estado en la cima del Helseggen durante una tormenta. Sin embargo, hay en su descripción algunos pasajes que pueden citarse por los detalles que incluye, aunque el efecto que produce es excesivamente débil frente a lo impresionante del espectáculo.

«Entre Lofoden y Moskoe —dice—, la profundidad del agua oscila entre las treinta y seis y las cuarenta brazas; pero de otro lado, hacia Ver (Vurrgh), esta profundidad disminuye de tal modo que no permite el paso de un barco sin el riesgo de que encalle en las rocas, cosa que ocurre aun con el tiempo más calmo. Cuando se produce la pleamar, la corriente recorre el espacio entre Lofoden y Moskoe a una velocidad exagerada; pero el tronar de un impetuoso reflujo hacia el mar no puede ser igualado por la más fuerte y temible de las cataratas, ya que el ruido se oye desde varias leguas de distancia, y los vórtices o abismos son de tal extensión y profundidad que, si un barco resulta atraído por ellos, resulta absorbido y hundido inevitablemente y destruido contra las rocas, y cuando el agua se tranquiliza, los fragmentos del barco asoman a la superficie. Pero estos intervalos de sosiego se producen solamente en los cambios de marea y con buen tiempo, y su duración no es de más de un cuarto de hora y luego vuelve gradualmente la violencia. Cuando la corriente está más embravecida y su furia aumenta por una tormenta, es peligroso acercarse a menos de una milla de Noruega. Botes, barcos y navíos han sido tragados por no tomar esa precaución al acercarse. También ocurre con frecuencia que las ballenas se aproximan demasiado a la corriente y son dominadas por su violencia, y después es imposible describir los clamores y rugidos en sus inútiles luchas por escapar. Ocurrió una vez que un oso que trataba de nadar desde Lofoden hasta Moskoe fue atrapado por la corriente y arrastrado a la profundidad, mientras rugía tan terriblemente que podía oírse desde la costa. Grandes cantidades de troncos de abetos y pinos, absorbidos por la corriente, aparecen rotos y destruidos de forma tal que no son sino astillas. Esto muestra claramente que el fondo está formado por rocas agudas contra las cuales son arrastrados y golpeados los troncos, que se suceden de forma constante cada seis horas. En 1645, en la mañana del domingo de sexagésima, la furia de la corriente fue tan ruidosa e impetuosa que hasta cayeron las piedras de las casas de la costa.»

Con respeto a la profundidad de las aguas, no lograba entender cómo podía calcularse dada la inmediata proximidad del torbellino. Las «cuarenta brazas» deberían hacer referencia sólo a las partes del canal cercanas a la costa de Moskoe o Lofoden. La profundidad en el centro de Moskoe-ström debe ser inmensamente mayor, y la mejor prueba de este hecho la da cualquier mirada que se proyecte al abismo del remolino desde la cima de Helseggen. Al mirar hacia abajo desde esta cumbre hacia el rugiente Flegetón allí abajo, no pude evitar sonreír por la simplicidad con la que el honrado Jonas Ramus registra, como algo difícil de creer, las anécdotas de las ballenas y los osos, ya que —lo que, según mi parecer, era un hecho evidente por sí mismo— el barco más grande que existiera, sometido a la terrible atracción, podría resistir tan poco como una pluma en un huracán y desaparecería completamente en un momento.

Los intentos de explicar el fenómeno (algunos de los cuales, recuerdo, parecían suficientemente posibles al leerlos) ahora cobraban un aspecto muy diferente e insatisfactorio. La idea predominante es que este y otros tres remolinos más pequeños entre las islas Feroe «no tienen otra causa que la colisión de las olas que suben y bajan por el flujo y el reflujo contra una cadena de rocas y bancos, que encierra el agua de modo que se precipita como una catarata, y así, cuanto más sube la marea, más profunda será la caída y el resultado natural de todo es un remolino o vórtice, cuyo poderoso poder de succión es suficientemente conocido a través de otros experimentos.» Estas son las palabras que aparecen en la Enciclopedia Británica. Kircher y otros autores imaginan que en el centro del canal de Mael-ström existe un abismo que penetra en la tierra y vuelve a aparecer en alguna región remota (el golfo de Botnia se menciona en su caso). Esta opinión, vaga en sí misma, fue la que mi mente más rápidamente aceptó y, al mencionarlo al guía, me sorprendió escuchar decir que, aunque era la opinión más compartida por los noruegos sobre este tema, no era precisamente la suya. Con respecto a la hipótesis antes enunciada, confesó que era incapaz de comprenderla. Y en este caos estuve de acuerdo con él, ya que, aunque fuera concluyente en el papel, se vuelve totalmente ininteligible y hasta absurda entre los truenos del abismo.

—Ahora ha podido ver bien el remolino —dijo el anciano— y, si nos ubicamos detrás de esta roca, al socaire, para que no nos moleste el horrible ruido del agua, le contaré una historia que le convencerá de que yo debo saber algo del Moskoe-ström.

Me coloqué en el sitio indicado y él continuó:

—Mis dos hermanos y yo teníamos un queche aparejado como una goleta, de unas setenta toneladas, con el cual solíamos pescar entre las islas más allá de Moskoe, cerca de Vurrgh. En todas las mareas bravas siempre hay buena pesca, si se saben aprovechar las oportunidades, si se tiene el coraje de intentarlo; pero, entre todos los habitantes de la costa de Lofoden, nosotros tres éramos los únicos que intentábamos de forma regular salir a recorrer las islas, como le estoy contando. Las áreas más comunes de pesca están mucho más al Sur. Allí se puede pescar a toda hora sin demasiado riesgo; por tanto, en general se prefieren estos sitios. Sin embargo, los lugares elegidos por aquí entre las rocas no sólo permiten pescar las mejores variedades, sino que también en mayores cantidades. Así conseguíamos en un solo día lo que otros menos arriesgados tardaban una semana. En realidad, era para nosotros un desafío y cambiábamos el trabajo por el riesgo de la vida y el capital por coraje. Fondeábamos el queche en una cala a unas cinco millas más al norte de esta costa. Cuando el tiempo era bueno, solíamos aprovechar los quince minutos de tranquilidad para seguir por el canal principal del Moskoe-ström, más arriba del remolino, y después anclábamos en cualquier sitio cerca de Otterholm o Sandflesen, donde las mareas no son tan violentas como en otras áreas. Aquí nos quedábamos hasta que se acercara otro intervalo de calma, cuando poníamos proa en dirección a nuestro puerto. Nunca iniciábamos una expedición de este estilo sin tener un buen viento de lado para la ida y para el regreso —un viento que, con seguridad, no nos fuera a abandonar cuando volviéramos—, y era raro que nos equivocáramos en nuestros cálculos. Sólo dos veces en seis años tuvimos que pasar la noche anclados como consecuencia de la calma total, que es extraña en este lugar, y una vez tuvimos que quedarnos por allí casi una semana, muriéndonos de hambre, por una borrasca que se desató poco después de nuestra llegada y embraveció el canal de tal modo que era muy peligroso cruzarlo. En esta ocasión, podríamos haber sido llevados por el mar a pesar de todo (ya que los remolinos nos hacían dar vueltas tan violentamente que decidimos largar el ancla y la dejamos que arrastrara), de no haber sido porque entramos en una de esas innumerables corrientes cruzadas que aparecen y desaparecen según el día y que nos arrastró hasta el refugio de Flimen, donde, finalmente, nos detuvimos.

No podría contarle ni un veinte por ciento de las dificultades que encontramos «en el sitio de pesca» (es un lugar malo para estar, aun con buen tiempo), pero siempre nos arreglábamos para superar el desafío del Moskoe-ström sin accidentes, aunque algunas veces me ponía el corazón en la boca cuando llegábamos un minuto antes o después de la calma. A veces, el viento no era tan fuerte como habíamos creído al comenzar y entonces recorríamos menos camino del que deseábamos, mientras que la corriente hacía la situación inmanejable. Mi hermano mayor tenía un hijo de dieciocho años y yo tenía dos hijos fuertes, que habrían sido de gran ayuda en esos momentos, ya fuera para remar o para pescar; pero, de algún modo, aunque corríamos el riesgo nosotros mismos, no queríamos dejar que los jóvenes corrieran peligro, ya que, después de todo lo que hicimos y dijimos, era un peligro horrible, y esa es la verdad.

En unos días, se cumplirán tres años desde que ocurrió lo que le voy a relatar. Era el diez de julio de 18..., una fecha que la gente de esta parte del mundo nunca olvidará, ya que ese día sopló el huracán más terrible que alguna vez cayera del cielo. Sin embargo, durante toda la mañana y gran parte de la tarde, había una brisa suave y estable desde el sudoeste, mientras el sol brillaba con fuerza, de modo que ni el más anciano de los marinos podía haber previsto lo que iba a suceder.

Los tres, mis dos hermanos y yo, habíamos cruzado hacia las islas a eso de las dos de la tarde y en poco tiempo casi habíamos llenado el queche con pescado que, todos comentamos, eran muchos más ese día que en otras ocasiones. Eran las siete, *por mi reloj*, cuando levamos anclas e iniciábamos el regreso, a fin de atravesar la peor parte del Ström durante el momento de calma, que calculábamos que sería a las ocho.

Iniciamos el trayecto con un viento fresco de estribor y al principio navegamos con rapidez, sin siquiera pensar en el peligro, ya que no teníamos motivos para deducir que podría haberlo. Pero, de repente, sentimos que nos enfrentábamos a un viento procedente de Helseggen. Esto era muy insólito; nunca antes nos había ocurrido y empecé a sentirme intranquilo, sin saber exactamente por qué. Dirigimos el barco contra el viento, pero los remansos no nos dejaban avanzar. Estuve a punto de sugerir que volviéramos al punto donde habíamos anclado, cuando, al mirar hacia popa, vimos que todo el horizonte estaba cubierto por una nube color cobre que se iba elevando con asombrosa rapidez.

Mientras tanto, la brisa que nos había empujado se calmó por completo y nos encontramos en medio de una calma, a la deriva hacia todos los rumbos. Sin embargo, esta situación no duró lo suficiente como para darnos tiempo a pensar en ella. En menos de un minuto, la tormenta estaba sobre nosotros, y en menos de dos el cielo estaba completamente cubierto; con esto y con la espuma de las olas, oscureció tanto que no podíamos vernos entre nosotros.

El huracán que sobrevino no puede describirse. Los viejos marinos de Noruega nunca experimentaron nada igual. Habíamos soltado todo el trapo antes de que el viento nos alcanzara. Pero, al primer golpe, los dos mástiles volaron por la borda como si los hubieran arrancado... Y uno de los palos se llevó consigo a mi hermano mayor, que se había atado para mayor seguridad.

Nuestro barco parecía la pluma más ligera que puede haber sobre el agua. El puente del queche era cerrado, con una pequeña escotilla cerca de proa, que solíamos cerrar y asegurar, por precaución, cuando debíamos cruzar el Ström, contra el mar picado. Pero si no hubiera sido por esta circunstancia, habríamos zozobrado al instante, pues durante un momento quedamos sumergidos por completo. No puedo decir cómo fue que mi hermano escapó de la muerte, ya que nunca tuve la oportunidad de averiguarlo. Por mi parte, en cuanto solté el trinquete, me tiré boca abajo en el puente, con los pies contra la estrecha borda de proa, y me aferré a una armella cerca del palo mayor. El instinto me hizo actuar así y fue, sin duda, lo mejor que podría haber hecho. La verdad es que me encontraba demasiado aturdido como para pensar.

Durante unos momentos, como dije, estuvimos completamente inundados y durante todo este tiempo contuve mi respiración y me aferré a la armella. Cuando no pude aguantar más, me arrodillé, sin soltarme, y pude aclararme un poco. En ese momento, nuestro pequeño barco se sacudió, como un perro al salir del agua, y se liberó, en alguna medida, del mar. Estaba tratando de sobreponerme al estupor que me había embargado y de recuperar mis sentidos, para ver qué debíamos hacer, cuando sentí que alguien se aferraba de mi brazo. Era mi hermano mayor y mi corazón se llenó de alegría, ya que estaba seguro de que había caído; pero inmediatamente después, toda esta alegría se convirtió en horror, ya que él acercó su boca a mi oído y me gritó la palabra: «¡*Moskoe-ström!*»

Nunca nadie sabrá cuáles eran mis sentimientos en ese momento. Me estremecía desde la cabeza hasta los pies como si tuviera un ataque de fiebre. Sabía qué quería decir con esa palabra; sabía que deseaba que lo comprendiera. ¡Con el viento que nos arrastraba, íbamos directamente hacia el remolino del Ström y nada podría salvarnos!

Podrá usted imaginarse que al cruzar el canal Ström, lo habíamos hecho siempre mucho más arriba del remolino, incluso con buen tiempo, y debíamos esperar y respetar con cuidado el momento de calma. Pero ahora estábamos navegando hacia el remolino y ¡nada menos que en medio de este huracán! Pensé: «Seguramente, llegaremos en un momento de calma... y eso nos da esperanzas.» Pero, a continuación, me maldije por ser tan tonto como para soñar algo así. Sabía muy bien que estábamos condenados y que sería lo mismo si estuviéramos en un barco diez veces más grande.

En ese momento, la primera furia de la tempestad había pasado o tal vez no la sentíamos tanto, porque estábamos corriendo por delante de ella. Pero el mar que al principio había estado aplacado por el viento y aparecía espumoso, se alzaba ahora en gigantescas montañas. También se había producido un cambio especial en el cielo. A nuestro alrededor, y en todas direcciones, seguía muy negro, pero en lo alto, casi encima de nosotros, se abrió un trozo de cielo despejado, tan despejado como jamás he vuelto a ver, brillante y azul, y allí aparecía la Luna llena con un resplandor que nunca había visto. Iluminaba todo a nuestro alrededor con gran claridad, pero, ¡oh, Dios, vaya escena para iluminar!

Ahora hice uno o dos intentos por hablar a mi hermano, pero, por algún motivo que desconozco, el ruido había aumentado de tal forma que no pudo oír mis palabras, aunque yo gritaba todo lo que podía en su oído. Después, movió su cabeza, pálido de muerte, y levantó un dedo como para decirme: «¡Escucha!»

Al principio no podía entender lo que me quería decir, pero un horrible pensamiento pasó por mi mente. Extraje mi reloj. Se había parado. Contemplé el cuadrante a la luz de la Luna y comencé a llorar, mientras lanzaba el reloj al océano. *¡Se había parado a las siete! ¡Estábamos atrasados con respecto a la hora de la calma y el remolino del Ström estaba en plena furia!*

Cuando un barco es de buena construcción, está bien equipado y no lleva mucha carga, al correr con el viento durante la borrasca, las olas parecen resbalar por debajo del casco, lo que siempre resulta extraño para un hombre de tierra firme. Esto, en lenguaje marino, se denomina cabalgar.

Hasta ese momento habíamos cabalgado sin problema sobre las olas, pero de repente nos alcanzó una gigantesca masa de agua y nos levantó arriba..., más arriba, como si subiéramos al cielo. Nunca hubiera pensado que una ola podía llegar a semejante altura. Y entonces empezamos a caer, con una carrera, un deslizamiento y una zambullida que me hicieron sentir náuseas y mareos, como si estuviera cayendo en sueños desde la cima de una montaña. En el momento en que alcanzamos la cresta, pude mirar alrededor y lo que vi fue suficiente. Observé en un instante cuál era nuestra posición exacta. El remolino del Moskoe-Ström estaba a un cuarto de milla adelante, pero no se parecía al Moskoe-Ström de siempre. Si no hubiera sabido dónde estábamos y qué cabía esperar, no habría reconocido para nada el lugar. Así las cosas, cerré involuntariamente los ojos ante tanto horror. Mis párpados se cerraron como en un espasmo.

Apenas habían pasado dos minutos, cuando sentimos que las olas disminuían y nos envolvía la espuma. El barco dio un medio giro a babor y se precipitó en su nueva dirección como una centella. Al mismo tiempo, se apagó por completo el ruido del agua a causa de algo así como un terrible alarido..., un sonido que, para que se dé una idea, era como si miles de barcos de vapor hubieran dejado escapar la presión de sus calderas al mismo tiempo. Ahora estábamos en el cinturón de la resaca que rodea al remolino y pensé que nos precipitaríamos un segundo más tarde por ese abismo, cuyo interior veíamos con dificultad, ya que nos movíamos a gran velocidad. El queche no parecía flotar en el agua, sino como una burbuja sobre la superficie de la resaca. Su banda de estribor estaba cerca del remolino y por babor surgía el mundo del océano que habíamos dejado. Se alzaba como una enorme pared entre nosotros y el horizonte.

Podría parecer extraño, pero ahora, cuando nos encontrábamos en la boca del abismo, me sentí más tranquilo que cuando nos estábamos acercando a él. Ya había perdido todas las esperanzas, librándome así de una buena parte del terror que me había debilitado. Creo que fue la desesperación la que me calmó los nervios.

Podría parecer presuntuoso, pero lo que le digo es verdad. Empecé a reflexionar acerca de lo magnífico que era una muerte en esas condiciones y qué tonto de mi parte había sido pensar en mi vida frente a tan maravillosa evidencia del poder de Dios. Creo que me ruboricé al pensar en esto. Después de un momento, me poseyó una increíble curiosidad acerca del remolino. Sentí un verdadero deseo de explotar sus profundidades, aun frente al sacrificio que estaba a punto de hacer, y mi principal preocupación era que nunca podría contar a mis viejos compañeros de la costa los misterios que podría ver. Sin duda, eran fantasías muy especiales como para ocupar la mente de un hombre en una situación tan extrema, y a menudo he pensado desde entonces que las revoluciones del barco alrededor del remolino pudieron trastornarme un poco la cabeza.

Hubo otra circunstancia que me ayudó a recuperar el control y ésta fue el cese del viento, que no podía alcanzarnos en nuestra situación actual, ya que, como usted mismo pudo ver, el cinturón de resaca está considerablemente más bajo que el nivel general del océano y éste ahora se elevaba por encima de nosotros, como una gran montaña negra. Si usted nunca ha estado en el mar en medio de una borrasca, no puede hacerse una idea de la confusión mental ocasionada por el viento y la espuma juntos. Lo ciegan, ensordecen y ahogan, y anulan toda posibilidad de actuar o reflexionar. Pero ahora estábamos, en gran medida, libres de estas molestias, igual que los condenados a muerte en prisión se ven favorecidos por algunas indulgencias que se les han negado mientras su sentencia sigue pendiente.

Es imposible decir cuántas veces recorrimos el circuito. Dimos vueltas y más vueltas durante quizá una hora, volando más que flotando, cada vez más hacia el centro y después cada vez más cerca del horrible borde interior. Todo este tiempo nunca solté la armella que me sostenía. Mi hermano estaba en la popa y se sujetaba de un pequeño barril vacío, fuertemente atado bajo el compartimento de la bovedilla, que era lo único que no había caído al mar cuando nos atacó el temporal. Mientras nos acercábamos al borde del abismo, se soltó y, aterrorizado, se precipitó hacia la armella e intentó desprenderme de ella, ya que no era lo suficientemente grande para ambos. Nunca me sentí tan triste como cuando vi que hacía esto, aunque sabía que estaba atravesando un momento de locura a causa del terror. Sin embargo, no hice ningún esfuerzo por discutir. Sabía que no tenía importancia quién de los dos pudiera sujetarse. Entonces dejé que se aferrara a la armella y pasé a la popa, donde estaba el barril. No me fue difícil, porque el barco se movía con cierta estabilidad y sólo se balanceaba con las oscilaciones y conmociones del remolino. En cuanto me hube afirmado en mi nueva posición, dimos un repentino golpe a estribor y nos precipitamos al abismo. Murmuré una rápida plegaria a Dios y pensé que todo había terminado.

Mientras sentía el mareo del vertiginoso descenso, instintivamente me aferré con más fuerza al barril y cerré los ojos. Durante unos segundos no me atreví a abrirlos, mientras esperaba la destrucción instantánea y me maravillaba por no estar sufriendo ya en mi lucha en el agua contra la muerte. El tiempo seguía pasando y yo seguía vivo. La sensación de estar cayendo había terminado y el movimiento del barco era parecido al que había experimentado antes, mientras nos encontrábamos en el cinturón de espuma, salvo que ahora estaba más inclinado. Junté coraje y miré otra vez lo que me rodeaba.

Nunca olvidaré la sensación de miedo, terror y admiración que tuve al mirar a mi alrededor. El barco parecía estar colgando, como por magia, a mitad de camino en el interior del abismo, enorme en su circunferencia, impresionante en su profundidad, y cuyas paredes lisas podrían parecer de ébano, de no haber sido por la asombrosa velocidad con que giraban y el suave resplandor que despedían bajo los rayos de la Luna, que en el centro de aquella abertura circular, entre las nubes que antes mencionaba, se derramaban en un despliegue de brillo dorado a lo largo de las paredes negras y hacia las remotas profundidades del abismo.

Al principio, me sentía demasiado confundido como para poder observar todo con precisión. La explosión general de la terrible inmensidad era todo lo que podía ver. Sin embargo, cuando me recuperé un poco, mi vista se fijó instintivamente hacia abajo. En esta dirección, podía obtener una visión despejada, debido a la posición en que el barco colgaba en la superficie inclinada del torbellino. La quilla estaba nivelada, es decir que la cubierta estaba paralela al agua. Pero el agua tenía una inclinación de más de cuarenta y cinco grados, por lo que parecíamos estar ladeados. Sin embargo, no pude dejar de observar que apenas tenía más dificultad en mantenerme aferrado al barco en esta situación que si estuviéramos a nivel, supongo que por la velocidad a la que girábamos.

Los rayos de la Luna parecían buscar el fondo mismo del profundo abismo, pero aun así no pude distinguir nada debido a la espesa niebla que envolvía todo y sobre la que lucía un magnífico arco iris, como el estrecho y bamboleante puente que los musulmanes consideran el único camino entre el Tiempo y la Eternidad. Esta niebla o rocío era ocasionado, sin duda, por el choque de las grandes paredes del embudo cuando se encontraban en el fondo, pero no podría describir el aullido que surgía del abismo para elevarse hacia el cielo.

Al deslizarnos por primera vez dentro del abismo desde el cinturón de espuma de la superficie nos había llevado a gran distancia por la pendiente, pero nuestro posterior descenso no guardaba proporción con el primero. Dábamos vueltas y vueltas, con un movimiento irregular, con vertiginosos balanceos y sacudidas, que nos lanzaban algunas veces a cientos de yardas, mientras otras veces llegábamos a completar el circuito del remolino. Nuestro descenso, en cada vuelta, era lento, pero perfectamente perceptible.

Al mirar en torno a la inmensa masa de ébano líquido en que estábamos envueltos, observé que nuestro barco no era el único objeto abrazado por el remolino. Tanto encima como debajo de nosotros había fragmentos de barcos, grandes masas de madera de construcción y troncos de árboles, con muchos objetos más pequeños, tales como muebles, cajas rotas, barriles y duelas. Ya he descrito la extraña curiosidad que había ocupado el lugar de mi terror inicial. Parecía crecer dentro de mí a medida que me acercaba a mi espantoso destino. Comencé a observar, con un extraño interés, los numerosos objetos que flotaban con nosotros. Debo haber estado delirando, ya que hasta intentaba divertirme especulando sobre la velocidad relativa a los diversos descensos hacia la espuma del fondo. En un momento me encontré diciendo: «Este abeto seguramente será el próximo objeto que se precipite y desaparezca», y luego me sentí desilusionado porque los restos de un navío mercante holandés le ganaban en velocidad y se precipitaban antes. Al final, después de varias estimaciones de este tipo y de no haber acertado, el hecho de este invariable error de cálculo me hizo empezar a reflexionar sobre cosas que me hicieron temblar, y mi corazón empezó a latir más fuerte.

No era un nuevo miedo el que me afectaba, sino el comienzo de una esperanza más excitante. Esta esperanza surgió en parte de la memoria y en parte de las recientes observaciones. Recordé la gran variedad de restos flotantes que aparecían en la costa de Lofoden, que habían sido tragados y absorbidos por el Moskoe-ström. La gran mayoría de estos objetos estaban destrozados de manera extraordinaria; estaban como gastados, desgarrados, al punto que daban la impresión de un montón de astillas. Sin embargo, después recordé claramente que había algunos que no estaban para nada desfigurados. Ahora no podría explicar esta diferencia, salvo suponiendo que los fragmentos gastados fueran los únicos que habían sido completamente absorbidos y que los otros habían entrado en el remolino en otro momento de la marea o por alguna razón habían descendido con tanta lentitud después de entrar que no llegaron al fondo del remolino antes del cambio de flujo o reflujo, según el caso. En ambos casos pensé que era posible que hubieran sido devueltos al nivel del océano, sin correr la misma suerte de los que habían entrado antes en el remolino o habían sido tragados con mayor velocidad. De modo que hice tres observaciones importantes. La primera era que, como regla general, cuanto más grandes fueran los cuerpos, más rápido sería su descenso. La segunda era que, entre dos masas de igual tamaño —una con forma esférica y otra de cualquier otra forma—, la más veloz en el descenso era la esférica. La tercera era que entre dos masas de igual tamaño —una cilíndrica y otra de cualquier otra forma—, la de forma cilíndrica descenderá más lentamente. Desde que escapé, he tenido varias conversaciones sobre este tema con un viejo preceptor del distrito y fue él quien me explicó el uso de las palabras «cilindro» y «esfera». Me dijo —aunque olvidé la explicación— cómo lo que yo observaba era en realidad la consecuencia natural de las formas de los fragmentos que flotaban y me demostró cómo un cilindro que flota dentro de un remolino ofrecía más resistencia a la absorción y era arrastrado con mayor dificultad que un cuerpo igualmente voluminoso de cualquier forma*.

Hubo una circunstancia sorprendente que me ayudó a reforzar estas observaciones y aumentó mi deseo de verificarlas. El hecho fue que, en cada revolución de nuestra barca, pasábamos un objeto como un barril o bien una verga o un mástil, mientras muchas de estas cosas, que habían estado a nuestro nivel cuando abrí por primera vez los ojos para contemplar las maravillas del remolino, se encontraban ahora mucho más arriba que nosotros y parecían haberse movido muy poco de su posición inicial.

Ya no dudé qué debía hacer. Decidí aferrarme con fuerza al barril del cual me sostenía, soltarlo de la bovedilla y precipitarme con él al agua. Llamé la atención de mi hermano mediante señas, señalé los barriles que flotaban cerca de nosotros e hice todo lo que pude para que entendiera lo que pensaba hacer. Por fin, creí que él había comprendido mi idea, pero, entendiéralo o no, movió su cabeza con desesperación, negándose a abandonar su armella. Era imposible alcanzarle; la emergencia no admitía demoras y, entonces, en medio de una amarga lucha, le dejé a merced de su destino, me até al barril con unas cuerdas que lo habían sujetado a la bovedilla y me precipité con él en el mar, sin dudarlo un momento.

El resultado fue exactamente el que había esperado. Como soy yo el que ahora está contando esta historia, sabe usted que yo pude escapar y además está enterado de cómo lo hice y, por tanto, seré breve. Debía haber pasado aproximadamente una hora desde que había abandonado el barco, cuando, habiendo descendido bastante por debajo de mí, hizo tres o cuatro giros bruscos y sucesivos y, llevándose a mi querido her-

---

* Ver Arquímedes, *De Incidentibus in Fluido*, lib. 2.

mano, se hundió en línea recta en el caos de espuma del abismo. El barril al cual me había atado bajó poco más de la mitad de la distancia entre el fondo del remolino y el lugar desde donde me había arrojado al agua. Fue entonces cuando comenzó a cambiar el aspecto del remolino. La pendiente de los lados del enorme embudo se fue haciendo menos rugosa. Las revoluciones del remolino fueron disminuyendo su violencia. Poco a poco, desaparecieron la espuma y el arco iris, y dio la impresión de que el fondo del abismo se levantaba lentamente. El cielo estaba claro, los vientos se habían calmado y la Luna llena se ocultaba radiante en el Oeste, cuando me encontré sobre la superficie del océano y pude ver claramente las playas de Lofoden, sobre el lugar donde había estado el remolino de Moskoe-ström. Era la hora de la calma, pero el mar todavía se levantaba en olas como montañas por los efectos del huracán. Fui arrastrado violentamente hacia el canal de Ström y, en unos minutos, llegué a la costa dentro de los «campos» de los pescadores. Un bote me rescató, agotado y (ahora que el peligro había desaparecido) mudo al recordar el horror. Los que me subieron a bordo eran mis antiguos compañeros, pero no me reconocieron, como si fuese un viajero que volvía del mundo de los espíritus. Mi cabello, que había sido negro el día anterior, estaba blanco como lo ve usted ahora. También dijeron que la expresión de mi rostro había cambiado. Les conté mi historia y no me creyeron. Ahora se lo digo a usted y no espero que usted me crea más que los alegres pescadores de Lofoden.

LOS ASESINATOS DE LA CALLE MORGUE

«Qué canciones cantan la sirenas o qué nombre adoptó Aquiles al esconderse entre mujeres, aunque son preguntas enigmáticas, no se hallan más allá de toda conjetura.»

SIR THOMAS BROWNE

Las características de la inteligencia denominadas analíticas son en sí mismas poco susceptibles de análisis. Las apreciamos sólo en sus efectos. Sabemos de ellas, entre otras cosas, que son, para los que las poseen en alto grado, fuente del mayor goce. Así como el hombre fuerte se complace en su destreza física, deleitándose con ejercicios que pongan en acción sus músculos, así goza el analista en la actividad espiritual que significa *desenredar*. Se complace aun en las ocupaciones más triviales que ponen en juego su talento. Le gustan los enigmas, los acertijos, los jeroglíficos y al solucionarlos demuestra un grado de perspicacia que, para el resto de las mentes, parece sobrenatural. En realidad, sus resultados, obtenidos a través del alma y la esencia del método, tienen todo el aire de la intuición.

Posiblemente, la facultad de resolver se refuerza en gran medida con el estudio de las matemáticas y, en especial, por su rama más alta que, injustamente o sólo por las retrógradas operaciones, se denomina análisis, como si se tratara del análisis *par excellence*. Sin embargo, calcular no es en sí mismo analizar. Por ejemplo, un jugador de ajedrez hace lo primero, sin esforzarse en lo segundo. Por tanto, el juego de ajedrez es considerado erróneamente en cuanto a sus efectos en la naturaleza de la inteligencia. No estoy escribiendo un tratado, sino simplemente me limito a dar un prólogo a una narración algo especial, mediante observaciones azarosas. Por tanto, aprovecharé la oportunidad para asegurar que los poderes más altos de la inteligencia reflexiva se aplican más claramente y con más utilidad en el poco ostentoso juego de damas más que en la elaborada frivolidad del ajedrez. En este último, en que las piezas tienen movimientos diferentes y extraños, con valores diversos y variables, lo cual lo hace sólo más complejo, se malinterpreta como algo profundo (lo que es un error bastante común). Aquí juega un papel importantísimo la atención. Si se pierde por un momento, se comete un descuido que resulta perjuicio o derrota. Como los movimientos posibles no sólo son múltiples, sino además complicados, las probabilidades de descuido se multiplican, y en nueve de cada diez casos, gana el que más se concentra y no el más agudo. Por el contrario, en las damas, donde los movimientos son únicos y existen pocas variaciones, las probabilidades de inadvertencia disminuyen, lo cual deja a un lado la simple atención, y las ventajas obtenidas por cada uno provienen de una perspicacia superior. Para ser menos abstracto, supongamos un juego de damas donde las únicas piezas son cuatro reyes y donde, por supuesto, no se espera que se produzcan distracciones. Resulta obvio que la victoria puede decidirse (entre jugadores de fortaleza similar) sólo por algún movimiento sutil como resultado de un gran esfuerzo de la inteligencia. Privado de recursos comunes, el analista penetra en el espíritu de su oponente, se identifica con él y a menudo descubre, con una simple mirada, los métodos (a veces realmente sencillos) por los que puede inducirle a error o precipitarle a un mal cálculo.

El whist ha sido considerado durante mucho tiempo por su influencia en lo que se denomina poder de cálculo, y se ha reconocido que los hombres de inteligencia superior encuentran un inexplicable placer en él, mientras que dejan de lado al ajedrez por considerarlo frívolo. Sin duda, no hay nada de naturaleza similar que ponga a prueba la facultad de análisis. El mejor jugador de ajedrez del mundo no puede ser mucho más que el mejor jugador de ajedrez; sin embargo, el dominio del whist implica una capacidad para el éxito en todos estos desafíos más importantes en que la mente lucha con la mente. Cuando digo dominio, me refiero a esa perfección en el juego que incluye la comprensión de *todas* las fuentes de donde pueden derivarse ventajas legítimas. No son múltiples, sino multiformes, y con frecuencia se encuentran en capas tan profundas del pensamiento que resultan inaccesibles para el entendimiento común. La observación atenta conlleva el recuerdo claro, y, hasta ahora, el jugador de ajedrez concentrado podría jugar bien al *whist*, mientras las reglas de Hoyle (basadas en el mero mecanismo del juego) resultan suficientemente comprensibles en general. Por tanto, tener una memoria retentiva y guiarse «por el libro» son puntos normalmente considerados como la suma total del buen juego. Pero la habilidad del analista se ve en asuntos que trascienden los límites de las simples reglas. En silencio, realiza una serie de observaciones y conclusiones, al igual, quizá, que sus compañeros, y la diferencia en cuanto a la cantidad de información obtenida reside no tanto en la validez de la conclusión, sino en la calidad de la observación. Lo que se debe saber es qué observar. Nuestro jugador no se encierra en sí mismo; ni tampoco, dado que el objetivo es el juego, rechaza deducciones a partir de elementos externos al mismo. Examina el semblante de su compañero y lo compara con el de cada uno de sus oponentes. Considera el modo en que cada uno ordena las cartas; a menudo cuenta las cartas ganadoras y perdedoras de sus oponentes según cómo miren las cartas que sostienen. Detecta cada cambio en sus rostros a medida que transcurre el juego, recogiendo elementos para pensar a partir de las diferencias en las expresiones de seguridad, sorpresa, triunfo o contrariedad. Por la manera en que recoge una baza, juzga si la persona que la recoge puede tener otra del mismo palo. Reconoce una jugada fingida por la forma en que se arrojan las cartas sobre el tapete. Una palabra casual o descuidada, la caída o vuelta accidental de una carta, con la consiguiente ansiedad o descuido con respecto a su ocultamiento, la cuenta de las bazas, con el orden de su disposición; la incomodidad, la duda, la ansiedad o el temor... todo ello aporta a la percepción aparentemente intuitiva signos del estado real de las cosas. Cuando se han jugado las primeras dos o tres manos, conoce perfectamente las cartas de cada uno y desde ese momento utiliza las propias con una precisión tan absoluta como si los otros jugadores le hubieran enseñado las suyas.

El poder analítico no debe confundirse con el mero ingenio, ya que el analista debe ser necesariamente ingenioso, pero el hombre ingenioso a menudo es notablemente incapaz de analizar. La facultad constructiva o combinatoria por la que en general se manifiesta el ingenio y a la que los frenólogos (erróneamente, a mi entender) han asignado un órgano diferente, considerándola una facultad primordial, ha sido con frecuencia observada en personas cuyo intelecto lindaba con la idiotez, lo que ha provocado observaciones por parte de los estudiosos del carácter. Entre el ingenio y la capacidad de análisis existe una diferencia mucho mayor que la que existe entre la fantasía y la imaginación, pero de naturaleza estrictamente análoga. En realidad, puede observarse que los ingeniosos son siempre imaginativos y los *verdaderamente* imaginativos son siempre analistas.

El relato que sigue resultará para el lector algo así como un comentario de las afirmaciones antes enunciadas.

Mientras vivía en París durante la primavera y parte del verano de 18..., conocí a un tal Auguste Dupin. Este joven caballero pertenecía a una excelente e ilustre familia, pero, por una serie de desdichadas circunstancias, había caído en un estado de pobreza tal que la energía de su carácter sucumbió y dejó de relacionarse en su ambiente y de intentar recuperar su fortuna. Por cortesía de sus acreedores, aún mantenía una pequeña parte de su patrimonio y la renta que obtenía de él le permitió, por su rigurosa economía, procurarse las cosas básicas para vivir,

sin preocuparse de frivolidades. De hecho, los libros eran su único lujo
y en París es fácil conseguirlos.

Nuestro primer encuentro tuvo lugar en una oscura biblioteca de la
calle Montmartre, donde la circunstancia de que ambos estuviéramos
buscando el mismo extraño y notable libro sirvió para acercarnos. Nos
encontramos varias veces. Yo estaba profundamente interesado en la
pequeña historia familiar que me contó con todo el candor de un francés cuando se trata de sí mismo. También me sorprendió mucho por la
extraordinaria cultura que tenía y, sobre todo, sentí encenderse mi alma
con el salvaje fervor y la viva frescura de su imaginación. Al buscar en
París cosas que me interesaban en ese momento, sentí que asociarme
con un hombre así tendría para mí un valor incalculable, así que le confié este sentimiento. Finalmente, acordamos vivir juntos durante mi
estancia en la ciudad y, como mis circunstancias eran menos complicadas que las de él, decidí hacerme cargo de alquilar y amueblar, en un
estilo que armonizara con la fantástica melancolía de nuestro carácter,
una mansión decrépita y grotesca, abandonada hacía mucho tiempo
por supersticiones sobre las que preferimos no preguntar, y que se pre-
cipitaba a la ruina en una retirada y desolada zona del Faubourg Saint-
Germain.

Si hubiera llegado a ser público el modo en que vivíamos en este
lugar, habríamos sido considerados como locos; si bien, tal vez, como
locos inofensivos. Nuestro aislamiento era perfecto. No recibíamos
visitas. En realidad, nuestro lugar de retiro había sido ocultado cuidadosamente a nuestros compañeros anteriores, y hacía muchos años
desde que Dupin había dejado de conocer gente o ser conocido en
París. Vivíamos sólo para nosotros mismos.

Una rareza de mi amigo (¿cómo podría llamarlo si no?) era que
adoraba la noche por la noche misma, y me entregué a esta *rareza* suya,
como a casi todas las otras que demostró, abandonándome a sus caprichos con perfecta disposición. La negra divinidad no podía quedarse
con nosotros para siempre, pero podíamos imitar su presencia. Con las
primeras luces del alba, cerrábamos todas las pesadas persianas del
antiguo edificio y encendíamos un par de velas que, muy perfumadas,
sólo lanzaban débiles y mortecinos rayos. Con la ayuda de estas velas,
nos dedicábamos a soñar, leer, escribir o conversar hasta que el reloj nos
anunciaba la llegada de la verdadera Oscuridad. Entonces salíamos a la
calle, del brazo, siguiendo con los temas del día o vagando por ahí
hasta muy tarde, buscando entre las salvajes luces y sombras de la
populosa ciudad esa infinidad de excitantes del espíritu que puede proporcionar la observación tranquila.

En esos momentos, no podía dejar de comentar y admirar la peculiar capacidad analítica de Dupin, si bien estaba preparado para ella

teniendo en cuenta su rica idealidad. Parecía disfrutar mucho ejerciéndola, aunque no tanto en demostrarla, y no dudaba en confesar el placer que derivaba de ella. Se jactaba, con una discreta risa, de que muchos hombres tenían frente a él una especie de ventana por la cual podían ver su corazón y estaba dispuesto a demostrar esas afirmaciones con pruebas tan claras como sorprendentes del íntimo conocimiento que tenía de mí. Su actitud en estos momentos era fría y lejana, sus ojos se vaciaban de expresión, mientras su voz, en general de tenor, se elevaba hasta un falsete que habría sonado petulante de no ser por lo deliberado y la claridad de sus palabras. Al observarle en esos momentos, a menudo pensaba en la antigua filosofía de la *doble alma* y me divertía con la idea de un Dupin doble: el creador y el analista.

Por lo que estoy contando, el lector no deberá suponer que esté hablando de un misterio o escribiendo una novela. Lo que he dicho sobre el francés es el mero resultado de una inteligencia excitada o tal vez enferma. Pero un ejemplo dará una idea más clara del carácter de sus comentarios en esos períodos.

Una noche estábamos caminando por una larga y sucia calle cercana al Palais Royal. Como, aparentemente, ambos estábamos ocupados en nuestros pensamientos, ninguno de los dos había dicho una palabra durante al menos quince minutos. De repente. Dupin dijo lo siguiente:

—Es un hombre muy pequeño, es verdad, y le iría mejor en el *Théâtre des Variétés*.

—No hay duda —respondí inconscientemente, sin darme cuenta (tan absorto había estado en mis reflexiones) de la extraordinaria forma en que Dupin había coincidido con mis pensamientos. Un momento después, me di cuenta y me sentí profundamente sorprendido.

—Dupin —dije seriamente—, esto supera mi entendimiento. No dudo en decir que estoy sorprendido y casi no doy crédito a mis sentidos. ¿Cómo es posible que usted supiera que yo estaba pensando en...? —aquí me detuve para asegurarme sin lugar a dudas de que él realmente supiera en quién estaba pensando.

—En Chantilly —dijo Dupin—. ¿Por qué no sigue? Usted estaba pensando que su diminuta estatura no le hacía apropiado para la tragedia.

Este era precisamente el tema sobre el que estaba reflexionando. Chantilly era un ex remendón de la calle Saint Denis, que, apasionado por el teatro, había intentado representar el papel de Jerjes en la tragedia de Crébillon que llevaba ese nombre y sólo logró que la gente se burlara de él.

—Dígame, por Dios —exclamé—, el método (si hay un método) por el cual usted pudo haber leído mi mente.

En realidad, yo estaba aun más sorprendido de lo que quería demostrar.

—El frutero —replicó mi amigo— fue quien me llevó a la conclusión de que el remendón de suelas no tenía la suficiente estatura como para representar a Jerjes *et id genus omne*.

—¡El frutero! Usted me sorprende. No conozco a ningún frutero.

—El hombre que tropezó con usted cuando entrábamos en esta calle, hace unos quince minutos.

En ese momento, un frutero, que llevaba sobre la cabeza una gran cesta de manzanas, casi me había atropellado, por accidente, cuando pasábamos desde la calle C... hacia la que ahora recorríamos. Pero me era imposible entender qué tenía que ver esto con Chantilly.

No había en Dupin la menor partícula de charlatanería.

—Le explico —dijo— y usted podrá comprender todo con absoluta claridad. Primero trazaremos el curso de sus meditaciones, desde el momento en que le hablé hasta el momento en que nos encontramos con el frutero en cuestión. Los principales eslabones de la cadena van en este orden: Chantilly, Orion, el doctor Nichols, Epicuro, la estereotomía, el pavimento y el frutero.

Existen pocas personas que, en algún momento de su vida, no se hayan entretenido recordando los pasos que llevaron a su mente a una determinada conclusión. Esta tarea resulta a menudo muy interesante, y quien lo intenta por primera vez se sorprende por la aparentemente ilimitada distancia e incoherencia entre el punto de partida y el resultado. ¿Cuál sería entonces mi sorpresa al escuchar al francés decir lo que había dicho y tener que reconocer que decía la verdad? Continuó:

—Habíamos estado hablando sobre caballos, si mal no recuerdo, justo antes de entrar en la calle C... Este fue el último tema del que hablamos. Mientras cruzábamos hacia esta calle, un frutero con una gran cesta sobre la cabeza pasó muy cerca de nosotros y le empujó a usted hacia un montón de piedras correspondiente a un trozo de calle en reparación. Usted tropezó con una de las piedras sueltas, resbaló, se torció levemente el tobillo, mostró enfado o mal humor, murmuró unas palabras, se volvió a mirar el montículo y después siguió en silencio. Yo no estaba especialmente atento a lo que usted hacía, pero la observación se ha convertido para mí últimamente en una especie de necesidad. Mantuvo usted los ojos clavados en el suelo, mirando con expresión petulante los agujeros y los surcos de la calle (por lo que entendí que aún estaba pensando en las piedras), hasta que llegamos al pequeño pasaje llamado Lamartine, que con fines experimentales ha sido pavimentado con bloques ensamblados y remachados. En ese momento, su expresión se iluminó y, por la percepción del movimiento de sus labios, no dudé que usted había murmurado la palabra «estereotomía», un término que un poco pretenciosamente se ha aplicado a este tipo de pavimento. Sabía que usted no podía estar diciéndose a usted mismo «estereotomía» sin pensar en «átomos» y, por tanto, en las teorías de Epicuro. Cuando hablamos sobre este tema, no hace mucho tiempo, le mencioné con qué singularidad, y a la vez con qué poca atención, las vagas conjeturas de aquel noble griego habían hallado confirmación en la reciente cosmogonía de las nebulosas; sentí que usted no podía evitar elevar sus ojos hacia la gran nebulosa de Orión y ciertamente esperé que lo hiciera. Usted miró hacia arriba y, en ese momento, comprendí que había seguido correctamente sus pasos. Pero en la amarga crítica sobre Chantilly que apareció en el *Musée* de ayer, el escritor satírico, haciendo penosas alusiones al cambio de nombre del remendón, citó una frase en latín sobre la que hemos hablado a menudo. Me refiero a la frase:

Perdidit antiquum litera prima sonum.

Le había dicho que esta frase se refería a Orión, que antes se escribía Urion, y, debido a cierta actitud que se relacionó con esta explicación, me di cuenta de que usted no la había olvidado. Por tanto, estaba claro que usted no dejaría de combinar las dos ideas de Orión y Chantilly. Comprendí que las había combinado por la sonrisa que se dibujó en sus labios. Usted pensaba en la inmolación del pobre zapatero. Hasta ese momento, usted había caminado un poco encorvado, pero de repente le vi erguirse en toda su estatura. Entonces, me di cuenta de que usted estaba reflexionando sobre la diminuta figura de Chantilly. En ese momento interrumpí sus meditaciones para señalar que, en realidad, sí era un hombre pequeño, el tan Chantilly, y que estaría mejor en el Théâtre des Variétés.

Poco después nos encontrábamos ojeando una edición nocturna de la *Gazette des Tribunaux* cuando nos llamó la atención el siguiente párrafo:

«EXTRAÑOS ASESINATOS: Esta mañana, alrededor de las tres, los habitantes del barrio St. Roch se despertaron por una sucesión de terribles alaridos, provenientes, según parece, del cuarto piso de una casa en la calle Morgue, donde, se sabe, vive una persona, una tal señora L'Espanaye, y su hija, Camille L'Espanaye. Después de cierta demora, a causa del inútil intento de ingresar en la casa por los métodos habituales, se forzó la puerta con una ganzúa y ocho o diez vecinos entraron, acompañados por dos gendarmes. Para entonces los gritos habían cesado, pero cuando el grupo remontaba el primer tramo de la escalera se oyeron dos o más voces que discutían violentamente y que provenían de la parte superior de la casa. Al llegar al segundo piso, estos sonidos también habían cesado y todo permanecía en perfecta tranquilidad. El grupo se dividió y recorrió habitación por habitación. Al llegar a una enorme habitación en el cuarto piso (la puerta estaba cerrada con la llave por dentro y hubo que forzarla), se hallaron frente a un espectáculo que sorprendió a todos los presentes, no sólo con horror, sino también con estupefacción.

El apartamento se encontraba en completo desorden, los muebles estaban rotos y habían sido lanzados en todas las direcciones. El único colchón había sido quitado de la cama y lanzado al centro de la habitación. Sobre una silla, se encontró una navaja manchada de sangre. Sobre la chimenea había dos o tres largos y espesos mechones de pelo humano, también manchados de sangre y que parecían haber sido arrancados de raíz. Sobre el suelo se hallaron cuatro napoleones, un pendiente de topacio, tres grandes cucharas de plata, tres más pequeñas de *métal d'Alger* y dos bolsas con casi cuatro mil francos en oro. Los cajones de un escritorio que se hallaba en un rincón estaban abiertos y aparentemente habían sido saqueados, si bien quedaban muchos objetos. Debajo de la *cama* (no debajo del colchón), se descubrió una pequeña caja fuerte. Había sido abierta con una llave que aún se encontraba en la cerradura. Sólo contenía unas viejas cartas y otros papeles de poca importancia.

No había rastros de la señora L'Espanaye, pero, al hallarse una insólita cantidad de hollín en el hogar, se procedió a registrar la chimenea y (¡circunstancia horrible de describir!) se encontró el cadáver de su hija, cabeza abajo, que había sido forzado en la estrecha abertura y empujado hacia arriba. El cuerpo aún estaba caliente. Al examinarlo, se descubrieron en él varias excoriaciones, producidas, sin duda, por la violencia con que había sido introducido y luego arrancado de allí. Sobre la cara tenía muchos arañazos y en el cuello, oscuras contusiones y marcas de uñas, como si la víctima hubiera sido estrangulada.

Después de una profunda investigación de cada parte de la casa sin descubrir nada más, el grupo prosiguió hacia un pequeño patio que había en la parte posterior de la casa, donde yacía el cuerpo de la anciana, con el cuello completamente cortado, de forma tal que, al intentar levantar a la mujer, su cabeza cayó. Tanto el cuerpo como la cabeza presentaban terribles mutilaciones, tales que aquél apenas presentaba forma humana.

Todavía no se han encontrado claves para esclarecer este horrible misterio.»

Al día siguiente, el periódico incluía estos detalles adicionales:

«LA TRAGEDIA DE LA CALLE MORGUE: Diversas personas han sido interrogadas en relación con este terrible y extraordinario suceso, pero aún no se han encontrado pistas que puedan esclarecerlo. A continuación, incluimos las declaraciones obtenidas:

Pauline Dubourg, lavandera, declara que conocía a ambas víctimas desde hacía tres años y había lavado para ellas durante ese período. La anciana y su hija parecían mantener una buena relación de mutuo afecto. Pagaban muy bien. No podía asegurar cuál era su modo o su medio de vida. Pensaba que la señora L. decía la suerte. Se creía que tenía dinero guardado. Nunca encontró a nadie en la casa cuando la llamaba para recoger la ropa o cuando iba a entregarla. Estaba segura de que no tenían sirvientes. Parecía no haber muebles en todo el edificio, excepto en el cuarto piso.

Pierre Moreau, estanquero, declara que solía vender a la señora L'Espanaye pequeñas cantidades de tabaco y de rapé en los últimos cuatro años. Nació en el vecindario y siempre vivió allí. La difunta y su hija habían ocupado la casa donde se encontraron los cadáveres durante más de seis años. Antes estaba ocupada por un joyero, que subalquilaba las habitaciones superiores a varias personas. La casa era de propiedad de la señora L., quien se sintió disgustada con los abusos que cometía el inquilino y ocupó personalmente la casa, negándose a alquilar ninguna parte. La anciana daba señales de senilidad. El testigo había visto a la hija unas cinco o seis veces en seis años. Las dos vivían una vida excesivamente retirada. Se creía que tenían dinero. Había oído decir entre los vecinos que la señora L. decía la suerte, pero no lo creía. Nunca había visto a ninguna persona entrar por la puerta, excepto a la anciana y a su hija, un portero una o dos veces y un médico unas ocho o diez.

Muchas personas, vecinos, declararon en los mismos términos. No se ha hablado de nadie que frecuentara la casa. No se sabía si había algún pariente vivo de la señora L. y de su hija. Pocas veces se abrían persianas de las ventanas del frente de la casa. Las de la parte posterior estaban siempre cerradas, excepto las de la gran habitación trasera en el cuarto piso. La casa era un buen edificio, no muy antiguo.

Isidore Mustè, gendarme, declara que le llamaron hacia las tres de la mañana y que, al llegar a la casa, encontró entre veinte y treinta personas en el portal, intentando entrar. Finalmente, forzó la puerta con una bayoneta, no con una ganzúa. No le resultó muy difícil abrirla, dado que se trataba de una puerta de dos hojas que no tenían pasadores arriba ni abajo. Los alaridos continuaron hasta que se logró abrir la puerta y después, de repente, cesaron. Parecían ser gritos de una o varias personas que estuvieran sufriendo una agonía, eran fuertes y prolongados, no breves y precipitados. El testigo se dirigió hacia arriba. Al llegar al primer descanso, oyó dos voces que discutían con fuerza y agriamente. Una de las voces era ruda y la otra mucho más aguda y muy extraña. Pudo distinguir algunas palabras de la primera, que era la voz de un hombre francés. Estaba seguro de que no se trataba de una voz femenina. Pudo distinguir las palabras *sacré y diable*. La voz aguda era de un extranjero. No estaba seguro de si correspondía a un hombre o a una mujer. No pudo distinguir lo que decía, pero creía que hablaba en español. La descripción que este testigo hizo acerca del estado de la habitación y de los cuerpos coincide con lo que dijimos ayer.

Henri Duval, un vecino, platero de profesión, declara que estaba en el grupo que entró primero en la casa. Corrobora el testimonio de Mustè en términos generales. En cuanto forzaron la entrada, cerraron la puerta para mantener alejada a la multitud, que se congregó muy rápido, a pesar de la hora. La voz aguda, según este testigo, era de un italiano. Estaba seguro de que no se trataba de un francés. No podría asegurar que fuera la voz de un hombre. Podría ser la voz de una mujer. No conocía el idioma italiano. No pudo distinguir las palabras, pero estaba convencido, por la entonación, de que se trataba de un italiano. Conocía a la señora L. y a su hija. Había conversado con ellas con frecuencia. Estaba seguro de que la voz aguda no correspondía a ninguna de las víctimas.

Odenheimer, restaurador. Este testigo se ofreció voluntariamente a declarar. No hablaba francés y declaró con la ayuda de un intérprete. Nacido en Amsterdam, pasaba por la casa cuando se oyeron los gritos, que duraron varios minutos, tal vez diez. Fueron prolongados y fuertes, horribles y penosos. Corroboró el testimonio previo excepto en un detalle. Estaba seguro de que la voz aguda era un hombre francés. No pudo distinguir las palabras que pronunciaba. Eran fuertes y precipitadas, desiguales, y pronunciadas con miedo y con cólera. La voz era áspera, no tanto aguda como áspera. No podría decir que se tratara de una voz aguda. La voz más gruesa pronunció varias veces las palabras "*sacré*", "*diable*" y una vez "*mon Dieu*".

Jules Mignaud, banquero, de la firma Mignaud e Hijos, en la calle Deloraine. Es el mayor de los Mignaud. La señora L'Espanaye tenía algunas propiedades. Había abierto una cuenta en su banco durante la primavera del año... (ocho años atrás). Efectuaba frecuentes depósitos de pequeñas sumas. No había retirado nada hasta tres días antes de su muerte, cuando, en persona, retiró la suma de 4.000 francos. Esta suma fue pagada en oro y un empleado fue enviado a la casa con el dinero.

Adolphe Le Bon, empleado de Mignaud e Hijos, declara que el día de los hechos, por la mañana, acompañó a la señora L'Espanaye a su residencia con los 4.000 francos en dos sacos. Al abrirse la puerta, apareció la señorita L. y tomó uno de los sacos, mientras la anciana se ocupaba del otro. El testigo saludó y se retiró. No vio a nadie en la calle a esa hora. Era una calle poco importante, muy solitaria.

William Bird, sastre, declara que estaba en el grupo que entró en la casa. Era inglés. Vivía en París desde hacía dos años. Fue uno de los primeros en subir por las escaleras. Oyó voces que peleaban. La voz grave correspondía a un francés. Pudo entender algunas palabras, pero no las recuerda. Escuchó claramente las palabras *"sacré"* y *"mon Dieu"*. En ese momento se oía ruido como si varias personas estuvieran peleando, un ruido de forcejeo, como si estuvieran arrastrando algo. La voz aguda era muy fuerte, más fuerte que la grave. Estaba seguro de que no era la voz de un inglés. Parecía la de un alemán. Podría ser la voz de una mujer. No entiende el alemán.

Cuatro de los testigos antes mencionados fueron interrogados nuevamente y declararon que la puerta de la habitación donde se encontró el cuerpo de la señorita L. estaba cerrada con llave por dentro cuando el grupo llegó hasta allí. Todo estaba en perfecto silencio; no se escuchaban quejidos o ruidos de ningún tipo. Al forzar la puerta, no vieron a nadie. Las ventanas, tanto la de la habitación del frente como la del cuarto de atrás, estaban cerradas y trabadas desde el interior. La puerta que unía ambos cuartos estaba cerrada sin llave. La puerta que llevaba desde la habitación del frente hacia el corredor estaba cerrada con llave por dentro. Un cuarto pequeño ubicado en el frente de la casa, en el cuarto piso, al principio del corredor, tenía la puerta entreabierta. Este cuarto estaba lleno de viejas camas, cajas y otras cosas. Todo fue cuidadosamente trasladado e investigado. Ni un milímetro de la casa quedó sin investigar con cuidado. Se enviaron deshollinadores para que revisaran las chimeneas. La casa tiene cuatro plantas con buhardillas. Una trampa que da al techo estaba firmemente asegurada con clavos y no parecía haber sido abierta durante años. Los testigos no coincidieron en cuanto al tiempo transcurrido entre el momento en que oyeron las voces que peleaban y la apertura de la puerta de la habitación. Algunos dijeron que habían pasado sólo tres minutos y otros que habían sido cinco. La puerta fue abierta con dificultad.

Alfonzo Garcio, empresario de funeraria, declara que vive en la calle Morgue. Natural de España. Formó parte del grupo que entró en la casa. No subió. Es nervioso y sentía aprehensión de las consecuencias de la agitación. Oyó las voces que peleaban. La voz grave era de un francés. No pudo distinguir qué decía. La voz aguda era de un inglés; está seguro. No entiende inglés, pero lo cree por la entonación.

Alberto Montani, confitero, declara que estaba entre los primeros que subieron las escaleras. Oyó las voces en cuestión. La voz grave era la voz de un francés. Pudo distinguir algunas palabras. El que hablaba parecía estar reprochando algo. No pudo distinguir las palabras pronunciadas por la voz aguda. Hablaba precipitada y desigualmente. Cree que se trataba de la voz de un ruso. Corrobora el testimonio general. Es italiano. Nunca habló con un ruso.

Varios testigos, llamados nuevamente a testificar, declararon que las chimeneas de todas las habitaciones del cuarto piso eran demasiado estrechas como para permitir el paso de un ser humano. Se pasaron "deshollinadores" (cepillos cilíndricos como los que utilizan las personas que limpian chimeneas) por todos los tubos de la casa. No hay ningún pasadizo en los bajos por el que alguien podría haber bajado mientras el grupo subía las escaleras. El cuerpo de la señorita L'Espanaye estaba tan firmemente encajado en la chimenea que no pudo extraerse hasta que cuatro o cinco miembros del grupo unieron sus fuerzas.

Paul Dumas, médico, declara que fue llamado a examinar los cadáveres al amanecer. Ambos estaban entonces tendidos sobre el colchón de la cama de la habitación donde había sido hallada la señorita L. El cuerpo de la joven dama estaba lleno de contusiones y excoriaciones. El hecho de que hubiera sido encajado en la chimenea explicaría suficientemente esas marcas. El cuello estaba muy excoriado. Había varios arañazos profundos justo debajo del mentón, junto con varias manchas lívidas ocasionadas sin duda por la presión de los dedos. La cara presentaba un aspecto horriblemente pálido y los ojos se salían de las órbitas. La lengua había sido cortada a medias. Se descubrió una gran contusión en la zona del estómago, producida, aparentemente, por la presión de una rodilla. En opinión del señor Dumas, la señorita L'Espanaye había sido estrangulada por una o más personas desconocidas. El cuerpo de la madre estaba horriblemente mutilado. La tibia izquierda y todas las costillas del mismo lado estaban fracturadas. Todo el cuerpo aparecía cubierto de contusiones y descolorido. Resultaba imposible decir cómo se habían producido todas las heridas. Un pesado garrote de madera o una barra de hierro, una silla, cualquier arma grande, pesada y contundente podría haber producido dichos resultados, en manos de un hombre fuerte. Ninguna mujer podría haber infligido tales heridas, cualquiera que fuera el arma utilizada. La cabeza de la víctima, observada por el testigo, estaba completamente separada del cuerpo, que también había sido muy maltratado. Era evidente que la garganta había sido cortada con algún instrumento muy afilado, probablemente con una navaja.

Alexandre Etienne, cirujano, fue llamado junto con el señor Dumas, para examinar los cuerpos. Corroboró el testimonio y la opinión de este último.

No se ha obtenido ningún otro dato importante, aunque se interrogó a varias personas más. Nunca se había cometido en París un asesinato tan misterioso y enigmático, si es que se había cometido alguno. La policía estaba perpleja, algo inusual en temas de esta naturaleza. Sin embargo, no había la menor sombra de una clave.»

La edición nocturna del periódico aseguró que continuaba la gran excitación en el barrio de St. Roch, que el edificio en cuestión había sido revisado nuevamente con mucho cuidado y que se había interrogado nuevamente a los testigos, pero sin obtener resultados. Sin embargo, un párrafo mencionaba que Adolphe Le Bon había sido arrestado y puesto en prisión, aunque nada parecía inculparle a juzgar por los hechos detallados.

Dupin parecía especialmente interesado por el desarrollo del asunto; por lo menos eso creí por su comportamiento, ya que no hizo ningún comentario. Sólo después del anuncio de que Le Bon había sido arrestado, me preguntó mi opinión acerca de los asesinatos.

Sólo podía coincidir con el resto de París en que constituían un misterio insoluble. No veía forma de seguir el rastro del asesino.

—No podemos juzgar los modos posibles por una investigación tan rudimentaria —dijo Dupin—. La policía de París, tan alabada por su perspicacia, es astuta, pero nada más. No existe un método en sus procedimientos, aparte del método del momento. Toman una serie de medidas, pero con frecuencia éstas se adaptan tan mal a los objetivos propuestos que recuerdan al señor Jourdain, que pedía su bata de casa... para mejor escuchar la música. Los resultados obtenidos por ellos son con frecuencia sorprendentes, pero en su mayoría se logran por mera diligencia y actividad. Cuando éstas son insuficientes, sus esquemas fallan. Por ejemplo, Vidocq era un hombre muy perseverante y lograba excelentes conjeturas. Pero al no tener un pensamiento educado, continuamente se equivocaba por la intensidad misma de sus investigaciones. Alteraba su visión por mirar el objeto desde demasiado cerca. Tal vez, podría ver uno o dos puntos con una claridad inusual, pero, al hacerlo, necesariamente perdía la visión del asunto en su totalidad. En el fondo, se trataba de un exceso de profundidad y la verdad no siempre está dentro de un pozo. En realidad, creo que, en lo que se refiere al conocimiento más importante, es invariablemente superficial. La profundidad yace en los valles donde la buscamos y no sobre la cumbre donde se encuentran. Los modos y las fuentes de este tipo de error están bien tipificados en la contemplación de los cuerpos celestiales. Si observamos una estrella de una ojeada, oblicuamente, volviendo hacia ella la parte exterior de la retina (más susceptible a las impresiones luminosas leves que la parte interior), veremos la estrella con claridad, tendremos la mejor apreciación de su brillo, un brillo que se apaga según vayamos intentando observarla de lleno. En realidad, en este caso llegan a nuestros ojos una mayor cantidad de rayos, pero en el otro caso hay mayor capacidad de comprensión. Por una indebida profundidad, confundimos y debilitamos el pensamiento, y es posible hacer desaparecer a Venus del firmamento si la escrutamos de forma demasiado sostenida, demasiado concentrada o directa. En cuanto a estos asesinatos, intentamos alguna investigación por nosotros mismos, antes de opinar sobre ellos. Una investigación nos divertirá. (Pense que ésta era una palabra extraña así aplicada, pero no dije nada.) Y, además, Le Bon una vez me prestó un servicio por el cual le estoy agradecido. Iremos a ver el edificio con nuestros propios ojos. Conozco a G..., el prefecto de Policía, y no tendré dificultad para obtener el permiso necesario.

Obtuvimos el permiso y nos dirigimos a la calle Morgue. Se trataba de uno de esos míseros pasajes que corren entre la calle Richelieu y la calle St. Roch. Llegamos al atardecer, ya que este barrio estaba lejos de donde vivíamos. Encontramos la casa con facilidad, puesto que todavía había muchas personas mirando las persianas cerradas desde la acera de enfrente, con una oscuridad ridícula. Era una casa parisiense típica, con una puerta de entrada y una casilla de cristales con ventana corrediza, correspondiente a la portería. Antes de entrar, caminamos por la calle, giramos por un pasaje y, torciendo nuevamente, pasamos por la parte trasera del edificio. Dupin, mientras tanto, examinaba todo el barrio y la casa, con una atención minuciosa cuyo objetivo no podría adivinar.

Volviendo sobre nuestros pasos, regresamos al frente del edificio y llamamos. Al enseñar nuestras credenciales, los agentes de guardia nos permitieron entrar. Subimos hasta la habitación donde había sido hallado el cuerpo de la señorita L'Espanaye y donde yacían las dos víctimas. Como es habitual, el desorden de la habitación había sido mantenido. No vi nada más que lo que había informado la Gazette des Tribunaux. Dupin inspeccionaba todo, incluso los cuerpos de las víctimas. Después fuimos a los cuartos y al patio, siempre acompañados por un gendarme. La investigación nos mantuvo ocupados hasta la noche, cuando nos fuimos. En el camino hacia casa, mi compañero se detuvo un momento en las oficinas de uno de los periódicos.

Ya he dicho que los caprichos de mi compañero eran muchos y que Je les ménagais [no hay traducción posible para esta frase]. En este momento, Dupin había decidido evitar toda conversación sobre el tema de los asesinatos, hasta el mediodía del día siguiente. Entonces, de repente, me preguntó si yo había observado algo peculiar en el escenario de aquellas atrocidades.

Hubo algo en su forma de enfatizar las palabras «peculiar» que me hizo temblar, no sé por qué.

—No, nada peculiar —dije—, nada más, nada que ambos no hayamos leído en los periódicos.

—Me temo que la *Gazette* —contestó él— no profundizó en el inusual horror del asunto. Pero dejemos de lado las vagas opiniones de esta publicación. Me parece que este misterio se considera insoluble por las mismas razones que deberían hacerlo ver como fácil de solucionar, es decir, por lo exagerado de sus características. La policía se confunde por la aparente ausencia de móvil, no para el asesinato en sí, sino para la atrocidad del asesinato. También están perplejos por la aparente imposibilidad de conciliar las voces que se oyeron, con el hecho de que no se descubrió a nadie arriba además de la asesinada señorita L'Espanaye y que no había forma de salir sin ser visto por el grupo que subía por las escaleras. El salvaje desorden del cuerpo, el cadáver encajado cabeza abajo en la chimenea, la terrible mutilación del cuerpo de la anciana, todas estas consideraciones junto con las que acabo de mencionar, y otras que no es necesario que enumere, han sido suficientes para paralizar la acción de los agentes del gobierno, tan alabados por su perspicacia. Han caído en el grueso, pero común, error de confundir lo inusual con lo incompresible. Pero es justamente a través de estas desviaciones del plano de lo ordinario como la razón encuentra su camino en su búsqueda de la verdad. En investigaciones como la que estamos llevando a cabo no deberíamos preguntarnos tanto «qué ocurrió» sino «qué ha ocurrido que no haya ocurrido antes». En realidad, la facilidad con la que llegaré o he llegado a la solución del misterio está en relación directa a su aparente insolubilidad a los ojos de la policía.

Me quedé mirando a Dupin con silenciosa estupefacción.

—Estoy esperando —continuó, mirando hacia la puerta de nuestra habitación—, estoy esperando a una persona que, aunque tal vez no haya sido el perpetrador de estas carnicerías, ha de haber estado en alguna medida implicado en la ejecución. Probablemente sea inocente de la parte más horrible de los crímenes cometidos. Espero estar en lo correcto en mi suposición, ya que sobre ésta se basa mi esperanza de solucionar todo el enigma. Espero la llegada de este hombre, a esta habitación, en cualquier momento. Es verdad que puede no llegar, pero es probable que venga. Si aparece, será necesario detenerlo. Aquí hay pistolas y ambos sabemos cómo utilizarlas si se presenta la ocasión.

Tomé las pistolas, sin saber muy bien qué hacer y sin poder creer lo que estaba oyendo, mientras Dupin continuó como en un monólogo. Ya he hablado de su actitud abstraída en esos momentos. Sus palabras se dirigían a mí, pero su voz, si bien no era fuerte, tenía la entonación que se usa al hablar con alguien situado a gran distancia. Sus ojos, inexpresivos, miraban sólo hacia la pared.

—Las voces que discutían y fueron oídas por el grupo que subía por las escaleras —dijo— no eran las voces de las víctimas, como fue probado por los testigos. Esto nos libera de la duda ante la posibilidad de que la anciana hubiera podido matar a su hija para suicidarse después. Hablo de esta alternativa sólo por una cuestión de método, ya que la fuerza de la señora L'Espanaye habría sido insuficiente para encajar el cadáver de su hija en la chimenea tal como ha sido encontrado. Por otra parte, la naturaleza de las heridas en su propio cuerpo excluye por completo la idea de suicidio. El asesinato, pues, fue cometido por terceros, a quienes pertenecían las voces que se oyeron mientras discutían. Permítame ahora atraer su atención no al testimonio completo respecto de estas voces, sino a lo que hubo de peculiar en esas declaraciones. ¿Ha observado usted algo de peculiar en ellas?

—Observé que, mientras todos los testigos coincidían en que la voz grave pertenecía a un francés, existían grandes desacuerdos en cuanto a la voz aguda o —como la llamó uno de ellos— la voz áspera.

—Ese fue el testimonio en sí —dijo Dupin—, pero no la peculiaridad. No ha notado usted nada característico. Y, sin embargo, había algo que notar. Tal como usted observó, los testigos coincidieron en cuanto a la voz grave; aquí fueron unánimes. Pero, con respecto a la voz aguda, la peculiaridad no es que hayan estado en desacuerdo, sino que, cuando un italiano, un inglés, un español, un holandés y un francés intentaron describirla, todos dijeron que se trataba de la voz de un extranjero. Todos están seguros de que no era la voz de un compatriota. Cada uno la vincula no a la voz de una persona que pertenece a una nación cuyo idioma conoce, sino a la inversa. El francés supone que se trata de la voz de un español y agrega que *si hubiera sabido español* podría haber distinguido algunas palabras». El holandés sostiene que se trataba de un francés, pero también se ha dicho que *al no entender francés, este testigo fue examinado mediante un intérprete*». El inglés piensa que es la voz de un alemán y *no entiende alemán*». El español está seguro de que era la voz de un inglés, pero «juzga en base a la entonación», ya que «no *sabe inglés*». El italiano cree que es la voz de un ruso, pero *nunca habló con un ruso*». Un segundo francés, por otra parte, difiere del primero y está seguro de que la voz correspondía a un italiano; pero *al no conocer esa lengua*, al igual que el español, «está convencido en base a la entonación». ¿Cuán inusual sería esa voz como para haber provocado todas estas declaraciones, para que estos ciudadanos de las cinco grandes naciones de Europa no pudieran reconocer nada familiar? Podría usted decir que era la voz de un asiático, de un africano. No abundan los asiáticos o los africanos en París, pero, sin negar la posibilidad, quiero llamar su atención sobre estos tres puntos. La voz fue descrita por uno de los testigos como «áspera más que aguda». Otros dos dicen que era «precipitada y desigual». Ninguno de los testigos mencionó palabras reconocibles o sonidos que parecieran palabras. Yo no sé —continuó Dupin— qué impresiones pudo haber causado en su entendimiento, pero no dudo en decir que las deducciones legítimas a partir de esta parte del testimonio (la parte que se refiere a la voz grave y la aguda) son suficientes para generar una sospecha que debería guiar todos los pasos futuros sobre la investigación del misterio. Digo «deducciones legítimas», pero estas palabras no expresan todo lo que deseo decir. Me refiero a que las deducciones son las únicas adecuadas y que la sospecha surge *inevitablemente* de ellas como único resultado posible. Sin embargo, todavía no le diré cuál es la suposición. Sólo quiero que usted tenga en mente que, en lo que a mí respecta, bastó para dar forma definida y tendencia determinada a mis investigaciones en la habitación. Trasladémonos ahora, en nuestra fantasía, hasta esta habitación —continuó—. ¿Qué buscaremos primero? Los medios de escape que utilizaron los asesinos. No hace falta decir que ninguno de nosotros cree en los hechos sobrenaturales. La señora y y señorita L'Espanaye no fueron asesinadas por espíritus. Los ejecutores de los hechos fueron materiales y se escaparon por medios materiales. Pero, ¿cómo? Afortunadamente, sólo existe una forma de razonar sobre este punto y debe conducirnos a una decisión definitiva. Examinemos, uno por uno, los posibles medios de escape. Está claro que los asesinos estaban en la habitación donde fue encontrada la señorita L'Espanaye o, por lo menos, en el cuarto adyacente, mientras el grupo subía las escaleras. Por tanto, sólo debemos buscar en estas dos habitaciones. La policía ha levantado los suelos, los techos y los ladrillos de las paredes, por completo. Ninguna salida *secreta* pudo haber escapado a su investigación. Pero no me fío de *sus* ojos y decido investigar con los míos. Efectivamente, no había salidas secretas. Las puertas que conectaban las dos habitaciones con el pasillo estaban cerradas con llave por dentro. Miremos ahora las chimeneas. Si bien el ancho es normal en los primeros ocho o diez pies desde el hogar, no es posible que pase más arriba el cuerpo de un gato grande. Considerando la imposibilidad de escape por los medios antes detallados, nos ocuparemos ahora de las ventanas. Nadie podría haber escapado por las del cuarto delantero sin ser visto por la multitud reunida en la calle. Los asesinos *deben* de haber pasado, entonces, a través de las del cuarto trastero. Llevados a esta conclusión de manera tan inequívoca, no nos corresponde, en calidad de razonadores, rechazarla por la aparente imposibilidad. Sólo nos queda probar que estas aparentes «imposibilidades» no lo son en realidad. Hay dos ventanas en la habitación. Contra una de ellas no hay muebles que la obstruyan y se ve claramente. La parte inferior de la otra está oculta a la vista por el cabecero del pesado lecho, que ha sido arrimado a ella. La primera ventana fue hallada fuertemente asegurada desde dentro. Se resistió a los más violentos esfuerzos de los que intentaron abrirla. En el marco, a la izquierda, se había practicado una perforación de barreno y se había colocado un clavo, así hasta la cabeza. Al examinar la otra ventana, se vio un clavo similar colocado de manera parecida y también fallaron los vigorosos intentos por abrirla. La policía estaba segura de que la huida no se había producido a través de las ventanas. Por tanto, consideró superfluo extraer los clavos y abrir las ventanas. Mi propia investigación fue algo más detallada por la razón que ya le he explicado: porque sabía que debía demostrar que todas las imposibilidades aparentes no lo eran en realidad. Seguí pensando así, *a posteriori*. Los asesinos escaparon por una de esas ventanas. Siendo así, no pudieron haber asegurado nuevamente los marcos desde dentro, tal como fueron hallados. Esta fue la consideración que puso fin, por obvia, a la investigación de la policía en este cuarto. Sin embargo, los marcos *estaban* asegurados. Entonces, *deben* tener la posibilidad de asegurarse a sí mismos. No había forma de escapar a esta conclusión. Me acerqué a la ventana que tenía libre acceso, quité el clavo con cierta dificultad e intenté levantar el marco. Tal como había anticipado, resistió todo mi esfuerzo. Comprendí, entonces, que debía haber un resorte oculto. La comprobación de mi idea me convenció de que mi hipótesis era correcta, a pesar del misterio que aún rodeaba a los clavos. Al investigar con más cuidado, apareció el resorte oculto. Lo presioné y, satisfecho con el descubrimiento, me abstuve de levantar el marco. Volví a colocar el clavo y lo miré atentamente. Una persona que escapa por esta ventana podría haberla cerrado de nuevo y el resorte habría asegurado el marco, pero el clavo no podía ser repuesto. La conclusión era evidente y estrechaba otra vez el campo de mis investigaciones. Los asesinos tenían que haber escapado por la otra ventana. Considerando, entonces, que los resortes de ambos marcos fueran los mismos, cosa que era probable, debía haber una diferencia entre los clavos o, al menos, en la forma de fijarlos. Trepando al armazón de la cama, miré con cuidado el marco de sostén de la segunda ventana. Pasé la mano por la parte de atrás y descubrí el resorte que, como suponía, era igual a su vecino. Observé el clavo. Era tan sólido como el primero, aparentemente se ajustaba del mismo modo y se hundía casi hasta la cabeza. Pensará usted que yo estaba perplejo, pero, si lo cree, debe haber usted malinterpretado la naturaleza de mis deducciones. Para usar una frase deportiva, no había «cometido falta» hasta entonces. No había perdido la pista ni un solo instante. No había error en ningún eslabón de la cadena. Había seguido el secreto hasta el último resultado y este resultado era el *clavo*. Como dije, tenía, en todos los detalles, la apariencia de su compañero de la otra ventana. Pero este hecho carecía de valor (por concluyente que pareciera) al compararlo con la idea que, en este punto, concluía la clave. «Debe haber algo defectuoso en el clavo», pensé. Lo toqué y su cabeza quedó entre mis dedos junto con un cuarto de pulgada de la espiga. El resto de la espiga quedó en el agujero, donde se había roto. Su fractura era muy antigua (ya que sus bordes estaban oxidados) y aparentemente se había producido por el golpe de un martillo que había incrustado en la parte inferior del marco la cabeza del clavo. Luego volví a colocar la cabeza en el lugar de donde la había quitado y vi que el clavo parecía perfecto, ya que su fisura era invisible. Al presionar el resorte, pude levantar suavemente el marco unas pulgadas. La cabeza se elevó con el marco, sin moverse de su lecho. Cerré la ventana y el clavo dio otra vez la impresión de estar dentro. Hasta ahora, el enigma quedaba explicado. El asesino había escapado a través de là ventana que daba a la cabecera de la cama. Cerrándose por sí misma (o tal vez a propósito) la ventana había quedado asegurada por el resorte. Y la resistencia de este resorte hizo creer a la policía que se trataba del clavo, dejando de lado toda investigación suplementaria. La siguiente cuestión era el modo de descenso. En este punto, me había quedado satisfecho después de nuestro paseo alrededor del edificio. A unos cinco pies y medio de la ventana en cuestión, hay una varilla de pararrayos. Desde esta varilla, sería imposible alcanzar la ventana y, por supuesto, entrar a través de ella. Sin embargo, observé que las persianas del cuarto piso eran de una clase peculiar que los carpinteros parisienses llaman ferrades, muy poco utilizadas actualmente, pero que se ven en las antiguas mansiones de Lyón y Burdeos. Se las fabrica con forma de puerta común (simple, no de doble hoja), excepto que la mitad inferior tiene celosías o tablillas que permiten sujetarlas con las manos. En este caso, estas persianas eran de tres pies y medio de ancho. Cuando las vimos desde la parte de atrás de la casa, ambas estaban medio abiertas, es decir que se hallaban en ángulo recto respecto de la pared. Es probable que la policía, al igual que yo, examinara los bajos del edificio; pero, de ser así, miraron las *ferrades* en el ángulo indicado, sin notar su gran ancho; por lo menos, no lo tomaron en cuenta. En realidad, una vez que se convencieron de que no era posible escapar de este cuarto, se limitaron a hacer un examen muy breve. Sin embargo, para mí estaba claro que si se abría del todo la persiana de la ventana que estaba sobre el lecho, su borde quedaría a unos dos pies de la varilla del pararrayos. También era evidente que, ejerciendo una extraordinaria cantidad de actividad y coraje, se podría haber entrado a través de la ventana, a partir de la varilla. Llegando a una distancia de dos pies y medio (ahora pensamos que la persiana estaba abierta del todo), un ladrón podría haberse sujetado con firmeza de las tablillas de la celosía. Abandonando, entonces, la varilla y apoyando los pies contra la pared y lanzándose vigorosamente hacia adelante, habría podido hacer girar la persiana hasta que se cerrara; si suponemos que la ventana estaba entonces abierta, habría logrado entrar así en la habitación. Le pido que tenga especialmente en cuenta que hablo de un nivel inusual de actividad como requisito para poder lograr una hazaña tan difícil y azarosa. Mi intención es demostrarle, en primer lugar, que podía lograrse; pero, en segundo lugar y principalmente, quiero que entienda usted lo extraordinario, casi sobrenatural, de ese vigor capaz de algo así, Dirá usted, sin duda, usando el lenguaje jurídico, que «para redondear mi caso» debería subestimar más que insistir en el cálculo del esfuerzo realizado para conseguir esa hazaña. Tal vez, esto sea lo normal en la práctica del derecho, pero no en el uso de la razón. Mi objetivo final consiste sólo en la verdad. Mi objetivo inmediato consiste en guiarlo a colocar en yuxtaposición la inusual actividad de la que he hablado, con la muy peculiar voz aguda (o áspera) y desigual, acerca de cuya nacionalidad no pudieron coincidir los testigos, como tampoco pudieron distinguir ningún vocablo articulado.

Al oír estas palabras, pasó por mi mente una idea vaga de lo que quería decir Dupin. Me sentía en el límite de la comprensión, sin llegar a entender, tal como ocurre cuando una persona está a punto de recordar algo, sin poder hacerlo. Mi amigo seguía hablando.

—Verá usted —dijo— que he cambiado de la cuestión del modo de escape al del modo de ingreso en la casa. Era mi intención demostrar que ambos se realizaron de la misma forma y por el mismo lugar. Volvamos al interior de la habitación. Observemos lo que aparece allí. Se ha dicho que los cajones de la cómoda han sido saqueados, aunque todavía quedan adentro muchas prendas. La conclusión es absurda. Es sólo una suposición, bastante tonta, y nada más que eso. ¿Cómo podemos asegurar que los artículos encontrados en los cajones no eran todos los que había originalmente? La señora L'Espanaye y su hija vivían una vida muy solitaria, no veían a otra gente, pocas veces salían, no tenían muchas ocasiones de cambiarse de tocado. Los que encontramos son por lo menos de tan buena calidad como los que estas mujeres podían tener. Si el ladrón hubiera robado algunos, ¿por qué no robar los mejores, por qué no robó todos? En una palabra, ¿por qué dejó cuatro mil francos en oro para llevarse un montón de ropa? El oro *fue* abandonado. Casi toda la cantidad mencionada por el señor Mignaud, el banquero, fue descubierta en sacos, sobre el suelo. Por tanto, espero que usted descarte de su pensamiento la desatinada idea de un *móvil*, que apareció en la mente de los policías por esa pequeña parte del testimonio que menciona el dinero entregado en la puerta de la casa. Coincidencias diez veces más notables que ésta (la entrega del dinero y el asesinato cometido a los tres días después) nos ocurren todo el tiempo sin que atraigan nuestra atención ni por un momento. En general, las coincidencias son grandes obstáculos en el camino de los pensadores bien educados que no saben nada de la teoría de las probabilidades, la teoría a la cual los objetivos más gloriosos de la investigación humana deben los más gloriosos ejemplos. En el caso que nos ocupa, si el oro hubiera desaparecido, el hecho de que hubiera sido entregado tres días antes habría sido algo más que una mera coincidencia. Habría sido la comprobación de la idea de un móvil. Pero, en las circunstancias reales del caso, si suponemos que el oro era el móvil del crimen, también deberemos entender que su perpetrador era lo bastante indeciso y estúpido como para olvidar el oro y el móvil a la vez. Teniendo en mente, entonces, los puntos sobre los cuales he llamado su atención (la voz peculiar, esa inusual agilidad y la sorprendente falta de móvil para un asesinato tan atroz como éste), observemos la carnicería. Aquí hay una mujer estrangulada por la presión de unas manos e introducida en la chimenea cabeza abajo. Los asesinos comunes no utilizan esta clase de métodos para matar. En el modo de encajar el cadáver en la chimenea admitirá usted que hay algo excesivamente descontrolado, algo irreconciliable con nuestras nociones habituales sobre los actos humanos, aun considerando que los perpetradores fueran los hombres más depravados. Pensemos, además, en la fuerza que debe haberse empleado para poder encajar el cuerpo *hacia arriba,* si para hacerlo *descender* fue necesario unir la fuerza de varias personas. Observemos ahora otros signos del empleo de un vigor extraordinario. En el hogar de la chimenea había espesos, muy espesos, mechones de cabello humano canoso. Habían sido arrancados de raíz. Tendrá usted idea de la fuerza necesaria para arrancar de la cabeza veinte o treinta cabellos juntos. Y, además, vio usted los mechones tan bien como yo. Las raíces (algo espantoso) mostraban pedazos de cuero cabelludo, prueba evidente de la prodigiosa fuerza utilizada para arrancar medio millón de cabellos de un tirón. El cuello de la anciana no sólo estaba cortado, sino que la cabeza se encontraba absolutamente separada del cuerpo y el instrumento utilizado era sólo una navaja. También quiero que usted repare en la ferocidad brutal de todos estos hechos. No diré nada de las contusiones que presentaba el cuerpo de la señora L'Espanaye. El señor Dumas y su valioso ayudante, el señor Etienne, han decidido que dichas contusiones se habían efectuado con algún instrumento contundente y, hasta ahí, están en lo cierto. El instrumento contundente fue claramente el pavimento de piedra del patio, sobre el que la víctima cayó desde la ventana que se encontraba del lado de la cama. Esta idea, por más simple que pueda parecer, no se le ocurrió a la policía por la misma razón que no se percataron del ancho de las persianas: como vieron los clavos, se cerraron a la posibilidad de que las ventanas hubieran sido abiertas alguna vez. Si ahora, además de todo esto, ha reflexionado usted sobre el extraño desorden hallado en el cuarto, hemos llegado al momento de combinar las ideas de una agilidad sorprendente, una fuerza sobrehumana, una ferocidad bruta, una carnicería sin móvil, una extravagancia de horror absolutamente incompatible para un humano y una voz en idioma extranjero, según testigos de diferentes nacionalidades que no podían distinguir una sola palabra. ¿Qué resultado obtenemos? ¿Qué impresión ha producido en su imaginación?

Sentí un estremecimiento en todo el cuerpo al escuchar las preguntas de Dupin. Dije:

—Un loco es el autor del crimen, un maníaco furioso escapado de alguna *casa de salud* vecina.

—En cierto sentido —respondió—, su idea no es tan descabellada. Pero las voces de los locos, aun en sus más salvajes paroxismos, nunca se asemejan a la voz peculiar oída arriba. Los hombres locos tienen alguna nacionalidad y su lenguaje, por incoherentes que sean sus palabras, siempre tiene la coherencia del silabeo. Además, el cabello de un loco no es como el que tengo en la mano. Pude desenredar este pequeño mechón de los apretados dedos de la señora L'Espanaye. ¿Puede usted decirme qué piensa de ellos?

—Dupin —dije, completamente trastornado—, este cabello es absolutamente extraordinario. ¡No es cabello *humano*!

—Nunca dije que lo fuera —contestó él—, pero, antes de decidir sobre este punto, deseo que usted mire el pequeño dibujo que he trazado sobre este papel. Es un facsímil de lo que en una parte de las declaraciones se describió como «oscuras contusiones y profundas huellas de uñas» sobre el cuello de la señorita L'Espanaye y en otra aparte (por los señores Dumas y Etienne) como una «serie de manchas leves, evidentemente causadas por la presión de los dedos». Verá usted —continuó mi amigo, extendiendo el papel sobre la mesa que teníamos delante de nosotros— que este dibujo indica una presión firme y fija. No hay señales de *deslizamiento*. Cada dedo mantuvo —hasta la muerte de la víctima— su horrible presión en el sitio donde se hundió primero. Intente ahora colocar sus dedos a la vez sobre las respectivas impresiones, tal como aparecen en el dibujo.

Lo intenté en vano.

—Tal vez no estemos procediendo de la forma adecuada —dijo—. El papel está extendido sobre una superficie plana, pero el cuello humano es cilíndrico. Aquí hay un trozo de madera, cuya circunferencia es similar a la de un cuello. Envuelva la madera con el papel e inténtelo nuevamente.

Lo hice, pero la dificultad era aún mayor que antes.

—Esta marca —dije— no es de una mano humana.

—Lea usted ahora —respondió Dupin— este pasaje de Cuvier.

Se trataba de una descripción anatómica y general de un enorme orangután leonado de las islas de la India oriental. Todos conocemos la inmensa estatura, la prodigiosa fuerza y agilidad, la salvaje ferocidad y la tendencia imitativa de estos mamíferos. Comprendí de repente todos los horrores de este asesinato.

—La descripción de los dedos —comenté al terminar la lectura— concuerda perfectamente con este dibujo. Ningún animal, salvo el orangután de la especie aquí descrita, es capaz de producir las marcas que aparecen en su dibujo. Este mechón de pelo coincide con el de la bestia descrita por Cuvier. Pero de ningún modo puedo comprender los detalles de este espantoso misterio. Además, se escucharon dos voces que discutían y una era, sin duda, la voz de un francés.

—Es verdad. Y recordará usted que, casi unánimemente, los testigos declararon haber oído decir a esta voz la expresión «¡Mon Dieu!» Dadas las circunstancias, uno de los testigos (Montani, el confitero) acertó al decir que la expresión tenía tono de reproche. Por tanto, sobre esas dos palabras, he construido mis esperanzas de una solución total de este enigma. Un francés estuvo al tanto del asesinato. Es posible —en realidad, es más que probable— que el hombre fuera inocente de toda participación en el sanguinario suceso que tuvo lugar. El orangután pudo habérsele escapado. Tal vez, lo siguió hasta la habitación; pero, dadas las agitadas circunstancias, no pudo capturarlo. Todavía anda suelto. No seguiré con estas conjeturas —no puedo llamarlas de otra forma—, ya que las sombras de reflexión sobre las que se fundamentan son de una profundidad insuficiente para ser apreciadas por mi intelecto y, por tanto, no puedo pretender que otros las comprendan. Las llamaremos conjeturas y hablaremos de ellas como tales. Si el francés en cuestión es, en realidad, tal como creo, inocente de esta atrocidad, este anuncio que dejé anoche al volver a casa en la redacción de *Le Monde* (un periódico dedicado a temas de navegación y muy buscado por los marinos) le traerá a nuestra residencia.

Me entregó un papel, que decía lo siguiente:

«CAPTURADO. *En el Bois de Boulogne, temprano en la mañana del día... (la mañana del asesinato), se ha encontrado un gran orangután leonado, de la especie de Borneo. Su dueño (de quien se sabe que es un marinero perteneciente a un barco maltés) puede recuperar su animal, previa identificación satisfactoria y pago de ciertos gastos ocasionados por la captura y cuidado. Preséntese en el número... de la calle..., Faubourg St. Germain, tercer piso.*»

—¿Cómo es posible —pregunté— que supiera usted que el hombre era marino y perteneciera al barco maltés?

—No lo sé —dijo Dupin—. No estoy *seguro* de ello. Sin embargo, hay aquí un trocito de cinta, que, por su forma y su aspecto grasoso, se ha usado para atar el pelo en una de esas coletas que tanto gustan a los marineros. Además, este nudo no puede hacerlo nadie que no sea marinero y es especial de los malteses. Recogí esta cinta al pie de la varilla del pararrayos. Imposible que perteneciera a alguna de las víctimas. Si, después de todo, estoy equivocado en mi deducción a partir de la cinta en cuanto a que el francés era un marinero del barco maltés, no he causado ningún daño al escribir el anuncio. Si estoy equivocado, el hombre pensará que me he confundido por algún error que no intentará averiguar. Pero si estoy en lo cierto, habremos ganado mucho. Conocedor, aunque inocente del asesinato, el francés dudará en responder al anuncio, en reclamar el orangután. Razonará de la siguiente manera: «Soy inocente; soy pobre; mi orangután es muy valioso —una fortuna para alguien en mis condiciones—, ¿por qué debería perderlo por un vago temor? Aquí está a mi alcance. Fue hallado en el Bois de Boulogne, a gran distancia de la escena del crimen. ¿Quién podría sospechar que un animal es culpable? La policía está perdida. No encontraron la menor prueba. Si siguieran al animal, les sería imposible probar que supe algo del crimen o culparme por haber sido testigo. Además, soy conocido. El redactor del anuncio me designa como dueño del animal. Si dejara de reclamar una propiedad de tanto valor, que se sabe que poseo, las sospechas recaerán, por lo menos, sobre el animal. No quiero atraer la atención sobre mí ni sobre el orangután. Responderé al anuncio, recuperaré al orangután y lo mantendré encerrado hasta que el tema se haya olvidado.»

En ese momento, oímos pasos en la escalera.

—Prepare las pistolas —dijo Dupin—, pero no las use ni las enseñe hasta que yo le haga una señal.

La puerta del frente de la casa había quedado abierta y el visitante había entrado, sin llamar, y había subido varios escalones. Sin embargo, ahora parecía dudar. Luego le oímos descender. Dupin se acercó rápidamente a la puerta, cuando nuevamente le oímos subir. No se volvió una segunda vez, sino que, después de subir con gran decisión, golpeó a nuestra puerta.

—¡Adelante! —dijo Dupin, en un tono acogedor y alegre.

Entró un hombre. Era, evidentemente, un marino, alto, fuerte y musculoso, con un semblante en el que cierta expresión audaz no resultaba desagradable. Su cara, muy bronceada por el sol, estaba casi cubierta por las patillas y el bigote. Traía consigo un grueso bastón de roble, pero no tenía ninguna otra arma. Se inclinó torpemente, dándonos las buenas noches en francés; a pesar de un cierto acento suizo de Neufchatel, se veía que era de origen parisiense.

—Siéntese usted, amigo —dijo Dupin—. Supongo que viene por el orangután. Le aseguro que se lo envidio un poco. Es un animal, sin duda, de gran valor. ¿Qué edad cree usted que tiene?

El marino respiró profundamente, como un hombre liberado de una carga insoportable y después respondió en un tono seguro:

—No podría decirle, pero no puede tener más de cuatro o cinco años. ¿Lo tiene usted aquí?

—No, no. No tenemos el lugar adecuado para guardarlo aquí. Está en una caballeriza en la calle Dubourg, cerca de aquí. Puede usted recuperarlo por la mañana. Supongo que estará usted preparado para certificar su propiedad.

—Sin duda, señor.

—Lamentaré separarme de él —dijo Dupin.

—No quisiera que se hubiera usted molestado tanto por nada, señor —dijo el hombre—. No podía esperármelo. Deseo pagar una recompensa por encontrar al animal; quiero decir, algo razonable.

—Bien —respondió mi amigo—, eso me parece muy justo. Déjeme pensar: ¿qué le pediré? Ah, sí. Le diré. Mi recompensa será lo siguiente: Usted me dará toda la información que posea sobre los asesinatos de la calle Morgue.

Dupin pronunció las últimas palabras en un tono muy bajo y con mucha tranquilidad. Con la misma tranquilidad, caminó hacia la puerta, la cerró con llave y la guardó en el bolsillo. Después sacó una pistola y la puso, sin prisa, sobre la mesa.

La cara del marino enrojeció como si hubiera sido atacado por un ataque de asfixia. Se puso en pie y se aferró a su bastón, pero a continuación se dejó caer de nuevo en el asiento, temblando violentamente y pálido como de muerte. No dijo una palabra. Sentí una profunda y sincera pena por él.

—Amigo mío —dijo Dupin, en tono amable—, de verdad que se está usted alarmando sin motivo. No queremos hacerle ningún daño. Le doy mi palabra de caballero y de francés que no queremos hacerle daño. Sé perfectamente que es usted inocente de las atrocidades de la calle Morgue. Sin embargo, no vale de nada negar que usted está en alguna medida implicado. Por lo que le he dicho, debe usted saber que tengo medios de información sobre este tema, medios que nunca podría haber soñado. El caso se plantea así. Usted no ha hecho nada que pudiera haber evitado, nada, en realidad, que le haga culpable. Ni siquiera es culpable de robo, cuando podría haber robado con total impunidad. No tiene nada que ocultar. No tiene ninguna razón para ocultarse. Por otra parte, el honor le obliga a confesar todo lo que sabe. Un hombre inocente está preso en este momento, acusado de un crimen cuyo autor usted conoce.

El marino había recuperado su compostura, en alguna medida, mientras Dupin hablaba; pero su aire decidido del comienzo había desaparecido por completo.

—¡Qué Dios me ayude! —exclamó el hombre, después de una pausa—. Le diré lo que sé sobre este asunto, pero no espero que usted crea ni la mitad de lo que digo. Sería tonto si lo esperara. Y, a la vez, soy inocente y confesaré todo aunque me cueste la vida.

Esto fue lo que nos relató, en resumen: Poco tiempo atrás, había hecho un viaje al archipiélago índico. Un grupo del cual formaba parte desembarcó en Borneo y penetró en el interior a fin de hacer una excursión de placer. Él y un compañero habían capturado un orangután. Al morir su compañero, él quedó como único dueño del animal. Después de muchos problemas ocasionados por la terrible ferocidad de su cautivo durante el viaje de regreso, finalmente logró encerrarlo en su propia residencia de París, donde, para no atraer la incómoda curiosidad de los vecinos, lo mantenía cuidadosamente oculto, mientras el animal se curaba de una herida en el pie, causada por una astilla a bordo del buque. Una vez curado, el marinero estaba dispuesto a venderlo.

Una noche, o más bien en la madrugada del crimen, al volver de una fiesta de marineros, encontró al animal en su propio dormitorio, al que había entrado desde el cuarto de al lado, donde creía haberlo encerrado de manera segura. Con una navaja en la mano y completamente embadurnado de jabón, se encontraba sentado frente a un espejo, intentando afeitarse, cosa que seguramente habría visto hacer a su amo a través de la cerradura de su habitación. Aterrorizado al ver un arma tan peligrosa en manos de un animal tan feroz y capaz de utilizarla, el hombre, durante unos momentos, no supo qué hacer. Sin embargo, estaba acostumbrado a calmar al animal, aun en los momentos de peor humor, mediante el uso de un látigo, y pensó acudir nuevamente a este recurso. Al ver esto, el orangután se lanzó de un salto a la puerta, bajó las escaleras y desde allí, a través de una ventana, que por desgracia estaba abierta, llegó a la calle.

El francés lo persiguió con desesperación. El mono, con la navaja en la mano, se detenía de cuando en cuando para mirar hacia atrás y hacer gestos a su perseguidor, dejándole acercarse casi hasta su lado. Después volvía a escaparse. De esta manera, continuó la persecución durante un buen rato. Las calles estaban completamente calmas, ya que eran las tres de la mañana. Al pasar por un pasaje detrás de la calle Morgue, una luz llamó la atención del fugitivo; era la luz de la ventana de la habitación de la señora L'Espanaye, en el cuarto piso de la casa. Precipitándose hacia el edificio, vio la varilla del pararrayos, trepó con una agilidad inconcebible, se aferró a la persiana, que estaba completamente abierta y pegada a la pared, y, de esta forma, se lanzó hacia adelante hasta caer en el cabecero de la cama. Todo esto había ocurrido en menos de un minuto. Al entrar en la habitación, el orangután abrió, de una patada, nuevamente la persiana.

Mientras tanto, el marino se sentía tranquilo y preocupado a la vez. Tenía esperanzas de capturar a la bestia, ya que difícilmente podría escaparse de la trampa en que había caído, salvo que intentara bajar por la varilla, donde podría ser atrapado. Por otra parte, sentía una gran ansiedad por lo que podría estar haciendo en la casa. Esta última reflexión hizo que el hombre continuara persiguiendo al fugitivo. Es fácil subir por una varilla de pararrayos, especialmente para un marino; sin embargo, cuando llegó hasta la ventana, que se hallaba bastante a su izquierda, no pudo seguir adelante. Todo lo que pudo hacer fue echarse a un lado para observar el interior de la habitación. Apenas lo hizo, estuvo a punto de caer a causa del horror. Fue en ese momento cuando empezaron los horribles alaridos que despertaron a todos los vecinos de la calle Morgue. La señora L'Espanaye y su hija, vestidas con camisones de dormir, parecían haber estado ocupadas en arreglar algunos papeles en la caja fuerte ya mencionada, la cual había sido trasladada al centro del cuarto. Estaba abierta y su contenido se encontraba a su lado, en el suelo. Las víctimas deben haber estado sentadas de espaldas a la ventana y, desde el tiempo transcurrido entre la entrada del animal y los gritos, parece probable que al principio no hubieran advertido su presencia. El golpear de la ventana pudo haberse atribuido al viento.

En el momento en que el marinero miró hacia el interior del cuarto, el gigantesco animal había aferrado a la señora L'Espanaye por el pelo (lo llevaba suelto, ya que se lo había estado peinando) y agitaba la navaja cerca de su cara imitando los movimientos de un barbero. La hija permanecía postrada e inmóvil; se había desmayado. Los gritos y las peleas de la anciana (durante los cuales le fueron arrancados los mechones de la cabeza) tuvieron como efecto cambiar los probables propósitos pacíficos del orangután por otros llenos de furor. Con un solo golpe de su musculoso brazo, separó casi completamente la cabeza del cuerpo de la víctima. La vista de la sangre transformó la cólera en frenesí. Rechinando los dientes y echando fuego por los ojos, se precipitó sobre el cuerpo de la joven y, hundiéndole las terribles garras en el cuello, las mantuvo así hasta que expiró. La furiosa y salvaje mirada del animal cayó entonces sobre el cabecero de la cama, sobre el cual el rostro de su amo, paralizado por el terror, apenas podía divisarse. La furia de la bestia, quien sin duda todavía conservaba la imagen del temido látigo, se convirtió de repente en miedo. Consciente de merecer castigo, parecía deseoso de ocultar sus sangrientos actos y comenzó a saltar por el cuarto en una agonía de nerviosa agitación, derribando y rompiendo los muebles y arrancando el lecho de su bastidor. Por fin, se apoderó del cadáver de la joven y lo metió en la chimenea, tal como fue encontrado luego; después, el de la anciana, que inmediatamente lanzó de cabeza por la ventana.

Mientras el mono se acercaba a la ventana con su mutilada carga, el marinero se echó aterrorizado hacia atrás, se deslizó sin cuidado hasta el suelo y luego fue corriendo a su casa, temeroso de las consecuencias de semejantes atrocidades y abandonando en su horror toda preocupación por el destino del orangután. Las palabras que los testigos oyeron cuando subían por las escaleras eran las exclamaciones de horror y espanto del francés, entremezcladas con los diabólicos sonidos de la bestia.

Poco puedo agregar. El orangután escaparía de la habitación por la varilla del pararrayos, justo antes de que la puerta fuera forzada. Al escapar por la ventana, la habría cerrado. Después fue capturado por el mismo dueño, quien lo vendió al Jardín des Plantes por una elevada suma. Le Bon fue puesto en libertad inmediatamente después de nuestra narración de las circunstancias del caso (con algunos comentarios por parte de Dupin) en la oficina del prefecto de policía. Este funcionario, si bien estaba bien predispuesto hacia mi amigo, no pudo ocultar del todo el fastidio por el giro que había tomado el asunto y dejó caer uno o dos comentarios sarcásticos sobre la conveniencia de que cada uno se preocupara de sus propios asuntos.

—Déjele hablar —dijo Dupin, quien no había creído necesario contestar—. Déjele usted hablar. Le tranquilizará la conciencia. Estoy satisfecho con haberle derrotado en su propio terreno. De todos modos, el hecho de que no haya logrado la solución de este misterio no es un motivo de asombro; en verdad, nuestro amigo es demasiado astuto para ser profundo. En su sabiduría no hay fibra: mucha cabeza y nada de cuerpo, como las imágenes de la diosa Laverna, o, como mucho, todo cabeza y hombros, como un bacalao. Pero después de todo, es un buen hombre. Me gusta especialmente por cierta forma maestra de gazmoñería, a la cual debe su reputación. Me refiero al modo que tiene «*de nier ce qui est, et d'expliquer ce qui n'est pas*»*.

---

* Rousseau, *Nouvelle Héloïse*.

EL MISTERIO DE MARIE ROGÊT [1]

(CONTINUACIÓN DE *LOS ASESINATOS DE LA CALLE MORGUE*)

> «*Es giebt eine Reihe idealischer Begebenheite, die der Wirklichkeit parallel lauft. Selten fallen sie zusammen. Menschen und zufalle modificiren gewohulich die idealische Begebenheit, so dass sie unvollkommen erscheint, und ihre Folgen gleichfalls unvollkommen sind. So bie der Reformation; statt des Protestantismus kam das Lutherthum hervor.*»
>
> («Hay series ideales de acontecimientos que corren paralelos a los reales. Rara vez coinciden. Los hombres y las circunstancias generalmente modifican el curso ideal de los acontecimientos, de modo que resulta imperfecto y sus consecuencias son igualmente imperfectas. Así ocurrió con la Reforma; en lugar de protestantismo tuvimos el luteranismo.»)
>
> NOVALIS (seudónimo de Von Hardenberg),
> *Moral Ansichten*

Aun entre los pensadores más serenos, hay pocas personas que no hayan sido sorprendidas alguna vez por una creencia a medias en lo

---

[1] En la primera edición de *Marie Rogêt*, las notas al pie de página aquí incluidas se consideraron innecesarias, pero el paso de varios años desde la tragedia en que se basa este cuento hace imprescindible incluirlas y decir algunas palabras acerca del diseño general. Una joven, Mary Cecilia Rogers, fue asesinada cerca de Nueva York. Aunque su muerte causó una excitación intensa y duradera, el misterio que la rodeó permanecía sin solución en el momento en que esto fue escrito y publicado (noviembre de 1842). Ahora, con la pretensión de relatar el destino de una grisette de París, el autor ha seguido al detalle lo esencial, incluyendo sólo paralelamente los hechos superficiales con respecto al verdadero asesinato de Mary Rogers. Sin embargo, todos los fundamentos basados en la ficción se aplican a la verdad y el objetivo era la investigación de la verdad.

El *Misterio de Marie Rogêt* se escribió lejos de la escena del crimen. Por tanto, se perdió mucho de lo que hubiera ayudado al autor si hubiera estado en el lugar y lo hubiera visitado. Sin embargo, no resulta inadecuado registrar que las confesiones de dos personas (una de ellas, la señora Deluc del cuento), después de la publicación, confirmaron no sólo la conclusión general, sino todos los detalles hipotéticos por los cuales se llegó a dicha conclusión.

sobrenatural, de manera vaga pero sobrecogedora, por alguna coincidencia de características tan maravillosas que el intelecto no haya podido aprehenderlas como simples coincidencias. Tales sentimientos (ya que las creencias a medias de las que hablo nunca tienen la fuerza del *pensamiento*) nunca se borran del todo a menos que se las explique por la doctrina de las posibilidades o, como se la llama técnicamente, el Cálculo de Probabilidades. Este cálculo es, en esencia, puramente matemático, y, de este modo, nos encontramos con que la anomalía de la ciencia más rígida y exacta se aplica a las sombras y vaguedades de la más intangible de las especulaciones.

Los detalles extraordinarios que ahora debo dar a conocer constituyen, en cuanto a la secuencia de tiempo, la rama principal de una serie de *coincidencias* apenas comprensibles, cuya rama secundaria o final reconocerán los lectores en el reciente asesinato de *Mary Cecilia Rogers*, en Nueva York.

Cuando, en un relato llamado *Los asesinatos de la calle Morgue*, intenté hace un año describir las notables características de la mentalidad de mi amigo, el caballero C. Auguste Dupin, no se me ocurrió que debería reanudar el tema alguna vez. Era mi intención describir su carácter y esta intención fue realizada completamente en el salvaje devenir de circunstancias que pusieron de manifiesto el modo de ser de Dupin. Podría haber aducido otros ejemplos, pero con ellos no hubiera aportado más pruebas. Sin embargo, los acontecimientos recientes y la sorprendente forma en que se desarrollaron, me obligan a descubrir detalles que tendrán la apariencia de una confesión forzada. Sería extraño que, al escuchar lo que escuché recientemente, permaneciera en silencio sobre lo que vi y oí hace mucho tiempo.

Al resolver la tragedia de la muerte de la señora L'Espanaye y de su hija, el caballero se despreocupó inmediatamente del tema y volvió a sus antiguos hábitos de melancólica ensoñación. Con mi tendencia permanente a la abstracción, le acompañé en su humor. Continuamos ocupando nuestras habitaciones en el Faubourg Saint Germain y nos ocupamos del presente, dejando de lado toda preocupación por el futuro, reduciendo a sueños el triste mundo que nos rodeaba.

Sin embargo, estos sueños solían interrumpirse. Puede suponerse que el papel que representó mi amigo en el drama de la calle Morgue había impresionado a la policía parisiense. El nombre de Dupin se había convertido en una palabra cotidiana entre los miembros de la policía. El carácter sencillo de las deducciones por las cuales había desenmarañado el misterio nunca se había explicado ni tan siquiera al prefecto o a ninguna otra persona salvo yo mismo y, por tanto, no resulta sorprendente que el asunto se haya considerado casi milagroso o que la capacidad analítica del caballero le hayan otorgado fama de intuitivo. Su franqueza le había llevado a desengañar a todos los que tuvieran este perjuicio, pero su humor indolente le alejaba de la repetición de un tópico cuyo interés para él había terminado mucho tiempo atrás. Así fue como Dupin se convirtió en el centro de atención para la policía y fueron muchos los casos en los que se intentó contratar sus servicios en la prefectura. Uno de los casos más notables fue el del asesinato de una joven llamada Marie Rogêt.

Los hechos ocurrieron dos años después de la tragedia de la calle Morgue. Marie, cuyo nombre y apellido llamaron inmediatamente la atención por su parecido con la infortunada «vendedora de cigarros», era hija única de la viuda Estelle Rogêt. El padre había muerto durante la infancia de Marie y desde el momento de su muerte hasta dieciocho meses antes del asesinato que constituye el tema de nuestro relato, madre e hija habían vivido juntas en la rue Pavée Saint Andrée[2], donde la señora Rogêt regentaba una pensión, ayudada por Marie. Las cosas continuaron así hasta que la hija cumplió veintidós años y su gran belleza atrajo la atención de un perfumista que ocupaba una de las tiendas en la galería del Palais Royal y cuya clientela principal la constituían peligrosos aventureros que infestaban el vecindario. El señor Le Blanc[3] no desconocía las ventajas derivadas de la presencia de la hermosa Marie atendiendo su perfumería y su generosa propuesta fue aceptada de inmediato por la joven, aunque su madre mostró un poco más de duda al respecto.

Las previsiones del comerciante se cumplieron y sus salones se hicieron famosos gracias a los encantos de la vivaz «grisette». Transcurrido un año desde que comenzó a trabajar allí, sus admiradores quedaron sorprendidos por su repentina desaparición de la perfumería. El señor Le Blanc no podía explicar su ausencia y la señora Rogêt se sintió ansiosa y aterrorizada. Los periódicos se ocuparon inmediatamente del tema y, cuando la policía estaba a punto de comenzar investigaciones más serias, una mañana después de una semana, Marie, en buen estado de salud pero con un aspecto algo más triste, reapareció en su puesto en la perfumería. Como es natural, todas las investigaciones, excepto las de carácter privado, fueron suspendidas de inmediato. El señor Le Blanc se mostró imperturbable. Marie y su madre respondieron a todas las preguntas diciendo que había pasado la última semana en casa de un pariente en el campo. De este modo, se desvaneció el asunto y fue olvidado, ya que la joven, para alejar la impertinencia de la curiosidad, se despidió definitivamente del perfumista y buscó refugio en la residencia de su madre en la calle Pavée Saint Andrée.

[2] Nassau Street.
[3] Anderson.

Cinco meses después de su regreso a casa, sus amigos se alarmaron por una segunda desaparición repentina de Marie. Pasaron tres días y no se sabía nada de ella. Al cuarto día, se encontró su cadáver flotando en el Sena[4], cerca de la costa frente al barrio de la calle Saint Andrée, en un sitio no muy distante del apartado barrio de la Barrière du Roule[5].

La atrocidad de este asesinato (ya que era evidente que se había cometido un asesinato), la juventud y belleza de la víctima y, sobre todo, su pasada notoriedad, se unieron para producir una intensa conmoción en la mente de los sensibles parisienses. No recuerdo otro hecho que haya causado un efecto tan intenso y generalizado. Durante varias semanas, en la discusión de este absorbente tema, se olvidaron los importantes asuntos políticos del día. El prefecto desplegó una actividad inusitada y la fuerza de toda la policía de París fue empleada en su totalidad.

Al descubrir el cuerpo, nadie supuso que el asesino pudiera eludir durante mucho tiempo la investigación que se puso en marcha de inmediato. Al terminar la primera semana, se decidió ofrecer una recompensa, que hasta ese momento se limitaba a mil francos. Mientras tanto, las investigaciones siguieron con rigor, si bien no siempre con el suficiente juicio, y numerosas personas fueron interrogadas en vano. Mientras tanto, debido a la falta de pistas para resolver el misterio, la excitación popular crecía enormemente. Al décimo día, se creyó conveniente duplicar la suma propuesta en principio. Y, finalmente, al terminar la segunda semana sin lograr ningún descubrimiento y como el prejuicio que existía en París contra la policía se manifestó en varios disturbios, el prefecto decidió ofrecer la suma de veinte mil francos «por la denuncia del asesino» o, si se demostraba que había más de un implicado, «por la denuncia de cualquiera de los asesinos». En la proclama en que se ofrecía esta recompensa, se prometía el perdón para cualquier cómplice que declarara contra el autor del crimen. A este cartel se añadía otro de un comité de ciudadanos que ofrecía diez mil francos además de la suma propuesta por la Prefectura. La recompensa completa sumaba no menos de treinta mil francos, una cantidad extraordinaria, teniendo en cuenta la humilde condición de la joven y la gran frecuencia con que ocurren en ciudades grandes atrocidades similares.

Nadie dudó de que el misterio de este asesinato se resolvería de inmediato. Sin embargo, aunque hubo uno o dos arrestos que prometían esclarecer los hechos, no se logró probar nada que implicara a los sospechosos, quienes fueron entonces liberados. Por extraño que pueda parecer, había pasado la tercera semana después del descubri-

---

[4] El Hudson.
[5] Weehawken.

miento del cuerpo sin que nada se supiera sobre el tema, antes de que llegara a mis oídos y a los de Dupin el primer rumor acerca de unos acontecimientos que tanto habían agitado la mente de todo el público. Ocupados en investigaciones que habían absorbido toda nuestra atención, había pasado un mes sin que saliéramos de casa, recibiéramos visitas o leyéramos por encima los artículos políticos de los periódicos. El señor G... en persona fue quien nos trajo la primera información acerca del crimen. Vino a vernos temprano, durante la tarde del 13 de julio de 18..., y se quedó con nosotros hasta bien entrada la noche. Se sentía molesto por el fracaso de todos sus esfuerzos para capturar a los asesinos. Estaba en juego su reputación, según dijo con un aire típicamente parisiense. Hasta su honor estaba comprometido. La mirada del público estaba pendiente de él y estaba dispuesto a cualquier sacrificio para lograr el esclarecimiento del misterio. Terminó su extraño discurso con un cumplido sobre lo que denominaba el tacto de Dupin y le hizo una propuesta directa y generosa, cuya exacta naturaleza no me atrevo a describir, pero que no tiene relación directa con el tema fundamental de mi relato.

Mi amigo rechazó el cumplido lo mejor que pudo, pero aceptó la propuesta inmediatamente, si bien las ventajas eran momentáneas. Acordado este punto, el prefecto siguió explicando su propio punto de vista, mezclado con largos comentarios sobre los testimonios recogidos (que aún no conocíamos). Habló mucho y sin duda con fundamento, mientras yo intentaba dar algunas sugerencias a medida que la noche transcurría con gran lentitud. Dupin, sentado tranquilo en su habitual sillón, era la encarnación de la atención respetuosa. Durante toda la entrevista no se quitó las gafas y una mirada que ocasionalmente lancé por encima de sus cristales verdes bastó para convencerme de que durmió profunda y silenciosamente durante las siete u ocho pesadas horas que precedieran a la partida del prefecto.

Por la mañana, me procuré en la Prefectura un informe completo de todos los testimonios conseguidos y, en las diversas sedes de los periódicos, una copia de todas las publicaciones donde, desde el principio hasta el fin, habían aparecido informaciones importantes sobre este triste suceso. Quitando todo lo que había sido claramente rechazado, el total de la información era el siguiente:

Marie Rogêt dejó la residencia de su madre en la calle Pavée St. Andrée cerca de las nueve de la mañana del domingo 22 de junio de 18... Al salir, avisó a un tal señor Jacques St. Eustache[6], y sólo a él, de su intención de pasar el día con una tía que vivía en la calle Drômes. Ésta es una calle angosta pero muy transitada, no muy lejos de la orilla del

---

[6] Payne.

río y a una distancia de cerca de dos millas, en la línea más directa posible, desde la pensión de la señora Rogêt. St. Eustache era el novio oficial de Marie y vivía en la pensión, donde también almorzaba y cenaba. Debía recoger a su prometida al anochecer. Sin embargo, por la tarde empezó a llover fuerte y, suponiendo que se quedaría toda la noche con su tía (tal como había hecho en otros casos en circunstancias similares), no creyó necesario cumplir su promesa. A medida que pasaba la noche, la señora Rogêt (que era una débil anciana de setenta años) había expresado su miedo de que «no volvería a ver a Marie», pero en ese momento nadie prestó atención a esa observación.

El lunes se supo con certeza que la joven no había estado en la calle Drômes y, cuando transcurrió el día sin noticias de ella, se comenzó una búsqueda tardía en varios puntos de la ciudad y alrededores. Sin embargo, hasta el cuarto día desde el momento de su desaparición no se tuvieron noticias concretas. Ese día, el miércoles 25 de junio, un tal señor Beauvais[7], quien con un amigo había estado preguntando por Marie cerca de la Barrière du Roule, en la orilla del Sena opuesta a la calle Pavée St. Andrée, fue informado de que unos pescadores acababan de extraer y llevar a la orilla un cadáver que habían encontrado flotando en el río. Al ver el cuerpo, Beauvais, después de dudar un momento, identificó el cuerpo como el de la muchacha de la perfumería. Su amigo la reconoció antes que él.

La cara estaba cubierta de sangre coagulada, parte de la cual salía de la boca. No se veía espuma, como ocurre en el caso de los ahogados. No se advertía decoloración de los tejidos celulares. En el cuello había contusiones y huellas de dedos. Los brazos estaban doblados sobre el pecho y rígidos. La mano derecha estaba cerrada y la izquierda, parcialmente abierta. En la muñeca izquierda aparecían dos magulladuras circulares, tal vez causadas por cuerdas o por una cuerda pasada dos veces. Una parte de la muñeca derecha también estaba marcada, al igual que toda la espalda, especialmente a la altura de los hombros. Al traer el cuerpo a la orilla, los pescadores lo habían atado con una cuerda, pero las excoriaciones no habían sido causadas por ésta. El cuello aparecía muy hinchado. No se veían heridas o contusiones que provinieran de golpes. Alrededor del cuello se encontró un trozo de cordón atado con tanta fuerza que se hundía en la carne. Estaba totalmente incrustado y el nudo se veía debajo de la oreja izquierda. Esto sólo podría haber bastado para causar la muerte. El testimonio médico dejó expresamente establecido el carácter virtuoso de la víctima. Decía que había sido sometida a un trato brutal. El cadáver estaba en un estado que no ofrecía dificultad para que sus amigos lo reconocieran.

---

[7] Crommelin.

La ropa de la víctima aparecía muy rasgada y desordenada. Una tira de un pie de ancho había sido arrancada del vestido, desde la costura inferior hasta la cintura, pero no había sido desprendida por completo. Aparecía enrollada tres veces alrededor de la cintura y asegurada por una especie de nudo en la espalda. La enagua que Marie llevaba dejado del vestido era de muselina delicada y de ella había sido arrancada por completo una tira de unas dieciocho pulgadas de ancho, de modo muy parejo y que denotaba mucho cuidado. Fue hallada alrededor del cuello, no muy apretada y asegurada con un nudo fuerte. Sobre la tira de muselina y el cordón había un lazo proveniente de una cofia, que aún colgaba de él. Ese lazo estaba asegurado con un nudo marinero y no con el que emplean las señoras.

Después del reconocimiento, el cadáver no fue llevado al depósito de cadáveres, como era habitual, ya que la formalidad parecía superflua, sino que fue enterrado rápidamente cerca del lugar donde había sido extraído del agua. Gracias a los esfuerzos de Beauvais, el asunto se mantuvo cuidadosamente en secreto, dentro de lo posible, y transcurrieron varios días antes de que despertara el interés del público. Un semanario[8], sin embargo, por fin sacó a relucir el tema. Se exhumó el cuerpo y se procedió a un nuevo examen del mismo. Sin embargo, no se obtuvo más información que lo que ya se sabía. No obstante, la ropa fue entregada a la madre y los amigos de la víctima, siendo identificada como la que llevaba la joven en el momento de salir de su casa.

Mientras tanto, la agitación crecía hora tras hora. Varios individuos fueron arrestados y liberados. St. Eustache fue considerado especialmente sospechoso y, al principio, no logró dar una explicación clara de su paradero durante el domingo en que Marie dejó su casa. Sin embargo, con posterioridad, presentó al señor G... una declaración bajo juramento explicando satisfactoriamente cada hora del día en cuestión. A medida que pasaba el tiempo y no se descubría nada, circulaban mil rumores contradictorios y los periodistas se ocupaban en proponer *sugerencias*. Entre éstas, la que más llamó la atención fue la idea de que Marie Rogêt aún vivía y que el cuerpo encontrado en el Sena era el de otra infortunada. Sería apropiado por mi parte remitir al lector algunos pasajes que encierran la sugerencia a que hice referencia. Estos pasajes son traducciones literales de *L'Etoile*[9], un periódico dirigido, en general, con mucha competencia:

«La señorita Rogêt abandonó la casa de su madre en la mañana del domingo 22 de junio de 18..., con el ostensible propósito de visitar a su tía o algún otro familiar, en la calle Drômes. Desde ese momento, nadie confirma haberla visto. No existen pistas o noticias de su paradero...

---

[8] Mercury, de Nueva York.
[9] Brother Jonathan, editado por H. Hastings Weld, Esq., de Nueva York.

No ha aparecido ninguna persona que la haya visto ese día, después de que abandonara la puerta de la casa de su madre... Si bien no tenemos pruebas de que Marie Rogêt se encontrara viva después de las nueve del domingo 22 de junio, tenemos pruebas de que hasta esa hora estaba viva. El miércoles a mediodía, un cuerpo de mujer fue descubierto flotando cerca de la costa de Barrière du Roule. Esto ocurrió, entendiendo que Marie Rogêt fue arrojada al río, dentro de las tres horas después de dejar la casa de la madre, lo cual significa un plazo de tres días, hora más o menos, a partir del momento en que dejó su casa. Sin embargo, sería tonto suponer que el asesinato, en caso de que se haya cometido un asesinato, podría haberse consumado pronto de modo que los asesinos pudieran arrojar el cuerpo al río antes de medianoche. Los culpables de semejantes crímenes eligen la oscuridad más que la luz... Entonces vemos que, si el cuerpo encontrado en el río *era* realmente el de Marie Rogêt, habría estado en el agua dos días y medio o tres como máximo. La experiencia demuestra que los cuerpos de los ahogados, o los cuerpos arrojados al agua inmediatamente después de ser asesinados con violencia, requieren de seis a diez días para descomponerse lo suficiente como para salir a flote. Incluso si se dispara un cañonazo sobre el lugar donde hay un cadáver y éste sale a flote antes de cinco o seis días de inmersión, vuelve a hundirse si no se lo amarra. Ahora nos preguntamos: ¿qué ocurrió en este caso que nos desviara del curso normal de la naturaleza...? Si se hubiera mantenido el cuerpo, maltratado como estaba, en tierra hasta el martes por la noche, se habría encontrado alguna huella de los asesinos en la costa. Resulta dudoso, asimismo, que el cuerpo haya salido a flote tan pronto, incluso si lo hubieran arrojado al agua dos días después de muerto. Y, además, es muy improbable que los criminales que cometieron semejante asesinato arrojaran el cuerpo al agua sin un peso suficiente para hundirlo, siendo esta una precaución fácil de tomar.»

El autor del artículo continúa diciendo que el cuerpo debe haber estado en el agua «no sólo tres días, sino cinco veces ese tiempo, por lo menos», porque se encontraba en tal estado de descomposición que a Beauvais le costó mucho reconocerlo. Sin embargo, no aceptaron este punto. Continúo:

«¿En qué se basa, entonces, el señor Beauvais para decir que no duda en absoluto de que el cuerpo hallado sea el de Marie Rogêt? Dice que, al levantar la manga del vestido, encontró señales que le resultan suficientes para identificar el cuerpo. El público en general debe haber supuesto que hablaba de cicatrices. Sin embargo, frotó el brazo y encontró vello, detalle poco concluyente donde los haya, tan poco definitivo como si hubiera dicho que encontró un brazo dentro de la manga. El señor Beauvais no regresó aquella noche, sino que envió un mensaje a la señora Rogêt, a las siete de la tarde del miércoles, diciéndole que se continuaba la investigación sobre su hija. Si aceptamos que la señora Rogêt, por su edad y por la tristeza, no podía ir a identificar el cuerpo de su hija (lo cual ya es aceptar bastante), seguro que debería haber alguien que considerara necesario presenciar la investigación, siempre que creyeran que el cuerpo pertenecía a Marie. Nadie acudió. Nada se dijo o se oyó acerca del tema en la calle Pavée St. Andrée, nada que llegara a conocimiento de los ocupantes del mismo edificio. El señor St. Eustache, el prometido de Marie, que vivía en la pensión de su madre, declara no haber oído nada del descubrimiento del cuerpo de su prometida sino hasta la mañana siguiente, en que el señor Beauvais entró en la habitación y se lo contó. Para tratarse de semejante noticia, se diría que fue recibida con bastante frialdad.»

De este modo, el periódico intentó crear la impresión de cierta apatía por parte de los parientes de Marie, que se contradecía con la suposición de que estos familiares creyeran que el cuerpo era el de ella. Sus insinuaciones llegaban a que Marie, con el conocimiento de sus amigos, se había ausentado de la ciudad por razones que tenían que ver con su castidad y que estos amigos, al descubrir en el Sena un cuerpo que se parecía al de la muchacha, habían aprovechado la oportunidad de hacer creer al público que había muerto. Pero *L'Etoile* volvía a apresurarse. Estaba comprobado que no existía la apatía que se había supuesto, que la anciana era demasiado débil y estaba demasiado impresionada como para cumplir con sus deberes y que St. Eustache, lejos de recibir la noticia con frialdad, estaba tan desesperado y actuaba de forma tan extraviada que el señor Beauvais debió pedir a un amigo o pariente que no se despegara de su lado y le impidiera presenciar la exhumación del cadáver. Además, *L'Etoile* afirmaba que el cuerpo había sido enterrado nuevamente a costa del municipio, que una ventajosa oferta para darle sepultura privada fue rechazada por la familia y que ningún miembro de la familia había presenciado la ceremonia. Aunque *L'Etoile* aseguraba esto con el objetivo de causar determinado efecto en el público, todo fue rechazado. En una edición posterior del periódico, se intentaba arrojar sospechas sobre el mismo Beauvais. El articulista decía:

«Ahora se produce un cambio en este asunto. Hemos sabido que, en una ocasión, mientras una tal señora B... estaba en casa de la señora Rogêt, el señor Beauvais, que salía, le dijo que esperaban allí a un gendarme y que ella, señora B..., no debía decir nada al gendarme hasta que él regresara, pues él mismo se ocuparía del asunto... Por alguna razón, determinó que nadie debería hacer nada en los procedimientos salvo él mismo y que él había eliminado a todos los parientes masculinos de su camino de una manera muy especial. Parece haber estado en total oposición a que algún familiar viera el cuerpo.»

Por el hecho que se describe a continuación, las sospechas sobre Beauvais adquirieron cierta consistencia. Unos días antes de la desaparición de la joven, una persona fue a su oficina durante su ausencia y dejó una rosa en la cerradura de la puerta. En una pizarra colgada al lado aparecía el nombre de Marie.

La impresión general, por lo que pudimos ver a través de los periódicos, parecía ser que Marie había sido víctima de una banda de criminales, que la habían arrastrado cerca del río, la habían maltratado y, finalmente, asesinado. Sin embargo, *Le Commerciel*[10], un periódico de gran influencia, combatía esta idea generalizada. Cito a continuación un párrafo o dos de sus columnas:

«Estamos persuadidos de que la indagación ha seguido hasta ahora un camino equivocado, al llevarnos al Barrière du Roule. Es imposible que una persona tan conocida por miles de personas como esta joven mujer, haya pasado tres manzanas sin que nadie la haya visto y, cualquiera que la hubiera visto, lo recordaría, ya que su figura llamaba la atención a todos. Salió cuando las calles estaban llenas de gente... Es imposible que haya ido a Barrière du Roule o a la calle Drômes sin haber sido reconocida por una docena de personas; sin embargo, nadie ha venido a decir que la haya visto en la puerta de la casa de su madre y que no había pruebas, salvo el testimonio sobre las intenciones por ella expresadas, de que hubiera salido. Su ropa estaba rasgada, arrollada a su cintura y atada, para llevarla como si fuera un paquete. Si el asesinato se hubiera cometido en Barrière du Roule, no habría sido necesario este procedimiento. El hecho de que el cuerpo fuera hallado flotando cerca de Barrière no prueba dónde había sido arrojado al agua... Un trozo de una de las enaguas de la infortunada víctima, de dos pies de largo y un pie de ancho, fue rasgado y atado debajo de su mentón y atado detrás de la cabeza, probablemente para evitar sus gritos. Los individuos que hicieron esto no tenían pañuelo de bolsillo.»

Sin embargo, uno o dos días antes de que el prefecto nos visitara, llegó a la policía cierta información importante, que parecía invalidar los argumentos de *Le Commerciel*. Dos niños, hijos de una tal señora Deluc, que vagabundeaban en los bosques cercanos a Barrière du Roule, entraron casualmente es un espeso soto, donde había tres o cuatro grandes piedras que formaban una especie de asiento, con respaldo y escabel. En la piedra de arriba había una enagua blanca y en la otra un pañuelo de seda. También se encontraron una sombrilla, unos guantes y un pañuelo de bolsillo, con el nombre de Marie Rogêt. En las zarzas cercanas se descubrieron fragmentos de un vestido. La tierra estaba removida, los arbustos rotos y había pruebas de una pelea. Entre el soto

---

[10] *Journal of Commerce*, Nueva York.

y el río, los vallados habían sido derribados y la tierra presentaba señales de que se había arrastrado una pesada carga.

Un semanario, *Le Soleil*[11], aportó los siguientes comentarios acerca del descubrimiento, comentarios que simplemente reflejaban el sentimiento de toda la prensa de París:

«Es evidente que todas estas cosas han estado allí durante tres o cuatro semanas; por lo menos, aparecían estropeadas y humedecidas por la acción de la lluvia y pegadas entre sí por el moho. La hierba había crecido a su alrededor y sobre ellas. La seda de la sombrilla era fuerte, pero las fibras se habían adherido unas con otras. La parte superior, doble y plegada, estaba humedecida y rota, y se había rasgado al ser abierta... Los trozos de vestido hallados en las zarzas tenían tres pulgadas de ancho y seis de largo. Una parte correspondía al dobladillo del vestido y había sido remendado. La otra parte pertenecía a la falda, no a la costura. Eran trozos arrancados y estaban en la zarza espinosa a un pie aproximadamente del suelo... No hay duda, por tanto, de que se ha descubierto el lugar de este estremecedor crimen.»

A consecuencia de este descubrimiento, aparecieron nuevas pruebas. La señora Deluc declaró que era dueña de una posada cercana a la orilla del río, en la parte opuesta de Barrière du Roule. Esta zona es especialmente solitaria. En el sitio habitual de esparcimiento de gente que cruza el río en botes los domingos. A eso de las tres de la tarde del domingo en cuestión, una joven llegó a la posada acompañada por un joven moreno. Los dos permanecieron allí durante un rato. Al partir, tomaron la ruta hacia los espesos bosques cercanos. El vestido de la joven llamó la atención a la señora Deluc, ya que se asemejaba a uno que solía vestir una parienta suya fallecida. Reparó especialmente en el pañuelo. Poco después de la partida de la pareja, apareció una banda de muchachos que se comportaron escandalosamente, comieron y bebieron sin pagar, siguieron la misma ruta que la joven pareja, volvieron a la posada al anochecer y volvieron a cruzar el río como si estuvieran muy apurados.

Poco después del anochecer, la señora Deluc y su hijo mayor escucharon los gritos de una mujer cerca de la posada. Los gritos eran violentos, pero duraron poco. La señora D... reconoció no sólo el pañuelo encontrado en el soto, sino también el vestido descubierto en el cadáver. Un conductor de autobús, Valence[12], también testificó que vio a Marie Rogêt cruzar el Sena en ferry aquel domingo, en compañía de un joven moreno. Valence conocía a Marie y no podía confundir su identidad. Los efectos encontrados en el soto fueron reconocidos sin duda por los parientes de Marie.

---

[11] *Saturday Evening Post*, de Filadelfia.
[12] *Adam*.

Los distintos testimonios y la información que recogí de los periódicos, por ruego de Dupin, contenían sólo un punto más, pero aparentemente de gran importancia. Parece ser que, inmediatamente después del descubrimiento de la ropa antes descrita, el cuerpo sin vida o casi sin vida de St. Eustache, el prometido de Marie, fue hallado en las cercanías de lo que se supone era la escena del crimen. Un frasco con la inscripción «láudano» apareció vacío a su lado. Su aliento revelaba la presencia de veneno. Murió sin decir una palabra. En su ropa se encontró una carta en la que afirmaba su amor por Marie y su intención de suicidarse.

—No hace falta que le diga —dijo Dupin, mientras terminaba el examen de mis notas— que este es un caso mucho más complicado que el de la calle Morgue, ya que difiere en un aspecto muy importante. Este es un caso *común*, aunque atroz, de crimen. No hay nada especialmente desmedido en él. Podrá usted observar que, por esta razón, el misterio ha sido considerado fácil cuando, por esa razón, debería haberse considerado de difícil solución. Así, en primer lugar, se consideró innecesario ofrecer una recompensa. Los agentes de G... pudieron comprender en seguida cómo y por qué *podría haberse cometido* esa atrocidad. Podían imaginar un modo, muchos modos, y un móvil, muchos móviles, y porque no era imposible que alguno de estos modos y móviles hubieran sido posibles, han dado por seguro que uno de ellos sería el verdadero. Pero la facilidad con que estas variables surgieron y lo plausible de cada una deberían haber indicado las dificultades del caso más que su simplicidad. He observado con anterioridad que, para llegar a la verdad, la razón se abre paso por caminos que están por encima del nivel ordinario y que la cuestión en casos como éstos no es tanto ¿qué ha ocurrido?, sino ¿qué ha ocurrido que no haya ocurrido antes? En la investigación llevada a cabo en casa de la señora L'Espanaye[13], los agentes de G... se desanimaron y se confundieron por el carácter insólito del caso, que para un intelecto debidamente ordenado hubiese significado el más seguro augurio de éxito, mientras el mismo intelecto podría haberse sentido desesperado ante el carácter ordinario que presentaba el caso de la muchacha de la perfumería, que para los funcionarios de la Prefectura eran signos de un fácil triunfo. En el caso de la señora L'Espanaye y su hija, incluso al comienzo de nuestra investigación, no cabía duda de que se había cometido un asesinato. La idea de suicidio fue excluida desde el principio. En este caso, también nos libramos al comienzo de la suposición de un suicidio. El cuerpo hallado en Barrière du Roule se encontraba en un estado que no dejaba lugar a dudas sobre un punto tan importante. Pero se ha sugerido que

[13] Véase *Los asesinatos de la calle Morgue*.

el cuerpo hallado no era el de Marie Rogêt y la recompensa ofrecida se refiere a la denuncia del asesino o los asesinos de la joven, al igual que el acuerdo al que hemos llegado con el prefecto. Ambos conocemos bien a este caballero. No vale la pena confiar demasiado en él. Si comenzamos las investigaciones a partir del cadáver hallado e intentamos rastrear al asesino hasta descubrir que el cadáver pertenece a otra persona, o si, partiendo del hecho de que Marie esté viva y comprobemos que, efectivamente, vive, en ambos casos habremos perdido nuestro esfuerzo, ya que debemos tratar con el señor G... Es decir, que para nuestro objetivo, si bien no para el objetivo de la justicia, es indispensable que nuestro primer paso sea demostrar que la identidad del cadáver coincide con el de la desaparecida Marie Rogêt. Lo expresado por *L'Etoile* ha tenido efecto en la opinión pública. El hecho de que el periódico mismo esté convencido de su importancia se verifica en el comienzo de uno de los artículos que aparecen sobre el tema: «Varios periódicos de la mañana hablan del artículo *concluyente* aparecido en el *Etoile* del lunes.» Desde mi punto de vista, este artículo no es tan concluyente y sólo revela el celo del editor. Debemos tener en cuenta que, en general, el objetivo de nuestros periódicos es lograr un impacto sensacionalista más que dilucidar la verdad. Este último objetivo sólo lo persiguen cuando coincide con el primero. El periódico que sólo se conforma con la opinión popular (por fundamentada que esté) no logra el apoyo de la multitud. La masa del público considera profundo sólo a quien sugiera una *abierta contradicción* con la idea general. Tanto en el raciocinio como en la literatura, es el *epigrama* lo que se aprecia de forma más inmediata y universal. En ambos casos, se halla en lo más bajo de la escala de méritos. Lo que quiero decir es que la mezcla de epigrama y melodrama de la idea de que Marie Rogêt aún esté con vida, más que la verdadera posibilidad de esta idea, es lo que ha conseguido para *L'Etoile* la buena acogida del público. Examinemos los titulares de este periódico, intentando evitar la incoherencia con que se exponen. El primer objetivo de su autor es demostrar, a partir del breve intervalo entre la desaparición de Marie y el hallazgo de un cadáver flotando, que el cuerpo no pertenece a Marie. La reducción máxima de este intervalo se convierte en el objetivo del autor del artículo. En su ansiosa persecución de este objetivo, se apresura a partir de meras suposiciones. «Sería absurdo suponer —dice—, que el asesinato, en caso de haber ocurrido, pudiera haber sido cometido lo suficientemente pronto como para permitir a los asesinos arrojar el cuerpo al río antes de medianoche.» Nos preguntamos, como es natural, *¿por qué?* ¿Por qué sería absurdo suponer que el asesinato fue cometido *dentro de los cinco minutos* a partir de que la joven saliera de la casa de su madre? ¿Por qué sería absurdo suponer que el asesinato fue cometido en un momento determinado del día? Ha habido asesinatos a todas las horas. Sin embargo, si hubiera ocurrido en cualquier momento entre las nueve de la mañana del domingo y las doce menos cuarto de la noche, aún habría habido tiempo para «arrojar el cuerpo al río antes de medianoche». Por tanto, la suposición llega hasta la idea de que el asesinato no fue cometido el domingo y, si permitimos que *L'Etoile* asuma esta idea, podemos permitirle cualquier otra libertad. El párrafo que comienza diciendo «Sería absurdo suponer que el asesinato...», como aparece en *L'Etoile*, puede haber existido *así* en la mente de su autor: «Sería absurdo suponer que el asesinato, en caso de haber ocurrido, pudiera haber sido cometido lo suficientemente pronto como para permitir a los asesinos arrojar el cuerpo al río antes de medianoche; nosotros decimos que es absurdo suponer todo esto y suponer al mismo tiempo (como decidimos suponer) que el cuerpo no fue arrojado hasta *después* de medianoche», frase bastante incoherente en sí misma, pero no tan claramente ridícula como la que se publicó. Si fuera mi propósito —continuó Dupin— sólo *impugnar* este párrafo del argumento de *L'Etoile* podría dejar todo como está. Sin embargo, no me preocupa *L'Etoile*, sino la verdad. La frase en cuestión tiene sólo un significado, tal como aparece, y el significado ya lo expliqué; sin embargo, es fundamental que vayamos más allá de las simples palabras y busquemos el sentido que encierran estas palabras y no pueden expresar. La intención del periodista era observar que, en cualquier momento del día o de la noche del domingo en que se hubiera cometido el asesinato, era improbable que los asesinos se hubieran arriesgado a llevar el cuerpo al río antes de medianoche. Y aquí es donde reside la suposición que objeto. Se asume que el asesinato fue cometido en un sitio y que fue necesario *transportar* el cuerpo hasta el río en determinadas circunstancias. Ahora bien, el asesinato podría haber tenido lugar a la orilla del río o en el río mismo, y, de este modo, el acto de arrojar el cuerpo al río podría haber ocurrido en cualquier momento del día o de la noche, como forma más inmediata y obvia de ocultamiento. Usted comprenderá que no sugiero nada como probable o como coincidente con mis propias opiniones. Por ahora, mi intención no tiene nada que ver con los hechos del caso. Sólo deseo advertirle sobre las intenciones del tono de la *sugerencia* de *L'Etoile* y llamar su atención sobre su carácter desde el principio. Habiendo puesto un límite adecuado a sus nociones preconcebidas, habiendo asumido que, si se tratara del cuerpo de Marie, podría haber estado en el agua sólo un breve tiempo, el periódico continúa diciendo:

«La experiencia ha demostrado que los cuerpos ahogados o los cuerpos arrojados al agua inmediatamente después de la muerte por violencia, requieren entre seis y diez días para alcanzar un estado de descomposición suficiente como para salir a la superficie del agua. Aun si se dispara con un cañón sobre el lugar donde hay un cadáver y el cuerpo sale a la superficie antes de cinco o seis días de inmersión, se hunde nuevamente si no se lo amarra.»

—Estas afirmaciones han sido tácitamente aceptadas en todos los periódicos de París, a excepción de *Le Moniteur*[14.] Éste intenta desprestigiar el párrafo que hace referencia a los «cuerpos ahogados» solamente, citando cinco o seis casos en los que los cuerpos de individuos que habían sido ahogados se encontraron flotando después de un período menor al que menciona insistentemente *L'Etoile*. Pero no es muy lógico que *Le Moniteur* intente rebatir la afirmación de L'Etoile citando casos particulares que la contradicen. Aun si hubiera podido mencionar cincuenta, y no cinco, ejemplos de cuerpos flotando después de dos o tres días, esos cincuenta ejemplos también habrían sido considerados excepciones a la regla de *L'Etoile* hasta el momento en que pudiera refutarse la regla misma. Si admitimos esta regla (y *Le Moniteur* no la niega, sino que sólo insiste en sus excepciones), el argumento de *L'Etoile* deberá permanecer vigente, ya que este argumento no intenta más que cuestionar la probabilidad de que el cuerpo hubiera subido a la superficie en menos de tres días, y esta probabilidad estará a favor de la opinión de *L'Etoile* hasta que los ejemplos aducidos de forma tan infantil sean suficientes en número como para establecer una regla antagónica. Verá usted que todo argumento en contra debe concentrarse en la regla misma y para ello deberemos examinar lo racional de la *regla*. En general, el cuerpo humano no es mucho más ligero ni mucho más pesado que el agua del Sena; es decir, que el peso específico del cuerpo humano en estado natural es casi igual a la masa de agua dulce que desplaza. Los cuerpos de personas gruesas y grandes, de huesos pequeños y, en general, de las mujeres, son más ligeros que los cuerpos delgados, de huesos grandes y de los varones. Y el peso específico del agua de un río recibe la influencia del flujo del mar. Pero, dejando de lado las mareas, podemos afirmar que muy pocos cuerpos humanos se pueden hundir, aun en agua dulce, por *propia decisión*. Casi todos, al caer en el río, pueden flotar, siempre que logren mantener el equilibrio entre el peso específico del agua y el propio; es decir, que quedan sumergidos casi por completo, dejando fuera del agua la menor parte del cuerpo posible. La posición más adecuada para una persona que no sabe nadar es la vertical, como cuando se camina en tierra, con la cabeza hacia atrás y sumergida, sólo dejando afuera la boca y la nariz. Así veremos que flotamos sin dificultad y sin esfuerzo. Sin embargo, es evidente que el peso

---

[14] *Commercial Advertiser*, de Nueva York.

del cuerpo y el volumen del agua se encuentran equilibrados y que cualquier variación determinaría la preponderancia de uno de ellos. Por ejemplo, si levantamos un brazo del agua, privándolo así de su soporte, estaremos añadiendo un peso suficiente para sumergir toda la cabeza, mientras que la ayuda de un mínimo trozo de madera nos permitirá elevar la cabeza para poder ver a nuestro alrededor. Ahora bien, cuando una persona que no sabe nadar lucha en el agua, levanta los brazos, mientras intenta mantener la cabeza en su habitual posición perpendicular. El resultado es la inmersión de la boca y la nariz y, al tratar de respirar debajo de la superficie, la entrada de agua en los pulmones. Una gran parte también entra en el estómago y todo el cuerpo se vuelve más pesado por la diferencia entre el peso del aire que inicialmente estaba en estas cavidades y el del líquido que ahora las ocupa. Por lo general, la diferencia es suficiente para que el cuerpo se hunda, pero resulta insuficiente cuando se trata de un individuo de huesos pequeños y una cantidad anormal de materia grasa o flácida. Dichos individuos flotan incluso después de ahogarse. Suponiendo que el cuerpo se encuentre al fondo del río, permanecerá allí hasta que, por algún motivo, su peso específico vuelva a ser inferior al de la masa de agua que desplaza. El efecto es provocado por la descomposición o por otras causas. El resultado de la descomposición es la generación de gas, que distiende los tejidos celulares y todas las cavidades, produciendo en el cadáver esa hinchazón tan espantosa. *Cuando* esta distensión ha aumentado de forma considerable sin provocar el correspondiente incremento de masa o peso, el peso específico pasa a ser inferior que el del agua desplazada y, por ello, aparece en la superficie. Sin embargo, la descomposición puede verse alterada por innumerables circunstancias y puede ser acelerada o retardada por innumerables agentes; por ejemplo, por el calor o el frío de la estación, por las impregnaciones minerales o pureza del agua, por su profundidad, por el movimiento o estancamiento, por las características del cuerpo, por infección o por no estar enfermo antes de morir. De este modo, resulta *evidente* que no podemos determinar el momento en que el cuerpo saldrá a la superficie como consecuencia de la descomposición. En determinadas circunstancias, esto ocurrirá en una hora; en otras, podría no ocurrir nunca. Existen compuestos químicos por los que el cuerpo humano puede ser preservado para siempre de la *corrupción*; el bicloruro de mercurio es uno de ellos. Sin embargo, además de la descomposición, puede producirse, como ocurre con mucha frecuencia, una cantidad de gas dentro del estómago, a partir de la fermentación ácida de materias vegetales (o dentro de otras cavidades por otras causas), suficientes para provocar la dilatación que hace que el cuerpo salga a la superficie. El efecto producido por un cañonazo es el mismo que produce una simple vibración. Ésta desprenderá el cuerpo del barro o el limo en el que puede estar depositado, permitiéndole salir a flote en el momento en que las causas antes mencionadas lo hayan preparado para ello, o puede ser que venza la resistencia de algunas partes putrescibles de los tejidos celulares, permitiendo que las cavidades se dilaten bajo la influencia del gas. Así, tenemos ante nosotros toda la filosofía de este tema y podemos comprobar las afirmaciones de *L'Etoile*: «La experiencia ha demostrado que los cuerpos ahogados, o los cuerpos arrojados al agua inmediatamente después de la muerte por violencia, requieren entre seis y diez días para alcanzar un estado de descomposición suficiente como para salir a la superficie del agua. Aunque si se dispara con un cañón sobre el lugar donde hay un cadáver y el cuerpo sale a la superficie antes de cinco o seis días de inmersión, se hunde nuevamente si no se lo amarra.» Todo este párrafo resulta ahora totalmente incongruente e incoherente. La experiencia no demuestra que los *«cuerpos ahogados»* requieran de seis a diez días para alcanzar un estado de descomposición suficiente como para salir a la superficie del agua. Tanto la ciencia como la experiencia demuestran que el período para que salgan a flote es, y debe ser, indeterminado. Además, si el cuerpo ha salido a la superficie por un cañonazo, no «se hundirá nuevamente si no se lo amarra», hasta que la descomposición haya llegado a un punto en que tenga lugar el escape de los gases producidos. Sin embargo, deseo llamar su atención a la distinción que se hace entre «cuerpos ahogados» y «cuerpos arrojados al agua inmediatamente después de la muerte por violencia». Aunque el autor admite esta distinción, los incluye en la misma categoría. He demostrado cómo el cuerpo de un hombre que se ahoga se vuelve más pesado que la masa de agua correspondiente y que no se hundiría si no fuera porque, en su lucha por salvarse, levanta los brazos e intenta respirar mientras está debajo del agua, lo que hace que entre agua en lugar de aire a los pulmones. Sin embargo, estos intentos por salvarse y por respirar no se producirían en caso de un cuerpo «arrojado al agua inmediatamente después de la muerte por violencia». De este modo, en este último caso, el cuerpo, por regla general, *no se hundiría en absoluto*, hecho éste que *L'Etoile* evidentemente *desconocía*. Cuando el cuerpo está en un avanzado estado de descomposición, cuando la carne ha dejado los huesos a la vista, en ese momento, y no antes, es cuando se dejaría de ver el cadáver. Y ahora, ¿qué hacemos con el argumento que dice que el cuerpo hallado no corresponde a Marie Rogêt, ya que fue encontrado flotando antes de los tres días desde su desaparición? Si se hubiera ahogado, al ser una mujer, podría no haberse hundido, y si se hubiese hundido, podría haber reaparecido dentro de las veinticuatro horas siguientes o incluso antes de transcurrido este plazo. Sin embargo, nadie supone que se haya ahogado, y si hubiera muerto antes de ser arrojada al río, podría haber sido encontrada flotando en cualquier momento posterior. «Pero —dice *L'Etoile*— si el cuerpo, *maltratado* como estaba, hubiera sido mantenido en la costa hasta el martes por la noche, debería haberse hallado algún rastro de los asesinos.» En este caso, resulta difícil en un primer momento descubrir la intención del razonador. Quiere anticiparse a algo que imagina que podría ser una objeción a su teoría; es decir, que el tiempo fue mantenido en la costa durante dos días, sufriendo así un rápido proceso de descomposición, más rápido que si hubiera sido sumergido en el agua. Supone que, si éste hubiera sido el caso, podría haber aparecido en la superficie el miércoles y piensa que sólo en estas circunstancias podría haber aparecido. Se apresura asimismo a demostrar que no fue mantenido en la costa, ya que, de haber ocurrido, «debería haberse hallado algún rastro de los asesinos». Me imagino que usted sonríe ante esta tesitura. No alcanza usted a ver cómo la sola permanencia del cadáver en la costa podría multiplicar los rastros de los asesinos. Tampoco lo veo yo. «Y además es excesivamente improbable —continúa el periódico— que los villanos que hayan cometido semejante crimen hubieran arrojado el cadáver sin un peso adicional para hundirlo, siendo esta una precaución fácil de tomar.» ¡Observe la ridícula confusión de pensamiento! Nadie, ni siquiera *L'Etoile*, discute que se cometió un asesinato contra el cuerpo hallado. Las indicaciones de violencia son demasiado obvias. El objeto de nuestro razonador es simplemente demostrar que este cuerpo no era el de Marie. Desea probar que Marie no ha sido asesinada, no que el cuerpo no lo fuera. Sin embargo, su observación prueba sólo esto último. Tenemos un cadáver sin un peso añadido. Si los asesinos lo hubieran arrojado, no hubieran dejado de añadirle un peso. Por tanto, no fue arrojado por asesinos. Si algo queda probado, sólo es esto. No se plantea ni remotamente la cuestión de la identidad y *L'Etoile* se ha tomado todas estas molestias para contradecir lo que había admitido un momento antes. Dice: «Estamos completamente convencidos de que el cuerpo hallado era el de una mujer asesinada.» Este no es el único caso en que el razonador se contradice sin darse cuenta. Ya he dicho que el objeto evidente que persigue es reducir lo máximo posible el período entre el momento de la desaparición de Marie y el hallazgo del cadáver. Sin embargo, lo vemos insistir sobre el hecho de que nadie vio a la joven desde el momento en que abandonó la casa de su madre. Dice: «No tenemos prueba de que Marie Rogêt estuviera viva después de las nueve del domingo 22 de junio.» Dado que este es, obviamente, un argumento parcial, debería haberlo dejado de lado, ya que si alguien hubiera visto a Marie, por ejemplo el lunes o el martes, el intervalo en cuestión se habría reducido y, según su propio razonamiento, habría disminuido la probabilidad de que el cuerpo haya sido el de la «grisette». Sin embargo, resulta divertido observar que *L'Etoile* insista sobre este punto en la creencia de que refuerza su argumentación general. Observe ahora la parte del argumento que se refiere a la identificación del cuerpo por parte de Beauvais. En lo que se refiere al vello presente en el brazo, *L'Etoile* carece de ingenio. El señor Beauvais, que no es tonto, nunca se habría apresurado a identificar el cadáver por la simple presencia de vello en el brazo. No existe un brazo sin vello. La generalización en que cae *L'Etoile* es una mera deformación de la fraseología del testigo. Debe haber hablado de alguna peculiaridad del vello. Debe haber sido una peculiaridad en cuanto al color, la cantidad, el largo o la distribución. El periódico dice: «Su pie era pequeño, como miles de pies. Sus ligas y sus zapatos tampoco constituyen una prueba, ya que ambos se venden en lotes. Lo mismo puede decirse de las flores de su sombrero. Una cosa sobre la cual el señor Beauvais insiste con seguridad es que el broche de las ligas había sido cambiado de lugar para que ajustaran. Esto no significa nada, ya que la mayoría de las mujeres consideran apropiado llevar a casa unas ligas nuevas y ajustarlas allí al diámetro de sus piernas, más que probarlas en la tienda donde las compran.» Aquí resulta difícil suponer que el razonador sea honesto. Si al buscar el cuerpo de Marie, el señor Beauvais descubrió un cadáver que se correspondía en tamaño y apariencia al de la muchacha desaparecida, debió imaginar que era el de Marie, sin tomar en cuenta la vestimenta. Si, además del tamaño y forma general, descubrió que el vello de su brazo era similar al que había visto en Marie cuando vivía, su opinión se podría haber reforzado y el aumento de su seguridad podría haber estado en relación directa con la particularidad del vello. Si los pies de Marie eran pequeños y los del cadáver también, el aumento de la probabilidad de que el cuerpo fuera el de Marie no habría sido proporcional sólo aritméticamente, sino también geométricamente o de modo acumulativo. Agregamos a éstos los zapatos, similares a los que llevaba Marie el día de su desaparición; aunque se vendan «en lotes», esto aumenta la probabilidad hasta el límite con la certeza. Lo que en sí mismo no sería prueba de identidad se convierte, por su posición corroborativa, en la más segura de las pruebas. Si luego tenemos flores en el sombrero que se corresponden con las que llevaba la muchacha desaparecida, ya no necesitamos seguir buscando. Con sólo una flor, ya no buscamos más y, ¿qué pasa con dos, tres o más? Cada una implica una mayor evidencia, una prueba más otra prueba, pero multiplicada por cientos y miles. Si descubrimos, sobre el cuerpo de la víctima, ligas como las que llevaba la muchacha, ya resulta ridículo continuar. Sin embargo, vemos que las ligas han sido ajustadas mediante un broche, al igual que Marie había ajustado las suyas antes de salir de su casa. Es absurdo o hipócrita seguir dudando. Lo que *L'Etoile* dice acerca de que el ajuste de las ligas es algo habitual, no muestra nada más allá de su insistencia en el error. La naturaleza elástica de las ligas con broche es, en sí misma, prueba de que la necesidad de ajustarla es poco frecuente. Lo que se ajusta por sí mismo difícilmente requerirá mayor ajuste por otros medios. Sólo por accidente, en el más estricto sentido de la palabra, fue necesario el ajuste de las ligas de Marie, tal como se describió. Ellas solas podrían haber determinado su identidad. Pero aquí no se trata de que el cadáver tuviera las ligas de la joven desaparecida, o que tuviera sus zapatos, o su sombrero, o las flores de su sombrero, o sus pies, o una marca especial en su brazo, o su tamaño o forma general, sino de que tenía todo junto. Si se pudiera probar que el editor de *L'Etoile* realmente tenía alguna duda, en ese caso no habría necesidad de un mandato de lunático inquiriendo. Pensó que sería sagaz hacerse eco de las charlas de los abogados que, en su mayoría, se contentan con repetir los rígidos preceptos de los tribunales. Aquí quiero observar que mucho de lo que se rechaza como prueba en los tribunales resulta la mejor prueba para la inteligencia. El tribunal, al guiarse por los principios generales de la prueba, los principios reconocidos y registrados, es reacio a apartarse de ellos en casos particulares. Y esta testaruda adhesión a los principios, sin considerar la excepción en conflicto, resulta un modo seguro de alcanzar la máxima verdad alcanzable, en un período prolongado de tiempo. Esta práctica es por tanto filosófica, pero no puede negarse que engendra muchos errores particulares[15]. Con respecto a las insinuaciones de Beauvais, usted querrá desecharlas al instante. Supongo que ya habrá advertido la verdadera naturaleza de este caballero. Es un entremetido, lleno de romanticismo, pero con muy poco ingenio. Alguien de estas *características* se conducirá, en ocasiones de verdadera excitación, de forma tal que provoque sospechas por parte de los excesivamente sutiles o de los mal predispuestos. El señor Beauvais (según las notas que usted ha tomado) mantuvo algunas entrevistas personales con el editor de *L'Etoile* y le ofendió al arriesgar una opinión de que el cadáver, a pesar de la teoría del editor, era, sin duda, el de Marie. El diario dice: «Persiste en asegurar que el cuerpo era el de Marie, pero no puede determinar una circunstancia, además de las que ya hemos comentado, para hacer que otros le crean.» Sin repetir el hecho de que no podrían haberse aducido mejores pruebas «para hacer que otros crean», puede observarse que este tipo de hombre puede

---

[15] «Una teoría basada en las características de un objeto no podrá desarrollarse en lo referente a sus fines; quien ordena tópicos en relación con sus causas no las podrá valorar según sus resultados. De este modo, la jurisprudencia de toda nación demostrará que, cuando el derecho se convierte en una ciencia y en un sistema, deja de ser justicia. Los errores a que nos conduce una devoción ciega a los principios de clasificación han llevado al derecho usual, deseo que podrá observarse al contemplar con qué frecuencia la legislatura se ha visto obligada a intervenir para restablecer la equidad que sus formas habían perdido.» (*Landor*.)

estar perfectamente convencido sin poder proporcionar la menor razón de su convencimiento a otra persona. No hay nada más vago que las impresiones referentes a la identidad personal. Todo hombre reconoce a su vecino y, sin embargo, no existen muchos casos en que una persona pueda dar una razón para tal reconocimiento. El editor de *L'Etoile* no tenía derecho a sentirse ofendido por la irrazonable creencia del señor Beauvais. Las sospechosas circunstancias que lo rodean están más de acuerdo con mi hipótesis de entremetimiento romántico que con la sugerencia de culpabilidad esgrimida por el razonador. Aceptada la interpretación más generosa, no será difícil comprender la presencia de la rosa en la cerradura, el nombre de Marie en la pizarra, el haber «dejado de lado a los familiares masculinos de la víctima», la «resistencia a permitirles ver el cuerpo», la advertencia hecha por Beauvais a la señora B... de que no debería hablar con el gendarme hasta el regreso y, finalmente, su aparente determinación de que «nadie debería seguir con los procedimientos salvo él mismo». Me parece incuestionable que Beauvais cortejaba a Marie, que ella coqueteaba con él y que él deseaba ser merecedor de toda la confianza e intimidad de la joven. No añadiré nada sobre este punto y, como la *evidencia* rebate las afirmaciones de *L'Etoile* que tienen que ver con la apatía de parte de la madre y otros parientes, una apatía inconsistente con la suposición de que creyeran que el cuerpo fuera el de la muchacha de la perfumería, no seguiremos como si la cuestión de la identidad haya quedado resuelta a nuestra entera satisfacción.

—¿Y qué cree usted —pregunté— acerca de la opinión de *Le Commerciel*?

—En esencia, merece más atención que las que se han promulgado sobre el tema. Las deducciones a partir de las premisas son filosóficas y agudas, pero las premisas, en dos casos por lo menos, se basan en observaciones imperfectas. *Le Commerciel* desea insinuar que Marie fue secuestrada por una banda de malandrines a poca distancia de la puerta de la casa de su madre. «Es imposible —afirma— que una persona conocida por miles de personas como esta joven hubiera andado tres manzanas sin que alguien la hubiera visto.» Esta es la idea de un hombre que hace mucho tiempo reside en París, un hombre público, cuyos paseos por la ciudad se han limitado a la cercanía de las oficinas públicas. Sabe que él pocas veces va más allá de las doce manzanas desde su propio despacho sin ser reconocido o saludado por alguien. Teniendo en cuenta la amplitud de sus relaciones personales, compara esta notoriedad con la de la joven de la perfumería y no encuentra grandes diferencias entre ellos, llegando a la conclusión de que ella, en sus paseos, estaría igualmente expuesta a ser reconocida por otras personas. Esto habría sido posible sólo si sus caminatas fueran siempre iguales y en las mismas zonas, como ocurría en su caso. Él pasa de un lado a otro, a intervalos regulares, dentro de un área determinada, donde abundan personas que le conocen porque sus intereses coinciden con los suyos, puesto que tienen ocupaciones similares. Pero cabe suponer que los paseos de Marie, en general, tuvieran rumbos diversos. En este caso, en particular, es más probable que haya seguido un itinerario diferente a los acostumbrados. El paralelo que imaginamos ha existido en la mente de *Le Commerciel* sólo podría mantenerse en el caso de dos individuos que cruzan toda la ciudad. En este caso, considerando que las relaciones personales sean equivalentes en cantidad, las probabilidades de que se encuentren con conocidos serán también equivalentes. Por mi parte, no considero sólo como posible, sino como más que probable, que Marie hubiera continuado, en un momento dado, por cualquiera de los caminos entre su propia casa y la de su tía, sin encontrarse a un solo individuo que ella conociera o que la conociera. Al estudiar este aspecto como corresponde, debemos tener en cuenta la gran desproporción entre la cantidad de conocidos incluso de la persona más notoria de París y la cantidad de población de la ciudad. Sin embargo, cualquiera que sea la fuerza que aún aparezca en la sugerencia de *Le Commerciel*, se verá disminuida si tenemos en cuenta la hora en que la joven salió. «Ella salió cuando las calles están llenas de gente», dice *Le Commerciel*. Pero no fue así. Eran las nueve de la mañana. A las nueve de la mañana de cualquier día, a excepción del domingo, las calles de la ciudad están, realmente, saturadas de gente. A las nueve de la mañana del domingo, la gente se encuentra principalmente de puertas adentro, preparándose para ir a la iglesia. Ninguna persona observadora puede dejar de notar lo especialmente desierta que se ve la ciudad desde, aproximadamente, las ocho hasta las diez de la mañana de cualquier domingo. Entre las diez y las once, las calles están llenas, pero no tan temprano como se ha dicho. Hay otro punto en el que se detecta cierta deficiencia en la observación por parte de *Le Commerciel*. Dice: «Un trozo de una de las enaguas de la infortunada muchacha, de dos pies de largo por uno de ancho, fue arrancado, aplicado debajo del mentón y atado detrás de la cabeza, tal vez para evitar los gritos. Esto fue realizado por individuos que no tenían pañuelos de bolsillo.» A partir de ahora, intentaremos ver si esta idea tiene o no fundamentos válidos; pero al decir «individuos que no tenían pañuelos de bolsillo», el editor pretende hablar de la clase más baja de delincuentes. Sin embargo, ocurre precisamente que éstos tienen siempre un pañuelo en el bolsillo, aunque no tengan camisa. Habrá usted tenido ocasión de observar qué indispensable se ha vuelto en los últimos años el pañuelo para el matón más empedernido.

—¿Y qué debemos pensar —pregunté— sobre el artículo de *Le Soleil*?

—Que es una pena que el redactor no haya nacido loro, en cuyo caso habría sido el más ilustre loro de su especie. Se ha limitado a repetir los diferentes puntos de las opiniones ya publicadas, escogidas, con laudable esfuerzo, de uno y otro periódico. «Los objetos habían estado allí —dice— durante al menos tres o cuatro semanas y no puede haber la menor duda de que se ha descubierto el lugar de este horrible crimen.» Los hechos aquí reiterados por *Le Soleil* distan mucho de eliminar mis dudas sobre este tema y los examinaremos con más detalle a partir de ahora en relación con otro aspecto de este asunto. Ahora debemos ocuparnos de otras investigaciones. No puede usted haber dejado de observar la extrema negligencia en el examen del cadáver. Seguro que la cuestión de la identidad quedó o debió quedar determinada de inmediato, pero hay otros puntos por definir. ¿No fue despojado, de alguna forma, el cadáver? ¿Llevaba la víctima alguna joya al salir de su casa? En caso afirmativo, ¿las llevaba cuando fue encontrada? Éstas son cuestiones importantes que no han sido planteadas por la investigación y hay otros aspectos de importancia similar que también se han descuidado. Debemos asegurarnos mediante investigaciones particulares. El caso de St. Eustache debe ser examinado nuevamente. No sospecho de esta persona, pero procedamos metódicamente. Nos aseguraremos, sin lugar a dudas, de la validez de los testimonios escritos relativos a sus movimientos aquel domingo. Los certificados de este tipo se suelen prestar fácilmente a la confusión. Sin embargo, si no encontramos nada anormal, desecharemos a St. Eustache de nuestra investigación. Su suicidio, que corroborraría las sospechas sobre él si los certificados fueran falsos, constituye una circunstancia perfectamente explicable en caso contrario y que no debe alejarnos de nuestra línea habitual de análisis. En lo que me proponga ahora, descartaremos los puntos internos de esta tragedia y concentraremos nuestra atención en la periferia. Un error habitual en este tipo de investigaciones consiste en limitarse a lo inmediato, dejando de lado los acontecimientos colaterales o circunstanciales. Los tribunales caen en el error de limitar los testimonios y los debates a la importancia aparente. Sin embargo, la experiencia ha demostrado, al igual que la verdadera filosofía, que una gran parte de la verdad surge de lo aparentemente irrelevante. A través del espíritu de este principio, aunque no precisamente a través de su letra, la ciencia moderna ha resuelto calcular sobre lo impredecible. Pero tal vez usted no me entienda. La historia del conocimiento humano nos ha mostrado siempre que a los hechos colaterales, incidentales o accidentales debemos la mayoría de los descubrimientos valiosos; que finalmente se ha hecho necesario, con vistas al progreso, conceder el más amplio espacio a las invenciones que nacen de la casualidad y completamente al margen de la esperanzas comunes. Ya no resulta filosófico fundamentar sobre lo que ha sido la visión de lo que va a ser. El accidente se admite como una parte de la infraestructura. Hacemos de la posibilidad una cuestión de cálculo absoluto. Sometemos lo inesperado o inimaginado a las fórmulas matemáticas de las escuelas. Repito que es un hecho que la mayor parte de toda verdad ha surgido de lo colateral, y no es sino de acuerdo con este espíritu del principio relacionado con este hecho como desviaré la investigación de este caso, de la estéril huella de los hechos en sí hacia las circunstancias contemporáneas que los rodean. Mientras usted determina la validez de los certificados, yo examinaré los periódicos en forma más general que como lo he hecho hasta ahora. Hasta este momento, sólo hemos reconocido el campo de la investigación, pero sería extraño que un análisis general como el que propongo de la prensa escrita no nos proporcionara algunos pequeños datos que podrán definir la dirección de nuestra investigación.

En cumplimiento de las sugerencias de Dupin, he examinado escrupulosamente el asunto de los certificados. El resultado fue una firme convicción de su validez y de la consecuente inocencia de St. Eustache. Mientras tanto, mi amigo se ocupó con lo que me parece una minucia completamente carente de valor, que es el escrutinio de los diversos archivos de los periódicos, Al finalizar la primera semana, me entregó los siguientes extractos:

«Hace más o menos tres años y medio, tuvo lugar un hecho muy similar al que estudiamos, por la desaparición de la misma Marie Rogêt de la perfumería del señor Le Blanc en el Palais Royal. Sin embargo, una semana después, reapareció en su habitual mostrador, en perfecto estado, salvo una palidez inusual. El señor Le Blanc y la señora Rogêt dijeron que había estado de visita en casa de un amigo en el campo, y el asunto fue silenciado de inmediato. Presumimos que la ausencia actual es un capricho como aquél y que, al finalizar una semana o tal vez un mes, la tendremos entre nosotros nuevamente.» *Evening Paper*, lunes 23 de junio[16].

«Un periódico vespertino de ayer hace referencia a una anterior desaparición misteriosa de la señorita Rogêt. Es bien sabido que, durante la semana de su ausencia de la perfumería de Le Blanc, estaba en compañía de un joven oficial de la marina, notorio por su libertinaje. Se supone que una pelea providencialmente la hizo volver a casa. Tenemos el nombre del libertino en cuestión, quien se halla actualmente destacado en París, pero por razones obvias mantendremos su nombre e secreto.» *Le Mercurie*, mañana del martes 24 de junio[17].

«El peor de los atentados tuvo lugar anteayer cerca de esta ciudad. Un caballero, con su esposa y su hija, contrató al anochecer los servi-

<hr />

[16] *Express*, de Nueva York.
[17] *Herald*, de Nueva York.

cios de seis hombres jóvenes que estaban paseando en bote cerca de la orilla del Sena, para que los transportaran al otro lado del río. Al llegar a la costa opuesta, los tres pasajeros bajaron del bote y se estaban alejando cuando la hija descubrió que había dejado su sombrilla en el bote. Al regresar a buscarla, fue asaltada por la banda, llevada al centro del río, amordazada y maltratada; finalmente fue llevada hasta el sitio de la playa donde había embarcado con sus padres. Los villanos han escapado por el momento, pero la policía les sigue el rastro y pronto algunos de ellos serán capturados.» *Morning Paper*, 25 de junio[18].

«Hemos recibido una o dos comunicaciones que intentan culpar del horrible crimen a Mennais[19], pero como este caballero ha sido completamente apartado de toda sospecha por la investigación legal y los argumentos de nuestros corresponsales parecen más entusiasmados que profundos, no creemos que sea aconsejable hacerlos públicos.» *Morning Paper*, 28 de junio[20].

«Hemos recibido varias comunicaciones escritas enérgicas, que aparentemente proceden de diversas fuentes y que llegan a asegurar que la infortunada Marie Rogêt ha sido víctima de una de las numerosas bandas de malhechores que infectan las cercanías de la ciudad los domingos. Nuestra opinión está claramente a favor de esta suposición. Intentaremos dejar espacio para exponer dichos argumentos en el futuro.» *Evening Post*, 30 de junio[21].

«El lunes, uno de los lancheros del servicio de aduanas vio un bote vacío que flotaba por el Sena. Las velas se encontraban en el fondo del bote. El lanchero lo remolcó hasta el embarcadero. La mañana siguiente fue retirado de allí, sin el permiso de ningún empleado. El timón se encuentra en el depósito de lanchas.» *Le Diligence*, jueves 26 de junio[22].

Al leer estos párrafos, no sólo me parecieron irrelevantes, sino que no podía percibir cómo algunos de ellos podrían haber sido importantes para la cuestión. Esperé que Dupin me diera alguna explicación.

—Por el momento —dijo—, no me detendré en los dos primeros pasajes. Los he copiado principalmente para mostrarle la excesiva negligencia de la policía, que, por lo que pude entender por el prefecto, no se había preocupado en absoluto de la investigación sobre el oficial de la marina antes mencionado. Sin embargo, resulta absurdo decir que entre la primera y la segunda desaparición de Marie no existe ninguna conexión. Admitimos que la primera fuga concluyó con una pelea de ena-

---

[18] *Courier and Inquirer*, de Nueva York.
[19] Mennais era uno de los primeros sospechosos que fue arrestado, pero que fue liberado por falta de pruebas.
[20] *Courier and Inquirer*, de Nueva York.
[21] *Evening Post*, de Nueva York.
[22] *Standard*, de Nueva York.

morados y el regreso a casa de la desilusionada Marie. Ahora podemos enfrentarnos a una segunda fuga (si sabemos que ha ocurrido otra fuga) como indicación de que el seductor ha reanudado sus intentos y no como el resultado de la intervención de un segundo enamorado; podemos considerarlo como una reconciliación del antiguo amor, más que como el comienzo de una nueva relación. Las posibilidades son de diez a uno de que quien hubiera huido con Marie una vez podría proponer una nueva huida, más que la muchacha haya recibido una segunda invitación a la fuga de otro individuo. Le haré ver, además, que el tiempo transcurrido entre la primera fuga (sobre la cual no hay dudas) y la segunda (presumible) abarca pocos meses más que la duración normal de los cruceros de nuestros barcos de guerra. ¿Fueron interrumpidas las malas intenciones del seductor por la necesidad de embarcarse y aprovechó la primera oportunidad para renovar sus intenciones que aún no habían sido consumadas... o, por los menos, no por completo por él? No sabemos nada de todo eso. Sin embargo, usted dirá que en el segundo caso no hubo una fuga tal como se imaginó. En realidad, no. Pero, ¿estamos preparados para decir que no hubo un intento frustrado? Además de St. Eustache y tal vez Beauvais, no encontramos ningún pretendiente conocido de Marie. De nadie más se comenta nada. Entonces, ¿quién es el amante secreto, de quien los parientes (al menos la mayoría de ellos) no saben anda, pero con quien se encuentra Marie el domingo por la mañana y en quien tanto confía que no duda en permanecer con él hasta que oscurezca, entre los solitarios bosques de Barrière du Roule? Me pregunto quién es el amante secreto, de quien por lo menos la mayoría de los parientes no saben nada. ¿Y qué significa la particular profecía de la señora Rogêt la mañana de la partida de Marie: «Temo no volver a ver a Marie»? Pero si no podemos imaginar que la señora Rogêt sabía de la intención de fuga, ¿no podemos imaginar, por lo menos, que la joven tenía esa intención? Cuando salió, dio a entender que iba a visitar a su tía de la calle Drômes y pidió a St. Eustache que fuera a recogerla al anochecer. En principio, esto contradice claramente mi sugerencia. Pero reflexionemos. Se sabe que Marie se encontró con alguien y con esa persona cruzó el río, llegando a Barrière du Roule hacia las tres de la tarde. Pero al consentir acompañar a este individuo (para lo que fuera, lo supiera o no su madre), debe haber pensado en su intención expresa al salir de casa y en la sorpresa y sospecha que sentiría su prometido, St. Eustache, cuando acudiera a buscarla a la calle Drômes y me encontrara con que no había estado allí, además de que al volver a la pensión con esta alarmante noticia se enteraría de que había estado ausente toda la mañana. Digo que debe haber pensado en todas estas cosas. Debe haber previsto la cólera de St. Eustache y la sospecha de todos. No podía pensar en volver a casa para hacer frente a estas sospechas, pero las sospechas perdían toda importancia si suponemos que Marie no tenía intenciones de volver. Podemos imaginar que pensaba del siguiente modo: «Debo encontrar a determinada persona para fugarme o para ciertas cosas que sólo yo sé. Es necesario que no haya posibilidad de interrupción; debe haber suficiente tiempo para eludir toda persecución; daré a entender que iré a visitar a mi tía en la calle Drômes y que me quedaré a pasar el día con ella. Le diré a St. Eustache que no me vaya a buscar hasta la noche. De este modo, mi ausencia de casa por todo el tiempo posible podré explicarse sin causar sospechas o ansiedad y podré ganar más tiempo que de ninguna otra manera. Si pido a St. Eustache que vaya a buscarme al anochecer, seguramente no irá antes; pero si no se lo digo, dispondré de menos tiempo, pues todos estarán esperando que vuelva más temprano y mi ausencia pronto provocará ansiedad. Ahora bien, si yo pensara en volver a casa, si sólo quisiera dar un paseo con la persona en cuestión, no me convendría pedir a St. Eustache que fuera a buscarme, ya que al llegar a la calle Drômes vería que le había mentido, cosa que yo podría evitar saliendo de casa sin decirle nada y volviendo antes de la noche, para luego declarar que estuve en casa de mi tía. Como mi intención es la de no volver nunca, o no volver por algunas semanas, o no volver hasta que se hayan guardado ciertos secretos, lo único que puedo hacer es ocuparme de ganar tiempo.» Ha observado usted, en sus notas, que la opinión más generalizada en relación con este triste asunto es, y ha sido desde el principio, que la muchacha había sido víctima de una banda de miserables. Ahora bien, la opinión popular, en determinadas circunstancias, no debe ser dejada de lado. Cuando surge por sí misma, cuando se manifiesta de un modo espontáneo, debe ser considerada al igual que la intuición que caracteriza a un hombre de ingenio. En noventa y nueve casos de cada cien, tiendo a conformarme con sus decisiones. Sin embargo, es importante que no encontremos rastros palpables de sugestión. La opinión debe ser rigurosamente la opinión del público, y a menudo resulta excesivamente difícil percibir y mantener la distinción. En el caso que nos ocupa, me parece que esta «opinión pública», con respecto a una banda, se ha visto influida por el hecho colateral que se detalla en el tercero de mis párrafos. Todo París está exaltado por el cuerpo de Marie, una joven bella y conocida. Este cuerpo se encuentra con marcas de violencia y flotando en el río. Pero ahora se hace público que, en el mismo momento en que se supone que la muchacha fue asesinada, ocurrió un crimen similar en su naturaleza al soportado por la difunta, aunque de menos importancia, a manos de una banda de malhechores en la persona de otra joven. ¿Debemos maravillarnos de que una atrocidad conocida influya en la opinión popular con respecto a otra desconocida? Esa opinión esperaba una dirección y el ultraje conocido parecía indicarla oportunamente. Marie también fue encontrada en el río y en ese mismo río se había cometido la atrocidad conocida. La conexión de los dos hechos era tan palpable que lo asombroso hubiera sido que el público no la apreciara y no la utilizara. Sin embargo, en realidad el primer crimen, cuyo modo fue conocido, sirvió para probar que el segundo, ocurrido casi al mismo tiempo, no fue cometido de la misma forma. Habría sido un milagro que, mientras una banda de malhechores perpetraba en un sitio determinado el peor crimen conocido, otra banda, en un lugar similar, en la misma ciudad y en iguales circunstancias, estuviera llevando a cabo un atentado de similares características y en el mismo período de tiempo. Sin embargo, la opinión popular así influida pretende justamente hacernos creer en esa inusual serie de coincidencias. Antes de seguir adelante, consideremos la supuesta escena del crimen, en el soto de Barrière du Roule. Este soto, aunque era denso, se encontraba muy cerca de la vía pública. En medio, había tres o cuatro grandes piedras, que formaban una especie de asiento, con respaldo y escabel. En la piedra superior se descubrieron unas enaguas blancas; en la segunda, un pañuelo de seda. También fueron hallados una sombrilla, unos guantes y un pañuelo de bolsillo. El pañuelo tenía el nombre de Marie Rogêt. Se vieron fragmentos de un vestido en las ramas circundantes. La tierra estaba pisoteada, los arbustos rotos y estaba claro que había tenido lugar una violenta pelea. A pesar del entusiasmo con el cual la prensa recibió el descubrimiento de este soto y la unanimidad con la que se supuso que indicaba la exacta escena del crimen, debemos admitir que existen razones para dudar. Si la verdadera escena hubiera estado, según *Le Commerciel*, en las cercanías de la calle Pavée St. Andrée, los asesinos, suponiendo que aún residan en París, habrían sentido pánico por el hecho de que la atención del público se centrara directamente en un lugar exacto, y, en ciertas clases de mentes, habría surgido, de inmediato, una necesidad de actuar de modo de desviar la atención. Y, de este modo, si el soto de Barrière du Roule ya era sospechoso, la idea de colocar los objetos donde fueron encontrados era perfectamente natural. No hay pruebas, a pesar de lo que supone *Le Soleil*, de que los objetos descubiertos hubieran estado más de unos días en el soto, mientras existen muchas pruebas circunstanciales de que no podrían haber permanecido allí sin atraer la atención durante los veinte días transcurridos entre el domingo fatal y la tarde en que esos objetos fueron encontrados por los muchachos. «Los objetos —dice *Le Soleil*, siguiendo la opinión de sus antecesores— estaban todos estropeados y enmohecidos por la acción de la lluvia y pegoteados por el moho. La hierba había crecido alrededor y por encima de los objetos. La seda de la sombrilla era fuerte, pero los hilos se habían adherido unos con otros por dentro.

La parte superior, de tela doble y forrada, estaba enmohecida por la acción de la intemperie y se rompió al intentar abrirla.» Con respecto al hecho de que «la hierba había crecido alrededor y por encima de los objetos», es obvio que sólo pudo haber sido registrado por las declaraciones y los recuerdos de los dos niños, ya que éstos levantaron los objetos y los llevaron a su casa antes de que alguien más los viera. Sin embargo, la hierba crece, especialmente en tiempo cálido y húmedo (como el que había en una época en que fue cometido el crimen) hasta dos o tres pulgadas por día. Una sombrilla dejada en un campo de hierba recién sembrada quedará completamente cubierta en una semana. Y en cuanto al moho, que tan insistentemente menciona el editor de *Le Soleil*, que repite la palabra no menos de tres veces en el pequeño párrafo citado, ¿realmente no conoce la naturaleza de este moho? ¿Deberíamos decirle que se trata de una clase de hongo cuya principal característica consiste en que crece y muere en veinticuatro horas? De este modo, a primera vista, observamos que lo que fue con tanto éxito utilizado para apoyar la idea de que los objetos habían estado allí «por lo menos durante tres o cuatro semanas» en el soto, resulta nulo como prueba del hecho. Por otra parte, resulta muy difícil creer que estos objetos pudieran haber permanecido en el soto especificado por un período mayor de una semana, o sea, un período más largo que el que transcurre de domingo a domingo. Los que conocen algo de los alrededores de París saben de la extrema dificultad de encontrar un lugar aislado en ellos a menos que se alejen de los suburbios. No es posible imaginarse un sitio inexplorado o poco visitado, entre sus bosques o sotos. Imaginemos a una persona enamorada de la naturaleza, encadenada por sus deberes al polvo y al calor de esta gran metrópoli, que pretenda, incluso durante los días de semana, saciar su sed de soledad en los escenarios de belleza natural que nos rodean. Cada dos pasos, encontrará que el encanto desaparece ante la voz y la presencia de algún individuo peligroso o de alguna banda. Buscará privacidad entre el follaje más denso, sin conseguir encontrarla. Aquí es donde están los rincones donde abundan los canallas y los templos más profanados. Lleno de repugnancia, nuestro paseante volverá rápidamente a las contaminadas calles de París, mucho menos odioso que esos lugares donde la suciedad resulta tan incongruente. Pero, si los alrededores de la ciudad están en este estado durante los días laborales, ¡cómo estarán los domingos! Ese día, especialmente, el canalla se ve libre de los reclamos del trabajo o privado de las usuales oportunidades de delinquir y busca los alrededores de la ciudad, no por amor a la naturaleza, que en el fondo desprecia, sino como modo de escape de las limitaciones y convencionalismos de la sociedad. Desea menos el aire fresco y los verdes árboles que la completa *licencia* del campo. Allí, en la posada al borde de la carretera o debajo del follaje de los bosques, se entrega sin otros testigos que sus compañeros a los desatados excesos de la falsa alegría, doble producto de la libertad y el ron. No digo más que lo que creo obvio para todos los observadores imparciales; sería una especie de milagro el hecho de que los objetos en cuestión hayan permanecido ocultos por un período mayor de una semana en cualquier soto en las inmediaciones de París. Pero, además, hay otros fundamentos para sospechar que los objetos fueron colocados en el soto con el objetivo de distraer la atención del verdadero lugar del crimen. Y, primero, permítame hacerle observar la *fecha* del descubrimiento de los objetos. Relaciónela con la del quinto párrafo extraído por mí de los periódicos. Verá que el hallazgo siguió, casi inmediatamente, a los comunicados urgentes enviados al periódico de la tarde. Estos comunicados, aunque eran diversos y aparentemente provenían de diferentes fuentes, tendían todos al mismo punto, es decir, dirigir la atención hacia una *banda* como los perpetradores del crimen y hacia la zona de Barrière du Roule como la escena donde tuvo lugar. Por supuesto, debemos observar que esos objetos no fueron encontrados por los muchachos como consecuencia de esos comunicados o por la atención pública que los mismos habían provocado, sino que los objetos no fueron hallados *antes*, porque los objetos no estaban antes en el soto, sino que habían sido colocados allí después de esa fecha o poco antes de las fechas de los comunicados por los mismos autores de esos comunicados. Ese soto era muy especial, extremadamente especial. Era muy denso. Dentro de los límites cercados había tres piedras extraordinarias que formaban un asiento con respaldo y escabel. Y este soto, tan lleno de arte natural, estaba en las inmediaciones, a muy poca distancia, de la morada de la señora Deluc, cuyos hijos solían examinar con cuidado los arbustos cercanos en busca de corteza de sasafrás. ¿Sería insensato apostar (y apostar mil contra uno) que nunca pasaba un día sin que alguno de los niños entrara en aquel sombrío recinto vegetal y se sentara en el trono natural formado por las piedras? Los que dudaran en hacer semejante apuesta, será porque nunca han sido niños o han olvidado el carácter infantil. Repito que es demasiado difícil comprender cómo los objetos pueden haber permanecido en ese soto sin ser descubiertos por más de uno o dos días y que, de ese modo, existen fundamentos suficientes para sospechar, a pesar de la dogmática ignorancia de *Le Soleil*, que fueron depositados allí con posterioridad. Sin embargo, existen otras razones aún más fuertes que las que he expuesto para creer esto último. Permítame que le haga observar lo artificial de la forma de distribuir los objetos. En la piedra más alta había unas enaguas; en la segunda un pañuelo de seda; tirados alrededor había una sombrilla, unos guantes y un pañuelo de bolsillo con el nombre «Marie Rogêt». Es esta una distribución que haría naturalmente una persona no demasiado astuta que quisiera dar la impresión de naturalidad. Sin embargo, no resulta en absoluto una distribución *realmente* natural. Lo más lógico hubiera sido suponer que todos los objetos estarían pisoteados en el suelo. En los estrechos límites de esos arbustos parece difícil que unas enaguas y un pañuelo hubieran quedado sobre las piedras, mientras eran esparcidas en uno y otro sentido por varias personas que estuvieran luchando. Se dice: «Hay pruebas de lucha y la tierra está removida y los arbustos rotos», pero las enaguas y el pañuelo son hallados como si estuvieran sobre unas estanterías. «Los jirones del vestido en las zarzas tenían unas tres pulgadas de ancho por seis de largo. Uno de ellos correspondía al dobladillo del vestido y había sido remendado... Parecían pedazos arrancados.» Aquí, distraídamente, *Le Soleil* utiliza una frase muy sospechosa. Los jirones, según la descripción, «parecen pedazos arrancados», pero a mano y a propósito. Es un accidente rarísimo que, en ropa como la que estamos considerando, un jirón *sea arrancado por una espina*. Por las características de esos tejidos, cuando una espina o un clavo se engancha en ellos, los desgarra rectangularmente, es decir, los divide en dos desgarraduras longitudinales en ángulo recto, que se unen en un vértice formado por el punto donde penetra la espina. En esa forma, resulta casi imposible pensar que el jirón «sea arrancado». Nunca lo he visto y usted tampoco. Para arrancar el pedazo de un tejido de ésos es necesaria la acción de dos fuerzas que actúan en diferentes direcciones. Sólo si el tejido tiene dos bordes, como en el caso de un pañuelo, y se desea arrancar una tira, bastará con una sola fuerza. Pero en este caso se trata de un vestido, que tiene un solo borde. Sería un milagro que una espina pudiera arrancar un pedazo del interior, donde no hay borde, aparte de que no sería suficiente una sola espina. Pero aun cuando haya un borde, sería necesario que hubiera dos espinas que actuaran cada una en una dirección. Y siempre que el borde no tuviera dobladillo. De lo contrario, no cabe ninguna duda. Así vemos muchos y grandes obstáculos para que los jirones hayan sido «arrancados» por la mera acción de «espinas». Sin embargo, debemos creer que no sólo fue arrancado un jirón, sino muchos. «Y una parte —también— *era el dobladillo del vestido*.» Otra parte era *parte de la falda, no el dobladillo*; es decir, que había sido completamente arrancado por las espinas del interior sin bordes del vestido. Podemos ser perdonados por no creer semejantes cosas. Sin embargo, tomadas en conjunto, tal vez constituyan menor fundamento para sospechar que la sola y sorprendente circunstancia de que esos objetos hubieran sido abandonados en el soto por asesinos que habían tomado la precaución de transportar el cadáver. Sin embargo, usted no habrá comprendido claramente mi pensamiento si supone que intento negar que este soto haya sido la escena

del crimen. Pudo haberse cometido un asesinato aquí o, más posiblemente, un accidente en la casa de la señora Deluc. Pero, en realidad,
esto no tiene gran importancia. No intentamos descubrir la escena, sino
saber quiénes perpetraron el asesinato. A pesar de lo minucioso de mis
argumentos, lo que he señalado tiene por objeto, primero, demostrar lo
absurdo de las aseveraciones positivas de *Le Soleil*, pero, segundo y más
importante, llevar a usted de la forma más natural a considerar una
duda: la de si este asesinato fue o no perpetrado por una *banda*.
Retomaremos esta cuestión por mera alusión a los detalles que surgen
de las declaraciones del médico forense en la indagación judicial. Sólo
es necesario decir que sus *conclusiones* publicadas, con respecto al
número de bandidos, fueron ridiculizadas como injustas y totalmente
infundadas por los mejores anatomistas de París. No se trata de que los
hechos no hayan *podido ser* como se ha inferido, pero no existen fundamentos para esa conclusión. ¿Y no los había para otra? Reflexionemos sobre «las huellas de una lucha» y permítame preguntar qué
se supone que demostraron estas huellas. Una banda. ¿Pero no
demuestran mejor la ausencia de una banda? ¿Qué *lucha* pudo haber
tenido lugar, qué lucha tan violenta y tan prolongada como para dejar
huellas por todos lados, entre una joven indefensa y la supuesta *banda*
de malhechores? El silencioso abrazo de unos brazos fuertes habría
acabado con todo. La víctima debería quedar absolutamente pasiva.
Tenga usted en cuenta que los argumentos que niegan que el soto haya
sido la escena del crimen se aplican, principalmente, si pensamos en un
crimen cometido por *más de un individuo*. Si imaginamos sólo un vio-
lador, podemos concebir —y sólo concebir— una lucha tan violenta y
prolongada como para dejar «huellas». Ya he mencionado la sospecha
que surge de que los objetos en cuestión fueran abandonados en el
soto. Parece casi imposible que estas pruebas de culpabilidad hayan
sido dejadas de forma accidental en el sitio donde fueron halladas. Si
suponemos que hubo suficiente presencia de ánimo como para retirar
el cadáver, ¿qué podemos pensar de una prueba más contundente que el
cuerpo en sí (cuyas facciones hubieran sido borradas en seguida por la
corrupción) abandonada a la vista de cualquiera en la escena del crimen? Me refiero al pañuelo con el nombre de la víctima. Si esto fue un
accidente, no fue un accidente de una banda. Podemos imaginarlo sólo
como un accidente de un individuo. Veamos. Un individuo ha cometido un crimen. Está solo con el espíritu del difunto. Está confundido
por lo que yace inmóvil ante él. Ha pasado la furia de su pasión y en su
corazón queda suficiente sitio para el natural horror por el crimen. No
siente la confianza que inspira la presencia de varias personas. Está solo
con el muerto. Tiembla y está confundido. Sin embargo, es necesario
ocultar el cuerpo. Lo transporta hasta el río, pero olvida las otras prue-

bas de su culpabilidad, ya que es difícil, si no imposible, llevar toda la carga de una vez y será más fácil volver por lo que ha dejado. Pero en su trabajoso viaje hasta el agua sus miedos se multiplican. Los sonidos de la vida acechan en su camino. Una docena de veces oye o imagina los pasos de un observador. Le atemorizan hasta las suaves luces de la ciudad. Sin embargo, después de largas y frecuentes pausas, llenas de horrible ansiedad, llega a la orilla del río y se deshace de su espantosa carga, tal vez mediante un bote. Pero ahora, ¿qué tesoros alberga el mundo, qué amenaza de venganza podría impulsar a este asesino a recorrer una vez más el trabajoso y peligroso camino hacia el soto, donde quedan los espantosos recuerdos que hielan la sangre? No regresará, cualesquiera sean las consecuencias. Incluso aunque quisiera, no podría volver. Sólo piensa en escapar. Da la espalda para siempre a esos horrorosos arbustos y huye de la maldición que puede sobrevenir. ¿Qué ocurriría con una banda? Su número les hubiera inspirado mutua confianza, si ésta falta alguna vez en el pecho de un criminal empedernido. Y las bandas se componen siempre de criminales empedernidos. Digo que su número hubiera evitado el terror irracional que imagino que ha paralizado a un hombre solo. Podríamos suponer un descuido por parte de uno, dos o tres de ellos, pero el cuarto hubiera pensado en eso. No habrían dejado nada olvidado, ya que al ser varios podrían haber transportado todo de una vez. No hubiera habido necesidad de volver. Consideremos ahora la circunstancia de que en el vestido del cadáver, cuando fue encontrado, «una tira de cerca de un pie de ancho había sido arrancada desde la costura inferior hasta la cintura; aparecía arrollada tres veces en la cintura y asegurada mediante una especie de ligadura en la espalda». Esto fue hecho con la evidente intención de obtener un asa mediante la cual cargar el cuerpo. Pero, ¿hubiera recurrido a eso un grupo de varios hombres? Para tres o cuatro personas, las extremidades del cadáver habrían sido más que suficientes y la mejor forma de transportarlo. El sistema empleado corresponde a un solo individuo y esto nos lleva al hecho de que, «entre el soto y el río, se descubrió que los vallados habían sido derribados y la tierra mostraba señales de que se había arrastrado una pesada carga». Pero un grupo de hombres, ¿se habría tomado el trabajo superfluo de derribar un vallado para transportar un cadáver por encima de él, en lugar de levantarlo por encima de cualquier valla en un momento? ¿Hubieran arrastrado varios hombres un cuerpo a punto de dejar huellas tan evidentes? Y aquí debemos detenernos en una observación de *Le Commerciel*, una observación que ya he comentado, en alguna medida. El periódico dice: «Un trozo de las enaguas de la infortunada muchacha, de dos pies de largo por uno de ancho, le fue aplicado debajo del mentón y atado detrás de la cabeza, probablemente para ahogar sus gritos. Los individuos que hicieron esto no tenían pañuelo de bolsillo.» Antes he sugerido que un verdadero criminal nunca deja de tener un pañuelo de bolsillo. Pero no me refiero ahora a eso. Que dicha atadura no fue utilizada por falta de pañuelo y para lo que supone *Le Commerciel*, lo demuestra el hallazgo del pañuelo en el lugar del crimen, y que su objetivo no era «ahogar sus gritos» surge de que se haya empleado esa atadura en lugar de algo que hubiera sido más adecuado. Pero la evidencia habla de la tira hallada tal como «se encontró alrededor del cuello, pero no apretada, aunque había sido asegurada con un nudo firmísimo». Estos términos son bastante vagos, pero difieren sustancialmente de los de *Le Commerciel*. La tira tenía dieciocho pulgadas de ancho y, por tanto, aunque era de muselina, conformaría una venda fuerte al doblarla sobre sí misma de forma longitudinal. Así fue como se la encontró. Mi deducción es la siguiente: El asesino solitario, que había transportado el cuerpo durante un trecho (desde el soto o desde otro sitio) mediante la tira arrollada a la cintura, notó que el peso resultaba excesivo para sus fuerzas. Entonces resolvió arrastrar su carga y la investigación demuestra que, efectivamente, el cuerpo fue arrastrado. Para ello, era necesario atar una especie de cuerda a una de las extremidades. Podría atarse mejor alrededor del cuello, ya que la cabeza evitaría que se soltara. En este punto, el asesino debió pensar en la tira que circundaba la cintura de la víctima. Hubiera querido usarla, pero como estaba arrollada al cadáver, sujeta por una atadura, sin contar con que no había sido completamente arrancada del vestido, resultaba más fácil arrancar otra tira de las enaguas. La arrancó y la ajustó al cuello y así trasladó a la víctima a la orilla del río. El hecho de que este lazo, difícil y penosamente obtenido, y sólo a medias apropiado para su fin, fuera empleado por el asesino nace del hecho de que éste estaba demasiado lejos como para utilizar el pañuelo, es decir, después de haber abandonado el soto (si se trataba del soto) y se encontraba a mitad de camino entre éste y el río. Dirá usted que el testimonio de la señora Deluc (¡) apunta especialmente a la presencia de una *banda*, cerca del soto, en el momento del crimen. Estoy de acuerdo. Dudo si no se trataría de una *docena* de bandas, como la descrita por la señora Deluc, cerca de los alrededores de Barrière du Roule en el momento de la tragedia. Pero la banda que se ganó la evidente enemistad, y el testimonio tardío y bastante sospechoso, de la señora Deluc es la única a la cual la honesta y escrupulosa anciana reprocha haberse regalado con sus pasteles y haber bebido su coñac sin tomarse la molestia de pagar los gastos. *Et hinc illœ irœ*? Pero, ¿cuál es el preciso testimonio de la señora Deluc? «Una banda de malhechores se presentó, se comportó de forma escandalosa, comieron y bebieron sin pagar, siguieron luego la ruta de la joven pareja, regresaron a la posada al *anochecer* y cruzaron nuevamente el río como si tuvieran mucha prisa.» Esta «mucha prisa» posiblemente parecía una mayor prisa a los ojos de la señora Deluc, ya que reflexionaba triste y nostálgicamente sobre sus pasteles y su cerveza profanados y por los cuales debió abrigar aún alguna esperanza de pago. ¿Por qué, si no, dado que era *casi de noche*, mencionó la prisa? No hay motivo para asombrarse de que una banda de bribones se apresure a volver a casa cuando falta cruzar un ancho río en bote, amenaza tormenta y se *acerca* la noche. Digo *se acerca*, ya que la noche *aún no había llegado*. Tan sólo era al anochecer cuando la prisa indecente de estos pillos ofendió los modestos ojos de la señora Deluc. Pero sabemos que esa misma noche, tanto la señora Deluc como su hijo mayor «oyeron los gritos de una mujer en las cercanías de la posada». Y, ¿con qué palabras se refiere la señora Deluc al período de la noche en que se oyeron esos gritos? «Poco después de oscurecer», afirma. Pero «poco *después* de oscurecer» significa que ya ha oscurecido. Y «al anochecer» todavía es de día. De este modo, está claro que la banda abandonó Barrière du Roule antes de los gritos oídos (?) por la señora Deluc. Y aunque en muchos de los informes del testimonio las expresiones en cuestión son clara e invariablemente utilizadas como acabo de hacerlo en mi conversación con usted, hasta ahora ninguno de los periódicos de París ni ninguno de los funcionarios policiales ha presentado tanta discrepancia.

Debo añadir sólo uno a los argumentos contra la *banda*, pero éste, a mi entender por lo menos, tiene un peso completamente irrefutable. Dada la enorme recompensa ofrecida y el pleno perdón que se concede por toda declaración probatoria, no cabe imaginar, por un momento, que algún miembro de una banda de delincuentes comunes o de cualquier grupo de personas podría haber traicionado a sus cómplices. Cada miembro de una banda colocada en esa situación no está tan ansioso de recompensa o impunidad como *temeroso de ser traicionado*. Traiciona ansiosamente y pronto como para no ser *él mismo traicionado*. El hecho de que el secreto no haya sido divulgado es la mejor de las pruebas de que se trata, en realidad, de un secreto. Los horrores de este oscuro suceso son conocidos sólo por uno o dos seres humanos y por Dios. Resumamos los escasos pero evidentes frutos de nuestro largo análisis. Hemos llegado a la idea de un accidente fatal bajo el techo de la señora Deluc o de un asesinato perpetrado en el soto de Barrière du Roule, por un amante o, por lo menos, por un conocido íntimo y secreto de la víctima. Este conocido es de complexión robusta. Esta complexión, el «nudo» de la banda y el «nudo marinero» en el cordón de cofia señalan a un marino. Su camaradería con la víctima, muchacha alegre pero no depravada, lo designa como perteneciente a un grado superior al de un simple marinero. Los comunicados del periódico, bien escritos y urgentes, sirven para corroborar esto. La circunstancia de la primera fuga, tal como dice *Le Mercurie*, tiende a mezclar la idea de este marino con la de un «oficial de la marina» del que se sabe que fue el primero en inducir a la víctima a cometer una irregularidad. Y aquí, de manera adecuada, aparece el hecho de la continua ausencia del hombre moreno. Detengámonos para observar que la tez de este hombre es morena y atezada. No es un color moreno común el que atrajo la atención de Valence y la señora Deluc. Pero, ¿a qué se debe la ausencia de este hombre? ¿Fue asesinado por la banda? Si es así, ¿por qué sólo hay *huellas* de la *muchacha* asesinada? Se supone que la escena de los dos crímenes debe ser la misma. ¿Dónde está su cadáver? Es muy probable que los asesinos hayan hecho desaparecer los dos cuerpos de la misma manera. Pero puede decirse que este hombre sigue vivo y que el miedo a ser acusado del crimen le impide darse a conocer. Podría suponerse que este razonamiento estuviera en él ahora, en esta etapa avanzada, ya que los testimonios aseguran que se le vio con Marie, pero no hubiera influido en absoluto sobre él en el momento del crimen. El primer impulso de un hombre inocente habría sido denunciar el crimen y ayudar a identificar a los asesinos. Era lo que correspondía. Había sido visto con la muchacha. Había cruzado el río con ella en un *ferry*. La denuncia de los asesinos habría sido, incluso para un tonto, el medio más seguro de liberarle de las sospechas. No podemos considerarle, en la noche del fatal domingo, inocente e ignorante a la vez del asesinato cometido. Sin embargo, sólo en esas circunstancias es posible imaginar que hubiera dejado de denunciar a los asesinos, si estuviera vivo. ¿Y qué medios tenemos para llegar a la verdad? A medida que sigamos adelante, veremos que estos medios se multiplican y ganan claridad. Hurguemos hasta el fondo este asunto de la primera huida. Conozcamos toda la historia del «oficial», en sus circunstancias actuales y su paradero en el momento exacto del crimen. Comparemos con cuidado las diversas comunicaciones enviadas al periódico de la tarde, en la que el objetivo era inculpar a una banda. Una vez hecho esto, comparemos estas comunicaciones, desde el punto de vista tanto del estilo como del mensaje, con las enviadas al periódico de la mañana, con anterioridad, insistiendo vehementemente sobre la culpabilidad de Mennais. Y, por último, comparemos nuevamente estas comunicaciones con los mensajes del oficial. Intentemos asegurarnos, preguntando reiteradamente a la señora Deluc y a sus hijos, así como al conductor del *ferry*, Valence, algo más acerca de la apariencia personal del «hombre de tez morena». Las preguntas, dirigidas con habilidad, no dejarán de conseguir de alguno de estos testigos alguna información sobre este tema en particular (y otros), información que los testigos mismos no son capaces de darse cuenta que poseen. Y ahora sigamos la huella del *bote* utilizado por el barquero la mañana del lunes 23 de junio, que fue retirado, sin timón, del depósito de barcos, sin el conocimiento del oficial de guardia y con anterioridad al descubrimiento del cadáver. Con cuidado y perseverancia, podremos seguir el rastro del bote de forma infalible, ya que no sólo el barquero que lo recogió lo podría identificar, sino que además *el timón está en nuestro poder*. El barquero de un *barco de vela* no habría abandonado el timón, si se tratara de alguien que no tenía tranquilidad de espíritu. *Déjeme* hacer una pausa para insinuar un detalle. No se anunció el hallazgo del bote. Fue llevado en silencio al depósito y luego retirado con igual discreción. Pero su dueño o su usuario, ¿cómo podía saber dónde se encontraba el bote la mañana del martes y sin ayuda de ningún anuncio, salvo que pensemos que está vinculado de algún modo con la marina y que esa vinculación personal y permanente le permitía conocer todas las novedades y las más insignificantes noticias locales? Al hablar del asesino solitario, que arrastra su carga hasta la costa, ya he sugerido la probabilidad de que hubiera utilizado *un bote*. Ahora debemos entender que Marie Rogêt fue echada al agua desde *un bote*. Esto es lo que hubiera ocurrido naturalmente. No cabía haber confiado el cadáver a las poco profundas aguas de la costa. Las peculiares marcas en la espalda y los hombros de la víctima apuntan a las cuadernas del fondo de un bote. También corrobora esta idea el hecho de que el cuerpo fue hallado sin un peso adicional. Si hubiera sido arrojado desde la orilla, se le habría colocado un peso. Sólo podemos explicar su ausencia suponiendo que el asesino hubiera olvidado llevarlo antes de alejarse de la orilla. En el acto de arrojar el cuerpo al agua, sin duda descubrió su descuido y ya no tenía cómo remediarlo. Prefería tomar cualquier riesgo antes de tener que regresar a la orilla. Una vez liberado de su horrible carga, el asesino se habría apresurado a volver a la ciudad. Allí, en algún muelle oscuro, saltó a tierra. Pero, ¿había amarrado el bote? Debía tener demasiada prisa como para amarrar el bote. Además, al amarrarlo al muelle, sintió que estaría dejando pruebas en su propia contra. Su reacción natural fue la de alejar de allí, tanto como fuera posible, todo lo que pudiera tener relación con su crimen. No sólo se alejó del muelle, sino que tampoco permitió que el bote permaneciera allí. Seguramente lo dejó a la deriva. Pero continuemos con nuestras suposiciones. Por la mañana, el miserable se siente horrorizado al encontrar que el bote ha sido descubierto y detenido en un sitio que habitualmente frecuenta a diario, tal vez un sitio que debe frecuentar por cuestiones de trabajo. La noche siguiente, *sin valor para preguntar por el timón*, lo retira. *¿Dónde* está ese bote sin timón? Responder a esta pregunta debe ser uno de nuestros primeros objetivos. De la luz que arroje este descubrimiento, comenzará a surgir nuestro triunfo. El bote nos llevará, con una velocidad que nos sorprenderá, hasta el que lo haya utilizado en la medianoche del domingo fatal. Una corroboración nos llevará a otra y encontraremos al asesino.

(Por razones que no especificaremos, pero que resultarán obvias para el lector, nos hemos tomado la libertad de omitir aquí, del manuscrito que hemos recibido, aquellos detalles del *seguimiento* de la apenas perceptible pista conseguida por Dupin. Pensamos que es aconsejable decir, brevemente, que el resultado previsto fue alcanzado y que el prefecto cumplió con puntualidad, aunque con pocas ganas, los términos de su acuerdo con el caballero. El artículo del señor Poe concluye con estas palabras. *Los editores*[23].)

Se comprenderá que hablo de coincidencias y *nada más*. Lo que he dicho sobre este punto debe ser suficiente. En mi propio corazón no hay fe en lo sobrenatural. Ningún hombre que piense podrá negar que la Naturaleza y Dios son dos. Que este último, al crear la Naturaleza, puede controlarla o modificarla según su voluntad es incuestionable. Digo «según su voluntad», ya que es una cuestión de voluntad y no, como se supone en un extravío de lógica, de poder. No decimos que la Deidad *no pueda* modificar sus leyes, pero la culpamos por imaginar una posible necesidad de modificación. En su origen, estas leyes se crearon para abarcar todas las contingencias que *podrían* surgir en el futuro. Con Dios todo es *Presente*.

Repito, entonces, que me refiero a estas cosas sólo como coincidencias. Y además, en mi relato, se podrá ver que entre el destino de la desdichada Marie Cecilia Rogers, por lo que se sabe de su destino, y el de una tal Marie Rogêt hasta un momento dado de su historia, existió un paralelo de tanta exactitud que la razón llega a confundirse. Digo que todo esto se podrá ver. Pero no supongamos ni por un momento que, al seguir con la triste narración de Marie desde la época mencionada y hasta el desenlace, el misterio que rodeó a su muerte, tengo la oculta intención de insinuar que el paralelo continúa o para sugerir que las medidas adoptadas en París para el descubrimiento del asesino de una *grisette* o cualquier medida fundada en raciocinios similares producirían en el otro caso resultados equivalentes.

Debemos tener en cuenta que, en lo que respecta a la última parte de la suposición, la menor variación en los hechos de los dos casos podría dar lugar a las peores estimaciones, cambiando completamente el curso de los hechos, tal como en aritmética un error que, en sí mismo, puede ser inapreciable, produce, a la larga, un resultado que dista enormemente de la verdad, por la mera multiplicación de los puntos del proceso. Y, en lo que respecta a la primera parte, no debemos olvidar que el cálculo de probabilidades al que me referí antes prohíbe

---

[23] De la revista donde se publicó por primera vez este trabajo.

toda idea de la prolongación del paralelismo y decisión en proporción a la medida en que ese paralelo se ha mostrado exacto y acertado hasta ese momento. Es esta una de las proposiciones anómalas que, aunque reclaman aparentemente una idea diferente del razonamiento matemático, sólo puede ser comprendida por una mente matemática. Por ejemplo, no hay nada más difícil que convencer al lector general del hecho de que el seis haya salido en los dados dos veces por un jugador, basta para apostar que no volverá a salir en la tercera tentativa. La mente suele rechazar de inmediato una sugerencia similar. No parece que las dos tiradas que se han completado, y que ahora pertenecen al pasado, puedan influir sobre una tirada que sólo existe en el futuro. Las probabilidades de sacar dos números seis parecen exactamente las mismas que en cualquier otro momento; o sea, que sólo dependen de la influencia de todas las otras tiradas que puedan hacerse en el juego de dados. Esta reflexión parece tan obvia que un intento de contradecirla es recibido con una sonrisa despectiva, más que con atención respetuosa. No intento exponer, dentro de los límites de este trabajo, el gran error implicado en esa actitud; para los que entienden de filosofía, no necesita explicación. Puede ser suficiente decir que constituye uno de una serie infinita de errores que surgen en el camino de la razón, a causa de su tendencia a buscar la verdad en detalle.

LA CARTA ROBADA

«Nil sapientiæ odiosius acumine nimio.»

SÉNECA

Me encontraba en París, en una noche del otoño de 18..., disfrutando del doble placer de la meditación y de una pipa de espuma de mar, en compañía de mi amigo C. Auguste Dupin, en su pequeña y oscura biblioteca o sala de estudios del número 33 de la calle Dunot, barrio de St. Germain. Durante una hora, por lo menos, habíamos permanecido en un profundo silencio, mientras para un observador ocasional podríamos parecer intensamente ocupados en estudiar las onduladas capas de humo que llenaban la atmósfera de la sala. Sin embargo, yo estaba pensando en ciertos asuntos que habían sido temas de conversación entre nosotros en un momento antes de la noche. Me refiero al asunto de la calle Morgue y al misterio del asesinato de Marie Rogêt. Por tanto, no dejé de pensar en una coincidencia, cuando la puerta de nuestro apartamento se abrió dejando paso a nuestro antiguo conocido G..., el prefecto de la policía de París.

Le dimos una cálida bienvenida, pues aquel hombre tenía tanto de despreciable como de divertido, y no lo habíamos visto desde hacía varios años. Habíamos estado sentados en la oscuridad y Dupin se levantó para encender una lámpara; pero se sentó nuevamente sin hacerlo, cuando G... dijo que había venido a consultarnos o a preguntar la opinión de mi amigo acerca de un asunto oficial que había causado grandes problemas.

—Si se trata de un tema que requiere reflexión —observó Dupin, sin encender la mecha—, estaremos mejor a oscuras.

—Es ésta otra de sus ideas raras —dijo el prefecto, que tenía la costumbre de llamar «raro» a todo aquello que no llegaba a comprender y, de ese modo, vivía en medio de una absoluta legión de «rarezas».

—Efectivamente —dijo Dupin, mientras entregaba una pipa al visitante y le acercaba una silla cómoda.

—¿Y cuál es el problema ahora? —pregunté—. Nada que ver con un asesinato, espero.

—No, no, nada de eso. El hecho es que se trata de un asunto muy sencillo y no dudo en que podemos resolverlo bastante bien nosotros mismos; pero pensé que Dupin querría escuchar los detalles, ya que es algo excesivamente *raro*.

—Sencillo y raro —dijo Dupin.

—Sí. Pero tampoco es exactamente eso. El hecho es que estamos todos bastante confundidos porque el asunto es sencillo y sin embargo nos deja perplejos.

—Tal vez es la misma sencillez del tema lo que induce a error —observó mi amigo.

—¡Qué tonterías dice usted! —respondió el prefecto, riéndose a carcajadas.

—Tal vez el misterio es *demasiado* sencillo —dijo Dupin.

—¡Oh, Dios mío! ¿Cómo se le puede ocurrir semejante idea?

—Un poco *demasiado* evidente.

—¡Ja, ja! ¡Oh, oh! —reía el prefecto, muy divertido—. Dupin, usted acabará matándome de risa.

—¿Y cuál es el tema en cuestión? —pregunté.

—Les diré —contestó el prefecto, mientras aspiraba una profunda bocanada de humo y se acomodaba en la silla—. Puedo explicarlo en pocas palabras, pero antes de empezar permítanme advertirles que es un asunto que exige absoluta confidencialidad y que yo perdería el puesto que ocupo si se supiera que lo he confiado a alguien.

—Adelante —dije.

—O no hable —dijo Dupin.

—Bien. He recibido información personal, por alguien que ocupa un puesto altísimo, de que un documento de la mayor importancia ha sido robado de las cámaras reales. Se sabe quién lo robó, sin duda, ya que fue visto cuando lo robaba. También se sabe que aún está en su poder.

—¿Cómo se sabe esto? —preguntó Dupin.

—Se deduce claramente —replicó el prefecto— por la naturaleza del documento y por la ausencia de ciertas consecuencias que se habrían producido si hubiera sido transferido a otra persona; es decir, en caso de que fuera utilizado en la forma en que el ladrón debe pretender hacerlo al final.

—Sea un poco más explícito —dije.

—Pues bien, puedo afirmar que dicho papel da a su poseedor un poder en un determinado lugar donde dicho poder es de inmenso valor.

El prefecto estaba encantado de su jerga diplomática.

—De todos modos, no entiendo —dijo Dupin.

—¿No? La presentación del documento a una tercera persona que no nombraremos pondría en tela de juicio el honor de un personaje de las más altas esferas, y este hecho da al poseedor del documento un dominio sobre el ilustre personaje cuyo honor y tranquilidad se ven de tal modo amenazados.

—Pero ese dominio —interrumpí— dependerá de que el ladrón sepa que dicho personaje lo conoce como tal. ¿Quién se arriesgaría...?

—El ladrón —dijo G...— es el ministro D..., que se atreve a todo, tanto las cosas dignas como las indignas del hombre. La forma en que se cometió el robo es tan ingeniosa como audaz. El documento en cuestión (una carta, para ser franco) había sido recibido por un personaje a quien se lo robaron mientras se encontraba a solas en el tocador real. Mientras lo leía, se vio repentinamente interrumpido por la entrada de la otra eminente persona, de quien ella quería ocultar especialmente la carta. Después de un apresurado y vano intento de meterla en un cajón, se vio obligado a dejarla, abierta como estaba, sobre la mesa. Sin embargo, como la dirección estaba hacia arriba y no podía leerse el contenido, la carta podía pasar sin ser vista. Pero en ese momento aparece el ministro D... Su vista de lince inmediatamente descubre el papel, reconoce la caligrafía de la dirección, observa la confusión del personaje a quien iba dirigida y adivina su secreto. Después de tratar algunos temas de trabajo, de forma expeditiva como acostumbra, extrae una carta parecida a la que nos ocupa, la abre, finge leerla y la coloca exactamente al lado de la otra. Vuelve a hablar durante quince minutos sobre temas públicos. Finalmente, al partir, recoge de la mesa la carta que no le correspondía. Su dueño vio lo que ocurrió, pero, por supuesto, no se atrevió a advertírselo en presencia del tercer personaje que se encontraba a su lado. El ministro se marcha, dejando su carta (la que no tenía importancia) sobre la mesa.

—Pues bien —dijo Dupin, dirigiéndose a mí—, ahí tiene usted lo que necesitaba para que el dominio del ladrón fuera completo: sabe que la persona a la que fue robada la carta conoce al ladrón.

—Sí —respondió el prefecto— y el poder así obtenido ha sido usado durante estos últimos meses para fines políticos, hasta extremos sumamente peligrosos. El personaje robado está completamente convencido, día a día, de la necesidad de reclamar su carta. Pero, por supuesto, no puede hacerlo abiertamente. Por fin, llevado por la desesperación, me ha encargado la tarea.

—Para la que —dijo Dupin, envuelto en un torbellino de humo— no podría desearse o imaginarse un agente mejor.

—Me halaga usted —replicó el prefecto—, pero es posible que se tenga de mí esa opinión.

—Está claro —dije— que, como usted dice, la carta aún está en manos del ministro, ya que lo que confiere el poder no es la utilización de la carta sino su posesión. Con el uso, el poder desaparece.

—Cierto —dijo G...—, y teniendo en cuenta esta idea, actué. Mi primera acción fue registrar la mansión del ministro, aunque lo más difícil era evitar que llegara a enterarse. Pero sobre todas las cosas, me han advertido del peligro que podría resultar de darle algún motivo para que sospeche de nuestras intenciones.

—Sin embargo —dije—, usted tiene todo tipo de facilidades en este tipo de investigaciones. La policía de París ha hecho este tipo de cosas muchas veces en el pasado.

—Sí, y por esta razón no desesperé. Las costumbres del ministro también me dieron algunas ventajas. Con frecuencia, se ausenta de su casa toda la noche. El servicio no es muy numeroso. Duermen bastante lejos de las habitaciones del señor y, como casi todos son napolitanos, es muy fácil inducirles a beber abundantemente. Como ustedes saben, tengo llaves con las que puedo abrir cualquier habitación de París. Durante tres meses, no pasó una sola noche en que no me haya dedicado a registrar personalmente la casa de D... Mi honor está en juego y, para confiarles un gran secreto, la recompensa es enorme. Entonces no abandoné la búsqueda hasta que quedé completamente satisfecho de que el ladrón es un hombre más astuto que yo. Creo que he investigado cada rincón de la casa en la que es posible que se esconda el documento.

—Pero, ¿no es posible —sugerí— que aunque la carta pueda estar en poder del ministro, como sin duda está, podría haberla escondido en algún otro sitio que no fuera su propia casa?

—Es muy poco probable —dijo Dupin—. La peculiar situación actual de los asuntos en el tribunal y, especialmente, los casos en los que D... está involucrado, exigen que el documento esté a mano para ser exhibido en cualquier momento, que es una cuestión tan importante como su posesión.

—¿Qué pueda ser exhibido? —pregunté.

—Si lo prefiere, que pueda ser *destruido* —dijo Dupin.

—Es verdad —observé—. El papel debe estar entonces en la casa. En cuanto a que el ministro lo lleve consigo, supongo que debe descartarse.

—Por completo —dijo el prefecto—. He ordenado detenerlo dos veces por falsos atracadores de caminos y he visto personalmente cómo le registraban.

—Podría haberse evitado esta molestia —dijo Dupin—. D..., supongo, no está completamente loco y, si no, debe haber supuesto estos falsos asaltos, por lógica.

—No completamente loco —dijo G...—; pero es un poeta, lo que, a mi entender, es más o menos lo mismo.

—Es verdad —dijo Dupin, después de aspirar una profunda bocanada de su pipa de espuma de mar—, aunque, por mi parte, me confieso culpable de algunas malas rimas.

—¿Por qué no cuenta usted los detalles de su pesquisa? —sugerí.

—Bien. El hecho es que nos tomamos nuestro tiempo y buscamos *en todos los sitios*. Tengo mucha experiencia en estos temas. Revisé todo el edificio, habitación por habitación, dedicando a cada una todas las noches de una semana entera. Primero, examinamos los muebles de cada cuarto. Abrimos todos los cajones posibles y supongo que usted sabe que, para un agente de policía bien entrenado, no existe un cajón *secreto*. En una búsqueda de esta especie, el hombre que deja sin ver un cajón secreto es un estúpido. ¡Son tan *evidentes*! En cada mueble hay una cierta extensión, un cierto espacio, que debe ser explicado. Para eso tenemos reglas muy precisas. No se nos escapa ni la quincuagésima parte de una línea. Después de los armarios, pasamos a las sillas. Los almohadones fueron registrados con las largas agujas que me ha visto utilizar. Levantamos las tablas de las mesas.

—¿Por qué?

—A veces, la tabla de una mesa o de un mueble similar es levantada por la persona que desea ocultar un objeto. Después se hace un orificio en cada una de las patas, allí se coloca el objeto y luego se vuelve a colocar la tabla. Ocurre lo mismo en las cabeceras y las patas de la cama.

—¿No podría detectarse la cavidad por el sonido? —pregunté.

—De ningún modo, si, una vez depositado el objeto, es rodeado con un trozo de algodón. Además, en este caso, tenemos que actuar sin hacer ruido.

—Pero no podría haber desarmado o revisado todos los muebles en los que sería posible ocultar algo del modo en que lo está contando. Una carta puede reducirse a un delgadísimo rollo, similar en forma o volumen a una aguja de tejer y, de esa forma, podría insertarse dentro del travesaño de una silla, por ejemplo. ¿Supongo que no habrán desarmado todas las sillas?

—Por supuesto que no, pero hicimos algo mejor. Examinamos los travesaños de todas las sillas del edificio y, en realidad, las juntas de todos los muebles gracias a la ayuda de un poderoso microscopio. Si hubiera habido la menor señal de un cambio reciente, lo habríamos detectado de inmediato. Un simple grano de polvo producido por un barreno nos hubiera saltado a los ojos como si fuera una manzana. Cualquier diferencia en la encoladura, la más mínima apertura en los ensamblajes, hubiera bastado para que lo detectáramos.

—Supongo que miraron en los espejos, entre los marcos y el cristal, y también en las camas y entre las ropas de cama, al igual que en las cortinas y las alfombras.

—Por supuesto. Y cuando hubimos revisado cada mueble de este modo, pasamos a la casa en sí. Dividimos toda la superficie en compartimentos, a los que dimos un número, de modo que no quedara ninguno sin controlar. Después escrutamos cada pulgada cuadrada, incluyendo las dos casas adyacentes, con el microscopio, como antes.

—¿Las dos casas adyacentes? —exclamé—. Deben de haber tenido muchos problemas.

—Los tuvimos, pero la recompensa que se ofrece es enorme.

—¿Incluye usted el terreno contiguo a las casas?

—Todo el terreno está pavimentado con ladrillos. Nos dieron bastante poco trabajo. Examinamos el musgo entre los ladrillos y lo encontramos intacto.

—¿Buscaron entre los papeles de D..., por supuesto, y dentro de los libros de la biblioteca?

—Por supuesto. Abrimos todos los paquetes. No abrimos todos los libros pero los hojeamos cuidadosamente, sin conformarnos con sacudirlos, según lo que acostumbran hacer algunos de nuestros oficiales de policía. También medimos el espesor de cada encuadernación, estudiándola después más en detalle con el microscopio. Si se hubiera insertado algún papel, no se nos habría escapado. Cinco o seis volúmenes que acababan de ser encuadernados, fueron analizados longitudinalmente con las agujas.

—¿Exploraron los suelos, debajo de las alfombras?

—Sin duda. Quitamos todas las alfombras y examinamos el suelo con el microscopio.

—¿Y los papeles de las paredes?

—Sí.

—¿Miraron en los sótanos?

—Sí, miramos.

—Entonces —dije—, ha calculado usted mal y la carta no está en el edificio, como usted supone.

—Me temo que está en lo cierto —dijo el prefecto—. Y ahora, Dupin, ¿qué me aconsejaría hacer?

—Revisar de nuevo completamente la casa.

—Eso es absolutamente innecesario —respondió G...—. Estoy tan seguro de que respiro como de que la carta no está en el edificio.

—No tengo un consejo mejor para darle —dijo Dupin—. Supongo que tiene usted una descripción exacta de la carta.

—¡Oh, sí!

El prefecto extrajo una libreta de apuntes y comenzó a leer en voz alta una descripción del aspecto interior de la carta y, sobre todo, del exterior. Inmediatamente después de terminar de leer la descripción, se fue tan deprimido como jamás lo había visto antes.

Transcurrido cerca de un mes desde entonces, nos visitó nuevamente y nos encontró igual de ocupados que la vez anterior. Tomó posesión de una pipa y una silla y comenzó una conversación trivial. Al cabo de un rato, le dije:

—Bien, G..., ¿qué pasó con la carta perdida? Supongo que se habrá convencido por fin de que no es nada fácil atrapar al ministro.

—¡El diablo se lo lleve! Volví a examinar la casa, como sugirió Dupin, pero fue en vano, como sabía que ocurriría.

—¿A cuánto dijo que ascendía la recompensa ofrecida? —preguntó Dupin.

—Bueno, mucho, muchísimo dinero. No quiero decir cuánto exactamente, pero lo que sí diré es que no me importaría entregar un cheque de cincuenta mil francos a quien me pudiera conseguir esa carta. El hecho es que cada día adquiere más importancia y la recompensa ha sido duplicada recientemente. Sin embargo, aunque fuera triplicada, no podría hacer más de lo que he hecho.

—Pues, la verdad... —dijo Dupin, entre bocanadas de humo—. Realmente pienso, G..., que usted no ha llegado hasta el fin, que no ha hecho todo lo que podía hacer. Podría hacer algo más, creo, ¿no?

—¿Cómo? ¿De qué manera?

—Bueno... puf... puf... Podría usted... puf... pedir consejo sobre el tema... puf... puf... ¿Recuerda la historia que cuentan sobre Abernethy?

—No. ¡Al diablo con Abernethy!

—De acuerdo. ¡Al diablo, pero bien venido! Había una vez un cierto avaro que tuvo la idea de obtener gratis el consejo médico de Abernethy. Aprovechó una reunión y una conversación corrientes para explicar un caso personal como si se tratara del de otra persona. «Supongamos», dijo, «que sus síntomas son tales y cuales, doctor, ¿qué le habría recomendado que hiciera?» «Le aconsejaría», dijo Abernethy, «que consultara con un médico».

—¡Vamos! —exclamó el prefecto, bastante desconcertado—. Estoy totalmente dispuesto a pedir consejo y pagar por ello. *Realmente* daría mis cincuenta mil francos a quien me ayudara en este tema.

—En ese caso —respondió Dupin, abriendo un cajón y extrayendo un talonario de cheques—, podría usted rellenar un cheque por el monto mencionado. Cuando lo haya firmado, yo le entregaré la carta.

Me quedé estupefacto. El prefecto parecía fulminado. Durante algunos minutos, se quedó mudo e inmóvil, mirando con incredulidad a mi amigo con la boca abierta y con los ojos que parecían salírsele de las órbitas. Después, recuperándose un poco, tomó una pluma y, después de algunas pausas y miradas perdidas, rellenó y firmó el cheque por cincuenta mil francos y se lo entregó a Dupin por encima de la mesa. Dupin lo examinó con cuidado y lo depositó en su libreta de bolsillo; después abrió un escritorio, tomó de allí una carta y se la dio al prefecto. El funcionario se aferró a ella en una perfecta agonía de gozo, la abrió temblando, dirigió una rápida mirada a su contenido y, después, lanzándose tambaleante hacia la puerta, salió por fin, de manera brusca, de la habitación y de la casa, sin haber pronunciado palabra desde que Dupin le pidió que llenara el cheque.

Cuando se hubo ido, mi amigo comenzó con las explicaciones.

—La policía de París —dijo— es muy hábil a su manera. Es perseverante, ingeniosa, astuta y muy versada en el conocimiento que parece exigir su deber. De este modo, cuando G... nos detalló su forma de búsqueda en el edificio de D..., confié completamente en que hubiera hecho una investigación satisfactoria, hasta donde alcanza su trabajo.

—¿Hasta donde podía alcanzar su trabajo? —pregunté.

—Sí —dijo Dupin—. Las medidas adoptadas no sólo eran la mejores de su estilo sino que eran absolutamente perfectas. Si la carta hubiera sido depositada dentro del ámbito de su búsqueda, estos hombres, sin duda, la habrían encontrado.

Comencé a reír, pero Dupin parecía hablar muy en serio.

—Las medidas —dijo— eran buenas en su género y fueron bien ejecutadas. El defecto residía en que eran inaplicables a este caso y a este hombre. Una cierta cantidad de recursos muy ingeniosos constituyen, para el prefecto, una especie de lecho de Procrustes, en el cual quiere meter a la fuerza sus designios. Pero siempre se equivoca por ser demasiado profundo o demasiado superficial para el caso, y más de un colegial razonaría mejor que él. Conocí a uno de ocho años de edad, cuyos triunfos en los juegos de «par e impar» atraían la admiración general. Este juego es simple y se juega con piedrecitas. Un jugador tiene en la mano una cantidad de estas piedrecitas y pregunta a otro si el número que tiene es par o impar. Si adivina, gana una piedrecita. Si no adivina, pierde una. El niño de quien hablo ganaba todas las piedrecitas del colegio. Por supuesto, tenía un método de adivinación que consistía en la simple observación y en el cálculo de la astucia de sus contrincantes. Por ejemplo, uno de ellos, que es un perfecto tonto, levanta la mano cerrada y le pregunta: «¿Par o impar?» Nuestro colegial responde: «Impar» y pierde, pero a la segunda vez gana, ya que se ha dicho a sí mismo: «El tonto tenía pares la primera vez y su astucia no dudará en preparar impares para la segunda. Por tanto, diré impar.» Lo dice y gana. Ahora, si le toca jugar con un tonto algo superior al anterior, razonará así: «Este niño sabe que la primera vez elegí impar y en la segunda se le ocurrirá como primer impulso pasar de par a impar, pero entonces un nuevo impulso le dirá que ese cambio es demasiado simple y, finalmente, se decidirá a poner piedrecitas pares como la primera vez. Por tanto, diré pares.» Así lo hace y gana. Esta manera de razonar del colegial, a quien sus compañeros llaman «afortunado», ¿en qué consiste si se la analiza con cuidado?

—Consiste —repuse— en la identificación del intelecto del razonador con el de su oponente.

—Exactamente —respondió Dupin—, y al preguntar al niño cómo efectuaba la *completa* identificación para lograr ese éxito, recibí la siguiente respuesta: «Cuando quiero descubrir cuán sabio, cuán estúpido, cuán bueno o cuán malo es alguien, cuáles son sus pensamientos en ese momento, imagino la expresión de mi cara, con tanta exactitud como sea posible, de acuerdo a la expresión de la suya y luego espero para ver qué pensamientos o sentimientos aparecen en mi mente o en mi corazón, que se correspondan con dicha expresión.» Esta respuesta del colegial está en la base de toda la falsa profundidad atribuida a La Rochefoucauld, La Bougive, Maquiavelo y Campanella.

—Y la identificación —dije— del intelecto del razonador con el del oponente, depende, si he entendido bien, de la exactitud con que se mida el intelecto del oponente.

—Depende de ello para sus resultados prácticos —respondió Dupin—, y el prefecto y su cohorte fracasan con tanta frecuencia, primero, por error en esa identificación y, segundo, por medir mal o, mejor dicho, por no medir el intelecto con el que se miden. Consideran sólo sus *propias* ideas ingeniosas y, al buscar algo oculto, se fijan sólo en el modo en que *ellos* lo hubieran escondido. Tienen mucha razón en la medida en que su propio ingenio es la representación fiel del de la masa; pero cuando la astucia del malhechor posee un carácter diferente de la suya, el malhechor los derrota, por supuesto. Esto siempre ocurre cuando está por encima de la propia y con mucha frecuencia cuando está por debajo. Los policías no admiten variación de principio en sus investigaciones; como mucho, cuando ocurre alguna emergencia inusual, como una recompensa extraordinaria, extienden o exageran sus antiguos métodos de *práctica*, sin tocar sus principios. Por ejemplo, ¿qué se hizo en el caso de D... para variar el principio de acción? ¿Qué son estas perforaciones, estas investigaciones con el microscopio, esa división de la superficie del edificio en pulgadas cuadradas numeradas? ¿Qué es todo esto sino una exageración de la *aplicación* de uno de los principios o del conjunto de los principios de la investigación, que se basan en un conjunto de nociones relativas al ingenio humano, a las que está acostumbrado el prefecto en la larga rutina de su deber? ¿No ha notado usted que da por hecho que *todos* los hombres esconden una carta, si no exactamente en un agujero practicado en la pata de una silla, por lo menos en algún agujero o rincón sugerido por la misma línea de pensamiento que hace que un hombre decida esconderla en un agujero hecho en la pata de una silla? Observe también que tales escondrijos rebuscados sólo se utilizan en ocasiones comunes por mentes comunes; es decir, que en todos los casos de ocultamiento cabe presumir, en primer término, que se ha efectuado dentro de esas líneas. De este modo, su descubrimiento depende no de la perspicacia sino sólo del simple cuidado, paciencia y determinación de los investigadores. Y cuando el caso es importante (o, lo que es lo mismo a los ojos de la policía, cuando la recompensa es importante) las cualidades referidas no fracasan *nunca*. Ahora comprenderá usted lo que quiero decir cuando sugiero que, si la carta hubiera sido escondida en algún lugar dentro de los límites en que el prefecto investigó (en otras palabras, si el principio de su ocultamiento hubiera estado dentro de los principios del prefecto), su descubrimiento no habría sido un problema. Sin embargo, este funcionario ha sido desconcertado completamente y la fuente remota de su derrota reside en la suposición de que el ministro es un loco, porque tiene fama de poeta. Todos los locos son poetas, siente el prefecto, y cabe considerarlo culpable de un non *distributio medii*, por concluir de lo anterior que todos los poetas son locos.

—Pero, ¿se trata realmente del poeta? —pregunté—. Sé que son dos hermanos y ambos tienen cierta reputación en el área de las letras. El ministro, creo, ha escrito una obra sobre el cálculo diferencial. Es un matemático, no un poeta.

—Se equivoca usted. Se lo explicaré bien. Es ambas cosas. Como poeta y matemático, puede razonar bien; como simple matemático, no podría haber razonado nada y entonces habría estado a merced del prefecto.

—Usted me sorprende —dije— por estas opiniones, que contradice el consenso mundial. Supongo que no pretende aniquilar unas ideas que tienen siglos de existencia. La razón matemática ha sido considerada por mucho tiempo como la razón *por excelencia*.

—*Il y a à parièr* —contestó Dupin, citando a Chamfort— *que toute idée publique, toute convention reçue est une sottise, car elle a convenue au plus grand nombre*. Le garantizo que los matemáticos han hecho todo lo posible por promulgar el error popular al que usted hace referencia y que es, sin embargo, un error. Con arte digno de una mejor causa, por ejemplo, han introducido el término «análisis» en operaciones algebraicas. Los franceses son los causantes de este engaño, pero si un término tiene alguna importancia, si las palabras derivan algún valor de su aplicación, entonces concedo que «análisis» expresa «álgebra», como, en latín, ambitus quiere decir «ambición», *religio*, «religión», u *homines honesti*, la clase de hombres honorables.

—Me temo que tendrá alguna discusión —dije— con algunos algebristas de París. Pero continúe.

—Niego la validez y, por tanto, el valor de esa razón que se cultiva de alguna forma especial que no sea la lógica abstracta. En especial, niego la razón extraída del estudio matemático. Las matemáticas son una ciencia de forma y cantidad. El razonamiento matemático es simplemente lógica aplicada a la observación de la forma y la cantidad. El gran error reside en suponer que incluso las verdades de lo que se llama álgebra pura son verdades abstractas o generales. Los axiomas matemáticos no son axiomas de verdad general. Lo que es verdad de la *relación* (de forma y cantidad) es con frecuencia falso aplicado a la moral, por ejemplo. En esta última ciencia, no suele ser cierto que el todo sea igual a la suma de las partes. En la química, también falla el axioma. Falla en la consideración del móvil. Dos móviles, cada uno con un valor, no necesariamente tienen un valor cuando se los une que sea igual a la suma de sus valores por separado. Existen numerosas verdades matemáticas que son sólo verdades dentro de los límites de la *relación*. Pero los matemáticos dicen, a partir de sus *verdades limitadas*, a partir del hábito, como si fueran de aplicación absolutamente general, como el mundo realmente imagina que son. Bryant, en su *Mitología*, menciona una fuente análoga de error, cuando dice que, «aunque no se cree en las fábulas paganas, nos olvidamos continuamente de ello y extraemos consecuencias como si se tratara de realidades existentes». Sin embargo, los algebristas, que son paganos, creen en las «fábulas paganas» y las conclusiones que de ellas se extraen no nacen de un descuido de la memoria, sino de una inexplicable debilidad mental. En resumen, nunca encontré un matemático en quien se pudiera confiar fuera de sus raíces y sus ecuaciones o que no tuviera como dogma de fe que $x^2 + px$ sea absolutamente e incondicionalmente igual a q. Por vía de experimento, diga a uno de estos hombres que usted cree que en algunas ocasiones puede ocurrir que $x^2 + px$ no sea igual a q, y, una vez que haya entendido lo que usted le quiere decir, sálgase de su camino lo antes posible, porque seguro que tratará de golpearlo. Quiero decir —continuó Dupin, mientras yo simplemente me reía de esta última observación—, que si el ministro no hubiera sido más que un matemático, el prefecto no habría tenido necesidad de darme este cheque. Sin embargo, lo conocía tanto como matemático como poeta y mis medidas fueron adaptadas a su capacidad, con referencia a las circunstancias que lo rodeaban. Sabía que es un cortesano y un audaz intrigante. Consideré que un hombre así no podía desconocer las formas de acción de la policía. No habría dejado de prever (y los hechos prueban que así fue) los falsos asaltos a que fue sometido. Reflexioné que debe haber previsto la investigación de su casa. Sus ausencias frecuentes del hogar por las noches, consideradas por el prefecto como una gran ayuda para su triunfo, me parecieron simples astucias destinadas a brindar oportunidades a la investigación y convencer cuanto antes a la policía de que la carta no estaba oculta en la casa y así hacerlos llegar a la convicción a la que llegó, en realidad, G..., es decir la convicción de que la carta no estaba en la casa. También sentí que toda la serie de pensamientos que con algún trabajo acabo de exponerle y que se refieren al principio invariable de la acción policial en sus búsquedas de objetos ocultos, no podía dejar de ocurrírsele al ministro. Imperativamente, lo llevaría a desestimar todos los escondrijos comunes. Reflexioné que ese *hombre* no podía ser tan simple como para no ver que el rincón más remoto e inaccesible de su casa estaría abierto como el más vulgar de los armarios a los ojos, las sondas, los barrenos y los microscopios del prefecto. En definitiva, vi que D... terminaría necesariamente en la *simplicidad*, si no la adoptaba por propia elección. Tal vez, recordará usted la desesperación con que el prefecto rió cuando le sugerí, en la primera entrevista, que era posible que este misterio le preocupaba tanto dado que era evidente por sí mismo.

—Sí —dije—, lo recuerdo muy bien. Por un momento, pensé que le iban a dar convulsiones.

—El mundo material —continuó Dupin— abunda en estrictas analogías con el inmaterial y así se tiñe de verdad el dogma retórico según el cual la metáfora o el símil pueden reforzar el argumento, así como embellecer una descripción. El principio de la *vis inertiæ*, por ejemplo, parece idéntico en física y matemáticas. Si en física resulta cierto que es más difícil poner en movimiento un cuerpo grande que uno pequeño y que el impulso o cantidad de movimiento subsecuente estará en relación con la dificultad, no es menos cierto, en metafísica, que los intelectos de máxima capacidad, si bien son más fuertes, constantes y eficaces en sus avances que los de grado inferior, son más lentos en iniciar dicho avance y se muestran más incómodos y llenos de dudas en los primeros pasos de su camino. Además, ¿alguna vez ha notado usted qué señales callejeras sobre las puertas de las tiendas son las que más llaman la atención?

—Nunca pensé en ello —contesté.

—Hay un juego de adivinación —continuó— que se juega sobre un mapa. Un participante pide a otro que encuentre una determinada palabra, el nombre de una ciudad, de un río, un estado o un imperio, cualquier palabra sobre la compleja superficie del mapa. Un novato en el juego siempre buscará incomodar a sus oponentes dando el nombre de letras más pequeñas, pero el que juega a menudo selecciona las palabras que se extienden, en letras grandes, de un lado al otro del mapa. Éstas, al igual que los carteles grandes de la calle, escapan a la observación por ser demasiado obvias, y, en esto, la desatención ocular resulta análoga al descuido que lleva al intelecto a no tomar en cuenta aquellas consideraciones que resulten excesivas o palpablemente evidentes. Sin embargo, éste parece ser un punto un poco por encima o por debajo del entendimiento del prefecto. Nunca pensó que fuera posible o probable que el ministro hubiera depositado la carta en la cara de todo el mundo para intentar que nadie pudiera verla. Pero cuanto más reflexioné acerca del audaz, decidido y característico ingenio de D..., en que el documento debía hallarse siempre a mano si tenía la intención de usarlo para sus fines, y sobre la prueba decisiva, obtenida por el prefecto, de que no estaba escondido entre los límites de búsqueda normal, más satisfecho me sentía de que, para ocultar esta carta, el ministro había recurrido al más amplio y sagaz de todos los expedientes: no ocultarla. Con todas estas ideas, me puse un par de gafas verdes y fui una mañana. como por casualidad, a la casa del ministro. Hallé a D... en casa, bostezando, paseándose sin hacer nada y fingiendo estar en el límite del aburrimiento. Tal vez, él fuera el hombre con más energía de los que viven actualmente, pero eso sólo cuando nadie lo ve. Para estar a su altura, me quejé del mal estado de mi vista y lamenté la necesidad de las gafas, bajo cuya protección pude estudiar con cuidado y por completo toda la habitación, mientras en apariencia seguía con atención las palabras de mi anfitrión. Presté especial atención al gran escritorio cerca del sitio donde él estaba sentado y sobre el que había varias cartas y otros papeles desordenados, además de uno o dos instrumentos musicales y algunos libros. Sin embargo, después de un largo y deliberado escrutinio, no vi nada que despertara mis sospechas. Dando la vuelta a la habitación, mis ojos cayeron por fin sobre un insignificante tarjetero de cartón recortado que colgaba, sujeto por una cinta azul, de una pequeña perilla de bronce en medio de la repisa de la chimenea. En esta repisa, que tenía tres o cuatro compartimientos, había cinco o seis tarjetas de visita y una sola carta. Estaba rota casi por la mitad, como si hubiera habido, una tras otra, intenciones de destruirla por inútil. Tenía un gran sello negro, con el monograma de D... *muy* visible y la dirección, dirigida al mismo ministro, revelaba una letra menuda y femenina. La carta había sido arrojada con descuido, casi se diría que desdeñosamente, en uno de los compartimientos superiores del tarjetero. En cuanto vi esta carta, deduje que era la que estaba buscando. Estaba seguro de que era, en todos los aspectos, totalmente diferente de la que el prefecto nos había descrito tan minuciosamente. En este caso, el sello era grande y negro, con el monograma de D...; en el otro, era pequeño y rojo, con el escudo de armas de la familia S... En ésta, la dirección, dirigida al ministro, era diminuta y femenina; en aquélla, la dirección, dirigida a un personaje real, era grande y de trazo decidido. Sólo el tamaño presentaba analogía. Pero lo *radical* de estas diferencias, que eran excesivas; la suciedad; el estado semidestruido del papel, tan inconsistente con los *verdaderos* hábitos metódicos de D... y tan sugestivos de la intención de engañar sobre el verdadero valor del documento; todo esto, junto con la ubicación de la carta, a la vista de cualquier visitante y, por tanto, de acuerdo con las conclusiones a las que yo había llegado con anterioridad; todo esto, digo, corroboraba la sospecha de una persona que venía con la intención de sospechar. Prolongué la visita todo lo posible y, mientras mantenía una charla muy animada con el ministro sobre un tema que siempre le había interesado y entusiasmado, mantuve mi atención en la carta. En este estudio, traté de retener en la memoria su aspecto externo y su posición en la repisa, pero finalmente llegué a descubrir algo que disipó las últimas dudas que podía haber tenido. Al mirar atentamente los bordes del papel, noté que estaban más ajados de lo que correspondía. Presentaban el aspecto *roto* de un papel grueso que, después de doblarlo y aplastarlo con una plegadera y que luego se dobla en sentido contrario, usando los mismos pliegues formados la primera vez. Este descubrimiento fue suficiente. Estaba claro que la carta había sido dada vuelta como un guante para ponerle una nueva dirección y otro sello. Me despedí del ministro y me fui en seguida, dejando sobre la mesa una tabaquera de oro. A la mañana siguiente volví a buscar la tabaquera y continuamos, con ansiedad, la conversación del día anterior. Sin embargo, mientras estábamos así entretenidos, escuchamos un disparo fuerte, como de pistola, debajo de la ventana, que fue seguido por una serie de temerosos gritos y las voces de una multitud aterrorizada. D... corrió hasta una ventana, la abrió de par en par y miró hacia afuera. Mientras tanto, fui hacia la repisa de las tarjetas, tomé la carta, me la puse en el bolsillo y la reemplacé por un facsímil (por lo menos en su aspecto exterior) que había preparado en mi casa, imitando el monograma de D... con ayuda de un sello hecho con miga de pan. El motivo del alboroto en la calle había sido causado por el comportamiento extravagante de un hombre armado con un fusil. Había disparado entre una multitud de mujeres y niños. Sin embargo, se comprobó que el arma no estaba cargada y los que allí estaban dejaron en libertad al individuo, por considerarlo borracho o loco. Cuando se hubo ido, D... se apartó de la ventana adonde me había aproximado una vez que me hube apropiado del objeto. Poco después, me despedí de él. El supuesto lunático era un hombre a quien yo había pagado.

—¿Qué intenciones tenía usted —pregunté— al reemplazar la carta por el facsímil? ¿No habría sido mejor, en la primera visita, tomarla directamente y huir?

—D... —respondió Dupin— es un hombre resuelto y lleno de coraje. En su casa no faltan servidores dedicados a su causa. Si hubiera hecho el intento que usted sugiere, podría no haber salido de allí con vida. El buen pueblo de París nunca más habría oído hablar de mí. Pero yo tenía otro objetivo además de estas consideraciones. Usted conoce mis preferencias políticas. En este asunto, actúo como un partidario de la mujer implicada. Durante dieciocho meses, el ministro la ha tenido en su poder. Ahora ella lo tiene a él a su merced, ya que, al no saber que la carta no está en su poder, actuará como si la tuviera. Esto lo llevará inevitablemente a la decadencia política. Además, su caída será tan apresurada como ridícula. Está muy bien hablar de *facilis descensus Averni*; pero, en materia de ascensos, tal como la Catalani decía del canto, es más fácil subir que bajar. En el caso que nos ocupa, no tengo ninguna simpatía, o por lo menos compasión, por el que baja. D... es el *monstrum horrendum*, un hombre de genio sin principios. Sin embargo, confieso que me gustaría conocer el carácter preciso de sus pensamientos, cuando, desafiado por aquélla a quien el prefecto llama «cierto personaje», se vea forzado a abrir la carta que le dejé en el tarjetero.

—¿Cómo? ¿Escribió usted algo en ella?

—Bueno, no me pareció correcto dejar el interior en blanco. Eso habría sido insultante. Una vez, en Viena, D... me jugó una mala pasada y, sin perder el buen humor, le dije que no la olvidaría. Entonces, como sabía que él sentiría especial curiosidad por conocer la identidad de la persona que lo había superado en ingenio, me pareció una pena que no le diéramos una clave. Él conoce perfectamente mi letra y me limité a copiar en el centro de la hoja blanca las siguientes palabras:

«... Un dessein si funeste,
S'il n'est digne d'Atrée, est digne de Thyeste.»*

Las hallará usted en el *Atrée* de Crébillon.

---

* Tan funesto designio, si no es digno de Atreo, digno, en cambio, es de Tieste.

LA CAÍDA DE LA CASA USHER

> «Son coeur est un luth suspendu;
> Sitot qu'on le touche, il resónne.» *
>
> De Béranger

A lo largo de todo un día triste, oscuro y silencioso de otoño, cuando las nubes se cernían bajas y pesadas en el cielo, había cruzado a caballo, solo, una zona especialmente lúgubre del país, y, al fin, me encontré, a medida que crecían las sombras de la noche, frente a la melancólica Casa Usher. No podría decir cómo fue, pero al mirar por primera vez el edificio, me sobrevino una sensación de insoportable tristeza. Digo insoportable, ya que el sentimiento no fue aliviado por ninguno de los sentimientos algo placenteros, por ser poéticos, con los que el espíritu recibe incluso las más austeras imágenes naturales de lo desolado o lo terrible. Miré el escenario que tenía delante: la casa y el sencillo paisaje que la rodeaba, las paredes desnudas, las ventanas como ojos vacíos, los siniestros y pobres juncos, algunos troncos blancos de carcomidos árboles, con una fuerte depresión en el espíritu que no puedo comparar con ninguna sensación terrenal más que la somnolencia que sigue al despertar del fumador de opio, la amarga caída en la existencia cotidiana, el horrible descorrerse del velo. Era una sensación de frío, de abatimiento, de malestar del corazón, una tristeza irremediable del pensamiento que ningún alivio de la imaginación podía desviar hacia alguna forma de lo sublime. ¿Qué era —me pregunté—, qué era eso que tanto me deprimía al contemplar la Casa Usher? Era un misterio insoluble. Tampoco podía luchar contra los sombríos pensamientos que me agobiaban mientras reflexionaba. Me vi forzado a caer en la insatisfactoria conclusión de que mientras, sin duda, existen combinaciones de objetos naturales muy sencillos que tienen el poder de afectarnos así, el análisis de este poder reside en consideraciones que están más allá de nuestro alcance. Reflexioné que era posible que un simple cambio en la disposición de los objetos del escenario, de los

---

* Su corazón es un laúd suspendido; apenas lo tocan resuena.

detalles del cuadro, serían suficientes para modificar o tal vez aniquilar su capacidad de causar una impresión tan triste, y, siguiendo esta idea, conduje mi caballo hacia la escarpada orilla de un estanque negro y fantástico que se extendía brillante y tranquilo junto a la casa, y miré hacia abajo. Pero con una sensación aún más estremecedora que antes, pude contemplar las imágenes cambiadas e invertidas entre los juncos grises y los troncos espectrales y las vacías ventanas como ojos.

Sin embargo, me propuse pasar unas semanas en esta melancólica mansión. Su propietario, Roderick Usher, había sido uno de mis alegres compañeros de adolescencia, pero habían pasado muchos años desde nuestro último encuentro. No obstante, recientemente, me había llegado una carta a un lugar distante del país, una carta de Usher, que por su tono apremiante no admitía otra respuesta que la presencia personal. Su escritura demostraba agitación y nerviosismo. Hablaba de una enfermedad física aguda, de un desorden mental que lo oprimía y de un inmenso deseo de verme, ya que era su mejor —y en realidad su único— amigo personal, para intentar, gracias a la jovialidad de mi compañía, aliviar su mal. Por la manera en que había expresado todo esto y mucho más, pude ver que le iba el corazón en este ruego, razón por la cual no dudé un momento y obedecí de inmediato al que, no obstante, consideraba un requerimiento muy singular.

Si bien en nuestra adolescencia habíamos sido amigos íntimos, poco sabía de mi amigo. Siempre había sido muy reservado. Sin embargo, yo sabía que su antiquísima familia se había destacado, desde tiempos inmemoriales, por una peculiar sensibilidad de temperamento, que se mostraba, a lo largo de los años, en muchas obras de elevada concepción artística y se manifestaba, últimamente, en reiteradas obras de caridad generosas pero discretas, así como en una devoción apasionada por las dificultades más que por las bellezas ortodoxas y fácilmente reconocibles de la ciencia musical. También conocía el sorprendente hecho de que la estirpe de los Usher, siempre honorable, nunca había producido una rama duradera. En otras palabras, la familia entera seguía siempre una línea directa de descendencia, salvo insignificantes y transitorias variaciones. Mientras revisaba mentalmente la coherencia entre el carácter de la propiedad y el carácter que distinguía a sus habitantes, reflexionando acerca de la influencia que la primera podría haber ejercido sobre los segundos a través de tantos siglos, consideré que esa carencia de ramas colaterales, y la consiguiente transmisión de padres a hijos del patrimonio y el nombre, era la que identificaba, finalmente, a los dos hasta el punto de fundir el título originario del dominio en el extraño y equívoco nombre de «Casa de Usher», que parecía incluir, en la mente de los campesinos que lo utilizaban, tanto a la familia como a la mansión familiar.

He dicho que el único efecto de mi experimento, algo infantil, de mirar el reflejo en el estanque, había sido el de profundizar la primera y singular impresión. No puede dudarse que la conciencia del rápido aumento de mi superstición (¿por qué no llamarla así?) servía para acelerar su crecimiento mismo. Sé desde hace tiempo que ésta es la paradójica ley de todos los sentimientos que se basan en el terror. Y por esta razón, cuando levanté mis ojos hacia la casa desde la imagen del estanque, apareció en mi mente un extraño pensamiento, tan ridículo, en realidad, que lo menciono sólo para demostrar la vívida fuerza de las sensaciones que me oprimían. Mi imaginación estaba tan excitada como para creer que en la mansión y su dominio había una atmósfera especial para ellos y los alrededores, una atmósfera que no guardaba afinidad con el aire del cielo, sino que era exhalada por los árboles marchitos, por los muros grises y el silencioso estanque, un vapor pestilente y misterioso, opaco, pesado, apenas perceptible y de color plomizo.

Intentando despojar a mi espíritu de lo que *debía* haber sido un sueño, examiné más de cerca el aspecto real del edificio. Su principal característica parecía ser la de una excesiva antigüedad. La decoloración producida por el paso del tiempo era muy grande. Pequeños hongos se extendían por toda la superficie, colgando desde el alero en una fina y enmarañada telaraña. Pero todo esto no estaba en relación con una decadencia extraordinaria. No se había caído ninguna parte de la mampostería y parecía haber una rara incoherencia entre la perfecta adaptación de sus partes y la condición de cada piedra. Todo esto me recordaba la aparente integridad de ciertos maderajes que se han estropeado con el paso del tiempo en alguna cripta descuidada, sin la acción del aire exterior. Sin embargo, más allá de estas señales de gran decadencia, el edificio daba pocas muestras de inestabilidad. Tal vez, el ojo de un observador minucioso podría haber descubierto una fisura apenas perceptible, que, desde el tejado del edificio, en el frente, se extendía hacia abajo en las paredes, en zigzag, hasta perderse en las sombrías aguas del estanque.

Mientras observaba todo esto, cabalgué por un breve camino hacia la casa. Un sirviente que esperaba allí se ocupó de mi caballo y entré por el arco gótico del vestíbulo. Un criado de paso furtivo me condujo desde allí, en silencio, a través de varios pasadizos oscuros e intrincados, hacia el gabinete de su amo. No sé cómo mucho de lo que encontré en el camino contribuyó a elevar el vago sentimiento del que ya he hablado. Aunque los objetos que me rodeaban, los relieves de los techos, los sombríos tapices de las paredes, el ébano negro de los suelos y los fantasmagóricos trofeos heráldicos que reconocía en el camino, eran cosas a las cuales estaba habituado desde mi infancia, y aunque no dudaba en reconocer lo familiar de todo esto, aún me asombraba por las insólitas fantasías que esas imágenes habituales producían en mí. En una de las escaleras, me encontré con el médico de la familia. Pensé que la expresión de su rostro era una mezcla de débil astucia y perplejidad. Me miró con preocupación y siguió su camino. El criado me abrió la puerta y me dejó en presencia de su amo. La habitación donde me encontré era muy grande y de techos altos. Las ventanas eran largas, estrechas y puntiagudas, y estaban a tanta distancia desde el suelo de roble negro que eran absolutamente inaccesibles desde dentro. A través de los cristales enrejados entraban débiles rayos de luz carmesí, que servían para distinguir los principales objetos; sin embargo, los ojos intentaban en vano llegar a los más remotos ángulos del cuarto y a los huecos del techo abovedado y esculpido. Sobre las paredes, colgaban oscuros tapices. Los muebles, en general, eran profusos, incómodos, antiguos y destartalados. Había muchos libros e instrumentos musicales desparramados, que no lograban dar vitalidad alguna a la escena. Sentí que respiraba una atmósfera de tristeza. Un aire de dura, profunda e irremediable melancolía envolvía y penetraba todo.

Cuando entré, Usher se levantó del sofá sobre el que se encontraba tendido y me recibió con gran ardor, que demostraba, según pensé en un primer momento, una excesiva cordialidad y un esfuerzo obligado de mundo *aburrido*. Sin embargo, al mirar su semblante me convencí de su absoluta sinceridad. Nos sentamos y, durante unos momentos de silencio, lo observé con un sentimiento en parte de compasión, en parte de espanto. ¡Sin duda, nadie había cambiado hasta entonces tan terriblemente, en tan poco tiempo, como Roderick Usher! Me costó admitir que ese ser que tenía ante mí fuera el compañero de mi adolescencia. Sin embargo, los rasgos de su rostro habían sido siempre notables. La tez cadavérica; los incomparables ojos grandes, líquidos y luminosos; los labios algo finos y muy pálidos, pero de una curva hermosa; la delicada nariz de tipo hebreo, pero con orificios más grandes de lo habitual; el mentón, delicadamente modelado, revelador, por su falta de prominencia, de una carencia de energía moral; los cabellos, más suaves y tenues que una tela de araña; estos rasgos y el excesivo desarrollo de su frente constituían unas características difíciles de olvidar. Sin embargo, esta simple exageración del carácter dominante de estas facciones y de su habitual expresión revelaba un cambio tan importante que hasta dudé de la persona con la que estaba hablando. La espectral palidez de su piel y el milagroso brillo de sus ojos me sorprendieron y me asustaron. También el sedoso cabello había crecido de forma descuidada y, como su desordenada textura de tela de araña flotaba alrededor del rostro, me era imposible, aunque me esforzara, relacionar su apariencia con la idea de pura humanidad.

En el modo de actuar de mi amigo me sorprendió la incoherencia y la inconsistencia, y descubrí que se debía a una serie de débiles e inútiles intentos por vencer un azoramiento habitual y una excesiva agitación nerviosa. En verdad, ya estaba preparado para algo así, tanto por su carta como por el recuerdo de determinados rasgos juveniles y por las conclusiones que saqué de su especial conformación física y su temperamento. Sus gestos eran alternativamente vivaces y lentos. Su voz variaba rápidamente de una trémula indecisión (cuando su espíritu vital parecía inexistente) a una especie de concisión enérgica —esa abrupta, pesada, lenta y hueca manera de hablar—, a esa pronunciación gutural perfectamente modulada, que puede observarse en el borracho perdido o en el incorregible fumador de opio en los períodos de mayor excitación.

Después me habló del objetivo de mi visita, de su sincero deseo de verme y del consuelo que esperaba de mí. Al fin, empezó a comentar lo que estaba convencido que era la naturaleza de su enfermedad. Dijo que era un mal constitucional y de familia, y se desesperaba por hallar un remedio para ello; una afección nerviosa, según dijo, que se le pasaría en poco tiempo. Se manifestaba en una multitud de sensaciones anormales. Algunas de ellas, cuando las detalló, me interesaron y me desconcertaron, aunque, sin duda, influyeron también los términos y el estilo general de su relato. Sufría de una mórbida agudeza de los sentidos. Apenas soportaba los alimentos más insípidos. Sólo podía usar ropa de determinada textura. Le sofocaban los perfumes de todas las flores. Sus ojos se sentían torturados aun por la más pálida luz. Y pocos eran los sonidos que no le inspiraran terror, éstos eran sonidos de instrumentos de cuerda.

Vi que era un esclavo de una especie anormal de terror. Decía: «Moriré, *debo* morir en esta deplorable locura. Así, así y no de otro modo, me perderé. Temo los hechos del futuro, no por sí mismos, sino por sus consecuencias. Tiemblo al pensar en cualquier incidente, aun el más trivial, que pueda ocurrir en esta intolerable agitación del alma. En realidad, no aborrezco el peligro, salvo por su efecto absoluto: el terror. En este desaliento, en esta lamentable situación, llegará tarde o temprano el momento en que deba abandonar la vida y la razón en la lucha con el fantasma: el *miedo*.»

Además reconocí, por momentos y por señales cortadas y equívocas, otra característica singular de su condición mental. Estaba atrapado por ciertas impresiones supersticiosas con respecto a la casa donde vivía y de donde, por muchos años, nunca se había aventurado a salir, supersticiones relacionadas con una influencia cuya supuesta energía fue descrita en términos demasiado sombríos para reproducirlos aquí, una influencia que las peculiaridades de la forma y los materiales de la casa familiar habían ejercido sobre su alma, según él, a fuerza de soportarlas durante mucho tiempo, efecto que el aspecto físico de las paredes, las torres grises y el oscuro estanque en el que se reflejaban, había producido finalmente en la *moral* de su existencia.

Sin embargo, admitía, aunque con dudas, que gran parte de la singular melancolía podía tener origen en algo más natural y palpable, la seria y larga enfermedad y la muerte evidentemente cercana de una hermana a quien quería con ternura y que había sido su compañera durante muchos años, su último y único familiar vivo. «Su muerte», decía con una amargura inolvidable, «me dejará (a mí, el desesperado y el frágil) como el último de la antigua raza de los Usher.» Mientras hablaba, lady Madeline, que así se llamaba, pasó lentamente por una zona apartada de la habitación y, sin notar mi presencia, desapareció. La observé con gran asombro y un terror inexplicable. Me oprimía una sensación de estupor, mientras mis ojos seguían sus pasos al alejarse. Cuando se cerró una puerta a su paso, mi mirada se dirigió instintiva y ansiosamente hacia el rostro de su hermano, pero había ocultado su cara entre sus manos y sólo pude percibir que una palidez mayor que la habitual se había apoderado de sus dedos descarnados, entre los que se filtraban apasionadas lágrimas.

La enfermedad de lady Madeline había burlado durante mucho tiempo los conocimientos de los médicos que la atendían. El inusual diagnóstico era una apatía permanente, una dejadez gradual de su persona y frecuentes aunque transitorias afecciones de carácter parcialmente cataléptico. Hasta entonces, había soportado con entereza la carga de su enfermedad, negándose a permanecer en cama; pero, al caer la tarde de mi llegada a su casa, sucumbió (tal como me dijo esa noche su hermano con inexplicable agitación) al poder aplastante del Destructor, y supe que la breve visión que yo había tenido de su persona sería probablemente la última que podría obtener, pues la dama, mientras viviera, por lo menos, no sería vista nunca más.

Durante los días posteriores, su nombre no fue mencionado por Usher ni por mí mismo, y durante ese período me ocupé con verdadero esfuerzo por aliviar la melancolía de mi amigo. Pintábamos y leíamos juntos o escuchábamos, como en un sueño, las raras improvisaciones de su elocuente guitarra. Y, de este modo, a medida que me sumergía con una intimidad cada vez más cercana en los rincones más recónditos de su alma, iba viendo con amargura la inutilidad de todo intento de alegrar un espíritu cuya oscuridad, como una cualidad positiva e inherente, se derramaba sobre todos los objetos del universo moral y físico, en una incesante irradiación de tinieblas.

Siempre recordaré las muchas horas solemnes que pasé solo con el amo de la Casa Usher. Sin embargo, no podría dar una idea del carácter exacto de los estudios o de las ocupaciones en que me involucró o me condujo. Una idealidad exaltada y enfermiza, arrojaba un fulgor sulfúreo sobre todas las cosas. Sus largos e improvisados cantos fúnebres resonarán por siempre en mis oídos. Entre otras cosas, conservo con dolor en mi memoria cierta especial perversión y amplificación del extraño aire del último vals de Von Weber. De las pinturas que alimentaba su laboriosa imaginación y cuya vaguedad crecía a cada pincelada y que me causaba un estremecimiento cada vez más penetrante a medida que ignoraba su causa; de esas pinturas (tan vivas que aún retengo sus imágenes) sería imposible expresar algo más que la pequeña parte comprendida dentro de los límites de las meras palabras escritas. Por su gran simplicidad y por la desnudez de sus dibujos, atraían la atención y subyugaban. Si alguien alguna vez pintó una idea, ése fue Roderick Usher. Al menos para mí, en las circunstancias que me rodeaban, surgía de las puras abstracciones que el hipocondríaco lograba proyectar en la tela, una intensidad de intolerable horror, cuya sombra nunca he sentido, ni al contemplar las fantasías de Fuseli, brillantes, por cierto, pero demasiado concretas.

Una de las concepciones fantasmagóricas de mi amigo, que no participaba con tanto rigor del espíritu de la abstracción, puede describirse vagamente en palabras. Un pequeño cuadro representaba el interior de una bóveda o un túnel, inmensamente largo y rectangular, con paredes bajas, suaves, blancas y sin interrupciones ni adornos. Ciertos puntos accesorios del diseño servían para dar la idea de que esta excavación yacía a una profundidad mayor bajo la superficie de la Tierra. No se observaba salida en toda su extensión, ni se podía ver una antorcha u otra fuente artificial de luz; sin embargo, en todo su espacio, flotaba una ola de intensos rayos que daban al conjunto un esplendor inadecuado y espectral.

He hablado acerca del mórbido estado del nervio auditivo que hacía que la música fuera intolerable para el paciente, a excepción de ciertos sonidos de los instrumentos de cuerda. Tal vez, los estrechos límites a los que se había confinado con la guitarra fueron los que dieron origen, en gran medida, a la forma fantástica de sus obras. Pero no se puede explicar del mismo modo la fogosa *facilidad* de sus *impromptus*. Las notas y las palabras de sus extrañas fantasías (ya que a menudo se acompañaba con improvisaciones verbales en rima) debían ser la consecuencia de ese intenso recogimiento y concentración a que he aludido anteriormente, detectables sólo en momentos especiales de gran excitación artificial. Las palabras de una de esas rapsodias me resultan fáciles de recordar. Tal vez, fue la que más me impresionó cuando la recité, porque en la corriente intimista o mística de su sentido imaginé que percibía por primera vez una conciencia acabada por parte de Usher de que su razón vacilaba. Los versos, que él tituló *El palacio encantado*, decían más o menos lo siguiente:

I

En el más verde de nuestros valles
    habitado por ángeles buenos
aparecía un palacio que una vez
    fue hermoso y radiante.
En los dominios del rey Pensamiento,
    allí se hallaba.
Nunca un serafín batió sus alas
    sobre algo tan bello.

II

Amarillos pendones, gloriosos, dorados,
    flotaban y fluían en el techo
(todo esto ocurría en el pasado,
    un remoto pasado),
y con la brisa que jugaba
    en tan glorioso día
por las almenas se expandía
    una fragancia alada.

III

Y los que vagaban por el valle,
    por dos ventanas iluminadas
a los espíritus veían
    bailar al son de laúdes
en torno al trono donde
    (¡Porfirogéneto!)
envuelto en merecida pompa
    se sentaba el amo del reino.

IV

Y de rubíes y perlas
    era la puerta del palacio,
de donde como un río fluían,
    y fluían centelleando,
los Ecos, de gentil tarea:
    la de cantar con altas voces

el genio y el ingenio
de su rey soberano.

V

Pero seres malos invadieron
vestidos de tristeza aquel dominio
(¡Duelo, luto! ¡Nunca más
nacerá otra alborada!)
Y en torno al palacio, la hermosura
que antaño florecía entre rubores,
es sólo una olvidada historia
sepultada en los viejos tiempos.

VI

Y los viajantes, desde el valle,
a través de las ventanas ahora rojas,
ven vastas formas que se mueven
en fantasmales discordancias,
mientras, cual espectral torrente,
por la pálida puerta
sale una horrenda multitud que ríe...,
pero ya no sonríe.

Recuerdo muy bien que las sugestiones nacidas de esta balada nos lanzaron a una corriente de pensamientos donde se hizo manifiesta una opinión de Usher, que menciono no tanto como explicación de su novedad (ya que otros hombres ya habían pensado así), sino como para explicar la obstinación con que la mantuvo. Esta opinión, en general, afirmaba la sensibilidad de todos los seres vegetales. Pero en su desordenada fantasía, la idea había asumido un carácter más atrevido y traspasaba, en ciertas condiciones, el reino de lo inorgánico. Me faltan palabras para expresar el alcance o el *abandono* vehemente de su persuasión. Sin embargo, la creencia se relacionaba (como insinué antes) con las grises piedras de la casa de sus ancestros. Las condiciones de la sensibilidad habían sido satisfechas, imaginaba él, por el método de colocación de estas piedras, en el orden en que estaban dispuestas, al igual que por los hongos que las cubrían y los marchitos árboles circundantes, pero, sobre todo, por la prolongación invariable de este orden y su duplicación en las quietas aguas del estanque. Su evidencia, la evidencia de la sensibilidad, podía verse, dijo (y me estremecí al oírlo), en la gradual pero segura condensación de una atmósfera propia en torno a las aguas y a los muros. El resultado era discernible, agregó, en esa silenciosa a la vez que inoportuna y terrible influencia que por siglos había moldeado los destinos de su familia y que había hecho de él lo que yo veía, lo que era. Tales opiniones no merecen comentario y no haré ninguno.

Nuestros libros (los libros que durante años constituyeron una parte importante de la existencia intelectual del enfermo) estaban, como puede suponerse, en estricto acuerdo con este carácter espectral. Leíamos juntos obras como *Ververt et Chartreuse*, de Gresset; el *Belfegor*, de Maquiavelo; *Cielo e Infierno*, de Swedenborg; *Viaje subterráneo de Nicolás Klim*, de Holberg; *Quiromancia*, de Robert Flud, Jean d'Indaginé y De la Chambre; *Viaje a la distancia azul*, de Tieck, y *Ciudad del Sol*, de Campanella. Nuestro libro favorito era un pequeño volumen en octava edición del *Directorium Inquisitorium*, del dominico Eymeric de Gerona, y había pasajes de Pomponio Mela sobre los viejos sátiros africanos y egipanos, con los cuales Usher soñaba durante horas. Sin embargo, su mayor placer se hallaba en el estudio de un rarísimo y curiosísimo libro gótico en cuartos (el manual de una iglesia olvidada), *Vigiliae Mortuorum secundum Chorum Eclesiae Maguntiae*.

No podía dejar de pensar en el extraño ritual de esta obra y de su probable influencia en el hipocondríaco. Una noche, después de informarme de forma súbita de la muerte de lady Madeline, manifestó su intención de conservar su cadáver durante unos quince días (antes de su inhumación definitiva) en una de las numerosas criptas del edificio. Sin embargo, el motivo humano alegado para justificar un procedimiento tan singular no me permitió iniciar una disputa. El hermano había llegado a esta decisión (así me dijo) considerando el carácter insólito de la enfermedad de la difunta, de ciertas inoportunas y ansiosas averiguaciones por parte de sus médicos y la remota y expuesta situación del cementerio familiar. No puedo negar que cuando evoqué el siniestro aspecto de la persona con quien me crucé en la escalera el día de mi llegada a la casa, no quise oponerme a lo que consideré una precaución inofensiva y nada extraña.

A petición de Usher, lo ayudé personalmente en la organización de la sepultura temporal. Ya en el ataúd, los dos llevamos el cuerpo a su lugar de descanso. La cripta donde lo colocamos (que había estado cerrada durante tanto tiempo que nuestras antorchas casi se apagaron en su opresiva atmósfera, dándonos así poca posibilidad de investigar el sitio) era pequeña, húmeda y desprovista de toda fuente de luz. Se hallaba a gran profundidad, exactamente debajo de la zona del edificio donde estaban mis aposentos. Aparentemente, había sido utilizada en los remotos tiempos feudales como mazmorra y, más recientemente, como depósito de pólvora o alguna otra sustancia combustible, ya que alguna parte de su suelo y todo el interior del amplio corredor a través del cual llegamos allí estaban cuidadosamente revestidos de cobre. La puerta, de hierro macizo, también había sido protegida con este material. Su inmenso peso, al moverse, producía un chirrido agudo e insólito.

Una vez depositada la fúnebre carga sobre los caballetes en aquella región de horror, retiramos parcialmente hacia un lado la tapa del ataúd y miramos la cara de su ocupante. Me llamó la atención por primera vez una notable similitud entre los rostros de ambos hermanos. Usher, adivinando tal vez mi pensamiento, murmuró algunas palabras por las que supe que la difunta y él eran mellizos y que entre ambos habían existido siempre coincidencias casi inexplicables. Nuestras miradas, sin embargo, no se fijaron mucho tiempo en la difunta, ya que no podíamos mirarla sin sentir espanto. La enfermedad que había llevado a la mujer a la muerte en la madurez de su juventud, había dejado, como ocurría con las enfermedades de carácter estrictamente cataléptico, la ironía de un débil rubor en el pecho y en la cara y esa sonrisa suspicaz y lánguida, que es tan terrible en la muerte. Volvimos a colocar la tapa en su sitio y la atornillamos. Una vez asegurada la puerta de hierro, regresamos, fatigados, a los aposentos, apenas menos lúgubres, de la parte superior de la casa.

Y entonces, pasados algunos días de amarga pena, se produjo un cambio notable en las características del desorden mental de mi amigo. Sus modales habituales habían desaparecido. Sus ocupaciones habituales habían sido descuidadas u olvidadas. Erraba de aposento en aposento con pasos apresurados, irregulares y desconcertados. La palidez de su semblante había adquirido un tinte aún más espectral, pero la luminosidad de sus ojos había desaparecido por completo. El tono a veces ronco de su voz ya no se oía y una vacilación trémula, como de sumo terror, caracterizaba su pronunciación. De hecho, había momentos en los que pensé que su mente siempre agitada luchaba con algún secreto opresivo y que intentaba lograr el valor suficiente para divulgarlo. También por momentos, me veía obligado a reducir todo a las meras e inexplicables divagaciones de la locura, pues lo veía contemplar el vacío durante horas, en una actitud de profunda atención, como si escuchara algún sonido imaginario. No es de extrañarse que su condición me aterrorizara. Sentía que a mi alrededor, a pasos lentos pero seguros, crecían las salvajes influencias de sus propias supersticiones fantásticas y contagiosas.

En especial, una noche en que me retiraba bastante tarde a mi dormitorio, a los siete u ocho días desde que colocamos a lady Madeline en su cripta, experimenté con toda su fuerza esos sentimientos. No conseguía dormirme a medida que pasaban las horas. Luché por racionalizar el nerviosismo que me dominaba. Intenté convencerme de que mucho, si no todo lo que sentía, se debía a la influencia desconcertante del lúgubre moblaje de la habitación, de los tapices oscuros y raídos que, atormentados por el soplo de una tempestad incipiente, se movían espasmódicos de acá para allá sobre los muros y crujían desagradablemente alrededor de los adornos de la cama. Pero mis esfuerzos eran vanos. Un temblor incontrolable se apoderaba gradualmente de mi cuerpo y, finalmente, se instaló sobre mi propio corazón un dolor, el peso de una alarma inexplicable. Lo sacudí, jadeando, luchando, y me incorporé sobre las almohadas. Mirando ansiosamente en la intensa oscuridad del aposento, presté atención (no sé por qué, excepto que me impulsó alguna fuerza instintiva) a unos sonidos indefinidos y remotos que provenían no sé de dónde, en las pausas de la tormenta, con largos intervalos. Dominado por un intenso sentimiento de horror, inexplicable pero insoportable, me vestí a toda prisa (ya que creía que no podría dormir esa noche) y traté de reponerme de la lamentable situación en la que había caído, recorriendo rápidamente la habitación de un lugar a otro.

Había dado unas pocas vueltas, cuando me llamó la atención un paso suave en la escalera contigua. Reconocí entonces el paso de Usher. Un instante después, llamaba con un toque suave a mi puerta y entraba con una lámpara en la mano. Su semblante, como siempre, era de una palidez cadavérica, pero además tenía en los ojos una especie de hilaridad loca, una histeria evidentemente reprimida en toda su actitud. Su apariencia me espantó, pero cualquier cosa era preferible a la soledad que había soportado durante tanto tiempo y, de algún modo, agradecí su presencia como un alivio.

—¿No lo ha visto? —preguntó súbitamente, después de echar una mirada a su alrededor en silencio—. ¿No lo ha visto? Pues aguarde y lo verá —y diciendo esto protegió cuidadosamente la lámpara, se acercó a una de las ventanas y la abrió de par en par a la tormenta.

La impetuosa furia de la ráfaga que entró casi nos elevó del suelo. En realidad, era una noche tempestuosa y a la vez singularmente hermosa y terrorífica. Al parecer, un torbellino desplegaba su fuerza en nuestra vecindad, pues había frecuentes y violentos cambios de dirección del viento. La gran densidad de las nubes (que colgaban tan bajas que parecía que oprimían las torrecillas de la casa) no nos impedía ver la velocidad viviente con que acudían desde todos los puntos, mezclándose unas con otras sin alejarse. He dicho que ni siquiera su gran densidad nos impedía ver este espectáculo y, sin embargo, no veíamos la luna ni las estrellas, ni tampoco se divisaba ningún relámpago. Pero las superficies bajas de las grandes masas de agitado vapor, al igual que los objetos terrenales que nos rodeaban, brillaban con una luz sobrenatural, de una exhalación gaseosa, apenas luminosa y claramente visible, que se cernía sobre la casa y la envolvía.

—¡No debe usted mirar esto! —dije, estremeciéndome, mientras con suave violencia apartaba a Usher de la ventana para llevarlo hasta un asiento—. Estos espectáculos, que lo trastornan, son simples y normales fenómenos eléctricos o puede ser que su horrible origen sea el corrupto efluvio del estanque. Cerremos esta ventana; el aire está frío y podría ser peligroso para su salud. Aquí tiene usted una de sus novelas preferidas. Yo leeré, usted me escuchará y así pasaremos juntos esta horrible noche.

El antiguo volumen que había elegido era *Mad Trist*, de sir Launcelot Canning; pero lo había calificado de preferido de Usher más en broma que en serio, ya que poco había en su tosca prolijidad, sin imaginación, que pudiera interesar a la elevada e ideal espiritualidad de mi amigo. Sin embargo, era el único libro que estaba a mano y alimenté la vaga esperanza de que la excitación que agitaba al hipocondríaco podría aliviarse (puesto que la historia de desórdenes mentales está llena de anomalías similares), aun a pesar de la extremada locura con que yo leería. De haber juzgado, en verdad, por la extraña y tensa vivacidad con que escuchaba o parecía escuchar las palabras de la historia, me hubiera felicitado por el éxito de mi idea.

Había llegado a la conocida parte de la historia donde Ethelred, el héroe de Trist, habiendo buscado en vano su admisión pacífica en la morada del ermitaño, procede a entrar por la fuerza. Aquí, se recordará, las palabras del relato son las siguientes:

«Y Ethelred, que era por naturaleza un corazón valeroso, y fortalecido, además, gracias al poder del vino que había bebido, no esperó para hablar con el ermitaño, quien, en realidad, era obstinado y maligno; pero sintiendo la lluvia sobre sus hombros y temiendo el estallido de la tempestad, alzó su maza y a golpes se abrió camino entre las tablas de la puerta, y tirando con fuerza hacia sí, rajó, rompió, lo destrozó todo, de tal forma que el ruido de la madera seca y hueca resonó en todo el bosque y lo llenó de alarma.»

Al terminar este pasaje, me sobresalté e hice una pausa, ya que me pareció (aunque de pronto comprendí que mi excitada imaginación me había engañado) que, desde alguna parte remota de la mansión, provenía lo que podría haber sido, por la similitud de carácter, el eco (si bien sofocado y sordo) del mismo ruido de rotura, de destrozo, que sir Launcelot había descrito con tanto detalle. Fue, sin duda, la mera coincidencia lo que me llamó la atención, puesto que, entre el crujir de los bastidores de las ventanas y los ruidos mezclados de la creciente tormenta, el sonido en sí mismo nada tenía, seguramente, que pudiera interesarme o distraerme. Continué el relato:

«Pero el buen campeón Ethelred, entrando por la puerta, se enfureció y se sorprendió al no encontrar señales del maligno ermitaño, sino, en su lugar, un dragón prodigioso, cubierto de escamas, con lengua de fuego, sentado en guardia delante de un palacio de oro, con el suelo de plata, y sobre el muro colgaba un escudo de bronce brillante con la leyenda que decía:

Quien entre aquí, conquistador será;
Quien mate al dragón, el escudo ganará.

Y Ethelred levantó su maza y golpeó la cabeza del dragón, que cayó a sus pies y lanzó su apestoso aliento con un rugido tan horrible, ronco, y además tan penetrante, que Ethelred se tapó los oídos con las manos para no escuchar el espantoso ruido, tal como jamás se había oído hasta entonces.»

Entonces hice una súbita pausa y con una sensación de violento asombro, puesto que no cabía duda de que, en este caso, realmente había oído (aunque no podía decir de dónde provenía) un grito insólito, un sonido chirriante, sofocado y aparentemente lejano, pero áspero, prolongado, réplica exacta de lo que mi imaginación podía atribuir al sobrenatural alarido del dragón, según lo describía el novelista.

Oprimido, como por cierto me sentía desde esta segunda y más extraordinaria coincidencia, por un millar de sensaciones conflictivas, entre las que predominaban la sorpresa y un extremo terror, tuve, sin embargo, suficiente lucidez mental como para evitar excitar, con alguna observación, la sensibilidad nerviosa de mi compañero. No estaba para nada seguro de haber oído ese sonido; sin embargo, se había producido, incuestionablemente, una alteración en su conducta en los últimos minutos. Desde su lugar frente a mí había hecho girar gradualmente su silla, de modo que estaba sentado mirando hacia la puerta de la habitación. Así yo podía ver sólo parcialmente sus facciones, aunque veía que sus labios temblaban al murmurar imperceptiblemente. Tenía la cabeza caída sobre el pecho, pero supe que no estaba dormido, ya que tenía los ojos muy abiertos y fijos, según pude ver al mirarlo de perfil. El movimiento del cuerpo también contradecía esta idea, ya que se mecía de lado a lado de forma suave pero constante y uniforme. Después de advertir rápidamente todo esto, continué con la narración de sir Launcelot, que seguía así:

«Y entonces, el campeón, después de escapar de la terrible furia del dragón, recordó el escudo de bronce y el encantamiento roto, apartó el cuerpo muerto de su camino y avanzó con valor sobre el pavimento de plata del castillo hasta donde colgaba el escudo, que, sin esperar su llegada, cayó a sus pies sobre el suelo de plata con enorme y terrible fragor.»

Apenas hube pronunciado estas palabras, como si realmente un escudo de bronce hubiera en ese momento caído sobre un suelo de plata, escuché un eco claro, profundo, metálico y resonante, aunque en apariencia sofocado. No pude controlar mis nervios y me puse de pie de un salto. Pero el movimiento acompasado de Usher no se interrumpió. Corrí hacia la silla donde estaba sentado. Sus ojos miraban fijos hacia adelante y dominaba su persona una pétrea rigidez. Pero al poner mi mano sobre su hombro, un fuerte estremecimiento recorrió su cuerpo; en sus labios se dibujó una sonrisa enferma y vi que hablaba con un murmullo bajo, apresurado, ininteligible, como si no advirtiera mi presencia. Me incliné hacia él y al acercarme entendí el significado de sus palabras.

—¿No lo oye? Sí, lo oigo y lo he oído. Mucho, mucho, mucho tiempo... muchas horas... muchos días lo he oído y no me he atrevido... ¡Oh, mísero de mí, desdichado de mí!... No me atrevía... no me atrevía a hablar. *¡La enterramos viva en su tumba!* ¿No le he dicho que mis sentidos eran agudos? Ahora le digo que oí sus primeros movimientos, débiles, en el fondo del ataúd. Lo oí hace muchos, muchos días... y no me atreví... *no me atreví a hablar.* ¡Y ahora, esta noche, Ethelred, ja, ja! ¡La puerta rota del ermitaño, el grito de muerte del dragón y el estruendo del escudo! ¡Digamos, mejor, el ruido del ataúd al rajarse, el chirriar de los férreos goznes de su prisión y sus luchas dentro de la cripta, por el pasillo abovedado, revestido de cobre! ¡Oh! ¿Adónde huiré? ¿No estará ella aquí pronto? ¿No escuché sus pasos en la escalera? ¿No puedo distinguir el pesado y horrible latir de su corazón! *¡Insensato!* —y aquí, furioso, se puso de pie de un salto y gritó estas palabras, como si entregara su alma en este esfuerzo—. *¡Insensato! ¡Digo que está al otro lado de la puerta!*

Como si la sobrenatural energía de sus palabras tuviera la fuerza de un embrujo, los enormes y antiguos batientes que Usher señalaba abrieron lentamente, en ese momento, sus pesadas mandíbulas de ébano. Era la obra de la violenta ráfaga, pero al abrirse las puertas apareció la figura alta y amortajada de lady Madeline Usher. Tenía sangre en la blanca ropa y evidencias de una amarga lucha en cada parte de su descarnado cuerpo. Durante un momento, permaneció temblando y tambaleándose en el umbral; luego, con un lamento sofocado, cayó pesadamente hacia adentro sobre su hermano y, en su violenta agonía final, lo arrastró hasta el suelo, muerto, víctima de los terrores que había anticipado.

Huí aterrado de ese aposento y de esa mansión. La tormenta seguía afuera con toda su ira mientras cruzaba la vieja avenida. De pronto, surgió en el sendero una luz extraña y me volví para ver de dónde podía surgir un brillo tan insólito, pues la gran casa y sus sombras estaban a mis espaldas. El resplandor venía de la luna llena, roja como la sangre, que brillaba ahora a través de esa fisura casi imperceptible, de la que antes dije que se dibujaba en zigzag desde el tejado del edificio hasta su base. Mientras la contemplaba, la fisura se ensanchó rápidamente, pasó un furioso torbellino, toda la órbita del satélite irrumpió de pronto ante mis ojos y mi espíritu vaciló al ver que los poderosos muros se desmoronaban, y hubo un largo y tumultuoso clamor como la voz de mil torrentes; a mis pies, el profundo y corrompido estanque se cerró sombría y silenciosamente sobre los fragmentos de la Casa de Usher.

EL POZO Y EL PÉNDULO

«Impia tortorum longas hic turba furores
Sanguinis innocui, non satiata, aluit.
Sospite nunc patria, fracto nunc funeris antro,
Mors ubi dira fuit vita salusque patent.»
*(Cuarteta compuesta para las puertas de un mercado
que había de ser erigido en el emplazamiento
del Club de los Jacobinos, en París.)*

Sentía náuseas, náuseas de muerte, después de una larga agonía, y cuando, por fin me desataron y pude sentarme, sentí que mis sentidos me abandonaban. La sentencia, la terrible sentencia de muerte, fue lo último que mis oídos pudieron escuchar. Después, el sonido de las voces de los inquisidores parecía mezclado con un soñoliento zumbido indeterminado. Trajo a mi alma la idea de *revolución*, tal vez por asociación imaginaria con el ronroneo de una rueda de molino. Esto duró sólo un instante; pero luego no oí nada más. Sin embargo, durante un rato, pude ver, ¡aunque con qué terrible exageración! Vi los labios de los jueces con sus togas negras. Me parecían blancas, más blancas que la hoja sobre la que escribo estas palabras, y finos hasta lo grotesco. Finos con la intensidad de su expresión de firmeza, de inmutable resolución, de absoluto desprecio hacia la tortura humana. Vi que los decretos de lo que para mí era el destino salían aún de esos labios. Los vi torcerse mientras pronunciaban la sentencia de muerte. Los vi modular las sílabas de mi nombre y temblé porque no hubo más sonidos. También vi, durante unos momentos de delirante horror, el suave y casi imperceptible movimiento de los negros tapices que cubrían las paredes de la habitación. Y después, mi vista cayó sobre las siete altas velas que había sobre la mesa. Primero, tenían un aspecto de símbolos de caridad y parecían blancos y esbeltos ángeles que podrían salvarme; pero después, de repente, invadió mi espíritu una náusea de muerte y sentí cada fibra de mi cuerpo temblar como si hubiera tocado el cable de una batería galvánica, mientras las formas angelicales se convertían en espectros insignificantes con cabeza de llama y vi que de ellos no podría esperar ninguna ayuda. Y luego penetró en mi fantasía, como una rica nota musical, la idea del dulce descanso que debía sentirse en la tumba. La idea apareció suave y sigilosamente y de un modo que pasó tiempo antes de que pudiera apreciarla por completo; pero mientras mi espíritu llegaba por fin a abrigarla, las figuras de los jueces se desvanecieron, como por arte de magia, ante mí; las largas velas se hundieron en la nada; sus llamas desaparecieron por completo; sobrevino la negra oscuridad; todas las sensaciones parecieron tragadas por el loco torbellino de la caída del alma en el Hades. Luego el universo no fue más que silencio, quietud y noche.

Me había desmayado, pero no podría afirmar que hubiera perdido la conciencia. No trataré de definir qué quedaba de ella y menos describirla; sin embargo, no la había perdido del todo. En el más profundo sopor, en el delirio, en el desmayo... hasta en la muerte, hasta en la misma tumba, *no todo se pierde*. O bien, no existe la inmortalidad para el hombre. Cuando surgimos del más profundo de los sopores, rompemos la sutil tela de algún sueño. Sin embargo, un poco más tarde (tan frágil puede haber sido esa tela), no recordamos lo que hemos soñado. En el regreso a la vida, después de un desmayo, pasamos por dos etapas: primero, la del sentido de la existencia mental o espiritual; segundo, la del sentido de la existencia física. Parece probable que si, al llegar a la segunda etapa, pudiéramos recordar las impresiones de la primera, deberíamos descubrir que estas impresiones son elocuentes del abismo que se abre más allá. ¿Y qué es el abismo? ¿Cómo podríamos, al menos, distinguir sus sombras de las sombras de la tumba? Pero si no se recuerdan las impresiones de la primera etapa por propia voluntad, aun después de un largo período, ¿no se presentan inesperadamente, mientras nos maravillamos preguntándonos de dónde proceden? Quien nunca se ha desmayado no descubrirá extraños palacios y caras fantásticamente familiares en las brasas del carbón; no contemplará, flotando en el aire, las melancólicas visiones que la mayoría no es capaz de ver; no meditará mientras respira el perfume de alguna nueva flor; no sentirá que su mente se exalta con el significado de alguna cadencia musical que nunca antes ha llamado su atención.

Entre frecuentes y reflexivos esfuerzos para recordar, entre verdaderas batallas para apresar algún vestigio del estado de aparente aniquilación en que mi alma se había hundido, hubo momentos en que soñé con el triunfo; breves, brevísimos períodos en los que pude evocar recuerdos que, pensados con mi lucidez posterior, sólo podían referirse a aquel momento de aparente inconsciencia. Estas sombras de recuerdo me hablan, sin claridad, de altas figuras que me alzaron y me llevaron en silencio, descendiendo, más y más, hasta que un horrible mareo me oprimió por la sola idea de lo interminable de ese descenso. Hablan también de un indefinido terror en mi corazón, a causa de la terrible calma que me invadía. Aparece una sensación de inmovilidad repentina en todas las cosas, como si los que me llevaban (¡terrible cortejo!) hubieran superado en su descenso el límite de lo ilimitado y descansaran de la fatiga de su tarea. Después de esto, viene a mi mente un vacío y una humedad, y después todo es locura, la locura de un recuerdo que se afana entre cosas prohibidas.

De repente, regresaron a mi alma el movimiento y el sonido, el tumultuoso movimiento del corazón y, en mis oídos, el sonido de sus latidos. Después, una pausa, en la que todo era confuso. Más tarde nuevamente sonido, movimiento y tacto, una sensación de hormigueo en todo el cuerpo. Y luego la mera conciencia de existir, sin pensamiento, una situación que duró mucho tiempo. Después, de repente, el *pensamiento* y un terror estremecedor y una lucha para comprender mi estado real. A continuación un profundo deseo de recaer en la insensibilidad. Luego un violento revivir del alma y un triunfal esfuerzo por moverme. Y entonces, el recuerdo vívido del proceso, de los jueces, de los tapices negros, de la sentencia, de la náusea, del desmayo. Después, total olvido de todo lo que siguió, de todo lo que tiempos posteriores y un obstinado esfuerzo me han permitido recordar vagamente.

Hasta entonces, no había abierto los ojos. Sentía que yacía de espaldas y no estaba atado. Alargué la mano, que cayó pesadamente sobre algo húmedo y duro. La dejé allí durante algunos minutos, mientras intentaba imaginar dónde estaría y qué pasaría conmigo. Deseaba abrir los ojos, pero no me animaba. Temía la primera visión de los objetos que me rodeaban. No tenía miedo de ver cosas horribles, sino que me horrorizaba la posibilidad de que no hubiera *nada* para ver. Finalmente, con una extraña desesperación, abrí mis ojos. Así se confirmaron mis peores pensamientos. El negro de la noche eterna me rodeaba. Luché por respirar. La intensidad de la oscuridad parecía oprimirme. La atmósfera era insoportablemente cerrada. Yacía quieto e intenté utilizar mi razonamiento. Recordé el proceso inquisitorio y traté, a partir de allí, de deducir mi condición real. La sentencia había pasado, y me parecía que había pasado mucho tiempo desde entonces. Sin embargo, no supuse que estuviera realmente muerto. Dicha suposición, a pesar de lo que se lee en las novelas, es totalmente incoherente con la existencia real. ¿Pero dónde y cómo estaba yo? Sabía que los condenados a muerte, en general, morían en los autos de fe y uno de éstos acababa de realizarse la misma noche de mi proceso. ¿Me habrían devuelto a mi calabozo a la espera del próximo sacrificio, que tendría lugar en algunos meses? Me di cuenta de que esto no podía ser. En aquel momento, había una demanda inmediata de víctimas. Y, además, mi calabozo, como todas las celdas de los condenados en Toledo, tenía suelo de piedra y la luz no había sido suprimida por completo.

Una horrible idea hizo circular más deprisa mi sangre y durante un momento recaí en la insensibilidad. Al recuperarme, me puse de pie, temblando con convulsiones en cada fibra de mi cuerpo. Estiré los brazos desatinadamente en todas direcciones. No sentía nada; sin embargo, temía dar un paso por si me lo pudieran impedir las paredes de una *tumba*. Sudaba por cada poro de mi cuerpo y tenía la frente empapada de gotas heladas. La agonía del suspenso se hizo intolerable y caminé con cuidado hacia adelante, con los brazos extendidos y los ojos fuera de las órbitas, con la esperanza de capturar el más débil rayo de luz. Anduve así unos cuantos pasos, pero todo seguía siendo tiniebla y vacío. Respiré con mayor libertad; por lo menos, parecía evidente que mi destino no era el peor de todos.

Pero entonces, mientras continuaba caminando con cuidado, resonaron en mi recuerdo los miles de vagos rumores de los horrores de Toledo. Cosas extrañas se contaban sobre los calabozos, cosas que yo había considerado invenciones, pero que no por eso eran menos extrañas y demasiado horrorosas para ser repetidas, salvo en voz baja. ¿Me dejarían morir de hambre en este mundo subterráneo de oscuridad? ¿O qué destino, tal vez más horrible, me esperaba? Como conocía perfectamente el carácter de mis jueces, no dudaba que el resultado sería la muerte, y una muerte de una amargura mayor de la habitual. El modo y el tiempo eran todo lo que me preocupaba y me enloquecía.

Mis manos extendidas encontraron, finalmente, un obstáculo sólido. Era una pared, aparentemente de piedra, muy lisa, viscosa y fría. La seguí, avanzando con toda la desconfianza que me habían inspirado antiguos relatos. Sin embargo, este proceso no me proporcionó medios para determinar las dimensiones de mi calabozo, ya que podría recorrerlo y regresar al punto de salida sin darme cuenta, debido a la perfecta uniformidad de la pared. Por tanto, busqué el cuchillo que había tenido en el bolsillo, cuando me llevaban a la sala inquisitorial, pero había desaparecido. Mi ropa había sido cambiada por un sayo de burda estameña. Había pensado hundir la hoja del cuchillo en alguna unión de la mampostería, para poder identificar el punto de partida. Pero, de todos modos, la dificultad no era importante, si bien en el desorden de mi mente me pareció insuperable en el primer momento. Arranqué un trozo del dobladillo del sayo y lo coloqué bien extendido y en ángulo recto con respecto al muro. Después de dar toda la vuelta a mi celda, encontraría el trozo de tela al completar el circuito. Por lo menos, es lo que supuse, porque no había tenido en cuenta el tamaño del calabozo y mi debilidad. El suelo era húmedo y resbaladizo. Avancé, titubeando, un trecho, pero luego me tropecé y caí. Mi gran cansancio me hizo quedarme postrado y en seguida me dominó el sueño.

Al despertar y extender un brazo, encontré a mi lado un pan y un cántaro de agua. Estaba demasiado cansado para pensar en esto, pero comí y bebí con ansiedad. Poco después, reanudé mi vuelta al calabozo y con gran esfuerzo logré llegar, por fin, al trozo de tela. Hasta el momento en que caí, había contado cincuenta y dos pasos. Después conté otros cuarenta y ocho hasta llegar al trozo de tela. En total, había entonces cien pasos. Contando una yarda cada dos pasos, calculé que el calabozo tenía un circuito de cincuenta yardas. Sin embargo, había encontrado varios ángulos en la pared y, por tanto, no podía hacerme una idea precisa de la forma de la cripta (la llamo así porque no podía dejar de pensar que de eso se trataba).

Estas investigaciones tenían poco fundamento y, ciertamente, ninguna esperanza. Sin embargo, una vaga curiosidad me hizo continuar. Alejándome de la pared, decidí cruzar la superficie de la celda. Primero, caminé con extremo cuidado, ya que el suelo, aunque era aparentemente de un material sólido, era resbaladizo a causa del limo. Sin embargo, finalmente cobré coraje y no vacilé en caminar con firmeza, intentando cruzar la celda en línea lo más recta posible. Había avanzado unos diez o doce pasos de este modo, cuando el dobladillo desgarrado del sayo se me enredó entre las piernas. Me tropecé con él y caí violentamente de bruces.

En la confusión que siguió a mi caída, no me di cuenta de inmediato de una circunstancia sorprendente, que, después de unos segundos y mientras permanecía postrado, me llamó la atención. Se trataba de lo siguiente: mi mentón estaba sobre el suelo de la prisión, pero mis labios y la parte superior de mi cabeza no tocaban nada, aunque aparentemente se encontraban a menos altura que el mentón. Al mismo tiempo, mi frente parecía bañada en un vapor viscoso y el olor característico de los hongos podridos penetró en mis fosas nasales. Alargué mi brazo y temblé al descubrir que había caído en el borde mismo de un pozo circular, cuyo tamaño, por supuesto, no tenía forma de determinar por el momento. Tanteando en la mampostería que bordeaba el pozo, logré desprender un pequeño fragmento y lo tiré al abismo. Durante largos segundos escuché cómo sonaba al golpear en su descenso las paredes del pozo; hubo por fin un chapoteo en el agua, al cual siguieron sonoros ecos. En ese mismo instante, escuché un sonido similar al de una puerta que se abre y se cierra rápidamente en lo alto, mientras un leve rayo de luz cruzaba repentinamente la oscuridad y desaparecía con la misma velocidad.

Comprendí claramente el destino que me habían preparado y me felicité por haber escapado a tiempo gracias al oportuno accidente. Un paso más antes de mi caída y el mundo no hubiera vuelto a saber de mí. Y la muerte así evitada era de las características que yo había rechazado como fabulosas y antojadizas en los relatos que se contaban acerca de la Inquisición. Para las víctimas de su tiranía, quedaba la muerte llena de horrorosos sufrimientos físicos o la muerte acompañada de sufrimientos morales aún más terribles. Se me había reservado esta última. Mis largos padecimientos me habían desequilibrado los nervios, hasta el punto de temblar al oír mi propia voz y por eso constituía en todo sentido el sujeto ideal para la clase de torturas que me aguardaban.

Me estremecí de pies a cabeza e intenté retroceder hasta tocar la pared, resuelto a perecer allí mismo antes que arriesgarme a los horrores de los pozos (ya que mi imaginación ahora concebía más de uno), situados en distintos sitios del calabozo. En otro estado mental, habría tenido el coraje para poner fin a tanta miseria rápidamente, precipitándome en uno de esos abismos. Pero en ese momento era el peor de los cobardes. Tampoco podía olvidar lo que había leído acerca de estos pozos: que estaban diseñados para provocar una *súbita* pérdida de la vida.

Me mantuve despierto durante largas horas debido a la agitación de mi espíritu, pero finalmente me adormecí. Al despertarme, encontré a mi lado, como la vez anterior, un pan y un cántaro de agua. Me consumía una ardiente sed y vacié el cántaro de un trago. El agua debía contener alguna droga, ya que no bien la hube bebido me sentí irresistiblemente adormilado. Cayó sobre mí un profundo sueño, un sueño como el de la muerte. Por supuesto, no sé cuánto duró; pero, una vez más, al abrir los ojos, pude ver los objetos que me rodeaban. Por un resplandor sulfuroso, cuyo origen no pude determinar al principio, pude contemplar la extensión y el aspecto de mi prisión.

Me había equivocado mucho acerca de su tamaño. Todo el circuito de sus paredes no excedía de veinticinco yardas. Durante unos minutos, este hecho me causó una vana preocupación; vana de verdad, ya que nada podía tener menor importancia, en las terribles circunstancias en que me encontraba, que las meras dimensiones de mi calabozo. Pero mi espíritu se interesaba extrañamente por cosas sin importancia y me dediqué a explicarme el error que había cometido al calcular las medidas. Finalmente, se me reveló la verdad. En mi primer intento de explorar había contado cincuenta y dos pasos, hasta el momento en que caí. Sin duda, debía estar a uno o dos pasos del trozo de tela. En realidad, casi había dado toda la vuelta al calabozo. Después me quedé dormido y, al despertar, debo haber vuelto sobre mis pasos; de este modo, supuse que el circuito medía casi el doble de su tamaño real. La confusión de mi mente no me permitió observar que había comenzado la vuelta a la habitación teniendo la pared a mi izquierda y había terminado con la pared a mi derecha.

También me había engañado acerca de la forma del calabozo. Al tocar las paredes, había encontrado muchos ángulos y deduje que había muchas irregularidades. Es increíble el efecto que puede tener la oscuridad en una persona que despierta del letargo o del sueño. Los ángulos eran simplemente ligeras depresiones o entradas a diferentes intervalos. La forma general de la prisión era cuadrada. Lo que había creído mampostería parecía ahora hierro o algún otro metal, en grandes placas, cuyas suturas o juntas ocasionaban las depresiones. Toda la superficie de esta celda metálica aparecía pintada toscamente con horribles y repungantes imágenes que la sepulcral superstición de los monjes había podido concebir. Las figuras de los demonios en actitud amenazante, de esqueletos y otras imágenes aún más terribles, recubrían y desfiguraban las paredes. Observé que las siluetas de aquellas monstruosidades estaban bien delineadas, pero que los colores parecían borrosos y vagos, como si la humedad de la atmósfera los hubiese afectado. También noté que el suelo era de piedra. En el centro se encontraba el pozo circular de cuyas fauces había escapado; pero era el único que había en el calabozo.

Todo esto pude verlo claramente y con gran esfuerzo, pues mi situación había cambiado durante mi sopor. Ahora estaba acostado de espaldas y completamente estirado, sobre una especie de bastidor de madera. Estaba firmemente amarrado por una larga banda. Pasaba, dando vueltas, por mis miembros y mi cuerpo, dejando libre sólo mi cabeza y mi brazo izquierdo de tal forma que podía, con gran trabajo, extenderlo para llegar hasta los alimentos, colocados sobre un plato de barro. Para mayor espanto, vi que se habían llevado el cántaro de agua. Y digo espanto, ya que me estaba consumiendo la más insoportable sed. Aparentemente, la intención de mis verdugos era estimular esa sed, ya que la comida del plato era carne muy condimentada.

Mirando hacia arriba, estudié el techo de mi prisión. Estaba a unos treinta o cuarenta pies de alto y su construcción era parecida a la de las paredes. En uno de los paneles, aparecía una figura extraña que se apoderó por completo de mi atención. La figura era la representación del Tiempo, tal como se lo suele pintar, excepto que, en lugar de guadaña, tenía lo que me pareció la pintura de un pesado péndulo, parecido a los que vemos en los relojes antiguos. Sin embargo, había algo en la apariencia de aquella imagen que me movió a observarla con más detalle. Cuando la miré directamente (dado que estaba justamente encima de mí), me dio la impresión de que se movía. Un instante después, esta impresión se confirmó. La oscilación del péndulo era breve y, por supuesto, lenta. Lo observé durante algunos minutos, con cierto temor, pero maravillado. Cansado, al fin, de contemplar su monótono movimiento, volví los ojos hacia los otros objetos que había en la celda.

Me llamó la atención un ligero ruido y, mirando hacia el suelo, observé que lo cruzaban varias ratas enormes. Habían salido del pozo, que se hallaba al alcance de mi vista hacia la derecha. Entonces, mientras las miraba, siguieron saliendo en cantidades, apuradas y con ojos famélicos, atraídas por el olor de la carne. Me costó mucho trabajo alejarlas de la comida.

Habría pasado media hora, tal vez una hora (ya que sólo podía calcular de forma imperfecta el tiempo), antes de que mirara otra vez hacia arriba. Lo que vi luego me confundió y me sorprendió. El movimiento del péndulo había aumentado por lo menos en una yarda. Como consecuencia natural, su velocidad también era mayor. Pero lo que más me preocupó fue que había *descendido* de modo perceptible. Ahora observé, con un espanto que no es necesario describir, que su extremidad inferior estaba constituida por una media luna de reluciente acero, cuyo largo de un extremo a otro alcanzaba a un pie. Aunque estaba afilado como una navaja, el péndulo parecía macizo y pesado, y desde el filo se ensanchaba hasta terminar en una ancha y sólida masa. Se hallaba fijo a un pesado vástago de bronce y todo el mecanismo silbaba cuando se movía en el aire.

Ya no dudaba del destino que me había preparado el ingenio de los monjes para la tortura. Los agentes de la Inquisición habían sabido mi descubrimiento del pozo. *El pozo*, sí, cuyos horrores estaban destinados a un recusante tan obstinado como yo; *el pozo*, típico del infierno y considerado según los rumores que corrían como la última Thule de los castigos de la Inquisición. Había podido evitar la caída en este pozo por mero accidente y sabía que la sorpresa y la caída brusca en el tormento eran una parte importante de lo grotesco de la muerte en aquellos calabozos. El haber evitado la caída en el pozo no estaba en los planes demoníacos de que cayera en el abismo; de este modo, como no había otra alternativa, me esperaba una forma de muerte diferente y más tranquila. ¡Más tranquila! Casi sonreí en medio de mi agonía al pensar en semejante aplicación de esta palabra.

¿Para qué hablar de las largas horas de horror más que mortal, durante las cuales conté las veloces oscilaciones del acero? Pulgada a pulgada, línea a línea, con un descenso sólo apreciable a intervalos que parecían años, bajaba y bajaba. Pasaron los días, pudieron pasar varios días, en los que se iba aproximando cada vez más, antes de que oscilara tan cerca de mí que parecía abanicarme con su acre aliento. El olor del afilado acero entraba por fuerza en mis fosas nasales. Rogaba, llenaba el cielo con mis plegarias para que bajara más rápidamente. Me volvía loco y luchaba por enderezarme y quedar a merced de la horrible cimitarra. Y después caí en una repentina calma y me quedé inmóvil, sonriendo ante aquella brillante muerte como sonríe un niño ante un atractivo juguete.

Se produjo otro intervalo de franca insensibilidad. Fue breve, ya que, al resbalar otra vez en la vida, observé que no se había producido otro descenso perceptible del péndulo. Pero podía haber durado mucho, ya que sabía perfectamente que aquellos demonios conocían mis desmayos y que podían haber detenido el péndulo a su voluntad. Al recuperarme, también, me sentí muy débil y enfermo, como después de un largo período de inanición. Entre las agonías de ese período, la naturaleza humana ansiaba alimentarse. Con mucho esfuerzo, estiré mi brazo izquierdo, tanto como me permitieron las ataduras, y obtuve lo poco que me habían dejado las ratas. Al ponerme un trozo en la boca, pasó por mi mente un pensamiento parcial de alegría, de esperanza. Sin embargo, ¿qué tenía yo que ver con la esperanza? Era, como digo, un pensamiento parcial. El hombre suele tener pensamientos de este tipo que nunca se cumplen. Sentía que era una idea de alegría, de esperanza, pero también sentía que había desaparecido mientras se formaba. En vano, intenté lograrlo, recuperarlo. El prolongado sufrimiento había aniquilado todos mis poderes mentales. Estaba hecho un imbécil, un idiota.

La oscilación del péndulo se producía en ángulo recto con mi cuerpo extendido. Vi que la media luna estaba orientada de manera que atravesaría la zona del corazón. Desgarraría la estameña de mi sayo. Volvería y repetiría su operación una y otra vez. A pesar de su carrera terriblemente amplia (treinta pies o más) y el silbante vigor de su descenso, suficiente para romper aquellos muros de hierro, todo lo que haría durante varios minutos sería cortar mi ropa. Y me detuve en este pensamiento. No me atrevía a seguir más allá de esta reflexión. Me mantuve en ella, fijando pertinazmente la atención, como si al hacerlo pudiera *detener* en ese punto el descenso del acero. Me esforcé por meditar acerca del sonido que haría la media luna al atravesar mi ropa, acerca de la especial sensación de estremecimiento que produce en los nervios el roce de la tela. Medité sobre la frivolidad hasta el límite de mi resistencia.

Bajaba... continuaba bajando suavemente. Sentí un frenético placer al contrastar su velocidad lateral con la de descenso. Hacia la derecha, hacia la izquierda, más y más, con el aullido de un espíritu maldito. Hacia mi corazón, con el sigiloso paso del tigre. Me reí a carcajadas y clamé, alternativamente, según una u otra idea predominara en mi mente.

Bajaba... ¡Seguro, incansable, bajaba! Vibraba a tres pulgadas de mi pecho. Intenté con violencia, con furia, liberar mi brazo izquierdo. Sólo estaba libre desde el codo hasta la mano. Pude llevarme la mano a la boca desde el plato que estaba a mi lado, pero no más allá. De haber roto las ataduras de arriba del codo, hubiera tratado de detener el péndulo. ¡Pero hubiera sido como intentar atajar una avalancha!

Bajaba... sin cesar... ¡Bajaba inevitablemente cada vez más! Me encogía con convulsiones a cada oscilación del péndulo. Mis ojos lo seguían en sus movimientos hacia arriba o hacia abajo, con la ansiedad de la más inexpresable desesperación. Se cerraban espasmódicamente cuando descendía, aunque la muerte hubiera sido un alivio. ¡Qué terrible! Sin embargo, me estremecía al pensar que el más pequeño deslizamiento del mecanismo precipitaría aquel reluciente y afilado eje contra mi pecho. La *esperanza* era lo que hacía estremecer mis nervios y contraer mi cuerpo. La *esperanza*, esa esperanza que triunfa aun en el potro de tortura, era lo que susurra a los oídos de los condenados a muerte hasta en los calabozos de la Inquisición.

Noté que unas diez o doce oscilaciones pondrían en contacto el acero con mi ropa y, con esta observación, comencé a sentir en mi espíritu la calma de la desesperación. Por primera vez en muchas horas (o, tal vez, muchos días) pude pensar. Se me ocurrió que la banda que me ataba era *una única pieza*. No estaba atado por medio de cuerdas separadas. El primer roce de la afilada media luna sobre cualquier parte de la banda sería suficiente para cortarla y, ayudándome con la mano izquierda, podría desatarme del todo. Pero ¡qué temible sería en ese caso la proximidad del acero! ¡El resultado de la más leve lucha sería mortal! ¿Sería posible, además, que los verdugos no hubieran previsto esta alternativa? ¿Era probable que la banda se cruzara sobre mi pecho en el camino que recorría el péndulo? Temiendo que mi leve y última esperanza se viera frustrada, levanté la cabeza para obtener una mejor vista de mi pecho. La banda envolvía mis extremidades y mi cuerpo en todas direcciones, *excepto en el lugar por donde pasaría el péndulo*.

Apenas dejé caer la cabeza hacia atrás, cuando se encendió en mi mente algo que sólo puedo describir como la informe mitad de aquella idea de liberación a la que he hecho referencia antes y de la cual sólo una parte flotaba inciertamente en mi mente cuando acerqué la comida a mis ardientes labios. El pensamiento completo se presentaba ahora, débil, medio enfermo, poco definido, pero completo. Con la nerviosa energía de la desesperación, procedí a intentar ejecutarlo.

Durante varias horas, la inmediata cercanía del bastidor sobre el que me encontraba había sido rodeada por gran cantidad de ratas. Eran salvajes, audaces, famélicas; sus ojos, rojos, me miraban brillantes, como si esperaran que me mantuviera inmóvil para convertirme en su presa. Pensé: «¿A qué comida las habrían acostumbrado en el pozo?»

Habían devorado, a pesar de mis esfuerzos para evitarlo, todo salvo un pequeño resto del contenido del plato. Yo agitaba mi mano como un abanico sobre el plato; pero, finalmente, la inconsciente uniformidad del movimiento le hacía perder el efecto. En su voracidad, las espantosas bestias frecuentemente me clavaban sus afiladas garras en los dedos. Con los fragmentos de la aceitosa y especiada carne que quedaba, froté mis ataduras en los lugares donde podía alcanzarlas; después, levantando la mano del suelo, permanecí completamente inmóvil, conteniendo el aliento.

Primero, los voraces animales se sorprendieron y se aterrorizaron por el cambio, por la falta de movimiento. Retrocedieron alarmados; muchos buscaron el pozo como refugio. Pero esto duró sólo un momento. Yo no había contado en vano con su voracidad. Observando que seguía inmóvil, una o dos de las más arriesgadas saltaron al bastidor de madera y olfatearon la banda. Esto fue como una señal para que todas avanzaran. Salían del pozo, corrían en renovados contingentes. Treparon a la madera, la recorrieron y cientos de ellas corrieron sobre mi cuerpo. El acompasado movimiento del péndulo no las molestaba en absoluto. Evitando los golpes, se precipitaban sobre las untadas ligaduras. Se apretaban, vagaban sobre mí en cantidades cada vez más grandes. Se retorcían cerca de mi garganta; sus fríos labios buscaban los míos. Sentía que me ahogaba bajo su creciente peso. Sentía en el pecho un asco que no puede describirse y el corazón se me helaba con su espesa viscosidad. Sin embargo, un minuto más y la lucha terminaría. Con claridad, pude percibir que las ataduras se aflojaban. Sabía que en más de un sitio ya estaban rotas. Pero, con una resolución que superaba lo humano, me mantuve inmóvil.

Tampoco me había equivocado en mis cálculos ni había soportado tanto sufrimiento en vano. Finalmente sentí que estaba libre. Las bandas colgaban en jirones de mi cuerpo. Pero el paso del péndulo ya alcanzaba mi pecho. Había dividido la estameña de mi sayo y cortaba ahora la tela de la camisa. Dos veces más pasó sobre mí y mis nervios sufrieron un agudísimo dolor. Pero había llegado el momento de escapar. Al agitar la mano, mis libertadoras huyeron en tumulto. Con un movimiento regular, cauteloso, lento, me encogí y me deslicé fuera de mis ligaduras, más allá del alcance de la cimitarra. Por el momento, al menos, *estaba libre*.

¡Libre... y en las garras de la Inquisición! Apenas hube salido de mi lecho de horror y pisado sobre el suelo de piedra, se detuvo el movimiento de la infernal maquinaria y pude ver cómo subía hacia el techo, impulsada por una fuerza invisible. Aquella fue una lección que debía tomar en serio desesperadamente. Todos mis movimientos estaban siendo observados, sin duda. ¡Libre! Me acababa de escapar de una muerte en forma de tortura para ser llevado a otra peor que la propia muerte. Con este pensamiento, miré nervioso las barreras de hierro que me encerraban. Había ocurrido en la habitación, obviamente, algo inusual, un cambio que, primero, no pude apreciar tan claramente. Durante algunos minutos de abstracción temblorosa y vaga, me perdí en vanas y deshilvanadas conjeturas. Durante este tiempo me di cuenta, por primera vez, del origen de la luz sulfurosa que iluminaba la celda. Provenía de una fisura, de media pulgada de ancho, que se extendía todo alrededor de la prisión en la base de los muros, que parecían —y en realidad estaban— completamente separadas del suelo. En vano, intenté mirar a través de la abertura.

Al ponerme de pie nuevamente, comprendí el misterio de la alteración producida en la habitación. He dicho que, aunque las siluetas de las imágenes pintadas en las paredes eran suficientemente claras, los colores parecían borrosos e indefinidos. Estos colores habían asumido ahora, por un momento, un brillo sorprendente y muy intenso, que daba a los retratos espectrales y demoníacos un aspecto que podría haber quebrantado unos nervios incluso más fuertes que los míos. Ojos demoníacos, de una salvaje y aterradora vida, me contemplaban en mil direcciones, donde nunca antes habían sido visibles y brillaban con un resplandor de fuego que no alcanzaba a creer que fuera irreal.

¡*Irreal*! Al respirar, llegó a mis fosas nasales el olor del vapor producido por el hierro recalentado... Aquel sofocante olor invadía toda la prisión. Un brillo aún más profundo se instalaba a cada momento en los ojos que observaban mi agonía. Las pinturas de los sangrientos horrores se ponían más rojas. No cabía duda acerca de la idea de mis verdugos. ¡Los más implacables! ¡Los más demoníacos entre todos los hombres! Corrí desde el encendido metal hasta el centro de la celda. Al pensar en la voraz destrucción del fuego que me esperaba, la idea de la frescura del pozo se apoderó de mi alma como un bálsamo. Corrí hasta el borde mortal. Me esforcé y miré hacia abajo. El resplandor del ardiente techo iluminaba sus más remotos huecos. Y, sin embargo, durante un violento momento, mi espíritu se negó a comprender el sentido de lo que veía. Finalmente, ese sentido se abrió paso, avanzó, poco a poco, hasta mi alma, hasta arder y consumirse en mi estremecida razón. ¿Cómo expresarlo? ¡Espanto! ¡Cualquier horror... menos esto! Con un alarido, salté hacia atrás y oculté mi cara en las manos, llorando amargamente.

El calor aumentaba con rapidez y una vez más miré hacia arriba, temblando como en un ataque de fiebre. Se había producido un segundo cambio en la celda, y ahora el cambio era evidentemente en la *forma*. Como antes, fue en vano intentar apreciar o entender lo que estaba ocurriendo. Pero no dudé mucho tiempo. La venganza de la Inquisición se aceleraba después de mi doble huida y el Rey del Terror ya no perdería tiempo. La habitación había sido cuadrada. Vi que dos de sus ángulos de hierro eran ahora agudos y los otros dos, como consecuencia, obtusos. La atroz diferencia aumentaba rápidamente con un sonido profundo y quejumbroso. En un momento, el calabozo cambió de forma y se convirtió en un rombo. Pero el cambio no se detuvo allí. Tampoco yo desea-ba que se detuviera. Podría haber pegado mi pecho a las rojas paredes, como si fueran vestiduras de paz eterna. «La muerte», me dije. «¡Cualquier muerte menos la del pozo!» ¡Tonto! ¿No era evidente que aquellos hierros rojos tenían como objetivo precipitarme en el pozo? ¿Podría yo resistir el fuego? Y si lo resistiera, ¿podría resistir su presión? El rombo se iba achatando, con una velocidad que no me dejaba tiempo para contemplar. Su centro y, por supuesto, su diámetro mayor llegaban ya sobre el abierto abismo. Me eché hacia atrás, pero, al moverme, las paredes me obligaban a avanzar. Por fin, no quedaba en el calabozo ni una pulgada de suelo donde sostener mi abrasado cuerpo. No luché más, pero la agonía de mi alma se expresó en un agudo, prolongado, grito final de desesperación. Sentí que me tambaleaba al borde del pozo. Desvié la mirada...

¡Oí un discordante clamor de voces humanas! ¡Resonó un fuerte toque de trompetas! ¡Escuché un áspero ruido como de mil truenos! ¡Las paredes ardientes retrocedieron! Una mano tendida sujetó mi brazo en el momento en que profundamente desmayado caía en el abismo. Era la mano del general Lasalle. El ejército francés acababa de entrar en Toledo. La Inquisición estaba en poder de sus enemigos.

EL ENTIERRO PREMATURO

Hay algunos temas de los que el interés es absolutamente absorbente, pero que también resultan por completo horribles como objeto de una verdadera obra de ficción. Estos temas deben ser evitados por el mero autor romántico, si no quiere ofender o disgustar. Sólo son tratados de forma adecuada cuando la severidad y la majestuosidad de la verdad los santifican y los sostienen. Por ejemplo, nos estremecemos con el más intenso de los «dolores placenteros» ante los relatos del paso del Beresina, del terremoto de Lisboa, de la plaga de Londres, de la masacre de San Bartolomé o la asfixia de ciento veintitrés prisioneros en el Pozo Negro de Calcuta. Pero, en estos relatos, lo que excita es el hecho, la realidad, la historia. Como invenciones, debemos considerarlos con simple aversión.

He mencionado sólo algunas de las más destacadas y augustas calamidades registradas; pero en estos casos es el alcance, al igual que el carácter de la calamidad, los que causan una impresión tan viva en la imaginación. No es necesario recordar al lector que, del largo y horrible catálogo de miserias humanas, podría haber elegido muchos casos individuales más llenos de sufrimiento esencial que cualquiera de estos vastos desastres generales. La verdadera desgracia, el desastre verdadero, es particular, no difuso. ¡Demos gracias al Dios misericordioso por permitir que los horribles extremos de agonía sean soportados por el hombre como individuo y nunca por el hombre en masa!

Ser enterrado vivo es, sin duda, el más terrible de estos extremos que haya caído jamás en suerte al simple mortal. Ningún ser pensante puede negar que ha caído con frecuencia, con mucha frecuencia. Los límites que dividen la vida de la muerte son, como mucho, sombríos y vagos. ¿Quién podría decir dónde termina una y comienza la otra? Sabemos que hay enfermedades que producen cese total de todas las funciones vitales aparentes y en las que, sin embargo, estos ceses son meras suspensiones, para hablar con precisión. Son sólo pausas temporales del incomprensible mecanismo. Transcurrido cierto tiempo, algunos principios misteriosos ocultos ponen en movimiento nuevamente los mágicos piñones y las ruedas de hechicería. La cuerda de plata no estaba suelta para siempre, ni el vaso de oro irreparablemente roto. Pero, mientras tanto, ¿dónde estaba el alma?

Sin embargo, además de la conclusión inevitable, a priori, de que determinadas causas producen determinados efectos, de que los bien conocidos casos de vida suspendida deben provocar naturalmente, una y otra vez, entierros prematuros, aparte de esta consideración, contamos con el testimonio directo de experiencia médica y vulgar para probar que han ocurrido un gran número de entierros de esta clase. Podría recurrir, si fuera necesario, a un centenar de casos perfectamente auténticos. Uno muy notable, y cuyas circunstancias pueden estar frescas aún en la memoria de algunos lectores, tuvo lugar, no hace mucho tiempo, en una ciudad cercana a Baltimore, donde causó una excitación dolorosa, intensa y generalizada. La mujer de uno de los más respetables ciudadanos, un eminente abogado miembro del Congreso, fue atacada por una enfermedad repentina e inexplicable, que burló el ingenio de sus médicos. Después de sufrir mucho, murió o se creyó que había muerto. En realidad, nadie sospechó o tuvo motivos para sospechar que no había muerto. Presentaba todos los síntomas habituales de la muerte. La cara cobró un habitual contorno contraído. Los labios tenían la palidez del mármol. Los ojos carecían de brillo. No había calor. Las pulsaciones se habían detenido. Durante tres días, el cuerpo fue mantenido sin enterrar; durante este tiempo, adquirió mayor rigidez. En resumen, el funeral fue apresurado a causa del veloz avance de lo que, se suponía, era la descomposición.

La dama fue depositada en la bóveda familiar, que permaneció cerrada durante los tres años siguientes. Al finalizar este período, fue abierta para la recepción de un sarcófago, pero, ¡oh, qué espantoso choque esperaba al marido, quien, en persona, abrió la puerta! Al abrirse las puertas, un objeto vestido de blanco cayó rechinando en sus brazos. Era el esqueleto de su mujer, que aún tenía la mortaja puesta.

Una investigación cuidadosa dio como resultado que la mujer había revivido dos días después de enterrada, que su lucha dentro del ataúd había provocado la caída desde el nicho o estante al suelo, donde se había roto, permitiendo así que ella escapara. Una lámpara, que había quedado por accidente llena de aceite dentro de la tumba, estaba vacía; sin embargo, debió consumirse por evaporación. En el escalón superior que llevaba hacia la espantosa cámara, había un gran pedazo del ataúd, con el que, según parecía, la mujer había tratado de llamar la atención golpeando sobre la puerta de hierro. Mientras lo intentaba, probablemente, se desmayó o tal vez murió de terror, y, al caer, la mortaja se enredó en alguna pieza de hierro que se proyectaba hacia adentro. En esta posición, erecta, se quedó y así se pudrió.

En el año 1810, tuvo lugar en Francia un caso de inhumación con vida, rodeado de circunstancias que garantizan la afirmación de que la realidad es más extraña que la ficción. La heroína de la historia era la señorita Victorine Lafourcade, una joven de ilustre familia, rica y de gran belleza personal. Entre sus numerosos pretendientes se contaba Julien Bossuet, un pobre escritor, o periodista, de París. Su talento y su amabilidad habían llamado la atención de la heredera, quien parecía haberse enamorado de él. Pero el orgullo de su casta hizo que decidiera dejarlo y casarse con el señor Renelle, un distinguido banquero y diplomático. Sin embargo, después de la boda, el caballero dejó de cuidarla y hasta llegó a maltratarla. Después de pasar con él unos miserables años, murió; por lo menos, su estado se asemejaba tanto a la muerte que todos los que la vieron la creyeron muerta. Fue enterrada, no en una bóveda, sino en una tumba común en el pueblo donde había nacido. Desesperado y todavía inflamado por el recuerdo de su profundo cariño, el amante viajó de la capital a la remota provincia donde se encontraba ese pueblo, con el propósito romántico de desenterrar el cuerpo y apoderarse de sus impresionantes trenzas. Llegó a la tumba. A medianoche, exhumó el ataúd, lo abrió y, al desprender el pelo, se sorprendió al ver que su amada tenía los ojos abiertos. En realidad, la mujer había sido enterrada viva. Su vitalidad no había desaparecido del todo, y fue reanimada, por las caricias de su amante, de ese letargo que había sido confundido con la muerte. La llevó frenéticamente hasta su alojamiento en el pueblo. Utilizó ciertos poderosos reconstituyentes sugeridos por sus no pocos conocimientos médicos. Finalmente, ella revivió. Permaneció con él hasta que, gradualmente, recuperó completamente la salud. Su corazón era duro y esta última lección de amor bastó para ablandarlo. Lo entregó a Bossuet. Nunca más regresó con su marido, sino que le ocultó su resurrección y huyó con su amante a América. Veinte años después regresaron a Francia, persuadidos de que el tiempo habría alterado tanto el aspecto de la dama que sus amigos no podrían reconocerla. Sin embargo, estaban equivocados, ya que la primera vez que se encontraron, el señor Renelle la reconoció y la reclamó como su mujer. Ella se resistió a dicho reclamo y los tribunales la apoyaron en su actitud, al decidir que las especiales circunstancias, con el paso de los años, habían extinguido, no sólo desde el punto de vista de la equidad sino también desde el punto de vista del derecho, la autoridad del marido.

La *Revista de Cirugía*, de Leipzig, un periódico de gran autoridad y mérito, que algunos libreros americanos harían bien en traducir y publicar nuevamente, relata, en una edición posterior, un hecho muy lamentable con las mismas características en cuestión.

Un oficial de artillería, de estatura enorme y salud robusta, fue derribado por un caballo ingobernable y recibió una gravísima contusión en la cabeza, que lo dejó inconsciente de inmediato. Tuvo una leve fractura de cráneo, pero no corría peligro inmediato. La trepanación se realizó con éxito. Se le practicó una sangría y se aplicaron muchos otros métodos para aliviarlo. Sin embargo, fue cayendo gradualmente en un lamentable estado de sopor y, finalmente, se le dio por muerto.

Hacía calor y fue enterrado con demasiada prisa en uno de los cementerios públicos. El funeral se llevó a cabo el jueves. El domingo siguiente, el cementerio se llenó, como siempre, de muchos visitantes. Cerca de mediodía, se generó una gran excitación general por la declaración de un campesino que, al sentarse sobre la tumba del oficial, había sentido un movimiento de la tierra, como si alguien estuviera luchando allí abajo. Primero, se prestó poca atención a lo que decía aquel hombre; pero su evidente terror y la terca insistencia con que repetía el relato tuvieron su efecto natural en la multitud. Algunos se procuraron unas palas y la tumba, vergonzosamente superficial, quedó abierta en unos minutos, dejando a la vista la cabeza de su ocupante. Aparentemente, estaba muerto, pero sentado dentro del ataúd, cuya tapa, en su furiosa lucha, había levantado parcialmente.

De inmediato, lo llevaron al hospital más cercano y allí se le declaró vivo, aunque en estado de asfixia. Después de algunas horas, revivió, reconoció a algunos amigos y relató, con voz entrecortada, su agonía en la tumba.

Por lo que contó, estaba claro que debía haber estado consciente de estar vivo durante más de una hora, mientras estaba enterrado, antes de perder el sentido. La tumba había sido cubierta de forma descuidada con tierra muy porosa y, por tanto, había permitido la entrada de aire. Oyó los pasos de la multitud por encima e intentó hacerse oír. Dijo que fue el tumulto del cementerio lo que pareció despertarlo de un profundo sueño, pero en cuanto se hubo despertado se dio cuenta de los terribles horrores de su estado.

Se asegura que este paciente iba mejorando y parecía estar en buen camino para la recuperación, pero sucumbió víctima del curanderismo médico. Se le aplicó la batería galvánica y expiró de pronto en uno de esos estáticos paroxismos que, en algunos casos, ocasiona.

Sin embargo, la mención de la batería galvánica me recuerda un extraordinario caso, muy conocido, en el que su acción resultó ser un medio de reanimar a un joven abogado de Londres, quien había permanecido enterrado durante dos días. Este hecho tuvo lugar en 1831 y causó, en ese período, una profunda sensación en todos los sitios donde fue tema de conversación.

El paciente, Edward Stapleton, había muerto, aparentemente, de fiebre tifoidea, acompañada por unos síntomas anómalos que excitaron la curiosidad de los médicos. Por su aparente muerte, se solicitó a sus amigos un permiso para llevar a cabo un examen *post-mortem*, pero no lo autorizaron. Como ocurre a menudo, cuando se producen estas negativas, los médicos resolvieron exhumar el cuerpo y disecarlo a gusto, en privado. Con facilidad, se hicieron los arreglos necesarios con algunos de los muchos ladrones de cadáveres que abundan en Londres y, la tercera noche después del funeral, el supuesto cadáver fue desenterrado de una tumba de ocho pies de profundidad y fue depositado en una sala de operaciones de un hospital privado.

Se le había practicado una incisión de cierta magnitud en el abdomen, cuando la fresca e incorrupta apariencia del sujeto sugirió la aplicación de la batería. Se realizaron varios experimentos y ocurrieron los efectos habituales, sin nada de peculiar, salvo, en una o dos ocasiones, un mayor grado de apariencia de vida en la acción convulsiva.

Ya era tarde. Iba a amanecer y, finalmente, se creyó oportuno proceder de inmediato a la disección. Sin embargo, un estudiante deseoso de probar una teoría propia, insistió en aplicar la batería en uno de los músculos pectorales. Después de practicar una tosca incisión, se estableció apresuradamente un contacto con el cable y el paciente, con un movimiento convulsivo y rápido, se incorporó en la mesa, se puso de pie en el suelo, miró a su alrededor extrañado durante unos segundos y, después, habló. Lo que dijo era ininteligible, pero la pronunciación era clara. Después de hablar, cayó pesadamente al suelo.

Durante unos momentos, todos quedaron paralizados del susto, pero la urgencia del caso pronto les devolvió la presencia de ánimo. Se vio que Stapleton estaba vivo, aunque en síncope. Al aplicársele éter, revivió y recuperó la salud, regresando a su grupo de amigos, a quienes ocultó el hecho de su resurrección hasta que no hubo ningún peligro de recaída. Cabe imaginar la sorpresa y el asombro de aquéllos.

Lo más espeluznante de este hecho es, sin embargo, lo que afirma Stapleton. Declara que en ningún momento perdió por completo el sentido y que, de un modo oscuro y confuso, fue consciente de todo lo que estaba ocurriendo desde el momento en que fue declarado *muerto* por los médicos, hasta que cayó desmayado en el suelo del hospital. «Estoy vivo» eran las palabras incomprendidas que, al reconocer la sala de disección, había intentado pronunciar en su estado.

Sería fácil contar múltiples historias como éstas, pero no lo hago, ya que, en realidad, no es necesario para confirmar el hecho de que hayan ocurrido entierros prematuros. Cuando reflexionamos acerca de las contadas veces en que, por la naturaleza del caso, podemos detectarlos, debemos admitir que pueden ocurrir con frecuencia sin que nos enteremos. En realidad, pocas veces se ha removido un cementerio, por cualquier motivo, sin que se hallaran esqueletos en posiciones que sugieren la más atroz de las sospechas.

¡Atroz la sospecha, pero más atroz el destino! Se puede afirmar, sin dudarlo, que *ningún* hecho es tan terrible como el enterramiento antes de la muerte para llevar al máximo de la angustia física y mental. La insoportable opresión de los pulmones, las sofocantes emanaciones de la tierra húmeda, las adherentes vestiduras funerarias, el rígido abrazo de la estrecha morada, la oscuridad de la noche absoluta, el silencio como un mar que abruma, la presencia oculta pero palpable del conquistador gusano, todo esto, con la idea del aire y la hierba que crece arriba, con el recuerdo de los amigos queridos que volarían para salvarnos si se enteraran de nuestro destino y la conciencia de que *nunca* podrán enterarse de este destino, de que nuestra suerte sin esperanza es la de los muertos de verdad, estas consideraciones, digo, llevan al corazón, que aún palpita, un nivel de horror destructivo e intolerable ante el cual retrocede hasta la imaginación más audaz. No conocemos algo tan agonizante en la tierra, no podemos pensar en nada que sea la mitad de terrorífico que el reino del más profundo infierno. Y, de este modo, todos los relatos sobre este tema tienen un profundo interés; un interés, sin embargo, que, mediante el sagrado horror del tema en sí, depende, de forma especial y peculiar, de nuestra convicción de la veracidad del asunto narrado. Lo que tengo que decir ahora es de mi propio conocimiento real, de mi propia experiencia positiva y personal.

Durante varios años, había sufrido unos extraños ataques que los médicos han acordado llamar catalepsia, al no encontrar un nombre más definido. Aunque tanto las causas inmediatas como las predisposiciones, así como el diagnóstico real de la enfermedad, son aún misteriosos, sus características obvias y aparentes se comprenden bastante bien. Las variaciones parecen ser sólo de grado. A veces, el paciente permanece, durante sólo un día o menos tiempo, en una especie de exagerado letargo. Está insensible e inmóvil en su exterior, pero todavía puede percibirse remotamente la pulsación de su corazón. Quedan algunos restos de calor. Aparece un suave color en el centro de las mejillas. Y, al aplicar un espejo delante de los labios, podemos detectar un torpe, desigual y vacilante funcionamiento de los pulmones. Después, el trance puede durar semanas, meses, mientras el estudio y los controles médicos más rigurosos no pueden establecer una distinción importante entre el estado del paciente y lo que entendemos por muerte absoluta. En muy pocos casos, el enfermo se salva de un entierro prematuro sólo por el conocimiento de sus amigos de que había sufrido anteriormente ataques de catalepsia y la consiguiente sospecha; pero, sobre todo, lo salva su aspecto incorrupto. Es de agradecer que los avances de la enfermedad sean graduales. Las primeras manifestaciones, aunque marcadas, son inequívocas. Los ataques son cada vez más característicos y cada uno dura un poco más que el anterior. Aquí reside la seguridad principal para proceder a la inhumación. El pobre cuyo *primer* ataque fuera grave sería inevitablemente enterrado vivo en la tumba.

Mi propio caso no difería de manera importante de los que aparecen en los libros de medicina. A veces, sin causa aparente, me hundía, poco a poco, en un estado de semisíncope o semidesmayo; así, sin dolor, sin capacidad para moverme o, para ser más preciso, para pensar, pero con una oscura conciencia letárgica de la vida y de la presencia de los que rodeaban mi cama permanecía, hasta que la crisis de la enfermedad me devolvía, de repente, el perfecto conocimiento. En otras ocasiones, el ataque era rápido, fulminante. Me sentía mal, aterido, helado, con vértigo y, de pronto, caía postrado. Después, durante semanas, todo era vacío y negro y silencioso, y la nada era el universo. La aniquilación total no podía ser otra cosa. Sin embargo, de estos últimos ataques me despertaba con lentitud, en comparación con la rapidez del ataque. Así como amanece para los mendigos solitarios y vagabundos que recorren las calles toda la noche de invierno, así, tan tardía, tan cansada, tan alegre, volvía a mí la luz del alma.

Sin embargo, a pesar de mi tendencia al trance, mi salud en general parecía buena; tampoco podía percibir que estuviera afectada por la enfermedad, a menos que una característica de mi *sueño* pudiera creerse causada por ella. Cuando me despertaba, nunca podía recuperar de inmediato mis sentidos y me quedaba durante unos minutos en un estado de extravío y perplejidad, ya que se habían suspendido absolutamente las facultades mentales, en general, y la memoria, en especial.

En todo lo que soporté, no hubo sufrimiento físico, pero sí una infinita angustia moral. Mi imaginación se tornó macabra. Hablaba «de gusanos, de tumbas y epitafios». Me perdía en sueños de muerte y atrapaba mi mente la idea de un entierro prematuro. El horrible peligro que corría me perseguía día y noche. Durante el día, la tortura de la meditación resultaba excesiva, y durante la noche, suprema. Cuando las tinieblas cubrían la tierra, presa de los más atroces pensamientos, temblaba, temblaba como los trémulos penachos de la carroza fúnebre. Cuando mi naturaleza no podía soportar más, luchaba por no dormirme, por miedo a encontrarme dentro de una tumba al despertarme. Y cuando, finalmente, me dormía, era para precipitarme de repente en un mundo de fantasmas sobre el que se cernía con sus vastas, negras alas tenebrosas, la única, la sepulcral *idea*.

De las innumerables imágenes de oscuridad que oprimen mis sueños, quiero relatar una visión solitaria. Pensaba que estaba inmerso en un trance cataléptico de duración y profundidad mayores que las habituales. De pronto, una mano helada se posó en mi frente y una voz impaciente susurró a mi oído la palabra «¡Levántate!»

Me senté. La oscuridad era total. No podía ver la figura de quien me había despertado. No podía recordar el momento en el que había entrado en trance ni el sitio donde me encontraba. Mientras permanecía inmóvil y ocupado en intentar pensar, la mano helada me agarraba de la muñeca, me sacudía petulante, mientras la voz decía nuevamente:

—¡Levántate! ¿No te ordené que te levantaras?

—Y tú —pregunté—, ¿quién eres?

—No tengo nombre en la región que habito —respondió la voz fúnebre—. Fui mortal, pero ahora soy un demonio. Soy implacable, pero digno de piedad. Tú debes sentir que me estremezco. Los dientes me rechinan mientras hablo, pero no es por el frío de la noche, de la noche sin fin. Pero este horror es insoportable. ¿Cómo puedes dormir tranquilo? No puedo descansar por los gritos de estas enormes agonías. Estos suspiros son más de lo que puedo soportar. ¡Levántate! Ven conmigo a la noche exterior y deja que te enseñe las tumbas. ¿No es éste un espectáculo de dolor? ¡Mira!

Miré y la figura invisible, que aún agarraba mi muñeca, hizo abrir las tumbas de toda la humanidad. De cada una salía un suave brillo fosfórico de la decadencia, de modo que pude ver en los más recónditos escondites y observé los cuerpos amortajados en su triste y solemne sueño con el gusano. Pero los verdaderos durmientes eran menos, entre muchos millones, que los que no dormían y se producía una leve lucha y un desasosiego general; de las profundidades de los innumerables pozos salía el melancólico frotar de las vestiduras de los enterrados. Y, entre aquellos que parecían descansar tranquilos, pude ver que muchos habían cambiado, en mayor o menor grado, la rígida e incómoda posición en que habían sido inhumados. Y la voz me dijo nuevamente, mientras yo miraba:

—¿No es, acaso, un triste espectáculo?

Pero, antes de que pudiera encontrar palabras para responder, la figura había dejado de aferrarme por la muñeca, se apagaron las luces fosforescentes y las tumbas se cerraron con un golpe violento, mientras surgieron de ellas un tumulto de gritos desesperados, que repetían: «¿No es, acaso, un triste espectáculo?»

Fantasías como éstas, que se presentan durante la noche, extendían su terrible influencia durante el día. Mis nervios se trastornaron y caí presa del perpetuo horror. Dudaba en caminar o cabalgar, o intentar por otros modos de volver a casa. En realidad, ya no confiaba en mí mismo lejos de los que conocían mi tendencia a la catalepsia, por miedo a que, en uno de mis habituales ataques, me enterraran antes de determinar mi verdadero estado. Dudaba del cuidado, de la fidelidad de mis amigos más queridos. Temía que, en algún trance más prolongado que los habituales, pudieran pensar que era irrecuperable. Llegué a pensar que, como causaba tantos problemas, estarían contentos de considerar un ataque profundo como causa suficiente para librarse de mí para siempre. En vano intentaron darme seguridad mediante promesas solemnes. Intenté que me prometieran bajo juramento que en ningún caso me enterrarían hasta comprobar que mi estado de descomposición estaba tan avanzado que no sería posible conservarme. Y, aun así, mis terrores mortales no entendían razones, no encontraban consuelo. Tomé una serie de complicadas precauciones. Entre otras cosas, hice remodelar la cripta familiar de modo que pudiera ser fácilmente abierta desde dentro. La más mínima presión sobre una larga palanca que se extendía dentro de la tumba haría que las puertas de hierro se abrieran. También preví la entrada de aire y luz y receptáculos apropiados para comida y agua, cerca del ataúd que me contendría. El ataúd estaba forrado con un material suave y cálido, con una tapa elaborada según el mismo principio de la puerta, con un añadido de resortes diseñados de tal modo que el más leve movimiento del cuerpo hubiera bastado para liberarlo. Además de todo esto, del techo de la tumba colgaba una gran campana, cuya cuerda se diseñó para que entrara por un orificio del ataúd y estuviera atada a una de las manos del cadáver. Pero, ¡oh!, ¿de qué sirve la vigilancia contra el destino del hombre? Ni siquiera estas medidas de seguridad eran suficientes para salvar de las más terribles angustias de la inhumación con vida a un pobre hombre destinado a ellas.

Llegó una época, como había ocurrido con anterioridad, en que me encontré pasando de un estado de total inconsciencia a la primera sensación, leve e indefinida, de estar vivo. Lentamente, a paso de tortuga, se acercaba el gris amanecer del día psíquico. Un desasosiego tranquilo. Una apática sensación de dolor sordo. Sin cuidado, sin esperanza, sin esfuerzo. Después de un largo intervalo, algo resonó en mis oídos, y después de un intervalo aún más largo, una sensación de hormigueo en mis extremidades; después de un período aparentemente eterno de tranquilidad placentera, durante el cual los sentimientos luchan por convertirse en pensamientos; posteriormente, otra caída en la nada; después, una recuperación repentina. Por fin, el leve temblor de un párpado y, en seguida, un choque eléctrico de terror, mortal e indefinido, que envía sangre a torrentes desde las sienes hasta el corazón. Y luego, el primer esfuerzo positivo por pensar. Y luego, el primer intento por recordar. Y luego, un triunfo parcial y evanescente. Y luego, el recuerdo ha recuperado su dominio de tal forma que, en alguna medida, estoy consciente de mi estado. Siento que no me estoy despertando de un sueño común. Recuerdo que he pasado por un estado cataléptico. Y después, por fin, como por la fuerza del océano, mi espíritu estremecido se ve abrumado por el único horrendo peligro, la única idea espectral, siempre dominante.

Durante algunos minutos, poseído por esta idea, me quedé inmóvil. ¿Y por qué? No podía reunir coraje para moverme. No me atrevía a hacer el esfuerzo que debía tranquilizarme y, sin embargo, algo en mi corazón susurraba que era seguro. La desesperación —como ninguna otra desgracia puede causar—, sólo la desesperación, me impulsó, después de un largo tiempo de indecisión, a abrir los ojos. Los abrí. Estaba oscuro, completamente oscuro. Sabía que el ataque había terminado. Sabía que la crisis de mi trastorno había pasado. Sabía que había recuperado el uso de mis facultades visuales y, sin embargo, estaba oscuro, completamente oscuro, con la intensa y total capacidad de la noche que dura por siempre.

Intenté gritar y mis labios y mi lengua reseca se movieron convulsivamente juntos en el intento; pero no surgía ninguna voz de mis cavernosos pulmones, que, oprimidos como si estuvieran bajo el peso de una montaña, jadeaban y palpitaban con el corazón en cada elaborada y trabajosa inspiración.

El movimiento de mis mandíbulas, en mi esfuerzo por gritar, me demostró que estaban atadas, como ocurre habitualmente con los muertos. También sentí que me encontraba sobre un material duro y mis costados también estaban muy comprimidos. Por el momento, no me había animado a mover ninguna de mis extremidades, pero entonces levanté violentamente los brazos que estaban estirados con las muñecas cruzadas. Golpearon un material de madera sólida, que se extendía sobre mi cuerpo a una altura de no más de seis pulgadas de mi cara. Ya no podía dudar de que me encontraba, por fin, dentro de un ataúd.

Y entonces, en medio de todas mis infinitas miserias, llegó dulcemente el querubín de la esperanza, pues pensé en mis precauciones. Me retorcí y realicé movimientos espasmódicos para abrir la tapa; no se movió. Me palpé las muñecas en busca de la cuerda; no la encontré. Y, así, el consuelo huyó para siempre y una desesperación aún más fuerte reinó triunfante, ya que no pude evitar percibir la ausencia de las almohadillas que tan cuidadosamente había preparado; también llegó a mis fosas nasales el peculiar olor fuerte de la tierra húmeda. La conclusión era irresistible. No estaba en la bóveda. Había sufrido un trance durante mi ausencia de casa, entre extraños, y, no recuerdo cuándo ni cómo, ellos me habían enterrado como un perro, encerrado en un ataúd común, y arrojado en la profundidad de una tumba normal y anónima para siempre.

Mientras esta terrible convicción entró en lo más íntimo de mi alma, luché nuevamente por gritar fuerte. Y, en este segundo intento, lo logré. Un largo, salvaje y continuo grito o gemido de agonía resonó en los reinos de la noche subterránea.

—¡Hola! ¡Hola! —dijo una voz áspera, en respuesta.

—¿Qué demonios ocurre ahora? —preguntó otro.

—¡Sal de ahí! —dijo un tercero.

—¿Por qué aúlla de esta manera, como un gato montés? —preguntó un cuarto y, en ese momento, fui sujetado y sacudido sin ceremonias por un grupo de individuos muy toscos. No me despertaron de mi sueño, ya que estaba despierto cuando grité; pero me devolvieron la plena posesión de la memoria.

La aventura tuvo lugar cerca de Richmond, Virginia. Acompañado por un amigo, había iniciado una expedición de caza, algunas millas abajo a orillas del río James. Se acercaba la noche y nos sorprendió una tormenta. El único refugio que encontramos fue la cabina de una pequeña embarcación anclada en la corriente y cargada de tierra vegetal. La aprovechamos todo lo que pudimos y pasamos la noche a bordo. Dormí en una de las dos únicas literas que había y ni falta hace que describa las literas de una embarcación de sesenta o setenta toneladas. La que yo ocupaba no tenía ropa de cama. Su ancho era de dieciocho pulgadas. La distancia entre el fondo y la cubierta era exactamente la misma. Me resultó dificilísimo introducirme en ella. Sin embargo, dormí profundamente. Y toda mi visión —ya que no estaba soñando, no estaba teniendo una pesadilla— surgió naturalmente de las circunstancias de mi posición, del giro habitual de mis pensamientos y de la dificultad que he mencionado de concentrar mis sentidos y, en especial, de recobrar la memoria durante largo tiempo después de despertar de un sueño. Los hombres que me sacudieron eran los tripulantes de la embarcación y algunos trabajadores dedicados a descargarlo. De la carga misma procedía el olor de la tierra. La venda alrededor de mis mandíbulas era un pañuelo de seda en el que había envuelto mi cabeza, a falta de mi usual gorro de dormir.

Sin embargo, las torturas soportadas fueron indudablemente iguales en aquel momento a las de una verdadera inhumación. Eran espantosas, de una atrocidad inconcebible. Pero del mal surge el bien, ya que el mismo exceso produjo en mí una reacción inevitable en mi espíritu. Mi alma adquirió tono, temperamento. Me fui al extranjero. Hice fuertes ejercicios. Respiré el aire libre del cielo. Pensé en otros temas que no fueran la muerte. Me deshice de mis libros de medicina. Quemé *Buchan*. No leí más *Pensamientos nocturnos*, ni otras obras sobre cementerios, ni cuentos de miedo *como éste*. En resumen, me convertí en un hombre nuevo y viví la vida. Desde aquella memorable noche, desprecié para siempre mis aprensiones sepulcrales y con ellas desaparecieron mis trastornos catalépticos, de los cuales, tal vez, habían sido menos efecto que causa.

Hay momentos en los que, aun para el sobrio ojo de la razón, el mundo de nuestra triste humanidad puede asumir la apariencia de infierno. Pero la imaginación del hombre no es Caratis para explorar con impunidad todas sus cavernas. ¡Oh! La legión de terrores sepulcrales no puede considerarse totalmente imaginaria, pero, como los demonios, en cuya compañía Afrasiab hizo su viaje por el Oxus, deben dormir o nos devorarán; debemos permitirles dormir o pereceremos.

EL GATO NEGRO

No exijo ni espero que el lector crea la historia tan salvaje como sencilla que estoy a punto de escribir. Estaría loco si lo esperara, en un caso en el cual mis propios sentidos rechazan la propia evidencia. Sin embargo, no estoy loco; tampoco estoy soñando. Pero mañana moriré y hoy quiero aligerar el peso de mi alma. Mi objetivo inmediato consiste en enseñar al mundo, de forma sencilla, sucinta y sin comentarios, nada más que una serie de hechos domésticos. La consecuencia de estos hechos me ha aterrorizado, me ha atormentado, me ha destruido. Sin embargo, no intentaré explicarlos. Para mí sólo significaron horror; para muchos, parecerán menos terribles que extravagantes. Tal vez, de ahora en adelante, algún intelecto podría reducir mi fantasma a un lugar común, algún intelecto más calmado, más lógico y mucho menos excitable que el mío, que percibirá, en las circunstancias que detallo con horror, nada más que una sucesión natural de causas y efectos.

Desde mi infancia, me destaqué por mi docilidad y mi bondad. La sensibilidad de mi corazón era tan notable que muchas veces fui objeto de la burla de mis compañeros. Me gustaban mucho los animales y mis padres me premiaron con una gran variedad de mascotas, con las que pasaba la mayor parte del tiempo, y lo que me más me colmaba de felicidad era darles de comer y acariciarlas. Este especial rasgo de mi personalidad aumentó con los años y, en mi edad adulta, encontré así una de las principales fuentes de placer. No es necesario que me esfuerce en explicar la naturaleza o la intensidad de la gratificación que conlleva el afecto a un perro fiel y sagaz. Algo en el amor generoso y sacrificado de una bestia toca directamente el corazón de una persona que ha tenido ocasión de probar la falsa amistad y la vulnerable lealtad del *hombre*.

Me casé joven y tuve la felicidad de que mi mujer compartiera mis gustos. Conocedora de mi especial devoción por los animales domésticos, no perdía ocasión de procurarme los más agradables. Teníamos pájaros, peces de colores, un perro precioso, conejos, un monito y *un gato*.

Este último era un animal de gran tamaño y belleza, completamente negro y sagaz hasta niveles sorprendentes. Al hablar de su inteligencia, mi mujer, que en realidad era bastante supersticiosa, aludía con frecuencia a la antigua creencia popular que decía que todos los gatos negros son brujas encubiertas. No quiero decir que lo pensara *seriamente* y sólo lo cuento porque me viene a la mente.

Pluto —así se llamaba el gato— era mi animal preferido y mi mejor compañero de juegos. Sólo yo lo alimentaba y me seguía por toda la casa. Incluso me resultaba difícil impedir que me siguiera por las calles.

De esta forma, nuestra amistad duró varios años, a lo largo de los cuales mi temperamento y mi carácter en general, por acción del demonio (me avergüenza confesarlo), experimentaron un radical cambio negativo. Cada día me mostraba más malhumorado, más irritable, más indiferente a los sentimientos de los otros. Comencé a utilizar un lenguaje descontrolado para dirigirme a mi mujer. Llegué incluso a tratarla con violencia personal. Por supuesto, mis animales también sintieron mi cambio de humor. No sólo los descuidaba, sino que los maltrataba. Sin embargo, con Pluto mantuve el suficiente control para no llegar a maltratarlo, aunque no tenía ningún reparo en maltratar a los conejos, al mono, incluso al perro, cuando se me acercaban por accidente o por afecto. Pero la enfermedad crecía dentro de mí (¿qué enfermedad es comparable al alcohol?) y, finalmente, hasta Pluto, que ya estaba envejeciendo y se mostraba entonces algo irritable, hasta Pluto empezó a experimentar los efectos de mi mal humor.

Una noche, al volver embriagado a casa, después de una de mis salidas por la ciudad, me pareció que el gato me evitaba. Lo atrapé y, atemorizado por mi violencia, me mordió en la mano. Al instante, se apoderó de mí la furia de un demonio. Ya no me reconocía. Mi alma pareció, de repente, alejarse de mi cuerpo y una violencia demoníaca, alimentada por la ginebra, hizo vibrar todas las fibras de mi cuerpo. Saqué del bolsillo una navaja y, cogiendo a la pobre bestia por el pescuezo, ¡le arranqué un ojo! Me avergüenzo, me abraso, tiemblo, al escribir esta terrible atrocidad.

Cuando la razón me volvió la mañana siguiente, cuando hube alejado con el sueño la ira de la noche de embriaguez, experimenté un sentimiento medio de horror, medio de remordimiento, por el crimen que había cometido; pero era, sin duda, un sentimiento débil y equívoco, y mi alma no se vio afectada. Nuevamente me sumergí en los excesos e intenté ahogar en vino todo recuerdo del suceso.

Mientras tanto, el gato se recuperaba lentamente. Es verdad que la órbita del ojo perdido presentaba un aspecto horrible, pero ya no parecía sufrir de dolor. Andaba por la casa como siempre, pero, como era de esperarse, huía de mí horrorizado cada vez que me acercaba. Como todavía mantenía algo de mi antiguo corazón, al principio me sentí triste por el evidente rechazo de una criatura que tanto me había amado. Pero este sentimiento pronto dio paso a la irritación. Y después sobrevino, para provocar mi caída final, el espíritu de la *perversidad*. La filosofía no puede explicar este sentimiento. Sin embargo, no estoy tan seguro de que mi alma exista como de que la perversidad es uno de los impulsos primitivos del corazón humano, un impulso de las indivisibles facultades primarias o sentimientos, que guían el carácter del hombre. ¿Quién no se ha visto, cientos de veces, cometiendo una acción vil o estúpida sólo porque sabe que no debería hacerlo? ¿No tenemos una inclinación permanente, contradictoria con nuestro juicio, a violar la ley, por el solo hecho de entenderla como tal? Quiero decir que este espíritu de perversidad contribuyó a mi caída final. Fue este deseo insondable del alma de *vejarse* a sí misma, de provocar violencia a su propia naturaleza, a hacer el mal por el mal mismo, lo que me llevó a continuar y finalmente consumar el daño que había infligido a la inocente bestia. Una mañana, con sangre fría, deslicé un lazo por su pescuezo y lo colgué de un árbol; lo colgué con lágrimas en mis ojos y con el más amargo de los remordimientos en el alma; lo colgué *porque* sabía que al hacerlo estaba cometiendo un pecado, un pecado mortal que comprometía mi alma inmortal, si fuera posible, aun más allá del alcance de la infinita misericordia del Dios más misericordioso y más terrible.

La noche siguiente al crimen, me despertó el grito de: «¡Fuego!» Las cortinas de mi cama estaban en llamas. Toda la casa estaba ardiendo. Con gran dificultad, mi mujer, un sirviente y yo mismo escapamos del incendio. La destrucción fue total. Toda mi riqueza terrenal se consumió y, desde entonces, me resigné a la desesperación.

No quiero caer en la debilidad de establecer una secuencia de causa y efecto entre el desastre y la atrocidad. Pero estoy detallando una cadena de acontecimientos y no quiero que falte ningún eslabón. Al día siguiente al del incendio, fui a visitar las ruinas. Todas las paredes, salvo una, habían caído. La excepción era una pared interior, no muy gruesa, que se hallaba en el medio de la casa y contra la cual se encontraba el cabecero de mi cama. Allí, el material había resistido bastante la acción del fuego, hecho éste que atribuyo a que hubiera sido colocado recientemente. Alrededor de esta pared, se concentró una multitud y muchas personas examinaron una parte del muro con especial atención. Las palabras «¡extraño!», «¡singular!» y otras expresiones similares me llamaron la atención. Me acerqué y vi, como tallada en bajorrelieve sobre la blanca superficie, la figura de un enorme *gato*. La nitidez de la impresión era realmente maravillosa. Había una cuerda alrededor del pescuezo del animal.

Al contemplar por primera vez esta aparición (no podía considerarla otra cosa), me invadió una sensación de asombro y terror. Pero, finalmente, pude reflexionar. Recordaba que el gato había sido ahorcado en un jardín adyacente a la casa. Ante la alarma de incendio, el jardín había sido invadido, de inmediato, por una multitud, y alguien debía haber cortado la cuerda y arrojado al animal en mi dormitorio por una ventana abierta. Tal vez, esto había ocurrido para despertarme del sueño. La caída de las otras paredes había comprimido a la víctima de mi crueldad en el material recién colocado; la cal, junto con las llamas y el amoníaco del cadáver, habían producido la imagen tal cual la acababa de ver.

Aunque así fue como me expliqué la sorprendente situación que acabo de relatar (y logré satisfacer a mi razón, si no a mi conciencia), lo ocurrido causó una profunda impresión en mi imaginación. Durante meses, no me pude desprender del fantasma del gato, y durante este tiempo volvía a mi espíritu una especie de sentimiento que parecía remordimiento, pero no llegaba a serlo. Llegué a lamentar la pérdida del animal y empecé a buscar, en los viles ambientes que frecuentaba, otro animal de la misma especie y de apariencia similar con el que reemplazarlo.

Una noche, mientras estaba sentado, medio embriagado, en una taberna más que infame, me llamó la atención, de repente, un pequeño objeto negro, que reposaba sobre uno de los inmensos toneles de ginebra o ron que conformaban la principal decoración del lugar. Había estado varios minutos mirando fijamente a la parte superior de este tonel y lo que me sorprendió fue el hecho de que no había percibido de inmediato el objeto que allí se encontraba. Me acerqué y lo toqué con la mano. Era un gato negro, muy grande, tan grande como Pluto, y se le parecía en todo salvo en un detalle: Pluto no tenía ni un solo pelo blanco en todo su cuerpo; pero este gato tenía una gran mancha blanca de forma indefinida, que le cubría casi toda la región del pecho.

Al tocarlo, se levantó rápidamente, ronroneó fuerte, se frotó contra mi mano y parecía contento con la atención que le estaba prestando. Por tanto, ésta era la criatura que estaba buscando. En seguida, ofrecí comprárselo al dueño, pero esta persona no se hizo cargo, no sabía nada de él, nunca lo había visto.

Continué con mis caricias y, cuando me preparé para ir a casa, el animal demostró que estaba dispuesto a acompañarme. Le permití que lo hiciera, deteniéndome cada poco para inclinarme y acariciarlo. Cuando llegó a casa, se acomodó rápidamente y se convirtió en el favorito de mi mujer.

Por mi parte, pronto descubrí una sensación de disgusto en mí. Era justo lo contrario de lo que había anticipado; pero —no sé cómo ni por qué— su evidente cariño hacia mí me disgustaba y me enfadaba. Desde hacía poco, estos sentimientos de disgusto y enfado se convirtieron en la amargura del odio. Evitaba a la criatura; una sensación de vergüenza y el recuerdo de mi anterior crimen no me permitían abusar físicamente de él. Durante varias semanas no le pegué ni lo maltraté de otro modo; pero, gradualmente, muy gradualmente, llegué a mirarlo con un odio indescriptible y a huir en silencio de su despreciable presencia, como si fuera la peste.

Sin duda, lo que aumentó mi odio hacia la bestia fue el descubrimiento, la mañana después de haberlo llevado a casa, de que —como había ocurrido con Pluto— le faltaba un ojo. Sin embargo, esta circunstancia sólo hizo que mi mujer se encariñara más con él. Ella, como dije, tenía un notable sentimiento de humanidad que alguna vez también me había distinguido y había sido la fuente de muchos de mis más simples y puros placeres.

Sin embargo, mi aversión por el gato aumentó el cariño del animal hacia mí. Me seguía con una terquedad difícil de explicar. Allí donde me sentaba, venía a cobijarse debajo de mi silla o saltaba sobre mis rodillas y me cubría de odiosas caricias. Si me levantaba para caminar, se ponía entre mis pies y casi me hacía caer o se colgaba de mi ropa y trepaba hasta mi pecho. En esos momentos, aunque deseaba destruirlo de un golpe, me reprimía, un poco por el recuerdo de mi anterior crimen, pero más que nada —debo confesarlo de una vez— por un horrible *miedo* al animal.

Este miedo no era exactamente un miedo al mal físico y, sin embargo, no sabría cómo definirlo. Me avergüenza reconocer —sí, aún en esta celda, me avergüenza reconocerlo— que este terror y este horror que el animal me inspiraba se veían aumentados por una de las más simples quimeras que se pueda concebir. Mi mujer me había llamado la atención más de una vez acerca del carácter de la marca de pelo blanco, de la que ya hablé, y que constituía la única diferencia visible entre este gato desconocido y el que yo había destruido. El lector recordará que esta marca, aunque era grande, no tenía forma definida. Sin embargo, poco a poco —tanto que era casi imperceptible y que por mucho tiempo mi razón luchó por rechazar por fantasioso—, comenzó a tomar una forma distintiva. Ahora era la representación de un objeto que tiemblo a mencionar —y, por eso, más que nada, odié y temí al monstruo y me habría deshecho de él *de haberme atrevido*—. Ahora, digo, representaba la imagen de algo horrible, siniestro: ¡el PATÍBULO! ¡Oh, horrible y lúgubre máquina del terror y el crimen, de la agonía y la muerte!

Y ahora me sentí más miserable que la mayor miseria humana. ¡Una bestia, cuyo semejante yo había destruido sin piedad, una bestia podía causarme esta insufrible angustia, a mí, un hombre, creado a imagen y semejanza de Dios! ¡Ay! Ni de día ni de noche, nunca más, gocé de la bendición que significa el descanso. ¡Durante el día la bestia no me dejaba un momento a solas y por las noches me despertaba a cada hora por pesadillas horribles, y encontraba el aliento de esa cosa sobre mi cara y su espantoso peso (una pesadilla de la que no podía desprenderme) apoyado eternamente sobre mi corazón!

Bajo la presión de tormentos como éstos, sucumbió lo poco de bueno que quedaba en mí. Los malos pensamientos, los peores y más oscuros pensamientos, se convirtieron en mis únicos compañeros íntimos. La melancolía de mi temperamento habitual se convirtió en odio a todas las cosas y a toda la humanidad. Y mi mujer fue la que más sufrió mis repentinas explosiones de furia, frecuentes e ingobernables.

Un día, para cumplir una tarea del hogar, ella me acompañó al sótano del viejo edificio que habitábamos como consecuencia de nuestra pobreza. El gato me siguió por las empinadas escaleras y casi me hizo caer de cabeza, lo que me exasperó hasta el límite de la locura. Alcé un hacha y, olvidando en mi locura los infantiles temores que hasta entonces había controlado mi mano, lancé un golpe sobre el animal que, por supuesto, habría sido fatal si no hubiera sido porque lo detuvo la mano de mi mujer. Cargado, por su intervención, de una rabia más que demoníaca, solté mi brazo y le clavé el hacha en la cabeza. Cayó muerta al instante, sin emitir un solo quejido.

Una vez cometido este horrible asesinato, me dediqué, con sangre fría y deliberadamente, a la tarea de ocultar el cadáver. Sabía que no podía llevármelo de la casa, ni de día ni de noche, sin arriesgarme a que algún vecino lo notara. Pensé en varios proyectos. Por un rato, pensé en cortar el cuerpo en pequeños fragmentos y quemarlos. En otro momento, pensé en la posibilidad de cavar una tumba en el suelo del sótano. Más tarde, consideré la posibilidad de arrojar el cadáver al pozo del patio, o meterlo en una caja como si fuera una mercancía en un embalaje habitual y pedirle a un porteador que lo retirara de la casa. Finalmente, di con la solución que consideré la mejor que todas estas alternativas. Decidí empotrarla en la pared del sótano, como hacían los monjes de la Edad Media con sus víctimas.

La pared del sótano se adaptaba a la perfección para este propósito. Las paredes estaban construidas con materiales poco firmes y habían sido cubiertas recientemente con un yeso de mala calidad, que la humedad del ambiente no había permitido endurecer. Además, una de las paredes era un saliente, producido por una falsa chimenea y hogar, que había sido rellenado para asemejarse al resto del sótano. No dudé de que podría remover los ladrillos de esta zona, colocar el cuerpo y reconstruir la pared como antes, de modo que nadie podría detectar nada sospechoso.

Estos cálculos eran correctos. Con la ayuda de una palanca, quité los ladrillos y coloqué el cadáver contra la pared interior, lo mantuve en esa posición, mientras, sin problemas, reconstruí toda la estructura hasta lograr la apariencia inicial. Con argamasa, arena y cal preparé cuidadosamente un enlucido como el anterior, con el que cubrí los ladrillos. La pared no mostraba el menor indicio de haber sido modificada. Barrí el suelo al detalle. Miré a mi alrededor con aire triunfal y me dije: «Por lo menos en esto mi trabajo no ha sido en vano.»

El próximo paso era buscar al animal que había causado tanta desgracia, ya que estaba decidido a matarlo. Si lo hubiera encontrado en ese momento, no habría cabido ninguna duda de su destino; pero parecía que el astuto animal se había alarmado con la violencia de mi anterior furia y se negaba a presentarse ante mí en este estado de ánimo. No es posible describir o imaginar el profundo y maravilloso alivio que me producía la ausencia de la destestable criatura. No apareció durante la noche; así que, por una noche por lo menos, desde su llegada a la casa, dormí profunda y tranquilamente. Sí, *dormí* a pesar del peso del asesinato que llevaba en mi alma.

Pasaron el segundo y el tercer día sin que mi verdugo apareciera. Una vez más, respiré como un hombre libre. El monstruo, aterrorizado, había abandonado para siempre el edificio. La culpa de mi siniestro acto no me perturbó demasiado. Me hicieron algunas preguntas, pero pude contestarlas fácilmente. Hasta se instrumentó una búsqueda; pero, por supuesto, no se descubrió nada. Ya sentía que mi felicidad futura estaba asegurada.

Al cuarto día después del asesinato, inesperadamente, entró en la casa un grupo de policías y comenzaron nuevamente con una rigurosa investigación en el edificio. Sin embargo, convencido de la seguridad del lugar que había elegido para esconder el cuerpo, no me sentí para nada incómodo. Los oficiales hicieron que les acompañara en la búsqueda. No dejaron un solo rincón sin explorar. Por fin, por tercera o cuarta vez, bajaron al sótano. Los seguí sin que me temblara un solo músculo. Mi corazón latía con calma, como el de aquel que duerme en su inocencia. Caminé de un lado a otro del sótano. Me crucé de brazos y anduve tranquilamente de acá para allá. Los policías estaban completamente satisfechos y se preparaban para partir. La alegría de mi corazón era demasiado fuerte para ser reprimida. Me moría de ganas por decirles, al menos, una palabra como para expresarles mi triunfo y para dejarlos doblemente seguros en su convencimiento de mi inocencia.

—Señores —dije finalmente, mientras el grupo subía por la escalera—, me alegro de haber disipado todas sus sospechas. Les deseo felicidad y un poco más de cortesía. Adiós, señores, ésta es una casa muy bien construida. (En mi deseo rabioso de decir algo con naturalidad, casi no supe lo que estaba diciendo.) Quiero decir que esta casa está *excelentemente* bien construida. Estas paredes, ¿ya se van los señores?, estas paredes tienen una construcción muy sólida.

Y, entonces, con el frenesí propio de mis alardes, con un palo que tenía en la mano, golpeé con fuerza la pared, justo en el sitio donde estaba el cuerpo de mi adorada mujer.

¡Pero Dios me proteja y me libre de las garras del demonio! En cuanto terminó el eco de mis golpes en el silencio, ¡una voz me respondió desde la tumba! Un llanto, al principio entrecortado, como el gemido de un niño; luego, un grito prolongado, fuerte y continuo, completamente anormal e inhumano, un aullido, un lamento, medio de horror y medio de triunfo, como el que podría haber surgido de un infierno, conjuntamente de las gargantas de los malditos en su agonía y de los demonios que exaltan la maldición.

Sería una locura hablar de lo que pensé en ese momento. Desesperado, me tambaleé hasta la otra pared. Por un instante, el grupo que se hallaba en las escaleras se quedó inmóvil por el terror. A continuación, una docena de fuertes brazos golpearon la pared. Cayó de una vez. El cuerpo, ya decadente y manchado con sangre coagulada, se mantuvo firme ante los ojos de los espectadores. Sobre su cabeza, con su gran boca roja y su solitario ojo de fuego, estaba la horrorosa bestia cuya astucia me había llevado al asesinato y cuya voz delatora me estaba entregando al verdugo. ¡Había emparedado al monstruo en la tumba!

LA MÁSCARA DE LA MUERTE ROJA

La «Muerte Roja» había devastado el país durante mucho tiempo. Ninguna plaga había sido nunca tan fatal o tan espantosa. La sangre era su encarnación y su sello, el rojo y el horror de la sangre. Había dolores agudos, un vértigo repentino y después sangraban los poros y llegaba la muerte. Las manchas escarlatas sobre el cuerpo y, en especial, sobre el rostro de la víctima eran el bando de la peste, que la aislaba de la ayuda y de la comprensión de sus iguales. La invasión, el progreso y el fin de la enfermedad ocurrían en media hora.

Pero el príncipe Próspero era feliz, intrépido y sagaz. Cuando sus territorios quedaron despoblados a medias, convocó ante su presencia a mil robustos y libres amigos entre los caballeros y las damas de su corte y, con ellos, se retiró a una de sus abadías fortificadas. Se trataba de un edificio amplio y magnífico, construido según el propio gusto excéntrico y a la vez augusto del príncipe. La rodeaba una sólida y alta muralla, que tenía portones de hierro. Una vez dentro, los cortesanos llevaron fraguas y macizos martillos y soldaron los cerrojos. Decidieron no dejar medios de entrada o salida para los repentinos impulsos de desesperación o frenesí que tenían lugar en el interior. La abadía estaba muy bien aprovisionada. Con tales precauciones, los cortesanos podrían evitar el contagio. El mundo exterior podría cuidar de sí mismo. Mientras tanto, era absurdo lamentarse o pensar. El príncipe había previsto todos los elementos necesarios para el placer. Había bufones, improvisadores, bailarines y músicos; había belleza y había vino. Dentro había todo esto y seguridad. Fuera estaba la «Muerte Roja».

Al finalizar un período de unos cinco o seis meses de reclusión, y mientras la peste atacaba furiosamente fuera, el príncipe Próspero dio, para sus amigos, una fiesta de máscaras de la más inusual magnificencia.

Esa mascarada era una escena voluptuosa. Pero primero permitidme que os describa los salones donde tuvo lugar. Eran siete, una suite imperial. En muchos palacios, dichos salones formaban una larga galería recta, donde las puertas dobles se abren hasta tocar la pared a cada lado, de modo que se podía ver toda su extensión. En este caso, era diferente, como podía esperarse del amor que el príncipe sentía por las cosas raras. Los salones estaban dispuestos de forma tan irregular que sólo podía verse uno cada vez. Había un recodo cada veinte o treinta yardas, y en cada recodo, un objeto novedoso. A la derecha y a la izquierda, en el medio de cada pared, había una ventana gótica alta y estrecha que daba a un corredor cerrado que seguía el contorno de los salones. Estas ventanas eran de cristales, cuyo colorido variaba según el tono dominante en la *decoración* de la cámara hacia la cual se abrían. Por ejemplo, la del extremo oriental era azul y de este mismo color eran sus ventanas. La segunda cámara tenía ornamentos y tapices en color púrpura y los cristales eran también púrpura. La tercera era toda verde, al igual que los cristales. La cuarta estaba amueblada e iluminada en color anaranjado; la quinta, en blanco, y la sexta, en violeta. La séptima cámara estaba completamente cubierta con tapices de terciopelo negro que colgaban desde el cielo raso y decoraban las paredes, cayendo sobre la alfombra del mismo material y del mismo color. Pero en esta habitación sólo el color de las ventanas no coincidía con el de la decoración. Los cristales eran escarlata, del espeso color de la sangre. En ninguna de las siete cámaras había lámparas o candelabros, entre la profusión de ornamentos dorados que aparecían dispuestos o colgados del cielo raso. No emanaba luz de ninguna vela o lámpara dentro de las habitaciones. Pero en los corredores paralelos a la galería de salones había frente a cada ventana un pesado trípode que sostenía un brasero, cuyos rayos se proyectaban a través de los coloridos cristales, iluminando cada habitación. Producían así una gran multitud de resplandores tan vivos como fantásticos. Pero en la cámara oeste, o cámara negra, el efecto de la luz que se derramaba sobre las sombrías colgaduras era terriblemente siniestro y daba un tono tan extraño a los rostros de los que allí se encontraban, que pocos eran lo bastante osados como para ingresar allí.

También en esta cámara había sobre la pared occidental un gigante reloj de ébano. Su péndulo se balanceaba de un lado al otro, con un sonido pesado, sordo y monótono. Y cuando la manecilla de los minutos había recorrido su circuito y debía dar la hora, salía de las entrañas de bronce del reloj un sonido claro y fuerte, profundo y muy musical, pero de un tono y una fuerza tan peculiares que a cada hora los músicos debían hacer una pausa en su ejecución para escucharlo; también los bailarines dejaban de danzar y había un momento de desconcierto entre el alegre grupo. Mientras seguían sonando las campanadas del reloj, se observaba que los más atolondrados palidecían y los de más edad y reflexión se pasaban la mano por la frente, como si estuvieran en medio de una confusa meditación o de un ensueño. Pero cuando cesaban los ecos, se oía una leve risa entre la concurrencia; los músicos se miraban unos a otros y sonreían de su absurdo nerviosismo, mientras se prometían en voz baja que el siguiente tañido del reloj no causaría en ellos una emoción semejante. Y, luego, después de sesenta minutos (que abarcan tres mil seiscientos segundos del tiempo que vuela), sonaba nuevamente el reloj y se producía el mismo desconcierto, el mismo temblor y la misma meditación que antes.

Sin embargo, a pesar de todo esto, era una fiesta alegre y magnífica. Los gustos del príncipe eran especiales. Tenía una sensibilidad notable para los colores y sus efectos. Despreciaba la *decoración* de la simple moda. Sus planes eran audaces y feroces, y sus ideas brillaban con bárbaro esplendor. Algunos pensaban que estaba loco. Sus seguidores creían que no. Era necesario oírlo, verlo y tocarlo para *asegurarse* de que no.

Él mismo había dirigido, en gran parte, la decoración de las siete cámaras, con ocasión de esta gran fiesta, y era su propio gusto el que había guiado el carácter de los disfraces. Por supuesto, eran grotescos. Había en ellos mucho de brillante, de esplendoroso, de pícaro y de fantasmagórico, mucho de lo que se vería más tarde en *Hernani*. Había figuras arabescas, con siluetas y atuendos incoherentes. Había fantasías delirantes, como las preferidas por los locos. Había mucho de belleza, mucho de extraño y licencioso. No faltaba lo terrible y lo repelente. En verdad, en aquellas siete cámaras había una multitud de sueños. Los sueños se movían de un lado a otro tomando el color de cada habitación y haciendo que la música y la orquesta parecieran el eco de sus pasos. Pero otra vez sonó el reloj de ébano que aparecía en la habitación de terciopelo. Y así, durante un momento, todo quedó quieto y en silencio, salvo la voz del reloj. Los sueños se congelaron. Pero los ecos del reloj se desvanecieron, sólo duraron un instante, y flotó una risa suave y medio sofocada tras ellos en su partida. Y otra vez sonó la música y vivieron los sueños y fueron de un lado al otro más felices que nunca, tomando el color de las ventanas de colores a través de las cuales se cuelan los rayos provenientes de los trípodes. Pero ninguna de las máscaras se atrevió a ir a la cámara que se hallaba hacia el occidente, porque cuando la noche fue avanzando y se filtró una luz más roja por los cristales de color de sangre, la tiniebla de los tapices negros fue aterradora. Y para aquel que pisara la sombría alfombra, surgiría del reloj de ébano un ahogado sonido mucho más solemne que los que alcanzaban a oír las máscaras entregadas a la distante alegría de las otras cámaras.

Pero estas otras cámaras estaban muy concurridas y en ellas latía fervorosamente el corazón de la vida. La fiesta continuaba en su torbellino hasta que, por fin, comenzaba a sonar el reloj a medianoche. Después cesó la música, como he dicho, y la danza de los bailarines se tranquilizó. Se produjo una interrupción desagradable de todas las cosas como antes. Pero ahora debían sonar doce campanadas en el reloj, y por eso ocurrió, tal vez, que los pensamientos invadieron en mayor número las meditaciones de los que reflexionaban entre la multitud que participaba de la fiesta. Quizá también por eso ocurrió que, antes de que sonaran los últimos ecos de la última campanada, hubo muchos miembros de la multitud que pudieron advertir la presencia de una figura enmascarada que hasta el momento no había llamado la atención de nadie. Y al correr en un susurro la noticia de esta nueva presencia, surgió al final un rumor de desaprobación y sorpresa, y, luego, de terror, de horror, de repugnancia.

En una asamblea de fantasmas, como la que he descrito, puede suponerse que ninguna aparición podría haber causado semejante sensación. En realidad, esa mascarada no tenía límites; pero la figura en cuestión lo sobrepasaba e iba más allá de los límites del mismísimo indefinido decoro del príncipe. En el corazón de los más temerarios hay fibras que no pueden tocarse sin emoción. Aun en el ser más relajado, para quien la vida y la muerte no son sino juegos, existen temas con los que no se puede jugar. En realidad, todos los asistentes parecían sentir que en la vestimenta y el porte del extraño no había nada de apropiado o de ingenioso. Su figura era alta y delgada, y llevaba una mortaja desde la cabeza hasta los pies. La máscara que ocultaba el rostro se parecía tanto a un cadáver rígido, que el análisis más detallado habría encontrado dificultades para descubrir el engaño. Es verdad, aquella frenética concurrencia podía admitir, y hasta aprobar, semejante disfraz. Sin embargo, el enmascarado había osado asumir el aspecto de la «Muerte Roja». Su mortaja estaba salpicada de sangre y su amplia frente, como todo su rostro, estaba manchada por el horror escarlata.

Cuando los ojos del príncipe Próspero se posaron en la imagen espectral (que con un movimiento lento y solemne, como para cumplir mejor su papel, se paseaba entre los bailarines), vieron que se convulsionaba, en un primer momento, con un temblor de terror o disgusto; pero a continuación, su frente enrojeció de furia.

—¿Quién se atreve —preguntó, con voz ronca, a los cortesanos que tenía alrededor— a insultarnos con esta burla blasfema? ¡Apresadlo y desenmascaradlo para que podamos ver a quién colgaremos al amanecer!

El príncipe Próspero se encontraba en la cámara oriental o azul al pronunciar estas palabras. Su voz resonó en las siete cámaras, fuerte y clara, ya que el príncipe era un hombre valiente y robusto y la música había cesado con un simple movimiento de su mano.

Estaba en la cámara azul rodeado de un grupo de pálidos cortesanos. Al principio, mientras él hablaba, se produjo un leve movimiento en dirección al intruso, quien, en ese momento, también estaba cerca y se aproximaba aún más hacia el príncipe con paso sereno y deliberado. Pero, debido a la inexplicable aprensión que la insana apariencia del enmascarado había producido entre la concurrencia, nadie se adelantó para apresarlo. Al no ser detenido, se puso a una yarda del príncipe y, mientras la asamblea, como con un impulso, retrocedió del centro de las cámaras hacia las paredes, él avanzó sin interrupción, pero con el mismo paso sereno y medido que lo había distinguido desde el primer momento, pasando de la cámara azul a la púrpura, de la púrpura a la verde, de la verde a la anaranjada, de ésta a la blanca y de allí a la violeta, sin que nadie se hubiera atrevido a detenerlo. Pero entonces el príncipe Próspero, enloquecido de furia y vergüenza de su propia cobardía, corrió por las seis cámaras, sin que nadie lo siguiera, a causa de un terror mortal que se había apoderado de todos. Con un puñal en la mano, se acercó, con veloz ímpetu, hasta tres o cuatro pies de distancia de la figura, que se alejaba. Al llegar al extremo de la cámara de terciopelo, giró de repente y se enfrentó al que lo perseguía. Se oyó un grito agudo, mientras el puñal caía brillante sobre la negra alfombra y el príncipe Próspero se desplomaba muerto. Reuniendo el salvaje coraje de la desesperación, algunas máscaras se lanzaron dentro de la cámara negra y, al apresar al desconocido, cuya alta figura permanecía erecta e inmóvil a la sombra del reloj de ébano, retrocedieron con inexpresable terror al descubrir que la mortaja y la cadavérica máscara que con tanta fuerza habían aferrado no contenían forma tangible alguna.

Así se reconoció la presencia de la «Muerte Roja». Había llegado como un ladrón en la noche. Uno por uno cayeron los concurrentes en las salas de la fiesta y cada uno murió en la posición desesperada de su caída. La vida del reloj de ébano se extinguió con la del último de aquellos seres alegres. Y las llamas de los trípodes se apagaron. Y la Oscuridad y la Decadencia y la «Muerte Roja» lo dominaron todo.

EL TONEL DE AMONTILLADO

Había soportado las mil ofensas de Fortunato lo mejor que pude, pero cuando me insultó juré que me vengaría. Usted, que tan bien conoce la naturaleza de mi alma, no pensará, sin embargo, que lo amenacé. *Al fin*, me vengaría; esto estaba claro, pero la decisión que había tomado excluía la idea de riesgo. No sólo debía castigarlo, sino hacerlo con impunidad. Un agravio no se repara cuando el castigo vuelve al reparador. Tampoco se repara cuando el vengador no es capaz de mostrarse como tal al que lo ha agraviado.

Debe entenderse que, ni con palabras ni con hechos, había dado a Fortunato motivo alguno para dudar de mis buenas intenciones. Seguí sonriendo ante su cara, tal como me lo había propuesto, y él no se dio cuenta de que mi sonrisa era ahora consecuencia de pensar en su inmolación.

Fortunato tenía un punto débil, aunque en otros aspectos era un hombre que imponía respeto y hasta temor. Se enorgullecía de su conocimiento en materia de vinos. Pocos italianos tienen el espíritu del verdadero virtuoso. En su mayoría, el entusiasmo que demuestran se adapta al momento y a la oportunidad, para engañar a los millonarios británicos y austríacos. En pintura y en joyas, Fortunato, como sus compatriotas, era un impostor, pero en lo que a vinos añejos se refiere era sincero. En este aspecto, yo no era diferente de él de forma notable, ya que yo también era experto en las vendimias italianas y compraba todos los vinos que podía.

Un atardecer, durante la locura suprema de la semana de carnaval, me encontré con mi amigo. Se acercó a mí con excesiva cordialidad, ya que había estado bebiendo mucho. Vestía disfraz de bufón, llevaba un traje ajustado de rayas y tenía en la cabeza un gorro cónico con cascabeles. Me sentí tan contento de verlo, que creía que nunca terminaría de estrecharle la mano.

—Mi estimado Fortunato —le dije—, me alegro de encontrarlo. ¡Qué bien lo veo hoy! Acabo de recibir un barril de amontillado y tengo mis dudas.

—¿Cómo? —preguntó—. ¿Amontillado? ¿Un barril? ¡Imposible! ¡Y en pleno carnaval!

—Tengo mis dudas —le respondí—, y fui tan tonto que pagué el precio del amontillado sin consultar con usted. Creí que no lo vería y tenía miedo de perder este negocio.

—¡Amontillado!

—Y quiero salir de dudas.

—¡Amontillado!

—Como está usted ocupado, voy a ver a Luchesi. Si alguien tiene sentido crítico, es él. Él me dirá...

—Luchesi no puede distinguir un amontillado de un jerez.

—Y, sin embargo, algunos tontos afirman que su gusto coincide con el suyo.

—¡Vamos!

—¿Adónde?

—A su bodega.

—No, mi amigo. No quiero aprovecharme de su buena voluntad. Veo que tiene usted un compromiso. Luchesi...

—No tengo ningún compromiso. Vamos.

—No, mi amigo. No se trata del compromiso, sino del resfriado que veo que le afecta. Las bodegas son muy húmedas y están cubiertas de salitre.

—Vamos, de todos modos. Este resfriado no es nada. ¡Amontillado! Lo han engañado. Y en cuanto a Luchesi..., no puede distinguir el jerez del amontillado.

Así hablando, Fortunato se apoderó de mi brazo. Se puso una máscara de seda negra y ciñéndome una *roquelaire*, dejé que me llevara rápidamente hasta mi casa.

No había sirvientes en casa. Se habían escapado para festejar el carnaval. Les había dicho que no volvería hasta la mañana siguiente y les había dado órdenes expresas de no moverse de la casa. Sabía que estas órdenes serían suficientes para asegurarme que desaparecerían de inmediato, todos, en cuanto hubiera vuelto la espalda.

Saqué de sus anillas dos antorchas y le di una a Fortunato. Lo conduje a través de varios salones hasta el corredor que llevaba a las criptas. Bajamos una larga escalera de caracol y le pedí que tuviera cuidado al bajar. Llegamos al fondo y nos quedamos juntos sobre el húmedo suelo de las catacumbas de los Montresor.

El paso de mi amigo era tambaleante y los cascabeles de su gorro sonaban a medida que iba caminando.

—El tonel —dijo.

—Está más adelante —dije—, pero tenga cuidado con las blancas telarañas que brillan en las paredes de estas cavernas.

Se volvió y me miró a los ojos con veladas pupilas que destilaban embriaguez.

—¿Salitre? —preguntó.

—Salitre —respondí—. ¿Cuánto hace que está acatarrado?

Comenzó a toser y no pudo responder durante varios minutos.

—No es nada —dijo por fin.

—Vamos —dije con decisión—. Volvamos; su salud es muy importante. Es usted rico, respetado, admirado, adorado; se siente usted feliz, como yo en una época. Su desaparición causaría tristeza. En mi caso, sería lo contrario. Volvamos. Usted enfermaría y no puedo ser responsable. Además, está Luchesi...

—Con esto basta —dijo—. Esta tos no es nada. No me matará. No voy a morir de tos.

—Verdad, verdad —respondí—. Además, yo no quería alarmarlo sin necesidad, pero debería usted tener cuidado. Un trago de este Medoc lo defenderá de la humedad.

Rompí el cuello de una botella que extraje de una larga fila de la misma clase colocada en el suelo.

—Beba —le dije, entregándole el vino.

Se lo llevó a la boca, mirándome de soslayo. Esperó y me hizo un gesto familiar, mientras sus cascabeles seguían sonando.

—Brindo —dijo— por los muertos que reposan a nuestro alrededor.

—Y por su larga vida.

Otra vez me tomó del brazo y seguimos.

—Estas criptas —dijo— son enormes.

—Los Montresor —respondí— eran una gran familia numerosa.

—He olvidado su escudo de armas.

—Un gran pie humano de oro en un campo de azur; el pie aplasta una serpiente rampante, cuyas garras se hunden en el talón.

—¿Y el lema?

—*Nemo me impune lacessit.*

—Bien —dijo.

El vino brillaba en sus ojos y los cascabeles sonaban. Mi propia imaginación se estimulaba con el Medoc. Habíamos pasado por paredes formadas por esqueletos apilados, entre los cuales también aparecían toneles, hacia lo más recóndito de las catacumbas. Me detuve otra vez y me atreví a coger a Fortunato del brazo, por encima del hombro.

—El salitre —dije—. Mire, aumenta. Cuelga como el moho en las criptas. Estamos debajo del lecho del río. Las gotas de humedad se filtran entre los huesos. Venga. Volvamos antes de que sea demasiado tarde. Su tos...

—No es nada —dijo—. Sigamos. Pero primero, otro trago de Medoc.

Rompí el cuello de una botella de De Grave. La vació de un trago. Sus ojos brillaron con una luz salvaje. Se rió y tiró la botella hacia arriba con un gesto que no entendí.

Lo miré con sorpresa, pero él repitió el grotesco movimiento.

—¿No comprende usted? —preguntó.

—No —respondí.

—Entonces no es usted de la hermandad.

—¿Cómo?

—Usted no es un masón.

—Sí, sí —respondí—. Sí, sí.

—¿Usted un masón? ¡Imposible!

—Un masón —respondí.

—Un signo —dijo.

—Es éste —contesté, al tiempo que extraía de entre los pliegues de mi *roquelaire* una pala de albañil.

—Usted se está burlando —exclamó, retrocediendo unos pasos—. Pero sigamos hacia el amontillado.

—Así sea —dije, colocando nuevamente la herramienta y ofreciéndole otra vez mi brazo. Se apoyó pesadamente. Seguimos nuestro camino en busca del amontillado. Dejamos atrás una serie de corredores bajos, descendimos, seguimos, descendimos y llegamos a una profunda cripta en la que el aire estaba tan pesado que nuestras antorchas casi no alumbraban.

Al final de la última cripta, aparecía otra menos espaciosa. Las paredes habían sido cubiertas con restos humanos, apilados hasta la bóveda, como puede observarse en las grandes catacumbas de París. Tres paredes de esta cripta interior estaban adornadas de este modo. En la cuarta, los huesos habían sido arrojados y se hallaban desordenados sobre el suelo, formando en un punto un amontonamiento bastante grande. Sobre la pared que quedaba así al descubierto, vimos otro nicho interior, de cuatro pies de profundidad, tres de ancho y seis o siete de altura. Parecía haber sido construido sin un fin específico, sino como intervalo entre dos colosales columnas que soportaban el techo de las catacumbas y cuya parte posterior era una pared de granito sólido.

Fortunato trató en vano de levantar su mortecina antorcha, tratando de ver en el fondo del nicho. No podía verse dónde terminaba a causa de la suave luz.

—Sigamos —dije—, ahí dentro está el amontillado. En cuanto a Luchesi...

—Es un ignorante —interrumpió mi amigo, mientras avanzaba tambaleándose, al tiempo que yo lo seguía muy de cerca. En un instante, había llegado al extremo del nicho y, al ver que una roca le impedía el paso, se quedó como atontado. Un momento más tarde quedaba encadenado al granito. Había una roca con dos argollas de hierro, separadas horizontalmente por una distancia aproximada de dos pies. De una de ellas colgaba una corta cadena, y de la otra, un candado. Pasándole la cadena alrededor de la cintura, sólo tardé unos segundos en asegurarla. Estaba demasiado atónito como para oponer resistencia. Extraje la llave y salí del nicho.

—Pase la mano —dije— por la pared. No podrá dejar de sentir el salitre. En realidad, está *muy* húmedo. Una vez más, le *imploro* que volvamos. ¿No? Entonces, tengo que dejarlo. Pero primero debo ofrecerle todas las atenciones posibles.

—¡El amontillado! —exclamó mi amigo, que no había vuelto en sí de su estupefacción.

—Es cierto —respondí—, el amontillado.

Mientras pronunciaba estas palabras, fui hasta la pila de huesos de la que hablé antes. Apartándolos, dejé al descubierto una cantidad de bloques de piedra y de mortero. Con estos materiales y mi pala de albañil comencé con fuerza a cerrar la entrada del nicho.

Apenas hube colocado la primera hilera de piedras, cuando descubrí que la embriaguez de Fortunato había desaparecido bastante. El primer indicio de que esto ocurría fue un profundo quejido que provenía de la profundidad del nicho. No era el grito de un hombre embriagado. Después se produjo un largo y obstinado silencio. Coloqué la segunda hilera, la tercera y la cuarta. Después escuché la furiosa vibración de la cadena. El ruido duró unos minutos, durante los cuales, para poder escuchar con mayor claridad, dejé de trabajar y me senté sobre los huesos. Cuando la cadena dejó de sonar, tomé de nuevo la pala y seguí, sin interrupción, colocando la quinta, la sexta y la séptima hilera. La pared estaba casi al nivel de mi pecho. Me detuve nuevamente y, orientando la antorcha sobre la pared, lancé unos leves rayos hacia la figura allí encerrada.

Una serie de gritos fuertes y agudos, que salieron de la garganta de aquella forma encadenada, me hicieron retroceder con violencia. Vacilé un instante y temblé. Desenfundé mi espada y empecé a tantear con ella el interior del nicho, pero un instante de reflexión bastó para tranquilizarme. Apoyé la mano sobre la sólida pared de la catacumba y me quedé satisfecho. Me acerqué a la pared. Respondí a los gritos del que clamaba. Fui su eco, lo ayudé, lo sobrepasé en volumen y fuerza. Lo hice y sus gritos cesaron.

Era medianoche y mi tarea estaba llegando a su fin. Había completado la octava hilera, la novena, la décima. Había terminado una parte de la undécima y última. Quedaba sólo una piedra por colocar y fijar. Luché con su peso y la coloqué parcialmente en su posición final. Pero entonces salió del nicho una suave risa que me hizo erizar los cabellos.

A continuación, oí una triste voz, que me costó reconocer como la del noble Fortunato. La voz decía:

—¡Ja, ja, ja, ja...! Una broma muy buena. Una burla excelente. ¡Cómo nos reiremos de esto en el *palazzo*! ¡Ja, ja, ja...! ¡Mientras bebamos! ¡Ja, ja!

—¡El amontillado! —exclamé.

—¡Ja, ja, ja, ja...! ¡Ja, ja, ja, ja...! Sí, el amontillado. Pero, ¿no se está haciendo tarde? ¿No nos estarán esperando en el palazzo, la señora Fortunato y el resto? ¡Vámonos!

—Sí —dije—, vámonos.

—*¡Por el amor de dios, Montresor!*

—Sí —dije—, por el amor de Dios.

Pero esperé en vano la respuesta a mis palabras. Me impacienté y llamé en voz alta:

—¡Fortunato!

No hubo respuesta. Otra vez llamé:

—¡Fortunato!

Silencio. Pasé una antorcha por la abertura y la dejé caer dentro. Como respuesta, sólo escuché el sonido de los cascabeles. Sentí náusea, por la humedad de las catacumbas. Me apresuré a terminar mi trabajo. Puse la última piedra y la fijé. Contra la nueva pared, volví a alzar la antigua pila de huesos. Durante medio siglo, nadie los ha perturbado. In pace requiescat!

EL RETRATO OVAL

El castillo en el que mi criado se había decidido a entrar por la fuerza, antes de dejarme en mi grave estado pasar la noche al aire libre, era uno de esos edificios construidos con una mezcla de lobreguez y esplendor que, durante mucho tiempo, se han alzado en los Apeninos, tan reales como en la imaginación de la señora Radcliffe. En apariencia, había sido abandonado recientemente, aunque de forma temporal. Nos instalamos en una de las habitaciones más pequeñas y menos suntuosas, ubicada en una apartada torre del castillo. Su decoración era rica, aunque gastada y antigua. Sus paredes estaban cubiertas de tapices y adornadas con múltiples y variados trofeos heráldicos, junto con un gran número de pinturas modernas en marcos con arabescos de oro. Esas pinturas, que colgaban no sólo de las paredes sino que también aparecían en los diversos nichos de la extraña arquitectura del edificio, causaron en mí un profundo interés, tal vez por mi incipiente *delirium*. Ordené a Pedro que cerrara las pesadas persianas de la habitación porque era de noche, que encendiera los altos candelabros que se alzaban en la cabecera de mi cama y que abriera las cortinas de terciopelo negro que la envolvían. Deseaba que todo esto se hiciera para poder entregarme, si no al sueño, sí a la contemplación de estas pinturas y a la lectura de un pequeño libro que había hallado sobre la almohada, que criticaba y describía los cuadros.

Leí mucho tiempo y observé las obras con mucha devoción. Las horas pasaron volando, rápida y placenteramente, y pronto se hizo medianoche. La posición de los candelabros me disgustaba y, estirando la mano con dificultad —en lugar de despertar a mi sirviente—, los coloqué de modo que iluminaran mejor el libro.

Sin embargo, este movimiento produjo un efecto completamente imprevisto. Los rayos de las numerosas velas (había muchas) cayeron en un nicho de la habitación que se había mantenido oculto hasta el momento a causa de una de las columnas de la cama. Así pude ver a toda luz una pintura que no había visto antes. Era el retrato de una joven que empezaba a madurar y a convertirse en una mujer. Miré la pintura rápidamente y después cerré los ojos. No pude entender por qué lo hice. Pero mientras mis ojos permanecían cerrados, se cruzó por mi mente la razón de mi actitud. Era un movimiento impulsivo a fin de ganar tiempo para pensar, para asegurarme de que la vista no me había engañado, para calmar y tranquilizar mi imaginación, para poder mirar de forma más sobria y certera. En unos minutos, miré fijamente la pintura otra vez.

Ahora no podía dudar de haber visto bien, ya que la primera luz de la vela sobre la tela había parecido disipar el estupor de ensoñación que pesaba sobre mis sentidos y me había despertado.

El retrato, como he dicho, era de una mujer joven. Mostraba sólo la cabeza y los hombros y estaba realizado con la técnica denominada *vignette*, al estilo de las cabezas favoritas de Sully. Los brazos, el seno y hasta las puntas de su brillante cabello se mezclaban de forma imperceptible con la vaga pero profunda sombra formada por el fondo del retrato. El marco era oval, muy adornado y afiligranado en estilo morisco, como una pieza de arte; pero para nada era tan admirable como el retrato en sí. Sin embargo, no podía ser la ejecución de la obra ni la inmortal belleza del retrato lo que tan vehementemente me había emocionado. Menos aún era posible que fuera mi imaginación, sobresaltada de su adormecimiento, lo que había confundido la cabeza con una persona viva. De repente, vi que las peculiaridades del dibujo, de la *vignette* y del marco tenían que haber rechazado semejante idea, impidiéndome incluso que me distrajera por un momento. Me quedé pensando profundamente en estos temas durante una hora, tal vez, medio sentado, medio reclinado, con la vista posada en el retrato. Por fin, satisfecho con el verdadero secreto de su efecto, me dejé caer en la cama. Había descubierto que el hechizo del retrato era la absoluta *apariencia de vida* de la expresión que primero me había sorprendido y después me había confundido, sometido y aterrado. Con profundo y reverente temor, coloqué el candelabro en su posición inicial. La causa de mi gran agitación había desaparecido de mi vista y busqué ansiosamente el libro que hablaba de las pinturas y su historia. Me detuve en el número que designaba el retrato oval y leí las vagas y extrañas palabras que siguen:

«Se trataba de una doncella de singular belleza, tan encantadora como alegre. Fatal fue la hora en que vio, amó y desposó al pintor. Él, apasionado, estudioso y austero, tenía ya una prometida en su arte. Ella, una doncella de singular belleza, tan encantadora como alegre, pura luz y sonrisa, traviesa como un cervatillo, lo amaba y lo mimaba, y odiaba sólo al arte que era su rival, y temía sólo a la paleta, los pinceles y otros instrumentos molestos que la privaban de la contemplación de su amado. Fue terrible para la dama oír hablar al pintor de su deseo de retratarla. Pero ella era humilde y obediente, y permaneció sentada durante muchas horas, posando en la elevada y oscura habitación de la torre donde la luz sólo caía desde lo alto sobre la pálida tela. Pero el pintor se vanagloriaba de su obra, en la que trabajaba horas y horas, días y días. Era apasionado y salvaje, un hombre de carácter, que se perdía en sus ensueños y no veía que la luz que caía tan débilmente en la solitaria torre marchitaba el espíritu de la joven, que se consumía a la vista de todos, salvo a la suya propia. Sin embargo, ella seguía sonriendo, sin quejarse, porque veía que el pintor (de gran renombre) obtenía un ardiente placer en su trabajo y luchaba día y noche para retratar a la que tanto lo amaba y que, no obstante, se debilitaba día tras día. A decir verdad, algunos de los que contemplaban el retrato hablaban en voz baja de su parecido, como de una asombrosa maravilla y como prueba tanto del poder del pintor como del profundo amor por aquella a quien retrataba tan bien. Sin embargo, finalmente, a medida que la labor llegaba a su fin, no dejó que nadie entrara en la torre, ya que estaba exaltado en el ardor de su trabajo y casi no apartaba los ojos de la tela, ni siquiera para observar el rostro de su esposa. Y no quería ver que los tintes que esparcía en la tela eran extraídos de las mejillas de aquella mujer sentada a su lado. Cuando pasaron varias semanas y quedaba poco por hacer, excepto un retoque en la boca y una pincelada en el ojo, el espíritu de la mujer osciló, vacilante como la llama de la lámpara. Y después aplicó el retoque y la pincelada. Por un momento, el pintor quedó en trance ante la obra que había realizado; pero a continuación, mientras seguía mirando, comenzó a temblar y palideció y tembló mientras gritaba: "¡En verdad, ésta es la Vida misma!" y, al volverse de improviso para mirar a su amada, *estaba muerta.*»

LA CAJA OBLONGA

Hace algunos años, para ir desde Charleston, Carolina del Sur, hasta la ciudad de Nueva York, reservé un billete en el paquebote *Independencia*, al mando del capitán Hardy. Teníamos que zarpar el quince del mes (junio), si el tiempo lo permitía, y el día catorce fui a bordo para arreglar algunas cosas en mi camarote.

Vi que tendríamos muchos pasajeros, incluyendo una cantidad poco habitual de mujeres. En la lista había varios conocidos míos y, entre otros nombres, me alegré de ver el de Cornelius Wyatt, un joven artista, por quien sentía un notable sentimiento de amistad. Había sido compañero mío en la Universidad de C..., donde estábamos siempre juntos. Tenía el carácter de un genio y era una mezcla de misantropía, sensibilidad y entusiasmo. A estas cualidades, unía el corazón más ardiente y sincero que haya tenido hombre alguno.

Observé que había a su nombre *tres* camarotes y, mirando nuevamente la lista de invitados, descubrí que había reservado billetes para sus dos hermanas, su esposa y él mismo. Los camarotes eran suficientemente amplios y, en cada uno, había dos literas, una sobre otra. Estas literas eran tan estrechas que no resultaban suficientes para más de una persona. Sin embargo, no podía entender por qué había *tres* camarotes para estas cuatro personas. En esa época, me encontraba en uno de esos estados de melancolía espiritual en que un hombre tiende a mostrarse en extremo inquisitivo sobre nimiedades. Y me avergüenza confesar que me dediqué a una serie de conjeturas sobre este asunto del camarote de más. Desde luego, no era un asunto de mi incumbencia; sin embargo, me dediqué pertinazmente a pensar en cómo resolver el enigma. Finalmente, llegué a una conclusión que me asombró no haber descubierto antes: «Se trata de una criada, por supuesto», me dije; «no entiendo cómo no se me ocurrió antes esta solución tan obvia». Y, otra vez, reparé en la lista, pero esta vez vi con claridad que no vendría ningún criado con el grupo; aunque, en realidad, había sido la intención inicial llevar uno, ya que las palabras «y criado» habían sido escritas y luego tachadas. «Ah, seguro que es equipaje adicional», me dije, «algo que no quiere bajar y quiere controlar y tener a mano, un cuadro o algo así, y esto es lo que debe haber comprado a Nicolino, el judío italiano». Esta idea me conformó y, por el momento, dejé de lado mi curiosidad.

Conocía muy bien a las dos hermanas de Wyatt, que eran dos jóvenes tan amables como inteligentes. Se había casado recientemente y yo no conocía a su esposa. Sin embargo, había hablado de ella en mi presencia, con su habitual entusiasmo. La describió como de una sorprendente belleza, ingenio y cualidades. Por tanto, me sentía muy ansioso por conocerla.

El día que visité el barco (el día catorce), Wyatt y su grupo también debían visitarlo, según me informó el capitán, y esperé a bordo una hora más de lo previsto, con la esperanza de que me presentaran a la esposa; pero se me informó que «la señora Wyatt se sentía indispuesta y no vendría a bordo hasta el día siguiente, a la hora de zarpar».

Al llegar el momento, me dirigí del hotel hasta el muelle, donde me encontré con el capitán Hardy, quien me dijo que «por ciertas circunstancias» (frase estúpida, pero apropiada) «el *Independence* no zarparía hasta dentro de uno o dos días y que, cuando todo estuviera listo, enviaría alguien para informarme». Esto me pareció extraño, ya que había una sostenida brisa del sur; pero como «las circunstancias» no aparecían, aunque insistí con gran perseverancia, no pude hacer nada, sino volver a casa y digerir mi impaciencia.

No recibí el esperado mensaje del capitán durante casi una semana. Sin embargo, al fin llegó e inmediatamente fui a bordo. El barco estaba lleno de pasajeros y reinaba la confusión habitual en el momento de izar las velas. El grupo de Wyatt llegó diez minutos después que yo. Allí estaban sus dos hermanas, su esposa y el artista, éste último en uno de sus habituales accesos de melancólica misantropía. Sin embargo, ya estaba muy acostumbrado a su humor y no le presté demasiada atención. Ni siquiera me presentó a su esposa, quedando este deber de cortesía a cargo de su hermana Marian, una joven dulce e inteligente, quien nos presentó apresuradamente.

La señora Wyatt llevaba un espeso velo y, cuando lo levantó para responder a mi saludo, confieso que me sentí profundamente sorprendido. Sin embargo, me hubiera asombrado aún más si no tuviera la costumbre de dudar de las entusiastas descripciones de mi amigo cuando se trataba de la belleza femenina. Al hablar de la hermosura, sabía perfectamente con qué facilidad llegaba al límite de lo ideal.

La verdad es que no pude dejar de observar que la señora Wyatt era una mujer decididamente vulgar. Si no fea del todo, creo que no estaba muy lejos de serlo. Sin embargo, vestía con exquisito gusto y no había duda de que había cautivado el corazón de mi amigo por las virtudes más duraderas del intelecto y el alma. Dijo muy pocas palabras y se dirigió a su camarote con Wyatt.

Mi anterior curiosidad se apoderó de mí. No había criados, eso estaba claro. Por tanto, busqué el equipaje adicional. Al cabo de un rato, llegó un carro con una caja oblonga de pino, que según parecía era lo único que se esperaba. Inmediatamente después de la llegada de la caja, zarpamos y en poco tiempo habíamos cruzado felizmente la barra y entrábamos en mar abierto.

La caja en cuestión era, como digo, oblonga. Tenía seis pies de largo por dos y medio de ancho. La observé con atención y además me gusta ser preciso. Pues bien, esta forma era especial. En cuanto la vi, me felicité por lo acertado de mi estimación. Había llegado a la conclusión, como se recordará, de que el equipaje adicional de mi amigo, el artista, estaría conformado por cuadros o, por lo menos, un cuadro, ya que sabía que Wyatt había estado varias semanas hablando con Nicolino. Y ahora aquí estaba la caja que, por su forma, no podría contener nada más que una copia de la «Última Cena», de Leonardo, y sabía que una copia de esta «Última Cena», hecha por Rubini el joven, en Florencia, estaba en poder de Nicolino. Por tanto, este punto estaba suficientemente claro para mí. Me reí tal vez demasiado de mi perspicacia. Era la primera vez que descubría que Wyatt me ocultaba alguno de sus secretos artísticos; pero no cabía duda de que esta vez trataba de hacerme una treta y pasar de contrabando a Nueva York una obra magnífica, confiando en que no me daría cuenta de nada. Resolví tomarme una revancha, sin tener que esperar mucho.

No obstante, una cosa me fastidió bastante. La caja no fue al camarote adicional. Fue depositada en el de Wyatt y allí permaneció, ocupando casi todo el suelo, sin duda causando molestias al artista y a su esposa, además porque la brea o la pintura con la que se habían trazado grandes letras despedían un olor desagradable y fuerte y, para mí, especialmente repugnante. Sobre la tapa, podía leerse: «*Sra. Adelaide Curtis, Albany, Nueva York. Envío de Cornelius Wyatt, esq. Este lado hacia arriba. Trátese con cuidado.*»

Sabía yo que la señora Adelaide Curtis, de Albany, era la suegra del artista; pero miré la dirección completa y pensé que había hecho estampar su nombre a fin de confundirme mejor. Estaba seguro de que la caja y su contenido nunca llegarían más allá del estudio de mi misantrópico amigo, en Chambers Street, Nueva York.

Durante los primeros tres o cuatro días tuvimos buen tiempo, a pesar del viento de proa, ya que había virado al norte apenas perdimos de vista la costa. Por tanto, los pasajeros estaban alegres y dispuestos a ser sociables. Sin embargo, Wyatt y sus hermanas se mostraban reservados, de forma que no pude menos que considerarlo descortés para con el resto de los pasajeros. No estaba observando tanto la conducta de Wyatt. Estaba más melancólico de lo que era habitual en él. En realidad, estaba lúgubre; pero yo estaba preparado para sus excentricidades. Sin embargo, no encontraba excusa para las hermanas. Se recluyeron en sus camarotes durante la mayor parte del viaje y rechazaron, a pesar de mi insistencia, comunicarse con cualquier persona del barco.

La señora Wyatt era, en cambio, mucho más agradable. Es decir, era *habladora*, y esto tiene mucha importancia cuando se viaja por mar. Se mostró *excesivamente* familiar con la mayoría de las damas y, para mi profunda sorpresa, no ocultaba su disposición a coquetear con los hombres. Nos divertía mucho a todos. Y digo «divertía», pero apenas puedo explicar lo que quiero decir con esto. La verdad es que pronto descubrí que la gente se reía más de ella que con ella. Los hombres hablaban poco de ella, pero las damas no tardaron en decir que era «una buena mujer, nada bonita, sin la menor educación y decididamente vulgar». Lo maravilloso era cómo Wyatt había quedado atrapado en semejante trampa de matrimonio. La fortuna era una posibilidad, pero yo sabía que no se trataba de esto; Wyatt me había dicho que ella no le dio ni un dólar ni tenía la menor esperanza de heredar. Se había casado con ella, según me había dicho, por amor, sólo por amor. Cuando pensaba en estas expresiones de mi amigo, confieso que me siento indescriptiblemente perplejo. ¿Podría ser posible que estuviera perdiendo los sentidos? ¿Qué más podía yo pensar? Él, tan refinado, tan intelectual, tan susceptible, con una percepción tan exquisita de lo imperfecto, con tan aguda apreciación de la belleza. En realidad, la dama parecía muy enamorada de su esposo, especialmente en su ausencia, y se ponía en ridículo al citar varias veces lo que había dicho «su adorado esposo, el señor Wyatt». La palabra «esposo» aparecía siempre —para decirlo con delicadeza— en la punta de su lengua. Mientras tanto, todo el pasaje observaba que él la evitaba de la manera más evidente y que, en general, prefería encerrarse en el camarote, donde en realidad se suponía que vivían juntos, y dejaba a su esposa en total libertad para divertirse como mejor le pareciera, en el círculo social del salón.

De lo que había visto y oído, concluí que el artista, por algún inexplicable capricho del destino o tal vez en algún acceso de entusiasta y fantasiosa pasión, había sido inducido a unirse a una persona por debajo de su nivel y, como resultado, en seguida se había producido el resultado natural, o sea, la más completa repugnancia. Me apiadé de él desde lo más profundo de mi corazón, pero no podía, por eso, perdonarle su falta de comunicación al no contarme lo de la «Última Cena». Decidí vengarme por esto.

Un día, subió a cubierta y, tomándolo del brazo como había sido mi costumbre, comenzamos a caminar de un lado a otro. Sin embargo, su melancolía (que yo consideraba bastante normal en esas circunstancias) parecía completamente invariable. Habló poco y con tono malhumorado y evidente esfuerzo. Intenté hacer una o dos bromas y vi que luchaba por sonreír. ¡Pobre hombre! Pensando en su esposa, me preguntaba cómo tendría capacidad para aparentar estar alegre. Finalmente, me decidí a indagar a fondo, comenzando con una serie de insinuaciones encubiertas sobre la caja oblonga, para dejarle ver, poco a poco, que yo no era para nada la víctima de su pequeño engaño. A tal fin y para descubrir mi batería, le dije algo acerca de la «peculiar forma de esa caja». A medida que hablaba, le sonreía con complicidad, le guiñé el ojo, mientras le tocaba suavemente con el dedo en las costillas.

La manera en que Wyatt recibió esta inocente broma, me convenció de que se había vuelto loco. Primero me miró como si pensara que era imposible comprender lo inteligente de mi observación, pero, a medida que mis palabras iban entrando en su mente, parecía que los ojos se salían de sus órbitas. Después se puso rojo y, a continuación, palideció. En seguida, como si se estuviera divirtiendo mucho, comenzó a reírse, cada vez con más fuerza, durante varios minutos. Finalmente, se desmayó pesadamente sobre cubierta; mientras intentaba levantarlo, me pareció que había muerto.

Pedí ayuda y, con mucha dificultad, lo pudimos hacer volver en sí. Al revivir, habló de forma incoherente durante un tiempo. Después lo sangramos y lo metimos en la cama. A la mañana siguiente ya estaba bastante recuperado, en lo que respecta a la salud física. Por supuesto, no diría nada de su mente. Lo evité durante el resto del viaje, por consejo del capitán, que parecía estar de acuerdo conmigo en mi opinión acerca de su locura, pero me advirtió que no dijera nada a nadie a bordo.

Varias circunstancias ocurrieron inmediatamente después de esta crisis de mi amigo, que contribuyeron a aumentar la curiosidad que ya tenía. Entre otras cosas, diré lo siguiente: me sentía nervioso por haber bebido demasiado té verde y dormía mal de noche; en realidad, podría decir que no había dormido durante dos noches. Mi camarote daba al salón principal o comedor, al igual que todos los de los hombres que estaban solos a bordo. Los tres camarotes de Wyatt se encontraban en la parte posterior, que estaba separada del salón principal por una discreta puerta corrediza que no se cerraba nunca, ni siquiera de noche. Como seguíamos navegando con viento en contra, el barco escoraba de forma acentuada a sotavento y, cada vez que el estribor se inclinaba, la puerta divisoria se corría y quedaba abierta sin que nadie se molestara en cerrarla. Mi camarote estaba en una posición tal que cuando tenía la puerta abierta —lo que ocurría siempre, por el calor— veía con claridad el salón posterior e incluso la zona adonde daban los camarotes de Wyatt. Durante dos noches no consecutivas, estando yo despierto, vi que, alrededor de las once, la señora Wyatt salía en silencio del camarote de su esposo y entraba en el camarote adicional, donde se quedaba hasta la madrugada, en que Wyatt iba a buscarla y la hacía entrar otra vez en su cabina. Por tanto, quedaba claro que el matrimonio estaba separado. Dormían en habitaciones separadas, probablemente a la espera de un divorcio más absoluto. Pensé que en esto residía el misterio del camarote adicional.

Se produjo otra circunstancia que me interesó mucho. Durante las dos noches en que no pude dormir, e inmediatamente después de ver a la señora Wyatt entrar en el camarote adicional, me llamaron la atención ciertos ruidos singulares, ahogados, que se oían desde el de su esposo. Después de escuchar un tiempo, pude explicarme perfectamente su significado. Los ruidos eran producidos por el artista al abrir la caja oblonga mediante un escoplo y una maza, esta última envuelta en un tejido de lana o algodón para amortiguar el golpe.

De este modo, me imaginé que había descubierto el momento exacto en que liberaba la tapa. También pude determinar el momento en que la abría y el momento en que la depositaba en la litera inferior. Después se produjo un silencio de muerte y no oí nada más hasta casi el amanecer; a menos, tal vez, que pueda mencionar un suave sonido de sollozos o quejidos, pero podría tratarse de otra cosa. Podía pensar, más bien, en una ilusión auditiva. De acuerdo con su costumbre, Wyatt se dejaba llevar por un capricho y por el arrebato de entusiasmo artístico y abría la caja para observar el tesoro de arte que encerraba. Por supuesto, nada de esto justificaba un rumor de *sollozos*; por ello, repito que se trataría de una alucinación de mi mente, excitada por el té verde del capitán Hardy. Durante las dos noches que he mencionado, antes del amanecer, escuché que Wyatt colocaba nuevamente la tapa sobre la caja oblonga, introduciendo los clavos en los agujeros con la ayuda de la maza envuelta en trapos. Después salía de su camarote completamente vestido y se iba a buscar a su esposa, que se encontraba en el otro camarote.

Habíamos estado navegando siete días y habíamos pasado ya el cabo Hatteras, cuando nos asaltó una tremenda tempestad que venía del sudoeste. En alguna medida, estábamos preparados para esto, ya que el clima se había mostrado amenazante durante cierto tiempo. Todo estaba bien aparejado y, cuando el viento aumentó su intensidad, nos dejamos llevar con dos rizos de la mesana cangreja y el trinquete.

Con estas velas, navegamos sin peligro durante cuarenta y ocho horas. El barco resultó muy bueno en muchos aspectos y no hacía agua. Sin embargo, después de este período, el viento se transformó en huracán y la mesana cangreja se hizo pedazos, con lo que quedamos a merced de los elementos, de modo que inmediatamente nos barrieron varias olas enormes, una tras otra. Con este accidente, perdimos tres hombres y casi todas las amuradas de babor. Apenas habíamos recuperado la calma, cuando el trinquete voló en jirones y tuvimos que izar una vela de estay y así pudimos aguantar unas horas, ya que el barco capeaba el temporal con más estabilidad que antes.

No obstante, el huracán mantenía su fuerza y no había nada que indicara que iba a amainar. Vimos que la enjarciadura estaba en mal estado y soportaba una terrible tensión. El tercer día de la tempestad, alrededor de las cinco de la tarde, un terrible golpe de viento a barlovento mandó por la borda el palo de mesana. Durante una hora o más, intentamos en vano terminar de desprenderlo a causa del terrible balanceo. Antes de lograrlo, el carpintero nos anunció que había cuatro pies de agua en la bodega. Además, vimos que las bombas estaban atascadas y casi no servían.

Todo era confusión y desesperación, pero intentamos aligerar el barco tirando todo lo que pudimos de la carga y cortando los dos mástiles que quedaban. Por fin lo logramos, pero no pudimos hacer nada con las bombas y, mientras tanto, el agua seguía entrando con toda velocidad.

Al atardecer, el huracán habían amainado y, como el mar se calmó, teníamos esperanza de salvarnos en los botes. A las ocho de la tarde, las nubes se abrieron a barlovento y tuvimos la ventaja de tener luna llena, una gran suerte, ya que nos devolvió el ánimo a nuestros abatidos espíritus.

Por fin, después de increíbles esfuerzos, logramos eliminar el agua de la chalupa y embarcamos en ella a toda la tripulación y la mayor parte de los pasajeros. Este grupo se alejó de inmediato y, después de mucho sufrimiento, llegó finalmente sano y salvo a Ocracoke Inlet, tres días después del naufragio.

Catorce pasajeros y el capitán quedamos a bordo, resueltos a dejar nuestros destinos en manos del botequín de popa. Lo bajamos sin dificultad, aunque fue un milagro que no volcara en cuanto tocó el agua. Embarcaron en él el capitán y su esposa, Wyatt y su grupo, un oficial mejicano, su esposa y cuatro hijos y yo con mi criado negro.

Por supuesto, no había lugar para nada más excepto algunos instrumentos realmente necesarios, algunas provisiones y la ropa que llevábamos puesta. ¡Cuál no sería nuestra sorpresa cuando, apenas alejados del barco, Wyatt se puso de pie en la popa del bote y exigió al capitán Hardy que volviéramos al barco para buscar su caja oblonga!

—Siéntese, señor Wyatt —respondió el capitán, serio—. Nos hundiremos si no se queda quieto. ¿No ve que la borda está al ras del agua?

—¡La caja! —gritó Wyatt, todavía de pie—. ¡La caja! Capitán Hardy, usted no puede rehusar lo que le pido. ¡No pesa casi nada... apenas pesa! ¡Por su madre, por el amor de Dios, por su esperanza de salvación, le imploro que volvamos a buscar la caja!

El capitán, por un momento, pareció conmovido por las súplicas del artista, pero recuperó su adusta postura y sólo dijo:

—Señor Wyatt, está usted loco. No puedo escucharlo. Siéntese, le digo, o se hundirá el bote. ¡Vosotros, sujetadlo o se caerá al agua! ¡Ah... lo sabía...! ¡Demasiado tarde!

Mientras el capitán decía todo esto, Wyatt, en efecto, saltó al agua y, como todavía estábamos cerca del buque, pudo, con un esfuerzo casi sobrehumano, sujetarse de una cuerda que colgaba a proa. En un momento, estaba nuevamente a bordo del barco y corría como loco hacia la escotilla que conducía a los camarotes.

Entre tanto, habíamos sido llevados hacia la popa y, sin la protección de su casco, quedamos inmediatamente a merced del terrible mar. Nos esforzamos por acercarnos otra vez, pero nuestro pequeño bote era como una pluma en la tempestad. Con una mirada, comprendimos que el destino del infortunado artista estaba sellado.

A medida que nos alejábamos del barco que estaba casi hundido, vimos que el loco (sólo podíamos considerarlo de este modo) salía otra vez a cubierta y, con una fuerza que parecía la de un gigante, arrastraba la caja oblonga. Mientras lo contemplábamos, totalmente asombrados, arrolló rápidamente una cuerda a la caja y la pasó varias veces por su cuerpo. Un momento después, ambos caían al mar, desapareciendo de forma instantánea y para siempre.

Por un momento, dejamos de remar y clavamos la mirada en el lugar de la tragedia. Finalmente, reanudamos nuestros esfuerzos. Hubo un absoluto silencio durante una hora. Por fin, me atreví a insinuar una observación.

—¿Ha observado, capitán, con qué velocidad se hundieron? ¿No le parece demasiado extraño? Confieso que tuve por un momento la débil esperanza de que Wyatt se salvaría, cuando vi que se ataba a la caja y se confiaba así al mar.

—Por supuesto se hundieron con la rapidez de una bala —respondió el capitán—. Sin embargo, pronto volverán a subir a la superficie... *pero no antes de que la sal se disuelva.*

—¡La sal! —exclamé.

—¡Silencio! —dijo el capitán, señalando a la esposa y a las hermanas del difunto—. Debemos hablar de estas cosas en un momento más adecuado.

Sufrimos mucho y escapamos por muy poco de la muerte; pero la fortuna se puso de nuestro lado al igual que ocurrió con nuestros camaradas de la chalupa. Por fin, llegamos a tierra, más muertos que vivos, después de cuatro días de intensa angustia, a la playa opuesta a

Roanoke Island. Allí nos quedamos una semana, pues los raqueros no nos trataron mal, y finalmente encontramos la manera de regresar a Nueva York.

Un mes después de la pérdida del *Independence*, encontré al capitán Hardy en Broadway. Nuestra conversación giró, como es natural, en torno al desastre y, especialmente, en torno al triste destino del pobre Wyatt. Entonces me enteré de los siguientes detalles:

El artista había reservado billete para él, su mujer, sus dos hermanas y un criado. En realidad, su esposa, tal como él la había descrito, era la mujer más encantadora y preparada. La mañana del día catorce de junio (el día en que visité por primera vez el barco), la dama enfermó de repente y murió. El joven marido estaba loco de dolor, pero las circunstancias le impedían aplazar el viaje a Nueva York. Era necesario llevar a su suegra el cadáver de su adorada esposa y, por otra parte, sabía que un prejuicio universal le impediría hacerlo abiertamente. Nueve de cada diez pasajeros habrían abandonado el barco antes de viajar con un cadáver.

En medio de este dilema, el capitán Hardy permitió que el cuerpo, parcialmente embalsamado y colocado entre gran cantidad de sal dentro de una caja de dimensiones adecuadas, fuera subido a bordo como mercancía. No se diría nada acerca de la muerte de la dama. Como se sabía que Wyatt había reservado un billete para su esposa, era necesario que alguien la reemplazara durante el viaje. La doncella de la difunta aceptó este papel sin oponerse para nada. El camarote adicional, que en principio había sido reservado para esta muchacha, en vida de su ama, fue naturalmente conservado. En este camarote dormía la pseudoesposa cada noche. Durante el día, representaba lo mejor que podía el papel de la esposa, a quien nadie a bordo conocía, tal como se verificó previamente.

Mi error nació de un carácter demasiado negligente, inquisidor e impulsivo. Pero desde entonces es raro que pueda dormir profundamente de noche. Aunque me dé vuelta, siempre hay un rostro que me persigue, y una risa histérica resonará siempre en mis oídos.

EL CORAZÓN DELATOR

¡Es verdad! Soy nervioso, terriblemente nervioso. Siempre lo he sido y lo soy. Pero, ¿podría decirse que estoy loco? La enfermedad había agudizado mis sentidos, no los había destruido ni apagado. Sobre todo, tenía el sentido del oído agudo. Oía todo sobre el cielo y la tierra. Oía muchas cosas del infierno. Entonces, ¿cómo voy a estar loco? Escuchen y observen con qué tranquilidad, con qué cordura puedo contarles toda la historia.

Me resulta imposible decir cómo surgió en mi cabeza esa idea por primera vez; pero, una vez concebida, me persiguió día y noche. No perseguía ningún fin. No había pasión. Yo quería mucho al viejo. Nunca me había hecho nada malo. Nunca me había insultado. No deseaba su oro. Creo que fue su ojo. ¡Sí, eso fue! Tenía un ojo semejante al de un buitre. Era un ojo de color azul pálido, con una fina película delante. Cada vez que posaba ese ojo en mí, se me enfriaba la sangre; y así, muy gradualmente, fui decidiendo quitarle la vida al viejo y quitarme así de encima ese ojo para siempre.

Pues bien, así fue. Usted creerá que estoy loco. Los locos no saben nada. Pero debería haberme visto. Debería usted haber visto con qué sabiduría procedí, con qué cuidado, con qué previsión, con qué disimulo me puse a trabajar. Nunca había sido tan amable con el viejo como la semana antes de matarlo. Y cada noche, cerca de medianoche, yo hacía girar el picaporte de su puerta y la abría, con mucho cuidado. Y después, cuando la había abierto lo suficiente como para pasar la cabeza, levantaba una linterna cerrada, completamente cerrada, de modo que no se viera ninguna luz, y tras ella pasaba la cabeza. ¡Cómo se habría reído usted si hubiera visto con qué astucia pasaba la cabeza! La movía muy despacio, muy lentamente, para no molestar el sueño del viejo. Me llevaba una hora meter toda la cabeza por esa abertura hasta donde podía verlo dormir sobre su cama. ¡Ja! ¿Podría un loco actuar con tanta prudencia? Y luego, cuando mi cabeza estaba bien dentro de la habitación, abría la linterna con cautela, con mucho cuidado (porque las bisagras hacían ruido), hasta que un sólo rayo de luz cayera sobre el ojo de buitre. Hice todo esto durante siete largas noches, cada noche cerca de las doce, pero siempre encontraba el ojo cerrado y era imposible hacer el trabajo, ya que no era el viejo quien me irritaba, sino su ojo. Y cada mañana, cuando amanecía, iba sin miedo a su habitación y le hablaba resueltamente, llamándolo por su nombre con voz cordial y preguntándole cómo había pasado la noche. Por tanto, verá usted que tendría que haber sido un viejo muy astuto para sospechar que cada noche, a las doce, yo iba a mirarlo mientras dormía.

La octava noche, fui más cuidadoso cuando abrí la puerta. El minutero de un reloj de pulsera se mueve más rápido de lo que se movía mi mano. Nunca antes había sentido el alcance de mi fuerza, de mi sagacidad. Casi no podía contener mis sentimientos de triunfo, al pensar que estaba abriendo la puerta, poco a poco, y él ni soñaba con el secreto de mis acciones e ideas. Me reí entre dientes ante esta idea. Y tal vez me oyó, porque se movió en la cama, de repente, como sobresaltado. Pensará usted que retrocedí, pero no fue así. Su habitación estaba tan negra como la noche más cerrada, ya que él cerraba las persianas por miedo a que entraran ladrones; entonces, sabía que no me vería abrir la puerta y seguí empujando suavemente, suavemente.

Ya había introducido la cabeza y estaba para abrir la linterna, cuando mi pulgar resbaló en el cierre metálico y el viejo se incorporó en la cama, gritando:

—¿Quién está ahí?

Me quedé quieto y no dije nada. Durante una hora entera, no moví ni un músculo y mientras tanto no oí que volviera a acostarse en la cama. Aún estaba sentado, escuchando, como había hecho yo mismo, noche tras noche, escuchando los relojes de la muerte en la pared.

Oí de pronto un quejido y supe que era el quejido del terror mortal. No era un quejido de dolor o de tristeza. ¡No! Era el sonido ahogado que brota del fondo del alma cuando el espanto la sobrecoge. Yo conocía perfectamente ese sonido. Muchas veces, justo a medianoche, cuando todo el mundo dormía, surgió de mi pecho, profundizando con su temible eco, los terrores que me enloquecían. Digo que lo conocía bien. Sabía lo que el viejo sentía y sentí lástima por él, aunque me reía en el fondo de mi corazón. Sabía que él había estado despierto desde el primer débil sonido, cuando se había vuelto en la cama. Sus miedos habían crecido desde entonces. Había estado intentando imaginar que aquel ruido era inofensivo, pero no podía. Se había estado diciendo a sí mismo: «No es más que el viento en la chimenea, no es más que un ratón que camina sobre el suelo», o «No es más que un grillo que chirrió una sola vez». Sí, había tratado de convencerse de estas suposiciones, pero era en vano. Todo en vano, ya que la muerte, al acercársele, se había deslizado furtiva y envolvía a su víctima. Y era la fúnebre influencia de aquella imperceptible sombra la que le movía a sentir, aunque no veía ni oía, a sentir la presencia de mi cabeza dentro de la habitación.

Cuando hube esperado mucho tiempo, muy pacientemente, sin oír que se acostara, decidí abrir un poco, muy poco, una ranura en la linterna. Entonces la abrí —no sabe usted con qué suavidad— hasta que, por fin, su solo rayo, como el hilo de una telaraña, brotó de la ranura y cayó de lleno sobre el ojo de buitre.

Estaba abierto, bien abierto, y me enfurecí mientras lo miraba. Lo veía con total claridad, de un azul apagado, con aquella terrible película que me helaba el alma. Pero no podía ver nada de la cara o el cuerpo, ya que había dirigido el rayo, como por instinto, exactamente hacia el punto maldito.

¿No le he dicho que lo que usted cree locura es sólo mayor agudeza de los sentidos? Luego llegó a mis oídos un suave, triste y rápido sonido, como el que hace un reloj cuando está envuelto en algodón. Aquel sonido también me era familiar. Era el latido del corazón de un viejo. Aumentó mi furia, como el redoblar de un tambor estimula al soldado en batalla.

Sin embargo, incluso en ese momento me contuve y seguí callado. Apenas respiraba. Mantuve la linterna inmóvil. Intenté mantener con toda firmeza la luz sobre el ojo. Mientras tanto, el infernal latido del corazón iba en aumento. Crecía cada vez más rápido y más fuerte a cada instante. El terror del viejo debe haber sido espantoso. Era cada vez más fuerte, más fuerte... ¿Me entiende? Le he dicho que soy nervioso y así es. Pues bien, en la hora muerta de la noche, entre el atroz silencio de la antigua casa, un ruido tan extraño me excitaba con un terror incontrolable. Sin embargo, por unos minutos más me contuve y me quedé quieto. Pero el latido era cada vez más fuerte, más fuerte. Creí que aquel corazón iba a explotar. Y se apoderó de mí una nueva ansiedad: ¡Los vecinos podrían escuchar el latido del corazón! ¡Al viejo le había llegado la hora! Con un fuerte grito, abrí la linterna y me precipité en la habitación. El viejo clamó una vez, sólo una vez. En un momento, lo tiré al suelo y arrojé la pesada cama sobre él. Después sonreí alegremente al ver que el hecho estaba consumado. Pero, durante muchos minutos, el corazón siguió latiendo con un sonido ahogado. Sin embargo, no me preocupaba, porque el latido no podría oírse a través de la pared. Finalmente, cesó. El viejo estaba muerto. Quité la cama y examiné el cuerpo. Sí, estaba duro, duro como una piedra. Puse mi mano sobre el corazón y allí la dejé durante unos minutos. No había pulsaciones. Estaba muerto. Su ojo ya no me preocuparía más.

Si aún me cree usted loco, no pensará lo mismo cuando describa las sabias precauciones que tomé para esconder el cadáver. La noche avanzaba y trabajé con rapidez, pero en silencio. En primer lugar, descuarticé el cadáver. Le corté la cabeza, los brazos y las piernas.

Después levanté tres planchas del suelo de la habitación y deposité los restos en el hueco. Luego coloqué las tablas con tanta inteligencia y astucia que ningún ojo humano, ni siquiera el suyo, podría haber detectado nada extraño. No había nada que limpiar; no había manchas de ningún tipo, ni siquiera de sangre. Había sido demasiado precavido para eso. Todo estaba recogido. ¡Ja, ja!

Cuando terminé con estas tareas, eran las cuatro... Todavía oscuro como medianoche. Al sonar la campanada de la hora, golpearon la puerta de la calle. Bajé a abrir muy tranquilo, ya que no había nada que temer. Entraron tres hombres que se presentaron, muy cordialmente, como oficiales de la policía. Un vecino había oído un grito durante la noche, por lo cual había sospechas de algún atentado. Se había hecho una denuncia en la policía y ellos, los oficiales, habían sido enviados a registrar el lugar.

Sonreí, ya que no había nada que temer. Di la bienvenida a los caballeros. Dije que el alarido había sido producido por mí durante un sueño. Dije que el viejo estaba fuera, en el campo. Llevé a los visitantes por toda la casa. Les dije que registraran bien. Por fin, los llevé a su habitación. Les enseñé sus tesoros, seguros e intactos. En el entusiasmo de mi confianza, llevé sillas al cuarto y les dije que descansaran allí mientras yo, con la salvaje audacia que me daba mi triunfo perfecto, colocaba mi silla sobre el mismo lugar donde reposaba el cadáver de la víctima.

Los oficiales se mostraron satisfechos. Mi forma de proceder los había convencido. Yo me sentía especialmente cómodo. Se sentaron y hablaron de cosas comunes, mientras yo les contestaba muy animado. Pero, de repente, empecé a sentir que me ponía pálido y deseé que se fueran. Me dolía la cabeza y me pareció oír un sonido; pero se quedaron sentados y siguieron conversando. El ruido se hizo más claro, cada vez más claro. Hablé más como para olvidarme de esa sensación; pero cada vez se hacía más claro... hasta que por fin me di cuenta de que el ruido no estaba en mis oídos.

Sin duda, me había puesto muy pálido; pero hablé con más fluidez y en voz más alta. Sin embargo, el ruido aumentaba. ¿Qué hacer? *Era un sonido bajo, sordo, rápido..., como el sonido de un reloj de pulsera envuelto en algodón*. Traté de recuperar el aliento... pero los oficiales no lo oyeron. Hablé más rápido, con más vehemencia; pero el ruido seguía aumentando. Me puse de pie y empecé a discutir sobre cosas insignificantes en voz muy alta y con violentos gestos; pero el sonido crecía continuamente. ¿Por qué *no* se iban? Caminé de un lado a otro con pasos fuertes, como furioso por las observaciones de aquellos hombres;

pero el sonido seguía creciendo. ¡Oh, Dios! ¿Qué *podía* hacer yo? Me salía espuma de la rabia... Maldije..., juré. Balanceando la silla sobre la cual me había sentado, raspé con ella las tablas del suelo, pero el ruido aumentaba su tono cada vez más. Crecía y crecía y era cada vez más *fuerte*. Y, sin embargo, los hombres seguían conversando tranquilamente y sonreían. ¿Era posible que no oyeran? ¡Dios Todopoderoso! ¡No, no! ¡Claro que oían! ¡Y sospechaban! ¡Lo *sabían*! ¡Se estaban burlando de mi horror! Esto es lo que pensaba y así lo pienso ahora. Todo era preferible a esta agonía. Cualquier cosa era más soportable que este espanto. ¡Ya no aguantaba más esas hipócritas sonrisas! Sentía que debía gritar o morir. Y entonces, otra vez, escuchen... ¡más fuerte..., más fuerte..., más fuerte..., *más fuerte!*

—¡No finjan más, malvados! —grité—. ¡Confieso que lo maté! ¡Levanten esas tablas...! ¡Aquí..., aquí! ¡Donde está latiendo su horrible corazón!

LIGEIA

«Y allí está la voluntad de aquel que no muere. ¿Quién conoce los misterios de la voluntad y de su fuerza? Porque Dios no es sino una gran voluntad que prevalece sobre todas las cosas por la naturaleza de su intensidad. El hombre no se doblega ante los ángeles, ni cede por completo a la muerte, a menos que sea por la debilidad de su frágil voluntad.»

JOSEPH GLANVILL

Por mi alma, juro que no puedo recordar cómo, cuándo ni exactamente dónde conocí a lady Ligeia. Han pasado muchos años desde entonces y mi memoria está muy débil a causa de mucho sufrimiento. O, tal vez, no puedo *ahora* recordarlo, porque, en verdad, el carácter de mi amada, su extraño saber, su belleza singular y a la vez plácida, y la penetrante y cautivante elocuencia de su profunda y musical voz, fueron entrando en mi corazón de forma progresiva, de modo que no lo advertí. Sin embargo, creo que la conocí y la seguí encontrando la mayor cantidad de veces en una antigua y enorme ciudad decadente cerca del Rin. Seguramente, le oí hablar de su familia. No cabe duda de que era de una familia cuya estirpe era muy remota. ¡Ligeia! ¡Ligeia! Dedicado a estudios de una naturaleza tal que, como ninguna otra cosa, lograban suavizar las impresiones del mundo exterior, sólo esta dulce palabra —Ligeia— traía a mi mente la imagen de aquella que ya no está. Y ahora, mientras escribo, recuerdo que *nunca supe* el apellido de quien fuera mi amiga y amada, y que luego se convirtió en mi compañera de estudios y, por fin, la esposa de mi corazón. ¿Fue por una amable orden de parte de mi Ligeia? ¿O era una prueba de la fuerza de mi amor el hecho de no permitírseme preguntar sobre este punto? ¿O era un capricho mío, como una romántica ofrenda en mi devoción apasionada? Sólo recuerdo con poca claridad el hecho en sí. ¿Es extraño que haya olvidado las circunstancias que lo originaron o lo acompañaron? Y, en realidad, si alguna vez ese espíritu que se llama *romance*, si alguna vez la pálida Ashtophet del Egipto idólatra presidió, como dicen, los matrimonios fatídicos, seguramente presidieron el mío.

Sin embargo, hay un tema muy querido sobre el que la memoria no me falla. Se trata de la *persona* de Ligeia. Era alta, algo delgada y, en sus últimos días, casi descarnada. Sería vano intentar retratar su majestuosidad, su tranquilidad, sus modales y la incompresible ligereza y elasticidad de sus pasos. Entraba y salía como una sombra. Nunca me di cuenta de su entrada en mi estudio, salvo por la adorada música de su suave y dulce voz, mientras posaba su delicada mano sobre mi hombro. Ninguna dama llegaba a ser como ella en cuanto a la belleza de su rostro. Tenía el brillo de un sueño de opio, una visión aérea y arrebatadora más divina que las fantasías que revoloteaban en las adormecidas almas de las hijas de Delos. Sin embargo, sus rasgos no concordaban con los moldes regulares que hemos aprendido a adorar en las obras clásicas del paganismo. «No existe la belleza exquisita», dice Bacon, lord Verulam, hablando de las formas y los géneros de la belleza, «sin cierta extrañeza proporcional». Sin embargo, aunque veía que las facciones de Ligeia no eran de una regularidad clásica, aunque percibía que su encanto era, en realidad, «exquisito» y sentía que había mucho de «extrañeza» en ella, no obstante trataba en vano de detectar la irregularidad y buscar mi propia percepción de «lo extraño». Examinaba el contorno de su frente alta y pálida; era impecable. ¡Qué fría resulta esta palabra cuando se aplica a una majestuosidad tan divina! Impecable por su piel, que rivalizaba con el más puro marfil, por la imponente amplitud y la calma, por la noble prominencia de la zona superciliar, y luego los cabellos, como ala de cuervo, brillantes, exuberantes y naturalmente rizados, que demostraban toda la fuerza del epíteto homérico «cabellera de jacinto». Observaba el delicado contorno de su nariz y sólo encontraba una perfección similar en los graciosos medallones de los hebreos. Tenía la misma suavidad de superficie, la misma tendencia a ser aguileña, casi imperceptiblemente, la misma armonía en la curva de sus fosas nasales que hablaban de un espíritu libre. Observaba su dulce boca. En ella estaba el verdadero triunfo de todas las cosas celestiales, en la magnífica forma de su pequeño labio superior y la suave y voluptuosa calma del inferior, los hoyuelos y el color expresivo; los dientes que reflejaban un brillo sorprendente ante los rayos de la bendita luz que sobre ellos caían en la más serena de las sonrisas. Analizaba la formación de su mentón, y aquí también encontraba la suave amplitud, la delicadeza y la majestuosidad, la plenitud y la espiritualidad de los griegos, el contorno que el dios Apolo reveló sólo en sueños a Cleómenes, el hijo del ateniense. Y luego me asomaba a los grandes ojos de Ligeia.

Para los ojos, no encuentro modelos en la antigüedad. También podría ser que esos ojos de mi amada guardaran el secreto a que alude lord Verulam. Debo creer que eran mucho más grandes que los ojos de la gente de nuestra raza, más que los de las gacelas de la tribu del valle de Nourjahad. Sin embargo, era sólo a intervalos, en momentos de intensa excitación, cuando esta característica se hacía más notable en Ligeia. En esos momentos, su belleza —en mi ferviente fantasía así aparecía— era la belleza de los seres que no pertenecen al mundo, la belleza de la fabulosa hurí de los turcos. Los ojos eran del negro más brillante y los rodeaban oscuras y largas pestañas. Las cejas, algo irregulares en su forma, tenían el mismo tinte. Lo «extraño», sin embargo, que encontraba en sus ojos era la especial naturaleza de su forma o el color o el brillo de los rasgos... Debo referirme en realidad a la expresión. ¡Palabra sin sentido, tras la que ocultamos nuestra completa ignorancia de lo espiritual! Cuántas horas habré pensado en la expresión de sus ojos! ¡Cómo luché, durante toda una noche de verano, por alejarla de mí! ¿Qué era eso más profundo que el pozo de Demócrito, que estaba en las pupilas de mi amada? ¿Qué era eso? Estaba poseído por la pasión de descubrirlo. ¿Esos ojos, esos enormes, brillantes, divinos ojos? Ellos eran para mí las estrellas gemelas de Leda y yo era para ellas el más fervoroso de los astrólogos.

No existe nada, entre las múltiples anomalías incomprensibles en la ciencia de la mente, más atrayente y excitante que el hecho —nunca mencionado, creo, por las escuelas— de que en nuestros esfuerzos por traer a la memoria algo olvidado hace tiempo, nos encontramos *al borde mismo* de recordarlo sin conseguirlo finalmente. Y, de este modo, ¡con cuánta frecuencia, en mi intenso estudio de los ojos de Ligeia, sentía que me aproximaba al pleno conocimiento de su expresión, sentía que me aproximaba, aún no era mío, me acercaba y al fin desaparecía por completo! Y —¡extraño, el misterio más extraño de todos!— encontraba en los objetos más comunes del universo un círculo de analogías de su expresión. Quiero decir que, después del período en que la belleza de Ligeia invadió mi espíritu y se instaló como en un altar, yo extraía de muchos objetos del mundo material un sentimiento como el que sentía siempre, dentro de mí, frente a sus grandes y brillantes ojos. Sin embargo, no podía definir ese sentimiento o analizarlo o, simplemente, observarlo. Lo reconocía, repito, algunas veces en la observación de una viña que crecía rápidamente, en la contemplación de una falena, de una mariposa, de una crisálida, de un arroyo. La he sentido en el océano, en la caída de un meteoro. La he sentido en la mirada de gente muy anciana. Y hay una o dos estrellas en el cielo (una especialmente, de la sexta magnitud, doble y cambiable, que se encuentra cerca de la gran estrella de Lira), en cuyo estudio telescópico he descubierto ese sentimiento. Me ha colmado el escuchar ciertos sonidos de instrumentos de cuerda y muchas veces la lectura de ciertos pasajes de algunos libros. Entre otros innumerables casos, recuerdo perfectamente algo en un libro de Joseph Glanvill, que (tal vez, sólo por lo insólito) nunca dejó de inspirarme ese sentimiento: «Y allí está la voluntad de aquel que no muere. ¿Quién conoce los misterios de la voluntad y de su fuerza? Porque Dios no es sino una gran voluntad que prevalece sobre todas las cosas por la naturaleza de su intensidad. El hombre no se doblega ante los ángeles, ni cede por completo a la muerte, a menos que sea por la debilidad de su frágil voluntad.»

Los años transcurridos y la reflexión me han permitido, en realidad, encontrar cierta conexión de este pasaje del moralista inglés y un aspecto del carácter de Ligeia. La *intensidad* de su pensamiento, su forma de actuar o de hablar era posiblemente un resultado o, al menos, un signo de una gigantesca voluntad que, durante nuestra larga relación, no dio pruebas de su existencia. De todas las mujeres que he conocido, ella, la aparentemente tranquila y siempre plácida Ligeia, era presa con la mayor violencia de los tumultuosos buitres de la más dura pasión. No puedo calcular el alcance de esa pasión, excepto por la milagrosa dilatación de sus ojos que me deleitaban y aterraban a la vez, por la casi mágica melodía, modulación, claridad y placidez de su suave voz, y por la feroz energía (doblemente efectiva por contraste con su forma de hablar) de las extrañas palabras que habitualmente profería.

He hablado del saber de Ligeia. Era inmenso, como nunca vi en ninguna mujer. Tenía profundo conocimiento de las lenguas clásicas y, en cuanto lo que yo sabía de los dialectos modernos de Europa, nunca la descubrí en un error. En verdad, en cualquier tema de su alabada erudición, simplemente admirada por abtrusa, ¿descubrí *alguna vez* un error en Ligeia? ¡De qué forma singular y sorprendente comenzó a llamarme la atención esta característica de la naturaleza de mi esposa en los últimos tiempos! He dicho que sus conocimientos eran como los que no había visto en ninguna mujer, pero ¿qué hombre ha atravesado con éxito todas las amplias áreas de las ciencias morales, físicas y matemáticas? Entonces no veía lo que ahora puedo percibir con claridad: que las adquisiciones de Ligeia eran gigantescas, eran sorprendentes; sin embargo, sabía bastante acerca de su infinita supremacía para someterme, con una confianza infantil, a su guía por el caótico mundo de la investigación metafísica en el que me ocupaba durante los primeros años de nuestro matrimonio. ¡Con qué gran sentimiento de triunfo, con qué deleite, con qué etérea esperanza *sentía* yo —cuando ella se entregaba conmigo a estudios poco frecuentes, poco conocidos— esa deliciosa perspectiva que gradualmente se extendía ante mí, por cuya larga y magnífica senda podría encontrar finalmente el camino hasta la magnífica meta de la sabiduría demasiado divina como para no ser prohibida!

De este modo, ¡con qué terrible dolor habré visto, después de un tiempo, salir volando mis bien fundadas esperanzas y desaparecer! Sin

Ligeia yo no era sino un niño a tientas en la oscuridad. Su presencia, su sola conversación, daba luminosidad a los muchos misterios del trascendentalismo en que me hallaba inmerso. Sin el radiante brillo de sus ojos, esas páginas, leves y doradas, se volvían más opacas que el plomo saturnal. Y aquellos ojos brillaban cada vez con menos frecuencia sobre las páginas que yo estudiaba. Ligeia enfermó. Sus extraños ojos brillaron con un fulgor glorioso, los pálidos dedos tomaron la transparencia de una vela de la tumba y las venas azules sobre su amplia frente latieron con ímpetu en las alteraciones de la más suave emoción. Veía que iba a morir y luché desesperadamente en espíritu con el torvo Azrael. Y las luchas de la apasionada esposa eran, para mi asombro, aún más enérgicas que la mía propia. Muchas cosas de su fuerte naturaleza me habían hecho pensar que, para ella, la muerte tendría que llegar sin los habituales terrores; pero no fue así. Las palabras no bastan para dar una idea justa de la fuerza y la resistencia con que ella se enfrentaba a la Sombra. Gemí de angustia ante la triste escena. Hubiera querido calmarme, hubiera querido razonar; pero en la intensidad de su salvaje deseo de vivir, vivir, sólo de vivir, la tranquilidad y la razón eran el colmo de lo absurdo. Sin embargo, hasta el último momento, en las convulsiones más violentas de su espíritu fuerte, no se conmovió la placidez de su conducta. Su voz se hizo más suave, más baja, pero yo no quería demorarme en pensar en el extraño significado de las palabras que con tanta calma pronunciaba. Mi mente vacilaba mientras escuchaba, fascinado, una melodía sobrehumana, pensamientos y aspiraciones que el hombre no había conocido hasta entonces.

No podía dudar de que me amaba, y podía comprender fácilmente que, en un corazón como el suyo, el amor no reinaba como una pasión ordinaria. Pero sólo en la muerte pude entender la fuerza de su amor. Durante largas horas, reteniendo mi mano, desplegaba ante mí los excesos de un corazón cuya devoción superaba la pasión y llegaba a la idolatría. ¿Cómo era yo merecedor de la bendición de semejantes confesiones? ¿Cómo merecía yo la condena de que mi amada me fuera arrebatada justo en el momento en que me las hacía? Pero no soporto extenderme sobre este asunto. Sólo quiero decir que en la entrega más que femenina de Ligeia al amor inmerecido, que recibí sin ser digno, reconocí el principio de su ansioso y profundo deseo de vida, de una vida que ahora estaba desapareciendo con rapidez. No puedo describir este salvaje deseo, esta ansiosa vehemencia del deseo de vivir, sólo de vivir. No hay palabras para expresarlo.

La medianoche de su muerte, me llamó urgentemente a su lado y me pidió que repitiera unos versos que ella misma había compuesto pocos días atrás. Le obedecí. Decían lo siguiente:

¡Mirad! Es noche de gala
    en los últimos años de soledad.
Muchos ángeles alados,
    con sus velos, en llanto bañados,
son quienes contemplan
    un drama de esperanzas y temores,
mientras la orquesta toca, indefinida,
    la música interminable de las esferas.
Los mimos gruñen y mascullan
    imágenes de Dios que está en lo alto,
corren de un lado a otro y los apremian
    grandes cosas sin forma
que alteran el escenario todo el tiempo
    vertiendo de sus alas desplegadas
un invisible
    y largo sufrimiento.

¡Este drama múltiple
    jamás será olvidado!
Su fantasma siempre perseguido
    por una multitud que no puede atraparlo
por un círculo que regresa siempre
    al mismo lugar.
Y mucho de locura y más de pecado,
    y más horror, ¡el alma de la intriga!

Pero entre los mimos en tumulto
    se distingue una forma reptante.
Una cosa de sangre roja que se retuerce
    en la escena solitaria.
¡Se retuerce, se retuerce! Con tormentos
    los mimos son su presa
y sus fauces destilan sangre humana
    y los ángeles lloran.

¡Apáguense las luces! ¡Todas, todas!
    Y sobre cada forma estremecida,
la cortina, el telón funerario,
    baja con la violencia de una tormenta.
Y los ángeles, pálidos y débiles,
    ya de pie, sin velo, afirman
que la obra es la tragedia, «Hombre»,
    y su héroe, el Gusano Conquistador.

—¡Oh Dios! —casi gritó Ligeia, poniéndose de pie y extendiendo sus brazos hacia el cielo con un movimiento espasmódico, mientras yo terminaba de leer estos versos—. ¡Oh Dios! ¡Padre Divino! ¡Tiene que ser esto inevitable! ¿No podrá ser este conquistador vencido una vez? ¿No somos una parte, una parcela de Ti? ¿Quién conoce los misterios de la voluntad, con toda su fuerza? El hombre no se doblega ante los ángeles, *ni cede por completo ante la muerte*, a menos que sea por la debilidad de su frágil voluntad.

Entonces, como agotada por la emoción, sus blancos brazos cayeron y volvió solemnemente a su lecho de muerte. Y mientras lanzaba los últimos suspiros, se mezcló con ellos un suave murmullo que salió de sus labios. Acerqué mi oído y distinguí nuevamente las palabras del pasaje de Glanvill: *«El hombre no se doblega ante los ángeles, ni cede por completo a la muerte, a menos que sea por la debilidad de su frágil voluntad.»*

Murió y yo, deshecho por la tristeza, no pude soportar seguir viviendo en la soledad de la triste y decadente ciudad del Rin. No tenía suerte en lo que el mundo llama riqueza. Ligeia me había legado mucho más de lo que, comúnmente, reciben los mortales. Por tanto, después de unos meses de andar tediosamente sin rumbo, compré y reparé una abadía, cuyo nombre no mencionaré, en una de las zonas más salvajes y solitarias de la hermosa Inglaterra. La sombría y triste grandeza del edificio, el aspecto casi salvaje del dominio, los muchos recuerdos melancólicos relacionados con ambos, tenían mucho en común con el sentimiento de abandono total que me habían llevado a esa remota y solitaria zona del país. No obstante, aunque el exterior de la abadía, ruinoso, lleno de moho, sufrió pocos cambios, me dediqué con infantil perversidad, como buscando una forma de aliviar mi tristeza, a desplegar en su interior una magnificencia más que real. Durante mi infancia, me había gustado esa extravagancia y ahora volvía a mí como para calmar mi pena. Ahora sé cuánto de incipiente locura podría haberse descubierto en los fantásticos tapices, en las solemnes esculturas egipcias, en las cornisas, en los muebles, en los diseños de las alfombras de oro recamado. Me había convertido en un esclavo del opio y mi trabajo y mis órdenes habían tomado el color de mis sueños. Pero no quiero perder tiempo en estas tonterías. Sólo quiero hablar de una habitación, por siempre maldita, adonde en un momento de enajenación conduje al altar, como sucesora de la inolvidable Ligeia, a lady Rowena Trevanion, de Tremaine, de ojos azules y cabellos rubios.

No hay una sola parte de la arquitectura y la decoración de esa habitación nupcial que no se me presente ahora ante mis ojos. ¿Dónde estaba el alma de la altiva familia de mi esposa, cuando, por su sed de oro, permitieron que una doncella, una hija, cruzara el umbral de una habitación tan decorada? He dicho que recuerdo perfectamente los detalles de la habitación —yo, que tristemente olvido cosas de importancia profunda— y, sin embargo, no había orden ni armonía en aquel fantástico lujo, que se fijaran en mi memoria. La habitación se hallaba en una alta torre de la abadía fortificada, tenía forma pentagonal y era muy espaciosa. Ocupando toda la cara meridional del pentágono estaba la única ventana, una inmensa pieza entera de cristal de Venecia, de un solo paño y con una tonalidad plomiza, de modo que los rayos del Sol o la Luna iluminaban con un brillo horrible los objetos que había en el interior. Sobre la parte superior de esta gran ventana, estaba el enrejado de una antigua vid, que trepaba por las sólidas paredes de la torre. El techo, de sombrío roble, era muy alto, abovedado y decorado con los motivos más extraños, grotescos, de un estilo semigótico y semidruídico. Del centro de esa melancólica bóveda, colgaba, de una cadena de oro de grandes eslabones, un enorme incensario también de oro con muchas perforaciones, a través de las cuales se veían los movimientos continuos de llamas multicolores, como si tuvieran la vitalidad de una serpiente.

Había algunas otomanas y candelabros de oro de estilo oriental. También el lecho, el lecho nupcial, era de estilo indio, bajo, esculpido en ébano macizo, con baldaquino como un tapiz fúnebre. En cada esquina del aposento, había un gigantesco sarcófago de granito negro que provenía de las reales tumbas de Luxor, con sus antiguas tapas cubiertas de antiguos relieves. Pero en los tapices de la habitación estaba la fantasía más importante. Los altos muros, gigantes en su altura —tanto que eran desproporcionados—, estaban cubiertos por completo, en vastos pliegues, por una pesada y espesa tapicería de un material similar al de la alfombra del suelo, la cubierta de las otomanas y el lecho de ébano, del baldaquino y de las volutas de las cortinas que tapaban parcialmente la ventana. Este material era el más rico tejido de oro, cubierto íntegramente por arabescos en relieve, de un pie de diámetro, de color negro azabache. Pero estas figuras formaban arabescos sólo cuando se los observaba desde un punto determinado. Por un efecto que ahora es bastante común, y que en realidad se remonta a un remoto período de la antigüedad, podía cambiar de aspecto. Para quien entrara en la habitación, parecían simples monstruosidades; pero al acercarse, este aspecto se desvanecía y, a medida que se acercaba al centro de la habitación, se veía rodeado de una sucesión de horribles formas que pertenecen a la superstición de los normandos o aparecen en los culpables sueños de los monjes. El efecto fantasmagórico se intensificaba por la introducción artificial de una fuerte corriente continua de viento detrás de los tapices, dando al conjunto una animación horrible e inquietante.

En habitaciones de este tipo, en una habitación nupcial como ésta, pasé con lady Tremaine las impías horas de nuestro primer mes de matrimonio y las pasé sin demasiada inquietud. No podía pasar por alto que mi esposa tuviera miedo de lo hosco de mi carácter, que huyera de mí y me amara muy poco; pero esto me causaba más placer que preocupación. La trataba con un odio más propio de un demonio que de un hombre. Mi memoria volaba (¡con cuánta tristeza!) hacia Ligeia, la amada, la augusta, la bella, la enterrada. Soñaba en los recuerdos de su pureza, su sabiduría, su altura, su naturaleza etérea, su amor apasionado e idólatra. Ahora mi espíritu ardía libremente con más intensidad que el suyo. En la excitación de mis sueños de opio (pues me hallaba habituado a la droga) gritaba su nombre en silencio durante la noche o durante el día, en los sombreados lugares retirados de los valles, como si con esa terrible vehemencia, con la solemne pasión, con el fuego devorador de mi deseo por la desaparecida, pudiera restituirla a la senda que había abandonado —¿era posible que fuera para siempre?— en la tierra.

Al comenzar el segundo mes de matrimonio, lady Rowena fue atacada por una repentina enfermedad, de la que se repuso con lentitud. La fiebre que la consumía hacía que pasara muy mal las noches. En su estado de adormecimiento, hablaba de sonidos, de movimientos dentro de la habitación de la torre, que creí que serían ocasionados por el extravío de su imaginación o, tal vez, por la influencia fantasmagórica de la habitación misma. Finalmente, llegó la convalecencia y, después, el restablecimiento total. Sin embargo, pasó un breve período antes de que un nuevo malestar repentino la llevara nuevamente a la cama y de este ataque su débil cuerpo nunca se recuperó del todo. Sus males eran, después de esta época, de un carácter alarmante y de más alarmante recurrencia. Desafiaba el conocimiento y los grandes esfuerzos de los médicos. Con el aumento de su enfermedad crónica —que aparentemente había invadido de tal modo su constitución que era imposible desarraigarlo por medios humanos—, pude observar un aumento similar en su irritabilidad nerviosa y en su excitabilidad para el miedo ocasionado por causas triviales. Volvía a hablar, con mayor frecuencia e insistencia, de los sonidos y de los movimientos insólitos en los tapices, a los cuales hice referencia antes.

Una noche, cerca de finales de septiembre, me presionó con este penoso tema con más insistencia que de costumbre. Se acababa de despertar de un adormecimiento intranquilo y yo había estado observando, con un sentimiento mezcla de ansiedad y terror, los gestos de su semblante descarnado. Me senté al lado de su cama de ébano, sobre una de las otomanas de la India. Se incorporó parcialmente y habló, en un suave susurro, de sonidos que escuchaba en ese momento, pero que yo no podía percibir. El viento estaba soplando con velocidad detrás de los tapices y quise mostrarle (algo que, confieso, ni yo creía del todo) que los suspiros casi inarticulados y las suaves variaciones de las figuras de la pared eran sólo el efecto natural del viento. Pero una palidez mortal que se extendió por su rostro me demostró que mis esfuerzos por tranquilizarla eran infructuosos. Me pareció que se desvanecía y no había criados a quien recurrir. Recordé el lugar donde había un frasco de vino ligero que le habían indicado los médicos y crucé rápidamente la habitación para buscarlo. Pero, al llegar bajo la luz del pebetero, me llamaron la atención dos circunstancias sorprendentes. Sentí que un objeto palpable, pero invisible, rozaba suavemente mi cuerpo y vi que sobre la alfombra de oro, bajo el rico brillo que desprendía el pebetero, había una sombra, una débil e indefinida sombra de aspecto angelical, tal como se puede imaginar la sombra de una sombra. Pero estaba perturbado por la excitación producida por una inmoderada dosis de opio; no presté atención a estas cosas y no se las comenté a Rowena. Hallé el vino, crucé nuevamente la habitación, llené un vaso y lo acerqué a los labios de la desvanecida. Como ya estaba un poco recuperada, tomó el vaso con sus manos, mientras yo me dejaba caer en una otomana cercana, con los ojos fijos en su persona. Entonces percibí con claridad un suave paso sobre la alfombra cerca del lecho y, un momento después, mientras Rowena se acercaba el vino a los labios, vio tal vez soñé que veía, caer dentro del vaso, como si hubieran surgido de una invisible fuente en la atmósfera de la habitación, tres o cuatro gotas de fluido brillante de color rubí. Yo lo vi, pero Rowena no. Bebió el vino sin dudar y no le hablé de una circunstancia que, según pensé, debía considerarse fruto de una imaginación agitada, cuya actividad mórbida aumentaba con el miedo de mi esposa, el opio y la hora.

No obstante, no pude dejar de ver que, después de la caída de las gotas, mi esposa sufrió un empeoramiento en su enfermedad, tanto que la tercera noche sus doncellas la prepararon para la tumba y la cuarta la pasé solo con su cuerpo amortajado, en aquella fantástica habitación donde había ingresado recién casada. Veía delante de mí extrañas visiones provocadas por el opio. Observé con ojos inquietos los sarcófagos colocados en los ángulos de la habitación, las cambiantes figuras de los tapices, los movimientos de las llamas multicolores del pebetero colgado. Entonces, mientras trataba de recordar lo ocurrido la noche anterior, me detuve a mirar en el lugar donde, bajo el brillo del pebetero, había percibido las débiles huellas de la sombra. Pero no estaba allí. Respirando con mayor libertad, volví mi mirada a la figura pálida y rígida sobre la cama. Entonces se me aparecieron mil recuerdos de Ligeia y luego volvió a mi corazón, con la turbulenta violencia de una tempestad, todo el indecible dolor con que había observado su cuerpo amortajado. La noche avanzaba y, sin embargo, con el corazón lleno de amargura de pensar en mi única amada, permanecí mirando el cuerpo de Rowena.

Sería medianoche, o tal vez más temprano o más tarde, ya que no había mirado la hora, cuando un sollozo sofocado, suave pero claro, me despertó de mi sueño. Sentí que venía del lecho de ébano, el lecho de muerte. Escuché en una agonía de supersticioso terror, pero no se repitió el sonido. Afiné mi vista para detectar cualquier movimiento del cuerpo, pero no tuve ninguna percepción. Sin embargo, no podía haberme engañado. Había oído el ruido, por leve que fuera, y mi alma estaba despierta. Mantuve mi atención decidida y perseverantemente fija en el cuerpo. Pasaron varios minutos antes de que ocurriera algo que podría aclarar en parte el misterio. Finalmente, se hizo evidente que un suave, muy débil y casi imperceptible color, había aparecido en sus mejillas y a lo largo de las venas hundidas de los párpados. Con una especie de horror y espanto indecibles, para los que el lenguaje de los mortales no cuenta con una expresión suficientemente enérgica, sentí que mi corazón dejaba de latir y mis extremidades se ponían rígidas. Sin embargo, un sentido del deber finalmente me devolvió el control de mí mismo. No podía seguir dudando que nos habíamos precipitado en los preparativos: Rowena todavía vivía. Era necesario hacer algo de inmediato; pero la torre estaba lejos de la zona de la abadía habitada por los criados y no había ninguno cerca. No tenía forma de reunirlos para que me ayudaran, sin abandonar la habitación durante varios minutos y no podía arriesgarme a esto. Por tanto, luché solo en mis esfuerzos por devolver a la vida el espíritu aún vacilante. Sin embargo, en poco tiempo se produjo una recaída; el color desapareció de los párpados y las mejillas, dejándolos más pálidos que el mármol; los labios estaban doblemente apretados y contraídos en la horrible expresión de la muerte; una viscosidad y un frío repulsivos se extendieron rápidamente sobre la superficie del cuerpo y sobrevino la habitual rigidez. Caí con un estremecimiento en el diván de donde me había levantado tan bruscamente y, de nuevo, me dediqué a las apasionadas visiones de Ligeia.

Había pasado una hora, cuando (¿podría ser posible?) por segunda vez noté un vago sonido que surgía de la zona de la cama. Escuché, con extremado horror. El sonido volvió: era un suspiro. Dirigiéndome rápidamente al cuerpo, vi claramente un temblor en los labios. Un minuto después, se relajaron, dejando a la vista una brillante hilera de dientes como perlas. Ahora el asombro luchaba en mi corazón con un profundo miedo que antes se hallaba solo. Sentí que mi vista se oscurecía, que mi razón vacilaba y sólo con un violento esfuerzo pude finalmente seguir con el trabajo que el deber me señalaba una vez más. Ahora se veía un brillo parcial en la frente, en la mejilla y el cuello; un calor perceptible invadía todo el cuerpo; incluso hubo una leve pulsación en el corazón. La mujer vivía y, con redoblado ardor, me entregué a la tarea de resucitarla. Froté y friccioné sus sienes y sus manos y usé todos los métodos que me aconsejaban la experiencia y la lectura de temas médicos. Todo fue en vano. De repente, el color desapareció, cesaron las pulsaciones, los labios recuperaron la expresión de la muerte y, un instante después, todo el cuerpo adquiría el frío de hielo, el lívido color, la intensa rigidez, el aspecto consumido y todos los horribles rasgos de quien ha sido, por muchos días, habitante de una tumba.

Y otra vez me sumí en las visiones de Ligeia y, otra vez (¿y quién se sorprendería de que me estremezca al escribirlo?), llegó a mis oídos un sollozo suave de la zona del lecho de ébano. Pero, ¿por qué debo detallar tan minuciosamente los horrores de esa noche? ¿Por qué debo detenerme ahora a relatar cómo, cada cierto tiempo, hasta que se acercó el alba gris, se repitió ese horrible drama de resurrección; cómo cada espantosa recaída terminaba en una muerte más rígida; cómo cada agonía tenía el aspecto de una lucha con un enemigo invisible, y cómo cada pelea era seguida por no sé qué salvaje cambio en el aspecto del cadáver? Permitidme que apresure mi conclusión.

La mayor parte de la terrible noche había transcurrido y la que había estado muerta, volvió a moverse y ahora con más vigor que antes, aunque despertase de una disolución más horrible y más irreparable. Había dejado de luchar o de moverme y permanecía sentado rígido en la otomana, presa de un remolino de violentas emociones, de las que el horror extremo era tal vez la menos terrible, la menos devoradora. Repito que el cuerpo se movió y con más fuerza que antes. Los colores de la vida volvieron a aparecer con energía en su rostro, las extremidades se relajaron y, excepto por el hecho de que los párpados estuvieran cerrados y que los vendajes y la mortaja funeraria aún daban su mortal carácter a la figura, podría haber soñado que Rowena se había quitado de encima, completamente, las cadenas de la muerte. Pero si, en ese momento, no acepté del todo la idea, ya no pude seguir dudando, cuando, levantándose del lecho, a tientas, con débiles pasos, con los ojos cerrados y el modo peculiar de quien se ha perdido en un sueño, aquel ser amortajado avanzó osadamente, palpablemente hasta el centro de la habitación.

No temblé, no me moví, ya que una multitud de fantasías conectadas con el aire, la estatura, los modales de la figura, cruzaron rápidamente por mi mente, paralizándome y convirtiéndome en una fría piedra. No me moví, pero observé la aparición. ¿Podría ser posible que Rowena, viva, estuviera frente a mí? ¿Podía ser Rowena, la de cabellos rubios y ojos azules, lady Rowena Trevanion de Tremaine? ¿Por qué, por qué debía dudarlo? Los vendajes le ceñían la boca pero, ¿podía no ser la boca de lady de Tremaine? Y las mejillas eran como rosas en la plenitud de su vida y sí podían ser las hermosas mejillas de lady de Tremaine. Y el mentón, con sus hoyuelos, como cuando estaba sana, ¿podría no ser el suyo? Pero entonces, ¿había crecido durante su enfermedad? ¿Qué inexplicable locura me atacó con esa idea? De un salto, llegué a sus pies. Estremeciéndose por el contacto conmigo, dejó caer de la cabeza y se soltó las horribles vendas que la cubrían. Entonces, en la sacudida atmósfera de la habitación, se desplomó una enorme masa de largos y desordenados cabellos. Eran más negros que las alas del cuervo de la medianoche. Y ahora lentamente se abrieron los ojos de la figura que se encontraba frente a mí. «¡En esto, por fin —grité—, en esto nunca, nunca podría equivocarme! ¡Son los ojos negros y extraños de mi amor perdido, los de lady... de LADY LIGEIA.»

SOMBRA

Una parábola

Sí, aunque camino por el valle de la Sombra.
(Salmo de David, XXIII)

Usted, que lee, está todavía en el mundo de los vivos; pero yo que escribo hace tiempo que he entrado en la región de las sombras. En realidad, ocurrirán muchas cosas extrañas y se conocerán muchos secretos, pasarán muchos siglos, antes de que los hombres lean estas memorias. Y, cuando se vean, habrá quienes no crean, quienes duden y algunos que hallarán mucho sobre lo que pensar frente a los caracteres aquí grabados con un estilo de hierro.

Había sido un año de terror y de sentimientos más intensos que el terror, para los que no existe nombre sobre la tierra. Habían ocurrido muchos prodigios y señales; a lo largo y a lo ancho, en el mar y en la tierra, se cernían las alas negras de la peste. Sin embargo, a los conocedores de las estrellas, no era desconocido que los cielos mostraban un aspecto enfermo, y para mí, el griego Oinos, entre otros, era evidente que había llegado la alteración del año setecientos noventa y cuatro cuando, al entrar en Aries, el planeta Júpiter queda en conjunción con el anillo rojo del terrible Saturno. El peculiar espíritu de los cielos, si no me equivoco, se manifestó no sólo en la órbita física de la tierra sino también en el alma, la imaginación y las meditaciones de los hombres.

Frente a los frascos de rojo vino de Chíos, nos encontrábamos, un grupo de siete, entre las paredes de un noble palacio en la sombría ciudad de Tolomeo. No había otra forma de entrar a esa cámara excepto a través de una pesada puerta de bronce. La puerta había sido diseñada por el artesano Corinnos y, por raras características, se cerraba desde dentro. Del mismo modo, negros tapices colgaban en el sombrío cuarto que nos impedían ver la luna, las estrellas y las desiertas calles; pero el presagio y el recuerdo del mal no podían excluirse. Había cosas a nuestro alrededor que no puedo explicar con claridad: cosas espirituales y materiales, una atmósfera pesada, una sensación de sofoco, ansiedad y, sobre todo, ese terrible estado de la existencia en que los sentidos están vivos y despiertos mientras las fuerzas de la mente se mantienen adormecidas. Sobre nosotros colgaba un peso muerto. Colgaba sobre nuestras extremidades, sobre los muebles de la casa, sobre los frascos de los que bebíamos, y todo estaba deprimido y cargado, todo menos las llamas de las siete lámparas de hierro que iluminaban nuestro sueño. Se alzaban en delgadas y elevadas líneas de luz y así ardían, pálidas e inmóviles, y en el espejo que con su brillo formaban sobre la mesa redonda de ébano a la cual estábamos sentados, cada uno veía la palidez de su propio rostro y la inquieta mirada en los ojos de sus compañeros. Sin embargo, nos reíamos y nos alegrábamos a nuestra manera, histérica. Y cantábamos los cánticos de Anacreonte, llenos de locura, y bebíamos en abundancia, aunque el rojo vino nos recordaba la sangre. Porque había otra persona en aquella cámara, en la persona del joven Zoilo. Muerto y amortajado, permanecía tendido cuan largo era, genio y demonio de la escena. ¡Oh! No participaba de nuestra fiesta, excepto en que su rostro, distorsionado por la plaga, y sus ojos, en los que la muerte había extinguido sólo parcialmente el fuego de la pestilencia, parecían interesarse por nuestra alegría como los muertos pueden divertirse con la alegría de los que van a morir. Pero, aunque yo, Oinos, sentía que los ojos del muerto estaban fijos en mí, intenté no percibir la amargura de su expresión y, mirando en las profundidades del espejo de ébano, cantaba con una voz fuerte y sonora los cánticos del hijo de Teos. Pero, gradualmente, mis canciones cesaron y sus ecos, perdiéndose entre los tapices de la cámara, se debilitaron y desaparecieron. De los tapices donde habían desaparecido los sonidos, surgió una oscura e indefinida sombra, una sombra como la que la luna, cuando desciende en el cielo, puede proyectar en la figura de un hombre. Pero no era la sombra de un hombre ni la de Dios, ni de nada conocido. Y, después de temblar entre los tapices de la cámara, finalmente quedó a la vista de todos sobre la superficie de la puerta de bronce. Pero la sombra era vaga, e informe e indefinida, y no era la sombra de un hombre ni de Dios, ni del dios de Grecia ni del dios de Caldea, ni un dios egipcio. Y la sombra descansaba sobre la puerta de bronce y no se movía, ni hablaba, sino que permaneció inmóvil. Y la puerta donde reposaba la sombra, si recuerdo bien, se alzaba frente a los pies del joven Zoilo, amortajado. Pero nosotros, los siete allí reunidos, que habíamos visto la sombra cuando salió de entre los tapices, no nos atrevíamos a mirarla fijamente, sino que bajamos los ojos y miramos sin cesar en la profundidades del espejo de ébano. Y, por fin, yo, Oinos, diciendo algunas palabras en voz baja, pregunté a la sombra por su morada y su nombre. Y la sombra respondió: «Yo soy SOMBRA y mi morada está cerca de las catacumbas de Tolomeo y de las oscuras planicies de Clíseo que bordean el impuro canal de Caronte.»

Entonces, nosotros siete, nos levantamos de nuestros asientos, aterrorizados, y nos quedamos temblorosos, estremecidos, pálidos, ya que los tonos de la voz de la sombra no eran los tonos de la voz de un ser, sino de una multitud de seres, y variando sus cadencias de sílaba en sílaba, entraba oscuramente en nuestros oídos con los acentos familiares de muchos miles de amigos muertos.

SILENCIO
Una fábula

«Escúchame —dijo el demonio, mientras colocaba la mano sobre mi cabeza—. La región de la que hablo es la horrible región de Libia, a orillas del río Zäire. Y allí no hay tranquilidad, no hay silencio.

Las aguas del río están teñidas de un color azafranado y enfermizo, y no fluyen hacia el mar, sino que palpitan eternamente debajo del ojo rojo del sol, con un movimiento tumultuoso y convulsivo. En una distancia de muchas millas a cada lado del lecho del río hay un pálido desierto de gigantescos nenúfares. Suspiran unos con otros en esa soledad y estiran al cielo sus largos y pálidos cuellos, moviendo hacia un lado y hacia el otro sus perennes cabezas. Y hay un murmullo indefinido que sale de entre ellos como una corriente de agua subterránea. Y suspiran entre ellos.

Pero hay un límite a este reino, el límite del oscuro y horrible bosque. Allí, como las olas en las Hébridas, las malezas se agitan continuamente. Pero no hay viento en el cielo. Los altos árboles se mueven con un fuerte ruido. De sus copas, una por una, caen inacabables gotas de rocío; en las raíces, se retuercen en un inquieto sueño extrañas flores venenosas. Y arriba, con un ruido fuerte y susurrante, las grises nubes corren hacia el Oeste continuamente, hasta que caen, como una catarata, sobre las abrasadoras paredes del horizonte. Pero no hay viento en el cielo. Y en las orillas del río Zäire no hay tranquilidad, no hay silencio.

Era de noche y llovía, y era lluvia, pero, al caer, era sangre. Yo estaba en la marisma entre los altos nenúfares y la lluvia caía sobre mi cabeza y los nenúfares suspiraban entre sí en la solemnidad de su desolación.

De repente, la luna surgió a través de la fina niebla espectral que era de color carmesí. Y mis ojos se posaron en una gran roca gris que estaba en la orilla del río y que se iluminaba por la luz de la luna. Y la roca era gris y pálida, y alta; la roca era gris. En su superficie había caracteres tallados en la piedra y caminé a través de la marisma de nenúfares para acercarme a la orilla y poder leer los caracteres tallados en la piedra. Pero no pude descifrarlos. Estaba regresando a la marisma, cuando la luz comenzó a brillar más roja y me volví para mirar nuevamente la roca y los caracteres. Los caracteres decían: DESOLACIÓN.

Miré hacia arriba y allí había un hombre, en la cumbre de la roca; me oculté entre los nenúfares para poder ver qué hacía el hombre. El hombre era alto e imponente y vestía desde los hombros hasta los pies una toga de la antigua Roma. No se distinguía el contorno de su figura, pero sus rasgos eran los rasgos de un dios, ya que el manto de la noche y del rocío, de la luna y de la humedad habían dejado a la vista los rasgos de su rostro. Su frente era alta y pensativa y su mirada mostraba preocupación, y en las pocas arrugas de sus mejillas pude leer las huellas de la tristeza, del cansancio, del disgusto con el género humano y un deseo de soledad.

Y el hombre se sentó en la roca y apoyó la cabeza en su mano, observando la desolación. Miró abajo hacia el inquieto matorral y hacia los altos árboles, y más alto hacia el susurrante cielo y la luna carmesí. Yo me quedé en mi refugio de nenúfares, observando lo que hacía aquel hombre. Y el hombre tembló en la soledad; pero la noche avanzaba y él estaba sentado en la roca.

El hombre distrajo su atención de los cielos y miró hacia el triste río Zäire, hacia las amarillas y lúgubres aguas y hacia las pálidas legiones de nenúfares. El hombre escuchó los susurros de los nenúfares y el murmullo que provenía de ellos. Yo me mantenía oculto y observaba lo que hacía el hombre. El hombre tembló en la soledad, pero la noche avanzaba y se quedó sentado en la roca.

Entonces me sumergí en las profundidades de la marisma y atravesé la soledad de los nenúfares y llamé a los hipopótamos que habitaban entre los pantanos de las profundidades de las marismas. Los hipopótamos escucharon mi llamada y vinieron al pie de la roca, rugiendo sonora y terriblemente bajo la luna. Yo me quedé dentro de mi refugio y observaba lo que hacía aquel hombre. Y el hombre temblaba en su soledad, pero la noche avanzaba y el hombre se quedó sentado en la roca.

Entonces maldije los elementos con la maldición del tumulto y una espantosa tempestad apareció en el cielo, donde antes no había nada de viento. El cielo se tornó lívido con la violenta tempestad y la lluvia golpeó la cabeza del hombre; las aguas del río se desbordaban y el río atormentado se llenó de espuma; los nenúfares clamaban y los bosques temblaban por el viento, y rugía el trueno, caía el rayo, y las rocas vacilaban en sus cimientos. Yo me quedé dentro de mi refugio y observaba lo que hacía aquel hombre. Y el hombre temblaba en su soledad, pero la noche avanzaba y el hombre se quedó sentado en la roca.

Entonces me enfurecí y maldije, con la maldición del silencio, el río, los nenúfares, el viento, el bosque, el cielo, el trueno y los suspiros de los nenúfares. Y se maldijeron y se callaron. La luna dejó de transitar su camino hacia el cielo y el trueno calló, el rayo no cayó, las nubes quedaron inmóviles, las aguas volvieron a su nivel y permanecieron así, los árboles no se balancearon y los nenúfares no suspiraron más y ya no se escuchó su murmullo ni sombra de otro sonido en todo el enorme desierto sin fin. Y miré hacia los caracteres de la roca y habían cambiado. Los caracteres decían: SILENCIO.

Mis ojos se fijaron en el rostro del hombre y su rostro estaba pálido de terror. Rápidamente, levantó la cabeza, que tenía apoyada sobre la mano, y se puso de pie sobre la roca y escuchó. Pero no hubo ninguna voz en toda la extensión del enorme desierto sin fin y los caracteres sobre la roca decían: SILENCIO. Y el hombre tembló y dio vuelta la cara y huyó rápidamente hasta que no pude verlo más.»

* * *

Hay cuentos hermosos en los libros de los magos, en los melancólicos libros de los magos, encuadernados en piel. Allí, digo, hay gloriosas historias de los cielos y de la tierra, del poderoso mar, de los genios que gobiernan el mar, la tierra y el alto cielo. También había mucho saber en lo que decían las sibilas. Y santas, santas cosas se oían desde siempre entre las sombrías hojas que temblaban en torno a Dodona. Pero, tan cierto como que Alá vive, digo que la fábula que el demonio me contó mientras se sentaba a mi lado en la sombra de la tumba es la más maravillosa de todas. Cuando el demonio terminó su historia, se recostó en la cavidad de la tumba y rió. Y yo no pude reír con el demonio y me maldijo porque no pude reír. Y el lince que eternamente mora en la tumba salió de allí y se quedó a los pies del demonio y lo miró fijamente a la cara.

EL HOMBRE DE LA MULTITUD

«Ce grand malheur, de ne pouvoir etre seul.»

LA BRUYÈRE

Se ha dicho, con certeza, de un libro alemán: *«er lasst sich nicht lesem»* —no se puede leer—. Hay muchos secretos que no se pueden decir. Los hombres mueren de noche en sus lechos, estrechando las manos de sus espectrales confesores y mirando sus ojos piadosos, mueren con la desesperación de su corazón y la convulsión de sus gargantas, por lo oculto de los misterios que no pueden ser revelados. Muchas veces la conciencia del hombre soporta una carga de horror tan pesada que sólo puede ser arrojada en la tumba. Y así la esencia de todo crimen permanece inexpresada.

No hace mucho tiempo, en un atardecer de otoño, me senté en el mirador de la cafetería D..., de Londres. Durante algunos meses, había estado enfermo, pero ahora estaba convaleciente recuperando mis fuerzas y me sentía de un humor que es precisamente el opuesto al aburrimiento; un humor lleno de apetencia, en que se desvanecen los velos de la visión interior y la mente, electrizada, sobrepasa su condición habitual, como la viva y a la vez cándida razón de Leibniz sobrepasa la loca y endeble retórica de Gorgias. El simple hecho de respirar resultaba placentero y sentía gozo incluso en las fuentes más legítimas de dolor. Sentía calma, pero inquisitivo interés por todo. Con un cigarro en la boca y el periódico en mis rodillas, había estado divirtiéndome la mayor parte de la tarde, leyendo los anuncios, observando la promiscua compañía del salón, mirando hacia la calle a través de los cristales opacados por el humo.

La calle es una de las principales avenidas de la ciudad y había estado muy transitada todo el día. Pero, a medida que se acercaba la noche, la afluencia aumentó y en el momento en que las luces se encendieron, una doble y continua corriente de gente pasaba por la puerta. En este momento tan especial de la tarde nunca me había encontrado en una situación similar y el tumultuoso mar de cabezas humanas me proporcionó, por tanto, una agradable emoción novedosa. Por fin, dejé de lado todo lo que sucedía dentro del edificio y me dediqué a contemplar, absorto, la escena del exterior.

Primero, mis observaciones eran abstractas y generalizadas. Miraba a los paseantes en masa y pensaba en ellos desde la perspectiva de sus relaciones de grupo. Sin embargo, comencé de repente a observar los detalles y me detuve, con minucioso interés, en las innumerables variantes de figuras, vestimentas, apariencias, actitudes, rostros y expresiones.

La mayor parte de los que pasaban tenían una actidud satisfecha y seria, y parecían estar pensando en cómo abrirse paso entre el gentío. Su ceño estaba fruncido y sus ojos giraban con rapidez; cuando chocaban contra otros no mostraban síntomas de impaciencia, sino que se acomodaban la ropa y seguían adelante. Otros, también muchos, se movían incansables, con los rostros enrojecidos y hablando y gesticulando para sí mismos, como si se sintieran solos por la misma densidad de la compañía que los rodeaba. Cuando algo impedía su paso, esta gente dejaba de repente de murmurar, pero multiplicaba sus gesticulaciones y esperaba, con una sonrisa ausente y forzada instalada en sus labios, el paso de quien le estaba impidiendo seguir avanzando. Cuando los empujaban, saludaban profusamente a quienes los empujaban y parecían muy confundidos. No había nada que permitiera diferenciar claramente estas dos clases más allá de lo que he indicado. Sus vestimentas pertenecían a la categoría que puede denominarse decente. Eran, sin duda, hombres nobles, comerciantes, abogados, hombres de negocios y agiotistas, gente común de la sociedad; hombres que disfrutaban de su tiempo libre y hombres comprometidos en asuntos propios, que llevaban adelante negocios de su propia responsabilidad. No me llamaban mucho la atención.

El grupo de empleados era más obvio, y aquí pude hacer dos divisiones más notables. Había empleados novatos de casas ostentosas, jóvenes caballeros con chaquetas ajustadas, botas brillantes, pelo engominado y labios altaneros. Dejando de lado cierta apariencia al caminar, que podemos llamar *oficinesca*; la manera en que estas personas se comportaban me parecía un exacto facsímil de lo que había sido la perfección del *buen tono* un año o un año y medio antes. Lucían los modales ya abandonados por la clase media y esto, creo, es lo que mejor define su clase.

La división formada por los empleados de categoría superior de las firmas importantes o los «viejos estables» era inconfundible. Se les reconocía por sus chaquetas y pantalones negros o marrones, confeccionados para permitir al usuario sentarse cómodamente, con corbatas y chalecos blancos, amplios, zapatos fuertes y polainas o calcetines gruesos. Todos estaban un poco calvos, por lo que sus orejas, habituadas a sostener el lapicero, sobresalían de la cabeza. Observé que siempre se quitaban o se acomodaban el sombrero con ambas manos y llevaban relojes con cadenas cortas de oro de diseño antiguo. Tenían un aire que inspiraba respeto, si existe de verdad un aire tan honorable.

Había muchos individuos de apariencia brillante, que comprendí rápidamente que pertenecían a la raza de carteristas elegantes que invade todas las grandes ciudades. Observé esta categoría con gran interés y me pareció difícil imaginar cómo los caballeros podían confundirlos con otros caballeros. La exageración del tamaño del puño de sus camisas y un aire de excesiva sinceridad les traicionaba de inmediato.

Los jugadores, aunque pude distinguir muy pocos, eran muy fáciles de reconocer. Vestían todo tipo de ropa, desde el pequeño tahúr de feria, con chaleco de terciopelo, corbatín de fantasía, cadenas doradas y botones afiligranados, hasta el pillo, vestido con escrupulosa sencillez que no podría levantar sospecha alguna. Sin embargo, todos eran reconocibles por cierto color terroso de la piel, la mirada perdida y la palidez y lo apretado de sus labios. Además, había otros dos rasgos por los cuales siempre podría detectarlos: un bajo y controlado tono de voz y una anormal extensión del pulgar en ángulo recto a los otros dedos. Con mucha frecuencia, en compañía de estos tahúres, observé una clase de hombres algo diferentes en sus costumbres, pero siempre pájaros del mismo plumaje. Pueden definirse como los caballeros que viven de su astucia. Parecen precipitarse sobre el público en dos batallones: el de los dandis y el de los militares. De los primeros, los rasgos principales son la sonrisa y los cabellos largos. De los segundos, las levitas y el ceño fruncido.

Bajando en la escala de lo que se llama superioridad social, encontré temas más oscuros y profundos para especular. Vi buhoneros judíos, con ojos de halcón que brillaban en sus rostros, donde todos los demás rasgos eran la expresión de la humildad; mendigos callejeros profesionales, que rechazan con violencia a mendigos de peor apariencia, cuya desesperación los había llevado a buscar la caridad en la noche; débiles y espectrales inválidos, sobre los que la muerte había puesto su mano segura y que caminaban vacilantes entre la multitud, buscando piedad en cada rostro, como si quisieran encontrar el consuelo y la esperanza perdida; modestas jóvenes que volvían a su triste hogar después de largas horas de trabajo y que se retraían con más tristeza que indignidad de las miradas de los rufianes, cuyo contacto directo no podían evitar; mujeres de la ciudad de todas las clases y edades, la belleza inequívoca de la feminidad, que llevaba a pensar en la estatua de Luciano, de mármol de Paros por fuera y, por dentro, llena de basura; la horrible leprosa harapienta; la vieja arrugada, llena de joyas y maquillada para parecer joven; la niña de formas inmaduras pero a quien una antigua costumbre inclina a las horribles coqueterías de su profesión, mientras arde con la ambición de ser igual a las mayores; borrachos innumerables e indescriptibles, algunos harapientos y remendados, tambaleantes, incapaces de articular palabra, con el rostro morado y los ojos opacos; algunos con ropas enteras pero sucias, con una actitud provocativa pero vacilante, sensuales labios gruesos y rostros saludables; otros vestidos con trajes que alguna vez han sido buenos y que ahora se veían escrupulosamente cepillados; hombres que caminaban con un artificial paso, pero cuyos rostros se notaban pálidos de miedo, cuyos ojos eran extraños y rojos y que a su paso, a través de la multitud, toman con sus dedos temblorosos todos los objetos que se ponen a su alcance; además de éstos, reposteros, porteros, carboneros, deshollinadores, cantantes callejeros, los que venden junto a los que cantan; artesanos harapientos y trabajadores exhaustos de todo tipo y todos llenos de una vivacidad ruidosa y extraordinaria que golpeaba en los oídos y causaba dolor a la vista.

A medida que avanzaba la noche, aumentaba para mí el interés de la escena, ya que no sólo el carácter general de la multitud variaba sustancialmente (los rasgos más suaves se retiraban y se llevaban al grupo más ordenado de gente, dejando paso a los más rústicos con el surgir de todas las especies de infamia a medida que se hacía más tarde), sino que también los rayos de las lámparas de gas, suaves primero en su lucha con el día que moría, ahora daban a todo un brillo agitado y deslumbrante. Todo estaba oscuro, pero espléndido, como el ébano al que ha sido asimilado el estilo de Tertuliano.

Los extraños efectos de la luz me llevaron a un examen de las caras de la gente y, aunque la rapidez con que el mundo de la luz desaparecía frente a la ventana no me permitía más que echar una mirada a cada rostro, parecía que, en mi especial estado de ánimo, podía leer, incluso en el breve intervalo de una mirada, la historia de largos años.

Con la frente pegada a la ventana, me dediqué a estudiar la multitud, cuando de repente apareció un rostro (de un anciano decrépito, de unos sesenta y cinco o setenta años), un rostro que me llamó poderosamente la atención, por la absoluta exclusividad de su expresión. Nunca había visto nada que, ni remotamente, se pareciera a esa expresión. Recuerdo a la perfección que, al verlo, mi primer pensamiento fue que si Retzch lo hubiera visto, lo habría preferido sin duda a sus propias representaciones pictóricas del demonio. Al esforzarme, durante el breve tiempo de mi análisis original, por hallar un significado a lo que había experimentado, aparecieron en mi mente, de forma confusa y paradójica, las ideas de un amplio poder mental, de precaución, de penuria, de avaricia, de frialdad, de malicia, de sed de sangre, de victoria, de alborozo, de excesivo terror, de intensa y suprema desesperación. Me sentí especialmente sobresaltado, sorprendido, fascinado.

«¡Qué historia extraña», me dije, «se escribe en ese pecho!» Tuve un ardiente deseo de seguir observando a ese hombre, de saber más sobre él. Me puse el abrigo rápidamente, y tomé mi sombrero y mi bastón, y salí a la calle, avanzando entre la multitud en la dirección que había visto que tomaba el hombre, pero ya había desaparecido. Con algo de dificultad, por fin volví a verlo, me aproximé y lo seguí de cerca con cuidado, de modo que no despertara su atención.

Así tuve la oportunidad de observar su persona. Era bajo de estatura, muy delgado y aparentemente muy débil. Su ropa, en general, era harapienta y descuidada; pero cada vez que aparecía bajo la fuerte luz de una lámpara, veía que su traje era de lino de buena textura, aunque estaba sucio. Y si no me engañaba la vista, a través de un desgarrón de su abrigo de segunda mano que lo envolvía, pude ver el brillo de un diamante y un puñal. Estas observaciones aumentaron mi curiosidad y me decidí a seguirlo adondequiera que fuera.

Era noche cerrada y la espesa niebla que envolvía la ciudad se convirtió finalmente en lluvia. Este cambio climatológico produjo un efecto extraño en la multitud, que comenzó a moverse con rapidez, bajo la sombra de un mundo de paraguas. El movimiento, los empujones y el rumor se hicieron mucho más intensos. Por mi parte, no me importaba la lluvia; en mi cuerpo había una fiebre antigua para la que la humedad resultaba un placer peligroso. Tapándome la boca con un pañuelo, continué mi camino. Durante media hora, el anciano se abrió camino con dificultad por la gran avenida; yo caminaba cerca de él por miedo a perderlo de vista. Como nunca se volvió, no pudo verme. Por fin, entramos en una calle transversal que, aunque había mucha gente, no estaba tan abarrotada como la calle principal que acabábamos de dejar. Aquí se produjo un evidente cambio en su comportamiento. Caminaba más lentamente y con menos decisión que antes, más vacilante. Cruzaba la calle varias veces, sin un motivo aparente. Y la multitud era tal que, cada vez que hacía estos movimientos, me veía obligado a seguirlo de cerca. La calle era estrecha y larga y siguió andando por allí durante casi una hora, durante la cual los transeúntes disminuyeron gradualmente en número hasta la cantidad de gente que se ve a mediodía en Broadway, cerca del parque, tal es la diferencia que existe entre la población de una ciudad como Londres y la de una de las más frecuentadas ciudades americanas. Al volver a torcer en una calle, llegamos a una plaza, muy iluminada y llena de vida. Reapareció el anterior comportamiento del anciano. Su mentón cayó sobre su pecho, mientras sus ojos se movían de un modo extraño bajo el ceño fruncido, mirando a todos los que tenía alrededor. Siguió su camino con firmeza y perseverancia. Sin embargo, me sorprendió ver, una vez que dio la vuelta a la plaza, que regresaba sobre sus pasos. Más me sorprendió aún ver que repetía el mismo camino varias veces. Una vez casi me descubrió al darse vuelta repentinamente.

En este ejercicio, perdió otra hora, después de la cual encontramos muchos menos transeúntes, que nos obstaculizaran el camino, que la primera vez. Estaba lloviendo mucho; empezó a hacer frío y la gente se fue retirando a sus casas. Con un gesto de impaciencia, el vagabundo entró en una calle comparativamente desierta. Por ella caminó un cuarto de milla con una velocidad que nunca hubiera soñado ver en nadie de su edad y que me dificultó la persecución. En unos minutos, nos encontramos en un enorme bazar, con cuyas tiendas el extraño parecía familiar y donde su comportamiento inicial apareció nuevamente, mientras se abría camino hacia un lado y hacia otro, sin motivo, entre la multitud de compradores y vendedores.

Durante la hora y media, aproximadamente, que pasamos en este lugar, tuve que tener mucho cuidado de no ser descubierto por él. Afortunadamente, llevaba un par de zapatos que me permitían andar sin hacer ruido y podía moverme en completo silencio. En ningún momento vio que lo estaba observando. Entró en una tienda tras otra, no preguntó por nada, no pronunció una sola palabra y miró todos los objetos con una extraña y vacía mirada. Ahora me sentía totalmente asombrado por su conducta y decidí firmemente que no me iría hasta no sentirme satisfecho con lo que supiera de él.

Un reloj dio sonoramente las once y la gente estaba abandonando el bazar. Un tendero, al cerrar un postigo, empujó al anciano y en ese instante vi que un fuerte estremecimiento le recorría el cuerpo. Salió corriendo hacia la calle, miró ansiosamente a su alrededor por un instante y después corrió con una velocidad increíble por varias callejuelas desiertas y sinuosas, hasta que volvimos a aparecer en la gran avenida donde habíamos comenzado, la calle del hotel D... Sin embargo, esta avenida ya no presentaba el mismo aspecto. Todavía brillaba con las luces de gas, pero la lluvia caía con fuerza y casi no quedaba gente a la vista. El extraño se puso pálido. Dio unos pasos más, con aire apesadumbrado, por la otrora poblada avenida. Después, con un fuerte suspiro, giró en dirección al río y, sumergiéndose en una complicada serie de pasajes y callejuelas, salió finalmente frente a uno de los principales teatros. Estaba a punto de cerrar y el público salía por las puertas. Vi que el anciano tomaba aire mientras se metía entre la multitud; pero pensé que la intensa agonía de su rostro se había calmado en alguna medida. Su cabeza cayó nuevamente sobre el pecho; tenía el aspecto con que lo había visto la primera vez. Observé que ahora seguía el camino por donde iba la mayor parte del público; pero, después de todo, sentía que era imposible comprender lo misterioso de su proceder.

Mientras avanzaba, la gente empezó a dispersarse y su antigua inquietud y vacilación volvieron a manifestarse. Durante un tiempo, siguió de cerca a un grupo de diez o doce personas; pero uno a uno fueron separándose hasta que sólo quedaron juntos tres, en una estrecha y oscura calleja poco frecuentada. El extraño se detuvo y, por un momento, pareció perdido en su pensamiento; después, con claros indicios de agitación, siguió rápidamente un camino que nos llevó a los límites de la ciudad, en una zona muy diferente de la que habíamos atravesado hasta entonces. Se hallaba en el barrio más ruinoso de Londres, donde todo tenía la apariencia de la más deplorable pobreza y del crimen más desesperado. Por la sombría luz de una lámpara ocasional, se veían edificios de madera altos, antiguos, carcomidos por los gusanos, inclinados de forma tan extraña y caprichosa que apenas podía distinguirse un pasaje entre ellos. El pavimento estaba mal colocado, fuera de lugar a causa de la maleza. La más horrible inmundicia salía de las cunetas. Toda la atmósfera destilaba desolación. Sin embargo, a medida que avanzábamos, los sonidos de vida humana reaparecieron poco a poco y, por fin, se veían grandes grupos de la más abandonada población londinense. Otra vez el anciano pareció animarse, como una lámpara que está a punto de apagarse. Una vez más, caminó con paso firme. De repente, giró en una esquina, nos envolvió una luz brillante y nos hallamos frente a uno de los enormes templos suburbanos de la intemperancia, uno de los palacios del demonio de la bebida.

Estaba casi amaneciendo, pero una gran cantidad de miserables borrachos entraban y salían por la puerta. Con un sofocado grito de alegría, el anciano se abrió paso, adoptó su actitud inicial y anduvo de un lado a otro, sin motivo aparente, entre la multitud. Sin embargo, no llevaba mucho tiempo así cuando un repentino movimiento general hacia la puerta indicó que la casa estaba a punto de cerrar por esa noche. Observé algo más intenso que la desesperación en el rostro del singular ser que había estado observando con tanta insistencia. Sin embargo, no dudó en su camino, sino que, con una energía enloquecida, retrocedió sobre sus pasos hacia el corazón de Londres. Corrió durante largo tiempo, mientras lo seguía con extraño asombro, resuelto a no abandonar algo que me interesaba más que nada en el mundo. Salió el sol mientras seguíamos andando y, cuando habíamos llegado a la zona más comercial de la ciudad, la calle del hotel D..., la vimos casi llena de gente y casi con tanta actividad como la habíamos dejado la noche anterior. Y entonces seguí, cada vez más confundido, en la persecución del extraño. Pero, como siempre, caminó de un lado a otro y durante todo el día no se alejó del torbellino de esa calle. Y, mientras se acercaban las sombras de la segunda noche, me sentí agotado a morir y, poniéndome frente al vagabundo, lo miré fijamente a la cara. No me vio, sino que siguió su solemne paseo mientras yo dejé de seguirlo y me quedé absorto contemplándolo. «Este anciano», me dije finalmente, «es el arquetipo y el genio del crimen misterioso. No quiere estar solo. *Es el hombre de la multitud*. Será inútil seguirlo, ya que no sabré nada más de él ni de sus actos. El peor corazón del mundo es un libro más repulsivo que el *Hortulus Animae** y tal vez sea una de las grandes piedades de Dios que «*er lasst sich nicht lesen*».

---

* El *Hortulus Animae cum Oratiunculis Aliquibus Speradditis,* de Grünninger.

CONVERSACIÓN CON UNA MOMIA

La reunión de la noche anterior había sido demasiado para mis nervios. Tenía un terrible dolor de cabeza y sentía una desesperante pereza. Entonces, en vez de salir por la noche, como había pensado, se me ocurrió que no habría nada mejor que cenar algo e irme de inmediato a la cama.

Una cena *ligera*, por supuesto. Me encantan las tostadas con queso. Sin embargo, más de una libra no es muy aconsejable en algunos casos. Claro que tampoco está prohibido comer dos. Y, en realidad, entre dos y tres, no hay más que una ínfima diferencia. Tal vez, me arriesgué comiendo cuatro. Mi mujer dice que fueron cinco; pero, claramente, debe haber confundido dos asuntos muy diferentes. Admito el cinco como número abstracto; pero, en concreto, se refiere a las botellas de cerveza que, como condimento, exigen las tostadas con queso.

Al terminar la frugal comida, me puse mi gorro de dormir con toda la intención de disfrutar de él hasta la mañana siguiente. Puse la cabeza sobre la almohada y, con la ayuda de una conciencia tranquila, me quedé profundamente dormido.

Pero, ¿cuándo se cumplen los deseos del ser humano? Apenas había dado mi tercer ronquido, cuando la campanilla de la puerta de la calle sonó furiosamente y, luego, me despertaron unos golpes a la puerta de inmediato. A continuación, mientras me estaba refregando los ojos, mi mujer me estampó una nota en la cara. Era una nota de mi viejo amigo el doctor Ponnonner, que decía lo siguiente:

«Venga a casa, como sea, querido amigo, tan pronto como reciba esta nota. Venga a regocijarse conmigo. Por fin, después de tanta diplomacia perseverante, he conseguido la autorización de los directores del Museo de la Ciudad para examinar la momia —usted sabe a cuál me refiero—. Tengo permiso para quitarle las vendas y abrirla, si me parece conveniente. Sólo estarán presentes algunos amigos; usted, entre ellos. La momia ya está en mi casa y empezaremos a quitarle las vendas a las once de esta noche. Su amigo, PONNONNER.»

Cuando llegué a la palabra «Ponnonner» me sorprendió estar tan despierto como estaba. Salté de la cama como en éxtasis, tropezándome con todo lo que había en mi camino; me vestí a una velocidad asombrosa y salí tan rápido como pude hacia la casa del doctor.

Allí encontré reunido a un grupo de gente muy ansiosa. Me habían estado esperando con gran impaciencia. La momia se hallaba extendida sobre la mesa del comedor. En cuanto entré, comenzó el examen.

Se trataba de una momia traída junto con otra, unos años atrás, por el capitán Arthur Sabretash, primo de Ponnonner, desde una tumba cercana a Eleithias, en las montañas líbicas, a bastante distancia hacia el norte de Tebas, sobre el Nilo. En esta zona, las grutas, si bien no son tan impactantes como los sepulcros de Tebas, resultan mucho más interesantes, debido a que incluyen mayor cantidad de ilustraciones de la vida privada de los egipcios. La cámara de la cual se había extraído nuestro ejemplar era muy rica en dichas ilustraciones; las paredes estaban completamente cubiertas por frescos y bajorrelieves, a la vez que las estatuas, vasos y mosaicos de fino diseño, indicaban la gran fortuna del difunto.

El tesoro había sido depositado en el museo, precisamente en el mismo estado en que el capitán Sabretash lo había hallado; es decir, el ataúd no había sido dañado. Durante ocho años había permanecido así, expuesto al público sólo en su parte exterior. Por tanto, ahora teníamos a la momia completa a nuestra disposición, y para aquellos que saben lo difícil que es que lleguen a nuestras playas antigüedades no robadas, resultará evidente que nos sobraban razones para celebrar nuestra buena suerte.

Me acerqué a la mesa y vi sobre ella una gran caja, de unos siete pies de largo y unos tres de ancho por dos y medio de profundidad. Era oblonga, pero no tenía forma de ataúd. El material parecía, a primera vista, madera de sicómoro (*platanus*), pero, al cortarlo, vimos que era cartón o, mejor dicho, *papier-mâché*, hecho de papiro. Estaba muy adornada con dibujos de escenas funerarias y otros temas de duelo, entre los cuales, en muchos sitios, había caracteres jeroglíficos que, sin duda, representaban el nombre del difunto. Por suerte, el señor Gliddon formaba parte de nuestro grupo y podía traducir las letras, que eran simplemente fonéticas y formaban la palabra Allamistakeo.

Nos costó un poco abrir esta caja sin dañarla; pero, al hacerlo, encontramos otra con forma de ataúd, mucho más pequeña que la exterior, pero exactamente igual en todos los detalles. El espacio entre las dos estaba relleno con resina, que, en cierto grado, había desgastado los colores de la caja interior.

Al abrir esta última (cosa que hicimos con bastante facilidad), llegamos a una tercera caja, también con forma de ataúd y que no se diferenciaba de la segunda salvo en el material, cedro, que aún despedía el aroma de la madera. Entre la segunda y la tercera caja no había espacio, sino que una encajaba perfectamente dentro de la otra.

Al quitar la tercera caja, descubrimos el cuerpo y lo extrajimos. Hubiéramos esperado encontrarla, como siempre, envuelta en vendajes de lino; pero, en su lugar, encontramos una especie de estuche de papiro cubierto por una capa de yeso, torpemente dorada y pintada. Los dibujos representaban temas relacionados con las diversas obligaciones del alma y su presentación a las diferentes divinidades, con numerosas figuras humanas idénticas, que podrían ser retratos de la persona embalsamada. Todo a lo largo, en forma de columna, podía verse una inscripción en jeroglíficos fonéticos, con su nombre y sus títulos, y los nombres y títulos de sus parientes.

En el cuello de la momia había un collar de cuentas de cristal cilíndricas, de varios colores, que formaban las imágenes de las deidades, el escarabajo y el globo alado. Un cinturón o collar similar ceñía su cintura.

Al quitar el papiro, encontramos el cuerpo en excelente estado de conservación, sin olor perceptible. El color era rojo. La piel era dura, suave y brillante. Los dientes y el pelo se encontraban en buen estado. Parecía que los ojos habían sido extraídos y reemplazados por otros de cristal, de gran belleza y muy reales, excepto por la expresión de su mirada. Los dedos y las uñas tenían un brillante color dorado.

Por el rojo de la epidermis, el señor Gliddon dijo que el embalsamamiento se había realizado con betún; pero al raspar la superficie con un instrumento de acero y al arrojar al fuego el polvo obtenido, apareció un olor de alcanfor y otras gomas aromáticas.

Investigamos el cadáver con mucho cuidado para encontrar las aberturas por las cuales normalmente se extraen las entrañas, pero, para nuestra sorpresa, no pudimos encontrarlas. Ninguno de nosotros sabía hasta ese momento que fuera habitual encontrar momias enteras o que no hubieran sido abiertas. Se solía extraer el cerebro por la nariz; los intestinos, a través de una incisión en el costado; luego, se rasuraba el cuerpo, se lavaba y era puesto en salmuera; después de dejarlo reposar unas semanas, comenzaba la operación de embalsamado propiamente dicha.

Como no encontramos ningún rastro de abertura, el doctor Ponnonner preparó sus instrumentos para efectuar una disección, cuando observé que eran más de las dos. En este punto, se resolvió posponer el examen hasta la noche siguiente, y estábamos a punto de partir, cuando alguien sugirió uno o dos experimentos con la pila voltaica.

La aplicación de electricidad a una momia de, por lo menos, tres o cuatro mil años de antigüedad, era una idea, si no sensata, bastante original, y todos acordamos hacerlo de inmediato. Medio en serio medio en broma, preparamos una batería en el estudio del doctor y llevamos allí a nuestro egipcio.

EDGAR ALLAN POE

Con bastante dificultad, pudimos poner al descubierto una parte del músculo temporal que parecía menos rígido que otras partes de la estructura, pero que, tal como había previsto, por supuesto, no presentaba ningún tipo de susceptibilidad galvánica al contacto con el cable. Esta prueba, la primera, parecía decisiva y, riéndonos por lo absurdo de la situación, nos estábamos despidiendo cuando mis ojos se cruzaron con los de la momia y quedaron absortos por la sorpresa. En realidad, mi breve mirada había bastado para asegurar que los ojos, que habíamos supuesto de vidrio y que llamaban la atención por el gesto salvaje, ahora estaban cubiertos por los párpados, de modo que sólo se veía una pequeña parte de la túnica albuginea.

Con una exclamación, llamé la atención de los otros sobre este hecho y todos lo observaron de inmediato.

No puedo decir que me haya *alarmado* este fenómeno, ya que «alarmado» no es, en mi caso, la palabra exacta. Sin embargo, de no haber bebido cerveza, me habría puesto un poco nervioso. Los demás integrantes del grupo no hicieron ningún esfuerzo por ocultar el pánico que se apoderó de ellos. El doctor Ponnonner daba pena. El señor Gliddon, por algún procedimiento inexplicable, se había hecho invisible. El señor Silk Buckingham, creo, no se atrevería a negar que se escondió, a gatas, debajo de la mesa.

Sin embargo, pasado el primer impacto, resolvimos seguir con el experimento. Nuestras operaciones se dirigieron entonces contra el dedo gordo del pie derecho. Practicamos una incisión en la cara exterior del *os sesamoideum pollicis pedis* y así llegamos a la raíz del músculo abductor. Reajustando la batería, aplicamos el fluido a los nervios abiertos y, con un movimiento extremadamente real, la momia levantó primero la rodilla derecha como para acercarla al abdomen y, luego, extendiendo el miembro con una fuerza inconcebible, dio una patada al doctor Ponnonner, que hizo que el caballero fuera lanzado a la calle, a través de una ventana, como una flecha desde una catapulta.

Corrimos en masa para recuperar los restos de la víctima, pero tuvimos la alegría de encontrarlo en la escalera, subiendo a una velocidad inexplicable, con gran fervor científico, y absolutamente convencido de que debíamos continuar los experimentos con fuerza y celo.

Por tanto, siguiendo sus indicaciones, hicimos en ese momento una profunda incisión en la punta de la nariz del difunto, mientras el mismo doctor, con violencia, la puso en contacto con el cable.

El efecto fue electrizante, moral y físicamente, en sentido figurativo y literal. En primer lugar, el cadáver abrió los ojos y los guiñó varias veces, como hace el señor Barnes en su pantomima. En segundo lugar, estornudó. En tercer lugar, se sentó. En cuarto lugar, golpeó con su puño en la cara del doctor Ponnonner. En quinto lugar, volviéndose hacia los señores Gliddon y Buckingham, les dirigió, en egipcio, el siguiente discurso:

—Debo decir, señores, que estoy tan sorprendido como mortificado por su conducta. Del doctor Ponnonner no podía esperar otra cosa. Es un pobre gordito tonto que no sabe nada más. Siento pena por él y lo perdono. Pero de usted, señor Gliddon, y de usted, Silk, que han viajado y han vivido en Egipto tanto que se podría decir que han nacido allí, de ustedes, digo, que han estado tanto tiempo entre nosotros, que hablan egipcio perfectamente como si fuera su lengua; de ustedes que siempre he creído que eran amigos de las momias, realmente esperaba una conducta más caballeresca. ¿Qué debo pensar de su tranquilidad al ver cómo me están maltratando? ¿Qué debo pensar al ver que han permitido a cualquiera que me quitara mis ataúdes y mi ropa, en este horrible clima frío? ¿Cómo debo interpretar, para decirlo de una vez, que ayudaran al miserable doctor Ponnonner a que me tirara de la nariz?

Sin duda, podrá considerarse normal que, al escuchar este discurso en estas circunstancias, todos nos hubiéramos dirigido a la puerta o nos hubiésemos puesto histéricos, o nos hubiéramos desmayado. Quiero decir que podía esperarse cualquiera de estas tres alternativas. En realidad, todas y cada una de estas líneas de conducta podrían haber sido adoptadas perfectamente. Y juro que no puedo explicarme cómo o por qué no seguimos ninguna de ellas. Pero, tal vez, la verdadera razón puede hallarse en el espíritu de estos tiempos, que se rige por la contradicción, que se admite como la solución para todos los problemas por la vía de la paradoja o lo imposible. O, después de todo, quizá fue la forma tan natural con que la momia habló, lo que hizo que no pareciera tan terrible. No importa cómo fue, pero está claro lo que ocurrió y ningún miembro del grupo demostró demasiado espanto o lo consideró algo tan fuera de lo común.

Por mi parte, estaba convencido de que todo había ido muy bien y sólo me alejé del alcance de los puños del egipcio. El doctor Ponnonner se metió las manos en los bolsillos, miró a la momia y se sonrojó bastante. El señor Gliddon se tocó las patillas y se levantó el cuello de la camisa. El señor Buckingham bajó la cabeza y se metió el pulgar derecho en el ángulo izquierdo de la boca.

El egipcio lo miró severamente durante unos minutos y, después, con desprecio, le dijo:

—¿Por qué no habla, señor Buckingham? ¿Escuchó lo que le pregunté o no? ¡Quítese el dedo de la boca!

El señor Buckingham se sobresaltó, se quitó el pulgar derecho del ángulo izquierdo de la boca y, en compensación, se metió el pulgar izquierdo en el ángulo derecho de dicha abertura.

Al no recibir respuesta del señor Buckingham, la momia se dirigió al señor Gliddon y, en un tono perentorio, le preguntó qué era lo que pretendíamos todos.

El señor Gliddon respondió detalladamente, en fonética; y de no ser por la ineficacia de las imprentas norteamericanas para imprimir jeroglíficos, me causaría gran placer registrar, aquí, en el original, la totalidad de su excelente discurso.

También puedo aprovechar esta oportunidad para destacar que toda la conversación con la momia se desarrolló en egipcio antiguo por mediación de los señores Gliddon y Buckingham, que actuaron como intérpretes para mis intervenciones y las de otros miembros del grupo que no habían viajado. Los otros hablaban la lengua de la momia con inimitable fluidez y gracia; pero no pude dejar de observar que (sin duda por la introducción de imágenes completamente modernas y, por supuesto, totalmente nuevas para el extraño) los dos viajeros tuvieron que utilizar, en algunas ocasiones, formas concretas para determinadas palabras. En un momento, por ejemplo, el señor Gliddon no pudo hacer entender al egipcio el término «política» hasta que dibujó con carbón, en la pared, un caballero con la nariz llena de verrugas, con los codos rotos, de pie sobre una tribuna, con la pierna izquierda hacia atrás, el brazo derecho extendido hacia adelante, con el puño cerrado, los ojos mirando hacia el cielo y la boca abierta en ángulo de noventa grados. Del mismo modo, el señor Buckingham no pudo explicar la idea absolutamente moderna de la palabra Whig* hasta que, por indicación del doctor Ponnonner, se puso pálido y aceptó quitarse la peluca.

Resulta fácil comprender que el discurso del señor Gliddon giró fundamentalmente en torno a los grandes beneficios que había obtenido la ciencia por quitar las vendas y destripar a las momias. Se disculpó, de paso, por las molestias ocasionadas a esta momia en particular, llamada Allamistakeo. Terminó sugiriendo (no era más que una sugerencia) que, una vez aclarados estos puntos, podríamos procecer con la investigación que queríamos llevar a cabo. Entonces, el doctor Ponnonner preparó los instrumentos.

Con respecto a esta sugerencia del orador, parece que Allamistakeo tuvo algunos escrúpulos de conciencia, cuya naturaleza no pude distinguir; pero expresó su satisfacción con las disculpas presentadas y bajó de la mesa para dar la mano a todos los miembros del grupo.

Al finalizar esta ceremonia, nos dispusimos de inmediato a reparar los daños que nuestro bisturí había causado al sujeto. Le cosimos la

* N. del T.: «Whig» es un miembro de un partido político norteamericano del siglo XIX, antecesor del Partido Republicano. Se pronuncia igual que «Wig», que significa «peluca». Aquí el autor hace un juego de palabras.

herida de la frente, le vendamos el pie y le aplicamos un trocito de esparadrapo negro en la punta de la nariz.

Entonces observamos que el conde (éste parece ser el título de Allamistakeo) empezaba a temblar, sin duda por el frío. El doctor se dirigió de inmediato a su guardarropas y regresó con una excelente chaqueta negra, de diseño Jennings, un par de pantalones azules con cinto, una camisa rosada de guinga, un chaleco de brocado, un abrigo blanco corto, un bastón con puño, un sombrero sin alas, botas de charol, guantes de cabritilla de color paja, un monóculo, un par de patillas y una corbata del modelo en cascada. A causa de la diferencia de tamaño entre el conde y el doctor (proporción dos a uno), tuvimos alguna dificultad para ajustar estas vestimentas al egipcio; pero cuando todo estuvo arreglado, podía decirse que estaba vestido. Por tanto, el señor Gliddon le ofreció el brazo y lo condujo hasta una cómoda silla cerca del fuego, mientras el doctor hizo sonar la campanilla y ordenó traer cigarros y vino.

La conversación se animó de inmediato. Por supuesto, no ocultamos nuestra curiosidad por el hecho de que Allamistakeo aún estuviera vivo.

—Hubiera pensado —observó el señor Buckingham— que usted debería estar muerto desde hace ya tiempo.

—¿Cómo? —contestó el conde, muy sorprendido—. ¡Si tengo poco más de setecientos años! Mi padre vivió mil y no padecía de chochera cuando murió.

A continuación, comenzó una serie de preguntas y cálculos, por los cuales estaba claro que no habíamos estimado nada bien la antigüedad de la momia. Hacía cinco mil cincuenta años y algunos meses desde que había sido depositada en las catacumbas de Eleithias.

—Pero mi comentario —continuó el señor Buckingham— no se refería a su edad en el momento de su entierro (no tengo inconveniente en reconocer que es usted un hombre joven), sino que hablaba de la inmensidad del tiempo durante el cual, por lo que usted mismo dice, debe haber estado cubierto de betún.

—¿De qué? —preguntó el conde.

—De betún —insistió el señor Buckingham.

—¡Ah, sí! Tengo una leve idea de lo que dice. Podría ser, pero en mi época sólo se empleaba bicloruro de mercurio.

—Pero lo que no podemos comprender —dijo el doctor Ponnonner— es cómo puede ser que, después de haber muerto y sido enterrado en Egipto hace cinco mil años, esté usted hoy aquí, vivo y con tan buen aspecto.

—Si yo hubiera estado *muerto*, como usted dice —respondió el conde—, es más que probable que aún estuviera muerto; pero veo que están todavía en la infancia del galvanismo y no pueden lograr con él lo que era tan común entre nosotros en la antigüedad. Pero el hecho es que caí en estado de catalepsia y mis mejores amigos consideraron que estaba muerto o debería estarlo; por tanto, me embalsamaron de inmediato. Supongo que ustedes conocen el principio fundamental del proceso de embalsamamiento.

—¡Para nada!

—Ah, ya veo, ¡una deplorable ignorancia! Bien, no entraré en detalles ahora; pero es necesario explicar que un embalsamamiento propiamente dicho, en Egipto, consistía en detener indefinidamente *todas* las funciones animales sometidas al proceso. Utilizo la palabra «animal» en su sentido más amplio, incluyendo tanto el ser físico como el moral y el vital. Repito que el principio fundamental del embalsamamiento consistía, entre nosotros, en suspender inmediatamente, y mantener latentes para siempre, todas las funciones animales sometidas al proceso. Para ser breve, cualquiera que fuera el estado del individuo en el momento del embalsamamiento, permanecía en esas mismas condiciones. Ahora bien, como tengo la fortuna de ser de la sangre del Escarabajo, fui embalsamado *vivo*, como ustedes me ven ahora.

—¡La sangre del Escarabajo! —exclamó el doctor Ponnonner.

—Sí. El Escarabajo era la insignia, el «escudo» de una familia patricia muy distinguida. Ser «de la sangre del Escarabajo» significa, simplemente, pertenecer a la familia cuya *insignia* era el Escarabajo. Estoy hablando en sentido figurado.

—Pero, ¿qué tiene esto que ver con el hecho de que usted siga vivo?

—Bien, la costumbre generalizada en Egipto consiste en extraer las entrañas y el cerebro del cadáver, antes de embalsamarlo. Sólo los miembros de la raza de los Escarabajos no compartían esta costumbre. Por tanto, si yo no hubiera sido un Escarabajo, no tendría mis entrañas ni mi cerebro, y, sin ellos, no es posible vivir.

—Ya veo— dijo el señor Buckingham—, y presumo que todas las momias *enteras* que aparecen son de la raza de los Escarabajos.

—Sin duda.

—Pensaba —dijo el señor Gliddon, tímidamente— que el Escarabajo era uno de los dioses egipcios.

—¿Uno de los *qué* egipcios? —preguntó la momia, poniéndose en pie.

—¡Dioses! —repitió el otro.

—Señor Gliddon, estoy realmente sorprendido de escucharle hablar de este modo —dijo el conde, volviendo a su asiento—. Ninguna nación sobre la faz de la Tierra ha reconocido nunca más de *un dios*. El Escarabajo, el Ibis, etc., eran para nosotros (al igual que otras criaturas han sido para otros) los símbolos o *medios* por los cuales nosotros adorábamos al Creador, demasiado augusto para acercarse directamente a él.

Hubo una pausa. Después, el doctor Ponnonner reanudó la conversación.

—Entonces, no es improbable, por lo que nos ha explicado —dijo—, que entre las catacumbas cercanas al Nilo puedan existir otras momias vivas de la tribu del Escarabajo.

—No hay ninguna duda —respondió el conde—. Todos los Escarabajos embalsamados vivos accidentalmente siguen vivos. Aun algunos de los embalsamados así a propósito pueden haber sido olvidados por sus ejecutores y, sin duda, permanecen en sus tumbas.

—¿Podría explicarnos —pregunté— qué significa «embalsamados así a propósito»?

—Con mucho gusto —respondió la momia, después de mirarme atentamente a través de su monóculo, ya que era la primera vez que me atreví a dirigirme a él con una pregunta directa—. Con mucho gusto. La duración de la vida de un hombre, en mi época, era de unos ochocientos años. Pocos morían, a menos que fuera por accidente, antes de los seiscientos años. Pocos vivían más de una decena de siglos. Ocho siglos se consideraba un período normal. Una vez descubierto el principio del embalsamamiento, tal como se lo describí, nuestros filósofos consideraron que sería posible satisfacer una considerable curiosidad y, al mismo tiempo, se podría contribuir a los intereses de la ciencia, si ese período natural se viviera en varias etapas. En el caso de la historia, en realidad, la experiencia ha demostrado que algo así resultaba imprescindible. Un historiador, por ejemplo, que hubiera llegado a los quinientos años de edad, podría escribir un libro con gran esfuerzo y después podría hacerse embalsamar, dejando instrucciones a sus ejecutores *pro tempore* para que lo revivieran después de un cierto tiempo, unos quinientos o seiscientos años. Al reanudar su vida, cumplido este plazo, inevitablemente encontraría su gran obra convertida en una especie de cuaderno de notas reunidas al azar, es decir, en algo así como una arena literaria para todas las dudas conflictivas, los enigmas y las opiniones personales de ejércitos de comentadores exasperados. Estas dudas, llamadas anotaciones o enmiendas, habrían cubierto, distorsionado o sobrepasado el texto de tal forma que el autor necesitaría una linterna para buscar su propio libro. Al encontrarlo, nunca compensaba el esfuerzo de haberlo buscado. Al volver a escribirlo por completo, se consideraba que era obligación del historiador ponerse a trabajar de inmediato para corregir, a partir de su propio conocimiento y experiencia, las tradiciones corrientes sobre la época en la que había vivido con anterioridad. Este proceso de nueva redacción y rectificación personal, realizado, de tiempo en tiempo, por diversos sabios, evitó que nuestra historia se convirtiera en mera fábula.

—Disculpe usted —dijo el doctor Ponnonner en este punto, apoyando suavemente la mano en el brazo del egipcio—. Disculpe usted, señor, pero ¿puedo interrumpirle por un momento?

—Por supuesto, *señor* —respondió el conde.

—Sólo quería hacerle una pregunta —dijo el doctor—. Usted habló de la corrección personal del historiador de las tradiciones referentes a su propia época. Dígame, usted, ¿qué proporción de estas *tradiciones* eran consideradas verdaderas?

—En general, señor, se descubría que las tradiciones coincidían con los hechos relatados en las historias no escritas. Es decir, que nunca se encontraban datos que fueran totalmente incorrectos.

—Pero —continuó el doctor—, ya que es evidente que han pasado por lo menos cinco mil años desde que lo enterraron, entiendo que sus historias de aquella época, si no sus tradiciones, eran suficientemente explícitas en cuanto a un tema de interés universal como es la Creación, que ocurrió, como sabe, sólo unos diez siglos antes.

—¡Señor! —exclamó el conde Allamistakeo.

El doctor repitió sus comentarios, pero sólo después de muchas explicaciones adicionales pudo el extraño comprenderlos y dijo, un poco dubitativo:

—Confieso que las ideas que me sugiere son completamente nuevas para mí. Durante este tiempo, nunca conocí ninguna fantasía tan particular como creer que el universo (o el mundo, si prefiere) hubiera tenido un principio. Recuerdo una vez, sólo una vez, que alguien sugirió sobre las especulaciones acerca del origen de *la raza humana* y este individuo utilizaba la palabra *Adán* (o Tierra Roja) que usted mismo acaba de emplear. Sin embargo, él la utilizaba en un sentido general, con referencia a la generación espontánea a partir de la tierra (al igual que nacen miles de criaturas inferiores); me refiero a la generación espontánea de vastas hordas de hombres, surgiendo simultáneamente en cinco sitios diferentes y casi equivalentes del globo.

Al oír este comentario, todos nos encogimos de hombros, y uno o dos de nosotros nos llevamos el dedo a la sien con aire significativo. El señor Silk Buckingham, después de mirar el occipucio y la coronilla de Allamistakeo, dijo lo siguiente:

—La larga duración de la vida humana en su época, al igual que la práctica ocasional de pasarla, tal como usted ha explicado, en etapas, debe haber influido de manera significativa en el desarrollo y la acumulación de conocimientos. Por eso, entiendo que no debemos atribuir la notable inferioridad de los egipcios en todos los detalles de la ciencia, al compararlo con los modernos y, en especial, con los yanquis, a la mayor dureza del cráneo egipcio.

—Confieso, nuevamente —respondió el conde, con suavidad—, que no lo comprendo. A ver, ¿a qué detalles de la ciencia se refiere usted?

En este momento, todos, en conjunto, detallamos las teorías frenológicas y las maravillas del magnetismo animal.

Después de escucharnos hasta el fin, el conde relató algunas anécdotas que hacían evidente que los prototipos de Gall y de Spurzheim habían florecido en Egipto en tiempos tan lejanos como para haber sido olvidados y que los procedimientos de Mesmer eran, en realidad, despreciables trucos al compararlos con los milagros de los sabios de Tebas, capaces de crear piojos y seres similares.

Pregunté al conde si su pueblo sabía calcular los eclipses. Me sonrió desdeñosamente y dijo que sí.

Esto me desconcertó un poco; pero empecé a hacerle otras preguntas relativas al conocimiento astronómico, cuando un miembro del grupo, que no había abierto la boca, me murmuró al oído que para ese tipo de información sería mejor consultar a Tolomeo (quienquiera que fuera), así como a un tal Plutarco, *de facie lunæ*.

Después interrogué a la momia acerca de espejos y lentes y, en general, acerca de la fabricación del vidrio; pero, antes de terminar con mis preguntas, el miembro silencioso nuevamente me tocó el codo y me pidió, por favor, que consultara a Diodoro Sículo. El conde, por su parte, sólo me preguntó, por toda respuesta, si nosotros, los modernos, teníamos microscopios que nos permitieran tallar camafeos como lo hacían los egipcios. Mientras pensaba la respuesta, el doctor Ponnonner se comprometió de manera extraordinaria.

—¡Mire nuestra arquitectura! —exclamó, indignando considerablemente a los dos egiptólogos, que lo pellizcaban sin conseguir que se callara.

—¡Mire! —gritó, con entusiasmo—. ¡La Fuente del Bowling Green de Nueva York! O, si esto es poco, ¡considere por un momento el Capitolio de Washington, D. C.! —y el doctor continuó hablando con todo detalle acerca de las proporciones del edificio a que se refería. Explicó que el pórtico sólo estaba adornado con no menos de veinticuatro columnas, de cinco pies de diámetro y separadas entre sí por una distancia de diez pies.

El conde expresó su disgusto por no poder recordar en ese momento las dimensiones exactas de cualquiera de los principales edificios de la ciudad de Aznac, cuyos cimientos se habían puesto en la noche de los tiempos, pero cuyas ruinas aún se destacaban en la época en que fue enterrado, en una vasta extensión de arena al oeste de Tebas. Sin embargo, recordaba (hablando de pórticos) que uno de ellos, perteneciente a un pequeño palacio de un distrito llamado Carnac, constaba de ciento cuarenta y cuatro columnas, cada una de las cuales tenía una circunferencia de treinta y siete pies y que se hallaban a una distancia de veinticinco pies una de otra. El acceso a este pórtico, desde el Nilo, se realizaba por una avenida de dos millas de largo, compuesta de esfinges, estatuas y obeliscos, de veinte, sesenta y cien pies de altura. El palacio (por lo que podía recordar) tenía una extensión de dos millas en una dirección y podría tener siete en el circuito total. Las paredes se hallaban ricamente pintadas con jeroglíficos. No pretendía asegurar que hasta cincuenta o sesenta de los capitolios del doctor podrían haberse construido entre estas paredes, no estaba muy seguro, pero creía que doscientos o trescientos habrían entrado con algún esfuerzo. El palacio de Carnac era un edificio insignificante, después de todo. Sin embargo, él (el conde) no podía dejar de admitir a conciencia la genialidad, magnificencia y superioridad de la fuente del Bowling Green, tal como la había descrito el doctor. Se vio obligado a admitir que nunca se había visto nada similar en Egipto.

Pregunté al conde qué opinaba de nuestros ferrocarriles.

—Nada, nada en especial —me respondió. Los ferrocarriles eran un poco débiles, mal diseñados y torpemente realizados. No podían compararse, por supuesto, con las enormes calzadas, perfectamente lisas, directas y con vías de hierro, sobre las cuales los egipcios habían trasladado templos completos y sólidos obeliscos de ciento cincuenta pies de altura.

Hablé de nuestras gigantescas fuerzas mecánicas.

Convino en que sabíamos algo de esas cosas, pero me preguntó cómo habría hecho yo para colocar las impostas de los dinteles, incluso en templos tan pequeños como el de Carnac.

Fingí no escuchar esta pregunta y quise saber si tenía alguna idea acerca de los pozos artesianos. Sólo levantó las cejas, mientras el señor Gliddon me guiñó un ojo y me dijo, en voz baja, que hacía poco tiempo los ingenieros contratados para hacer las perforaciones en el Gran Oasis habían descubierto uno.

Después le mencioné nuestro acero; pero el extraño levantó la nariz y me preguntó si nuestro acero podría haber servido para tallar los profundos relieves de los obeliscos y que se realizaban con la sola ayuda de instrumentos de cobre.

Esto nos desconcertó tanto que pensamos que sería mejor desviar la conversación hacia el campo de la metafísica. Mandamos a buscar una copia de un libro llamado *Dial* y leímos un capítulo o dos acerca de algo que no está muy claro, pero que los bostonianos llaman el Gran Movimiento o Progreso.

El conde sólo dijo que los grandes movimientos eran muy comunes en su época y que el progreso en un momento había sido un gran problema que nunca llegó a prosperar.

Después hablamos de la gran belleza y la importancia de la democracia y no fue fácil impresionar al conde con el sentido de las ventajas de que gozábamos al tener sufragio *ad libitum* y no un rey.

Nos escuchó con notable interés y, en realidad, parecía muy entretenido. Cuando habíamos terminado, dijo que, mucho tiempo atrás, había ocurrido algo muy similar. Trece provincias egipcias decidieron ser libres y dar un magnífico ejemplo a toda la humanidad. Los sabios se reunieron y redactaron la constitución más ingeniosa que pueda existir.

Durante un tiempo, funcionó muy bien, pero su tendencia a la fanfarronería era muy fuerte. Sin embargo, esto terminó con la consolidación de los trece estados, sumados a otros quince o veinte, creando el más odioso e insoportable despotismo que haya ocurrido alguna vez sobre la faz de la tierra.

Le pregunté el nombre del tirano usurpador.

Según recordaba el conde, se llamaba *Plebe*.

Sin saber qué decir, alcé la voz para deplorar la ignorancia de los egipcios acerca del vapor.

El conde me miró sorprendido, pero no me contestó nada. Sin embargo, el caballero silencioso me dio un fuerte golpe con el codo en las costillas y me dijo que ya había hecho bastante el ridículo y me preguntó si de verdad era tan tonto como para no saber que la moderna máquina de vapor deriva de la invención de Hero, pasando por Salomón de Caus.

Ahora nos hallábamos en inminente peligro de ser derrotados. Por suerte, el doctor Ponnonner, vino a socorrernos y preguntó si el pueblo egipcio pretendía rivalizar seriamente con los modernos en cuanto a la importantísima cuestión de la vestimenta.

El conde, ante esto, miró las tablas de sus pantalones y después tomó uno de los faldones de la chaqueta y lo observó de cerca durante algunos minutos. Finalmente, la dejó caer y su boca se fue extendiendo de oreja a oreja; pero no recuerdo que haya dicho nada como respuesta.

Recobramos así nuestro ánimo y el doctor, acercándose a la momia con gran dignidad, le pidió que, por su honor de caballero, le dijera si los egipcios habían comprendido alguna vez la fabricación de las pastillas de Ponnonner o las píldoras de Brandreth.

Esperamos ansiosamente una respuesta, pero fue en vano. No llegaba. El egipcio se sonrojó y bajó la cabeza. Nunca se vio un triunfo más completo; nunca se vio una derrota tan mal sobrellevada. En realidad, no podía soportar el espectáculo de la mortificación de la pobre momia. Tomé mi sombrero, me incliné secamente y me fui.

Al llegar a casa, vi que eran más de las cuatro y me fui inmediatamente a la cama. Ahora son las diez de la mañana. Estoy levantado desde las siete, escribiendo esta crónica por el bien de mi familia y de la humanidad. A la primera, no volveré a verla. Mi mujer es una arpía. La verdad es que estoy harto de esta vida y de que todo vaya mal. Además, estoy ansioso por saber quién será presidente en el 2045. Por eso, no bien haya terminado de afeitarme y de beber mi café, iré a casa de Ponnonner y me haré embalsamar por un par de cientos de años.

LAS AVENTURAS DE ARTHUR GORDON PYM

I

PRECOCES AVENTUREROS

Mi nombre es Arturo Gordon Pym. Nací en Nantucket, donde mi padre era un respetable comerciante, proveedor de la Marina. Mi abuelo, abogado de profesión, contaba con numerosa y distinguida clientela. Afortunado en todas sus empresas, realizó varias especulaciones felices sobre los fondos del *Edgarton New Bank*, en el momento de su creación. Por estos y otros medios llegó a reunir una fortuna bastante apreciable. No existía en el mundo persona que pudiera disputarme su acendrado cariño. Por ello, creía firmemente que, a su muerte, heredaría yo la mayor parte de sus bienes.

Cuando cumplí los seis años me hizo ingresar en el colegio del anciano míster Ricketts, un hombre excelente, manco, de originalidades tan extrañas que le han hecho popular en Nueva-Bedford. A los dieciséis años abandoné su colegio para ingresar en la Academia de míster E. Ronald, situada en la montaña. Allí me hice íntimo amigo del hijo de míster Barnard, capitán de la marina mercante, que viajaba, de ordinario, por la casa Lloyd y Vrendenburg. Míster Barnard es también muy conocido en Nueva-Bedford, y me consta que tiene numerosos parientes en Edgarton. Augusto, que así se llamaba su hijo, tenía unos dos años más que yo. Había realizado con su padre un viaje en el ballenero *John Donaldson*, y me hablaba sin cesar de sus aventuras en el océano Pacífico del Sur. Yo iba a su casa muy a menudo, donde pasaba el día y solía también dormir. Nos acostábamos en la misma cama y él estaba seguro de mantenerme despierto hasta el amanecer, contándome una serie de historias sobre los naturales de la isla de Tinian y otros lugares que había visitado en el transcurso de sus viajes. Acabé interesándome vivamente por todo lo que me relataba, y, poco a poco, se fue apoderando de mí el más ardiente deseo de recorrer el mar. Tenía yo entonces un bote de vela, bautizado con el nombre de *Ariel*, que valía unas doscientas setenta y cinco pesetas, con cubierta corrida y un camarote y aparejado de goleta. No recuerdo cuál era su desplazamiento, pero creo que hubiera sido capaz de transportar a unas diez personas aproximadamente, con holgura. Con esta embarcación llegamos a hacer tales locuras que, al pensar en ellas, me parece milagroso estar aún vivo.

El relato de una de estas aventuras me servirá de introducción para una historia más larga y más importante. Una noche en que la tertulia de los señores Barnard estaba más animada que de costumbre, Augusto y yo bebimos más de la cuenta. Cada vez que esto ocurría acostumbraba a quedarme a dormir con Augusto, y así lo hice, en lugar de regresar a casa. Mi amigo se durmió tranquilamente —así lo creí yo, al menos; hasta casi la una de la madrugada se quedaron las visitas— y sin decir una palabra de su tema favorito. Habría transcurrido media hora aproximadamente desde que nos habíamos acostado y yo empecé a conciliar el sueño. De repente, Augusto se despertó y, lanzando un terrible juramento, declaró que él no consentiría dormir por todos los Arturos Pym de la cristiandad, cuando soplaba tan estupenda brisa del Sudoeste. Tal declaración me causó la mayor extrañeza experimentada en toda mi vida, pues no acertaba a comprender lo que quería decir y lo atribuí al exceso de vinos y licores ingeridos. No obstante, empezó a hablarme con gran sentido, diciendo que comprendía que yo le creía ebrio, pero que nunca se había encontrado más sereno. Que la hermosura de la noche le impedía permanecer en la cama como un perrito faldero, produciéndole una inquietud que le decidía a levantarse, vestirse y hacerse a la mar. No puedo decir la impresión que me produjo; pero un estremecimiento de placer me recorrió por entero, unido al más ardiente deseo de apoyarle en su loca idea, que me pareció la más deliciosa y razonable del mundo. Estábamos ya a finales de octubre, la temperatura bastante fría y el viento que soplaba era casi una tempestad. Se apoderó de mí una especie de locura y salté inmediatamente de la cama declarando que yo no era menos valiente que él, que también estaba harto de estar acostado como un perrito y dispuesto a poner en práctica todas las aventuras marítimas que propusieran todos los Augustos Barnard de Nantucket.

Rápidamente vestidos fuimos en busca de la embarcación, amarrada en el muelle antiguo, junto al astillero de Pankey y Cía. Augusto saltó a bordo y se puso a achicar el agua, ya que los bandazos lo habían llenado a medias. Cuando acabó el achique, izamos el foque y la vela mayor haciéndonos intrépidamente a la mar.

Como anteriormente dije, el viento era muy fresco del Sudoeste y la noche fría y clara. Yo me puse junto al mástil encima del techo del camarote y Augusto cogió el timón. No habíamos hablado nada, navegando velozmente y siempre en línea recta desde que salimos del muelle. Entonces le pregunté que ruta íbamos a seguir y cuándo pensaba que volviéramos a tierra; antes de contestarme silbó algunos minutos y bruscamente me dijo:

—Yo me voy a la mar; en lo que a *usted* respecta, puede regresar a su casa si le parece.

Me sorprendió su respuesta y le miré. Observé que su serenidad era sólo aparente y que estaba muy agitado. A la luz de la luna su rostro se destacaba blanco como el mármol y su mano temblaba tanto, que apenas si podía llevar el timón. Me produjo una viva inquietud, pues comprendí que algo grave le ocurría. Por aquel entonces tenía yo muy poca práctica en el manejo de las embarcaciones, y me encontraba, por lo tanto, a merced de los conocimientos náuticos de mi camarada. El viento ganó en violencia, de pronto, y nos empujó lejos de la costa; no obstante me daba vergüenza manifestar algún temor y me mantuve silencioso durante más de una hora. Llegó un momento en que ya no pude soportar más esta situación y me decidí a hablarle a Augusto de la necesidad de volver a tierra. Como anteriormente, pareció no haber oído bien mis palabras, permaneciendo en silencio.

—Pronto —dijo, finalmente— aún hay tiempo... a casa... pronto...

Desde luego me esperaba una respuesta semejante, pero el tono en que fue dada me llenó de confusión y de temor. Le examiné nuevamente con atención: tenía los labios lívidos y le temblaban las rodillas hasta el punto de chocar una con otra, pareciendo que no podría tenerse en pie.

—¡Augusto, por el amor de Dios! —le grité asustado—, ¿qué te ocurre?, ¿qué te pasa?, ¿qué es lo que vas a hacer?

—¿Qué pasa? —balbuceó visiblemente sorprendido, al tiempo que soltaba la caña del timón y caía de bruces al fondo de la canoa—, ¿qué pasa...? Nada, no pasa absolutamente nada... a casa... ¡allá es a donde vamos, qué diablos...! ¿Es que no lo ves?

En aquel momento me percaté de la realidad. Estaba totalmente ebrio. Inclinándome sobre él, le levanté; no podía tenerse en pie, ni hablar, ni ver; tenía los ojos vidriosos. Presa de la mayor desesperación, le solté y cayó pesadamente al fondo de la embarcación.

Sin lugar a dudas estaba padeciendo los efectos de una borrachera profunda y concentrada que, como una locura, da a quien la padece el aspecto de hallarse en perfecta posesión de sus facultades. Había bebido, evidentemente, mucho más de lo que yo suponía, en el transcurso de la velada. La atmósfera fría de la noche había producido su efecto natural; la energía espiritual había cedido a su influencia, y la percepción confusa que, sin lugar a dudas, había tenido de nuestra situación de peligro, no sirvió más que para acelerar la catástrofe. Se hallaba totalmente inconsciente, sin la menor probabilidad de que se recuperase antes de que transcurriesen algunas horas.

No cabe imaginarse lo indecible de mi espanto. Los vapores del vino se habían disipado, encontrándome más tímido y vacilante que nunca. Sabía que yo no sería capaz de gobernar la canoa y que seríamos arrastrados irremediablemente por la marejada y el viento hacia una muerte segura. La tempestad se cernía sobre nosotros, indudablemente; carecíamos de brújula y de víveres y, si continuábamos navegando a la misma velocidad, era evidente que perderíamos de vista la tierra antes del amanecer. Estos pensamientos, a cual más terrible, se entrecruzaban en mi cerebro vertiginosamente, paralizándome hasta el punto de no poder realizar el menor esfuerzo. La canoa navegaba hendiendo las aguas veloz, a impulsos del viento, sin un rizo en la vela y sumergiendo totalmente la proa en las aguas embravecidas. Fue un verdadero milagro que no zozobrase, pues Augusto había abandonado el timón, como ya dije, y yo me encontraba demasiado aturdido para reemplazarle. Felizmente, la embarcación resistió y fui recuperando poco a poco mi presencia de ánimo. El viento se volvía más violento y furioso; el cabeceo de la canoa era terrible y las olas la cruzaban sin cesar, inundándola casi por completo. Yo estaba tan aterido que no tenía plena consciencia de mis sensaciones. Finalmente, decidí adoptar una resolución desesperada: precipitadamente me dirigí a la vela mayor y la arrié en banda. Como era de suponer, cayó al agua por encima de la proa y, ya sumergida, arrastró consigo el mástil. Esto último es lo que me salvó de un naufragio inevitable. Con el foque sólo podía hacer cara al temporal, a pesar de tener que arrostrar, de cuando en cuando, algún golpe de mar por la popa, pero más tranquilo con respecto al registro que había corrido de una muerte inmediata. Me hice cargo del timón y respiré con cierto alivio al ver que aún nos quedaba alguna posibilidad de salvación. Augusto yacía en el fondo de la embarcación y como estaba en peligro de ahogarse (ya que el agua tenía un pie de altura en el sitio en que había caído), me las ingenié para incorporarle y mantenerle sentado, y pasándole, para mantenerle erguido, una cuerda alrededor de la cintura, le até a una argolla del techo del camarote. Una vez así las cosas, como mejor pude, aterido y agitado como estaba, me encomendé a Dios, resuelto a afrontar las dificultades con toda la entereza de que era capaz. Acababa de afirmarme en mi resolución, cuando una especie de grito o alarido tremendo resonó semejante al que hubiera salido de las gargantas de mil demonios. No olvidaré en toda mi vida la intensa agonía de terror que se apoderó de mí en aquel instante. Se me erizaron los cabellos, se me heló la sangre en las venas, mi corazón dejó de latir y, sin ánimo para alzar siquiera la vista y ver la causa de mi pavor, caí sin sentido sobre el cuerpo de mi camarada.

Cuando volví en mí, estaba en la cámara de un gran buque ballenero, el *Pingüino*, que se dirigía a Nantucket.

Me hallaba rodeado de algunos hombres inclinados sobre mí, y Augusto, extremadamente pálido, me friccionaba activamente las manos. Cuando abrí los ojos, sus exclamaciones de júbilo y gratitud provocaron alternativamente las sonrisas y las lágrimas de aquellos hombres rudos que nos rodeaban. En seguida me explicaron cómo se había realizado el salvamento.

El ballenero, que navegaba hacía Nantucket con todo el aparejo que el tiempo le permitía, nos había echado a pique. Algunos hombres estaban de vigía en la proa, pero cuando vieron nuestra canoa ya era tarde para evitar el encuentro, y sus gritos de alarma fueron los que me espantaron. Me dijeron que el barco había pasado sobre nosotros con la misma facilidad que nuestra canoa lo habría hecho sobre una pluma, no perdiendo nada de su marcha. Ni un grito se oyó de la embarcación arrollada; tan sólo se percibió un ligero ruido como de algo que se rasga mezclándose al ulular del viento y el rugido del agua cuando la frágil embarcación, hundida ya, fue destrozada por la quilla de la nave que la abordó; eso fue todo. Creyendo que la canoa (que como he dicho anteriormente había perdido los mástiles) era una boya, iba a continuar su marcha sin concederle más importancia al asunto, cuando por fortuna dos marineros que estaban de vigías afirmaron que habían visto a un hombre al timón, y que aún era tiempo de salvarle. Se entabló una discusión; Block, encolerizado, manifestó al cabo de un instante que «no era oficio suyo vigilar cáscaras de nuez, y que la nave no iba a virar de bordo por una nimiedad semejante; que si había un hombre en el agua la culpa era enteramente suya, que a nadie podía culparse; que se ahogase si menester fuera o que se lo llevaran todos los diablos.»

Henderson, segundo de a bordo, protestó indignado —y con él toda la tripulación—, de una actitud que encerraba tanta crueldad y absoluta falta de corazón. Apoyado por la marinería, se expresó clara y llanamente, diciendo al capitán que era carne de horca y que estaba decidido a desobedecer sus órdenes, aunque tuviese que ser colgado por ello al llegar a tierra. Dicho esto, corrió hacia la popa dando un empujón a Block, que permaneció callado y lívido, y se apoderó del timón. A sus enérgicas voces de mando, toda la tripulación acudió a su puesto y el buque viró en redondo. Todo ello fue realizado en mucho menos tiempo del que se emplea para contarlo, bien que se creyera ya punto menos que imposible salvar al hombre que creían haber visto a bordo de la canoa. Ya sabe el lector que Augusto y yo fuimos recogidos a tiempo. Nuestra salvación puede considerarse como uno de esos casos afortunados y maravillosos que las gentes piadosas atribuyen a una intervención de la Providencia.

Mientras el barco se mantenía al pairo, el segundo dio orden de arriar un bote y saltó en él, con dos hombres, creo, de los que decían haberme visto al timón. Cuando ya estaba el bote en el agua, iluminado por la claridad de la luna, el barco orzó de pronto, y Henderson, en pie sobre su banco, gritaba con todas sus fuerzas a los marineros: «¡cía!, ¡cía!» Los hombres maniobraban lo más rápidamente posible, pero, mientras tanto, el buque había virado de bordo, a pesar de que la tripulación se esforzaba por disminuir la vela. Pese al peligro de semejante tentativa, el segundo se asió a los obenques, en cuanto pudo alcanzarlos con las manos.

La borda de la nave fue inclinada más a estribor por un nuevo bandazo, hasta tocar el agua y poner la quilla casi al descubierto; en aquel momento pudo verse lo que motivaba la ansiedad de Henderson: apareció el cuerpo de un hombre, atado de una manera extraña al casco pulido y brillante (el «Pingüino» estaba recubierto de cobre), y chocaba violentamente contra la nave a cada movimiento del barco. Tras denodados esfuerzos, renovados cada vez que los vaivenes del buque lo permitían, fui, al fin, rescatado de mi peligrosa situación e izado a bordo, pues de mí se trataba. Al parecer, uno de los clavos del casco había perforado el cobre, enganchándome en el momento en que el navío había pasado por encima de nuestra pequeña embarcación y sujetándome a la quilla de una manera tan singular. La cabeza del clavo había agujereado el cuello de mi chaqueta, de paño fuerte, y, penetrando, se clavó entre dos tendones, precisamente bajo la oreja derecha. Me tendieron en una cama, aunque no parecía que estuviese aún con vida. A bordo no había médico alguno. El capitán, tal vez para hacerse perdonar de su tripulación por la conducta cruel que había observado al principio de la aventura, se esmeró en prodigarme toda clase de atenciones.

Henderson se había alejado mientras tanto de la nave, sin tener en cuenta que el viento arreciaba convirtiéndose en huracán. Pocos minutos más tarde encontró los restos de nuestra embarcación y, poco después también, uno de los hombres afirmaba que de cuando en cuando se oía un grito entre los rugidos de la tempestad. Eso decidió a los valientes marineros a proseguir sus pesquisas insistiendo durante más de media hora, a pesar de las señales insistentes del capitán Block, que les decía que volvieran, pues cada minuto que permanecían en aquel bote era para ellos un peligro inminente y mortal. Difícilmente puede concebirse cómo aquella frágil embarcación pudo desafiar la borrasca siquiera durante un minuto; pero después observé que había sido construida para el servicio de la pesca de la ballena y estaba provista de compartimentos estancos, tal como ciertas chalupas de salvamento que hay en las costas del País de Gales.

Tras una búsqueda inútil durante todo ese tiempo, decidieron regresar a bordo; pero, apenas tomada esta resolución, oyeron un débil grito que partía de un objeto negro que pasaba rápidamente cerca de ellos; persiguiéronle tenazmente y lograron darle alcance: era la cubierta del «Ariel». Augusto luchaba sobre ella en una suprema agonía. Al recogerle, vieron que estaba atado con una cuerda a aquella balsa improvisada. Como se recordará, yo le había sujetado, pasando la cuerda por una anilla, para mantenerle erguido; esta previsión mía fue, sin lugar a dudas, lo que le salvó la vida. El *Ariel* era de construcción ligera, y al hundirse, se rompió todo su casco; lógicamente la fuerza del agua, al penetrar en el camarote, se había llevado el techo, que empezó a flotar junto con otros fragmentos de la canoa. Augusto flotaba también, escapando de este modo de morir ahogado.

Transcurrió una hora después de haber sido trasladado a bordo del *Pingüino* hasta que Augusto diera señales de vida y pudiera comprender el accidente sobrevenido a nuestra embarcación. Repuesto ya, y al cabo de algún tiempo, pudo hablar largamente de sus sensaciones mientras estuvo en el agua. Apenas había adquirido conciencia de sí mismo, sintió que se hundía en el mar, en un inconcebible y rápido torbellino, y que una cuerda le apretaba el cuello. Un instante después se dio cuenta de que subía rápidamente y que al chocar su cabeza contra un cuerpo duro perdió de nuevo el conocimiento. Cuando volvió en sí, se encontró más dueño de su razón, que, no obstante, aún se hallaba confusa. Fue cuando comprendió que algún accidente había ocurrido y que estaba en el mar, aunque podía respirar con cierta libertad por tener la boca fuera del agua. Probablemente en aquel momento la cubierta marchaba rápidamente, impelida por el viento, y le arrastraba en la posición insólita en que se hallaba. Mientras le fuera posible guardar esta posición, no sería fácil que se ahogase. Una ola le precipitó entonces sobre la improvisada balsa, y se esforzó en mantenerse así, lanzando de cuando en cuando algún grito de socorro. Precisamente un momento antes de ser descubierto por Henderson, tuvo que soltar las manos, vencido por la fatiga, y se creyó perdido cuando cayó de nuevo al mar. Durante esta lucha, no había pensado ni una sola vez en el «Ariel» ni en nada relacionado con la catástrofe. Todas sus facultades se hallaban invalidadas por un vago sentimiento de terror y de desesperación. Cuando, finalmente, le sacaron del agua, estaba inconsciente y sólo una hora después, como he dicho anteriormente, recuperó el conocimiento y tuvo plena conciencia de su situación. En lo que a mí se refiere, estuve tres horas luchando entre la vida y la muerte; pero finalmente me repuse gracias a los exquisitos cuidados que a bordo me prodigaron, y, principalmente, a las vigorosas fricciones que me dieron con una bayeta empapada en aceite caliente, procedimiento sugerido por Augusto. La herida del cuello era menos grave de lo que parecía, y pronto estuve curado.

El *Pingüino* entró en el puerto a las nueve de la mañana, tras haber luchado con uno de los huracanes más violentos que se han desarrollado en las costas de Nantucket. Augusto y yo nos las ingeniamos para estar en casa del señor Barnard a la hora del almuerzo, por fortuna retrasados a causa de la prolongada velada de la noche anterior.

Cabe suponer que las personas que se hallaban en torno a la mesa estaban excesivamente fatigadas para observar lo demudado de nuestros semblantes, porque no era preciso prestarnos mucha atención para notarlo. También es verdad que los estudiantes son capaces de hacer milagros cuando se trata de simular, y no creo que a ninguno de nuestros amigos de Nantucket pudiera pasársele por la imaginación que la terrible historia que en la ciudad contaron algunos marineros de haber echado a pique una fragata y ahogado a treinta o cuarenta pobres diablos, pudiera referirse al «Ariel», a Augusto y a mí.

Cada vez que mi amigo y yo comentábamos esta aventura nos estremecíamos. Augusto me confesó sinceramente que nunca en su vida había experimentado tan terrible sensación de espanto como cuando, hallándose en nuestra pequeña embarcación, advirtió, de repente, su embriaguez, quedando anonadado bajo su influjo.

II

EL ESCONDRIJO

Podrá pensarse, quizá, que una aventura tan catastrófica como la que acabo de relatar, era suficiente motivo para enfriar mi naciente pasión por el mar. Bien al contrario; una semana después de nuestro milagroso salvamento, sentí un irresistible deseo de conocer las extrañas aventuras que hacen que la vida de los navegantes sea tan variada. Ese corto espacio de tiempo fue suficiente para borrar de mi memoria las imágenes lúgubres de la aventura y poner en evidencia sólo la parte pintoresca de nuestra escapada. Cada día que pasaba, mis conversaciones con Augusto se volvían más frecuentes y de creciente interés. Tenía una manera de relatar sus historias marítimas (sospecho ahora que la mitad, cuando menos, eran pura invención), que no cabía nada más a propósito para cautivar un temperamento tan entusiasta como el mío y fascinar una imaginación un poco sombría, pero siempre ardiente. Lo más insólito era que, cuando me describía los momentos más terribles de desesperación de la vida del marino, es cuando más me cautivaba, deseando poner mis sentimientos y mis facultades al servicio de esta aventurada profesión. Por el lado brillante, el retrató no me interesaba. Mis ilusiones se cifraban en el naufragio y el hambre, la muerte o el cautiverio, entre tribus bárbaras, una existencia de dolores y de lágrimas, arrastrada sobre rocas áridas y desiertas en medio de algún océano desconocido. Estos delirios, estos deseos —hasta ese extremo llegaba— se me ha dicho más tarde que son muy frecuentes entre los hombres melancólicos; pero en la época de la que hablo los consideraba como indicios proféticos de un destino al que me sentía, por así decir, consagrado. Augusto se percataba perfectamente de mi estado de ánimo.

Ocho meses después, aproximadamente, del desastre del *Ariel*, la casa Lloyd y Vredenburg (que creo mantenía estrechas relaciones comerciales con la de los señores Enderby, de Liverpool), proyectó carenar y equipar el *brick Grampus* para dedicarlo a la pesca de la ballena. Se trataba de un viejo casco que apenas si podía mantenerse a flote aun después de las reparaciones que se habían llevado a cabo. ¿Por qué fue elegido con preferencia a otros buques excelentes pertenecientes a

los mismos propietarios? Lo ignoro. El mando de la nave fue enco-
mendado al señor Barnard, y Augusto debía partir con él. Mientras se
equipaba el barco, me invitaba frecuentemente y con gran insistencia
para que aprovechase aquella magnífica ocasión que se me presentaba
para satisfacer mi deseo de viajar.

Yo le escuchaba entusiasmado y dispuesto a seguir sus consejos,
pero no era fácil poder vencer los obstáculos que me lo impedían. Mi
padre no se oponía abiertamente, pero mi madre sufría ataques de nervios cada vez que le nombraba el proyecto, y lo que es peor, mi abuelo,
de quien yo esperaba tanto, juró que me desheredaría si se me ocurría
mencionar en su presencia semejante asunto. No obstante estas dificultades, lejos de entibiar mi deseo, lo avivaron aún más. Me decidí a marchar, fuese cual fuere el resultado, y cuando comuniqué mi decisión a
Augusto, discurrimos la manera de llevarla a la práctica. Me guardé
muy mucho, sin embargo, de volver a mencionar en lo sucesivo nada
acerca de mi viaje a ninguna persona de mi familia, y como me preocupaba ostensiblemente de mis estudios, supusieron que había decidido
abandonar el proyecto. Después he pensado a menudo, con tanta sorpresa como desagrado, en mi conducta de aquellos días. La refinada
hipocresía que puse en práctica para la realización de mi proyecto —
hipocresía que durante un largo espacio de tiempo fue la norma de mis
palabras y acciones—, no pude hacerla llevadera para mí mismo más
que gracias a la ardiente y extraña esperanza con que contemplaba la
realización de mis sueños de viaje, tan largo tiempo acariciados.

Para llevar a la práctica mi plan, no tenía más remedio que confiar
muchas cosas a Augusto, empleando la mayor parte del día a bordo del
Grampus, ocupado en arreglar la bodega y en poner a punto el camarote de su padre; pero por la noche estábamos seguros de reunirnos y
hablábamos de nuestra esperanzas. Aproximadamente un mes después,
transcurrido sin haber podido combinar un plan de posible ejecución,
Augusto me comunicó que había encontrado un medio.

Yo tenía un pariente que vivía en Nueva-Bedford, un tal míster
Ross, a quien solía visitar y quedarme con él dos o tres semanas. El
brick debía darse a la vela a mediados de junio de 1827, y convinimos
que un día o dos antes de que partiera, mi padre recibiría, como de costumbre, una carta de míster Ross rogándole que me enviase a pasar
quince días con sus hijos Roberto y Emmet. Augusto se encargó de
redactar la carta y de enviarla.

Yo tenía que fingir que salía para Nueva-Bedford, y me reuniría
con mi camarada, que me prepararía un escondite a bordo del
Grampus. Este escondite, según me aseguraba Augusto, estaría cómodamente habilitado para poder permanecer en él durante algunos días,
hasta que pudiera dejarme ver. Esto sería cuando el *brick* se hubiera ale-

jado lo suficiente para que fuese imposible hacerme regresar. Entonces, se me acomodaría en un buen camarote, decía él, y su padre se arreglaría con uno de los numerosos barcos que hallaríamos en nuestra ruta, para poder enviar una carta a mi familia, explicando lo ocurrido.

Cuando llegó mediados de junio, nuestro plan ya estaba lo bastante madurado para ejecutarlo. La carta fue escrita y enviada y, un lunes por la mañana, salí de casa simulando ir al vapor de Nueva-Bedford; pero me dirigí realmente a reunirme con Augusto, que me esperaba a la vuelta de la esquina. Habíamos convenido, previamente, que yo permanecería oculto hasta el anochecer, y que a esa hora él me facilitaría la entrada en el brick; mas como nos favorecía una niebla muy densa, resolvimos que no era menester perder tiempo en esconderme. Augusto se dirigió hacia el embarcadero y yo le seguí a prudencial distancia, envuelto en un grueso chaquetón de marinero que mi amigo había traído consigo, para que no fuese fácil reconocerme. Cuando traspusimos la segunda manzana, después de haber pasado los pozos de míster Edmundo, me encontré a mi abuelo en persona, el viejo míster Peterson, que me miraba de hito en hito.

—¡Hola!, ¡Hola! —dijo tras una larga pausa—. ¡Pero si es Gordon! ¿De quién es ese tabardo grasiento que llevas puesto?

—Señor —contesté, adoptando, como convenía en aquel momento, un aire de dignidad ofendida y hablando en el tono más rudo de que fui capaz—, señor, me parece que usted se equivoca; ante todo ha de saber usted que mi nombre es Goldín, y le ruego se fije mejor y no confunda un chaquetón nuevo con un tabardo grasiento.

Ante la sorpresa que recibió mi abuelo al oír esta contestación, no sé cómo pude contener una carcajada. Retrocedió dos pasos, cambiando alternativamente de color, alzó sus gafas y las bajó de nuevo viniendo hacia mí velozmente, amenazándome con el paraguas. No obstante, se detuvo en su carrera, como recordando algo, y se marchó con paso corto y rápido, murmurando entre dientes:

—¡Hubiera jurado que ese maldito marinero del diablo era Gordon! ¡Estas gafas nuevas no me valen!

Sorteado el lance de manera tan feliz, seguimos nuestro camino con más prudencia y llegamos sin novedad al buque. No había a bordo más que dos o tres hombres que estaban atareados en el castillo de proa. Ya sabíamos nosotros que el capitán Barnard estaba en la casa Lloyd y Vrendenburg, donde estaría ocupado hasta muy tarde; por consiguiente, no teníamos gran cosa que temer por ese lado. Augusto subió el primero a bordo del buque y yo no tardé en seguirle sin ser visto por los hombres que estaban trabajando. Entramos en seguida en la cámara, que estaba desierta y preparada con bastante comodidad y cierto lujo, cosa extraordinaria en un ballenero. Tenía cuatro camarotes para oficiales, con literas anchas y cómodas. Vi también una gran estufa y una bella alfombra que cubría el suelo del salón y de los camarotes de los oficiales. El techo tenía, cuando menos, siete pies de altura y el conjunto presentaba un aspecto más espacioso y grato de lo que yo esperaba. Augusto, sin embargo, no me permitió curiosear mucho rato e insistió en que era preciso que me escondiera lo más pronto posible. Me llevó a su propio camarote, que estaba a estribor e inmediatamente a la obra muerta, y, cuando entró en él, echó el cerrojo. Me pareció no haber visto nunca un cuarto tan bonito como aquel. Contaba aproximadamente unos diez pies de longitud, con una sola litera, ancha y cómoda, como las que he mencionado antes. En la parte contigua a la obra muerta, había un espacio de cuatro pies cuadrados que contenía una mesa, una silla y unos estantes repletos de libros, en su mayor parte de viajes y de náutica. Observé en esta pieza buen número de objetos útiles y de lujo, entre los que no debo omitir una especie de armario o de aparador en el que Augusto me enseñó una colección de fiambres y licores.

Pulsó un resorte situado en un ángulo del camarote, oculto por la alfombra, haciéndome ver que una parte del suelo de unas dieciséis pulgadas cuadradas podía levantarse y ajustarse de nuevo sin que se notara. Por efecto de la presión, se levantó de un lado lo bastante para introducir los dedos. Augusto ensanchó la abertura de la trampa y vi que conducía a la sentina de popa. Encendió una vela con una cerilla y, colocando la luz en la linterna sorda, descendió por la abertura diciéndome que le siguiese. Obedecí y entonces cerró la puerta por medio de un clavo colocado en la parte interior; la alfombra recobró su posición primitiva sobre el suelo del camarote, y todas las huellas de aquel escotillón quedaron disimuladas. La vela proyectaba una luz tan débil que a duras penas podía abrirme camino entre los numerosos objetos que me rodeaban. Mis ojos, no obstante, se acostumbraron gradualmente a la oscuridad y avancé con menos dificultad agarrado a la chaqueta de mi camarada, que me condujo al fin, después de dar vueltas y más vueltas a través de numerosos y estrechos pasillos, a una caja con flejes de hierro, parecida a las que se emplean para embalar la loza de valor. Tendría aproximadamente cuatro pies de alta y seis de larga, pero muy estrecha. Encima había dos grandes barricas de aceite vacías, y sobre éstas una enorme cantidad de jergones de paja apilados hasta el techo. En todo alrededor se veía un verdadero caos de provisiones, que formaban una mezcla heterogénea de cajas, canastos, barriles y fardos, hasta el punto que me pareció un milagro el haber podido abrirnos paso hasta la caja mencionada. Supe en seguida que Augusto había dispuesto intencionadamente todo aquello en la bodega, con el propósito de prepararme un buen escondite, sin que en esta tarea le hubiese ayudado nada más que un hombre que no partiría en el *brick*.

Mi amigo me mostró entonces que una de las partes de la caja podía levantarse a voluntad. La descorrió hacia un lado y me enseñó el interior, lo que me divirtió bastante, pues un colchón de una de las literas de los camarotes cubría el fondo; la caja contenía, además, la mayor cantidad de víveres que podían caber en tan reducido espacio, lo que no impedía que quedase el sitio necesario para poder estar sentado o acostado. Había, entre otras cosas, unos libros, plumas, tinta, papel, tres mantas, un gran cántaro lleno de agua, una caja de galletas, tres o cuatro enormes salchichones de Boloña, un jamón grande, una pierna de carnero bien asada y media docena de botellas de refrescos y licores. Tomé en seguida posesión de mi departamento con un sentimiento de satisfacción mayor que el que haya podido experimentar monarca alguno al entrar en un nuevo palacio.

Augusto me enseñó entonces la manera de fijar la parte movible de la caja, y acercando después la vela lo más posible a la cubierta, me mostró un cabo de cuerda negro sujeto a aquél. Me dijo que esta cuerda partía de mi escondite, serpenteaba entre el cargamento y terminaba en un clavo fijado en el puente, encima del escotillón, que daba a su camarote; siguiendo esta cuerda podía encontrar fácilmente el camino, sin que él me sirviera de guía, en el caso de que algún accidente imprevisto hiciera necesario este viaje. Se despidió de mí a continuación y me dejó la linterna y una buena provisión de velas y de cerillas, prometiendo visitarme con la mayor frecuencia posible, sin llamar la atención. Estábamos entonces a 17 de junio.

Pasé en mi reducto tres días y tres noches, según estaba previsto, no saliendo de él más que dos veces para estirar las extremidades con comodidad manteniéndome en pie entre dos cajones, frente a la abertura. Nada supe de Augusto durante todo ese tiempo; pero esto no me sorprendió gran cosa, pues sabía que el *brick* tenía que zarpar de un momento a otro y, entre todo aquel movimiento, no era fácil que mi amigo encontrara ocasión para bajar a verme. Al fin oí que el escotillón se abría y se cerraba de nuevo y la voz de mi camarada que me preguntaba, con voz queda, si me encontraba bien y si necesitaba alguna cosa.

—No, nada —le respondí—. Me encuentro perfectamente. ¿Cuándo se hace el *brick* a la mar?

—Zarpará antes de media hora —me contestó—, he venido a comunicártelo y a tranquilizarte por mi ausencia. No podré volver hasta que hayan transcurrido algunos días, quizá tres o cuatro. A bordo todo sigue sin novedad. Cuando yo haya subido y oigas cerrar el escotillón, deslízate siguiendo la cuerda hasta llegar al clavo y allí encontrarás mi reloj. Puede serte útil, pues aquí no tienes luz del día para poder apreciar el tiempo. Aseguraría que no puedes decir desde cuándo estás encerrado aquí: hace sólo tres días; hoy estamos a 20. Yo te llevaría el reloj, pero temo que lo echen de menos.

Dicho esto, se marchó.

Aproximadamente una hora después sentí perfectamente que el brick se ponía en marcha, y me regocijé por comenzar un viaje con tan buena suerte. Animado por esta idea, decidí no impacientarme y esperar tranquilamente el desarrollo de los acontecimientos, hasta que me fuera permitido cambiar mi estrecha caja por las comodidades del camarote. De lo primero que me ocupé fue de ir a por el reloj. Dejé la vela encendida y me lancé a tientas en las tinieblas siguiendo la cuerda a través de sus vueltas, tan complicadas, que a veces, a pesar del camino recorrido, me encontraba a dos pasos del punto de partida. Al fin conseguí llegar al clavo y, cogiendo el reloj, regresé a mi escondite. Examiné los libros que Augusto me había traído con tan amable solicitud y elegí la *Expedición de Lewis y Clarke a la embocadura del Colombia*. Su lectura me entretuvo un buen rato, pero, sintiendo sueño, apagué con cuidado la vela y me dormí profundamente.

Al despertar tenía la mente muy confusa y pasó algún tiempo antes de que pudiera recordar las diversas circunstancias de mi situación. Poco a poco, sin embargo, fui acordándome de todo; encendí la luz y miré el reloj, pero se había parado; no podía, por lo tanto, saber lo que había durado mi sueño. Sentía fuertes calambres y, para que se calmasen, tuve que levantarme y ponerme en pie entre los cajones. Sentía un hambre atroz que me hizo pensar en el cordero asado, del que ya había comido un trozo antes de dormirme, y lo había encontrado excelente; pero mi sorpresa no tuvo límites cuando descubrí que se hallaba en estado de completa putrefacción. Esta circunstancia me produjo una viva inquietud, pues relacionándola con la confusión de mi mente al despertar, empecé a pensar que debía de haber dormido durante mucho tiempo.

Tal vez la temperatura de la sentina hubiera contribuido a esto, dando lugar a los más deplorables resultados. Sentía bastante dolor de cabeza y hasta me parecía que respiraba con dificultad; me encontraba oprimido por multitud de sensaciones melancólicas. No me atrevía, sin embargo, a entreabrir el escotillón o a intentar cualquier otra cosa que pudiera delatarme; me limité a dar cuerda al reloj, tratando de resignarme.

Durante veinticuatro interminables horas nadie acudió a socorrerme, y no podía por menos que acusar a Augusto por su incalificable indiferencia. Lo que más me inquietaba era que el agua de mi cántaro se había reducido a la mitad de una botella. y que habiéndome visto obligado a comer salchichón de Boloña por la pérdida del cordero, sufría terriblemente del martirio de la sed. A medida que aumentaba mi inquietud los libros perdían interés para mí. Me dominaba un extraño deseo de dormir, pero no me atrevía a hacerlo, temiendo que el aire de la bodega estuviera enrarecido debido a la combustión del carbón. El balanceo del *brick* me demostraba, sin embargo, que estábamos en pleno océano, y un rumor sordo que llegaba a mis oídos como de una gran distancia, me confirmaba que el viento reinante no era una brisa ordinaria. La usencia de Augusto era para mí totalmente inexplicable y no acertaba a imaginar una razón que le mantuviera alejado de mí. Seguramente nos hallábamos lo bastante avanzados en nuestro recorrido como para poder subir a cubierta. Pensaba si le habría ocurrido algún percance, pero no conjeturaba ninguno que me explicase cómo podía abandonarme tanto tiempo preso, a no ser que se hubiera muerto repentinamente o que se hubiera caído al mar. Considerar ni un segundo semejante idea me resultaba totalmente insoportable. Era posible que hubiésemos tenido vientos contrarios y que aún nos encontrásemos cerca de Nantucket; pero pronto renuncié a esta idea, pues de haber sido así, el *brick* no habría dejado de virar de bordo con frecuencia y estaba convencido, a causa de su persistente inclinación a babor, de que había navegado constantemente con viento fresco de estribor. Por otra parte, suponiendo que nos halláramos aún en las proximidades de la isla, ¿por qué no hubiera podido venir Augusto a verme y a darme cuenta de lo que sucedía?

Reflexionando siempre sobre las dificultades de mi situación crítica y solitaria, decidí esperar veinticuatro horas más, y si en este tiempo no me llegaba auxilio, me dirigiría al escotillón y trataría por todos los medios de obtener una entrevista con mi amigo o, cuando menos, de respirar un poco de aire fresco a través de la abertura y procurarme una nueva provisión de agua. Dominado por esta idea, caí, a pesar de toda mi resistencia, en un profundo sopor. Mis sueños eran terribles; me veía abrumado por toda clase de calamidades y de horrores. Entre otros tormentos me sentía asfixiado hasta morir, bajo enormes almohadas, por demonios del más siniestro y feroz aspecto. Grandes serpientes fuertemente enroscadas en mi cuerpo me miraban con ojos ardientes y espantosamente brillantes; desiertos sin límites, áridos y devastados, se ofrecían a mi vista. Gigantescos troncos de árboles, secos y sin hojas, se erguían en hilera sin fin en toda la extensión que yo podía abarcar; sus raíces se hallaban inmersas en inmensas charcas cuyas aguas, terriblemente oscuras, se extendían a lo lejos, siniestras y terribles en su inmovilidad, y los extraños árboles parecían dotados de una vitalidad humana, y agitando a un lado y a otro sus esqueléticos brazos solicitaban clemencia a las aguas silenciosas y clamaban misericordia con el acento vibrante y agudo de la desesperación y del estertor de la agonía. La escena cambiaba después, y me encontraba en pie, desnudo y solo en las ardientes arenas del Sahara.

Un feroz león de los trópicos yacía acurrucado a mis pies. De pronto, sus ojos extraviados se abrían y se fijaban en mí. De un salto convulsivo se alzó sobre las patas, enseñando las terribles hileras de sus dientes, y de sus fauces rojizas salió un rugido como un trueno. Me dejé caer repentinamente al suelo. Aniquilado por el paroxismo del terror, me sentí, al fin, medio despierto. No había sido totalmente un sueño. Las patas de un enorme y verdadero monstruo se apoyaban pesadamente sobre mi pecho; su aliento me quemaba los oídos y sus colmillos blancos y siniestros brillaban sobre mí en la oscuridad.

Si el salvar una o mil veces mi vida hubiera dependido de mover un miembro o de pronunciar una sola sílaba, habría estado pérdido, porque no lo hubiera podido hacer. Cualquiera que fuese el animal se mantenía en reposo, sin intentar ningún ataque inmediato, y yo continuaba tendido debajo de él en completo estado de impotencia, que consideraba próximo a la muerte. Mis facultades físicas y mentales me abandonaban rápidamente; total, que sentí que me moría: me moría de terror. Estaba atormentado por el vahído, la náusea mortal del vértigo me invadía, empezaba a perder la vista, y las pupilas resplandecientes del monstruo, fijas en mí con persistencia, parecían oscurecerse también. En un violento y supremo esfuerzo conseguí dirigir a Dios una plegaria y me resigné a morir. Toda la furia latente del animal pareció despertar al sonido de mi voz, pues se echó cuan largo era sobre mi cuerpo; pero, cuál no sería mi estupefacción, cuando tras haber lanzado un sordo y largo gemido, se puso a lamer mi cara y mis manos con inequívocas caricias y demostraciones de afecto y alegría. A pesar de mi estado, reconocí en aquellas caricias las que solía prodigarme Tigre, mi perro de Terranova, y su gemido peculiar. Era él, efectivamente, y sentí que la sangre se agolpaba en mis sienes como en una sensación vertiginosa y abrumadora de salvación y resurrección. Me incorporé rápidamente sobre el colchón donde había estado agonizando y, lanzándome al cuello de mi fiel compañero, derramé abundantes y enternecidas lágrimas que aliviaron mi opresión.

Mi cerebro se hallaba muy confuso y desordenado, como anteriormente, y durante algún tiempo no fui capaz de coordinar las ideas; pero lenta y gradualmente recuperé la facultad de pensar, y recordé, por fin, las diferentes circunstancias de mi situación. En lo referente a la presencia de *Tigre*, fue inútil que tratase de explicármela, y luego de perderme en multitud de conjeturas sobre el particular, me alegré, sencillamente, sin ocuparme de otra cosa, de tenerle allí, participando de mi lóbrega soledad y confortándome con sus caricias. Son numerosos los que tienen cariño a sus perros; pero yo sentía por *Tigre* un afecto mucho más fuerte que el corriente, y jamás ser viviente fue más merecedor de él.

Siete años hacía que era mi inseparable compañero y en numerosísimas ocasiones me había probado poseer todas las nobles cualidades que hacen se estime a un animal. Yo lo había salvado, siendo pequeño, de las garras de un individuo indeseable de Nantucket, que lo iba a arrojar al mar con una soga al cuello, y el perro, cuando creció, me pagó su deuda salvándome de un ladrón, que me agredió en la calle.

En aquel momento observé el reloj y, aplicándolo al oído, noté que se había parado nuevamente; pero no me extrañó, ya que estaba persuadido, por el estado particular de mi mente, de que había dormido, como la vez anterior, durante mucho tiempo. ¿Cuánto? No podía decirlo. Estaba consumido por la fiebre y padecía una sed irresistible. Busqué a tientas en la caja lo poco que debía de quedarme de mi provisión de agua. Encontré el cantarillo y noté que estaba vacío. *Tigre*, sin duda, tampoco había podido resistir la sed ni el hambre, pues había devorado el resto del cordero, cuyo hueso se hallaba, completamente limpio, a la entrada de mi caja. Aún podía comerme los salchichones medio podridos, pero notaba que las fuerzas me abandonaban a la sola idea de estar sin nada de agua. Mi estado de debilidad era tal que, al menor movimiento, al más ligero esfuerzo, mi cuerpo temblaba como en un violento acceso de fiebre. Para colmo de males, el *brick* se balanceaba con inusitada violencia, y los bidones de aceite colocados encima de mi caja amenazaban a cada momento con caer y cerrar así la única salida de mi escondite. El mareo aumentaba mis torturas y, no pudiendo sufrirlas por más tiempo, decidí dirigirme como pudiese al escotillón y pedir socorro antes de que las fuerzas me abandonasen por completo. Tomada esta decisión, busqué nuevamente a tientas las cerillas y las velas. Descubrí la caja de cerillas con bastante dificultad, pero, al no encontrar las velas tan pronto como esperaba (recordaba aproximadamente el sitio donde las había dejado), no me cuidé de ellas en aquel momento, y recomendando a *Tigre* que se estuviese quieto, inicié decididamente mi viaje hacia el escotillón.

En esta tentativa se manifestó aún más mi extrema debilidad; me arrastraba con la mayor dificultad y frecuentemente mis miembros se resistían a todo movimiento. Caí al suelo y estuve durante unos minutos en un estado muy próximo a la insensibilidad. No obstante, luchaba y avanzaba lentamente, temiendo a cada momento perder el sentido en el laberinto estrecho y complicado del cargamento, en cuyo caso, sólo la muerte me esperaba. Haciendo un esfuerzo con toda la energía que poseía, di violentamente con la frente contra el ángulo de una caja forrada de acero; el accidente sólo me causó un aturdimiento que duró unos momentos; pero vi con hondo pesar que el violento vaivén del navío había arrojado la caja en medio de mi camino, obstruyendo el paso por completo. En vano apelé a todas mis fuerzas para apartarla siquiera una pulgada, pues estaba empotrada fuertemente entre las otras cajas. Me veía, pues, obligado, débil como estaba, a abandonar el hijo conductor, buscar otro camino o saltar por encima del obstáculo. La primera solución presentaba muchas dificultades y peligros, cuya sola consideración me estremecía. Agotado física y moralmente como me encontraba, debía forzosamente perderme si intentaba tal imprudencia en aquel lúgubre y triste laberinto de la bodega. Comencé a reunir lo que me quedaba de fuerzas y de valor, para tratar de saltar, si era posible, por encima de la caja. Al levantarme para llevarlo a cabo, noté que la empresa era superior a mis fuerza y suponía un esfuerzo mucho más rudo de lo que yo había supuesto.

Un verdadero muro se alzaba a cada lado del angosto pasadizo, formado por los demás pesados objetos; la menor imprudencia mía podía desencadenarlos sobre mi cabeza, y si escapaba a esta catástrofe, el camino podía cerrarse para el regreso por los objetos derribados, creándome una nueva dificultad. En cuanto a la caja, era muy alta y maciza, y el pie no podía apoyarse en ningún punto. Traté por todos los medios de llegar con las manos hasta la parte más alta, tratando de poder subir a ella a fuerza de brazos; pero más valía no intentarlo, pues mis fuerzas no podían ser suficientes para realizar lo que me proponía. Por fin, en un supremo esfuerzo para desviar la caja, oí como una vibración del lado que tenía más próximo. Introduje la mano rápidamente por el intersticio de las tablas y me apercibí de que una de ellas, muy ancha, se movía. Con el cuchillo que, afortunadamente, llevaba conmigo, logré separarla enteramente y, pasando a través de la abertura, descubrí con gran alegría que no había tablas por el otro lado, o, mejor dicho, que no tenía tapa y que me había abierto paso por el fondo. Proseguí mi camino sin mayores dificultades, hasta que, al fin, llegué al clavo. Me erguí, latiéndome el corazón, y empujé suavemente la puerta del escotillón, que no se levantó tan pronto como yo deseaba. Empujé con más firmeza, temiendo que en aquel momento se encontrase en el camarote alguna otra persona que no fuese Augusto. Con indecible asombro por mi parte, la puerta no cedió y comencé a inquietarme, pues recordaba que anteriormente había cedido sin esfuerzo a la menor presión. La empujé vigorosamente y no cedió. Utilicé todas mis fuerzas en vano, luché con rabia, con furia, desesperadamente y mis esfuerzos resultaron estériles. Era evidente, a juzgar por la inflexible resistencia, que la trampa había sido descubierta y condenada, o bien que algún peso había sido colocado encima y era inútil tratar de levantarlo.

El horror y el espanto se apoderaron de mí nuevamente. Busqué en vano la razón de la causa probable que me emparedaba en aquella tumba; no hallaba ninguna suposición que me conviniera, y me dejé caer al suelo abandonándome, sin oponer resistencia, a las más negras reflexiones, entre las cuales destacaban principalmente, avasalladoras y terribles, la muerte por la sed, el hambre, la asfixia y el entierro prematuro. Al cabo de un rato, sin embargo, recuperé, en parte, mi presencia de ánimo. Me puse en pie y busqué con los dedos las junturas y las grietas del escotillón, y cuando las hallé, me puse a examinarlas escrupulosamente para comprobar si dejaban pasar algo de luz. Introduje entonces la hoja de mi navaja a través de las grietas hasta que tropecé con un obstáculo duro. Raspándolo descubrí que era una masa enorme de hierro, y por la sensación particular de las ondulaciones que percibí en la hoja al frotar a lo largo, comprendí que se trataba de una cadena. Lo único que me era posible hacer era tomar el camino de mi caja y resignarme allí a mi triste destino, o tratar de tranquilizar mi espíritu con la idea de combinar otro plan de salvación. En el camino de regreso hube de superar numerosas dificultades. Me dejé caer extenuado sobre el colchón y *Tigre* se echó a mi lado como con el deseo de consolarme con sus caricias por todas las vicisitudes, animándome a soportarlas con entereza.

Al cabo de algún tiempo su actitud llamó poderosamente mi atención. Después de haberme lamido la cara y las manos durante algunos minutos, se detuvo, de repente, y lanzó un sordo gemido. Extendí una mano hacia él y lo encontré tendido sobre el lomo y las patas hacia arriba. No acertaba a explicarme este hecho, que me parecía extraño. Como el pobre animal parecía estar desolado, supuse que se habría dado algún golpe, y tomando sus patas las examiné al tacto sin encontrar ningún motivo. Supuse entonces que estaría hambriento y le di un buen trozo de jamón que devoró ávidamente, pero en seguida volvió a su extraordinaria maniobra. Pensé entonces que debía de sufrir como yo las torturas de la sed, y ya me había decidido por esta solución como la verdadera, cuando caí en la cuenta de que sólo había examinado sus patas, sin pensar que podía tener una herida en alguna parte del cuerpo o de la cabeza. en ésta no noté nada; pero al pasar la mano a lo largo del lomo, sentí como una ligera erección del pelo en toda su extensión. Hundiendo los dedos en el pelo descubrí un hilo, que seguí y que pasaba alrededor de su cuerpo. Gracias a un examen más detenido, encontré una pequeña tira que me pareció de papel. El hilo la atravesaba y había sido colocado debajo de la paletilla izquierda del animal.

III

TIGRE, RABIOSO

Inmediatamente me di cuenta de que el papel era una nota de Augusto, que, no pudiendo venir a verme a causa de algún accidente que le imposibilitaba, utilizaba este medio para enterarme del verdadero estado de las cosas. Temblando de impaciencia me puse de nuevo a buscar las cerillas y las velas. Recordaba vagamente haberlas colocado en alguna parte antes de dormirme, y creo que antes de mi última expedición hacia el escotillón habría podido recordar con exactitud el lugar donde las había puesto; pero actualmente era en vano que me esforzase en recordarlo, y perdí más de una hora en una búsqueda inútil entre aquellos malditos objetos. Nunca me había encontrado en un estado más doloroso de ansiedad e incertidumbre.

Finalmente, palpando por todas partes y apoyando la cabeza en el lastre, me acerqué a la abertura de la caja y vislumbré fuera de ella un débil resplandor. Enormemente sorprendido, traté de dirigirme hacia aquella luz, que, al parecer, sólo distaba de mí unos pasos; pero al primer movimiento que hice la perdí por completo de vista, de tal forma que, para volver a encontrarla, tuve que palpar otra vez a lo largo de la caja, hasta recobrar mi postura anterior. Observé entonces, moviendo con cuidado la cabeza, que, adelantándome lenta y cautamente en dirección opuesta a la que anteriormente había adoptado, podría llegar a la luz sin perderla de vista. Logré, por fin, mi dese y descubrí que aquella luz provenía de unos fragmentos de fósforos esparcidos en un barril vacío y echado al suelo. No me sorprendió esto tanto como tocar con la mano dos o tres pedazos de cera, mordisqueados, al parecer, por el perro. Deduje que *Tigre* había devorado mi provisión de velas y perdí la esperanza de poder leer la nota de Augusto. Desprecié los restos de velas, porque estaban mezclados con residuos de otras materias que había contenido el barril, y recogiendo la cerilla volví, no sin grandes trabajos, a la caja, de donde *Tigre* no se había movido.

Verdaderamente no sabía qué hacer. La oscuridad era tal, que no acertaba a verme la mano, aunque me la aproximara a los ojos, y el papel apenas lo distinguía al mirarlo de soslayo.

Estos detalles darán idea de la oscuridad de mi encierro, y la nota de mi amigo, si es que era suya, venía a aumentar mi confusión y a atormentar mi espíritu, ya tan agitado.

Los descabellados proyectos que en vano imaginaba para procurarme luz, eran tal y como los imaginaría un ser aletargado por el opio, pareciéndome cada uno, alternativamente, lo más cuerdo o lo más absurdo, según que los destellos de la razón o de la imaginación dominaban mi mente irresoluta.

Por fin se me ocurrió una idea, extrañándome que no se me hubiera pasado antes por la imaginación. Puse el papel sobre las tapas de un libro y reuniendo los pedazos de fósforo que había llevado del barril, los coloqué sobre el papel, y luego, con la palma de la mano, los froté con fuerza. Una luz clara se extendió sobre la superficie de la nota, y estoy seguro de que habría leído perfectamente el escrito que en él hubiera, pero no había más que una desconsoladora blancura.

La claridad desapareció a los pocos segundos y mi corazón se oprimió de nuevo angustiosamente.

Ya he dicho que mi mente se hallaba en un estado próximo a la imbecilidad. Cierto es que tuve algunos intervalos de perfecta lucidez y hasta de energía de cuando en cuando, pero habían sido de corta duración. No hay que olvidar que desde hacía bastantes días respiraba la atmósfera pestilente de un estrecho encierro en un barco ballenero y que durante una buena parte del tiempo sólo había podido disponer de una escasa cantidad de agua. En las últimas catorce o quince horas había estado completamente privado de ella, así como de sueño. Mi principal y casi único alimento lo habían constituido las provisiones saladas de la más irritante naturaleza, desde la putrefacción del cordero, exceptuando la galleta, y aun ésta no podía comerse por lo dura que estaba para mi garganta irritada y seca. Tenía entonces una fiebre muy alta y me encontraba enfermo bajo todos los aspectos. Esto explicará las largas y tristes horas de abatimiento antes de que se me ocurriera que no había mirado el papel más que por un lado. Imposible sería descubrir mi desesperación al notar semejante olvido. Esta inadvertencia no habría tenido la menor gravedad, si mi locura y presunción no se la hubieran dado. Exasperado al no hallar ni una sola palabra en la tira de papel, la había hecho pedazos tontamente y los había tirado; era difícil saber dónde.

Tigre me ayudó en la parte más ardua de esta dificultad, sacándome de apuros. Habiendo encontrado con gran trabajo un trocito de papel, se lo puse en la nariz esforzándome en hacerle comprender que era necesario buscar el resto. Con gran sorpresa por mi parte (nunca le había enseñado las habilidades que dan fama a los de su especie), pareció entender mi pensamiento y, rebuscando durante unos momentos, encontró muy pronto otro pedazo importante. Me lo trajo, hizo una pequeña pausa, y frotando su hocico contra mi mano, pareció esperar mi aprobación por lo que había hecho. Le di un leve golpe en la cabeza y se marchó a proseguir su tarea. Transcurrieron unos momentos antes de que volviese; pero trajo otro trozo bastante grande, que completaba todo el papel; al parecer, sólo lo había partido en tres. Afortunadamente, no me costó mucho trabajo dar con lo poco que quedaba del fósforo, guiado por la claridad que desprendían uno o dos pequeños fragmentos. Mis desventuras me habían enseñado a ser prudente y me tomé el tiempo preciso para reflexionar sobre lo que debía hacer. Pensé que algunas palabras tenían que estar escritas en el lado del papel que no había examinado; pero, ¿cuál era ese lado? La unión de los pedazos no me sacaba de dudas, garantizándome únicamente que encontraría todas las palabras (si es que algo estaba escrito) del mismo lado, siguiéndose lógicamente en el orden en que habían sido escritas. Comprobar este punto de una manera cierta, era cosa absolutamente necesaria, pues los restos de los fósforos serían insuficientes para una tercera prueba, si por desgracia fracasaba en la que iba a intentar. Coloqué el papel como lo había hecho la vez anterior, sobre un libro, y me senté durante unos momentos, para reflexionar sobre lo que había de hacer. Pensé, por fin, que era fácil que el papel estuviese marcado por alguna desigualdad que un concienzudo examen por medio del tacto podría revelarme. Decidí hacer el experimento y pasé cuidadosamente el dedo sobre uno de los lados; no noté nada en absoluto y volví el papel aplicándolo sobre el libro. Pasé de nuevo el índice, con gran precaución, todo lo largo del papel y descubrí una claridad muy tenue, pero sensible, que acompañaba al dedo. Esto sólo podía originarse por alguna pequeña partícula de fósforo con la que había frotado el papel en mi primer intento. Del otro lado, pues, debía encontrarse la escritura, si es que la había. Volví de nuevo el papel y volví a hacer lo mismo, como anteriormente. Froté el fósforo y se produjo por segunda vez una luz, pero entonces se hicieron claramente visibles algunas líneas de gruesa escritura trazadas con tinta roja. La claridad, aunque fue sumamente brillante, fue muy fugaz. Sin embargo, habría sido suficiente para descifrar las tres líneas que tenía ante la vista, si mi agitación no hubiera sido tan intensa. Pero en mi impaciencia por leerlo todo a la vez, sólo pude comprender las palabras finales que decían: «*sangre, continúa oculto, tu vida depende de ello*».

Aun cuando hubiera podido descifrar todo el contenido del papel y comprender el sentido completo del aviso que mi amigo había querido darme, y aunque este aviso me hubiese revelado la historia de un desastre espantoso, seguro estoy que en mi mente no habría causado una décima parte del indecible horror que me produjo el trozo de billete recibido de un modo tan singular. La palabra *sangre* —esta palabra suprema, reina de los vocablos, tan rica siempre de misterios, de sufrimiento y de terror—, era varias veces más imponente en su significado. Esta palabra, vaga, separada de la serie que la predecía, que la calificaba y la hacía comprensible, caía, pesada y fría, por las profundas tinieblas de mi prisión, en las regiones más íntimas de mi alma.

Augusto tenía, sin lugar a dudas, poderosas razones para desear que permaneciera oculto, y formé mi conjeturas tratando de averiguar cuáles podrían ser; pero fue en vano; pues no se me ocurrió nada que me diese la clave del problema. Cuando volví de mi último viaje a la trampa, y antes de que me llamase la atención la conducta extraña de *Tigre*, formé el propósito de hacerme oír por los hombres de a bordo o, de no conseguirlo, intentar abrirme un camino a través de la falsa cubierta. La casi seguridad que tenía de ser capaz, en último extremo, de cualquiera de esas empresas, me infundió valor (que de otro modo no habría conseguido tener) para soportar las zozobras de mi situación, y, precisamente las pocas palabras que acababa de leer destruían los dos únicos recursos que me restaban. Entonces comprendí, por primera vez, mi desventura, en toda su magnitud. En un paroxismo de desesperación, me dejé caer sobre el colchón, donde permanecí todo un día y una noche presa de una especie de estupor, iluminado, por momentos, por algunos reflejos de juicio y de memoria.

Me levanté de nuevo y me puse a reflexionar en todos los horrores que me rodeaban. Me parecía muy difícil vivir veinticuatro horas sin agua; vivir más era de todo punto imposible. Durante el primer período de mi encierro, hice un uso inmoderado de los licores que Augusto me había dejado, pero sólo había servido para excitar la fiebre, sin apagar la sed. No me quedaba más que la cuarta parte de una botella. Y era una especie de licor de huesos de frutas que no podía pasar. Se habían acabado los salchichones; del jamón sólo me quedaba un pequeño trozo de corteza, y salvo algunos restos de una galleta, todo lo demás había sido devorado por *Tigre*. Para colmo de males, sentía que el dolor de cabeza aumentaba a cada momento, acompañado siempre de esa especie de delirio que me había atormentado, más o menos, durante mi primer sopor. Pero aún había más para inquietarme, y esto era de una naturaleza distinta al terror que antes experimentaba y que me había arrancado a la modorra, obligándome a sentarme en mi lecho: procedía de que lo observaba en *Tigre*.

Ya había notado cierta alteración en él mientras frotaba por primera vez el fósforo sobre el papel. Precisamente cuando lo frotaba, había apoyado el hocico sobre mi mano, gruñendo ligeramente; pero yo estaba en aquel momento demasiado agitado para prestar atención a este hecho. Poco tiempo después, como he dicho, me había echado en el colchón, con una especie de sopor. Oí entonces un extraño silbido cerca de mi oído y noté que provenía de *Tigre*, que temblaba y soplaba como si estuviese presa de una gran agitación; sus ojos brillaban de un modo espantoso en la oscuridad. Lo llamé y me respondió con un sordo gruñido, quedándose después tranquilo.

El mismo silbido me arrancó dos o tres veces de mi letargo hasta que, finalmente, su actitud me produjo tal temor que me despertó por completo. *Tigre* estaba entonces echado contra la abertura de la caja, gruñendo terriblemente, aunque de un modo sordo, rechinando los dientes, como atormentado por fuentes convulsiones. Yo no dudaba de que la privación de agua y la atmósfera densa de la bodega podían hacerle rabiar y no sabía qué partido tomar. La idea de matarlo me era muy penosa y, sin embargo, la creía absolutamente necesaria para mi propia tranquilidad y defensa. Distinguía perfectamente sus ojos fijos en mí con una expresión de mortal animosidad, y creía a cada instante que iba a lanzarse sobre mí para atacarme. Comprendí, al fin, que no podía prolongar aquella situación por más tiempo y decidí salir de la caja a toda costa y acabar con él, si me obligaba a ello con su actitud. Para huir tenía que hacerlo por encima de él, y no parecía sino que adivinaba mi intención. Se alzó sobre las patas —lo advertí por el movimiento de sus ojos— y descubrió la blanca hilera de sus dientes, que podía distinguir con facilidad. Tomé lo que quedaba de la botella y del jamón, asegurándolos con cautela, y un gran cuchillo de mesa que me había dejado Augusto; me envolví en mi gabán, ajustándolo lo más posible, e hice un movimiento hacia la abertura de la caja. Apenas me había movido, cuando el perro, lanzando un fuerte ladrido, se abalanzó a mi cuello. El enorme peso de su cuerpo cayó sobre mi hombro derecho y me derribó violentamente del lado izquierdo, mientras el animal, rabioso, saltaba por encima de mí. Yo había caído de rodillas, con la cabeza envuelta en las mantas, lo que me protegía contra un segundo ataque igualmente furioso, pues sentía los agudos dientes que mordían vigorosamente la lana que envolvía mi cuello, y que afortunadamente eran impotentes para atravesar todos los pliegues. Me encontraba debajo del animal y en pocos instantes me hallaría a su merced. La desesperación me dio fuerzas; me incorporé con ímpetu, rechazando al perro lejos de mí por la simple energía de mi impulso, y arrastrando conmigo las mantas, que le eché encima, y antes de que pudiera desembarazarse de ellas, franqueé la puerta, cerrándola para evitar la persecución; pero durante esta batalla me había visto obligado a soltar la corteza del jamón, y quedaron entonces reducidas mis provisiones a un cuarto de botella de licor. Cuando me di cuenta, me acometió un arrebato de ira, semejante al de un niño mimado en caso análogo, y, llevando la botella a mis labios, la vacié hasta la última gota y la estrellé con furor a mis pies.

Se había apagado apenas el eco de la rotura de la botella, cuando oí pronunciar mi nombre con voz inquieta y ahogada en la dirección del sollado de la marinería. Tal incidente era para mí cosa tan inesperada y la emoción fue tan intensa que me esforcé en vano en contestar. Había perdido el habla por completo, y torturado por el temor de que mi amigo me creyese muerto y se volviese sin tratar de encontrarme, permanecí en pie entre las jaulas, cerca de la puerta de la caja, temblando convulsivamente, con la boca abierta y luchando por hablar. Aunque un millar de mundos hubieran dependido de una sílaba mía, no habría podido proferirla. Escuché entonces como un ligero roce a través del cargamento, a pocos pasos de mí. Este ruido se hizo después menos perceptible, luego menos aún, debilitándose por momentos. ¿Podré jamás olvidar mis sensaciones de aquellos momentos? ¡Se marchaba él, mi amigo, mi compañero, de quien tenía derecho a esperarlo todo! ¡Se iba, quería abandonarme! ¡Se había marchado! Quería, pues, dejarme perecer miserablemente, dejarme expirar en la más terrible y repugnante de las prisiones; una palabra, una sola sílaba podía salvarme, ¡y esta sílaba yo no podía pronunciarla! Estoy seguro de que experimenté más de diez mil veces la tortura de la muerte. La cabeza me daba vueltas, y caí, desfallecido, en el borde de la caja.

Al caer, el cuchillo de mesa se escapó del cinto de mi pantalón y rodó por el suelo produciendo ese ruido especial del hierro. ¡Nunca música alguna sonará tan dulcemente en mis oídos! Escuché con la más terrible inquietud para observar el efecto que producía el ruido en Augusto, pues sabía que la persona que pronunciaba mi nombre no podía ser más que él. Todo permaneció en silencio durante unos minutos; pero luego oí nuevamente la palabra «¡Arturo!» varias veces repetida en voz baja y vacilante. Al renacer la esperanza, recobré de pronto la palabra encadenada y grité lo más fuerte que pude:

—¡Augusto! ¡Oh, Augusto!

—¡Silencio! ¡Calla, por Dios! —replicó con voz palpitante de agitación—; voy en seguida, tan pronto como me abra paso a través de la bodega.

Durante algún tiempo le oí moverse entre la carga, y cada segundo se me antojaba un siglo. Por fin sentí su mano sobre mi hombro, y una botella de agua que aplicó a mis labios. Solo los que se han visto arrancados de improviso de las garras de la muerte y han conocido las insoportables torturas de la sed en circunstancias tan complicadas como las que me rodeaban en mi lóbrega prisión, podrán apreciar las inefables delicias que me causó aquel agua, que apuré de un trago, aquella exquisita bebida, aquel placer sin igual. Cuando hube saciado la sed, Augusto sacó del bolsillo tres o cuatro patatas cocidas y frías, que devoré con la mayor avidez. Traía luz en una linterna sorda, y sus deliciosos resplandores no me causaron menos placer que el alimento y el agua. Pero tenía impaciencia por conocer la causa de su prolongada ausencia, y él comenzó a relatarme todo lo que había ocurrido a bordo durante mi encierro.

IV

SUBLEVACIÓN Y MATANZA

Como yo había supuesto, el *brick* se había hecho a la mar una hora aproximadamente después de que Augusto me dejara su reloj. Yo llevaba ya tres días en la bodega, según se recordará, y durante este tiempo había habido a bordo tal movimiento, tantas idas y venidas, principalmente en la cámara y en los camarotes de los oficiales, que Augusto no podía venir a verme sin correr el riesgo de que se descubriese el secreto del escotillón. Cuando finalmente le fue posible bajar, le aseguré que me encontraba lo mejor posible, dadas las circunstancias. Durante los días siguientes, Augusto no experimentó gran inquietud por mí; no obstante, acechaba la posibilidad de poder bajar. Dicha posibilidad no se presentó hasta el *cuarto día*. Varias veces, durante este intervalo, había adoptado la decisión de confesar la aventura a su padre y de hacerme subir, resueltamente; pero aún estábamos cerca de Nantucket y era de temer, a juzgar por ciertas palabras escapadas al capitán Barnard, que regresase a la ciudad si descubría que yo me encontraba a bordo. Por otra parte, pensando bien las cosas, según me dijo, no podía imaginar que yo tuviese necesidad urgente de nada, ni que dudase, en tal caso, de avisarle de mi situación por el agujero. Por consiguiente y considerado todo ello, decidió dejarme esperar hasta que encontrase la ocasión de venir a verme sin ser visto. Esto, como he dicho, no tuvo lugar hasta el cuarto días después de haberme llevado el reloj y el séptimo de mi instalación en la sentina. Bajó entonces sin traerme ni alimentos ni agua, con la sola idea de llamar mi atención y hacerme ir de la caja al escotillón, subir a su camarote y proveerme de lo que necesitara. Al bajar observó que yo dormía, pues, al parecer, roncaba muy fuerte. Según todas las conjeturas que he hecho a este respecto, debía tratarse del espantoso letargo en que me sumí cuando volví del escotillón con el reloj, sueño que debió de durar, cuando menos, tres noches y tres días. Recientemente había conocido por propia experiencia, y también por testimonio ajeno, los poderosos efectos soporíferos de la luz de aceite de pescado, cuando se la encierra herméticamente, y cuando pienso en el estado de la bodega en que estaba prisionero y el largo

tiempo que el *brick* había servido como ballenero, me admiro más de
haberlo podido soportar, una vez sumido en ese peligroso sueño, que
de haber dormido sin interrupción durante tan largo tiempo.

Augusto me llamó primero con voz baja y sin cerrar el escotillón,
pero yo no contesté. Cerró entonces y me habló en voz más alta, luego
a gritos, pero yo continuaba roncando. Necesitaba algún tiempo para
atravesar tanto objeto y llegar hasta mi garita, y durante ese tiempo su
ausencia podía ser notada por el capitán Barnard, que a cada momento
le necesitaba para poner en orden y copiar documentos relativos al
objeto del viaje. Decidió, por lo tanto, después de reflexionar, subir a su
camarote y esperar otra ocasión para visitarme. Lo que más le decidió a
tomar este partido fue que mi sueño parecía ser en todo normal y tranquilo, sin poder imaginar que yo experimentase la menor incomodidad
en mi encierro. Acababa precisamente de hacerse estas conjeturas,
cuando llamó su atención un tumulto completamente inesperado, que
parecía partir del camarote. Se lanzó por el escotillón tan deprisa como
le fue posible, lo cerró y abrió la puerta de su camarote. Apenas había
puesto los pies en el umbral recibió un pistoletazo en la cara, al mismo
tiempo que le derribaba un golpe de espeque.

Una mano fuerte le sujetaba apretándole la garganta; sin embargo,
no le impedía ver lo que pasaba en torno suyo. Su padre, atado de pies
y manos, estaba tendido a lo largo de la escalera, cabeza abajo, con una
profunda herida en la frente, que le sangraba en abundancia. No exha-
laba ninguna queja y parecía estar moribundo. Sobre él se inclinaba el
segundo, mirándole a la cara con una expresión de burla diabólica,
registrándole los bolsillos tranquilamente, de donde sacaba en aquel
momento una cartera y un cronómetro. Siete hombres de la tripulación, entre ellos un negro, que era el cocinero, registraban los camarotes a babor en busca de armas, y pronto estuvieron todos provistos de
fusiles y de pólvora. Aparte de Augusto y del capitán Barnard, había
nueve hombres en la cámara, que eran los más malvados de la tripulación. Los bandidos subieron entonces a cubierta, llevando con ellos a
mi amigo, después de haberle atado las manos a la espalda. Se dirigieron
al castillo de proa, que estaba cerrado; dos de los amotinados se situaron a los lados, armados de hachas, y otros dos junto a la escotilla;
entonces el segundo gritó:

—¡En, los de abajo! ¡Subid a cubierta!, uno a uno. ¿Entendéis bien?
Y cuidado con resistirse.

Transcurrieron algunos minutos sin que nadie se atreviera a subir;
por fin, un inglés, que había embarcado para hacer el aprendizaje,
asomó la cabeza llorando y suplicando al segundo que no le matasen.
La única respuesta a su ruego fue un hachazo en la frente. El pobre
muchacho rodó por cubierta sin lanzar un gemido, y el cocinero negro

le levantó en sus brazos como si fuera un niño y le arrojó tranquilamente al mar. Al oír el golpe y la caída al agua, los hombres que estaban abajo se negaron rotundamente a subir a cubierta; inútiles fueron las promesas y amenazas y alguien propuso entonces asfixiarlos allí dentro. Esto produjo un arranque general de valor y hasta se pudo creer, por un instante, que el *brick* podía ser reconquistado. Los amotinados consiguieron cerrar sólidamente el castillo de proa, y seis de sus adversarios fueron los únicos que consiguieron llegar hasta cubierta. Como estos seis constituían una fuerza desigual, y estaban totalmente carente de armas, se sometieron tras una corta lucha. El segundo les hizo buenas promesas, sin duda para obtener la sumisión de los de abajo, que oían perfectamente todo lo que se decía en cubierta. El resultado puso de manifiesto su astucia y su diabólica maldad. Todos los prisioneros del castillo de proa manifestaron entonces la intención de someterse, y, subiendo de uno en uno, fueron atados y tendidos de espaldas con los seis primeros; en total veintisiete hombres de la tripulación que no habían tomado parte en el movimiento. A esto siguió una terrible matanza. Los marineros atados fueron arrastrados hacia la obra muerta, donde el cocinero, armado de un hacha, iba cortando la cabeza a cada víctima, a medida que los otros bandidos los colocaban sobre la borda del buque. Veintidós perecieron de esta manera, y Augusto creyó que le ejecutaría también, viendo acercarse por momentos su última hora. Pero, al parecer, los miserables estaban demasiado fatigados o asqueados de su sangrienta ocupación, pues los cuatro últimos prisioneros, con mi amigo, que se encontraba en cubierta, como los otros, escaparon por el momento, mientras el segundo enviaba a buscar unas botellas de ron. La horda de asesinos se entregó a una orgía que debía durar hasta la puesta del sol. Entonces empezaron a pelearse sobre la suerte que debían correr los supervivientes, los cuales, tendidos a dos pasos de ellos, no perdían una sola sílaba de la discusión. En algunos de los amotinados el licor parecía haber producido un efecto de piedad, pues se alzaron voces pidiendo la completa libertad de los prisioneros, a condición de que se adhirieran a la sublevación y que aceptaran los resultados de la misma. Sin embargo, el negro, que era un demonio y que parecía ejercer tanta influencia, o acaso más, que el segundo, se negaba a escuchar ninguna proposición de ese género y se levantaba a cada momento para volver a ejercer su oficio de verdugo. Por fortuna estaba tan borracho, que los menos sanguinarios de la banda, entre los cuales se hallaba un maestro cordelero, conocido con el nombre de Dirk Peters, lograron apaciguarle.

Su madre era una india de la tribu de los upsarokas, que ocupa las fortalezas naturales de las Montañas Negras, cerca del nacimiento del Missouri. Su padre era un negociante en pieles, según creo, o al menos tenía relaciones con los establecimientos comerciales de los indios en el río Lewis. Peters era uno de los hombres de aspecto más fiero que he visto jamás: de pequeña estatura — sólo medía cuatro pies y ocho pulgadas—, sus miembros parecían vaciados en el molde de un Hércules. Tenía las manos tan monstruosamente gruesas y anchas que apenas conservaban la forma humana. Tenía los brazos y las piernas arqueados de un modo extraño, y no parecían dotados de la menor flexibilidad. Su cabeza, igualmente deforme, era de un volumen prodigioso y enteramente calva. Para ocultar este defecto, llevaba siempre una peluca hecha con la primera piel que caía en sus manos, y que a veces pertenecía a un perro faldero y otras a un oso pardo de América. A la sazón llevaba un pedazo de una de esas pieles de oso, lo cual contribuía a aumentar la fiereza natural de su fisonomía, que había conservado el tipo del upsaroka. La boca se extendía casi de oreja a oreja; los labios eran finos y parecían, al igual que otras partes de su cuerpo, totalmente desprovistos de elasticidad, de manera que su expresión dominante no se alteraba nunca por la influencia de una emoción cualquiera. Esta expresión habitual es fácil imaginarla, figurándose unos dientes excesivamente largos y salientes, que los labios no ocultaban tan siquiera en parte. A primera vista parecía que la risa le hubiese contraído la boca; pero un examen más detenido hacía comprender que si esta expresión era el síntoma de la alegría, esta alegría no podía ser más que la de un demonio. Entre los marineros de Nantucket circulaban numerosas anécdotas sobre este extraño personaje. Todas ellas hablaban de su fuerza prodigiosa cuando se hallaba sometido a una excitación cualquiera, y algunas hacían sospechar que su razón no estaba normal. Pero a bordo del *Grampus* se le consideraba, al parecer, en el momento de la revuelta, más bien como objeto de burla que otra cosa. Me he extendido un poco acerca de Dirk Peters porque, a pesar de su ferocidad aparente, llegó a ser el principal instrumento de salvación de Augusto, y porque tendré frecuentes ocasiones de hablar de él en el curso de mi historia, que, en su última parte —séame permitido decirlo—, contendrá incidentes tan totalmente extraños a los que registra la experiencia humana, y tan fuera de los límites de la credulidad de los hombres, que la continúo sin esperanzas de merecer crédito a todo lo que tengo que referir, no sin confiar en que el tiempo y el progreso de la ciencia comprueben algunas de mis más importantes e inverosímiles aserciones.

Después de dos o tres violentas disputas y muchas indecisiones, decidieron, al fin, que todos los prisioneros (con excepción de Augusto, que Peters se obstinó de un modo cómico en querer convertir en su secretario), serían abandonados en uno de los más pequeños botes balleneros. El segundo bajó a la cámara para ver si el capitán Barnard estaba aún con vida —se recordará que le habían dejado por muerto los amotinados, antes de subir al puente—. Momentos después reaparecieron los dos, el capitán con una palidez cadavérica, pero algo repuesto de los efectos de su herida. Habló a los hombres con voz apenas audible y les suplicó que no le abandonasen a la deriva, sino que cumpliesen con su deber, prometiendo desembarcarlos donde quisiesen y no hacer nada para entregarlos a la justicia. ¡Cómo si hubiese hablado el viento! Dos de los miserables le cogieron por debajo de los brazos y le echaron por la borda al bote que habían atracado al *brick*, mientras el segundo descendía a la cámara. Los cuatro hombres que estaban tendidos en cubierta fueron desembarazados de sus ataduras y recibieron la orden de bajar, lo que hicieron sin oponer la menor resistencia. Augusto continuaba en su dolorosa posición, agitándose e implorando el triste consuelo de despedirse de su padre. Entregaron a aquellos infelices un puñado de galletas y un barril de agua; pero ni mástil, ni palo, ni vela, ni remos, ni brújula. Remolcaron la embarcación unos minutos, durante los cuales celebraron los amotinados un consejo, y al fin, los abandonaron a su suerte. Llegó la noche, entre tanto; no se veía ni la luna ni las estrellas, y el mar se alborotaba por momentos, aunque el viento no era muy fuerte. El bote se perdió de vista en seguida y no era posible abrigar esperanzas para los desdichados que lo ocupaban. Esto ocurría entre los 35°30' de latitud Norte, y 61°20' de longitud Oeste; por consiguiente a poca distancia de las islas Bermudas. Augusto trató de consolarse pensando que la canoa lograría, quizá, tocar tierra, o que se aproximaría lo bastante para que alguno de los barcos de la costa los hallase.

Los amotinados proyectaban una expedición de piratería, y, a este efecto, desplegaron todas las velas, continuando el *brick* su ruta hacia el Sudoeste. Según Augusto había creído comprender, tenían la intención de sorprender y detener un navío que debía hallarse en viaje desde las islas de Cabo Verde a Puerto Rico. No volvieron a ocuparse de Augusto, que, totalmente desligado pudo ir libremente por todas partes, desde proa hasta la escalera de la cámara. Dirk Peters le trató con cierta bondad, y, en una ocasión, le salvó de la bestialidad del negro. Su situación seguía siendo de lo más triste y difícil, pues los piratas estaban siempre ebrios, y no había que confiar mucho en su buen humor ni en la indiferencia que le manifestaban. No obstante, me habló de su inquietud por mí y del resultado más doloroso de su situación, y yo no tenía realmente, ningún motivo para dudar de la sinceridad de su afecto. En más de una ocasión pensó revelar a los amotinados el secreto de mi presencia a bordo; pero se había detenido, en parte, por el recuerdo de las atrocidades que había visto cometer, y en parte, esperando que le fuera factible venir en mi ayuda en corto plazo. Para lograrlo, estaba constantemente al acecho; pero a pesar de su persistente vigilancia, pasaron tres días desde que el bote había sido abandonado a la deriva, antes de que se le presentara ocasión propicia. Al tercer día comenzó a soplar un fuerte viento del Este, y todos los hombres estaban ocupados en cargar las velas. Gracias a la confusión que se produjo, le fue posible bajar sin ser visto y entrar en su camarote. Cuál no sería su pena y espanto al descubrir que lo habían convertido en un depósito de provisiones de una parte del material de a bordo, y que varias brazas de viejas cadenas, que estaban colocadas antes bajo la escalera de la cámara, habían sido retiradas para colocar una caja y puestas sobre el escotillón. Resultaba imposible apartarlas sin ser descubierto, así que subió a cubierta. En cuanto le vio el segundo le echó mano al cuello, preguntándole qué había ido a hacer en el camarote, y ya iba a tirarle al mar, cuando intervino Dirk Peters, salvándole de nuevo la vida. Le pusieron las esposas (había varios pares a bordo) y le ataron fuertemente los pies. Así le condujeron a la cámara de la tripulación y le echaron en una de las peores literas, asegurándole que no volvería a poner más los pies en cubierta *hasta que el brick dejase de ser un brick.*

Estas fueron las palabras que pronunció el cocinero al arrojarle sobre la litera. ¿Qué sentido le daba a esta frase? Era imposible saberlo. Sin embargo, la aventura se resolvió con ventaja para mí, como vamos a ver.

V

LA CARTA DE SANGRE

Augusto se sumió en la más negra desesperación, cuando el cocinero salió del castillo de proa, pues no creyó que saldría vivo de aquella litera. Decidió, entonces, informar sobre mí al primer hombre que bajase, pensando que valía más exponerme al riesgo de habérmelas con los sublevados, que dejarme morir de hambre y de sed en la bodega, pues ya habían transcurrido diez días desde que estaba encerrado en ella, y mi cántaro de agua no representaba una provisión muy abundante ni siquiera para cuatro días. Reflexionando sobre esto, se le ocurrió la idea de que podría, tal vez, comunicar conmigo por la bodega principal. En circunstancias menos adversas la dificultad y los peligros de la empresa le habrían impedido intentarla; pero actualmente, con pocas probabilidades de vivir, no tenía nada que perder y todos sus pensamientos se consagraron a esta tentativa.

Lo primero que había de resolver era librarse de las esposas. Al principio no halló ningún medio para liberarse y temió que este obstáculo le impidiese seguir adelante; pero un examen más detenido puso de manifiesto que podía, comprimiendo las manos, sacarlas de los hierros sin gran esfuerzo ni inconveniente. se desató entonces los pies y, dejando la cuerda de manera que fuese posible ajustarla fácilmente de nuevo en el caso de que bajara alguien, se puso a examinar la pared en el punto por donde tocaba con el catre. La separación la formaba una tabla de pino poco resistente y comprendió que no hallaría gran dificultad en abrirse paso a través de ella.

En aquel momento se oyó una voz en la escalera del castillo de popa; apenas tuvo tiempo de meter la mano derecha en la esposa (la izquierda no la había sacado del hierro) y de ajustar la cuerda por medio de un nudo corredizo en el tobillo del pie. Era Dirk Peters que bajaba, seguido de *Tigre*, y que, saltando inmediatamente a la litera, quedó echado en ella. Augusto, sabiendo el cariño que yo profesaba al perro, lo había llevado a bordo, pensando que me sería agradable verlo en el ballenero mientras durase el viaje. Después de haberme encerrado en la bodega, fue a buscarlo a casa de mi padre, pero no se acordó de decírmelo cuando me llevó el reloj.

Era la primera vez que Augusto lo veía después de la revuelta, acompañado de Dirk Peters, y creía al animal perdido, imaginando que lo habría echado al agua alguno de los miserables que formaban parte de la horda del segundo.

El perro se había ocultado debajo de un bote, del que no pudo salir hasta que Dirk lo puso en libertad, llevándoselo a mi amigo, para que le hiciese compañía, con una bondad que Augusto le agradeció.

El marinero le dejó un pedazo de tasajo, algunas patatas y un poco de agua, y se volvió a cubierta, no sin antes prometerle volver al día siguiente con algunas provisiones.

En cuanto se marchó Dirk, Augusto sacó las manos de las esposas y se desató los pies. Apartó el extremo superior del colchón en que estaba acostado, y con su navaja —pues los rebeldes habían juzgado superfluo registrarle— atacó vigorosamente una tabla del tabique, lo más cerca posible del suelo, precisamente debajo de la litera. Eligió este lugar porque si se veía interrumpido de pronto, podía ocultar su trabajo dejando simplemente caer el colchón; pero durante el resto del día nadie fue a molestarle, y al anochecer había cortado la tabla completamente. Conviene saber que ninguno de los hombres de la tripulación utilizaba el castillo de proa para reposo, y que, desde la insurrección vivían en la cámara de popa, bebiendo los vinos y devorando las provisiones del capitán Barnard, concediendo a la maniobra del barco sólo lo estrictamente indispensable.

Estas circunstancias nos fueron favorables a Augusto y a mí, pues de otro modo le hubiera sido imposible volver a verme. Aprovechando esta coyuntura, prosiguió con su empresa esperanzado. Sin embargo, al amanecer aún no había acabado la segunda parte de su trabajo, es decir, la abertura de un pie aproximadamente debajo de la primera, pues trataba de practicarla con objeto de pasar con facilidad al entrepuente. Al llegar allí pudo alcanzar la gran escotilla inferior, aunque para esta operación tuvo necesidad de saltar por encima de las filas de las barricas de aceite amontonadas casi hasta la segunda cubierta y que apenas dejaban paso a su cuerpo. Cuando llegó a la escotilla, notó que *Tigre* le había seguido deslizándose por entre dos filas de barricas; pero era demasiado tarde para poder llegar hasta mí antes del día, por la dificultad de atravesar entre el cargamento de la segunda bodega.

Decidió entonces subir y esperar a que fuera de noche. Con esta idea, empezó a levantar la escotilla, lo que suponía un valioso ahorro de tiempo para cuando volviese. Apenas levantada, saltó *Tigre* sobre la abertura, olfateó con impaciencia y lanzó luego un prolongado gemido escarbando la tabla. Era evidente que había conocido que me encontraba en la sentina y Augusto pensó que el animal podría llegar hasta mí si lo dejaba bajar. Entonces se le ocurrió escribirme, pues era importante que yo no hiciese ninguna tentativa para salir de mi escondite, por lo menos en las circunstancias actuales, y, además, no confiaba demasiado en poder dar conmigo a la mañana siguiente, como era su intención. Los sucesos siguientes probarán lo buena que fue su idea, pues de no haber recibido noticias suyas habría puesto en ejecución algún plan desesperado para alarmar a la tripulación, y la probable consecuencia habría sido que nos asesinaran a los dos.

Una vez tomada la decisión de escribir, lo difícil era procurarse los medios para hacerlo. Un viejo palillo de dientes fue transformado en pluma; la hoja exterior de una carta le procuró el papel necesario; era un ejemplar de la que habíamos fingido escribiera míster Ross, el primero de ellos, pues mi amigo, temiendo que la letra no estuviera bien imitada, había escrito otra carta guardando la primera en el bolsillo, donde afortunadamente acababa de encontrarla. Sólo faltaba la tinta, pero encontró inmediatamente el sucedáneo en una ligera incisión que se hizo con la navaja en la punta del dedo, precisamente debajo de la uña, de donde brotaba la sangre en abundancia, como de todas las heridas inferidas en ese sitio. Escribió la nota lo más legiblemente que pudo en la oscuridad y en tan difícil momento. Esta nota me explicaba brevemente que había habido a bordo una sublevación; que el capitán Barnard había sido abandonado en medio del mar; que podía contar con un socorro inmediato de provisiones, pero que no debía aventurarse en dar señales de vida. La misiva terminaba con estas palabras: *Escribo esto con sangre; continúa escondido; tu vida depende de ello.*

Una vez atada la hoja de papel, dejó partir a *Tigre* a través de la escotilla, y él regresó como pudo al castillo de proa, donde no observó ningún indicio de que hubiese sido notada su ausencia. Para ocultar el agujero del mamparo, clavó la navaja encima y colgó de ella una gruesa chaqueta que encontró en la litera. Se puso de nuevo las esposas y se ató los pies con la cuerda.

Nada más acabar de tomar estas precauciones, bajó Dirk Peters completamente borracho, pero de buen humor, llevando a mi amigo comida para el día. Consistía ésta en una docena de gruesas patatas de Irlanda, asadas, y un cántaro de agua. Se sentó durante algún tiempo en un baúl, al lado de la litera, y se puso a hablar libremente del segundo y de todo lo que ocurría a bordo. Sus gestos eran muy caprichosos y hasta grotescos, y hubo momentos en que Augusto se inquietó sobremanera. Al fin, el marinero se volvió a cubierta, mascullando algo como una promesa de llevarle al día siguiente un buen almuerzo a su prisionero.

En el transcurso del día, dos hombres de la tripulación, arponeros, bajaron acompañados del negro en el más lamentable estado de embriaguez los tres, y, como Peters, hablaron de sus proyectos, sin disimulo alguno. Parece que los tres discrepaban respecto al objetivo del viaje, y que únicamente estaban de acuerdo acerca del ataque proyectado contra el buque que venía de las islas de Cabo Verde y que esperaban encontrar de un momento a otro. Por lo que Augusto pudo comprender, la sublevación no había sido sólo ocasionada por el amor al botín; una pelea particular del segundo con el capitán Barnard había sido el principal motivo. Los sublevados se dividieron en dos bandos: uno capitaneado por el segundo; otro que reconocía por jefe al cocinero. El primero quería apoderarse del primer barco que pasaba y equiparlo en alguna de las Antillas para hacer una expedición pirata. La segunda facción, que era la más fuerte y comprendía a Dirk Peters entre sus partidarios, se inclinaba por proseguir la ruta primitiva del *brick* o hacia el océano Pacífico del Sur, y allí pescar la ballena o actuar de otro modo, según aconsejaran las circunstancias.

Las manifestaciones de Peters —que conocía aquellos parajes— tenían, en apariencia, un gran valor para los amotinados, que vacilaban entre varios proyectos mal concebidos de provecho y de placer. Dirk insistía en afirmar que encontrarían todo un mundo de novedades y diversiones en las innumerables islas del Pacifico, en la completa y segura libertad que disfrutarían allá, y, muy particularmente, en las delicias del clima, en los abundantes recursos naturales para vivir bien y en la belleza voluptuosa de las mujeres. Hasta entonces nada se había decidido en definitiva; pero la descripción que hacía el maestro cordelero mestizo, pesaba en las ardientes imaginaciones de los marineros, y su plan tenía todas las probabilidades de ser puesto en práctica.

Al cabo de una hora, aproximadamente, los tres hombres se fueron y nadie volvió a entrar en el castillo de proa en todo el día. Augusto permaneció oculto hasta el anochecer y, quitándose entonces las esposas y la cuerda, se dispuso a una nueva tentativa. Encontró una botella en una de las literas y la llenó de agua, y metió también unas patatas frías en su bolsillo. Con gran alegría descubrió una linterna con un pequeño cabo de vela. Podía encender luz cuando quisiera, pues llevaba en el bolsillo una caja de cerillas.

Al llegar la noche se deslizó por el agujero del mamparo, teniendo cuidado de arreglar las mantas de manera que simularan que estaba acostado. Cuando pasó, colgó de nuevo la chaqueta de la navaja para ocultar la abertura, maniobra que ejecutó con facilidad, ajustando después el trozo de tabla. Se encontró entonces en el entrepuente, y prosiguió su camino, que ya había recorrido el día anterior, entre las barricas de aceite, hasta la gran escotilla. Llegado allí, encendió la luz y bajó a tientas, con la mayor dificultad, a través de la carga compacta de la bodega. Al cabo de unos instantes le alarmó la pesadez de la atmósfera y su intolerable olor. Le pareció imposible que yo hubiera sobrevivido a tan largo encierro, obligado a respirar un aire tan viciado. Me llamó por mi nombre varias veces, pero yo no contesté y sus temores parecieron confirmarse. El *brick* avanzaba velozmente, produciendo tal ruido que era inútil pretender prestar atención a un rumor tan débil como mi respiración o mis ronquidos. Abrió la linterna y la levantó lo más alto que pudo, con objeto de enviarme un poco de luz y de hacerme comprender, si estaba con vida, que el socorro se acercaba. Pero como yo no daba señales de vida, sus sospechas de que me iba a encontrar muerto, aumentaban con visos de certeza. Decidió, no obstante, abrirse camino hasta mi caja, si era posible, para comprobar de un modo efectivo sus terribles temores. Avanzó en un lamentable estado de ansiedad, cuando, al fin, encontró el camino totalmente obstruido, sin que pudiera dar un paso más en la dirección que seguía. Vencido por sus convicciones, se dejó caer, desesperado, sobre una masa confusa de objetos y se puso a llorar como un niño. En ese momento fue cuando oyó el ruido de la botella que yo arrojé a mis pies. Este incidente fue mil veces afortunado, pues a él, por trivial que parezca, estaba unido el hilo de mi destino. Transcurrieron varios años, sin embargo, sin que yo tuviera noticia del hecho. Un sentimiento de vergüenza muy natural, unido al remordimiento de su debilidad e indecisión, impidieron a Augusto confesarme inmediatamente lo que una intimidad más profunda y sin reserva le permitió confesarme más tarde. Al encontrar su camino a través de la bodega obstruido por obstáculos que no podía vencer, había decidido renunciar a su empresa y regresar decididamente al castillo de proa. Preciso es considerar las circunstancias que le rodeaban, antes de condenarle por ello. La noche avanzaba rápidamente y su ausencia podía ser descubierta, lo que debía ocurrir necesariamente si no volvía a su litera antes del amanecer. El cabo de vela iba a extinguirse muy pronto y en las tinieblas le habría sido muy difícil encontrar el camino de la escotilla. Se reconocerá también que tenía todas las razones del mundo para creerme muerto, en cuyo caso de ninguna utilidad sería para mí que él afrontara peligros inútilmente. No había obtenido ninguna respuesta a sus múltiples llamadas.

Yo había permanecido once días y once noches sin más agua que la contenida en el cántaro que me había dejado, provisión que yo no había economizado al principio de mi encierro, puesto que nada me hacía suponer que iba a prolongarse mi reclusión. La atmósfera de la bodega debió parecerle también totalmente tóxica y más insoportable de lo que la había encontrado yo mismo, cuando por primera vez me acomodé en la caja.

Hay que añadir a estas consideraciones la escena de horror, la efusión de sangre de la que mi camarada acababa de ser testigo; su reclusión, sus privaciones, la muerte constantemente suspendida sobre su cabeza; su vida, que debía a una especie de pacto tan débil como equívoco; circunstancias todas para acabar con la energía moral, y esto les hará, como me hizo a mí, justificar su aparente abandono de la amistad y la fidelidad con un sentimiento más vecino a la tristeza que a la indignación.

El sonido de la botella al caer y romperse produjo un ruido lo suficientemente audible para que llegara hasta Augusto; pero no estaba seguro de que procediese de la bodega. La duda, sin embargo, le estimuló para perseverar. Trepó hasta el techo por medio de la estiba, y aprovechando un momento en que había menos ruido, me llamó lo más fuerte que pudo, sin ocuparse del peligro que corría si le oían los marineros.

Se recordará que en aquel momento yo le oí, pero que la tremenda agitación que me dominaba no me permitió contestarle. Convencido, entonces, de que su terrible presunción se confirmaba, bajó con la intención de regresar al castillo de proa sin pérdida de tiempo. En su precipitación tropezó con algunas cajas, cuyo ruido, al caer al suelo, me llegó. Ya había andado Augusto algunos pasos de regreso, cuando la caída de mi cuchillo le hizo dudar de nuevo. Deshizo lo andado inmediatamente, y, saltando de nuevo por encima de la carga, me llamó en voz tan alta como lo había hecho anteriormente, aprovechando un momento de calma. Entretanto yo había recuperado el habla. Transportado de alegría al ver que estaba vivo aún, decidió desafiar todas las dificultades y todos los peligros para llegar hasta mí. Saliendo lo más rápidamente que pudo del laberinto en que se encontraba, llegó al fin a una especie de salida más prometedora y, tras multiplicados esfuerzos, llegó a mi caja en un estado de completo agotamiento.

VI

RAYO DE ESPERANZA

Durante el tiempo que estuvimos al lado de la caja, Augusto no me relató más que las principales circunstancias de los acontecimientos; hasta más tarde no entró plenamente en todos los detalles. Temblaba ante el temor de que su ausencia hubiera sido advertida, y yo sentía una ardiente impaciencia por abandonar mi prisión. Tomamos la decisión de ir inmediatamente al agujero donde yo debía permanecer mientras él iba a hacer un reconocimiento. Abandonar a *Tigre* en su encierro era una idea que ninguno de los dos podíamos soportar. ¿Qué otra cosa hubiéramos podido hacer, sin embargo? El animal parecía ahora completamente tranquilo, y aplicando el oído contra la caja, no percibíamos siquiera su respiración. Me decidí a abrir la puerta, convencido de su muerte. Estaba tendido a lo largo, como sumido en un profundo letargo, pero vivo todavía. La realidad era que no teníamos tiempo que perder, pero yo no podía resignarme a abandonar, sin hacer un esfuerzo para salvarlo, a un animal que por dos veces había sido instrumento de mi salvación. Con gran dificultad lo llevamos con nosotros consiguiendo, por fin, llegar al agujero a través del cual pasó Augusto primero y después *Tigre*. Todo iba bien; estábamos sanos y salvos, y no dejábamos de dar gracias al Señor por habernos sacado tan milagrosamente de un peligro tan inminente. De momento, decidimos que yo me quedaría cerca de la abertura, a través de la cual mi colega podría fácilmente pasarme una parte de su ración diaria y donde tendría la ventaja de respirar una atmósfera menos viciada.

En el tiempo que empleó mi camarada en volver a su litera y en colocarse las esposas y la cuerda, se había hecho completamente de día. En realidad, habíamos escapado de una buena; apenas instalado Augusto, bajaron el segundo, Dirk Peters y el negro. Hablaron algunos momentos del barco que venía de Cabo Verde y parecían estar impacientes por verlo llegar. Luego, el negro se aproximó a la litera de Augusto y se sentó a la cabecera. Yo podía verlo y oírlo todo desde mi escondite, pues la tabla levantada no había sido puesta en su lugar, y temía, a cada momento, que el negro se apoyase contra la chaqueta suspendida para ocultar la abertura, en cuyo caso todo estaba descubierto y nuestro asesinato era seguro. Quiso la buena suerte que no ocurriese así, y aunque tocó varias veces la chaqueta no se apoyó lo suficiente para descubrir el engaño. Entretanto *Tigre* permanecía al pie de la cama y parecía haber recobrado, en parte, la salud, pues yo le veía abrir los ojos de cuando en cuando y respirar largamente.

Minutos después subieron el segundo y el cocinero, dejando atrás a Dirk Peters, que retrocedió en cuanto los otros se alejaron, sentándose precisamente en el sitio que acababa de dejar libre el segundo; comenzó a hablar con Augusto de una manera amistosa y entonces nos dimos cuenta de que su embriaguez, que parecía completa mientras los otros habían estado allí, era fingida. Respondió acorde a todas las preguntas de mi camarada y le dijo que no dudaba que su padre habría sido recogido, pues el día que le abandonaron en medio del mar, había cinco veleros a la vista, antes de que el sol se pusiera; empleó, pues, un lenguaje consolador que no me produjo menos sorpresa que placer. En verdad que concebí la esperanza de que Peters nos fuera útil para poder apoderarnos del *brick*, esperanza que comuniqué a Augusto tan pronto me fue posible hacerlo. Mi amigo pensó, como yo, que la cosa podía ser factible, pero insistió en la necesidad de obrar con la mayor prudencia, pues la conducta del mestizo parecía obedecer al más arbitrario capricho, y, en realidad, era difícil adivinar si se hallaba en su sano juicio. Peters subió al puente al cabo de una hora y no volvió hasta el mediodía para llevar a Augusto su comida, que se compuso, esta vez, de un buen trozo de vaca asada y *pudding*. Cuando nos quedamos solos, tomé mi parte con alegría y sin preocuparme de volver a mi escondite. Nadie bajó en todo el día, y por la noche me acosté en la cama de Augusto, durmiendo profunda y deliciosamente hasta el amanecer. Augusto me despertó bruscamente por haber oído algún movimiento en cubierta y yo me deslicé en mi escondite lo más deprisa que pude.

Muy avanzado el día ya, comprobamos que *Tigre* había recobrado sus fuerzas y que no manifestaba el menor signo de rabia, pues bebió con avidez un poco de agua que Augusto le dio. Durante el día recuperó todo su vigor y apetito. Su extraña locura había sido motivada, sin duda, por la enrarecida atmósfera de la bodega y no guardaba ninguna relación con la hidrofobia. Estábamos entonces a 30 de junio y era el decimotercer día de la salida del *Grampus* de Nantucket.

El 2 de julio bajó el segundo, borracho como de costumbre, pero de muy buen humor. Acercándose a la litera de Augusto le dio una palmadita en la espalda, le preguntó si observaría buena conducta en lo sucesivo, caso de que le dejase en libertad, y si estaba dispuesto a prometer que no volvería más al camarote. Mi amigo respondió, como era lógico, de un modo afirmativo y entonces le puso en libertad el miserable, haciéndole antes beber un poco de ron de un frasco que sacó del bolsillo. Juntos subieron a cubierta y yo no volví a ver a Augusto hasta pasadas tres horas. En esta entrevista me dijo que había obtenido permiso para ir por donde quisiera por el *brick* y que le habían dado la orden de dormir, como lo venía haciendo, en el castillo de proa. También me trajo una buena comida y provisión de agua.

El *brick* se dirigía al encuentro del barco que había partido de Cabo Verde. En aquel momento se distinguía una vela que creían pertenecía al buque en cuestión. Como los sucesos de los ocho días que siguieron fueron de escasa importancia y no tienen una relación directa con los principales incidentes de mi relato, los anotaré en forma de diario, porque no quiero omitirlos enteramente.

3 de julio. Augusto me facilita tres mantas, con las cuales puedo prepararme una cama pasadera. Nadie baja durante el día, excepto mi camarada. *Tigre* se instala en la litera justamente al lado de la abertura y duerme pesadamente, como si aún se resintiese algo de su pasada enfermedad. Hacia la tarde, un chubasco imprevisto sorprende al *brick*, antes de que tuviera tiempo de cargar el aparejo, y ha estado a punto de zozobrar. Sin embargo, amainó pronto y no tuvimos ninguna avería, exceptuando una vela de gavia rifada por en medio.

Dirk Peters trató a Augusto todo el día con gran bondad y entabló con él una larga conversación relativa al océano Pacífico y a las islas que había visitado en aquellos parajes. Le preguntó si no sería de su agrado emprender un viaje de placer y de exploración por esas regiones, y le dijo que, por desgracia, los hombres se inclinaban poco a poco a las ideas del piloto. Augusto consideró oportuno responder que le agradaría muchísimo tomar parte en la expedición, que era lo que mejor podía hacerse y que todo era preferible a la vida de pirata.

4 de julio. El barco que tenemos a la vista es un pequeño *brick* procedente de Liverpool y le dejan proseguir su ruta sin molestarle. Augusto pasa la mayor parte del tiempo en cubierta, con objeto de adquirir todos los informes posibles acerca de las intenciones de los rebeldes. Entre ellos se han producido fuertes disputas, y, en el calor de uno de esos altercados, un arponero llamado Jim Bonner ha sido arrojado al mar. El partido del segundo gana terreno. Jim Bonner pertenecía al bando del cocinero, de quien Peters también era partidario.

5 de julio. Cerca del amanecer, vino del Oeste una fuerte brisa que, hacia el mediodía, se transformó en tempestad. Al aferrar la pequeña gavia, Simms, un marinero del bando del negro, cayó al mar, ahogándose, sin que nadie hiciera la menor cosa por salvarle. El número total de hombres quedó reducido a 13, a saber: Dick Peters, Seymour (el cocinero negro), Jones, Greely, Rogers Hartmann y William Allen, todos partidarios del cocinero; el segundo, cuyo nombre nunca se ha sabido, Absalon Hicks, Wilson, John Hunt y Richard Parker, del partido del piloto, y finalmente, Augusto y yo.

6 de julio. La tempestad ha persistido todo el día con chubascos y lluvia. En el *brick* ha entrado mucha cantidad de agua y una de las bombas no ha dejado de funcionar. A la caída de la noche ha pasado cerca de nosotros un buque de gran porte, que nadie vio hasta que ya estaba al habla. Se supuso que este barco era el que se esperaba.

El segundo tocó la bocina, pero la respuesta se perdió entre los bramidos del mar. A las once recibimos un fuerte golpe de mar que se llevó una parte de la obra muerta de babor y nos ocasionó otras averías ligeras. Hacia el alba, el tiempo se calmó y, al salir el sol, el viento amainó casi por completo.

7 de julio. Hemos soportado durante todo el día una enorme marejada, y el *brick*, poco cargado, ha cabeceado enormemente. He padecido mucho de mareo. Peters ha sostenido una larga conversación con Augusto y le ha dicho que dos hombres de su bando, Greely y Allen, se habían pasado al segundo, resueltos a hacerse piratas. Le ha hecho a Augusto varias preguntas que éste no ha comprendido bien. Durante parte de la noche se ha observado que el buque hacía mucha agua, sin que pudiera evitarse, pues es muy viejo y el agua penetra por las costuras. Con trozos de vela se ha tratado de tapar la vía de agua, llegando a dominarse la avería.

8 de julio. A la salida del sol, el viento ha rodado hacia el Este, y el segundo ha puesto la proa al Sudoeste para ir a una de las Antillas y poner en práctica su proyecto de piratería. Ni Peters ni el cocinero han opuesto la más ligera resistencia; por lo menos Augusto no lo ha advertido. La idea de apoderarse del buque procedente de Cabo Verde ha sido totalmente desechada. La vía de agua se ha dominado fácilmente con una bomba que funciona de hora en hora durante cuarenta y cinco minutos. Se han avistado dos pequeñas goletas durante el día.

9 de julio. Tenemos buen tiempo. Todos los hombres trabajan en la reparación de la avería de babor. Peters tiene una nueva y larga conversación con Augusto, explicándose con más claridad, sobre lo que había hecho hasta entonces. Ha declarado que por nada del mundo aceptaría las ideas del segundo, e incluso ha dejado entrever su intención de arrebatarle el mando del *brick*. Ha preguntado a mi amigo si podría contar con su ayuda en tal caso, y Augusto ha respondido afirmativamente sin vacilar. Peters le ha dicho que sondeará, al respecto, a los otros hombres de su partido. El resto del día, Augusto no ha podido encontrar ocasión de hablarle a solas.

VII

PLAN DE SALVACIÓN

10 de julio. Un *brick* ha sido avistado, procedente de Río, con destino a Norfolk. Hay bruma, con ligera brisa del Oeste. Hoy ha fallecido Rogers Hartmann; desde el día 8 estaba atacado por espasmos, después de haber bebido un grog. Este hombre formaba en el bando del cocinero y era uno con los que Peters contaba con más seguridad. Éste dijo a Augusto que sospechaba que el segundo le había envenenado y temía mucho que pretendiese hacer lo mismo con él si no andaba con cuidado.

Sólo quedaban de su bando él, Jones y el cocinero, mientras que sus adversarios eran cinco. Había confiado a Jones su proyecto de quitar el mando al segundo, y la idea en sí había sido acogida con frialdad tal, que se guardó de insistir ni de hacer la menor insinuación al cocinero. Hizo bien en ser prudente, pues aquella misma tarde el cocinero dijo que tenía la intención de pasarse al otro bando, cosa que hizo. Entretanto, Jones buscaba camorra con Peters, dándole a entender que pondría al corriente de sus planes al segundo. No había, pues, tiempo que perder, y Peters se decidió a tratar, a todo riesgo, de hacerse con el mando del barco a condición de que Augusto le prestase su ayuda. Mi amigo le aseguró de su buena voluntad para tomar parte en la ejecución de cualquier plan, conducente a tal fin, y pensando que la ocasión era propicia, le reveló mi presencia a bordo.

—¡Todo el mundo a aferrar el aparejo!

Peters y Augusto subieron apresuradamente a cubierta.

Como era habitual, casi todos los hombres estaban borrachos, y antes de que las velas estuviesen completamente aferradas, una violenta racha tumbó el *brick* sobre un costado; pero pronto volvió a adrizarse, no sin haber embarcado buena cantidad de agua. Una vez preparado todo, otro golpe de mar, y luego otro, asaltaron el navío, pero sin ocasionarnos averías. Al parecer íbamos a tener tempestad. Efectivamente, el viento no se hizo esperar y comenzó a soplar furiosamente del Norte y del Oeste. Se cerraron perfectamente todas las escotillas y se cerró también, como de costumbre, la capa con el trinquete en dos rizos. Al llegar la noche, el viento arreció aún más y la mar se puso extraordinariamente gruesa. Peters volvió con Augusto al castillo de proa y continuamos con nuestra deliberación. Decidimos que ninguna ocasión encontraríamos tan favorable como la que se presentaba en aquel momento para ejecutar nuestro plan, teniendo en cuenta que no podía esperarse una tentativa de este género en semejante momento.

Como el *brick* capeaba, casi a palo seco, no había motivo para maniobrar hasta que volviera el buen tiempo. Si nuestra tentativa se veía coronada por el éxito, podríamos libertar a uno o dos hombres, para que nos ayudaran a conducir el navío a puerto. La principal dificultad consistía en la desigualdad de nuestras fuerzas. No éramos más que tres y en la cámara eran nueve. Además, todas las armas de a bordo se encontraban en su poder, exceptuando un par de pistolas que Peters llevaba ocultas y de su enorme faca, que nunca abandonaba su cinto.

Temíamos, por ciertos indicios, que el segundo tuviera sospechas, al menos de Peters, y que no esperase más que una ocasión para deshacerse de él; por ejemplo, no se encontraba un hacha ni un espeque en el sitio de costumbre. Era evidente que lo que estábamos resueltos a hacer no admitía espera, pero éramos muy inferiores en fuerzas para no proceder con la mayor precaución.

Peters se ofreció para subir a cubierta y entablar conversación con el marinero de guardia (Allen) hasta encontrar el momento oportuno para arrojarle al agua sin dificultad ni ruido; Augusto y yo debíamos subir inmediatamente y apoderarnos de las armas que encontrásemos en la cubierta, y luego debíamos precipitarnos juntos y tratar de apoderarnos de la entrada de la cámara, antes de que pudieran oponer resistencia alguna. Yo me opuse a este plan, porque no creía que el segundo fuese hombre que se dejase sorprender fácilmente. El simple hecho de dejar a un hombre de guardia en el puente era prueba suficiente de que el segundo estaba sobre aviso, pues no es costumbre, exceptuando los buques en que la disciplina se observa rigurosamente, el dejar a un hombre de guardia en cubierta, cuando una embarcación capea un temporal.

Nunca había tenido por costumbre el segundo dejar vigías en tales circunstancias, y el hecho de hacerlo ahora y la desaparición de las hachas y los espeques evidenciaban con toda claridad que la tripulación estaba sobre aviso para no dejarse sorprender por el medio que nos sugería Peters. Sin embargo, era preciso tomar una decisión, y sin tardanza, pues como Peters se había hecho sospechoso, sería asesinado tan pronto se presentara una ocasión. Y esta ocasión la encontrarían seguramente, o la harían surgir con cualquier pretexto.

Augusto, entonces, sugirió que si Peters podía retirar, con cualquier pretexto, el paquete de cadenas que estaba sobre la abertura del camarote, podríamos caer sobre ellos de improviso, siguiendo el camino de la bodega; pero la reflexión nos convenció de que el buque se balanceaba demasiado para poder permitir una operación semejante.

Felizmente, yo tuve al fin la idea de operar sobre los terrores supersticiosos y la conciencia culpable del segundo. Se recordará que uno de los tripulantes, Rogers Hartmann, había muerto por la mañana presa de las convulsiones que le habían agitado durante dos días, después de haber bebido un vaso de *grog*. Peters opinaba que este hombre había sido envenenado por el segundo y tenía, según él, razones irrefutables para creerlo, que nunca le pudimos arrancar. Esta obstinación en callarse era, por otra parte, muy propia de su carácter; pero tuviera o no motivos más fundados que nosotros para sospechar del segundo, nos dejamos persuadir fácilmente y decidimos obrar en consecuencia.

Rogers había dejado de existir a las once de la mañana, aproximadamente, presa de las violentas convulsiones, y su cuerpo presentaba, poco después de su muerte, el más espantoso y repugnante espectáculo. El vientre excesivamente hinchado, como el de un ahogado que hubiera permanecido varias semanas en el agua. Las manos se le habían hinchado también y el rostro, arrugado y blanco, parecía de yeso, presentando, en dos o tres puntos, unas manchas de un rojo intenso, parecidas a las que ocasiona la erisipela. Una de estas manchas se extendía en diagonal por la cara y le cubría el ojo por completo, como una banda de terciopelo encarnado. En ese horrible estado habían subido el cuerpo de la cámara para arrojarlo al mar, cuando el segundo, que le veía por primera vez, acaso atormentado por el remordimiento, o simplemente espantado en presencia del horripilante espectáculo, ordenó a sus hombres que le cosieran en su hamaca y le dieran la sepultura propia de los marinos. Después de haber dado estas órdenes, se retiró de cubierta para no ver más a su víctima. Mientras se llevaban a cabo los preparativos para obedecerle, la tempestad arreciaba furiosamente y, de momento, tuvieron que abandonar la tarea. El cadáver quedó flotando sobre el trancanil de babor, donde aún se hallaba en el momento que celebrábamos nuestra conferencia, recibiendo sendos golpes a cada furiosa embestida del *brick*.

Una vez decidido nuestro plan, pasamos a ejecutarlo sin pérdida de tiempo. Peters subió a cubierta y, como estaba previsto, encontró a Allen apostado en el castillo de proa, más bien para espiarnos que para otra cosa. La suerte de este miserable pronto quedó decidida y, en el mayor silencio, Peters, aproximándose a él con indiferencia, le cogió del cuello y, antes de que pudiese proferir un grito, le arrojó por la borda. Entonces nos llamó y subimos.

Nuestra primera ocupación fue mirar por todas partes en busca de armas, avanzando con toda clase de precauciones, pues era imposible permanecer siquiera un instante sobre cubierta, a menos de asirse a algo, a causa del violento balanceo del *brick*. Sin embargo, como era preciso proceder con rapidez en nuestra empresa, pues a cada momento temíamos ver subir al segundo para hacer funcionar las bombas, ya que el *brick* embarcaba gran cantidad de agua, y que después de buscar no habíamos encontrado nada más a propósito que dos émbolos de la bomba, nos apoderamos de ellos, cogiendo uno Augusto y el otro yo. Los escondimos, y despojando al cadáver de su camisa, lo arrojamos al mar. Peters y yo bajamos, dejando a Augusto de centinela en cubierta, donde tomó el puesto de Allen, pero vuelto de espalda a la entrada de la escalera, a fin de que si el segundo subía, supusiera que era el hombre de guardia.

Cuando llegué abajo comencé a transformarme para representar el cadáver de Rogers. La camisa que le habíamos quitado debía serme de gran ayuda, porque era de un modelo y carácter muy particulares y fácil de reconocer; una especie de blusa que el difunto se ponía encima del traje. Se trataba de una camiseta azul con rayas blancas. Una vez puesta, comencé a arreglarme un vientre postizo que simulara la deformidad del cadáver. Utilizando algunas mantas como relleno, conseguí mi propósito. Para lograr el parecido de las manos, me puse unos mitones blancos, que rellenamos con retales, y Peters me pintó la cara con yeso blanco manchándola con sangre de un corte que se hizo en el dedo, sin olvidar la ancha faja roja que cubría el ojo y que me proporcionaba un aspecto espantoso.

VIII

EL APARECIDO

Al mirarme en un trozo de espejo que estaba fijo en un puntal, a la indecisa luz de un farol de combate, me acometió un violento temblor, pues la fisonomía que presentaba, y el recuerdo de la espantosa realidad que representaba, no era para menos. Difícilmente pude recobrar la energía y entereza necesarias para poder continuar la farsa. Era indispensable actuar con firmeza, y Peters y yo subimos al puente.

Todo iba bien allí, de momento, y siguiendo a lo largo de la amurada del barco nos deslizamos los tres hasta la entrada de la cámara. La puerta estaba entreabierta y en el primer escalón había dos maderos colocados allí para evitar que pudiese ser cerrada desde fuera. Pudimos ver sin dificultad todo el interior de la cámara. Fue una suerte para nosotros no haber intentado atacarlos por sorpresa, pues era evidente que estaban prevenidos. Sólo uno dormía al pie de la escalera, con un fusil al lado. Los otros estaban sentados en colchones retirados de las literas y puestos en el suelo. Sostenían una conversación seria y, aunque habían bebido, a juzgar por las botellas vacías sembradas por la cámara, no estaban tal lamentablemente borrachos como era su costumbre. Todos llevaban pistola y, sobre una litera, había varios fusiles al alcance de la mano.

Prestamos atención a la conversación antes de decidir lo que íbamos a hacer, pues nada teníamos resuelto hasta entonces, si no es el propósito de paralizar su resistencia por la aparición del cadáver de Rogers. En aquel momento discutían sus planes de piratería, y lo que pudimos oír fue que debían reunirse con la tripulación de la goleta *Hornet*, empezando, si era posible, por apoderarse de dicha nave, como preparativo para llevar a cabo una tentativa en mayor escala; en cuanto a los detalles de este plan, nada pudimos comprender.

Uno de los hombres habló de Peters, pero el segundo le contestó en voz baja y no pudimos oír lo que decía. Poco después añadió más alto «que él no comprendía lo que Peters tenía que hacer tan a menudo en el castillo de proa con el hijo del capitán y que sería necesario tirarlos por la borda, y cuanto antes mejor». No contestaron a estas palabras, pero vimos que la insinuación había tenido buena acogida por toda la banda, y, particularmente, por Jones. Yo me encontraba en ese momento muy agitado, y con mayor motivo viendo que Augusto y Peters no sabían qué decir. Sin embargo, me prometí vender cara mi vida y no dejarme dominar por ningún sentimiento de espanto.

El ruido ocasionado por los bramidos del viento y los golpes de mar que barrían la cubierta me impedía oír lo que se decía, excepto en algún momento de calma. En uno de esos momentos oímos claramente decir al segundo a uno de sus hombres «que fuera a la proa y ordenara a esos perros que bajasen a la cámara, porque allí, al menos, los tendría a la vista, y que no permitía secretos a bordo del *brick*». Fue una suerte que el intenso movimiento del *brick* en aquellos momentos fuera tan violento que impidió que la orden pudiera ser ejecutada inmediatamente. El cocinero se levantó de su colchón para ir a buscarnos, cuando una terrible ráfaga, que estuvo a punto de tirarnos, le hizo pegarse de cabeza contra la puerta de un camarote, lo que aumentó la confusión. Por fortuna, ninguno de nosotros cayó y tuvimos tiempo de volver al castillo de proa para improvisar un plan de acción apresurado, antes de que llegase el mensajero, o mejor dicho, antes de que apareciera por la puerta, pues no subió hasta cubierta. Desde el punto en que se hallaba, no podía apreciar la desaparición de Allen y, por consiguiente, creyéndole allí, se puso a llamarle a gritos y a repetirle las órdenes del segundo. Peters contestó gritando en el mismo tono y simulando la voz de Allen: «¡Sí! ¡sí!», y el cocinero volvió a bajar inmediatamente convencido de que a bordo no había novedad.

Mis dos compañeros se dirigieron entonces, apresuradamente, a popa y bajaron a la cámara, procurando Peters cerrar la puerta de la misma manera que la había encontrado.

Fueron recibidos por el segundo con una cordialidad fingida; éste dijo a Augusto que, como se había portado bien durante los últimos días, podía instalarse en el camarote y considerarse, en lo sucesivo, como uno de ellos. Los sirvió medio vaso de ron y los obligó a beber. Yo lo veía todo y escuchaba también, pues había seguido a mis amigos hasta la cámara en cuanto la puerta estuvo cerrada y había tomado mi primer puesto de observación.

Tenía conmigo los dos émbolos de la bomba, escondiendo uno junto a la escalera para tenerlo a mano en caso de necesidad.

Traté de no perder ningún detalle de lo que abajo pasaba y me esforcé en afirmar mi voluntad y mi valor para bajar a la cámara en cuanto Peters me hiciese la señal convenida. Éste hizo derivar la conversación sobre los episodios sangrientos de la revuelta y, poco a poco, llevó a los tripulantes a hablar de cientos de supersticiones que son muy comunes entre los marineros. Yo no podía oír todo lo que se hablaba, pero observaba perfectamente el efecto que producía la conversación en las fisonomías de los asistentes. El segundo se mostraba visiblemente agitado, y cuando, un momento después, alguien comentó el horrible aspecto que presentaba el cadáver de Rogers, creí que iba a perder el conocimiento. Peters le preguntó entonces si no sería preferible echar el cadáver por la borda, pues era —según él— algo espantoso verle zarandearse sobre los trancaniles. El miserable respiró entonces convulsivamente, y miró a sus compañeros como suplicando a alguno que subiera a arrojar el muerto al mar, pero ninguno se movió; era evidente que toda la banda se encontraba impresionada y con gran excitación nerviosa. Peters me hizo entonces la señal. Abrí inmediatamente la puerta, bajé la escalera sin pronunciar una palabra y me lancé en medio de la horda.

El prodigioso efecto de esta aparición no es sorprendente, si se tiene en cuenta lo extraño de las circunstancias en que se producía. De costumbre, en los casos de esta naturaleza, queda en la mente del observador algo semejante a un rayo de duda sobre la realidad de la visión que tiene ante los ojos; hasta cierto punto, conserva la esperanza, por débil que ésta sea, de que se trata de una mixtificación; de que la aparición no es tal como parece, un visitante venido del reino de las tinieblas. Pero en el caso presente, no podía quedar en la mente de los rebeldes ni sombra de una razón que les hiciera dudar que la aparición de Rogers no fuese la resurrección de su repugnante cadáver, o, por lo menos, su imagen espiritual. La posición aislada del *brick* y la imposibilidad de llevarlo a la costa, a causa del temporal, restringían los medios posibles de ilusión a tan estrechos límites, que los abarcaron todos de una ojeada. En los veinticuatro días que llevaban de navegación no se habían comunicado con ningún barco. Toda la tripulación, o al menos quienes creían formar la tripulación completa, estaban totalmente ajenos a sospechar la presencia de otro individuo a bordo, y todos se hallaban en la cámara, excepto Allen, que estaba de guardia. En cuanto a éste, su estatura de seis pies y seis pulgadas no permitía que se le creyese autor de la superchería.

El segundo, que estaba sentado en un colchón, se puso en pie y, sin proferir una sola palabra, cayó de espaldas, inanimado, sobre el pavimento. De los siete restantes, sólo tres mostraron alguna presencia de ánimo; los otros cuatro permanecieron sentados algún tiempo, clavados en el suelo; eran las más lamentables víctimas del horror y de la desesperación que he contemplado. Los únicos que opusieron resistencia fueron el cocinero, Jones Hunt y Richard Parker; pero fue una resistencia débil y sin resolución. A los dos primeros los ató Peters y con el émbolo que llevaba yo, aturdí a Parker de un golpe en la cabeza. Augusto se apoderó de uno de los fusiles que había en el suelo y lo descargó en el pecho de Wilson, otro de los amotinados. Por consiguiente, no quedaban más que tres; pero durante ese tiempo se habían repuesto de la sorpresa y comenzaban a darse cuenta de que habían sido víctimas de un engaño, pues combatían con mucha decisión y furia, y si no hubiésemos contado con la enorme fuerza muscular de Peters, habrían podido dominarnos. Estos tres hombres eran Jones, Greely y Absalon Hicks. Jones había derribado a Augusto, produciéndole varias heridas en el brazo derecho, y habría acabado con él (ya que Peters y yo no podíamos deshacernos de nuestros adversarios), si un aliado, con cuyo auxilio no habíamos contado, no hubiera acudido en su ayuda. Se trataba de nuestro amigo *Tigre*, que, lanzando un sordo gruñido, entró en la cámara en el momento en que la situación era más crítica para Augusto. Se lanzó sobre Jones y le derribó en un instante al suelo. Sin embargo, mi amigo estaba lo bastante gravemente herido para no poder venir en nuestra ayuda, y mi disfraz no me permitía hacer gran cosa. El perro estaba aferrado a la garganta de Jones. Peters se bastaba y se sobraba para habérselas con los dos hombres que le quedaban, y habría acabado antes con ellos si no se lo hubiera impedido la estrechez del espacio en que se libraba la batalla y el balanceo del *brick*. Con una banqueta que encontró a mano, le abrió el cráneo a Greely en el momento en que iba a descargar su fusil sobre mí, e inmediatamente, al ser lanzado por un movimiento del *brick* contra Hicks, le echó la mano al cuello y le estranguló al momento. Nos adueñamos, pues, del *brick* en menos tiempo del que se emplea en contarlo.

De nuestros adversarios, el único que quedó con vida fue Richard Parker. Como se recordará, al principio del ataque yo le había aturdido de un golpe en la cabeza. El pobre diablo yacía inmóvil, pero al tocarle Peters con el pie recobró el uso de la palabra y pidió clemencia. Tenía una pequeña herida en la cabeza, ya que el golpe sólo le había aturdido. Se puso en pie y le atamos por de pronto las manos a la espalda. El perro aún estaba encima de Jones, gruñendo furioso, y al mirar atentamente observamos que estaba muerto. Un hilo de sangre se escapaba de una profunda herida en la garganta que le habían hecho los afilados dientes del perro.

Era entonces la una de la madrugada y el viento soplaba aún con una fuerza terrible. El *brick* estaba cada vez más averiado y era necesario hacer algo para aligerarlo. A cada golpe de mar, embarcaba agua, que ya había llegado a la cámara durante nuestra lucha, pues al bajar había dejado la escotilla abierta. Toda la amurada de babor se la había llevado el mar.

Lo primero que hicimos fue poner a funcionar la bomba, a lo que nos ayudó Parker, puesto en libertad con este fin. Los cadáveres habían quedado, de momento, en la cámara. Vendamos a Augusto el brazo herido lo mejor que supimos y el pobre hizo lo que pudo, es decir, poca cosa. Sin embargo, vimos que haciendo funcionar la bomba sin interrupción, achicábamos bien la vía de agua. Como sólo éramos cuatro, el trabajo resultaba duro, pero procuramos no abatirnos, en espera de que amaneciese para poder aligerar el *brick*, picando el palo mayor.

Pasamos, pues, una noche en la mayor zozobra. Al amanecer, la tempestad no se había apaciguado todavía nada y no había el menor indicio de que el tiempo tendiese a mejorar. Subimos entonces los cadáveres a cubierta y los arrojamos por la borda. Entretanto, Peters había encontrado las hachas escondidas en el camarote y pudimos atacar el palo mayor, que cayó en seguida al mar con todos sus accesorios. Esto aligeró el *brick* sin causar daños importante. Notamos, entonces, que el barco se fatigaba menos, pero nuestra situación seguía siendo muy crítica y, a pesar de los esfuerzos realizados, no llegábamos a dominar la vía de agua sin la ayuda de las dos bombas, Los servicios que Augusto podía prestarnos eran insignificantes; éramos, pues, solamente tres a luchar contra la tempestad.

Para mayor desgracia, una ola enorme hizo tomar al barco por avante y, antes de que pudiese recobrar su posición, otra ola le dio de lleno, tumbándolo sobre un costado, corriéndose el lastre en masa. En lo que a la carga se refiere, hacía ya rato que rodaba por la bodega y hubo momentos en los que creímos que naufragábamos.

El buque se adrizó un poco, sin embargo; pero el lastre continuaba a babor y el *brick* navegaba tan tumbado a la banda que era inútil hacer funcionar las bombas; aparte de que tampoco podíamos ya continuar con esta tarea, pues teníamos las manos llagadas.

En contra de lo que opinaba Parker, comenzamos a picar también el palo trinquete, lo que logramos no sin trabajo, debido a nuestra posición tan inclinada. Al caer al agua, arrastró consigo el bauprés y el *brick* quedó convertido en una boya.

Podíamos, sin embargo, considerarnos afortunados hasta entonces, ya que habíamos conservado nuestra chalupa, porque no se la había llevado ningún golpe de mar; nuestra alegría fue poco duradera, pues al faltar a un tiempo el trinquete y su vela, que sostenían un poco el barco, las olas venían a estrellarse contra nosotros; en cinco minutos, quedó la cubierta barrida de un extremo a otro y el mar arrebató la chalupa, la amurada de estribor y el cabrestante. Imposible era encontrarse en una situación más desesperada.

Hacia mediodía tuvimos la esperanza de que la tempestad se calmara, pero nos engañamos cruelmente, ya que amainó durante unos minutos para volver a soplar en seguida con más fuerza. A las cuatro de la tarde había tomado tales proporciones que no podíamos mantenernos en pie y, al llegar la noche, yo no conservaba ya la menor esperanza, pues no creía que el *brick* resistiese hasta el amanecer.

A medianoche estábamos invadidos por el agua, que subía hasta el entrepuente. Poco después, perdimos el timón, y el golpe de mar que lo arrebató, levantó toda la popa fuera del agua, de manera que, al volver a caer el *brick*, dio una sacudida semejante a la de un buque que encalla. Todos habíamos creído que el timón resistiría, porque era muy fuerte y estaba colocado de una manera como nunca había visto otro igual ni lo he visto después.

A lo largo de su pieza principal y del codaste, se extendía una serie de fuertes grapas de hierro por entre las cuales pasaba una barra de hierro forjado, y así, unido al codaste, giraba el timón con libertad sobre la espiga.

La enorme fuerza del golpe de mar, que se lo llevó todo, puede calcularse por el hecho de haber arrancado absolutamente todas las grapas del codaste de arriba abajo.

Apenas si habíamos podido respirar tras esta violenta sacudida, cuando una ola terrible vino a romper sobre nosotros llevándose el tambucho de la cámara, hundiendo las escotillas e inundando todo el barco como un verdadero diluvio.

IX

LA PESCA DE VÍVERES

Afortunadamente, un poco antes de anochecer nos habíamos atado los cuatro a los restos del cabrestante, echándonos en cubierta. Esta precaución nos salvó de la muerte. En aquel momento, todos quedamos más o menos aturdidos por el tremendo peso de agua que habíamos soportado. En cuanto pude respirar, llamé a mis compañeros en voz alta. Sólo Augusto me respondió:

—¡Estamos perdidos! ¡Dios se apiade de nuestras almas!

Instantes después, hablaron los dos marineros infundiéndonos valor y diciéndonos que no se había perdido toda esperanza, que era imposible que el *brick* se fuese a pique, a causa de la naturaleza de la carga. Tenían también la esperanza de que el tiempo mejorase al amanecer. Estas palabras me devolvieron la vida, pues, por extraño que parezca y por muy evidente que fuese que un barco cargado de barricas vacías no podía hundirse, mi mente se hallaba tan turbada que, sin tener en cuenta esta consideración, creía inminente el naufragio. Sintiendo renacer la esperanza, aproveché todas las ocasiones para reforzar las ligaduras que me sujetaban al cabrestante, descubriendo, entonces, que mis camaradas habían tenido la misma idea y la habían puesto en práctica. Envueltos en una noche oscurísima, sería inútil querer describir el ruido y el caos en que nos hallábamos. La cubierta se encontraba al nivel del mar, o, para ser más exactos, estábamos rodeados de una cresta, de una muralla de espuma, de la cual una parte pasaba a cada instante sobre nuestras cabezas, por lo que éstas no se encontraban fuera del agua —no exagero nada— más que un segundo cada tres. Aunque estábamos echados los unos cerca de los otros, no nos veíamos, ni tampoco distinguíamos la menor parte del *brick* en el que yacíamos tan horriblemente abandonados. De cuando en cuando nos llamábamos unos a otros, esforzándonos en mantener un poco de esperanza y en animar al que más lo necesitaba. El estado de debilidad de Augusto era motivo de inquietud para los demás y, como las heridas del brazo derecho le impedían amarrarse sólidamente, nos temíamos a cada momento verle desaparecer por la borda. En cuanto a socorrerle, era totalmente imposible. Afortunadamente, el sitio que ocupaba era más seguro que el nuestro, pues se encontraba resguardado por un resto del cabrestante, y esto hacía que la violencia de las olas, al caer sobre él, se amortiguaran considerablemente. De haberse encontrado en cualquier otra posición, probablemente habría sucumbido.

Como he dicho anteriormente, el *brick* se encontraba muy tumbado y, gracias a esto, el riesgo de que el mar nos arrebatara era menor. Escorado por completo hacia babor, casi la mitad de la cubierta quedaba debajo del agua; por lo tanto, las olas que nos acometían por estribor rompían en el costado del *brick*, salpicándonos solamente, y en cuanto a las que venían de babor, nos atacaban por la espalda y, en la posición en que estábamos, ofrecíamos muy poco bulto y no podían arrancarnos de las cuerdas.

En esta lamentable situación permanecimos hasta el nuevo día, que nos mostró los horrores de nuestra situación. El *brick* se había convertido en una boya, rodando de acá para allá, a merced de las olas; la tempestad aumentaba sin cesar; reinaba el huracán y no veíamos esperanza alguna de salvación.

Durante algunas horas permanecimos en absoluto silencio, temiendo a cada instante que nuestras amarras cediesen o que una de las olas hundiera el casco tan profundamente que nos ahogásemos antes de que volviese a emerger. La Divina misericordia nos preservó de esos inminentes peligros y hacia el mediodía recibimos la bendita luz del sol. Poco después observamos que la fuerza del viento disminuía de manera sensible, y por primera vez desde las últimas horas de la noche precedente, habló Augusto preguntando a Peters, que estaba acostado junto a él, si podíamos abrigar alguna esperanza de salvarnos. Como el mestizo no contestó, supusimos que se habría ahogado; pero pronto empezó a hablar con voz débil, diciendo que las ligaduras le estaban cortando el estómago y que era necesario aflojarlas, que si no moriría, pues le era imposible aguantar más tiempo semejante tortura. Esto nos apenó mucho, pues no sería posible prestarle ayuda, mientras el mar pasase sobre nuestras cabezas como hasta el momento. Le animamos a que sobrellevara los sufrimientos con resignación, prometiéndole que aprovecharíamos el primer momento favorable para librarle de sus ataduras.

Al caer la tarde, el mar se calmó bastante, y transcurrían cinco minutos entre que una y otra ola viniese a estrellarse contra el casco del *brick* por el costado de barlovento, y el viento se había calmado notablemente, aunque continuaba muy fresco.

Ya hacía algunas horas que no había oído decir nada a mis compañeros y llamé a Augusto. Me contestó, pero tan débilmente, que apenas le oí y no pude entender lo que decía. Llamé a Peters y Parker, pero ninguno de los dos me respondió.

Poco después me sumí en una insensibilidad casi total, durante la cual flotaron por mi cerebro las imágenes más encantadoras, tales como verdes árboles, prados magníficos de ondulante trigo, procesiones de jóvenes bailarinas, brillantes tropas de caballería y otros fantasmas análogos.

Recuerdo ahora que en todo lo que desfilaba por mi imaginación, el movimiento era la idea predominante. Jamás vi en mis sueños un objeto inmóvil, como una montaña, una casa; pero sí, los molinos de viento, los navíos, las grandes aves, los hombres a caballo, los globos, los coches que marchaban a una velocidad vertiginosa y otros objetos movientes, aparecían ante mis ojos y se sucedían sin fin. Cuando salí de este singular estado, el sol brillaba desde hacía más de una hora, según mis cálculos. Recordé con bastante dificultad las circunstancias relativas a mi situación y durante algún tiempo me sentí firmemente convencido de que me hallaba en la bodega, cerca de mi caja, confundiendo el cuerpo de Parker con el de *Tigre*.

Cuando recobré totalmente el conocimiento, noté que el viento se había transformado en una brisa moderada y que el mar estaba relativamente tranquilo. Se habían roto las ligaduras de mi brazo izquierdo y tenía una herida en el codo. En cuanto al derecho lo tenía completamente paralizado y la muñeca hinchada por la presión de la cuerda. También la amarra que tenía ajustada a la cintura me hacía sufrir de un modo intolerable. Miré a mis camaradas y vi que Peters aún vivía, aunque la cuerda que le rodeaba la cintura estaba tan apretada que parecía cortado en dos. Augusto no daba señales de vida y estaba casi doblado en dos a través de un resto del cabrestante. Parker me preguntó, al ver que me movía, si me sentía con fuerzas para librarle de la situación en que se encontraba, diciéndome que si reunía todas mis fuerzas y lograba desatarle, podríamos salvarnos, pero que de no ser así estábamos irremediablemente perdidos todos.

Le dije que tuviera valor, que yo procuraría desatarle. Registré el bolsillo de mi pantalón y encontré una navaja, y después de vanas tentativas, conseguí abrirla. Con la mano izquierda corté las ligaduras de mi brazo derecho e inmediatamente las otras cuerdas que me sujetaban; pero al tratar de moverme para cambiar de sitio, comprobé que me era absolutamente imposible ponerme en pie ni usar mi brazo derecho. Se lo dije a Parker, el cual me aconsejó que no me moviera durante algunos minutos y que me apoyara en el molinete con la mano izquierda, para que la sangre empezase a circular. En efecto, pronto empezó a desaparecer el entumecimiento, de manera que me fue posible mover una pierna y luego otra, recobrando por fin el uso, en parte, del brazo derecho. Entonces me arrastré con las mayores precauciones hacia Parker, corté todas sus ligaduras y al poco rato recobró también el uso de sus extremidades. Inmediatamente acudimos a liberar a Peters de su cuerda: ésta había cortado el cinto de su pantalón, la camisa y la camiseta, penetrando en la ingle, de donde brotó la sangre en cantidad al retirar la soga.

Apenas terminada esta operación, Peters empezó a hablar y a moverse con menos dificultad que Parker y que yo, lo que indudablemente se debió a su involuntaria sangría.

Pocas esperanzas teníamos de que Augusto recobrase los sentidos, pues no daba señales de vida; al acercarnos a él vimos que estaba desmayado a causa de la pérdida de sangre, pues la fuerza de las olas le había arrancado el vendaje de su brazo herido: ninguna de las amarras que le sujetaban al cabrestante estaban tan apretadas como para haberle causado la muerte. Le desembarazamos de las ligaduras que le sujetaban y le depositamos a barlovento, en un sitio seco, con la cabeza un poco más baja que el cuerpo, y nos pusimos los tres a frotarle los miembros. Al cabo de media hora volvió en sí, pero hasta la mañana siguiente no pudo reconocernos ni hablar.

Entretanto, se había hecho de noche; el cielo empezaba a cubrirse de un modo que nos hizo temer que volviese la tempestad, en cuyo caso nada podría librarnos ya de una muerte segura, pues estábamos completamente desfallecidos.

Afortunadamente, el tiempo se mantuvo calmado toda la noche y, observando que el mar se aquietaba por momentos, nuestro pecho se entregó a la esperanza. Soplaba una brisa fresca del Noroeste, pero no se notaba frío.

Como Augusto estaba muy débil para sostenerse por sí mismo, le tuvimos que atar con cuidado al cabrestante para que no le hiciera rodar el balanceo de la embarcación.

Nosotros no teníamos necesidad de tomar esas precauciones y nos sentamos muy juntos para reflexionar acerca de los medios de salir de aquella peligrosa situación.

Nos quitamos la ropa y la escurrimos bien, y cuando nos la volvimos a poner, nos pareció muy caliente y agradable, lo que contribuyó en gran parte a recuperar fuerzas. La misma operación hicimos con las ropas de Augusto, que también experimentó una gran sensación de alivio.

Lo que más nos hizo sufrir a partir de aquel momento era el hambre y la sed, y nos horrorizaba pensar en los medios futuros con que contábamos para satisfacer esas necesidades. Nos consolaba, no obstante, la esperanza de que pronto nos recogería algún buque, y nos dábamos alientos mutuamente para soportar las angustias mortales de nuestra situación.

Por fin, amaneció el día 14, y el tiempo se mantuvo sereno y apacible, con una brisa constante, pero suave, del Noroeste. El mar se había apaciguado, el puente estaba seco, el *brick*, sin que pudiésemos adivinar la causa, no se inclinaba tanto y podíamos circular libremente de un lado para otro.

Hacía ya más de tres días que no habíamos comido ni bebido y se imponía una tentativa para procurarse algo de la bodega. Como el *brick* estaba completamente anegado, nos dispusimos a ello con tristeza y sin grandes esperanzas. Fabricamos una especie de rastra, fijando algunos clavos arrancados a los restos de la escalera, dos trozos de madera dispuestos en forma de cruz y, sujetándolos al extremo de una cuerda, los echamos a la cámara y los paseamos en todas direcciones, con la débil esperanza de enganchar algo comestible que pudiera servir para nuestro alimento. Pasamos la mayor parte de la mañana en esta operación sin resultado, pescando solamente algunas mantas que se engancharon a los clavos fácilmente. Nuestro invento era tan primitivo que no había que contar con que tuviese éxito.

Seguimos probando en el castillo de proa, con el mismo resultado negativo, cuando Peters ideó hacerse atar con una cuerda y bajar en busca de alguna cosa. La proposición fue acogida con la alegría que puede inspirar la esperanza que renace. La empresa era difícil y peligrosa, pues no esperábamos encontrar gran cosa en la cámara, pues suponiendo que quedasen algunas provisiones, era necesario que el buzo anduviese bajo el agua a una distancia de diez o doce pies, a través de un estrecho pasadizo, llegase hasta la despensa y volviese sin haber respirado durante largo tiempo. En efecto, a los pocos momentos de haber descendido, tiró de la cuerda, que era la señal convenida para que le sacáramos y lo hicimos con tan poca precaución que le lastimamos contra la escala.

Quince minutos después hizo el segundo intento, que fue más desafortunado que el primero, pues estuvo tanto tiempo bajo el agua sin hacer la señal convenida para que le subiésemos que, inquietos por él, le subimos sin esperar más, en el preciso momento en que sentía asfixiarse.

La tercera tentativa no dio más fruto que las anteriores, y nos convencimos de que no podríamos obtener nada por ese medio sin el auxilio de algún peso que mantuviese al buzo en el suelo de la cámara mientras hacía su exploración.

Durante largo tiempo buscamos a nuestro alrededor algo que pudiera servir para este fin, y al cabo de nuestra búsqueda encontramos un porta-obenque de trinquete, tan desprendido ya, que nos resultó bastante fácil arrancarlo por completo. Peters lo sujetó fuertemente a un tobillo y descendió por cuarta vez al camarote, logrando abrirse camino hasta la despensa, pero la encontró cerrada y, con gran sentimiento, volvió a subir sin haber podido penetrar en ella, pues haciendo titánicos esfuerzos apenas si podía mantenerse más de un minuto bajo el agua. Las cosas tomaban cada vez un cariz más siniestro, y Augusto y yo no pudimos por menos de echarnos a llorar, pensando en las innumerables calamidades que nos esperaban y en la escasa probabilidad de salvación. Pero esta debilidad no duró mucho. Nos pusimos de rodillas y rogamos a Dios que nos asistiera en los peligros que nos asediaban, y, renovada la esperanza y el vigor, nos levantamos dispuestos a buscar aún y a intentar todos los medios humanos de salvación.

X

EL BRICK MISTERIOSO

Transcurrido poco tiempo, ocurrió un incidente que me llenó de alegría y de horror alternativamente, y por eso mismo me pareció más conmovedor y terrible que ninguna de las desventuras que me han sucedido más tarde en el transcurso de nueve largos años repletos de sucesos tan sorprendentes como inauditos. Nos hallábamos tendidos en cubierta, junto a la escala, discutiendo sobre la posibilidad de penetrar hasta la despensa, cuando mirando a Augusto, que estaba echado frente a mí, observé que había palidecido intensamente y que sus labios temblaban de un modo extraño e incomprensible. Bastante alarmado, le dirigí la palabra y no me respondió, lo que me llevó a pensar que le había atacado un mal repentino. Me fijé entonces en sus ojos, inusitadamente brillantes y fijos en algún objeto que estaba detrás de mí. Al volver la cabeza vi que un *brick* se acercaba. No olvidaré nunca la alegría que me invadió al comprobar que se dirigía hacia nosotros y que no se encontraba ya ni a dos millas de distancia.

Salté como herido por una bala y, extendiendo los brazos hacia el buque, permanecí en pie, inmóvil, incapaz de pronunciar palabra. Peters y Parker estaban igualmente impresionados, aunque de distinta manera. El primero danzaba como un loco, realizando las mayores extravagancias, salpicadas de imprecaciones, mientras que el segundo se deshacía en lágrimas, llorando como una criatura.

El barco que teníamos a la vista era un gran *brick*-barca, de construcción a la holandesa, pintado de negro, con una franja dorada. Al parecer, también había afrontado el temporal que era la causa de nuestro desastre, pues había perdido el mastelero de velacho y parte de la amura de estribor. Cuando lo avistamos estaba, como he dicho, a unas dos millas y venía hacia nosotros. Como la brisa era suave, nos extraño que el buque no llevara más velas que el trinquete y la mayor con un foque. Por eso navegaba lamentablemente y nuestra impaciencia llegaba al paroxismo. Observamos lo mal que funcionaba el timón, a pesar de la emoción que nos embargaba. Su rumbo declinaba tanto, que una o dos veces creímos que no nos había visto, o que no habiendo descubierto a nadie a bordo, iba a virar y a seguir otro camino. Nosotros gritábamos con toda la fuerza de nuestros pulmones, y el buque desconocido parecía que iba a virar en redondo y emprender otro rumbo. Esta inusitada maniobra se repitió dos o tres veces, hasta el punto de no podérnoslo explicar, a menos que el timonel estuviese borracho.

Cuando llegó a una distancia de un cuarto de milla, vimos a tres hombres que, por su atuendo, parecían holandeses. Dos de ellos estaban tendidos sobre unas velas viejas, cerca del castillo de proa, y el tercero, que parecía mirarnos con curiosidad, estaba a proa, a estribor. Este último era un hombre alto, vigoroso y curtido. Parecía que con sus gestos nos alentaba a tener paciencia, saludándonos alegremente con la cabeza, pero de un modo que no dejaba de ser raro, y sonriendo continuamente como para dejar al descubierto una hilera de dientes blancos muy brillantes. Al acercarse al barco, vimos que su gorro de lana roja caía al agua; pero él no le prestó atención y continuó con sus gestos y sus sonrisas extravagantes. Cuento minuciosamente estos detalles y circunstancias y las relato precisamente tales *como las presenciamos*.

El *brick* navegaba hacia nosotros con la mayor seguridad en su maniobra y nuestros corazones saltaban locamente en nuestros pechos; nos deshacíamos en exclamaciones de alegría y en acciones de gracias a Dios, por la completa, gloriosa e inesperada salvación que teníamos tan palpablemente a la vista. De pronto, percibimos un olor que apestaba de tal modo, procedente del barco próximo a nosotros, que no hay palabras para describirlo: una peste infernal, sofocante, intolerable, inconcebible. Abrí la boca para respirar, volviéndome hacia mis camaradas, y observé que estaban más pálidos que el mármol; pero no teníamos tiempo para cambiar impresiones: el *brick* estaba a cincuenta pies de nosotros y parecía tener la intención de aproximarse hasta tocarnos a fin de que pudiéramos abordarle sin necesidad de echar un bote al agua.

Corrimos hacia la popa cuando, de pronto, el viento lo empujó cinco o seis cuartas fuera del rumbo que llevaba y, al pasar a una distancia de veinte pies de nuestra popa, pudimos ver completamente la cubierta. ¿Podré nunca olvidar el trágico espanto de aquel espectáculo? ¡Veinticinco o treinta cuerpos humanos, entre los que figuraban algunas mujeres, yacían diseminados acá y allá, entre la popa y la cocina, en absoluto estado de putrefacción! ¡Vimos claramente que no había un alma viviente en aquella nave maldita! ¡Sin embargo, llamábamos a aquellos muertos en nuestro auxilio! Sí, en la agonía del momento rogábamos a aquellas silenciosas imágenes que se detuvieran, que no nos dejaran convertidos en lo que ellas y que se dignaran recibirnos en su triste compañía.

Delirábamos a impulsos del horror y la desesperación; la angustia y la decepción nos habían enloquecido.

Cuando lanzamos el primer grito de terror, una respuesta nos vino del lado del buque extranjero, tan parecida al grito de una garganta humana, que el oído más experto se habría dejado engañar. En ese momento un nuevo movimiento vino a colocar ante nuestra vista el castillo de proa y nos fue posible conocer la causa del ruido. Volvimos a ver al fornido personaje apoyado en el muro, sin dejar de mover la cabeza, pero vuelta la cara de manera que no podíamos distinguirla. Tenía los brazos extendidos sobre la barandilla y sus manos pendían hacia fuera. En la espalda, de la que había sido arrebatada una parte de la camisa dejando la carne al descubierto, se le había posado una enorme gaviota que se satisfacía de aquel horrible manjar, con el pico y las garras hundidos en el cuerpo y el blanco plumaje manchado de sangre. El *brick* seguía virando como para vernos mejor. El ave retiró con dificultad su cabeza de la ensangrentada herida y, después de mirarnos un momento extrañada, se separó perezosamente del cuerpo en que se regalaba y pasó volando por encima de nuestro puente. Cuando la gaviota alivió al cuerpo de su peso, éste osciló y cayó, pero sin llegar al suelo, de modo que pudimos verle la cara completamente. ¡Jamás se ofreció a mis ojos un espectáculo tan horripilante! La faltaban los ojos y, comidos los labios y las mejillas, quedaban los dientes al descubierto. ¡Esa era la sonrisa que había alentado nuestra esperanza! El *brick*, como ya he dicho, pasó al lado de nuestra popa y prosiguió su ruta, lenta y regularmente impulsado por el viento. Con él y su horripilante tripulación se desvanecieron nuestras risueñas esperanzas de salvación.

Como tardó algún tiempo en pasar junto a nosotros, habríamos encontrado el medio de abordarlo, si la horrible naturaleza de su contenido y nuestra tremenda desilusión no hubieran agotado nuestras fuerzas físicas y morales. Habíamos visto y sentido, pero era ya tarde cuando pudimos pensar y obrar.

Desde entonces he hecho muchos intentos para poder esclarecer el horrible misterio que envolvía el destino del buque misterioso, pero en vano. Su construcción y porte nos hicieron pensar, como ya he dicho, que se trataba de un mercante holandés, y el traje de sus tripulantes nos confirmó esta opinión. Fácilmente hubiéramos podido leer su nombre en la popa, pero la profunda emoción del momento nos cegó y no pudimos determinar su origen.

Sacamos la consecuencia, por el color azafranado de algunos cadáveres que no estaban aún en descomposición, que los que iban a bordo habían sido víctimas de la fiebre amarilla o de alguna otra violenta plaga de análoga especie. Si fuese así, como creo, pues no encuentro otra explicación, la muerte, a juzgar por la posición de los cuerpos, debió sorprenderles de improviso y de una manera distinta totalmente de la que caracteriza hasta las pestes más mortíferas conocidas hasta hoy.

Podía ser también debido a algún veneno introducido accidentalmente en alguna de las provisiones de a bordo que hubiera producido el desastre. También podía deberse a la ingestión de algún pescado de especie venenosa, algún ave del océano o cualquier otro animal marino. ¿Quién sabe? Pero es absolutamente superfluo hacer conjeturas sobre un suceso que permanecerá eternamente envuelto en el más espantoso e insondable de los misterios.

XI

LA BOTELLA DE OPORTO

El resto del día lo pasamos aletargados, mirando al *brick* hasta que las tinieblas lo ocultaron a nuestra vista, volviéndonos a la posesión de nuestras facultades. Las torturas del hambre y de la sed se adueñaron de nuevo de nosotros, excluyendo otras consideraciones y cuidados. Nada podíamos hacer hasta que amaneciera, y nos instalamos de la mejor manera posible, tratando de descansar un poco. Por mi parte, lo logré mejor de lo que esperaba, durmiendo hasta el amanecer, en que me despertaron mis camaradas, menos afortunados que yo, para continuar nuestros ataques a la despensa.

El mar estaba en calma y sereno, como nunca lo he visto; el tiempo era templado y agradable.

El *brick* fatal se había perdido de vista. Comenzamos nuestras operaciones arrancando otro porta-obenques de mesana. Peters sujetó los dos a sus tobillos e intentó acercarse de nuevo a la puerta de la despensa, creyendo que podría forzarla si llegaba en poco tiempo; contaba llevar a cabo su intento porque el casco del barco guardaba su posición vertical mejor que las veces anteriores.

Logró llegar rápidamente a la puerta y, soltando uno de los pesos del pie, trató de forzar la puerta con él; pero todos sus esfuerzos resultaron vanos, pues la construcción era mucho más sólida de lo que había supuesto. Fatigado por la larga permanencia bajo el agua, se hacía indispensable que uno de nosotros le reemplazase. Parker se ofreció inmediatamente para bajar, pero después de tres viajes infructuosos, ni siquiera había logrado llegar a la puerta. El estado lastimoso del brazo de Augusto hacía inútil todo intento por su parte, pues, aunque llegara a la despensa, no podría forzar la puerta de entrada. Era, pues, a mí a quien correspondía ahora intentarlo en beneficio de todos.

Peters había dejado uno de los porta-obenques en el pasadizo y, apenas me sumergí, noté que no tenía peso suficiente para mantenerme sólidamente debajo del agua. Decidí, en esta tentativa, buscar el otro peso. Con este fin tanteé el suelo del pasillo y encontré una cosa dura de la que me apoderé, sin saber lo que era, y subí a la superficie. Mi hallazgo era una botella de vino de Oporto. Dimos gracias a Dios por este socorro tan oportuno. La destapamos con mi navaja y bebimos un poco cada uno, sintiéndonos reconfortados y llenos de calor, de fuerzas y de energía vital. Tapamos de nuevo la botella y la atamos con un pañuelo de manera que no pudiera romperse.

Cuando descansé un poco, bajé de nuevo, y habiendo encontrado el porta-obenques, retrocedí inmediatamente. Me lo até al pie y bajé por tercera vez, convencido de que no lograría forzar la puerta de la despensa, y volví desolado a cubierta.

Preciso iba a ser renunciar a toda esperanza y en la fisonomía de mis camaradas leí que estaban resueltos a morir. El vino les había producido una especie de delirio del que acaso me había preservado mi última inmersión. Hablaban de un modo incoherente de cosas que no guardaban ninguna relación con nuestra situación. Peters no cesaba de hacerme preguntas sobre Nantucket. Recuerdo que Augusto se me acercó con un aire muy serio y me pidió que le prestara un peine de bolsillo, para peinarse antes de desembarcar, pues tenía la cabeza, según él, llena de escamas de pescado.

Parker se mostraba más natural y no cesaba de rogarme que bajase de nuevo a la despensa y le trajese el primer objeto con que tropezaran mis manos. Accedí a su deseo y, después de haber permanecido en el agua un buen rato, subí con un pequeño maletín de cuero que había pertenecido al capitán Barnard. Lo abrimos inmediatamente con la remota esperanza de que encerrase algo de comer o de beber; pero sólo encontramos útiles para afeitarse y dos camisas de hilo. Volví a bajar y subir sin haber encontrado nada. Al salir del agua percibí el ruido de algo que se rompe, y al subir vi que mis compañeros de infortunio se habían aprovechado innoblemente de mi ausencia para beberse lo que quedaba del vino, dejando caer la botella en su precipitación. Les reproché su falta de solidaridad y Augusto rompió a llorar. Los otros dos trataron de echarlo a broma riéndose, pero no quisiera tener que oír de nuevo una risa parecida; el movimiento convulso de sus rostros era horrible y espantoso.

El hambre atroz que experimentaba era inaguantable, y me sentí capaz de todo para satisfacerla. Corté con mi cuchillo un trozo de cuero del maletín y me esforcé en comerlo, pero no pude tragar ni una pequeña partícula. No obstante, la masticación del cuero en pequeños fragmentos me dio la impresión de que me aliviaba un poco. Mis compañeros se despertaron al anochecer, en un estado de debilidad indescriptible, producido, en su mayor parte, por el vino. Temblaban como si estuvieran presas de la fiebre y pedían agua con gritos espeluznantes. Su situación me impresionó fuertemente, pero no podía por menos de alegrarme de no haber sido tentado por el vino, ahorrándome así esos terribles sufrimientos. Su conducta me alarmaba y producía gran inquietud, pues no había duda de que, a menos que sobreviniera un cambio favorable en su estado, no podrían ayudarme en nada para tratar de conseguir nuestra común salvación. Yo no había abandonado la idea de hallar algún comestible en la despensa, pero la prueba no podía ser factible sin que alguno de ellos fuese lo bastante dueño de sí mismo para sujetar el extremo de la cuerda mientras yo bajaba. Parker me pareció el más capaz y me esforcé en reanimarle por todos los medios a mi alcance.

Bajé tres o cuatro veces más a la despensa y en el curso de estas tentativas subí dos grandes cuchillos de mesa, un cántaro vacío y una manta, pero nada que sirviera para aplacar nuestra hambre. Continué mis esfuerzos hasta que no pude más y, durante la noche, Parker y Peters continuaron haciendo lo mismo uno tras otro, pero sin encontrar nada, y, persuadidos de que agotábamos las fuerzas en vano, decidimos abandonar la empresa.

Pasamos el resto de la noche presas de la mayor angustia física y moral imaginables. Al amanecer del día 16, nuestros ojos buscaron, por todos los puntos del horizonte, por cierto que en vano, el auxilio deseado.

Hacía ya seis días que no habíamos tomado ningún alimento, y era evidente que no podríamos aguantar mucho más tiempo, a menos de encontrar alguna cosa inesperada. Augusto y Peters estaban tan decaídos que si los hubiese visto en tierra en tal estado no los habría reconocido. Parker, aunque débil, estaba en mejores condiciones que ellos. Soportaba su desgracia con paciencia sin quejarse y trataba de inspirarnos confianza por todos los medios que pueda uno imaginar. Yo padecía menos que ellos y conservaba en grado sorprendente la presencia de ánimo de la que ellos carecían por completo, pues hacían muecas como si estuvieran idiotizados, profiriendo los mayores desatinos.

Hacia el mediodía dijo Parker que se divisaba tierra por la banda de babor y me costó gran trabajo impedir que se lanzase al agua para ganar la costa a nado. Peters y Augusto se mostraron incrédulos a lo que oyeron a Parker; ambos parecían absortos en una contemplación estúpida. Mirando en la dirección indicada, me fue imposible distinguir la menor apariencia de tierra y necesité bastante tiempo para convencer a Parker de su error. El día iba a finalizar así, cuando descubrí una vela al Este, en la dirección de nuestra proa, por la amura de babor. Se trataba, a mi juicio, de un gran buque que pasaba a una distancia de diez o doce millas. Ninguno de mis compañeros lo había descubierto todaví y yo me guardé de mostrárselo en el primer momento, temiendo que nuestras esperanzas se frustrasen de nuevo. Al cabo de un tiempo, vi que venía hacia nosotros con las velas hinchadas. No pudiendo contenerme más, lo comuniqué a mis compañeros que, puestos en pie, se entregaron a las más extravagantes demostraciones de contento, llorando, riendo como idiotas, saltando por la cubierta, rogando a Dios y blasfemando a la vez. Ante esta perspectiva de salvación, me uní a ellos en sus locuras, dando rienda suelta a todas las manifestaciones de júbilo y haciendo mil sandeces, hasta que, recobrando el dominio sobre mí mismo, vi que el buque nos presentaba la popa y tomaba dirección opuesta a nosotros.

Me fue preciso bastante tiempo para demostrar esta nueva desventura a mis pobres camaradas. A todas mis afirmaciones contestaban con miradas fijas y gestos que significaban que no querían ser engañados con semejantes bromas. La conducta de Augusto fue la que me resultó más penosa. En contra de todo lo que le decía para convencerle, afirmaba que el buque se acercaba a nosotros y hacía sus preparativos para recibirnos a bordo. Nos señalaba algunas plantas marinas que flotaban a lo largo del *brick*, afirmando que era un bote del barco, que habían echado al agua para recogernos; hasta intentó dejar nuestro pontón, gritando de un modo que conmovía, y me vi obligado a recurrir a la violencia para impedir que se arrojase al agua.

Una vez repuestos, en parte, de la emoción, nos dedicamos a contemplar el barco, hasta que la niebla o una pequeña brisa que se levantó, nos lo ocultaran. Al desaparecer por completo, se volvió Parker hacia mí con tal expresión en el rostro que me atemorizó.

Tenía un aspecto de calma, de sangre fría, que no había observado en él hasta entonces, y antes de que abriese la boca, el corazón me anunció lo que iba a decir: me propuso en términos breves que uno de nosotros debería ser sacrificado para salvar la vida a los demás.

XII

LA VIDA AL AZAR

Hacía ya mucho tiempo que yo había pensado que llegaríamos a ese espeluznante extremo, y tenía decidido, en secreto, soportar cualquier clase de muerte antes de acudir a tal recurso. Esta resolución no había logrado vencerla el hambre que me atormentaba. Ni Peters ni Augusto oyeron la proposición de Parker. Hablé entonces con Parker a solas, rogando a Dios me diese la elocuencia necesaria para disuadirle de su espantoso proyecto. Le supliqué encarecidamente, le imploré en nombre de lo más sagrado para él, sugiriéndole la idea de abandonar su plan y de no comunicarlo a los otros.

Escuchó lo que le decía, sin rebatir mis razonamientos, y comencé a creer que había empezado a dominarle; pero cuando acabé de hablar, me respondió que se hacía perfectamente cargo de lo que le decía y que todo ello era cierto, que recurrir a semejante medio era la más espantosa alternativa que se podía presentar a la mente humana; pero que ya había sufrido cuanto la Naturaleza podría soportar; que era inútil que muriésemos todos, cuando era posible, y hasta probable, que la muerte de uno se convirtiese en la salvación de los demás. Agregó que cuanto yo hiciese para disuadirle de su proyecto sería inútil, porque su decisión era firme, antes aún de que se presentase el buque, y que la aparición de éste retrasó el que lo dijera.

Le supliqué entonces que aplazase su proyecto hasta el día siguiente, puesto que aún podía llegar un barco que nos socorriese; empleé cuantos argumentos podían ser adecuados para influir en una naturaleza tan ruda como la suya. Me respondió que para hablar de ello había esperado todo el tiempo que le había sido posible, al menos en lo que a él se refería.

Viendo que nada le hacía mella, y que nada lograba suavemente, adopté un tono diferente y le dije que, puesto que había padecido menos que ellos, me encontraba en aquel momento superior en fuerza y salud, no solamente a él, sino también a Peters; resumiendo, que me consideraba capaz de emplear la violencia en caso necesario y que, si intentaba comunicar a los otros su terrible decisión de antropofagia, no titubearía en lanzarle por la borda.

Parker me agarró por el cuello amenazando herirme con su cuchillo; pero yo le empujé hasta el costado del buque, firmemente decidido a tirarle al mar. La intervención de Peters le salvó. Parker le refirió el motivo de nuestra pelea antes de que yo encontrara medio de impedirlo.

El efecto que produjeron estas palabras fue mucho peor de lo que yo imaginara. Augusto y Peters, que hacía ya tiempo acariciaban esta idea siniestra que Parker había sido el primero en exponer, la aceptaron e insistieron en la necesidad de ponerla inmediatamente en práctica. Yo contaba con que alguno de ellos tendría la suficiente fuerza de espíritu para ponerse a mi lado y, con su ayuda, me creía capaz de evitar la ejecución de aquel espeluznante proyecto. Viendo frustrada esta esperanza, se hacía indispensable que velase por mi propia seguridad, pues una mayor resistencia por mi parte podía ser considerada como excusa suficiente para negarme a representar mi papel en la tragedia que iba a desarrollar.

Les dije, pues, que me adhería a la proposición, y que pedía solamente una hora de plazo para permitir que se disipara la niebla, pues el barco que habíamos visto podía estar aún cerca de nosotros. Tras muchas discusiones, les arranqué la promesa de aguardar esa hora, al término de la cual se disipó la niebla; pero nada se presentó en el horizonte, y nos dispusimos al sorteo.

No disponíamos de otro sistema para esta terrible lotería que jugarnos la vida a la paja más corta. Unos trocitos de madera me sirvieron para el caso. Me retiré a un extremo del *brick* y mis pobres camaradas se situaron en el extremo opuesto, dándome la espalda. El momento de mayor crueldad para mí, en este terrible y angustioso drama, fue el preparar las astillas. Me puse a reflexionar qué medio podría emplear para inducir a uno de mis compañeros a tomar el palo más corto, pues estaba convencido de que el que lo sacara moriría para la salvación de los restantes. ¿Se atrevería alguien a condenarme por esta aparente maldad? Si es así, que trate de situarse en una situación similar a la mía...

No cabía ningún retraso y, sintiendo que el corazón se me escapaba del pecho, avancé hacia el castillo de proa, donde me esperaban mis compañeros. Presenté la mano con los palitos y Peters cogió uno inmediatamente. ¡Estaba libre! Ya tenía una probabilidad más en contra mía. Augusto cogió otro y también quedó libre. Las probabilidades de vivir o morir eran iguales para mí. En ese instante, la ferocidad del tigre se apoderó de mi alma y sentí contra Parker, mi semejante, mi pobre camarada, un odio intenso y diabólico; pero este sentimiento se disipó pronto y, con un escalofrío y los ojos cerrados, le presenté los palitos restantes. Pasaron cinco minutos que empleó en contemplarlos y, mientras que duró este siglo de indecisión, ni una vez abrí los ojos. Tiró al fin de uno de los palitos. La suerte estaba echada, pero no sabía si me había sido favorable o adversa. Nadie decía una palabra y yo no me atrevía a salir de mi incertidumbre, mirando el trozo que me quedaba. Peters me estrechó al fin la mano y entonces leí en el semblante de Parker que me había salvado y que él era la víctima. Respiré convulsivamente y caí inanimado en cubierta, pero recuperé el conocimiento a tiempo de ver el desarrollo de la tragedia y asistir a la muerte del que, como autor de la proposición, se había convertido, prácticamente, en su propio verdugo. Parker no opuso la menor resistencia y, herido en la espalda por Peters, cayó muerto en el acto. No detallaré el festín que siguió. Son cosas que todo el mundo puede imaginarse y las palabras quedan pálidas para describir todo el horror de la realidad. Baste decir que, después de haber saciado la sed con la sangre de la víctima, echamos al mar las manos, los pies y la cabeza, así como las entrañas y devoramos el resto del cuerpo, pedazo por pedazo, durante los cuatro memorables días que siguieron, y que fueron el 17, 18, 19 y 20 de julio.

El 19 cayó un buen chaparrón, que duró quince o veinte minutos y que nos permitió recoger un poco de agua por medio de un trapo que habíamos pescado en la cámara después de la tempestad. La porción que recogimos fue muy escasa, ya que no pasaba de medio galón; pero fue suficiente para reanimar un poco las fuerzas y la esperanza.

El 21 nos vimos reducidos nuevamente al último extremo. La temperatura era alta y agradable, con alguna niebla y ligeras brisas que variaban, generalmente, del Norte al Oeste.

El 22, estando sentados los tres muy juntos, cruzó por mi imaginación una idea que brilló como un rayo de esperanza. Me acordé de que Peters me había entregado un hacha para ocultarla en lugar seguro, algunos momentos antes de que el *brick* se viera inundado por el golpe de mar, y que la había escondido en el castillo de proa, en uno de los catres de babor. Se me ocurrió pensar que si podíamos encontrarla, se podría perforar la cubierta por encima de la despensa y procurarnos así provisiones sin dificultad.

Al dar cuenta de este proyecto a mis camaradas, lanzaron una débil exclamación de alegría y nos fuimos inmediatamente hacia el castillo de proa.

Aunque la dificultad de bajar al sollado era muy grande, yo intenté la aventura y, atándome una cuerda alrededor del cuerpo, me lancé al agua con valor y regresé con el hacha, que fue saludada con exclamaciones de éxtasis, alegría y gritos de triunfo, siendo considerada la facilidad con que había sido hallada esta arma, como un buen presagio para nuestra salvación.

Con la esperanza renaciente, comenzamos a atacar la cubierta con toda la energía que nos comunicaba esta esperanza, y Peters y yo trabajábamos alternando, pues Augusto no podía hacer nada debido a la herida de su brazo.

Como estábamos en extremo debilitados, no podíamos permanecer mucho rato en pie y, a cada minuto de trabajo, descansábamos. Comprendimos, pues, que nos serían necesarias bastantes horas para llevar a cabo nuestro propósito de abrir una entrada a la despensa. No por ello flaqueamos y, trabajando toda la noche a la luz de la luna, la mañana del 23 nuestra obra estaba concluida.

Peters se ofreció a bajar el primero y, hechos los preparativos, descendió, volviendo muy pronto con una lata de aceitunas, que nos repartimos, devorándolas con avidez. Un segundo viaje nos proporcionó un jamón y una botella de Madeira. Bebimos muy poca cantidad de vino ya que sabíamos, por experiencia, los peligros que entraña el beber sin moderación, y distribuimos la parte útil del jamón. Peters y Augusto, no pudiendo moderar su hambre, se comieron su ración; yo fui más prudente y, por miedo a la sed, comí un solo trozo de lo que me había correspondido. Entonces descansamos un poco de nuestro trabajo, que había sido violento y duro.

Habiéndonos repuesto un tanto, hacia el mediodía, comenzamos de nuevo nuestros ataques a las provisiones. Peters y yo bajábamos alternándonos, siempre con mayor o menor éxito, hasta el anochecer. Durante este intervalo, conseguimos cuatro latas más de aceitunas, otro jamón y una botella grande que contenía tres galones de buen Madeira y, lo que nos produjo mayor satisfacción, una pequeña tortuga *elefantina*.

En el momento de darse a la vela el *Grampus*, el capitán Barnard había recibido algunas a bordo, procedentes de la goleta *Mary-Pitts*, que regresaba de un viaje por el Pacífico.

Como saben la mayoría de nuestros lectores, las tortugas llamadas *elefantinas*, en razón de su tamaño, se las encuentra especialmente en la isla de los *Galápagos*, que recibe su nombre de este animal.

Las hay de proporciones gigantescas; yo he visto algunos ejemplares que pesaban de mil doscientas a mil quinientas libras, a pesar de que ningún navegante haya hablado de especímenes de esa naturaleza que pesen más de ochocientas.

Tienen un aspecto raro e, incluso, repugnante; su marcha es lenta, mesurada y grave, y levantan el cuerpo aproximadamente un pie del suelo. Su cuello es largo y delgado, y algunas de las que yo he matado tenían una longitud de tres pies y dos pulgadas. La cabeza es muy semejante a la de los ofidios.

Se mantienen sin comer durante una cantidad de tiempo increíble; se citan casos de que tortugas de esta especie hayan permanecido en la bodega de un buque durante dos años sin probar alimento alguno, y encontrarlas al cabo de ese tiempo tan sanas y robustas como el principio. Por una particularidad de su organismo, estos animales llevan, como los camellos y dromedarios del desierto, una provisión de agua en una bolsa que tienen en el cuello. Aunque se las mate después de haberlas privado de todo alimento por espacio de un año, se encuentra a veces en la bolsa de algunas una cantidad considerable de agua dulce y fresca.

La que tuvimos la suerte de encontrar era relativamente pequeña, pues apenas pesaría sesenta y cinco o setenta libras. Estaba muy bien conservada y gorda, y contenía en la bolsa una gran cantidad de agua dulce y transparente, un verdadero tesoro. Hincándonos de rodillas, dimos gracias a Dios por este auxilio tan oportuno.

Trasladamos con mucha alegría el agua de la bolsa del animal a la jarra que teníamos y, rompiendo el cuello de una botella, hicimos una especie de vaso, que bebimos lleno cada uno, acordando reducir a esta cantidad el consumo diario, para que la provisión durase el mayor tiempo posible.

Como el tiempo se había mantenido estable los dos o tres días anteriores, las mantas que habíamos encontrado en el camarote estaban completamente secas, así como nuestra ropa, por lo que pasamos una noche, la del 23, con una especie de bienestar relativo, gozando de un sueño tranquilo, después de haber cenado aceitunas, jamón y una pequeña ración de vino.

Ante el temor de que nuestras provisiones fuesen arrastradas al mar si se levantaba la brisa, las atamos con una cuerda a lo que quedaba del cabrestante. En cuanto a la tortuga, que deseábamos conservar viva lo más posible, la volvimos de espaldas, amarrándola cuidadosamente.

XIII

¡POR FIN!

24 de julio. La mañana de este día nos encontró bastante recuperados en fuerzas y valor. A pesar de la situación peligrosa en que nos hallábamos, ignorando dónde nos encontrábamos, distantes, sin ninguna duda, de tierra, enteramente privados de agua y flotando a la deriva, el recuerdo de las zozobras y peligros infinitamente más terribles a los que habíamos providencialmente escapado, nos hacía considerar nuestras vicisitudes actuales como cosa corriente, pues la felicidad y el infortunio son relativos.

Cuando salió el sol, nos dispusimos a reanudar nuestras tentativas para sacar algo de la despensa, cuando un fuerte chaparrón nos obligó a abandonar la tarea, para dedicarnos a hacer provisión de agua, utilizando la sábana que ya nos había servido en otra ocasión. Teníamos el cántaro casi lleno, cuando una ráfaga de viento del Norte nos obligó a interrumpir nuestro trabajo, pues el barco empezó a balancearse de tal modo que no podíamos guardar la posición vertical. En vista de lo cual, nos arrastramos a proa, amarrándonos sólidamente al cabrestante, y aguardamos los acontecimientos con más calma de lo que hubiéramos creído en tales circunstancias. El viento arreció por la tarde y, al anochecer, era casi un temporal. Como la experiencia pasada nos había demostrado la mejor manera de disponer nuestras amarras, soportamos esta mala noche sin grandes inquietudes, aunque nos veíamos inundados a cada momento y en constante peligro de ser arrastrados por las olas. Por fortuna, el tiempo era bastante caluroso y el agua estaba casi agradable.

25 de julio. En la madrugada, la brisa se había calmado y el mar había bajado de tal manera, que pudimos pasear en seco por cubierta, pero contemplamos con pena la falta de dos latas de aceitunas y del jamón, que habían sido arrastrados por las aguas pese a lo bien que las habíamos atado.

Decidimos no matar todavía a la tortuga, contentándonos de momento, con algunas aceitunas y una corta ración de agua y vino. Esta mezcla nos reanimó bastante sin tener que temer los peligros de la embriaguez que produjo el Oporto.

El día transcurrió melancólico y triste. A las doce salió el sol, casi sobre nuestras cabezas, y pensamos, a juzgar por la persistencia del viento Norte y Noroeste, que habíamos sido arrastrados hacia el Ecuador.

26 de julio.   Estando el viento en calma y el mar mucho más tranquilo, decidimos reanudar nuestras pesquisas en la despensa. Después de una dura labor que duró todo el día, comprobamos que ya no había nada que esperar por esa parte, porque se habían destrozado los mamparos durante la noche y las provisiones habían rodado por la bodega. Este descubrimiento nos sumió en la desesperación, como fácilmente se comprenderá.

27 de julio.   El mar estaba casi el calma, con ligera brisa siempre del Norte o del Oeste. El sol calentó tan fuerte por la tarde que nuestras ropas se secaron inmediatamente. Tuvimos mucha menos sed y un bienestar general, bañándonos en el mar; pero nos fue precisa mucha prudencia por temor a los tiburones, ya que habíamos visto nadar algunos en torno al *brick* durante el día.

28 de julio.   Buen tiempo. El *brick* comenzó a inclinarse tanto sobre un costado y de modo tan alarmante, que temimos naufragar, preparándonos para el desenlace. Aseguramos lo mejor posible la tortuga, la dos latas de aceitunas y la jarra de agua. Mar en calma todo el día y poco viento.

29 de julio.   El tiempo continuaba lo mismo. El brazo herido de Augusto empieza a presentar síntomas de gangrena. Mi amigo se quejaba de hinchazón y de sed, pero no de dolores fuertes. No podíamos hacer nada para aliviarle más que frotar sus heridas con un poco de vinagre de las aceitunas, lo que no le proporcionaba ninguna mejoría. Hicimos por él cuanto nos fue posible y triplicamos su ración de agua.

30 de julio.   El día es excesivamente caluroso y sin brisa. Un tiburón grandísimo ha permanecido junto al casco toda la tarde. Los intentos que hemos hecho de cazarlo por medio de un nudo corredizo, han sido vanos. Augusto está peor y se debilita por momentos, tanto por falta de alimentos como por efecto de sus heridas. Nos suplica sin cesar que le liberemos de sus sufrimiento, diciendo que no desea más que morir. Por la noche consumimos las últimas aceitunas y encontramos el agua demasiado descompuesta para poderla beber, ni siquiera mezclada con vino. Decidimos, pues, matar la tortuga al amanecer.

31 de julio.   Tras una noche de fatiga y de inquietud, debidas a la posición del barco, nos pusimos a despedazar la tortuga, mucho menos grande de lo que habíamos supuesto, aunque de buena calidad. El total de carne que pudimos sacar no llegaba a diez libras. Con objeto de conservar porciones el mayor tiempo posible, la cortamos en lonchas muy finas y llenamos las tres jarras restantes y la botella de

Madeira, echando por encima el vinagre de las aceitunas. Decidimos limitarnos a una ración de cuatro onzas diarias, aproximadamente, alargando así la provisión durante trece días. Al anochecer llovió torrencialmente con acompañamiento de relámpagos y truenos, pero durante tan poco tiempo, que no pudimos recoger más que media botella de agua.

Como Augusto se encontraba cada vez peor, le cedimos, de común acuerdo, el agua. El brazo del enfermo estaba completamente negro desde la muñeca hasta el hombro y tenía los pies helados como la nieve. A cada momento esperábamos verle exhalar el último suspiro. Tenía los ojos tan hundidos que apenas se le veían, y comía y bebía con gran dificultad.

1 de agosto. Continúa el mismo tiempo. La sed nos hizo sufrir horriblemente, pues el agua de la jarra se ha corrompido y está llena de gusanos. Logramos, a pesar de ello, beber un poco mezclada con vino, calmando a medias la sed. Encontramos más alivio bañándonos en el mar, pero no podemos recurrir al baño sino de tarde en tarde, a causa de la presencia constante de los tiburones. Consideramos a Augusto perdido, sin poder hacer nada para paliar sus sufrimientos, que parecen horribles. Hacia el mediodía expiró en medio de violentas convulsiones, sin haber pronunciado una palabra desde bastantes horas antes. Su muerte nos llenó de tristes presagios y ejerció sobre nuestra mente un efecto tan poderoso, que permanecimos todo el día tendidos junto al cadáver sin cambiar una sola palabra que no fuera en voz muy queda. Hasta cerrada la noche no tuvimos el valor necesario de arrojar su cuerpo al mar. El fúnebre ruido que hacían los tiburones al despedazar el cadáver nos llenó de horror.

2 de agosto. Tiempo igual, calma terrible, calor excesivo. El amanecer nos sorprendió en un estado de abatimiento que inspiraba lástima y totalmente agotados físicamente. El agua de la jarra estaba convertida en una masa gelatinosa, mezcla repugnante de gusanos y de lodo, en modo alguno utilizable. Nuestra sed era intolerable y tratamos, en vano, de saciarla con el vino, que nos causó una gran embriaguez. Imposible bañarnos, pues los tiburones —los mismos monstruos que la noche anterior habían devorado el cadáver de Augusto— asediaban el *brick* y esperaban a cada momento un regalo de la misma naturaleza. Al anochecer, apareció una nube, pero por desgracia no llovió. Es imposible concebir los tremendos sufrimientos que padecíamos a causa de la sed. Debido a estas angustias y por temor a los tiburones, nos pasamos toda la noche en vela.

3 de agosto. No queda ninguna esperanza de salvación, y como el *brick* se inclinaba cada vez más, apenas podíamos mantenernos en pie sobre cubierta. Nos ocupamos en asegurar nuestras provisiones por medio de dos clavos arrancados al resto de cabrestante. Espantosos sufrimientos, debidos a la sed, durante todo el día, y sin posibilidad de bañarnos por la presencia de los tiburones, que no se alejaban un instante. Imposible dormir.

4 de agosto. Un poco antes del alba notamos que el barco iba poniendo la quilla al descubierto, lenta y gradualmente al principio, y rápida y violentamente después. Adoptamos nuestras precauciones para no ser lanzados al agua, pero resultaron ineficaces, porque la violencia del movimiento nos arrojó al abismo y durante algunos momentos permanecimos bajo la superficie, debatiéndonos enérgicamente para no sucumbir. El remolino que, a causa de la revolución parcial del casco, formaba el agua al subir, me elevó más pronto de lo que pensaba. El *brick* se balanceaba furiosamente en todos los sentidos con la quilla al sol, rodeado de espumosos torbellinos.

Mi terror primordial eran los tiburones que nos perseguían. Afortunadamente pude volver a bordo sano y salvo; pero estaba tan debilitado por el esfuerzo que acababa de realizar, que no hubiera logrado encaramarme sin el oportuno socorro de Peters, que, habiendo subido por el lado opuesto, me lanzó un cabo de cuerda que habíamos atado previamente al cabrestante.

Apenas nos habíamos librado de este peligro, cuando nos encontramos con otro no menos terrible: el de morir de hambre. Todas nuestras provisiones habían desaparecido, barridas por las olas, a pesar del cuidado con que habíamos tratado de asegurarlas, y no viendo la menor posibilidad de procurarnos otras, nos abandonamos a la mayor desesperación y nos echamos a llorar como criaturas, sin tratar de animarnos el uno al otro. nuestra debilidad puede parecer incomprensible, y los que no se hayan visto en situación semejante, la juzgarán quizá poco natural; pero conviene recordar que nuestra inteligencia se hallaba tan desordenada por la larga serie de privaciones y de terrores, que no gozábamos en aquellos momentos de todo nuestro uso de razón.

La voltereta del *brick* y la pérdida del vino y de la tortuga, aparte de la desaparición de los paños y de la vasija en que conservábamos el agua, no habían convertido nuestra situación en mucho más miserable que antes, porque encontramos la obra viva y la quilla cubiertas de una espesa capa de rizópodos, que nos proporcionaron un alimento excelente y de los más sustanciosos.

Por consiguiente, el accidente que tanto nos había abatido era más bien un beneficio que una desgracia para nosotros. Nos había descubierto una mina de provisiones que no hubiéramos podido consumir en un mes, aun comiéndolas sin moderación, y había contribuido a aliviar nuestra situación, pues nos encontrábamos más cómodos y menos expuestos que antes.

Empero, la dificultad en procurarnos agua nos cegaba a los otros beneficios que teníamos por el cambio de posición. Para poder aprovechar, en lo posible, la primera lluvia que cayese, nos quitamos las camisas para utilizarlas como anteriormente habíamos hecho con las sábanas; pero, naturalmente, no esperábamos que este medio nos procurase más de un octavo de botella. En el horizonte no se divisaba la menor huella de nube y las torturas de la sed se hicieron casi inaguantables. Peters logró dormir por la noche, una hora de sueño agitado; en cuanto a mí, la intensidad de los sufrimientos no me permitió cerrar los ojos un solo instante.

5 de agosto. Se levantó una brisa que nos condujo a través de una masa de algas, entre las cuales tuvimos la suerte de descubrir once pequeñas langostas, que nos proporcionaron varias deliciosas comidas. Como los caparazones no eran duros, las comimos enteras y observamos que despertaban menos la sed que los rizópodos. Al no ver tiburones entre las algas, decidimos bañarnos y permanecimos dentro del agua cuatro o cinco horas, durante las cuales nuestra sed disminuyó considerablemente. Bastante recuperados, pudimos dormir y pasamos la noche menos penosa que la anterior.

6 de agosto. Llovió sin parar desde el mediodía hasta después del anochecer. Lamentamos muchos la pérdida del cántaro y de la botella, que habríamos podido llenar de agua. Logramos, sin embargo, mitigar los ardores de la sed que nos devoraba, dejando que nuestras camisas se empapasen y exprimiendo luego en la boca el líquido bienhechor. Esto nos ocupó todo el resto del día.

7 de agosto. Cuando amaneció, descubrimos los dos al mismo tiempo una vela por el *Este que se dirigía evidentemente hacia nosotros.* Lanzamos un débil grito de júbilo para saludar su aparición, comenzando inmediatamente a hacer todas las señales que pudimos con nuestras camisas y a gritar con todas nuestras fuerzas, aunque el casco estaba aún a una distancia de quince millas, por lo menos. Como el velero continuaba acercándose a nuestro casco, pensamos que, si no cambiaba el rumbo, pasaría lo bastante próximo a nosotros para vernos. Una hora después de haberlo descubierto, distinguíamos fácilmente a los hombres sobre cubierta. Era una goleta larga y baja, de masteleros inclinados hacia atrás, que parecía llevar una numerosa tripulación. Experimentamos una gran angustia, pues llegamos a temer que nos abandonara a nuestra suerte y nos dejara perecer sobre los restos de nuestra embarcación, acto de barbarie realmente diabólico, muchas veces llevado a cabo en el mar por seres considerados como humanos. Pero, gracias a Dios, esta vez estábamos destinados a equivocarnos, afortunadamente, pues en seguida observamos un movimiento repentino en la cubierta del buque desconocido, que izó en seguida el pabellón inglés y comenzó a navegar derecho hacia nosotros. Media hora después estábamos en la cámara. Aquella goleta era la *Juana-Guy*, de Liverpool, del capitán Guy, que había salido para dedicarse a la pesca y el tráfico en los mares del Sur y en el Pacífico.

XIV

ALBATROS Y PINGÜINOS

La *Juana-Guy* era una goleta de bonito aspecto que desplazaba ciento ochenta toneladas.

Con proa bastante afilada, puede considerarse como la más veloz de cuantas he visto. No obstante, sus condiciones marineras distaban mucho de ser tan buenas, por ser su calado bastante mayor del que exigen las embarcaciones de su clase. Para el servicio a que estaba destinada, va mucho mejor una embarcación grande de calado relativamente escaso, es decir, una nave de trescientas a trescientas cincuenta toneladas.

La tripulación de la *Juana-Guy* se componía de treinta y cinco hombres, todos buenos marineros, sin contar al capitán ni al segundo; pero no estaba tan bien armada ni tan bien equipada como lo habría deseado un navegante familiarizado con los peligros y las dificultades del oficio.

El capitán Guy era un caballero muy distinguido, con bastante experiencia en los negocios del Sur, a los que había dedicado gran parte de su vida; pero le faltaba energía y, por consiguiente, el aliento necesario para una empresa de ese género. Era copropietario del barco en que viajaba y tenía poder discrecional para cruzar por los mares del Sur y embarcar toda carga que pudiera procurarse fácilmente. Como se acostumbra a hacer en esta clase de expediciones, llevaba a bordo collares, espejos, hachas, sierras, cepillos para madera, tijeras, limas, clavos, martillos y otros artículos similares.

La goleta había zarpado de Liverpool el 10 de julio pasado el Trópico de Cáncer el 25 por los 20° de longitud Oeste y habiendo llegado el 29 a Sal, una de las islas de Cabo Verde, se había abastecido de sal y de otras provisiones necesarias para el viaje. El 3 de agosto salió de Cabo Verde navegando al Sudoeste, hacia la costa de Brasil, con objeto de cruzar el Ecuador entre los 28° y 30° de longitud Oeste, ruta que siguen, generalmente, los barcos que van de Europa al cabo de Buena Esperanza o que navegan hasta las Indias Orientales. Siguiendo esta derrota, evitan las calmas y las fuertes corrientes contrarias que reinan continuamente en la costa de Guinea y acortan el camino, pues están seguros de encontrar inmediatamente vientos del Oeste que los empuja hacia el Cabo. El capitán Guy tenía intención de hacer su primera escala en la tierra de Kerleguen, sin que se supiera el motivo. El día que nos recogió, la goleta estaba a la altura del cabo San Roque, a los 31° de longitud Oeste, lo que *significa que cuando nos descubrió, nosotros habíamos derivado lo menos 25° de Norte a Sur.*

A bordo de la *Juana-Guy* nos prodigaron todos los cuidados que requería nuestro lamentable estado. Durante los quince días en que la goleta navegó continuamente hacia el Sudeste, con buen tiempo y brisa favorable, Peters y yo nos repusimos completamente de todas las privaciones y tremendos sufrimientos, y pronto el pasado empezó a aparecérsenos como un mal sueño del que habíamos sido arrancados al despertar, más que como una sucesión de hechos verídicos. Más tarde he tenido la ocasión de comprobar que esta especie de olvido parcial es normalmente la consecuencia de una transición imprevista, sea de la alegría al dolor o viceversa, pues la fuerza del olvido es siempre proporcional a la energía del contraste. Se recuerdan bien las incidencias, pero no las sensaciones que engendran las circunstancias sucesivas. Todo lo que sé es que, a medida que esas incidencias se producían, me encontraba más convencido de que la naturaleza humana era incapaz de soportar el dolor un grado más.

Ningún incidente de importancia turbó la travesía durante algunas semanas, encontrando, de cuando en cuando, algún ballenero y, a veces, ballenas negras y grises, llamadas así para distinguirlas de los cachalotes. El día 17 de septiembre, cerca ya del cabo de Buena Esperanza, encontró la goleta los primeros vientos fuertes desde su salida de Liverpool. En estos parajes, y aún más hacia el Sur y al Este del promontorio (nosotros nos encontrábamos al Oeste), los navegantes tienen, con frecuencia, que luchar contra las tempestades del Norte, que soplan con una furia terrible. Estas tempestades producen siempre fuertes marejadas, y una de sus características más peligrosas es el cambio inopinado del viento, accidente que se produce siempre en lo más fuerte de la tempestad, saltando al cuadrante opuesto.

La tempestad del Norte hizo su aparición hacia las seis de la mañana, como es costumbre, con una ráfaga que ninguna nube había anunciado. A las ocho, la fuerza del viento había aumentado considerablemente, y el mar se puso tan agitado como no he visto nunca. La goleta acusaba su impotencia para resistir el temporal, hundiendo la proa en el mar cada vez que descendía de la ola y levantándola con dificultad como si temiera ser tragada por otro golpe de mar. Al ponerse el sol, empezó a despejarse el horizonte y, en contra de nuestras previsiones, fuimos lanzados a la costa como por arte de magia, mientras que un horrible torbellino de espuma venía a romper contra el costado de la goleta. Felizmente, se trataba de una ráfaga momentánea y tuvimos la suerte de capearla sin la menor avería. Mayor zozobra fue la que nos proporcionó el mar de fondo que reinó durante algunas horas; pero, hacia el amanecer, nos encontramos en tan buenas condiciones como antes del temporal. El capitán Guy dijo que nos habíamos librado de un grave peligro y que nuestra salvación había sido milagrosa.

El 13 de octubre avistamos la isla del Príncipe Eduardo, a los 46°53' de latitud Sur, 37°46' de longitud Este. Dos días después, nos encontrábamos cerca de la isla de la Posesión; remontamos las de Crozet por los 42°59' de latitud Sur y 48° de longitud Este, y el 18 llegamos a la isla de Kerguelen o de la Desolación, en el océano Índico del Sur, y fondeamos en Christmas-Harbour, en un fondo de cuatro brazas.

Esta isla, o para decir mejor, estas islas agrupadas, están situadas al sudeste del cabo de Buena Esperanza, a una distancia de ochocientas leguas aproximadamente. Fueron descubiertas en 1772 por el barón de Kergulen o Kerguelen, un francés que, presumiendo que esta tierra era una porción de un vasto continente austral, publicó a su regreso un informe en tal sentido que produjo entonces gran sensación. El gobierno se interesó por este descubrimiento y envió nuevamente al barón al año siguiente para que lo comprobase, y entonces se dio cuenta de su error. En 1777, el capitán Cook llegó al mismo punto, que denominó de la Desolación, nombre bien merecido por cierto.

El aspecto del país es abrupto, aunque ninguna de sus colinas puede considerarse como montaña. Los picos de estas colinas siempre están cubiertos de nieve. Hay varios puertos, siendo el más importante Christmas-Harbour, primero que se encuentra en la isla al doblar el cabo Francisco, que marca el lado Norte y sirve, por su configuración especial, para distinguir el puerto. La entrada es por el 48°40' de latitud Sur y 69°6' de longitud Este. Una vez dentro, se encuentra un buen fondeadero que protege contra todos los vientos del Este. Wasp-Bay se halla a la entrada del puerto hacia el Este. Es un pequeño fondeadero, completamente cerrado por la tierra, de cuatro brazas de fondo, de arcilla compacta. Una nave puede permanecer allí anclada todo el año sin peligro de ninguna clase.

En el país hay muchos pingüinos, de cuatro familias diferentes. El pingüino real, llamado así por el tamaño y por la belleza de sus plumas, es el mayor de todos. La parte superior de su cuerpo es gris y la inferior del blanco más puro que pueda uno imaginar. La cabeza es negra y brillante, al igual que las patas; pero la belleza principal de su plumaje reside en dos largas rayas de color oro, que bajan de la cabeza al pecho. Su pico es largo y, a veces, rosado o de un rojo vivo. Estas aves marchan en línea recta con aire majestuoso. Llevan la cabeza muy erguida y las alas colgantes, como si fueran brazos, lo que les da tal parecido con los humanos que suelen engañar al espectador en la oscuridad. Los que vimos en la tierra de Kerguelen eran un poco mayores que las ánades. Además del pingüino se encuentran en esta isla otras muchas variedades de aves, entre las que pueden citarse la gallina de Port-Egmont, la paloma de El Cabo, la golondrina de mar y el albatros.

Esta última es una de las mayores y más veloces de los mares del Sur, y está ligada al pingüino por la mayor simpatía. Los nidos de unas y otras están construidos de una manera uniforme, siguiendo un plan concertado por las dos especies, pues el del albatros se halla colocado en el centro de un cuadro formado por los nidos de cuatro pingüinos. Esta especie de colonias han sido descritas más de una vez, lo que me ahorra un trabajo, pues no haría más que repetir.

En la misma mañana de nuestra llegada a Christmas-Harbour, el segundo, míster Patterson, dispuso salir de pesca a por la vaca marina, aunque la estación no estaba bastante avanzada, y dejó al capitán, con un pariente suyo, en la orilla Oeste, donde, sin duda, tenían una misión que he ignorado siempre. El capitán Guy llevaba una botella en la que había una carta cerrada. Es de suponer que tenía la intención de depositar esta carta en alta mar, para algún barco que debería llegar más tarde. En cuanto le perdimos de vista (Peters y yo estábamos en la canoa del segundo), comenzamos a explorar la costa en busca de la vaca marina. Unas tres semanas empleamos en esta tarea, explorando con cuidado todos los recodos, no sólo en la tierra de Kerguelen, sino también en las pequeñas islas vecinas; pero nuestra búsqueda no dio un resultado satisfactorio. Vimos muchas focas, de las que solamente pudimos coger unas trescientas cincuenta. Los elefantes marinos abundaban, mayormente en la costa oriental de la isla principal, y de ellos matamos unos veinte, tras penosos esfuerzos. En las pequeñas islas descubrimos gran cantidad de focas que dejamos en paz. El 11 de noviembre regresamos a bordo de la goleta, donde hallamos al capitán Guy y a su sobrino, que nos dieron muy malos informes respecto al interior de la isla, describiéndola como una de las partes más estériles y tristes del Universo. Habían pasado dos noches en tierra debido a un error entre ellos, ya que el subteniente de a bordo no les había enviado lo pronto que hubiera debido hacerlo una embarcación para regresar a la goleta.

XV

LAS ISLAS PERDIDAS

Salimos de Christmas-Harbour el día 12, poniendo nuevamente rumbo al Oeste y dejando por babor la isla Marión, del archipiélago Crozet. Pasamos por la isla del Príncipe Eduardo, que dejamos a la izquierda, y después, virando más al Norte, llegamos en quince días a las islas de Tristán Acuña, situadas en los 37°8' de latitud Sur y 12°8' de longitud Oeste.

Este grupo tan conocido hoy, compuesto de tres islas circulares, fue descubierto, primeramente, por los portugueses, visitado más tarde por los holandeses, en 1643, y por los franceses en 1767.

Estas tres islas forman un triángulo y distan unas de otras diez millas aproximadamente, dejando entre ellas amplios pasos. La costa está muy elevada en las tres, sobre todo en la Tristán de Acuña. Esta isla es la mayor del grupo; tiene quince millas de circunferencia y es tan alta que, cuando el tiempo está claro, se la divisa a una distancia de ochenta o noventa millas. Una parte de la costa, hacia el Norte, se eleva perpendicularmente a más de mil pies sobre el nivel del mar. A esta altura se encuentra una meseta que se extiende casi hasta el centro de la isla, donde se alza un cono semejante al pico de Tenerife. La mitad interior de este cono está revestido de grandes árboles, pero la región superior es una roca desnuda, oculta de costumbre por las nubes y cubierta de nieve la mayor parte del año. No hay en los alrededores de la isla precipicios ni peligros de ninguna clase. Las costas son limpias y recortadas, y el mar es profundo. En la costa Noroeste hay un fondeadero y una playa de arena negra en la que, con viento del Sur, puede varar cualquier embarcación. El agua dulce abunda y se pescan con anzuelo y red el bacalao y otros peces.

La isla que sigue en tamaño a la descrita, que también es la más occidental del grupo, se llama la Inaccesible. Su posición exacta es 37°7' de latitud Sur y 12°24' de longitud Oeste. Tiene un perímetro de siete a ocho millas y presenta por todos los lados el aspecto de un baluarte cortado a pico. La cumbre es plana y el suelo completamente estéril.

La isla Nightingale, la más meridional y menor, está situada a los 37°26' de latitud Sur y 21°12' de longitud Oeste. Más allá de su extremo Sur existe un arrecife, formado por pequeños islotes rocosos. El terreno es estéril e irregular, y un valle profundo atraviesa, en parte, la isla.

En las costas de estas islas abundan, en la estación favorable, leones, elefantes y vacas marinas, focas con pieles y aves oceánicas de todas clases. También la ballena es frecuente en sus proximidades. La facilidad con que se pescaban en otros tiempos estos diversos animales hizo que el grupo fuese, a partir de su descubrimiento, muy visitado. Los holandeses y los franceses fueron los primeros en visitarlas. El capitán Patten, comandante del *Industry*, de Filadelfia, realizó, en 1790, un viaje de siete meses a Tristán de Acuña, llegando a reunir más de 5.600 pieles de vacas marinas, y afirmó a su regreso que, en menos de tres semanas, le había sido posible reunir un cargamento de aceite para una embarcación de gran desplazamiento. A su llegada no encontró ningún cuadrúpedo, exceptuando algunas cabras montesas. Actualmente, se encuentran en las islas toda clase de animales domésticos, introducidos paulatinamente por los navegantes.

Creo que fue algún tiempo después de la expedición del capitán Patten, cuando el capitán Colquhoun, que mandaba el *brick* americano *Betsey*, tocó en la isla mayor para abastecerse. Plantó cebollas, patatas, coles y otras verduras y hortalizas, que hoy se encuentran en abundancia.

Fue en 1811 cuando el capitán Heywood, del *Nereus*, visitó Tristán de Acuña, encontrando allí a tres americanos que habitaban en el grupo, dedicado a la preparación de aceites y pieles de vacas marinas. Jonathan Lambert era el nombre de uno de ellos y se titulaba a sí mismo rey del país. Había preparado y cultivado unos sesenta acres de tierra, y trataba de aclimatar por entonces, el café y la caña de azúcar. Este establecimiento fue abandonado después y, en 1817, el Gobierno inglés envió un destacamento, desde Cabo de Buena Esperanza, a tomar posesión de las islas. Los nuevos colonos no permanecieron en ellas mucho tiempo; pero después de la evacuación del país como posesión de la Gran Bretaña, dos o tres familias inglesas fijaron allí su residencia sin el apoyo de su gobierno.

El 25 de marzo de 1824, el *Berwich*, al mando del capitán Jefrey, que había zarpado de Londres con destino a la tierra de Van Diemen, tocó en la isla, encontrando en ella a un inglés llamado Glass, antiguo cabo de artillería que se adjudicaba el cargo de gobernador supremo de las islas, y tenía a sus órdenes a veintiún hombres y tres mujeres. Escribió una memoria muy favorable sobre la salubridad del clima y la producción del suelo. Esta pequeña población se dedicaba, principalmente, al comercio de pieles de foca y de aceite de ballena, efectuando su comercio con Cabo de Buena Esperanza por medio de una goleta propiedad de Glass. Cuando llegamos, el gobernador residía aún en la isla, pero la población había aumentado y se componía, a la sazón, de sesenta y cinco individuos.

No hallamos dificultad alguna en abastecernos ampliamente, pues los corderos, los cerdos, los bueyes, los conejos, las legumbres, etc., eran abundantes. Fondeamos cerca de la isla mayor y embarcamos todo lo que nos hacía falta. El capitán Guy compró también a Glass quinientas pieles de foca y una respetable cantidad de marfil. Allí nos quedamos durante una semana, con el tiempo bastante brumoso y vientos del Noroeste.

El día 5 de diciembre nos hicimos a la mar con rumbo al Suroeste, para explorar un grupo de islas llamadas Auroras, cuya existencia se presta a la discusión. Se dice que fueron descubiertas por el capitán de la fragata *Aurora*, en 1792. El capitán Manuel de Oyarvide afirma que pasó a través de estas islas con su fragata *Princesa*, de la Compañía Real de Filipinas, en 1790.

En 1794, la corbeta española *Atrevida* zarpó con objeto de verificar la situación exacta de estas islas y, en una memoria publicada en 1809 por la Real Sociedad Hidrográfica de Madrid, se dio cuenta de esta exploración en los siguientes términos:

«La corbeta *Atrevida* ha llevado a cabo en las inmediaciones de estas islas, del 21 al 27 de enero, todas las investigaciones necesarias y ha medido con el cronómetro la diferencia de longitud que existe entre estas islas y el puerto de la Soledad, en las Malvinas. Son tres situadas casi en el mismo meridiano, la del centro está un poco más abajo y las otras dos perceptibles a nueve leguas de distancia.»

Las observaciones efectuadas a bordo de la *Atrevida* arrojan los resultados siguientes, con respecto a la posición exacta de cada isla: La que está más al Norte, se encuentra a los 52°37'24" de latitud Sur y 47°43'15" de longitud Oeste; la del centro, 53°2'40" de latitud Sur y 47°55'15" de longitud Oeste, y la que ocupa el extremo Sur, a 53°15'52" de latitud Sur y 47°57'15" de longitud Oeste.

El 27 de enero de 1820, el capitán James Weddell, de la Marina inglesa, zarpó de Staten-Laud para descubrir las Auroras. Dice en su informe que, a pesar de las investigaciones más laboriosas y de haber pasado por los puntos reseñados por el comandante de la *Atrevida* y en todos los sentidos por los alrededores de ellos, no ha podido descubrir ningún indicio de tierra. Estos informes contradictorios incitaron a otros navegantes a salir en busca de las islas y, cosa rara, mientras algunos cruzaban el mar en todos los sentidos en el punto supuesto sin dar con ellas, otros aseguraban haberlas visto, e incluso haberse aproximado a sus costas. El capitán Guy tenía intención de hacer todo lo posible por esclarecer este enigma.

Seguimos, pues, ruta entre Sur y Oeste, con tiempo variable, hasta el 20 del mismo mes, que llegamos al lugar de la controversia, a los 52°15' de latitud Sur y 47°38' de longitud Oeste, es decir, casi en el punto designado como posición de la isla meridional del grupo. No encontrando huella de tierra, proseguimos hacia el Oeste por el 53° de latitud Sur hasta 50° de longitud oeste. Nos dirigimos entonces hacia el Norte, hasta el paralelo 52° de latitud Sur; viramos luego al Este hasta la costa Oeste de Georgia, siguiendo este meridiano hasta alcanzar la latitud de la que habíamos partido. Hicimos entonces varias incursiones diagonales a través del mar en que debían hallarse, llevando un vigía constantemente subido en el palo mayor, y repitiendo minuciosamente nuestra búsqueda durante tres semanas, con buen tiempo y sin bruma. Nos convencimos, por consiguiente, de que si alguna vez habían existido islas en aquellos lugares, no quedaba de ellas en la actualidad el menor vestigio. Más tarde he sabido que el capitán Johnson ha efectuado el mismo recorrido, en 1822, con la goleta americana *Henry*, y el capitán Morell, con la goleta *Wasp*, con el mismo resultado negativo que nosotros.

XVI

EXPLORACIONES HACIA EL POLO

Las intenciones del capitán Guy, en un principio, eran de navegar por el estrecho de Magallanes y seguir la costa occidental de la Patagonia, una vez satisfecha su curiosidad con respecto a las Auroras; pero unos informes que había recibido desde Tristán de Acuña le animaron a seguir hacia el Sur con la esperanza de descubrir algunas pequeñas islas que le habían comunicado se encontraban en los 60° de latitud Sur, y 40°20' de longitud Oeste. En el supuesto de que no hallara estas tierras, tenía el propósito, si la estación lo permitía, de avanzar hacia el Polo. El 12 de diciembre tomamos esta dirección, el 18 estábamos en la posición indicada por Glass, cruzando tres días consecutivos por los alrededores, sin descubrir vestigio de las islas en cuestión.

El 21, como el tiempo era muy bueno, decidimos avanzar en este rumbo hacia el Sur, hasta donde pudiéramos.

Antes de adentrarme en esta parte de mi relato, posiblemente haga bien, para documentación de aquellos lectores que no hayan seguido atentamente los descubrimientos de estos lugares, en referir someramente algunos de los intentos llevados a cabo para llegar hasta el Polo.

La expedición del capitán Cook es la primera que ha dejado documentos positivos. En 1772 se hizo a la mar rumbo Sur, en la *Resolution*, acompañado del teniente Fourneaux, que mandaba la *Adventure*. En diciembre se encontraba en el paralelo 58 de latitud Sur por 26°57' de longitud Este. Allí encontró bancos de hielo de un espesor de ocho a diez pulgadas. En aquel momento, el capitán Cook supuso, por la cantidad de aves que encontró y por otros indicios, que estaba cerca de tierra. Continuó hacia el Sur, con un tiempo excesivamente frío, hasta el paralelo 64 y 38°14' de longitud Este, donde se encontró con un tiempo suave, con buenas brisas, que duró cinco días. En enero de 1773, las naves cruzaban el círculo antártico sin poder ir más allá, pues a los 67°15' de latitud Sur se veían detenidas por inmensos bloques de hielo, que se extendían en todo el horizonte Sur hasta perderse de vista. Este hielo se encontraba en cantidades variadas, formando una masa compacta que se elevaba a dieciocho o veinte pies sobre el nivel del mar. La estación estaba avanzada y comprendiendo que los obstáculos eran insalvables, el capitán, aun sintiéndolo mucho, puso rumbo al Norte.

En 1803, el emperador de Rusia, Alejandro, encargó a los capitanes Kreutzenstern y Lisiauski que hicieran un largo viaje de cincunnavegación, pero no lograron alcanzar, a pesar de sus grandes esfuerzos, más que los 59°58' de latitud Sur y 70°15' de longitud Oeste. Allí encontraron fuertes corrientes que los arrastraban hacia el Este. Abundaban las ballenas, pero no vieron hielos. Reynolds explica, referente a este viaje, que si Kreutzenstern hubiera llegado a dicho punto en una estación menos avanzada habría, sin duda alguna, encontrado los hielos. (Llegó en marzo a la latitud designada.)

Los vientos del Suroeste que reinan en esta época, en unión de las corrientes, empujan a los bancos de hielo hacia esa región glaciar, limitada al Norte por la Georgia, al Este por las Sandwich y al Oeste por las Shetland del Sur.

En 1822, el capitán James Weddell, de la Marina inglesa, con dos pequeñas naves, avanzó más hacia el Sur que los anteriores, sin encontrar grandes dificultades. Relata que, a pesar de haberse visto rodeado de hielos antes de llegar al paralelo 72, cuando llegó allí no vio ningún témpano y que, habiendo avanzado hasta los 74°15' de latitud Sur, no encontró vastas extensiones de hielo, sino tres pequeñas islas. Weddell vino de su viaje con la convicción de que no existe continente alguno en las regiones polares del Sur.

El 11 de enero de 1823, el capitán Benjamín Morrell, al mando de la goleta americana *Wasp*, partió de Kerguelen con el propósito de avanzar hacia el Sur lo más posible. El 1 de febrero se encontraba a los 64°52' de latitud Sur y a los 118°27' de longitud Este; transcribo de su diario el siguiente párrafo:

«El viento arreció bastante, obligándonos a marchar a razón de once nudos. Aprovechamos esta ocasión para dirigirnos al Este. Estábamos convencidos de que cuanto más navegásemos al Sur del paralelo 64, menos hielos hallaríamos, viramos un poco al Sur y, rebasando el círculo antártico, llegamos hasta los 69°15' de latitud Sur, donde sólo encontramos algunas islitas de hielo.»

Estando casi sin agua y sin combustible, y privado de los instrumentos necesarios, el capitán Morrel tuvo que regresar sin poder hacer más avances hacia el Sur, aunque el mar se extendía libre ante él. Sostiene que si estas dificultades de primera necesidad no se hubieran producido, habría llegado, si no hasta el Polo, al menos hasta el paralelo 85.

En 1831, el capitán Briscoe, que navegaba por cuenta de los señores Enderby, armadores balleneros de Londres, se hizo a la vela en el *brick*

Lively, hacia los mares del Sur, acompañado del *Tuia*. El 28 de febrero, cuando se encontraba a los 63°30' de latitud Sur y a los 47°31' de longitud Oeste, vio tierra y descubrió positivamente, a través de la niebla, los picos negruzcos de una hilera de montañas que iban de Este a Sudoeste. Permaneció en aquel lugar durante todo el mes siguiente, sin poder acercarse a más de diez leguas de la costa, por el mal tiempo. Viendo que no le era posible efectuar ningún descubrimiento durante la estación, puso proa al Norte y se fue a invernar a la tierra de Van Diemen.

A principios del año 1832, emprendió de nuevo la ruta hacia el Sur, y el día 4 de febrero vio la tierra al Sudoeste a los 65°15' de latitud Sur y 69°29' de longitud Oeste, consiguiendo desembarcar y tomar posesión de ella en nombre de Guillermo IV, y dándole el nombre de Adelaida, en honor de la reina de Inglaterra. Estos detalles tan sido facilitados a la Sociedad de Geografía de Londres, la cual dedujo «que una vasta extensión de tierra se extendía sin interrupción desde los 47°30' de longitud Este hasta los 69°29' de longitud Oeste, entre los 66° y 67° de latitud Sur».

Respecto a esta conclusión, míster Reynolds hace la anotación siguiente: «No es posible aceptar esta conclusión como racional y los descubrimientos de Briscoe no justifican semejante hipótesis. Precisamente Wedell ha navegado a través de esa zona, siguiendo un meridiano al este de la Georgia, de las islas Sandwich, de la Orkney del Sur y de las Shetland.» Mi propia experiencia da fe para mostrar netamente la falsedad de las conclusiones aceptadas por la Sociedad.

Estas son, pues, las principales tentativas que se han llevado a cabo para penetrar hasta una avanzada latitud Sur. Como vemos, antes del viaje de la *Juana-Guy*, existían aproximadamente 300° de longitud, por los cuales no se había penetrado, aún más allá del círculo antártico. Un amplio campo de experimentación se abría ante nosotros, por consiguiente, y no pude menos de experimentar un sentimiento de placer al oír la decisión del capitán Guy de avanzar hacia el Sur.

XVII

¡TIERRA!

Después de renunciar a seguir buscando las islas de Glass, pusimos rumbo Sur, y durante cuatro días no encontramos nada de hielo. El 26, a mediodía, estábamos a los 63°23' de latitud Sur y a los 41°25' de longitud Oeste. Entonces aparecieron algunos islotes de hielo y un banco que no era de gran extensión. Los vientos soplaban flojos del Sudoeste. Cuando venían del Oeste, que era bastante más raro, lo hacían acompañados de fuertes aguaceros. Nevaba poco o mucho todos los días. El día 27 el termómetro marcaba 35 grados.

1 de enero de 1828. Este día nos vimos totalmente rodeados por el hielo y nuestra perspectiva resultaba bastante triste. Una fuerte tempestad que soplaba del Noroeste arrojaba contra el timón grandes témpanos de hielo, con fuerza tal que nos hizo temblar pensando en las consecuencias. Hacia la noche la tempestad arreció, pero pudimos abrirnos camino a través de los hielos hasta el mar libre.

2 de enero. El tiempo es bastante suave. A mediodía nos hallamos a los 68°10' de latitud Sur y a los 42°20' de longitud Oeste, habiendo cortado el círculo polar antártico. Por el lado Sur vemos poco hielo. Hemos fabricado una especie de sonda con un cacharro de hierro de veinte galones de capacidad y una cuerda de doscientas brazas, y observamos que la corriente nos arrastra hacia el Sur con una velocidad de un cuarto de milla por hora. La temperatura del aire era de unos 33° y la desviación de la aguja magnética de 14°28' hacia el Este hallada por azimut.

7 de enero. El mar continúa despejado y abierto, lo que nos permite proseguir nuestra ruta sin dificultad. Vemos al Oeste algunos bancos inmensos, y a mediodía pasamos cerca de una de esas masas cuya altura alcanza a cien brazas sobre el nivel del mar. Tenía en su base tres cuartos de legua de perímetro y algunas resquebrajaduras en los flancos, por donde corrían pequeños regueros. Lo tuvimos a la vista durante dos días consecutivos y, finalmente, nos lo ocultó la niebla.

10 de enero. Al amanecer, una desgracia ocurrió, y es que perdimos a un hombre al caer al mar. Se trataba de un norteamericano, nacido en Nueva York, y uno de los mejores marineros de la goleta. Al mediodía llegamos a los 78°30' de latitud Sur y a los 40°15' de longitud Oeste. El frío era muy intenso y a cada momento nos envolvían ráfagas de viento y de granizo del Noroeste. Todo el horizonte aparecía cerrado al Este por una legión de hielos que se elevaban superpuestos en forma de anfiteatro. Por la tarde, descubrimos algunos maderos flotando a la deriva, sobre los que navegaba un número incontable de aves polares. La variación por azimut era algo menos considerable que anteriormente, cuando cruzamos el círculo antártico.

12 de enero. Se hace muy dudoso que podamos pasar hacia el Sur. En dirección al Polo sólo vemos un banco, en apariencia sin límites, adosado a verdaderas montañas de hielo que forman precipicios escalonados. Hasta el 14 navegamos hacia el Oeste con la esperanza de descubrir un paso.

14 de enero. En la mañana del 14 llegamos al extremo Oeste del enorme banco de hielo que nos corta el paso y, doblándolo, desembocamos en un mar libre donde no se veía un solo témpano. Sondeando con una cuerda de doscientas brazas, hallamos una corriente hacia el Sur, con una velocidad de media milla por hora. La temperatura del aire era de 47°; la del agua, de 34°. Viramos hacia el Sur sin tropezar con obstáculos graves hasta el 16. A mediodía nos encontrábamos a los 81°21' de latitud Sur y 42° de longitud Oeste. Introducimos de nuevo la sonda y encontramos una corriente hacia el Sur con una velocidad de cuatro cuartos de milla por hora. La variación por azimut había disminuido y la temperatura se había suavizado y era agradable; el termómetro marcaba 51°. No se percibía hielo, a la sazón, y nadie a bordo ponía en duda la posibilidad de llegar al Polo.

17 de enero. Fue un día lleno de incidentes. Numerosas bandadas de pájaros pasaban sobre nuestras cabezas dirigiéndose hacia el Sur. Pudimos matar uno que nos proporcionó una comida excelente. Al mediodía, el vigía señaló a babor un pequeño banco de hielo sobre el cual reposaba un animal gigantesco. Como el tiempo era bueno y la calma casi total, el capitán Guy ordenó arriar dos botes para ir a ver qué era. Peters y yo acompañamos al segundo en la mayor de las embarcaciones arriadas. Al llegar al banco de hielo vimos que estaba ocupado por un enorme oso polar, pero de un tamaño que excedía, en mucho, al que alcanzan los mayores de estos animales. Como nos habíamos armado bien, no vacilamos en atacar los primeros, disparando varios tiros que le alcanzaron en la cabeza y en el cuerpo. El monstruo, sin inquietarse por ello, se lanzó del banco de hielo y se vino hacia nosotros. A causa de la confusión que se produjo, nadie había preparado una segunda carga. El oso dio un salto y cayó sobre el bote, tratando de arrebatar a uno de los hombres, que fue salvado por la agilidad de Peters, quien, saltando sobre el animal, le clavó un cuchillo seccionándole la espina dorsal. El oso cayó al agua, inanimado, arrastrando consigo a Peters. Éste salvó la dificultad rápidamente y echó una cuerda al animal para remolcarlo. Regresamos triunfantes a la goleta con nuestro trofeo, que medía más de quince pies de largo. Tenía la piel de un blanco inmaculado. Sus ojos, de color rojo sanguinolento y su hocico, redondeado, recordaba el de los perros de presa. La carne era tierna, aunque muy rancia y con sabor a pescado; pero los marineros no le hicieron ascos, comiéndola con avidez y encontrándola exquisita.

Segundos escasos habían pasado desde que habíamos izado al animal a bordo, cuando el vigía lanzó el grito alegre de «¡Tierra por estribor!» Todo el mundo se conmovió y, habiéndose levantado una brisa ligera del Noroeste, llegamos pronto a la costa. Era un islote bajo y rocoso, de una legua de circunferencia y absolutamente privado de vegetación.

Poco tiempo empleamos en explorar la isla en toda su extensión, no encontrando en ella nada digno de anotarse. En el extremo Sur encontramos, enterrado por las piedras, un trozo de madera que parecía pertenecer a la proa de una embarcación. Había unas muestras de esculturas, en las que el capitán Guy creyó distinguir una figura de tortuga; pero tengo que decir que el parecido no resultó convincente. Exceptuando este resto de roda, si lo era, no hallamos el menor indicio de que criatura humana hubiese habitado aquel lugar. La situación exacta del islote era 85°50' de latitud Sur y 42°20' de longitud Oeste.

Nos habíamos adentrado ya hacia el Sur diez grados más de los límites alcanzados por todos los navegantes anteriores y el mar se extendía ante nosotros perfectamente libre de obstáculos. Observamos también que la desviación disminuía regularmente a medida que avanzábamos y que la temperatura atmosférica, y más aún la del agua, mejoraba gradualmente. El clima podía calificarse de agradable, y teníamos una brisa suave y constante que soplaba del Norte. El cielo estaba sereno. Sólo tropezábamos con dos dificultades: disponíamos de poco combustible y los síntomas de escorbuto se habían manifestado en algunos hombres de la tripulación. Estos inconvenientes inquietaban al capitán Guy, que hablaba frecuentemente de poner proa al Norte. En lo que a mí se refiere, convencido como estaba de que encontraríamos pronto tierra de algún valor siguiendo la misma ruta y de que el suelo no sería tan estéril como en las altas latitudes árticas, insistía enérgicamente cerca del capitán para que perseverase, al menos durante algunos días, en la misma ruta que habíamos seguido hasta entonces, y creo positivamente que en virtud de mi insistencia, se afirmó en su propósito de continuar adelante. Me considero obligado, por consiguiente, a lamentar los tristes y sangrientos sucesos que fueron el resultado inmediato de mi insistencia. También me considero con derecho a felicitarme por haber sido, hasta cierto punto, el instrumento de un descubrimiento y de haber servido, en cierto modo, a abrir los ojos de la ciencia a uno de los más alentadores secretos que hayan podido llamar su atención.

XVIII

HOMBRES NUEVOS

18 de enero.   En la mañana* de este día proseguimos nuestra ruta hacia el Sur, con un tiempo tan bueno como en los días anteriores. El mar estaba totalmente en calma, el viento del Sudoeste suficientemente templado y el agua a 52°. Comenzamos de nuevo el sondaje interrumpido, utilizando una cuerda de ciento cincuenta brazas y hallamos que la corriente se dirigía hacia el Polo, a una velocidad de una milla por hora. Esta tendencia permanente de la corriente y del viento hacia el Sur, sugirieron algunas reflexiones y sembraron cierta alarma entre los hombres de la goleta, y noté que también en el capitán había producido una fuerte impresión. Afortunadamente, el capitán tenía demasiada noción del ridículo y llegué a conseguir que se riera de sus aprensiones. La desviación era ya casi insignificante. Durante el día vimos algunas ballenas y grandes bandadas de albatros pasaron sobre nuestras cabezas.

19 de enero.   Encontrándonos a 83°20' de latitud Sur por 43°5' de longitud Oeste, el vigía señaló tierra nuevamente y, después de una observación minuciosa, vimos que se trataba de una isla perteneciente a un grupo de otras muy extensas. La costa se alzaba recortada y el interior parecía tener abundante vegetación. Cuatro horas después de haber señalado tierra, fondeamos en una profundidad de diez brazas, sobre fondo de arena, a una legua de la costa, pues había una fuerte resaca con remansos acá y allá que hacía peligroso aproximarse más. Recibimos la orden de echar al agua las dos embarcaciones mayores, y un destacamento bien armado (del que Peters y yo formábamos parte) se lanzó en busca de una brecha en el arrecife que rodeaba la costa para llegar a tierra. Tras algún tiempo de búsqueda, descubrimos un pasaje en el que penetrábamos ya, cuando vimos cuatro canoas que se destacaban de la orilla, llenas de hombres tan bien armados, al parecer, como nosotros. Dejamos que se aproximaran y, como maniobraban con una

---

* Los términos mañana y tarde se utilizan para evitar confusión. Como se comprenderá fácilmente, hacía ya tiempo que disfrutábamos de claridad permanente las 24 horas.

celeridad asombrosa, pronto los tuvimos al habla. El capitán Guy izó entonces un pañuelo blanco en un remo. Los salvajes se detuvieron y comenzaron a reír y burlarse, lanzando fuertes alaridos, entre los cuales podíamos distinguir vagamente las palabras: *¡Anamoo-moo!* y *¡Lama-Lama!* Siguieron gritando una media hora más, y durante este tiempo nos fue posible examinar detenidamente sus semblantes. En las cuatro canoas, que debían de medir unos cincuenta pies de largo por cinco de ancho, había en total ciento diez salvajes. Su estatura era, más o menos, la de los europeos, pero más fornidos y musculosos. Su tez, negra mate; sus cabellos largos y espesos, encrespados. Vestían con la piel de un animal desconocido, de pelo sedoso y bien ajustado al cuerpo. Sus armas se componían, en la mayor parte, de palos de una madera negra y, al parecer, muy pesada; algunos llevaban picas. El fondo de las canoas estaba repleto de piedras negras del tamaño de un huevo.

Cuando se les terminó la risa, uno de ellos, que parecía ser el jefe, se levantó y nos hizo señas para que nos acercásemos. Dimos a entender que no comprendíamos, pensando que lo más prudente sería mantener una distancia suficiente entre ellos y nosotros, pues eran cuatro veces superiores en número. Adivinando, al parecer, lo que pensábamos, el jefe ordenó que tres de las embarcaciones se quedasen atrás, mientras él avanzaba con la suya a nuestro encuentro. En cuanto llegó hasta nosotros saltó a bordo de la mayor de nuestras canoas y, sentándose al lado del capitán Guy, señaló con el dedo la goleta repitiendo aquellas palabras: *¡Anamoo-moo!* y *¡Lama-Lama!* Viramos hacia el barco y las cuatro canoas nos siguieron.

Al atracar a la goleta, el jefe de los salvajes dio muestras de gran contento, palmoteando, golpeándose las piernas y el pecho y riendo estrepitosamente. Toda su escolta, que navegaba tras de nosotros, manifestó el mismo júbilo, ocasionando una algarabía ensordecedora. El capitán Guy mandó izar las embarcaciones, como precaución necesaria, y dio a entender al jefe que no podía recibir sobre cubierta más de veinte personas a la vez. El Jefe (que se llamaba Too-wit, según supimos más tarde), pareció aceptar el arreglo y transmitió ciertas órdenes a las canoas, de las cuales una se aproximó, quedándose las otras a cincuenta yardas de distancia. Veinte salvajes subieron a bordo y se pusieron a examinar el puente en todas direcciones, saltando y gritando como si estuviesen en sus chozas, y curioseándolo todo con minuciosidad.

Era evidente que nunca habían visto individuos de raza blanca y que este color les inspiraba cierta repugnancia. Creían que la *Juana-Guy* era un ser viviente y parecía que temían dañarla con la punta de sus picas, que volvían con cuidado. Hubo un momento en que nuestra tripulación se divirtió mucho con la conducta de Too-wit.

Una vez que nuestros visitantes hubieron satisfecho su curiosidad en cubierta, se les condujo a las cámaras, donde su extrañeza no es para descrita. Su estupefacción parecía demasiado intensa para poderla expresar por medio de la palabra y no hacían más que ir y venir de un lado a otro en el mayor silencio, lanzando, de cuando en cuando, sordas exclamaciones. Con las armas tenían larga materia de reflexión y se les permitió manejarlas a su antojo. Los cañones redoblaron su admiración. Se acercaron a ellos, con las mayores muestras de veneración y de terror, pero se negaron a tocarlos y a examinarlos con detalle. En el camarote había dos grandes espejos, que colmaron su sorpresa. Too-wit fue el primero en aproximarse a ellos, y cuando al levantar la vista vio reproducida su imagen en la luna, creí que iba a enloquecer.

A todos los salvajes los recibimos a bordo en grupos de veinte. A Too-wit se le permitió que permaneciera todo el tiempo que duró la visita. No observamos en ellos ninguna intención de robar, pues no se echó de menos ningún objeto. En el tiempo que duró la visita demostraron disposiciones absolutamente amistosas. Algo había en sus modales, sin embargo, que nos llamó la atención. Por ejemplo, no pudimos conseguir que se aproximasen a ciertos objetos inofensivos, tales como las velas de la goleta, un huevo, un libro abierto. Tratamos de averiguar si poseían algunos artículos que pudiesen servir para el tráfico, pero nos resultó dificilísimo hacernos comprender. No obstante, logramos enterarnos de que en las islas abundaban las tortugas grandes, una de las cuales habíamos visto en la canoa de Too-wit. También vimos un ciervo de mar en manos de uno de aquellos salvajes, que lo devoró crudo en presencia nuestra.

Esto que nosotros considerábamos anomalías, determinaron al capitán Guy a llevar a cabo una completa exploración del país, con la esperanza de sacar algún provecho de su descubrimiento. Yo, deseoso como estaba de avanzar en nuestra excursión, no tenía más que una idea: continuar nuestra expedición hacia el Sur. El tiempo era inmejorable, pero nada podía garantizarnos su estabilidad, y encontrándonos a los 84° de latitud con un mar completamente libre ante nosotros y un viento y corrientes favorables hacia el Sur, lo lógico era no detenernos en aquellos parajes más que lo indispensable para que se repusiera la tripulación, abastecernos y embarcar una cantidad suficiente de combustible. Le hice observar al capitán que a nuestro regreso nos sería fácil detenernos en aquel grupo de islas, e incluso invernar si los hielos nos cerraban el paso para proseguir nuestra ruta. El capitán se mostró conforme con lo que yo le decía y acabó por ser de mi misma opinión. Se determinó que, aun en el supuesto de que encontrásemos ciervos de mar en abundancia, no permaneceríamos allí ya más de una semana, lo justo para reponernos y continuar viaje hacia el Sur, mientras no hallásemos obstáculos insalvables.

Hicimos todos los preparativos necesarios y habiendo dirigido la goleta, según las indicaciones de Too-wit, a través de los arrecifes, fondeamos nuevamente a una milla aproximadamente de la orilla, en una excelente ensenada, que cerraba la tierra por todos los lados.

Después de fondear, nos invitó Too-wit a visitar el poblado en el interior. El capitán Guy se mostró conforme y, dejando a bordo a diez salvajes como rehenes, un destacamento de doce hombres se preparó para seguir al jefe. Tuvimos la precaución de armarnos bien, pero sin dar a entender la menor desconfianza. Se le recomendó al segundo que no recibiera a nadie durante nuestra usencia y que, en el caso de que no estuviéramos de regreso antes de doce horas, enviase la chalupa, bien armada, a buscarnos alrededor de la isla.

A cada paso que nos adentrábamos en el país, se confirmaba nuestra certeza de que nos encontrábamos en una tierra que era totalmente distinta a las visitadas hasta entonces por los hombres civilizados. Nada de lo que veíamos nos resultaba familiar. Los árboles no tenían ningún parecido con los de las zonas tórrida, templada o fría del Norte, y las rocas eran diferentes por su masa y su estratificación. Al llegar a un pequeño arroyo que cortaba nuestro camino, Too-wit y sus hombres hicieron un alto para beber. Debido al color y calidad del agua extraños, nos negamos a probarla, suponiendo que estaba corrompida; pero más tarde pudimos comprobar que era peculiar a todas las corrientes de agua del pequeño archipiélago. A primera vista aquel agua ofrecía un aspecto de una disolución espesa de goma arábiga, pero ésta no era más que una de sus particularidades y, tal vez, la menos notable. No era incolora y, sin embargo, tampoco tenía un color uniforme. Los fenómenos de esta agua formaron el primer eslabón de la cadena de aparentes milagros que me rodearía más adelante.

XIX

KLOCK-KLOCK

Unas tres horas nos llevó el llegar al poblado, que se encontraba a más de tres millas al interior. Durante la marcha, el destacamento de Too-wit se iba engrosando por momentos por pequeños grupos de seis a siete individuos que, desembocando por los diferentes recodos del camino, se unían a nosotros como por azar. Había en ello algo sistemático y yo no pude por menos de experimentar cierta desconfianza que comuniqué al capitán Guy. Pero ya era demasiado tarde para poder retroceder y convinimos en que la mejor manera de prevenir cualquier peligro era mostrar la mayor confianza en la lealtad de Too-wit. Proseguimos, pues, sin perder de vista un momento a los salvajes, no permitiendo que se separasen de nosotros.

Después de cruzar un barranco, llegamos a un grupo de viviendas que nos dijeron era el único en la isla. Al llegar cerca del poblado, el jefe lanzó un grito, repitiendo varias veces la palabra *Klock-Klock*, que nos figuramos sería el nombre del pueblo o tal vez el nombre genérico aplicado a todos los poblados. Las viviendas eran de lo más primitivas que pueda uno imaginar, quedando muy por bajo con respecto a las razas más ínfimas de que tengamos noticia; su construcción no seguía un plan uniforme. Algunas (las de los Wampoos o Yampoos, los grandes personajes de la isla), consistían en un árbol cortado a cuatro pies de la raíz, con una gran piel negra que caía al suelo formando pliegues y debajo de la cual se cobijaba el salvaje; otras estaban hechas con ramas de árboles que conservaban aún sus hojas secas otras consistían en simples agujeros en la tierra, y las más numerosas en pequeñas cavernas poco profundas. A la entrada de cada una de estas cavernas, se veía una piedra que el morador colocaba en la abertura cada vez que abandonaba su vivienda.

Este pueblo, si se le puede dar ese nombre, estaba situado en un valle de cierta profundidad, al que sólo se podía acceder por el Sur, pues una especie de muralla cerraba la entrada por cualquier otra dirección.

El valle estaba atravesado por un riachuelo, cuya agua ofrecía el mismo aspecto a la que antes he descrito. Alrededor de las viviendas vimos unos extraños animales que, al parecer, estaban perfectamente domesticados. Había una gran variedad de aves domésticas, que parecían constituir el principal alimento de los indígenas. La pesca debía de ser abundante. Durante nuestro recorrido vimos gran cantidad de salmones secos, de bacalaos, jureles, rayas, congrios, morsas, mújoles, lenguados, besugos, merluzas y otras especies. La tortuga también abundaba; pero en cambio encontramos muy pocos animales salvajes, todos pequeños y desconocidos para nosotros. Se nos cruzaron en el camino una o dos serpientes de imponente aspecto, pero los nativos no se inquietaron, por lo que sacamos la consecuencia de que no serían venenosas.

Al aproximarnos al poblado con Too-wit y su banda, una numerosa plebe nos salió al encuentro, lanzando gritos entre los cuales distinguíamos los eternos *¡Anamoo-moo!* y *¡Lama-Lama!* Nos causó mucha extrañeza ver que la mayor parte de los recién llegados estaban completamente desnudos, pues el ropaje de pieles sólo lo usaban los hombres de las canoas, ya que no se veía ninguna en poder de los habitantes del aduar. Había, además, gran número de mujeres y de niños. Estas mujeres no se podría decir que careciesen de cierta belleza. Eran altas, bien formadas y dotadas de ciertos rasgos que no se encuentran en las naciones civilizadas; pero sus labios, como los de los hombres, eran gruesos y macizos, hasta el punto de que no se les veían los dientes ni aun al reír. Su cabellera resultaba más fina que la de los hombres.

La vivienda de Too-wit estaba situada en el centro del pueblo y era mayor y estaba mejor construida que las restantes. El árbol que la formaba había sido cortado a diez o doce pies de la raíz, dejando algunas ramas para afirmar en ellas la cubierta o techumbre, que consistía en varias pieles unidas entre sí con alfileres de madera. El suelo estaba cubierto por una gran cantidad de hojas secas que servían de alfombra.

Nos condujeron a ella en medio de una gran solemnidad y detrás de nosotros se situó una gran masa de indígenas. Too-wit se sentó sobre las hojas y nos invitó a seguir su ejemplo. Hicimos lo que nos decía y nos encontramos en una situación verdaderamente incómoda, incluso crítica. Estábamos sentados en el suelo, los doce que éramos nosotros, entre los salvajes que eran cuarenta y, con tanta estrechez, que nos hubiera sido imposible, en caso de necesidad, usar nuestras armas e incluso ponernos en pie. Nuestra principal seguridad residía en la presencia de Too-wit rodeado por nosotros, al que hubiésemos sacrificado a la primera manifestación de hostilidad.

Momentos después cesó la algarabía y el jefe nos dirigió una larga arenga, muy similar a la que antes nos había dirigido mientras estábamos en la canoa, y que escuchamos en religioso silencio. El capitán Guy contestó dando a Too-wit toda clase de seguridades en cuanto a su afecto y benevolencia, y terminó su réplica regalándole un collar de cristales azules y un cuchillo. Al recibir el collar el jefe indígena hizo un gesto desdeñoso, pero el cuchillo le proporcionó una alegría indescriptible y pidió inmediatamente la comida, que consistió en las entrañas palpitantes de algún animal desconocido, probablemente de uno de los que habíamos visto al aproximarnos al poblado.

Al observar que no sabíamos por dónde empezar, él mismo nos dio el ejemplo, y nos causó tanta repugnancia, que no tardaron en presentarse las náuseas. Rechazamos toda la comida que nos presentaban y nos esforzamos en hacerles comprender que no teníamos gana, puesto que acabábamos de comer copiosamente.

Sometimos al jefe a un ingenioso interrogatorio cuando acabó de comer, con objeto de averiguar cuáles eran los productos principales del país y si había alguno que pudiese sernos de provecho. Finalmente, pareció tener idea de lo que queríamos saber y se ofreció a acompañarnos hasta cierto lugar de la costa, donde deberíamos encontrar el ciervo marino en gran cantidad. Aprovechamos esta circunstancia para escapar a la opresión de la multitud y manifestamos nuestra impaciencia por partir. Salimos, pues, de la tienda acompañados por toda la población y seguimos al jefe al extremo Sur de la isla, bastante cerca de donde estaba la goleta. Todo nuestro destacamento se embarcó en una de las canoas y fuimos conducidos a lo largo del arrecife del que ya he hablado, a otro situado a no mucha distancia, donde el ciervo marino abundaba de tal suerte que nuestros viejos marinos jamás habían visto cosa igual en los archipiélagos de latitudes inferiores, tan afamados por este artículo comercial. Permanecimos en los arrecifes el tiempo necesario para convencernos de que se podrían cargar hasta una docena de barcos, si fuese necesario, y tras hacer prometer a Too-wit que en un plazo de veinticuatro horas nos llevaría a bordo tantos patos y tortugas como cupiesen en sus canoas, subimos a bordo de la goleta.

Durante toda esta expedición, nada observamos en los salvajes que pudiera parecer sospechoso, exceptuando la manera anormal y sistemática de aumentar su número durante nuestra marcha de la goleta al poblado.

XX

¡ENTERRADOS VIVOS!

El jefe cumplió su palabra y nos proveyó de víveres frescos en abundancia. Las tortugas eran de muy superior calidad a las que habíamos comido anteriormente y su carne era extremadamente tierna, jugosa y de un sabor exquisito. Los salvajes nos proveyeron, además, en cuanto les manifestamos nuestros deseos de ello, de gran cantidad de apio y de hierba contra el escorbuto, así como de una canoa de pescado fresco y seco. El apio fue para nosotros un verdadero regalo y la hierba curativa del escorbuto dio un resultado excelente en los hombres que habían acusado síntomas de este mal. En poco tiempo no quedó un hombre en la lista de bajas por enfermedad. Nos trajeron también una especie de molusco parecido al mújol y con sabor de ostra. Embarcamos también una buena provisión de carne de cerdo, que los marineros apreciaban mucho. En pago de estas vituallas ofrecimos a los nativos collares de cuentas azules, joyas de cobre, clavos, cuchillos y trozos de tela roja, lo que les produjo viva satisfacción.

Amparados por los cañones de la goleta, establecimos en la costa un comercio regular, con todas las apariencias de la buena fe y con un orden que no esperábamos en aquellos salvajes, a juzgar por su anterior conducta en el pueblo de *Klock-Klock*. De este modo transcurrieron algunos días en perfecta armonía, durante los cuales vinieron numerosas comitivas de nativos a visitar la goleta y varios destacamentos nuestros bajaron con frecuencia a tierra, haciendo largas excursiones por el interior, sin sufrir por parte de los habitantes la menor hostilidad, Viendo la facilidad con que la nave podía ser cargada de ciervos marinos, gracias a las amistosas actitudes de los insulares que se prestaban a ayudarnos, el capitán Guy decidió entrar en negociaciones con Too-wit referentes a la construcción de edificios cómodos para la preparación de la mercancía y a la recompensa debida para él y los hombres que se encargaran de reunir la mayor cantidad posible, mientras nosotros, aprovechando el buen tiempo, proseguíamos viaje hacia el Sur. Cuando logró que el jefe comprendiera su propósito, éste pareció estar dispuesto a entrar en negociaciones. Se hizo un contrato satisfactorio para las dos partes y se convino que, después de hechos los preparativos necesarios, tales como el trazado de un emplazamiento conveniente, la construcción de una parte de los edificios y otras obras para las cuales sería requerida toda la tripulación de a bordo, la goleta continuaría su viaje, dejando en la isla tres hombres para vigilar el cumplimiento del contrato y enseñar a los nativos la manera de disecar el ciervo marino. En pago, recibirían los salvajes una cantidad de vidrio azul, de cuchillos y de tela roja proporcional a la mercancía que deberíamos encontrar a nuestro regreso.

Concluidos estos pactos, desembarcamos inmediatamente cuanto era necesario para comenzar la construcción de los edificios y limpiar el terreno. Elegimos un vasto espacio cercano a la costa y al embarcadero, donde el agua y la madera abundaban, y a una distancia conveniente de los arrecifes donde había tantos ciervos de mar. Pusimos todos manos a la obra con entusiasmo y en poco tiempo derribamos, con gran asombro por parte de los nativos, la cantidad de árboles que juzgamos necesaria para nuestros fines, y al cabo de dos o tres días estuvieron las obras lo bastante adelantadas para poder confiar la dirección del resto a los tres hombres que debían quedarse allí. Éstos eran Juan Carson, Alfredo Harris y Peterson, los tres naturales de Londres, según creo, que se ofrecieron ellos mismos para estos trabajos.

A fin de mes, nuestros preparativos para proseguir el viaje estaban terminados. Habíamos quedado, sin embargo, en hacer una visita de despedida al poblado y Too-wit insistió tanto en la necesidad de cumplir la palabra dada, que no creímos prudente ofenderlos con una negativa. Ninguno de nosotros abrigaba la menor sospecha acerca de la buena fe de los salvajes, que se habían portado con nosotros como nos hubiéramos podido imaginar, ayudándonos en nuestra tarea y ofreciéndonos sus mercancías, a veces por nada. Las mujeres, principalmente, eran muy amables en todo y habríamos sido los seres más desconfiados del mundo si hubiésemos sospechado la menor perfidia por parte de un pueblo que se comportaba y nos trataba tan bien. No necesitamos mucho tiempo para comprobar que esta aparente benevolencia era el resultado de un plan bien estudiado para aniquilarnos y que los insulares, que nos habían inspirado tanta simpatía y estima, pertenecían a la raza de los más bárbaros, más sutiles y más sanguinarios que hayan existido bajo la capa del cielo.

El 1 de febrero fuimos a tierra para hacer la visita al poblado y, aunque no abrigábamos la más leve sospecha, no olvidamos ninguna precaución. Quedaron en la goleta seis hombres, con orden de no dejar acercarse a nadie durante nuestra ausencia. El destacamento se componía de treinta y dos individuos armados hasta los dientes. Un centenar de guerreros, vestidos con pieles negras, se adelantó a nuestro encuentro para conducirnos y escoltarnos. Hay que decir que notamos, con mucha sorpresa, que venían completamente desarmados, y cuando preguntamos a Too-wit la razón contestó simplemente: *donde todos son hermanos no se necesitan armas*. Aceptamos esta explicación por buena y continuamos nuestro camino.

Habíamos pasado el riachuelo del que hablé anteriormente y penetrábamos en una estrecha garganta que serpenteaba al pie de las colinas, en medio de las cuales se encontraba el poblado. La anchura del valle era de unos cuarenta pies, y las encrucijadas y recodos, tan frecuentes, que no se andaban veinte yardas sin tener que dar una vuelta. No habría podido encontrarse en el mundo mejor lugar para tender una emboscada.

Cuando pienso en nuestra inmensa insensatez, me admira que nos aventurásemos de aquella manera, poniéndonos en las manos de unos salvajes desconocidos, hasta el extremo de dejarlos marchar delante y detrás de nosotros todo lo largo del riachuelo. Ese fue, sin embargo, el orden de marcha que adoptamos ciegamente, fiando en la fuerza de nuestra tropa, en la carencia de armas de los hombres de Too-wit, en la seguridad de nuestras armas de fuego, aún desconocidas para los nativos, y principalmente, en la aparente amistad de aquellos infames.

Cinco o seis abrían la marcha, como para mostrar el camino, dando pruebas de su interés para con nosotros, quitando las piedras que podían estorbar nuestra marcha. Inmediatamente después venía nuestra gente, andando pegados unos a otros para impedir que nos separasen. Detrás venía el cuerpo principal de salvajes, que llevaban un orden inesperado.

Peters, Wilson, Allen y yo avanzábamos por la derecha de nuestros camaradas, examinando las extrañas estratificaciones de la muralla que teníamos sobre nuestras cabezas. Una abertura de la roca llamó nuestra atención. Tenía la anchura suficiente para dejar paso a un hombre y penetraba en la montaña dieciocho o veinte pies en línea recta para dirigirse después a la izquierda. La altura podía ser de sesenta o setenta pies. A través de las grietas se podían ver dos o tres arbustos que tuve la curiosidad de examinar, y avanzando con este propósito cogí cinco o seis granos de un racimo y me retiré a toda velocidad. Entonces vi a Peters y Allen, que me habían seguido, y les rogué que se volviesen porque no había espacio para dos personas, prometiéndoles compartir con ellos las frutas que había cogido del árbol. Obedecieron sin replicar y fueron a reunirse con el resto. Había llegado ya casi Allen al orificio de la gruta, cuando sentí una fuerte sacudida que me dio la idea de que nuestro macizo globo se abría de repente y que había llegado la hora de la destrucción universal.

XXI

CATACLISMO ARTIFICIAL

Al recobrar la razón, me sentí casi asfixiado, avanzando con mucha dificultad y a oscuras entre una masa de tierra que se esparcía pesadamente sobre mí y amenazaba con sepultarme por completo. Terriblemente alarmado por este riesgo, me esforcé en asentar los pies y lo conseguí. Me quedé inmóvil durante unos instantes, reflexionando sobre lo que me había ocurrido y en el lugar donde me encontraba. No tardé mucho en escuchar un profundo gemido, casi en el oído, y poco después la voz ahogada de Peters que me suplicaba encarecidamente que fuese en su ayuda. Avancé con dificultad unos pasos y caí precisamente sobre la cabeza y los hombros de mi camarada, al que hallé sepultado hasta la mitad del cuerpo en una masa de tierra blanda, luchando por escapar de semejante opresión. Aparté la tierra que le rodeaba con toda la energía que pude y conseguí sacarle de su crítica situación. Un poco recuperados del susto que teníamos pudimos hablar con raciocinio, sacando como conclusión que las murallas de la abertura por donde habíamos penetrado se habían derrumbado por su propio peso y que estábamos sepultados vivos y perdidos para siempre.

Durante algún tiempo nos abandonamos cobardemente al dolor y la desesperación consiguientes, pero Peters dijo, al fin, que lo primero a hacer era comprobar la magnitud de nuestra desgracia, pues no era imposible que pudiésemos hallar una abertura por donde escapar. Yo participé en su esperanza y, reuniendo mis fuerzas, traté de abrirme paso a través de aquella masa de tierra esparcida. No había avanzado más que unos pasos, cuando llegó a mí un rayo de luz casi imperceptible, bien es verdad, pero suficiente para convencerme de que, en cualquier caso, no pereceríamos inmediatamente por falta de aire. Esto nos animó y tratamos de convencernos mutuamente de que todo nos saldría bien. Saltamos sobre un banco de tierra que obstruía el paso en la dirección de la luz y avanzamos con mayor facilidad, sintiendo que se había aliviado la opresión que torturaba nuestros pulmones. No tardamos en distinguir los objetos que nos rodeaban, descubriendo que nos hallábamos casi en el extremo de la gruta que se extendía en línea recta, es decir, en el punto en que formaba una especie de recodo, donde descubrimos con la natural alegría una grieta que se extendía a gran distancia hacia la región superior, formando un ángulo como de cuarenta y cinco grados. La vista no podía alcanzar la extensión de esta abertura, pero la luz penetraba en cantidad suficiente y estábamos casi ciertos de encontrar arriba un pasaje que desembocara al aire libre.

Fue entonces cuando pensé que éramos tres los que habíamos penetrado por la abertura y que nuestro camarada Allen no había sido encontrado. Decidimos, pues, volver sobre nuestros pasos y buscarle. Al término de una larga búsqueda, llena de peligros, Peters me gritó que acababa de empuñar un pie de nuestro camarada y que su cuerpo se hallaba tan profundamente enterrado que era imposible sacarle. Vi con tristeza que lo que Peters decía era cierto y, con una gran congoja, abandonamos el cadáver y nos encaminamos nuevamente hacia el recodo del corredor.

El ancho de la abertura apenas era suficiente para nuestro cuerpo y, después de una o dos tentativas en vano para poder subir, comenzamos a perder de nuevo las esperanzas. La cadena de alturas a través de las cuales se abría el desfiladero principal estaba formada por una especie de roca llamada esteatita. Las paredes por las cuales nos esforzábamos en subir, sin resultado, eran tan resbaladizas que nuestros pies no encontraban ningún punto de apoyo. Tuvimos la luminosa idea de tallar una especie de escalones con nuestros cuchillos y, sacando fuerzas de flaqueza, pudimos llegar al fin a una plataforma, desde donde se vislumbraba un trozo de cielo azul, al extremo de un barranco cubierto de árboles.

Casi extenuados por el esfuerzo que acabábamos de realizar, apenas si podíamos mantenernos en pie. Peters pensó en dar la voz de alarma a nuestros compañeros, descargando nuestras pistolas. Los acontecimientos posteriores demostraron que si hubiésemos hecho fuego, nos hubiera costado arrepentirnos amargamente; pero, afortunadamente, la infame traición de que habíamos sido víctimas se adueñó de mi pensamiento y tuvimos buen cuidado de no enterar a los salvajes del lugar donde nos hallábamos.

Descansamos una hora y después avanzamos hacia lo alto del barranco, pero no habíamos andado mucho cuando escuchamos una serie de horrendos gritos. Al fin, llegamos a lo que se podría llamar la superficie del suelo, pues nuestra ruta hasta allí, desde que abandonamos la plataforma, había serpenteado bajo una bóveda de rocas altas y de follaje a gran distancia de nuestras cabezas. Extremando la prudencia, nos deslizamos por una estrecha abertura, desde la que nos fue posible abarcar con la mirada la región que teníamos a nuestro alrededor y comprender el terrible secreto del temblor de tierra, que comprendimos en un instante.

Nuestro punto de mira estaba bastante cerca del pico más elevado de aquella cordillera de esteatita. El desfiladero por el cual había penetrado nuestro destacamento de treinta y dos hombres se abría a cincuenta pies a nuestra izquierda. En una extensión de cien yardas, por lo menos, el lecho de este desfiladero estaba totalmente sembrado por más de un millón de toneladas de guijarros y tierra, verdadero alud artificial que habían precipitado diestramente en él. El método que habían empleado para hacer desprenderse esa masa enorme era tan·sencillo como evidente, pues quedaban huellas positivas de la obra criminal. En algunos sitios, a lo largo de la cresta del lado Este del desfiladero (nosotros nos hallábamos al Oeste), descubrimos unos postes clavados en la tierra. En estos puntos el terrenos se había movido, pero a lo largo de la pared del precipicio de donde la masa se había desprendido se veían huellas semejantes a las que deja la excavación, indicando los puntos donde habían estado postes iguales a los que quedaban en pie. Unos fuertes ligamentos de vid estaban todavía adheridos a los postes que no habían caído y era evidente que cuerdas de la misma naturaleza habían sido atadas a cada uno de los otros. Ya he comentado la extraña estratificación de las colinas de esteatita, y la descripción que he hecho de la grieta a través de la cual habíamos escapado de nuestra terrible sepultura servirá para que se comprenda de qué se trataba. Tal como estaba dispuesto, la primera convulsión natural debería de producir la división del suelo en capas perpendiculares paralelas y un esfuerzo moderado en este sentido bastaría para obtener el mismo resultado. De esta estratificación particular se sirvieron los salvajes para realizar su abominable traición. No era posible poner en duda que la ruptura parcial del suelo se había operado gracias a esta línea continua de postes, fijados a una profundidad de uno o dos pies, y de que un salvaje situado a cada uno de los extremos de las cuerdas, tirando hacia sí, imprimió una poderosa fuerza de palanca, capaz de precipitar, a una señal convenida, toda la pared de la colina en el fondo del desfiladero. Se nos hizo evidente que nuestros pobres camaradas habían perecido. Únicamente nosotros logramos salvarnos del cataclismo artificial; éramos los únicos blancos que quedaban con vida en la isla.

XXII

¡TEKELI-LI!

Al hacer balance de nuestra situación, comprobamos que no era menos terrible que cuando nos encontrábamos enterrados, sin esperanza de salvación. Nos aguardaba la perspectiva de ser asesinados por los salvajes o de arrastrar entre ellos una espantosa vida de cautiverio. Podíamos, quizá, no ser vistos durante algún tiempo, ocultándonos en los repliegues de las colinas, y también, en caso muy extremo, en el abismo del que acabábamos de salir; pero nos encontrábamos en la alternativa de morir de hambre durante el largo invierno polar o de delatarnos para encontrar algunos recursos.

En los alrededores hormigueaban los salvajes. Vimos llegar en canoas nuevas bandas, procedentes de las islas vecinas, para ayudar a apoderarse de la *Juana-Guy*. El barco seguía anclado en el fondeadero y los hombres que había a bordo no podían sospechar el peligro que les amenazaba. ¡Cuánto lamentamos no poder llegar hasta ellos para ayudarles a escapar o para perecer juntos defendiéndonos bravamente! No veíamos ningún medio de poder avisarles sin llamar la atención de los salvajes. Un disparo habría sido suficiente para anunciarles que alguna desgracia había ocurrido, pero este aviso no bastaba para hacerles comprender que su única posibilidad de salvación consistía en escapar inmediatamente, ya que ningún principio de honor les obligaba a permanecer allí, puesto que sus compañeros habían perecido. No proporcionaría ninguna ventaja una alarma dada por medio de un disparo y sí acarrear grandes males. Por consiguiente, y tras meditarlo mucho, desistimos de ello.

Tuvimos la idea de precipitarnos al mar, apoderarnos de una de las cuatro canoas amarradas a la orilla y abrirnos paso hasta la goleta; pero era evidente la imposibilidad de llevar a cabo con éxito semejante empresa. Todo el país, como he dicho, estaba hormigueante de salvajes que pululaban por los repliegues de las colinas para no ser vistos desde la goleta. Las canoas las ocupaban salvajes, y a pesar de nuestros buenos deseos, tuvimos que resignarnos a ser testigos de la batalla que no tardó en desencadenarse.

Al cabo de media hora llegaron sesenta o setenta embarcaciones planas, que se llenaron de salvajes y doblaron la punta Sur de la bahía. En seguida, otro destacamento, más considerable, se aproximó por una dirección opuesta, y en menos tiempo que se cuenta, la goleta se vio sitiada por una multitud de salvajes, resueltos a apoderarse de ella a toda costa.

Ni un instante dudamos que conseguirían su propósito, pues los seis hombres que había a bordo, por muy arrojados que fuesen, no bastaban para el servicio de las piezas y, de todas formas, eran incapaces de sostener un combate tan desigual. Yo no creía que opondrían la menor resistencia, pero en esto me equivoqué, pues en seguida comprobé que tiraban sobre los salvajes a un cuarto de milla de distancia. A causa de la confusión en que se hallaban nuestros amigos, no hicieron ningún blanco, ni produjo otro efecto que la sorpresa de los salvajes por las detonaciones y el humo; tan grande fue esta sorpresa que por un momento pensé que iban a abandonar su empresa y a regresar a la orilla. Probablemente habrían sido cargas de fusil, pues al estar las canoas cerca, forzosamente hubieran hecho numerosas víctimas.

Las baterías de babor produjeron un efecto más terrible. La metralla de los grandes cañones destrozó siete u ocho canoas y mató a treinta o cuarenta salvajes, mientras otros cien caían al agua, gravemente heridos la mayor parte. Los restantes perdieron completamente la cabeza y escaparon sin preocuparse por sus compañeros mutilados, que nadaban chillando y pidiendo auxilio.

Este éxito llegó un poco retrasado para los de a bordo, pues otra banda de salvajes, como de ciento cincuenta, habían conseguido abordar la *Juana-Guy*, y nuestros amigos fueron arrojados al suelo, pisoteados y despedazados en un momento. Al ver esto, los que huían volvieron hacia la goleta y, en cinco minutos, la *Juana-Guy* fue teatro de una devastación y desorden sin precedentes.

Todo quedó reducido a pedazos y, utilizando las cuerdas y remolcándola con las canoas, esta muchedumbre de miserables logró embarrancar la goleta en la costa, con gran aplauso de Too-wit, que, como general prudente, se había quedado en su puesto de observación, entre las colinas, sin decidirse a bajar hasta que la victoria estuvo consumada y con la intención de hacerse cargo, junto con su estado mayor, de la parte que le correspondía en el botín.

Cuando descendió Too-wit, aprovechamos para salir de nuestro escondite y hacer un reconocimiento por la colina y los alrededores del barranco. A cincuenta yardas de la entrada vimos un manantial donde saciamos la tremenda sed que nos devoraba. No lejos del manantial descubrimos unos avellanos y, probando el fruto, lo encontramos bastante similar al sabor de la avellana común inglesa. Llenamos los sombreros, los dejamos en el barranco y volvimos a por más. Ocupados estábamos en esta recogida cuando un ruido que oímos en la maleza nos obligó a suspenderla, pues nos llenó de inquietud; pero pronto cesó, ya que vimos que se trataba de un pájaro negro, lento y pesado, que trataba de emprender el vuelo. Peters tuvo la suficiente presencia de ánimo para abalanzarse sobre él y agarrarlo por el cuello, matándolo de una cuchillada. Lo arrastramos hasta nuestro escondrijo, satisfechos de habernos procurado el alimento necesario para una semana.

Por una especie de abertura que practicamos en nuestro escondite, observamos cuanto iba pasando en la bahía. Los negros habían devastado ya completamente la goleta y se disponían a prenderla fuego. En poco tiempo vimos la humareda que subía en inmensas columnas y pronto una llamarada brotó de la proa; los mástiles y lo que quedaba del velamen prendió inmediatamente y el incendio se propagó rápidamente a todo lo largo del buque. Lo menos podían contarse diez mil salvajes entre la costa, las canoas y los alrededores de la goleta, sin contar las bandas que regresaban cargadas de botín al interior o hacia las islas vecinas. Entonces previmos una catástrofe y nuestras esperanzas se realizaron, pues se produjo una violenta sacudida, como primera manifestación, que no fue seguida de señales visibles de explosión. Los salvajes quedaron sorprendidos, sin embargo, y suspendieron por un momento su tarea y su griterío.

Cuando se decidieron a volver al trabajo, al entrepuente vomitó una masa de humo semejante a una espesa nube; luego, como si brotara de sus entrañas, se elevó una columna de fuego que ardía a una altura de un cuarto de milla, que se extendió repentinamente, salpicando el aire, como por arte de magia, de trozos de metal, de madera y de restos humanos, produciéndose a la par la sacudida suprema en toda su magnitud, cuyos múltiples ecos resonaron en la colina.

Las víctimas que produjo la explosión entre los nativos fueron mucho mayores de lo que habíamos imaginado. Los malvados recogieron el fruto de su traición. Un millar de hombres perecieron en la explosión y otros tantos quedaron horriblemente mutilados. Toda la superficie de la bahía estaba plagada de aquellos miserables. En la costa, la situación aún era peor. Los salvajes parecían aterrados y no hacían nada para socorrerse. Huían desordenadamente de un lado para otro en plena confusión y dando muestras de espanto y desesperación, vociferando con toda la fuerza de sus pulmones: *¡Tekeli-li! ¡Tekeli-li!*

XXIII

EL LABERINTO

Durante los siguientes seis o siete días permanecimos ocultos en el escondite de la colina, no saliendo más que de cuando en cuando, y siempre con el mayor sigilo, para buscar avellanas y agua. Habíamos establecido en la plataforma una especie de cueva con lechos de hojas secas y tres grandes piedras, que nos servían al mismo tiempo de chimenea y de mesa. Encendimos fuego frotando dos trozos de madera. El pájaro que habíamos cazado nos proporcionó un excelente alimento que duró varios días. Vimos otro de la misma especie, que parecía buscar al que habíamos capturado, pero no pudimos cazarlo.

Mientras nos duró la carne del ave, nuestros sufrimientos fueron más leves; pero al acabarse, se nos planteó el problema de proveernos de víveres. Las avellanas no bastaban para satisfacer las exigencias de nuestro estómago; además, nos producían violentos cólicos intestinales y agudos dolores de cabeza cuando comíamos demasiadas. Habíamos visto algunas grandes tortugas cerca de la orilla, pero era preciso evitar que los salvajes nos sorprendieran. Decidimos, pues, tratar de apoderarnos de alguna, comenzando por bajar a lo largo de la pendiente Sur, que presentaba menos dificultades. Apenas habíamos avanzado cien yardas, cuando nos vimos interrumpidos por el derrumbamiento del desfiladero donde nuestros camaradas habían sucumbido.

Tuvimos entonces que avanzar hacia el Este y nos encontramos en una situación parecida. Después de una hora de esfuerzos, descubrimos que nos hallábamos en un abismo de granito negro de donde no podríamos salir más que siguiendo el camino tortuoso por donde antes habíamos bajado. Luego de muchas idas y venidas por todas partes, sin encontrar una salida a aquel laberinto de angostos caminos y precipicios, fatigados y completamente agotados, y convencidos de no hallar un pasaje practicable para nuestros fines, decidimos regresar a nuestra plataforma, donde dormimos un sueño reparador que duró varias horas.

Tras esta salida infructuosa nos ocupamos en los días sucesivos en explorar la cúspide de la montaña en todos sus repliegues para descubrir los recursos que pudiera ofrecernos. Vimos que allí nada podía sernos útil para nuestro alimento, excepto las indigestas avellanas. El 15 de febrero, si mal no recuerdo, carecíamos totalmente de existencias, siendo difícil concebir una situación más precaria. El 16 recorrimos las murallas de nuestro encierro, con la esperanza de hallar algo que amortiguara el hambre que padecíamos, pero en vano. Volvimos a descender por el agujero donde habíamos sido sepultados y lo único que encontramos fue uno de los fusiles perdidos en la caída.

El 17 salimos decididos a examinar cuidadosamente el abismo de granito negro en el que habíamos penetrado al hacer nuestra primera exploración. Era, sin duda alguna, uno de los lugares más extraños del globo y nos resultaba imposible convencernos de que era obra de la Naturaleza. El abismo tenía de un extremo al otro cerca de quinientas yardas, valorando todas las sinuosidades alineadas. La distancia del Este al Oeste, en línea recta, no rebasaba seguramente las cincuenta o las sesenta yardas. Las paredes no tenían semejanza entre sí y parecía que jamás hubiesen estado unidas; una era de esteatita y la otra de granito, rica de un metal para mí desconocido. La anchura entre las dos murallas era, a veces, de sesenta pies sin ninguna regularidad de formación. Conforme se bajaba, el espacio se reducía y las paredes corrían paralelamente. A los cincuenta pies de fondo, comenzaba la regularidad perfecta. Las murallas parecían completamente uniformes, en cuanto a la materia.

El fondo de la garganta estaba recubierto, hasta tres o cuatro pulgadas de profundidad, de un polvo casi impalpable, bajo el cual encontramos granito negro. A la derecha descubrimos una pequeña abertura de la que he hablado antes y cuyo examen minucioso constituía el motivo de esta segunda visita.

Avanzamos hacia ella apartando todo lo que podía interceptar nuestro paso. Nuestro interés aumentó cuando observamos una luz débil que venía del otro extremo. Con grandes dificultades logramos avanzar unos treinta pies y descubrimos que aquella abertura era una bóveda baja y de forma regular con un fondo del mismo polvo impalpable que tapizaba el abismo principal. Una luz potente hirió entonces nuestros ojos y haciendo un brusco giro nos encontramos en otra galería elevada, semejante en todo, excepto en su forma longitudinal, a la que acabábamos de dejar.

La longitud total de este abismo, empezando por la abertura y doblando por la curva que en ella empezaba, hasta su extremo, era de quinientas cincuenta yardas. Siguiendo por el laberinto, descubrimos una pequeña grieta, parecida a aquella por la cual habíamos salido del otro abismo, obstruida por una masa de piedras amarillentas como cabezas de flecha. Nos abrimos paso y vimos que a una distancia de cuarenta pies, aproximadamente, desembocaba en un tercer abismo. Éste era exactamente igual que el primero, salvo en su forma longitudinal.

El largo total del tercer abismo era de trescientas veinte yardas. En su centro había una abertura de unos seis pies de ancho, que penetraba a una profundidad de quince pies en la roca por donde terminaba con una capa de marga. Más allá no había ningún otro abismo, como esperábamos. Íbamos a retirarnos de aquella abertura, en la que apenas penetraba la luz, cuando Peters llamó mi atención sobre una fila de tallas, de apariencia extraña, con que estaba decorada la superficie de marga. Un pequeño esfuerzo de imaginación bastó para comprender que en la parte izquierda de la talla se había querido representar, aunque de una manera grosera, una figura humana, en pie con el brazo extendido. En cuanto a las otras, tenían vaga semejanza con caracteres alfabéticos que no pudimos descifrar.

Una vez comprobado que estas singulares cavidades no nos servirían para salir de nuestro encierro, nos volvimos a la cima de la colina abatidos y presa de la mayor desesperación. Durante las veinticuatro horas siguientes, nada nos ocurrió digno de mención, si no es que examinando al Este el terreno del tercer abismo, descubrimos dos o tres agujeros triangulares de gran profundidad, cuyas paredes eran igualmente de granito negro; pero consideramos que no valía la pena bajar a ellos, pues carecían de salida y presentaban el aspecto de simples pozos.

XXIV

LA EVASIÓN

El 20 del mismo mes, viendo que no podíamos continuar alimentándonos por más tiempo de avellanas, que nos producían tremendas torturas, decidimos hacer una tentativa a la desesperada para descender por la pendiente meridional de la colina. Por ese lado la superficie del precipicio era de una especie de esteatita muy blanda, pero casi vertical en toda su extensión. Después de un largo reconocimiento, descubrimos una estrecha cornisa a veinte pies del borde del precipicio. Peters logró saltar a ella y yo le seguí.

Comprobamos, entonces, que era posible descender por el procedimiento empleado para subir de la cueva en la que habíamos sido sepultados por la colina al hundirse, es decir, haciendo con los cuchillos una especie de peldaños en la pared de esteatita. Como se verá, la empresa era peligrosísima, pero, con todo, nos decidimos a intentar la aventura.

Sobre el saliente en que estábamos colocados se alzaban algunos árboles y, haciendo una soga con nuestros pañuelos, la atamos a uno de ellos. Peters se sujetó al otro extremo y se deslizó hasta que la cuerda estuvo tirante. Allí practicó con su cuchillo un agujero de ocho a diez pulgadas de profundidad en la esteatita, taladrando la roca un pie más abajo, de suerte que pudiera servir la culata de su pistola como garfio de suficiente resistencia. Bajó unos cuatro pies más y abrió otro agujero semejante, introdujo en él otra pistola y así practicó unos estribos donde apoyar los pies y las manos. Solté entonces los pañuelos del árbol y se los eché a Peters, quien atando el extremo superior al primer asidero, se deslizó suavemente tres pies más abajo. Abrió un nuevo agujero, en el que fijó otro asidero, y así sucesivamente, hasta llegar al pie de la muralla.

Yo debía seguir el camino accidentado trazado por la inventiva y la agilidad de Peters, que en los momentos críticos se mostraba con una lucidez e ingenio admirables. Necesité algún tiempo para decidirme; las energías me faltaban, y durante algunos instantes estuve indeciso sin saber qué hacer. Al fin, me decidí; Peters se había quitado la camisa

EDGAR ALLAN POE

antes de bajar, y atándola a la mía, conseguí la cuerda necesaria para la operación.

Después de haber dejado caer el fusil encontrado en el abismo, até esa cuerda a los arbustos y me deslicé rápidamente, esforzándome, con la velocidad de los movimientos, en dominar el terror que de otro modo se habría adueñado de mí.

Esta estratagema dio excelentes resultados mientras descendí los cuatro o cinco primeros escalones; pero la sensación del peligro, espoleado por la imaginación, fue adquiriendo cuerpo al pensar en la altura a que me encontraba y en la fragilidad de los puntos de apoyo. En vano me esforzaba por desechar estas ideas. Cuanto más luchaba *por no pensar*, mis ideas se afianzaban con mayor intensidad.

Como era fatal que sucediese, sobrevino la crisis, esa crisis de la imaginación, durante la cual se apoderan de nosotros todas las impresiones que deben necesariamente hacernos caer. La angustia, el vértigo, la resistencia suprema, el desvanecimiento, se transforman por sí mismos en realidades. Mis rodillas chocaban violentamente, se me agarrotaban las manos, me zumbaban los oídos...

Es la frialdad de la muerte, me decía a mí mismo. Me asaltaban enormes deseos de mirar hacia abajo. No podía, no quería condenarme a mirar solamente la muralla y, presa de una emoción extraña e indefinible en la que se entremezclaba el horror y la opresión, volví la vista hacia el abismo. Durante unos segundos mis dedos se aferraron convulsivamente a la pared; la idea de una posible salvación cruzó una vez más por mi mente. Un instante después, me invadía *un ardiente deseo de caer*. Solté el asidero y, dominado por una aparición diabólica, una figura negruzca que se me apareció, cerré los ojos y me dejé caer en los brazos del fantasma.

Había perdido el conocimiento. Peters me recogió en sus brazos al caer. Desde el pie de la colina había seguido con atención mis movimientos y se había percatado del inmenso peligro que corría. Trató de infundirme valor y confianza por todos los medios a su alcance, pero era tal mi perturbación, que no oí lo que decía ni siquiera supuse que me hablaba. Finalmente, viéndome vacilar, se precipitó en mi auxilio, llegando a tiempo para salvarme. Si yo hubiera soltado los pies de los estribos, la cuerda formada por las camisas se habría roto y hubiese rodado al abismo; no fue así, y, gracias a Peters que amortiguó mi caída, suavemente, quedé suspendido sin correr ningún peligro. Quince minutos después recobré el conocimiento y mi terror había desaparecido. Había en mi interior una sensación de ánimo y, ayudado por mi camarada, descendí al fondo sano y salvo.

Estábamos entonces a poca distancia del barranco donde habían sido sepultados nuestros compañeros. El lugar ofrecía un aspecto desolador, que me recordaba las descripciones hechas por los viajeros de esas regiones lúgubres que señalan el emplazamiento de la Babilonia desaparecida.

Nuestro inmediato objetivo era conseguir algún alimento, por lo que nos dirigimos hacia la costa, situada a media milla, con la esperanza de encontrar algunas tortugas, pues habíamos notado su presencia desde lo alto de la colina. Cuando llevábamos andadas unas cien yardas, vimos aproximarse por el camino hacia nosotros a cinco salvajes que, cuando llegaron hasta nosotros, se precipitaron sobre Peters, asestándole un terrible mazazo. Toda la banda cayó sobre él, como para asegurarse su presa, lo que me dejó tiempo suficiente para reponerme de la sorpresa. Amartillé las pistolas que había conservado cuidadosamente y que estaban en perfecto estado. Me aproximé a la pequeña horda e hice fuego a quemarropa, matando a dos de ellos. Peters, ya un poco más libre, se apoderó de la estaca de uno de los indígenas muertos y blandiéndola con su potencia colosal, acabó con los tres asaltantes que todavía estaban en pie y quedamos dueños absolutos del campo de batalla.

Mentira nos parecían estos sucesos, a causa de la rapidez de su desarrollo, y permanecíamos junto a los cadáveres en muda contemplación, cuando nos volvieron a la realidad los gritos que se oían a lo lejos. Era más que probable que los disparos hubiesen alarmado a los salvajes y, en ese caso, corríamos riesgo inminente de ser descubiertos. Nuestra situación era muy crítica y no sabíamos qué medida adoptar, cuando uno de los salvajes sobre los que yo había hecho fuego y creía muerto, saltó de improviso y trató de escapar. Le capturamos antes de que lograse darse a la fuga, y nos disponíamos a rematarle, cuando a Peters se le ocurrió la idea de que si le obligábamos a acompañarnos en nuestro desesperado intento de evasión, tendríamos más oportunidad de conseguirlo. Le hicimos comprender que estábamos dispuestos a matarle si oponía la menor resistencia. Al cabo de unos momentos se mostró dispuesto a venir con nosotros dócilmente y nos encaminamos a la orilla, a través de las rocas. Cuando salimos a campo descubierto, vimos con terror que una gran cantidad de indígenas se dirigían hacia nosotros, gesticulando y vociferando como energúmenos. Casi estábamos ya dispuestos a retroceder y a buscar un refugio, cuando descubrimos dos canoas detrás de una roca. Nos dirigimos a ellas rápidamente y las encontramos desocupadas. No había más que tres grandes tortugas. Nos posesionamos inmediatamente de una de ellas, y con el cautivo a bordo, avanzamos mar adentro con toda la energía que éramos capaces de desplegar. Cuando estábamos ya a cincuenta yardas de la orilla, advertimos la enorme imprudencia que habíamos cometido dejando la otra canoa a disposición de los salvajes que se aproximaban cada vez más. No había tiempo que perder y se hacía imprescindible que nos apoderásemos de la canoa dejada en la orilla. Así que nos encaminamos hacia ella. Cuando los indígenas advirtieron que regresábamos a la costa, redoblaron su griterío y aceleraron la marcha; pero nosotros remábamos con toda la furia que nos daba la desesperación y cuando llegamos al punto crucial no había en él más que un salvaje. Le costó cara su velocidad. Un pistoletazo de Peters le aniquiló, dejándole tendido en la orilla. Como la canoa estaba muy embarrancada, era imposible que la pusiésemos a flote; entonces Peters trató de partirla en dos, lográndolo con dos o tres vigorosos golpes asestados con la culata del fusil, y escapamos en la otra. A dos o tres salvajes que se habían asido a nuestra embarcación y se obstinaban en no soltarla los tuvimos que apuñalar con nuestros cuchillos. Intentaron perseguirnos en la canoa destrozada, pero viendo que estaba inservible y ante su impotencia, dieron rienda suelta a su rabia, entregándose a una serie de vociferaciones espantosas y retrocediendo a las colinas.

Nos encontrábamos, pues, libres de todo peligro inminente, pero no por ello nuestra situación había dejado de ser crítica. Sabíamos que los indígenas tenían cuatro canoas como la nuestra y no sabíamos que dos habían sido destruidas cuando la explosión de la *Juana-Guy*, como más tarde supimos por nuestro prisionero. Supusimos que seríamos perseguidos en cuanto llegasen nuestros enemigos a la bahía, donde tenían de costumbre amarradas las canoas, y nos esforzamos en dejar la isla lejos, obligando a nuestro prisionero a remar. Media hora después, cuando habríamos navegado cinco o seis millas hacia el Sur, vimos una extensa flota de embarcaciones planas surgir del fondo de la bahía, con la idea evidente de perseguirnos, pero pronto desistieron de su propósito sin esperanzas de poder darnos alcance.

XXV

EL GIGANTE BLANCO

Nos hallábamos a la sazón en el océano Antártico, inmenso y desolado, a más de 84° de latitud Sur, en una frágil canoa y sin más provisiones que las tres tortugas. Teníamos que considerar, además, que el largo invierno polar estaba ya próximo y era preciso decidir qué ruta deberíamos seguir. Teníamos seis o siete islas a la vista perteneciente al mismo grupo, a una distancia de cinco o seis leguas unas de otras; pero no nos atrevíamos a aventurarnos a ir a ninguna de ellas. Cuando llegamos por el Norte en la *Juana-Guy*, habíamos dejado atrás las regiones más rigurosas de hielos. Por lo tanto, tratar de volver al Norte era una locura, sobre todo estando ya tan avanzada la estación. Tan sólo un rumbo ofrecía alguna esperanza de salvación: navegar hacia el Sur, donde había mayores probabilidades de descubrir alguna isla y de que el clima fuese más benigno.

Por el momento habíamos encontrado el océano Antártico, al igual que el Ártico, sin violentas tempestades; pero nuestra canoa, aunque de grandes dimensiones, era muy frágil, pues el casco era el tronco de un gigantesco árbol para nosotros totalmente desconocido. El resto estaba construido con una madera consistente, propia del caso, y esta circunstancia nos hacía sospechar que no era obra de los salvajes de cuyas garras huíamos, y, en efecto, nuestro prisionero nos confirmó más tarde que había sido construida por los habitantes de un grupo de islas situado al Sudoeste.

Para salvaguardar nuestra embarcación era muy poco lo que podíamos hacer. Descubrimos algunas vías de agua en uno de los extremos y nos las ingeniamos para taponarlas lo mejor que pudimos con trozos de tela de nuestras propias camisetas. A guisa de mástiles, enarbolamos dos remos y nos sirvieron de velas nuestras camisas. Al ver la vela, nuestro prisionero se turbó de un modo muy particular; no se atrevía a tocarla ni a aproximarse a ella, y cuando tratamos de obligarle a ello se apoderó de él un temblor nervioso y gritó con toda su fuerza: *¡Tekeli-li!* Terminados los preparativos, pusimos la proa al Sudeste con objeto de llegar a la isla situada más al Sur del grupo. La brisa que soplaba siempre del Norte nos favorecía. La temperatura del agua era demasiado tibia para que hubiese hielo. Matamos la mayor de las tortugas, que nos proporcionó, además del alimento necesario, una abundante provisión de agua, y proseguimos nuestra ruta sin ningún incidente digno de mención, durante seis o siete días.

1 de marzo. Algunos fenómenos insólitos se han producido, indicándonos que entrábamos en una región desconocida y curiosa. Se divisaba una alta barrera de vapor gris constantemente al Sur, coronada, a veces, por largas rayas luminosas que corrían alternativamente de Este a Oeste y viceversa, reproduciéndose con todas las extrañas variaciones de la aurora boreal. La temperatura del agua parecía aumentar a cada momento y su color cambiaba de un modo sensible.

2 de marzo. A fuerza de interrogar a nuestro prisionero, conseguimos que nos dijese, entre otras cosas de menor importancia, que el pequeño archipiélago que acabábamos de abandonar se componía de ocho islas, gobernadas por un rey llamado Tsalemón o Psalemoun, que habitaba la menor de este grupo, en un valle en el que vivía un enorme animal negro, exclusivamente, y cuya piel servía para hacer las vestimentas de los guerreros; que las cuatro canoas procedían de una gran isla situada al Sudeste; que él se llamaba *Nu-Nu*, y la isla que acabábamos de dejar, *Tsalai*.

3 de marzo. Estamos asombrados por el calor del agua y su color, que sufriendo una alteración rápida pierde en seguida su transparencia para adquirir un tinte opaco y lechoso. En nuestro entorno, el mar está en calma y nuestra embarcación no corre ningún peligro; pero a un lado y a otro, se presentan grandes agitaciones en la superficie, que observamos con asombro y a distintas distancias y de improviso, como tuvimos la ocasión de comprobar, siempre precedidas por raras vacilaciones en la región del vapor, al Sur.

4 de marzo. Ese día la brisa del Norte disminuía notablemente y con idea de agrandar nuestra vela, saqué del bolsillo de mi gabán un pañuelo blanco. Nu-Nu estaba sentado a mi lado y al sacar el pañuelo le rozó la cara. Esto le produjo terribles convulsiones, siguiendo una gran postración a esta crisis que acompañaba con sus eternos *¡Tekeli-li! ¡Tekeli-li!*, murmurados con voz apagada.

6 de marzo. El vapor se había elevado varios grados sobre el horizonte, perdiendo gradualmente su tinte grisáceo. La temperatura del agua era excesiva y su aspecto lechoso más intenso que nunca. Una violenta agitación en el agua se produjo cerca de nuestra canoa, acompañada, como de costumbre, por una onda luminosa sobre la barrera del vapor. Un polvo blanco muy fino, parecido a la ceniza, cayó sobre la canoa y en una amplia extensión del mar, mientras la ondulación luminosa del vapor se desvanecía calmándose el agua por completo.

Nu-Nu se echó sobre el fondo de la canoa y fue imposible lograr que se levantara.

7 de marzo. Preguntamos a *Nu-Nu* los motivos por los cuales sus compatriotas habían querido aniquilar a nuestros compañeros; pero parecía presa de un terror que le impedía darnos ninguna respuesta razonable. Seguía tendido en el fondo de la canoa, con obstinación, y al insistir en preguntarle el motivo de la destrucción de nuestros camaradas, contestaba con gestos incoherentes como, por ejemplo, levantándose con el dedo índice el labio superior para mostrarnos sus dientes negros. Hasta aquel momento no habíamos visto la dentadura de ningún habitante de *Tsalai*.

9 de marzo. La sustancia cenicienta continuaba cayendo sin cesar a nuestro alrededor en gran cantidad. La barrera de vapor al Sur se había elevado a una altura prodigiosa sobre el horizonte y comenzaba a adquirir formas precisas. Recordaba a una catarata sin límites, cayendo silenciosamente en el inmenso espacio del cielo. La gigantesca cortina ocupaba todo el horizonte hacia el Sur, sin producir ningún ruido.

21 de marzo. Estábamos envueltos en funestas tinieblas, pero de las profundidades del lechoso océano surgía un rayo luminoso que se deslizaba por los costados de la canoa. Estábamos abrumados por aquella lluvia de ceniza blanca que se amontonaba sobre nosotros y sobre la canoa, pero que se deshacía con el contacto del agua. La altura de la catarata se perdía por completo en la oscuridad y en el espacio.

22 de marzo. Las tinieblas se volvían gradualmente más densas, sin que las amortiguase la claridad de las aguas. Infinidad de gigantescos pájaros de inigualable blancura surgían detrás de la barrera de vapor, y su grito era el eterno *¡Tekeli-li!*, que lanzaban al huir delante de nosotros. En ese momento *Nu-Nu* hizo un ligero movimiento en el fondo de la canoa, pero al tocarle observamos que había muerto. Entonces nos precipitamos en el seno de la catarata, que se entreabrió como para recibirnos. Pero he aquí que, a través de nuestro camino, se alzó una figura humana de proporciones mucho mayores que las de ningún habitante de la tierra, con el rostro velado; el color de su piel tenía el blanco purísimo de la nieve...

....

Las circunstancias relativas a la muerte reciente de míster Pym, tan imprevista como sentida, son ya conocidas del público, gracias a las informaciones de la prensa diaria. Es de suponer que los capítulos restantes que debían completar su relato y que, sin duda, corregía mientras los precedentes estaban en prensa, se han perdido para siempre, debido a la catástrofe en la que encontró la muerte.

Se han procurado todos los medios posibles para remediarlo. La persona cuyo nombre figura en el prefacio, a la que se habría considerado capacitada, como allí se dice, para llenar este vacío, ha declinado el honor por razones sobradamente justificadas en la inexactitud de los pormenores que le fueron comunicados y de su desconfianza respecto a la absoluta veracidad de la última parte del relato. Peters, de quien se hubieran podido esperar algunos informes, aún vive y reside en Illinois, pero no es fácil dar con él de momento. Más tarde, tal vez, pueda encontrársele y dará, seguramente, informes para poder completar la narración de míster Pym.

La pérdida de los dos o tres últimos capítulos —no se trata de más—, es aún más sensible, pues contenían, sin duda, el relato de su expedición al Polo, o en su defecto, a las regiones situadas en su proximidad.

Las afirmaciones del autor relativas a esas regiones podrían ser confirmadas o desmentidas por la expedición al océano Antártico que el Gobierno prepara en la actualidad.

RELATOS CÓMICOS

EL SISTEMA DEL DOCTOR BREA
Y EL PROFESOR PLUMA

En el otoño de 18..., en el transcurso de una gira por las provincias del extremo sur de Francia, mi ruta me llevó hasta pocas millas de distancia de una cierta *Maison de Santé*, o manicomio privado, acerca del cual había oído hablar mucho en París a mis amigos médicos. Dado que nunca había visitado un lugar semejante, consideré que aquella oportunidad era demasiado preciosa como para dejarla escapar, y propuse, por lo tanto, a mi compañero de viaje (un caballero con el que había trabado amistad casualmente unos días antes) que nos desviáramos de nuestro camino, durante una hora o así, para echar un vistazo al establecimiento. Él se opuso a esto, argumentando prisa, en primer lugar, y como segundo motivo, un horror muy normal a ver a un lunático. Me rogó, no obstante, que no dejara que la cortesía me impidiera satisfacer mi curiosidad, diciendo que él seguiría su camino tranquilamente para que yo pudiera alcanzarle aquel mismo día o, en el peor de los casos, el día siguiente. Mientras nos despedíamos se me ocurrió pensar que tal vez pudiera haber algunas dificultades para obtener acceso al lugar, y mencioné mi preocupación acerca de ello. Él replicó que, de hecho, a menos que conociera personalmente al superintendente, monsieur Maillard, o tuviera en mi poder alguna credencial, como por ejemplo una carta, podría, en efecto, encontrarme con algunas dificultades, ya que las reglas de aquellas casas de locos privadas eran mucho más estrictas que las de los hospitales públicos. Por su parte, añadió, conocía de pasada a Maillard desde hacía algunos años, y estaba dispuesto a ayudarme hasta el punto de acompañarme hasta la puerta y presentármelo, aunque su opinión acerca del asunto no le permitiera entrar dentro de la casa.

Le di las gracias, y saliendo de la carretera principal nos adentramos por un camino lateral cubierto de hierbajos que, al cabo de media hora de viaje, se perdía prácticamente en una densa floresta que cubría la base de una montaña. Habíamos cabalgado a través de aquel oscuro y húmedo bosque durante un par de millas cuando apareció ante nuestra vista la *Maison de Santé*. Era un château fantástico, muy deslavazado y, de hecho, escasamente habitable a causa de su antigüedad y de la falta de cuidados. Su aspecto me produjo verdadero horror, y deteniendo mi caballo estuve a punto de volverme atrás. No obstante, pronto me avergoncé de mi debilidad y seguí adelante.

Mientras cabalgábamos hacia la entrada me di cuenta de que estaba medio abierta, y vi la cara de un hombre mirándonos desde la misma. Un instante después, el hombre se adelantó, se dirigió a mi compañero llamándole por su nombre, le estrechó cordialmente la mano y me rogó que descendiera del caballo. Era el mismísimo monsieur Maillard. Un caballero corpulento, de magnífico aspecto, de la vieja escuela, pulido comportamiento y un cierto aire de gravedad, dignidad y autoridad que resultaban muy imponentes.

Mi amigo, una vez que me hubo presentado, mencionó mi deseo de inspeccionar el lugar, y recibió toda clase de seguridades de que el mismo monsieur Maillard me atendería. Se despidió de nosotros y no volví a verle.

Cuando se hubo ido, el superintendente me hizo pasar a una pequeña salita, extraordinariamente pulcra, que contenía, entre otras pruebas de un gusto refinado, numerosos libros, dibujos, jarrones de flores e instrumentos musicales. Un alegre fuego ardía en la chimenea. Sentada al piano, cantando un aria de Bellini, había una joven y bellísima mujer que, al entrar yo, hizo una pausa en su canto, recibiéndome con graciosa cortesía. Hablaba en voz baja y toda su actitud era sumisa. Me pareció también detectar señales de dolor en su semblante, que era extraordinariamente pálido, aunque para mi gusto no desagradable. Iba de luto riguroso, y produjo en mi pecho sensaciones entremezcladas de respeto, interés y admiración.

Había oído decir en París que la institución de monsieur Maillard funcionaba con un sistema conocido vulgarmente como el «sistema de apaciguamiento»; que se rehuían todos los castigos; que incluso pocas veces se recurría a la reclusión; que los pacientes, aunque vigilados en secreto, disfrutaban aparentemente de amplia libertad, y que, en su mayor parte, tenían derecho a vagar por la casa y sus terrenos con la indumentaria de un individuo en su sano juicio.

Conservando estas impresiones en mi cerebro, tuve gran cuidado con lo que decía ante la joven dama, ya que no podía estar seguro de que estuviera cuerda, y, de hecho, existía una especie de brillo inquieto en sus ojos que estuvo a punto de hacerme pensar que no lo estaba. Limité, por lo tanto, mis comentarios a tópicos vulgares y, de entre éstos, a aquellos que, en mi opinión, no resultaran desagradables o excitantes para un lunático. Ella replicó de forma perfectamente racional a todo lo que yo dije, e incluso sus observaciones llevaban la impronta del mayor sentido común. Pero mi amplio contacto con la metafísica de la *manía* me había enseñado a no fiarme de tales muestras de cordura, y seguí aplicando, a todo lo largo de la entrevista, la misma prudencia con la que la había comenzado.

Al cabo de un rato, un elegante lacayo con librea nos trajo una bandeja en la que había frutas, vino y otros refrescos, a los cuales hice honor, mientras que la joven dama abandonaba poco después el cuarto. Mientras se iba le dirigí una mirada interrogante a mi anfitrión.

—No —dijo—, ¡oh, no!; es un miembro de mi familia, mi sobrina, y es una mujer de lo más preparada.

—Le presento un millón de excusas por mis sospechas —repliqué yo—, pero por supuesto usted sabrá excusarme. La excelente administración con que lleva usted sus asuntos es bien conocida en París y pensé que era remotamente posible que..., usted me comprende...

—Claro, claro. No me diga usted más, o tal vez sea yo el que debiera agradecerle la encomiable prudencia que ha demostrado. Muy rara vez tenemos ocasión de disfrutar de una consideración como la suya entre los hombres jóvenes, y en más de una ocasión ha ocurrido algún lamentable contratiempo a causa de la falta de cuidado de nuestros visitantes. Mientras estaba aún en funciones mi anterior sistema, y los pacientes eran libres de vagar por donde quisieran, era frecuente que se vieran excitados hasta un peligroso estado de frenesí por personas carentes de juicio que venían a inspeccionar la casa. Por lo tanto me vi obligado a implantar un rígido sistema de exclusividad y así nadie puede obtener acceso a la casa sin que yo esté seguro de poder confiar en su discreción.

—¡Mientras estaba aún en funciones su anterior sistema! —dije, repitiendo sus palabras—. ¿Debo entender entonces que el «sistema de apaciguamiento», del que tanto he oído hablar, ha sido ya abandonado?

—Así es —replicó él—. Hace ya varias semanas que llegamos a la decisión de abandonarlo para siempre.

—¿Ah, sí? ¡Me deja usted asombrado!

—Descubrimos, señor —dijo suspirando—, que era absolutamente necesario volver a las antiguas usanzas. El peligro que planteaba el sistema de apaciguamiento fue siempre aterrador, y sus ventajas han sido excesivamente sobrevaloradas. En mi opinión, señor, en esta casa ha sido sometido el sistema a una prueba justa, si es que alguna vez lo fue. Hicimos todo lo que un humanismo racional podía sugerir. Lamento que no haya podido usted hacernos una visita en la etapa anterior para que hubiera podido usted juzgar por sí mismo. Pero supongo que debe usted estar familiarizado con la práctica del apaciguamiento... con sus detalles.

—No del todo. Todo lo que he oído ha sido de tercera o cuarta mano.

—Podría entonces definir el sistema en términos generales como un sistema en el que los pacientes estaban *ménagés*, o sea, se les seguía la corriente. Nosotros no contradecíamos ninguna de las fantasías que se les pasaran por la imaginación a los locos. Por el contrario, no solamente las tolerábamos, sino que las favorecíamos, y muchas de nuestras curaciones más espectaculares las hemos logrado así. No hay ningún argumento que afecte tanto a la débil razón del loco como la del *reductio ad absurdum*. Hemos tenido hombres, por ejemplo, que creían ser gallinas. La cura consistía en considerar aquello como un hecho, en acusar al paciente de ser un estúpido por no considerarlo como un hecho lo suficientemente serio, y así, le negábamos durante una semana todo alimento que no fuera el propio de una gallina. Por este procedimiento se conseguía que un poco de grano y cascajo realizaran maravillas.

—¿Y eso era todo?

—En absoluto. Nosotros teníamos mucha fe en los entretenimientos de tipo sencillo, como la música, los ejercicios gimnásticos en general, las cartas, ciertas clases de libros y así sucesivamente. Fingíamos tratar a cada individuo como si tuviera alguna enfermedad física normal, y la palabra «locura» no se empleaba jamás. Un factor de gran importancia fue el hacer que cada lunático vigilara los actos de todos los demás. El demostrar confianza en la comprensión o la discreción de un loco es ganársela en cuerpo y alma. Por este procedimiento pudimos prescindir de un oneroso cuerpo de guardianes.

—¿Y no practicaban ustedes ningún tipo de castigo?

—Ninguno.

—¿Y nunca confinaban ustedes a sus pacientes?

—Muy rara vez. De tarde en tarde, cuando la enfermedad de algún individuo se traducía en una crisis, o le producía algún acceso furioso, le colocábamos en una celda secreta, para evitar que su afección pudiera contagiar al resto, y le manteníamos allí hasta que podíamos despedirle de sus amigos, ya que nosotros no tenemos nada que hacer con un loco peligroso. Normalmente, se le trasladaba a un hospital público.

—Y ahora han prescindido de todo esto... ¿y cree usted que es para bien?

—Definitivamente. El sistema tiene sus ventajas, e incluso sus peligros. Afortunadamente ha sido ya abandonado en todas las *Maison de Santé* de Francia.

—Estoy muy sorprendido —dije— por lo que me cuenta; porque me habían asegurado que no existía en este momento ningún otro método para el tratamiento de la manía en todo el país.

—Es usted muy joven aún, amigo mío —replicó mi anfitrión—, pero llegará el día en que aprenderá a juzgar por sí mismo lo que ocurre en el mundo, sin tener que confiar en los chismorreos de los demás. No crea usted nada de lo que oiga, y sólo la mitad de lo que vea. Ahora bien, en cuanto a nuestras *Maison de Santé*, es evidente que ha sido usted confundido por algún ignorante. No obstante, después de la cena, cuando esté usted suficientemente recuperado de la fatiga de su viaje, le acompañaré con mucho gusto a recorrer toda la casa, y le familiarizaré con un sistema que, en mi opinión, y en la de todos aquellos que han sido testigos de su forma de operación, es sin comparación el más eficaz de todos cuantos se han ensayado hasta hoy.

—¿Su propio sistema? —pregunté—. ¿Uno de su propia invención?

—Me siento orgulloso de poder decir que así es —replicó—, al menos en cierta medida.

De esta manera estuve conversando con monsieur Maillard durante una hora o dos, en las cuales me mostró los jardines y los invernaderos del lugar.

—No puedo dejarle ver a mis pacientes —me dijo— en este momento. Para una mente sensible, siempre hay algo de desagradable en este tipo de espectáculos, y no quiero estropear su apetito antes de la cena. Cenaremos. Le puedo ofrecer ternera *à la St Menehoult*, con coliflor en salsa *velouté*, y después un vaso de *Clos de Vougeôt*. Después de eso, sus nervios estarán mucho más firmes que ahora.

A las seis nos anunciaron que la cena estaba servida, y mi anfitrión me condujo a una gran *Salle à manger*, donde estaba reunida una numerosa concurrencia, unas veinticinco o treinta personas en total. Eran aparentemente personas de alto rango, desde luego de elevada cuna, aunque sus atuendos, pensé, eran extravagantemente ostentosos, participando quizá en demasía del *ville cour*. Me fijé en que al menos dos tercios de los invitados eran damas, y algunas de éstas iban ataviadas de una forma que ningún parisiense consideraría de buen gusto hoy en día. Muchas mujeres, por ejemplo, cuya edad no podía ser inferior a los setenta años, iban cubiertas con gran profusión de joyas, como anillos, brazaletes y pendientes, y exhibían pechos y brazos vergonzosamente desnudos. Observé también que muy pocos trajes estaban bien hechos, o al menos que muy pocos de ellos sentaban bien a los que los llevaban puestos. Mirando alrededor descubrí a aquella interesante muchacha que monsieur Maillard me había presentado en la salita, y cuál no sería mi sorpresa al ver que llevaba un miriñaque y un guardainfante, junto con unos zapatos de tacón alto y una capa sucia de bordado de Bruselas, que le estaba tan grande, que hacía a su cara ridículamente diminuta. Cuando la vi por vez primera iba vestida muy atractivamente de luto riguroso. En pocas palabras, había algo de extraño en los atuendos de todos los reunidos, que al principio me hizo volver a mi idea original del «sistema de apaciguamiento» y a imaginarme que monsieur Maillard había decidido mantenerme engañado hasta después de la cena para que no experimentara sensaciones desagradables durante ésta, al encontrarme cenando con lunáticos, pero yo recordaba haber sido informado en París que los provincianos del sur eran gente particularmente excéntrica, con gran cantidad de ideas anticuadas, y también, al conversar con algunos de los reunidos, mi aprensión desapareció por completo y al instante.

El mismo comedor, aunque tal vez fuera lo suficientemente confortable y tuviera las dimensiones adecuadas, no tenía gran cosa de elegante. Por ejemplo, el suelo carecía de alfombra. No obstante, en Francia es muy frecuente prescindir de ellas. También las ventanas carecían de cortinas; las contraventanas, que estaban cerradas, estaban aseguradas por medio de barras de hierro, dispuestas diagonalmente, a la manera de los cierres de nuestras tiendas. El salón, como pude observar, formaba por sí mismo un ala del château, de modo que las ventanas cubrían tres lados del paralelogramo, estando situada la puerta en el cuarto lado. No había menos de un total de diez ventanas.

La mesa estaba soberbiamente servida: repleta de platos de plata labrada, y más que repleta de exquisitas viandas. La profusión de éstas era absolutamente bárbara. Había carnes suficientes como para haber agasajado al Anakim. Jamás en mi vida había tenido yo ocasión de presenciar un despilfarro tan profuso de las cosas buenas de la vida. No obstante, la disposición de éstas parecía revelar una carencia de buen gusto, y mis ojos, habituados a las luces discretas, se vieron tristemente ofendidos por la prodigiosa luminosidad de una multitud de velas de ceras, que dispuestas en candelabros de plata, estaban colocadas sobre la mesa, y alrededor de toda la habitación, en todo sitio donde era posible encontrar un lugar para las mismas. Había varios sirvientes activos encargados del servicio, y sobre otra gran mesa, situada al extremo opuesto de la habitación, estaban sentadas siete u ocho personas provistas de violines, pífanos, trombones y un tambor. Estos individuos consiguieron molestarme mucho en determinados instantes durante la comida, haciendo una infinita variedad de ruidos, que se suponía que eran música, y que parecían suministrar gran entretenimiento a todos los presentes, con la sola excepción de mi persona.

En términos generales, no pude evitar el pensar que había mucho de *bizarre* en todo lo que veía, pero después de todo, en el mundo tiene que haber de todo, todo tipo de personas, con todo tipo de formas de pensar, y todo tipo de convenciones sociales. Por otra parte, yo había viajado ya tanto, que era todo un adepto al *nil admirari*; de modo que tomé asiento con gran ecuanimidad al lado de mi anfitrión, y teniendo como tenía un gran apetito, hice justicia a las delicias que colocaron ante mí.

La conversación entre tanto era animada y general. Las damas, como de costumbre, hablaban mucho. Pronto descubrí que prácticamente todos los presentes eran gente de educación, y mi anfitrión era por sí mismo todo un mundo de humorísticas anécdotas. Parecía estar perfectamente dispuesto a hablar de su posición como superintendente de una *Maison de Santé*, y, de hecho, el tema de la locura era, muy para mi sorpresa, uno de los favoritos de todos los presentes. Se contó un gran número de divertidas historias, que hacían referencia a los caprichos de los pacientes.

—Tuvimos aquí una vez a un individuo —dijo un grueso caballero que estaba sentado a mi derecha—, un individuo que creía ser una tetera, y dicho sea de paso, ¿no les resulta singular el ver la frecuencia con la que esta idea se apodera de la mente de los lunáticos? No existe prácticamente en toda Francia un manicomio que no albergue alguna tetera humana. Nuestro caballero era una tetera de porcelana de Bretaña, y ponía grandes cuidados en pulirse cada mañana con una gamuza y pulimentador.

—Y después —dijo un hombre alto, que estaba justo enfrente—, tuvimos aquí, no hace mucho, a una persona que se le había metido en la cabeza que era un borrico, lo que, hablando alegóricamente dirán ustedes, era bastante cierto. Era un paciente molesto, y nos dio mucho trabajo mantenerle controlado. Durante un buen tiempo se negó a comer nada que no fueran cardos, pero de esta idea conseguimos curarle pronto, insistiendo en que no comiera ninguna otra cosa. Después se dedicaba continuamente a dar coces, así..., así...

—¡Señor De Kock! ¡Le agradecería que se comportara usted como es debido! —le interrumpió una vieja dama, que estaba sentada junto al que hablaba—. ¡Haga el favor de dejar los pies quietos! ¡Ha estropedo usted mi brocado! ¿Es que acaso le parece necesario ilustrar sus comentarios de una forma tan práctica? Nuestro amigo aquí presente puede, sin duda, comprenderle sin necesidad de que haga usted todo eso. Palabra de honor que es usted casi igual de borrico que lo que aquel pobre desgraciado creía ser. ¡Lo hace usted con mucha naturalidad, por mi vida!

—¡*Mille pardons, Ma'm'selle!* —respondió monsieur De Kock, a quien iba dirigido todo esto— ¡Mil perdones! No tenía ninguna intención de ofenderla, ma'm'selle Laplace. Monsieur De Kock se permitirá el honor de tomar vino con usted.

Dicho esto, monsieur De Kock hizo una profunda reverencia, besó su mano muy ceremoniosamente y tomó vino con ma'm'selle Laplace.

—Permítame, *mon ami* —dijo entonces monsieur Maillard, dirigiéndose a mí—, permítame que le ofrezca una porción de esta ternera *à la St Menehoult*, la encontrará particularmente exquisita.

En ese instante, tres robustos camareros habían conseguido depositar sin contratiempos una enorme fuente o trinchador, conteniendo lo que supuse que sería el *«monstrum, horrendum, informe, ingens, cui lumen adeptum»*. Un escrutinio más detallado me reveló, no obstante, que no era más que una pequeña ternera asada entera, colocada de rodillas, con una manzana en la boca, del mismo modo en que los ingleses adornan la liebre.

—No, muchas gracias —repliqué—; si he de serle sincero, no soy particularmente aficionado a la ternera *à la St...* ¿cómo era?... Ya que me temo que no me sienta del todo bien. No obstante, sí que aceptaría probar un poco de conejo.

Había diversos platos complementarios dispuestos sobre la mesa, que contenían lo que parecía ser conejo común francés, un muy delicioso *morceau*, que puedo recomendarles.

—Pierre —gritó mi anfitrión—, cambia el plato a este caballero y dale una pieza de costado de este conejo *au-chat*.

—¿De este qué? —dije yo.

—De este conejo *au-chat*.

—Oh, muchas gracias, pero, pensándolo bien, déjelo. Me serviré yo mismo un poco de jamón.

—No hay forma de saber lo que uno come, me dije a mí mismo, en las mesas de esta gente de provincias. No pienso probar su conejo *au-chat*, y ya que estamos en ello, tampoco su *gato-au-conejo*.

—Y después —dijo un personaje de aspecto cadavérico, que estaba casi al final de la mesa, recogiendo el hilo de la conversación donde ésta había sido interrumpida—, y después, entre otras rarezas, tuvimos un paciente una vez, que con gran tozudez insistía en que era un queso de Córdoba, y se dedicaba a pasearse con un cuchillo en la mano, pidiendo a sus amigos que probaran un trozo de su muslo.

—Era un gran tonto, sin duda alguna —le interrumpió alguien—, pero no se le puede comparar con cierto individuo, al que todos conocemos, excepto este caballero de fuera. Me refiero a aquel hombre que creía ser una botella de champaña, y que siempre estaba haciendo estampidos e imitando el ruido de las burbujas de la siguiente manera.

Al llegar aquí, el que hablaba, haciendo, en mi opinión, una exhibición de mal gusto, se metió el pulgar derecho en la mejilla izquierda, sacándolo con un ruido semejante al del tapón de una botella, y después, con un hábil movimiento de la lengua sobre los dientes produjo un agudo silbido y un borboteo que duraron varios minutos, imitando el ruido producido por la espuma del champaña. Este comportamiento, según pude apreciar claramente, no fue del agrado de monsieur Maillard, pero este caballero no dijo nada, y la conversación se vio reanudada por un hombre pequeño y muy delgado, que lucía una gran peluca.

—Y después tuvimos a un ignorante —dijo—, que se confundía a sí mismo con una rana, lo que, dicho sea de paso, parecía, y no poco. Me gustaría que hubiera podido usted verle, señor —dijo dirigiéndose a mí el que estaba hablando—; le hubiera hecho a usted mucho bien el ver el aire de naturalidad que tenía. Señor, si aquel hombre no era una rana, no puedo por menos que observar que es una pena que no lo fuera. Su manera de croar así «¡o-o-o-gh!, ¡o-o-o-gh!» era el sonido más magní- fico del mundo natural, y cuando ponía los codos sobre la mesa de esta forma, después de haber tomado uno o dos vasos de vino, y distendía su boca, así, y ponía los ojos en blanco, de esta manera, y los hacía par- padear con asombrosa rapidez, así, entonces, señor, me atrevo a asegu- rar que hubiera usted enloquecido de admiración ante el genio de aquel hombre.

—No me cabe la menor duda —dije.

—Y también —dijo alguien—, estaba el Petit Gaillard, que creía ser un pellizco de rapé, y que estaba realmente preocupado porque no podía cogerse entre el índice y el pulgar.

—También estaba Jules Desoulieres, que era un genio muy singular, y que se volvió loco pensando que era una calabaza. Se dedicaba a per- seguir al cocinero pidiéndole que hiciera una tarta con él, a lo que el cocinero se negaba indignado. Por lo que a mí respecta, no me atreve- ría a decir que una tarta de calabaza *à la Desoulières* no hubiera resulta- do un plato realmente capital.

—¡Me asombra usted! —dije, y miré inquisitivamente hacia mon- sieur Maillard.

—¡Ha! ¡Ha! ¡Ha! —dijo aquel caballero—. ¡He! ¡He! ¡He...! ¡Hi! ¡Hi! ¡Hi...! ¡Ho! ¡Ho! ¡Ho...! ¡Hu! ¡Hu! ¡Hu...! ¡Muy bueno, sí señor! No debe usted asombrarse, mon ami; aquí nuestro amigo es un chisto- so —*a drôle*—, no debe usted tomarle al pie de la letra.

—Y también —dijo alguna otra persona de las reunidas—, también estaba Bouffon Le Grand, otro personaje extraordinario a su manera. Perdió la cabeza a causa del amor, y creía que estaba en posesión de dos cabezas. Una de éstas, él mantenía que era la cabeza de Cicerón; la otra, la consideraba una cabeza compuesta, siendo de Demóstenes desde la frente hasta la boca, y de lord Brougham desde la boca hasta la barbilla. No es del todo imposible que estuviera equivocado, pero hubiera sido capaz de convencer a cualquiera de que estaba en lo cierto, ya que era un hombre de gran elocuencia. Era un verdadero apasionado por la retórica, y era incapaz de no exhibirse. Por ejemplo, solía saltar sobre la mesa del comedor de esta forma, y... y...

En ese momento, un amigo, sentado junto al que estaba hablando, le puso la mano sobre el hombro y le susurró unas cuantas palabras al oído; después de lo cual el orador dejó de hablar de repente, hundiéndose de nuevo en su silla.

—Y después —dijo el hombre que le había hablado al oído—, estaba Boullard, la perinola. Le llamo la perinola porque tenía la extraña, aunque no del todo irracional, idea de que se había convertido en una pirindola. Se hubiera usted muerto de risa si le hubiera visto dar vueltas. Se dedicaba a dar vueltas durante horas sobre un talón, de esta forma... así...

En aquel momento, el amigo al que acababa de interrumpir hizo exactamente lo mismo con él.

—Pues entonces —aulló una anciana dama con todas sus fuerzas—, su monsieur Boullard era un loco, y, en el mejor de los casos, un loco muy tonto, porque, ¿quién, si me permiten la pregunta, ha oído hablar alguna vez de una pirindola humana? Es algo absurdo. Madame Joyeuse era una persona más sensata, como ya saben. Tenía una manía, pero estaba repleta de sentido común, y era un placer conocerla para todos los que habían tenido aquel honor. Descubrió, como producto de maduras deliberaciones, que, por algún extraño accidente, se había convertido en un gallo de cocina, pero como tal, se comportaba con la mayor propiedad. Agitaba sus alas, produciendo un efecto prodigioso, así... así... así..., y en cuanto a su canto, ¡era algo delicioso ! «¡Cock-a-doodle-doo... cock-a-doodle-doo... cock-a-doodle-de-doo-doo-dooo-do-o-o-o-o-o!».

—¡Madame Joyeuse, le agradeceré que se comporte como es debido! —la interrumpió nuestro anfitrión, muy enfadado—. O se comporta usted como debe hacerlo una dama, o puede usted abandonar la mesa en este mismo instante, ¡elija usted misma!

La dama (a la que me sorprendió mucho oír llamar madame Joyeuse, después de la descripción que de ésta acababa de hacer) enrojeció hasta las cejas y pareció extraordinariamente avergonzada por la regañina. Agachó la cabeza y no articuló ni una sílaba en respuesta. Pero otra dama más joven recogió el tema. Era mi preciosa muchacha de la salita.

—¡Oh, Madame Joyeuse *era* tonta! —exclamó—. Pero, en cambio, la idea de Eugenia Salsafette tenía una buena dosis de sentido común. Ella era una bellísima y dolorosamente modesta joven dama, que consideraba las vestimentas normales indecentes, y siempre deseó vestirse poniéndose ella al exterior de sus ropas, en lugar de meterse dentro de ellas. Esto es algo muy fácil de hacer, después de todo. No hay más que hacer esto... y luego, esto otro... y esto... esto... esto... y luego, esto... esto... esto... y luego...

—¡*Mon Dieu!* ¡Ma'm'selle Salsafette! —gritaron a la vez una docena de personas—. ¿Qué pretende usted hacer...? ¡Deténgase...! ¡Ya es suficiente...! ¡Ya nos hemos dado cuenta con toda claridad de cómo se hace...! ¡Quieta! ¡Quieta! —y varias personas se abalanzaban ya sobre ella para evitar que Madame Salsafette emulara a la Venus de Medicea, cuando aquel resultado fue súbita y eficientemente logrado por una serie de fuertes alaridos o gritos, procedentes de algún lugar del cuerpo principal del *château*.

Mis nervios se vieron muy afectados por estos alaridos, pero el resto de la concurrencia me dio verdadera pena. Jamás había visto un grupo de personas razonables tan asustadas en toda mi vida. Todos se pusieron pálidos como cadáveres, y encogiéndose sobre sus asientos se quedaron temblando y diciendo incoherencias de puro terror, y esperando oír una repetición de aquel sonido. Volvió a producirse, más fuerte y aparentemente más cerca, y después, por tercera vez, esta vez ya muy fuertemente, y la cuarta vez, ya con un vigor evidentemente disminuido. Ante esta clara disminución del ruido, la congregación recuperó inmediatamente su buen humor, y todo volvió a ser vitalidad y anécdotas como anteriormente. Me atreví entonces a preguntar cuál había sido la causa de aquel alboroto.

—Una mera *bagatelle* —me dijo monsieur Maillard—. Estamos acostumbrados ya a estas cosas, y no nos afectan gran cosa. De cuando en cuando, los lunáticos se ponen a aullar a coro; uno arrastra a otro, como a veces ocurre con las jaurías de perros por las noches. A veces, no obstante, el *concerto* viene seguido de un intento de escapar. En esos casos, hay que admitir la existencia de un cierto peligro.

—¿Cuántos tiene usted a su cargo?

—De momento no tenemos más que diez, todos incluidos.

—En su mayor parte, hembras, supongo.

—Oh, no; todos ellos son hombres, y hombres robustos, se lo puedo asegurar.

—¿De veras? Tenía entendido que la mayor parte de los lunáticos pertenecían al sexo débil.

—En general, así es, pero no siempre. Hace algún tiempo había aquí alrededor de veintisiete pacientes, y de ellos, no menos de dieciocho eran mujeres, pero últimamente las cosas han cambiado, como puede usted ver.

—Sí, han cambiado mucho, como puede usted ver —le interrumpió aquí el caballero que había roto las espinillas a ma'm'selle Laplace.

—¡Sí, han cambiado mucho, como puede usted ver! —coreó toda la congregación como un solo hombre.

—¡Las lenguas quietas, todos ustedes! —dijo mi anfitrión, iracundo. Como consecuencia, todos se mantuvieron en silencio durante casi un minuto. En cuanto a una dama, que obedeció a monsieur Maillard al pie de la letra, sacó la lengua, que era extraordinariamente larga, y se la sujetó resignadamente con ambas manos hasta que acabaron las amenidades.

—Y esta buena señora —le dije a monsieur Maillard, inclinándome hacia él y hablando en un susurro—, esta buena señora que acaba de hablar, que hizo lo de «cock-a-doodle-doo»... supongo que será inofensiva... totalmente inofensiva, ¿no?

—¡Inofensiva! —exclamó mi anfitrión, con no fingida sorpresa—. Pero... pero, ¿a qué *puede* estarse usted refiriendo?

—Sólo un poco tocada, ¿no es eso? —le dije, tocándome la cabeza—. Doy por supuesto que no está particularmente... peligrosamente afectada, ¿no?

—¡*Mon Dieu!* ¿Qué es lo que usted se imagina? Esa dama, que precisamente es una vieja amiga mía, madame Joyeuse, está tan absolutamente en su sano juicio como pueda estarlo yo. Tiene sus pequeñas excentricidades, sin duda, pero, como usted ya sabe, ¿qué anciana dama no las tiene?... ¡Todas las mujeres muy ancianas son más o menos excéntricas!

—Qué duda cabe —dije yo—. Qué duda cabe... Entonces, el resto de estas damas y caballeros...

—Son mis amigos y mis encargados —me interrumpió monsieur Maillard, irguiéndose con gran *hauteur*—. Mis muy buenos amigos y encargados.

—¡Cómo! ¿Todos ellos? —le pregunté—. ¿Las mujeres también?

—Desde luego —dijo él—. No podríamos pasarnos sin ellas; son las mejores enfermeras para lunáticos del mundo; tienen un no sé qué que les es peculiar, ¿sabe? ¡Sus brillantes ojos ejercen un efecto maravilloso, algo así como la fascinación de una serpiente, ¿comprende?

—Desde luego —dije yo—, ¡desde luego! Pero se comportan de una manera algo rara, ¿no...? Son un poco extrañas, ¿no...? ¿No le parece a usted así?

—¡Raras...! ¡Extrañas...! Válgame, ¿lo cree usted así de veras? Desde luego, es cierto que aquí en el Sur no somos excesivamente mojigatos, que hacemos prácticamente lo que nos apetece, disfrutando de la vida y todas esas cosas, sabe usted...

—Desde luego —dije yo—, desde luego.

—Y por otra parte, tal vez este *Clos de Vougeôt* se suba un poco, usted ya sabe... un poco *fuerte*, usted me comprende, ¿no?

—Desde luego —dije yo—, desde luego. Por cierto, monsieur, si no le entendí mal, creo que usted me dijo que habían adoptado, en lugar del tan celebrado sistema de apaciguamiento, un sistema de rigurosa severidad.

—En absoluto. El confinamiento es necesariamente rígido, pero el tratamiento, el tratamiento médico, quiero decir, les resulta más agradable que otra cosa.

—¿Y este nuevo sistema es de su invención?

—No del todo. Partes de él pueden ser atribuidas al doctor Brea, del que debe usted haber *oído* hablar sin duda, y, por otro lado, existen modificaciones a mi sistema, que me alegro de poder atribuir a mi colega el tan celebrado Pluma, por derecho propio, con el cual, si no me equivoco, tiene usted el honor de mantener una íntima amistad.

—Me siento bastante avergonzado de confesar —repliqué— que jamás he oído ni siquiera el nombre de esos dos caballeros.

—¡Cielo santo! —exclamó mi anfitrión, retirando abruptamente su silla y alzando las manos al cielo—. ¡Sin duda no debo haberle oído bien! ¿No querría usted decir, por casualidad, que jamás había oído hablar siquiera del erudito doctor Brea ni del tan celebrado profesor Pluma?

—Me veo obligado a confesar mi ignorancia —repliqué—, pero siempre se debe poner la verdad por encima de todas las demás cosas. No obstante, me siento profundamente avergonzado de no conocer los trabajos de estos dos hombres, sin duda extraordinarios. Tengo la intención, de ahora en adelante, de buscar sus escritos y de estudiarlos con la debida atención. ¡Monsieur Maillard, me ha hecho usted, debo confesarlo, *verdaderamente* me ha hecho usted sentirme avergonzado de mí mismo!

Y así era, en efecto.

—No diga usted más, mi buen amigo —me dijo compasivamente, oprimiéndome la mano—; acompáñeme a tomar un vaso de Sauterne.

Bebimos. La congregación siguió nuestro ejemplo sin perder comba. Charlaban, hacían bromas, reían, perpetraban un millar de actos absurdos, los violines maullaron, el tambor rugió, los trombones barritaron como si fueran otros tantos toros de bronce de Phalaris, y todo aquel cuadro, que se iba haciendo cada vez mas caótico, al ir los vinos ganando ascendencia, se acabó convirtiendo en un pandemónium *in petto*. Mientras tanto, el señor Maillard y yo, con algunas botellas de Sauterne y Vougeôt colocadas entre nosotros, continuábamos nuestra conversación a pleno pulmón. Una palabra emitida en un tono normal tenía las mismas posibilidades de ser oída que la voz de un pez desde el fondo de las cataratas del Niágara.

—Y, señor —dije yo, aullándole en el oído—, mencionó usted algo antes de la cena acerca de los peligros del antiguo sistema de apaciguamiento. ¿Cómo es eso?

—Sí —replicó él—, ocasionalmente surgían grandes peligros. No hay forma de prever los caprichos de los locos, y, en mi opinión, así

como en la del doctor Brea y la del profesor Pluma, nunca es prudente dejarles sueltos sin la debida vigilancia. Un lunático puede estar
«apaciguado», como se dice habitualmente, durante un cierto tiempo,
pero al final es muy dado a volverse estrepitoso. Su astucia es, a su vez,
grande y proverbial. Si tiene algún objetivo a la vista, lo oculta con
maravillosa sabiduría, y la destreza con que finge cordura presenta a
los metafísicos uno de los más singulares problemas que pueda haber
en el estudio de la mente humana. Cuando un loco parece estar *totalmente* cuerdo, es de hecho el momento para ponerle una camisa de
fuerza.

—Pero el peligro, querido señor, del que estaba usted hablando,
con arreglo a su propia experiencia durante el tiempo que lleva a la
cabeza de esta casa... ¿acaso ha tenido usted motivos materiales para
pensar que la libertad es peligrosa en el caso de un lunático?

—¿Aquí? ¿En mi propia experiencia?... Bueno, pues podría decir
que sí. Por ejemplo, no hace *mucho* se dio una extraña circunstancia en
esta misma casa. El «sistema de apaciguamiento», debe usted saber,
estaba aún en marcha, y los pacientes andaban sueltos. Se comportaban
notablemente bien, tan bien, que cualquier persona con algo de sentido
común se hubiera dado cuenta de que algún diabólico proyecto se estaba cociendo tan sólo a partir de ese único dato, a partir de que aquellos
individuos se comportaran tan *notablemente* bien. Y efectivamente,
una bella mañana, los encargados se encon,traron atados de pies y
manos, y fueron arrojados al interior de las celdas, donde fueron aten-
didos, como si ellos fueran los lunáticos, por los propios lunáticos, que
habían usurpado las funciones de sus guardianes.

—¡No me diga! ¡Jamás había oído nada tan absurdo en toda mi
vida!

—Es un hecho. Todo ocurrió por culpa de un individuo estúpido,
un lunático, al que se le había metido en la cabeza que había inventa-
do un sistema de gobierno mejor que cualquiera de los conocidos, de
gobierno de lunáticos, quiero decir. Deseaba poner a prueba su invento, supongo, de modo que persuadió al resto de los pacientes para que
se unieran a él en una conspiración para derrocar a los poderes rei-
nantes.

—¿Y tuvo realmente éxito?

—Sin duda alguna. Los vigilantes y los vigilados fueron rápidamente forzados a intercambiar sus puestos. Tampoco fue así en realidad, ya que los locos habían gozado de libertad, mientras que los guardianes fueron encerrados a partir de entonces en las celdas y tratados,
lamento decirlo, de manera muy caballerosa.

—Pero supongo que pronto se produciría una contrarrevolución.
Ese estado de cosas no podría haber existido durante demasiado tiem-

po. Los campesinos de la vecindad... los visitantes que vinieran a ver el lugar... habrían dado la alarma.

—Ahí es donde usted se equivoca. El cabecilla rebelde era demasiado astuto para eso. No permitía absolutamente ninguna visita, con la excepción, un día, de la de un joven caballero de aspecto extremadamente estúpido, del cual no tenía ninguna razón para temer nada. Le dejó entrar a ver el lugar sólo por aquello de la variedad, para divertirse un rato con él. En cuanto le hubo tomado el pelo lo suficiente, le dejó salir para que siguiera con sus asuntos.

—¿Y durante cuánto tiempo reinaron entonces los locos?

—Oh, durante mucho tiempo, un mes, por lo menos; cuánto tiempo más no sabría decirle con seguridad. En ese tiempo, los lunáticos se corrieron la gran juerga, eso puede usted jurarlo. Prescindieron de sus ropas raídas y tomaron al asalto el guardarropa familiar y las joyas. Los sótanos del *château* estaban bien surtidos de vino, y estos locos son precisamente gente que sabe beberlo. Vivieron bien, eso se lo puedo asegurar.

—¿Y el tratamiento? ¿Cuál fue el tipo particular de tratamiento que el jefe de los rebeldes puso en práctica?

—Bueno, en cuanto a eso, un loco no tiene por qué ser necesariamente un tonto, como ya he comentado anteriormente, y es mi sincera opinión que su tratamiento era mucho mejor que el que vino a reemplazar. Era un sistema realmente capital, simple, pulcro, sin ningún problema en absoluto, de hecho era delicioso... era...

Aquí, las observaciones de mi anfitrión se vieron interrumpidas por otra serie de alaridos, como los que nos habían sorprendido previamente. Esta vez, no obstante, parecían proceder de personas que se aproximaban con gran rapidez.

—¡Válgame el cielo! —exclamé—. Sin duda, los lunáticos han conseguido escaparse.

—Mucho me temo que así sea —replicó monsieur Maillard, poniéndose extraordinariamente pálido. No había hecho más que acabar la frase cuando oímos grandes gritos e imprecaciones bajo las ventanas, e inmediatamente después se hizo evidente que algunas personas estaban intentando entrar desde el exterior. La puerta estaba siendo golpeada con lo que parecía ser un martillo pilón, y las contraventanas estaban siendo sacudidas con prodigiosa violencia.

A raíz de esto sobrevino una escena de la más terrible confusión. Monsieur Maillard, muy para mi asombro, se lanzó bajo el aparador. Había esperado de él algo más de decisión. Los miembros de la orquesta, que, a lo largo de los últimos quince minutos, habían parecido estar excesivamente embriagados como para tocar, se pusieron en pie al instante, y, agarrando sus instrumentos, saltaron sobre la mesa y empezaron a tocar, todos a la vez, «Yankee Doodle», que interpretaron, si bien no exactamente a tono, al menos sí con sobrehumana energía, durante toda la duración de aquel pandemónium.

Mientras tanto, el caballero al que tan trabajosamente se le había impedido hacerlo anteriormente, saltó sobre la mesa, entre los vasos y las botellas. En cuanto se hubo aposentado allí, comenzó un discurso que hubiera sido sin duda magnífico si tan sólo se le hubiera podido oír. En aquel mismo instante, el hombre que sentía predilección por las perinolas se dedicó a dar vueltas por toda la habitación, con inmensa energía y con los brazos extendidos, formando un ángulo recto con el cuerpo, de modo que efectivamente parecía una perinola, e iba derribando a todo aquel que se interponía en su camino. Y al oír también en aquel momento el estampido y el burbujeo de una botella de champaña, descubrí finalmente que era el personaje que había imitado a una botella de aquella bebida tan delicada durante la cena. Por su parte, el hombre-rana croaba como si la salvación de su alma dependiera de cada nota que emitía. Y en medio de todo este mare mágnum surgió el rebuznar de un burro, destacándose de todo lo demás. En cuanto a mi vieja amiga, madame Joyeuse, me entraron verdaderas ganas de llorar, ya que la pobre dama parecía estar absolutamente perpleja. Todo lo que fue capaz de hacer fue ponerse en un rincón, junto a la chimenea, y cantar incesantemente y con todas sus fuerzas: «¡Cock-a-doodle-de-doo-oooh!».

Y entonces llegó el clímax, la catástrofe de aquel drama. Al no ser ofrecida ninguna resistencia, aparte de los aullidos, los alaridos y los quiquiriquíes a la aproximación del grupo del exterior, las diez ventanas cedieron con gran rapidez y casi simultáneamente. Pero jamás podré olvidar mi asombro y mi horror cuado vi que lo que entraba por las ventanas, cayendo entre nosotros *pêle-mêle*, peleando, pisoteando, arañando y aullando era lo que a mí me pareció en aquel momento un perfecto ejército de chimpancés, orangutanes y enormes babuinos negros del cabo de Buena Esperanza.

Recibí una terrible paliza, después de la cual rodé bajo un sofá, quedándome inmóvil. No obstante, después de llevar allí unos quince minutos, tiempo durante el cual estuve escuchando con toda atención lo que ocurría en la habitación, llegué a un *dénouement* satisfactorio de aquella tragedia. Monsieur Maillard, al parecer, no había hecho más que narrarme sus propios logros al hablarme del lunático que había incitado a sus compañeros a la rebelión. Este caballero había sido efectivamente, hacía ya dos o tres años, el superintendente de la institución, pero se volvió loco a su vez, ingresando así como paciente. Este hecho no era conocido por mi compañero de viaje, que fue el que hizo las presentaciones. Los guardianes, en número de diez, habiendo sido capturados por sorpresa, fueron cubiertos en primer lugar de brea, siendo después cuidadosamente emplumados, y finalmente encerrados en celdas subterráneas. Habían permanecido en esta situación durante más de un mes, y durante todo ese período, monsieur Maillard les permitió generosamente disponer no sólo de brea y plumas (que en ellas consistía su sistema), sino también de algo de pan y agua en abundancia. Ésta era bombeada sobre ellos todos los días. Finalmente, uno que consiguió escapar a través de una alcantarilla puso en libertad a todos los demás.

El «sistema de apaciguamiento», con importantes modificaciones, ha sido implantado de nuevo en el château; sin embargo, no puedo dejar de estar de acuerdo con monsieur Maillard en que su propio «tratamiento» era magnífico a su manera. Como observó él con justeza, era «simple, pulcro y no suponía ningún problema, absolutamente ninguno».

Sólo tengo que añadir que aunque he buscado por todas las librerías de Europa los trabajos del doctor Brea y del profesor Pluma, he fracasado estrepitosamente hasta hoy en mis intentos de encontrar un ejemplar.

EL ÁNGEL DE LO EXTRAÑO

Era una fría tarde de noviembre. Acababa de concluir una comida desusadamente abundante, de la cual la dispéptica *truffe* formó parte, y no precisamente poco importante, y estaba sentado solo en el comedor, con los pies apoyados sobre el parafuegos de la chimenea, y con una pequeña mesa a mi lado, que yo mismo me había acercado, sobre la cual había unas cuantas minucias de postre y una miscelánea colección de botellas de vino, espíritus y *liqueur*. Aquella mañana había estado leyendo *Leónidas*, de Glover; la *Epigoniada*, de Wilkies; la *Peregrinación*, de Lamartine; la *Columbiada*, de Barlow; *Sicilia*, de Tuckerman, y las *Curiosidades*, de Griswold, y no tengo ningún inconveniente en confesar que como consecuencia me sentía algo estúpido. Hice un esfuerzo por refrescarme recurriendo con frecuencia a la ayuda del Lafitte, y al fracasar todo, me dediqué desesperado a hojear un periódico abandonado. Habiendo escrutado cuidadosamente la columna de «casas para alquilar» y la columna de «perros perdidos», y posteriormente las dos columnas de «esposas y aprendices fugados», ataqué furiosamente el editorial, y habiéndole leído desde el principio hasta el final sin entender una sílaba, concebí la posibilidad de que estuviera escrito en chino, y volví a leerlo, esta vez desde el final hasta el principio, pero sin conseguir mejores resultados. Estaba a punto de tirar el periódico, disgustado,

> *«Este pliego de cuatro hojas, feliz trabajo*
> *Que ni siquiera los poetas critican.»*

cuando me llamó un tanto la atención el siguiente párrafo:

«Los caminos que llevan a la muerte son numerosos y extraños. Un periódico de Londres menciona el deceso de una persona por una causa muy singular. Estaba jugando a "soplar el dardo", que se juega con una larga aguja en la que se inserta un trozo de lana, disparándola después contra un blanco por medio de un tubo de latón. El difunto colocó la aguja en el extremo equivocado del tubo, y al aspirar fuertemente para poder lanzar el dardo hacia adelante con más fuerza, atrajo la aguja hacia su garganta. Ésta penetró en sus pulmones, matándole al cabo de unos pocos días.»

Al leer esto tuve un gran acceso de cólera, sin saber exactamente por qué. «Esto —exclamé— es una despreciable mentira, una burla de baja categoría, el resultado de la inventiva de algún mezquino escritor de a penique la línea..., de algún desgraciado inventor de accidentes en Cocaigne. Estos individuos, conociendo la extravagante credulidad que impera en estos tiempos, dedican su ingenio a inventar posibilidades improbables..., extraños accidentes, como ellos mismos los llaman; pero para un intelecto reflexivo (como el mío, añadí entre paréntesis, colocando inconscientemente el dedo índice contra el costado de mi nariz), para una capacidad de comprensión contemplativa como la que yo, por ejemplo, poseo, resulta inmediatamente obvio que el maravilloso crecimiento en número que han experimentado estos «extraños accidentes» en los últimos tiempos, es con mucho el accidente más extraño de todos. Por lo que a mí respecta, tengo la intención, de ahora en adelante, de no creerme absolutamente nada que tenga algo de «singular».

—¡Mein Gott, entonces serr usted verrdaderamente tonto! —replicó una de las voces más extrañas que jamás haya oído.

Al principio la confundí con una especie de rumor en mis oídos, como el que experimenta uno a veces cuando empieza a estar muy borracho, pero, mejor pensado, decidí que el sonido se parecía más al que sale de un barril vacío al golpearlo con un palo; y, de hecho, a esto le habría atribuido aquel sonido de no haber estado articulado en sílabas y en palabras. Yo no soy, bajo ningún concepto, una persona naturalmente nerviosa, y los pocos vasos de Lafitte que había tomado sirvieron para envalentonarme un poco, de modo que no sentí ningún temor, limitándome a levantar plácidamente los ojos y mirar a mi alrededor en busca del intruso. No obstante, fui incapaz de ver a nadie.

—¡Humph! —continuó diciendo la voz, mientras yo continuaba con mi búsqueda—. Debe estarr ustez más borracho que un cerrdo, si es que no me ve, estando como estoy sentado a su lado.

En ese momento se me ocurrió mirar en la dirección de mi nariz, y efectivamente, ante mí, confrontándome desde el otro lado de la mesa, se hallaba sentado un personaje difícil de describir, aunque no totalmente indescriptible. Su cuerpo era como un odre de vino, o un pellejo de ron, o algo por el estilo, y tenía un aspecto totalmente falstaffiano. En su extremo inferior había insertados dos barriletes, que parecían cumplir las funciones de unas piernas. En sustitución de los brazos colgaban de la parte superior del odre dos botellas tolerablemente largas, con los golletes vueltos hacia fuera a modo de manos. Lo único que pude ver de la cabeza del monstruo era parecido a una cantimplora Hessiana, parecida a una gran caja de rapé con un agujero en medio de la tapa. Aquella cantimplora (que llevaba un embudo por sombrero, inclinado sobre los ojos, a la manera como llevan los sombreros de los caballeros); estaba colocada sobre su costado, encima del odre, con el agujero dirigido hacia mí; y era a través de este agujero, que parecía fruncido como los labios de un vieja doncella puntillosa, por donde la criatura emitía ciertos gruñidos y vibraciones que evidentemente pretendía hacer pasar por una charla inteligible.

—Digo —dijo él— que debe estarr ustez más borracho que un cerrdo, si es que no me ve estando como estoy sentado a su lado, y también digo que debe de serr ustez más tonto que un ganso para no creerr lo que dice la prrensa. Es la verdaz, eso es lo que es, palabrra porr palabrra.

—¿Quién es usted, por favor? —dije yo con gran dignidad, aunque algo desconcertado—. ¿Cómo llegó usted hasta aquí y de qué está usted hablando?

—En cuanto a cómo llegué aquí —replicó la figura—, eso no ess de ssu incumbencia; y en cuanto a qué ess de lo que estoy hablando, hablo de lo que me parece bien; y en cuanto a quién soy, es prrecissamente por esso porr lo que vine, parra que lo averriguara ustez mismo.

—Usted es un vagabundo borracho —dije yo—, y pienso hacer sonar la campanilla para que venga mi lacayo y le eche a patadas.

—¡He, he, he! —dijo aquel individuo—. ¡Hu, hu, hu! Eso es algo que no puede ustez hacerr.

—¡Que no puedo! —dije yo—. ¿A qué se refiere?... ¿Que no puedo hacer qué?

—Sonarr la campana —replicó intentando sonreír con su pequeña y repugnante boca.

Al oír esto hice un esfuerzo por levantarme, para poner en práctica mi amenaza; pero aquel rufián se limitó a inclinarse sobre la mesa con gran deliberación, dándome un golpecito en la frente con el gollete de una de las largas botellas, que me hizo caer de nuevo en el sillón del que acababa de levantarme a medias. Me quedé totalmente anonadado, y durante un instante no supe qué hacer. Mientras tanto, él continuó hablando.

—Como puede ustez verr —dijo—, es mejorr que se quede quieto; y ahorra va a saberr ustez quién soy. ¡Fíjese en mí! ¡Mírreme! Soy el *Ángel de lo Extrraño*.

—Bastante extraño sí que es —me aventuré a decir—, pero yo tenía entendido que los ángeles tienen alas.

—¡Alas! —exclamó muy irritado—. ¿Y qué podría yo hacerr con unas alas? ¡Mein Gott! ¿Acaso me toma ustez porr una gallina?

—¡No..., oh no! —repliqué muy alarmado—. No es usted ninguna gallina, desde luego que no.

—Muy bien, pues entonces ssiéntese y compórrtese como es debido, o volverré a golpearrle con mi puño. Son las gallinas las que tienen alas, y los búhos tienen alas, y los duendes tienen alas, y los principales *teuffel*[1] tienen alas. Los ángeles *no* tienen alas, y yo soy el *Ángel de lo Extrraño*.

—Y lo que quiere usted de mí en este momento es... es...

—¡Lo que quiero! —explotó la cosa—. ¡Válgame! ¡Qué pedazo de cachorro malnacido tiene que serr ustez para prreguntarrle a un caballerro que además es un ángel qué es lo que quierre!

Aquella clase de lenguaje era más de lo que yo podía soportar, incluso viniendo de un ángel; de modo que, armándome de valor, cogí un salero que tenía al alcance de la mano y lo lancé en dirección a la cabeza del intruso. Bien lo esquivó, o bien me falló la puntería, el caso es que lo único que conseguí fue destrozar el cristal del reloj que había sobre la chimenea. En cuanto al ángel, evidenció su disgusto por haber sido atacado dándome dos o tres golpes consecutivos, con bastante fuerza, sobre la frente. Esto me redujo inmediatamente a un estado de sumisión, y casi me avergüenzo de confesar que, ya fuera por el dolor o por la humillación, las lágrimas afloraron a mis ojos.

—¡Mein Gott! —dijo el Ángel de lo Extraño, aparentemente muy ablandado por mi sufrimiento—. Mein Gott, este hombrre está o muy bebido o muy arrepentido. No debe ustez beberrlo tan fuerrte, debe ustez ponerr agua en el vino. Tenga, bébase esto, como un buen muchacho, y no me llorre más... ¡No!

Diciendo lo cual, el Ángel de lo Extraño rellenó mi copa (que contenía como un tercio de Oporto) con un fluido incoloro que vertió de una de sus manos-botella. Observé que las botellas tenían etiquetas alrededor de los golletes, y que en ellas ponía «Kirschenwasser».

Aquella prueba de amable consideración por parte del Ángel me aplacó en buena medida; y ayudado por el agua con que diluyó mi Oporto en más de una ocasión, acabé recuperando el humor necesario para escuchar su extraordinario discurso. No pretendo acordarme de todo lo que me dijo, pero la conclusión a la que llegué después de haberle oído fue que él era el genio director de todos los *contretemps* de la humanidad, y que su labor consistía en provocar los extraños accidentes que continuamente asombran al más escéptico. Una o dos veces, cuando me aventuré a expresar mi total incredulidad con respecto a sus pretensiones, se enfadó sobremanera, de modo que finalmente consideré que lo más sensato sería no decir nada y dejarle hablar a su aire. Siguió hablando, por lo tanto, durante largo rato, mientras yo me limitaba a seguir recostado en mi silla con los ojos cerrados, mientras me

---

[1] Demonio, en alemán.

entretenía masticando pasas y tirando los rabos por todo el cuarto. Pero al cabo de un rato, el Ángel interpretó mi actitud como un gesto de desdén. Se levantó con terrible furia, inclinó su embudo sobre sus ojos, lanzó un enorme juramento, me lanzó algún tipo de amenaza que no alcancé a comprender del todo bien, y finalmente me hizo una reverencia y se marchó, deseándome, con el lenguaje del arzobispo de la obra Gil Blas, «beocoup de bonheur et un peu plus de bon sens».

Su partida fue para mí un alivio. Los *poquísimos* vasos de Lafitte que había tomado habían tenido el efecto de dejarme adormilado, y me sentía inclinado a echar una cabezadita de unos quince o veinte minutos, como tengo por costumbre hacer después de comer. A las seis tenía una cita importante, a la que era absolutamente indispensable que acudiera. La póliza de seguro de mi casa había expirado el día anterior, y habiéndose producido ciertos roces, quedó acordado que a las seis me viera con la Junta de directores de la compañía para fijar las condiciones de la renovación. Echando un vistazo al reloj que había sobre la chimenea (ya que me sentía demasiado perezoso para sacar el mío) observé con placer que me quedaban aún veinticinco minutos por matar. Eran las cinco y media; podría llegar con facilidad a las oficinas del seguro en cinco minutos a pie, y mis siestas normales jamás se han excedido de los veinticinco minutos. Me sentí suficientemente seguro en consecuencia, y me dispuse a dejarme caer en brazos de Morfeo.

Habiéndolo hecho a mi entera satisfacción, miré de nuevo en dirección al reloj, y estuve casi tentado de creer en los accidentes extraños al ver que en lugar de los habituales quince o veinte minutos había estado durmiendo durante tan sólo tres, ya que faltaban aún veintisiete minutos para la hora de mi cita. Volví, por lo tanto, a mi siesta, y al despertarme al cabo de un rato descubrí totalmente desconcertado que aún faltaban veintisiete minutos para las seis. Me levanté de un salto para examinar el reloj, descubriendo que había dejado de funcionar. Mi reloj de bolsillo me informó de que eran las siete y media; y como es lógico, después de haber dormido dos horas, era ya demasiado tarde para asistir a mi cita.

—No pasará nada —dije—. Puedo llamar mañana por la mañana a la oficina y excusarme. Y ahora, mientras tanto, ¿qué podrá haberle pasado al reloj?

Al examinarlo descubrí que uno de los rabos de pasa que tan descuidadamente había estado arrojando por toda la habitación durante el discurso del Ángel de lo Extraño, había pasado a través del cristal roto y se había alojado, cosa bastante singular, en el orificio de la llave, con un extremo proyectándose hacia el exterior, que había obstaculizado el movimiento del minutero.

—¡Ah! —dije yo—. Ya veo cómo ha sido. Esto habla por sí mismo. Un accidente natural, ¡de los que tienen que ocurrir de cuando en cuando!

Sin dar más vueltas a la cuestión, me retiré a dormir a la hora habitual. En mi dormitorio, una vez colocada una vela sobre un atril de lectura que tenía a la cabecera de la cama, y después de intentar leer unas cuantas páginas de la *Omnipresencia de la Deidad*, tuve la desgracia de quedarme dormido en menos de veinte segundos, dejando la vela tal y como estaba, encendida.

Mis sueños se vieron terroríficamente plagados de visiones del Ángel de lo Extraño. Me parecía verle al pie del sofá, abriendo las cortinas amenazándome, con el hueco y detestable tono de un odre de ron, con las más terribles venganzas por el desprecio con el que le había tratado. Concluía una larga arenga, quitándose su embudo-gorra, insertando su extremo en mi garganta e inundándome con un verdadero océano de «Kirschenwasser», que fluía en un chorro continuo de una de las botellas de largo cuello que hacían en él las veces de brazos.

Finalmente, mi agonía se hizo insufrible, y me desperté justo a tiempo de ver que una rata se había llevado la vela del atril, pero no de impedir que se escapara con ella metiéndose en su agujero. Muy pronto un olor fuerte y sofocante asaltó mi nariz; la casa, percibí con claridad, estaba ardiendo. En cuestión de pocos minutos las llamas surgieron con violencia, y al cabo de un intervalo de tiempo increíblemente corto la casa estaba rodeada de llamas.

Toda salida de mi cámara que no fuera a través de una ventana estaba cortada. La muchedumbre, no obstante, se hizo rápidamente con una escalera, extendiéndola hacia mí. Por medio de esto estaba descendiendo rápida y aparentemente a seguro cuando un enorme cerdo, en cuyo estómago rotundo, y de hecho en toda su actitud y toda su fisonomía había algo que me recordaba al Ángel de lo Extraño..., cuando este cerdo, como iba diciendo, que hasta aquel momento había estado dormitando pacíficamente en el barro, decidió repentinamente que necesitaba rascarse el hombro izquierdo y no consiguió encontrar nada más adecuado para este propósito que el pie de la escalera. Al instante caí al suelo, y tuve la desgracia de romperme un brazo.

Este accidente, junto con la pérdida de mi seguro y la pérdida aún más grave de mi pelo, que se me había chamuscado en su totalidad a causa del fuego, me predispuso a adoptar una actitud más seria ante la vida, de modo que finalmente me decidí a buscar una esposa. Había una viuda rica y desconsolada por la pérdida de su séptimo marido, y fue a su espíritu herido al que ofrecí el bálsamo de mis votos matrimoniales. Ella accedió, finalmente, a mis súplicas. Me arrodillé a sus pies, lleno de gratitud y adoración. Ella se sonrojó e inclinó la cabeza, poniendo su exuberante cabellera en estrecho contacto con los rizos que temporalmente me habían sido suministrados por Grandjean. No sé cómo se produjo el enredo, pero sé que se produjo. Me levanté con el cráneo brillante y desprovisto de peluca; ella, desdeñada e iracunda, medio ahogada por un pelo extraño. Así acabaron mis aspiraciones por la viuda a causa de un accidente imprevisible, sin duda, pero que la secuencia natural de los acontecimientos había producido.

No obstante, sin desesperar, me lancé al asedio de un corazón menos implacable. Mi suerte fue de nuevo favorable durante un breve período de tiempo; pero una vez más un incidente trivial se interpuso entre mi amada y yo. Había quedado citado con mi prometida en una avenida donde se encontraba toda la *élite* de la ciudad, e iba yo a toda prisa a darle la bienvenida con una de mis más celebradas reverencias, cuando una pequeña partícula de alguna sustancia extraña, que se me introdujo en el rabillo del ojo, me dejó momentáneamente cegado. Antes de que consiguiera recobrar la vista, la dama de mis amores había desaparecido, afrentada irreparablemente por lo que ella consideraba la grosería de pasar por delante de ella sin saludarla. Mientras estaba aún desconcertado por lo repentino de aquel accidente (que, no obstante, podía haber sucedido a cualquier persona bajo el sol) y seguía aún sin poder ver, me abordó el Ángel de lo Extraño, que me ofreció su ayuda con una educación que jamás hubiera esperado de él. Examinó mi ojo molesto con mucha delicadeza y habilidad; me informó que tenía una gota metida en él, y (fuera lo que fuese una «gota») me la extrajo, procurándome alivio.

Después de aquello llegué a la conclusión de que iba siendo ya hora de morir (ya que la mala fortuna parecía haber decidido perseguirme), y en consecuencia encaminé mis pasos al río más cercano. Una vez allí, y quitándome las ropas (ya que no existe ninguna razón por la que no podamos morir igual que hemos nacido), me lancé de cabeza a la corriente, siendo el único testigo de mi suerte un cuervo solitario que se había sentido tentado de comer trigo saturado en coñac y se había alejado en consecuencia, dando traspiés, de sus compañeros. No había hecho yo más que entrar en el agua cuando a aquel ave se le metió en la cabeza salir volando con la parte más indispensable de mi vestuario. Pospuse en consecuencia mi suicidio por el momento, limitándome a introducir mis extremidades inferiores en las mangas de la chaqueta, y me lancé a la captura de aquel felón con toda la agilidad que el caso requería y las circunstancias permitían. Pero mi negro destino seguía aún conmigo. Mientras iba corriendo a toda velocidad, con mi nariz dirigida hacia el cielo y con la atención fija en el ladrón de mi propiedad, percibí súbitamente que mis pies no tocaban ya *terra firma*. Lo que había sucedido era que acababa de saltar por un precipicio, y me hubiera hecho pedazos inevitablemente si no hubiera tenido la suerte de agarrarme al extremo de un larga cuerda-guía que colgaba de un globo que pasaba por allí.

En cuanto recuperé el suficiente sentido como para comprender el terrible lío en el que estaba metido, o más bien suspendido, puse toda la fuerza de mis pulmones en el empeño de que ese peligro fuera también conocido por el astronauta que debía ir más arriba. Pero durante largo rato mis esfuerzos fueron en vano.

O bien el muy idiota no me veía, o el muy villano no quería oírme. Mientras tanto, la máquina seguía volando rápidamente, y mis fuerzas me fallaban aún más rápidamente. Pronto estuve a punto de resignarme a mi destino, dejándome caer tranquilamente en el mar, cuando mi espíritu se vio reanimado súbitamente por una voz hueca proveniente de más arriba, que parecía estar tarareando perezosamente algún trozo de ópera. Mirando en su dirección vi al Ángel de lo Extraño. Estaba inclinado, con los brazos cruzados, sobre el borde de la cesta, y tenía una pipa en la boca a la que daba plácidas chupadas, dando la impresión de estar en excelentes términos consigo mismo y con el universo. Yo estaba demasiado exhausto para hablar, de modo que me quedé mirándole con gesto implorante.

Durante varios minutos, aunque me miraba directamente a la cara, no dijo nada. Finalmente, cambiando cuidadosamente su bufanda del lado derecho al izquierdo de su boca, condescendió a hablar conmigo.

—¿Quién ess ustez? —preguntó—. ¿Y qué diablos está haciendo ahí?

Ante esta prueba de descaro, crueldad y afectación sólo pude responder con la palabra:

—¡Socorro![2]

—¡Socorro! —repitió el muy rufián—. No seré yo. Ahí tiene la botella, sírvase usted mismo y que el diablo se lo lleve.

Con estas palabras dejó caer una pesada botella de «Kirschenwasser», que, golpeándome en plena coronilla, me hizo pensar que se me habían salido todos los sesos. Impresionado con esta idea estaba a punto de dejar ir la cuerda y abandonar la vida con dignidad cuando me retuvo la voz del Ángel, que me conminaba a aguantar un poco más.

—¡Aguante! —dijo—. No tenga tanta prrisa... ¿No quierre usted otrra botella, o está ya sobrrio y ha recobrado el sentido común?

Al oír esto me faltó tiempo para mover dos veces la cabeza, una en sentido negativo, queriendo decir que prefería no aceptar otra botella por el momento, y otra en sentido afirmativo, con lo que quería implicar que estaba sobrio y que *había* definitivamente recobrado el sentido común. De esta forma conseguí ablandar un tanto al Ángel.

[2] Socorro en inglés es «help». Help tiene también la acepción de servir. Help yourself = sírvase usted mismo. De ahí el juego de palabras.

—¿Entonces crree ustez —me preguntó— al fin? ¿Crree ustez entonces en la posibilidad de lo extraño?

Volví a afirmar con la cabeza.

—¿Y crree ustez en mí, el Ángel de lo Extrraño?

Volví a asentir.

—¿Y reconoce ustez que es un borracho impenitente y que además es un tonto?

Volví a asentir una vez más.

—Entonces meta la mano derrecha en el bolsillo izquierrdo de sus pantalones, como prueba de sumisión total al Ángel de lo Extrraño.

Por motivos obvios me encontré en la absoluta imposibilidad de hacerlo. En primer lugar, me había roto el brazo izquierdo al caer de la escalera, y por lo tanto, si hubiera soltado la mano derecha me hubiera encontrado sin ningún asidero. En segundo lugar, seguiría sin pantalones hasta que me volviera a cruzar con el cuervo. Me vi obligado, pues, lamentándolo mucho, a negar con la cabeza, intentando así hacer comprender al Ángel lo inconveniente que me resultaba, en aquel momento, cumplir su muy razonable orden. No obstante, en el momento en que lo hube hecho...

—¡Entonces váyase al diablo! —rugió el Ángel de lo Extraño.

Cuando hubo pronunciado estas palabras, sacó un afilado cuchillo y cortó la cuerda de la que yo pendía, y como en aquel momento pasábamos por encima de mi casa (que, en el transcurso de mis peregrinaciones había sido cuidadosamente reconstruida), dio la casualidad de que me colé de cabeza por su gran chimenea, yendo a tomar tierra en el hogar del comedor.

Cuando recobré el sentido (ya que la caída me había dejado muy atontado), descubrí que eran alrededor de las cuatro de la mañana. Me quedé tendido en el lugar donde había ido a dar tras mi caída desde el globo. Mi cabeza estaba hundida en las cenizas del fuego apagado, mientras que mis pies reposaban sobre lo que quedaba de una pequeña mesa, que estaba volcada, y entre los restos de un postre variado, entremezclados con un periódico, algunos cristales rotos y un recipiente vacío de «Schiedam Kirschenwasser». Esta fue la venganza del Ángel de lo Extraño.

COMO UN LEÓN

Sátiras del Obispo Hall

> *... Todo el mundo andaba*
> *Sobre los diez dedos de sus pies de puro asombro.*

Yo soy —o mejor dicho *fui*— un gran hombre; pero no soy ni el autor de Junius ni el Hombre de la Máscara de Hierro, ya que mi nombre, según tengo entendido, es el de Robert Jones, y nací en algún lugar de la ciudad de Fum-Fudge.

El primer acto de mi vida fue el de agarrarme la nariz con ambas manos. Mi madre, al verme, consideró que era un genio; mi padre se puso a llorar de alegría y me regaló un tratado de nasología. Antes de que empezara a usar pantalones ya me lo conocía a la perfección.

Empecé entonces a tantear mi camino en el terreno de las ciencias, y pronto comprendí que un hombre que tuviera una nariz lo suficientemente conspicua podría, por el simple expediente de seguirla, llegar a conseguir la filiación a los Leones. Pero mis intereses llegaban más allá de la teoría. Todas las mañanas le daba a mi probóscide un buen tirón y me tragaba media docena de copas de aguardiente.

Cuando fui mayor de edad, mi padre me preguntó un día si querría acompañarle a su estudio.

—Hijo mío —dijo una vez que nos hubimos sentado—, ¿cuál es el objetivo final de tu existencia?

—Padre mío —le respondí—, el estudio de la Nasología.

—¿Y qué es, Robert —me preguntó—, la Nasología?

—Señor —le dije—, es la Ciencia que estudia las Narices.

—¿Y podrías explicarme —me dijo— cuál es el significado de una nariz?

—La nariz, padre mío —le dije muy conmovido—, ha sido definida de diversas formas por aproximadamente un millar de autores —en ese punto saqué mi reloj—. Es ya mediodía, sobre poco más o menos. De aquí a medianoche tendremos tiempo de repasar todas ellas. Por lo tanto, para empezar, la nariz, según Bartholinus, es aquella protuberancia, aquel bulto, aquella excrecencia, que...

—Ya es suficiente, Robert —me interrumpió el bondadoso anciano caballero—. Estoy asombrado por la extensión de tus conocimientos... te aseguro... por mi alma —aquí cerró los ojos, poniéndose la mano sobre el corazón—. ¡Ven aquí! —aquí me cogió del brazo—. Ya se puede considerar que tu educación ha sido completa; ya va siendo hora de que empieces a desenvolverte por tu cuenta, y lo mejor que puedes hacer es seguir tu nariz... de modo que... de modo que... de modo que... —aquí me echó escaleras abajo de una patada, y salí por la puerta—. De modo que fuera de mi casa, ¡y que Dios te bendiga!

Al sentir en mí el divino *afflatus* consideré que aquel accidente había sido más afortunado que otra cosa. Decidí aceptar el consejo paterno. Decidí seguir a mi nariz. Le pegué uno o dos tirones allí mismo y más adelante escribí un panfleto sobre Nasología.

Toda la ciudad de Fum-Fudge estaba alborotada.

—¡Un genio soberbio! —decía el Quarterly.

—¡Un soberbio fisiólogo! —decía el Westminster.

—¡Un individuo inteligente! —decía el Foreign.

—¡Un magnífico escritor! —decía el Edinburgh.

—¡Un pensador profundo! —decía el Dublín.

—¡Un gran hombre! —decía Bentley.

—¡Un alma divina! —decía Fraser.

—¡Uno de nosotros! —dijo Blackwood.

—¿Quién podrá ser? —dijo Mrs. Bas-Bleu.

—¿Qué podrá ser? —dijo miss Bas-Bleu la Mayor.

—¿Dónde podrá estar? —dijo miss Bas-Bleu la Pequeña.

Pero no presté ninguna atención a toda esta gente; me limité a entrar en el estudio de un artista.

La Duquesa de Dios-me-Bendiga estaba posando para su retrato; el Marqués de Esto-y-lo-Otro cuidaba del perrito de lanas de la Duquesa; el conde de Esto-y-Aquello jugueteaba con sus sales, y su Alteza Real del Mírame-y-No-me-Toques estaba recostada contra el respaldo de su silla.

Me aproximé al artista y alcé la nariz.

—¡Oh, maravillosa! —suspiró su Gracia.

—¡Oh, cielos! —ceceó el Marqués.

—¡Oh, escandaloso! —gimió el Conde.

—¡Oh, abominable! —gruñó su Alteza Real.

—¿Cuánto quiere por ella? —preguntó el artista.

—¡Por su nariz! —gritó su Gracia.

—Mil libras —dije yo sentándome.

—¿Mil libras? —inquirió el artista meditativamente.

—Mil libras —dije yo.

—¡Maravillosa! —dijo él, extasiado.

—Mil libras —dije yo.

—¿Me la garantizaría usted? —dijo él, poniendo mi nariz a la luz.

—Sí —dije, hinchándola bien.

—¿Es realmente un original? —inquirió, tocándola con reverencia.

—¡Humph! —dije yo, echándola a un lado.

—¿No se le ha sacado ninguna copia? —me exigió, examinándola al microscopio.

—Ninguna —dije yo, alzándola.

—Admirable —exclamó, desarmado por la belleza de la maniobra.

—Mil libras —dije yo.

—¿Mil libras? —dijo él.

—Exactamente —dije yo.

—Entonces las tendrá —dijo él—. ¡Qué pieza de virtu!

De modo que me firmó un cheque allí mismo e hizo un boceto de mi nariz. Alquilé unas habitaciones en Jermyn Street, y le mandé a su majestad la noventa y nueve edición de mi «Nasología», junto con un retrato de mi probóscide. El pequeño y patético calavera del Príncipe de Gales me invitó a cenar.

Éramos todos leones y *recherches*.

Había un platonista moderno. Citaba a Porphirio, Iamblico, Plotino, Proclo, Hierocles, Máximo, Tyrio y Syriano.

Había un hombre entusiasmado por la hipótesis de la perfectibilidad humana. Citaba a Turgôt, Price, Priestley, Condorcet, De Staël y «El Estudiante Ambicioso en Mal Estado De Salud».

Estaba también sir Paradoja Positiva. Observó que todos los tontos eran filósofos, y que todos los filósofos eran tontos.

Estaba Aestheticus Ethix. Habló acerca del fuego, de la unidad y de los átomos; del alma dual y del alma pre-existente; de la afinidad y la discordia; de la inteligencia primitiva y de la homeomería.

También estaba Teólogos Teología. Habló acerca de Eusebio y Ariano, de la herejía y el Concilio de Niza, del Puseyismo y el consustancialismo, de Homousies y Homoiousios.

Estaba Fricassée del Rocher de Cancale. Mencionó al Muriton de lengua escarlata, las coliflores con salsa *velouté*, la ternera à la St. Menehold, el escabeche à la S. Florentin y la gelatina de naranja *en mosaiques*.

Estaba Bibulus O'Bumper. Tocó el tema de Latour y Markbrünnen, del Mousseux y el Cambertin, del Richbour y el St. George, del Haubrion, Leonville y Medoc, del Barac y el Preignac, del Grâve, del Sauterne, del Lafitte y del St. Peray. Negaba con la cabeza ante el Clos de Vougeot, y era capaz de distinguir con los ojos cerrados la diferencia entre un Jerez y un Amontillado.

Estaba el Señor Tintontintino de Florencia. Él habló en su discurso acerca de Cimabue, Carpaccio y Argoostino. Acerca de la tristeza de

Caravaggio, de la amenidad de Albano, de los colores de Tiziano, de las fraus de Rubens y de las bufonadas de Jan Steen.

Estaba también el presidente de la universidad de Fum-Fudge. Él mantenía la opinión de que en Tracia, la luna recibía el nombre de Bendis, el de Buqbastis en Egipto, el de Diana en Roma y el de Artemisa en Grecia.

Estaba un Gran Turco de Estambul. No podía evitar el pensar que los ángeles eran caballos, gallos y toros, que alguien en el sexto cielo tenía setenta mil cabezas y que la tierra estaba sustentada por una vaca azul celeste, que tenía un incalculable número de cuernos verdes.

Estaba Delphinus Políglota. Nos contó lo que había ocurrido con ochenta y tres tragedias desaparecidas de Esquilo, con las cincuenta y cuatro oraciones de Isaías, con los trescientos noventa y un discursos de Lysias, con los ciento ochenta tratados de Teofrasto, con el octavo libro de las secciones cónicas de Apolonio, con los himnos de Píndaro y con sus ditirambos, y con las cuarenta y cinco tragedias de Homero junior.

Estaba Ferdinand Fitz-Fossillus Feldespato. Nos habló acerca de los fuegos internos y las formaciones del terciario, acerca de los aeriformes, fluidiformes y solidiformes; acerca del cuarzo y la marga, acerca de los esquistos y la turmalina, acerca del yeso y el basalto, acerca del talco y las rocas calcáreas, acerca de la blenda y la hornablenda, acerca de la mica y de los aglomerados, acerca de la cianita y la lepidolita, acerca de la hematita y la tremolita, acerca del antimonio y la calcedonia, acerca del manganeso y de todo lo que se les puede ocurrir.

También estaba yo. Hablé acerca de mí mismo, de mí mismo, de mí mismo; acerca de la Nasología, de mi panfleto y de mí mismo. Alcé mi nariz y hablé acerca de mí mismo.

—¡Un hombre maravillosamente inteligente! —dijo el Príncipe.

—¡Soberbio! —dijeron sus invitados, y a la mañana siguiente, su Gracia de Dios-me-Bendiga me hizo una visita.

—¿Querrá usted ir a casa de Almack, preciosa criatura? —me preguntó, dándome golpecitos en la sotabarba.

—Será un honor para mí —repliqué yo.

—¿Con nariz y todo? —me preguntó.

—¡Por mi vida! —le repliqué.

—Entonces, aquí tiene usted una tarjeta, mi vida. ¿Puedo entonces decir que *irá* usted?

—Mi querida Duquesa, de todo corazón.

—¡Bah! Eso no me vale... Pero, ¿de toda nariz?

—Hasta la última partícula de ella, amor mío —dije yo; de modo que le di un par de estrujones y me encontré en Almack's.

Las habitaciones estaban sofocantemente llenas.

—¡Ahí viene! —dijo alguien desde la escalera.

—¡Ahí viene! —dijo alguien desde más arriba.

—¡Ahí viene! —dijo alguien desde todavía más lejos.

—¡Ha venido! —exclamó la Duquesa—. ¡Ha venido, el muy amorcito —y agarrándome con firmeza las dos manos, me dio tres besos en la nariz.

Esto produjo verdadera sensación.

—*¡Diavolo!* —exclamó el Conde Capricornutti.

—*¡Dios me guarde!* —murmuró Don Stilete.

—*¡Mille tonnerres!* —exclamó el Príncipe de Grenouille.

—*¡Tousand teufel!* —gruñó el Elector de Bluddennuff.

Aquello no se podía soportar. Me enfadé. Me puse grosero con Bluddennuff.

—¡Señor! —le dije—, es usted un babuino.

—¡Señor —replicó él, después de una pausa—, *Donner und Blitzen!*

Esto era lo más que se podía esperar. Intercambiamos nuestras tarjetas. En Chalk, a la mañana siguiente, le arranqué la nariz de un disparo y después fui a visitar a mis amigos.

—*¡Bète!* —dijo el primero.

—*¡Bobo!* —dijo el segundo.

—*¡Imbécil!* —dijo el tercero.

—*¡Asno!* —dijo el cuarto.

—*¡Mentecato!* —dijo el quinto.

—*¡Simplón!* —dijo el sexto.

—*¡Lárgate!* —dijo el séptimo.

A la vista de aquello, empecé a sentirme mortificado, y, en consecuencia, fui a ver a mi padre.

—Padre —le pregunté—, ¿cuál es el objetivo fundamental de mi vida?

—Hijo mío —me replicó—, sigue siendo el estudio de la Nasología, pero al acertarle en la nariz al elector has ido más allá de lo deseable. Tú tienes una magnífica nariz, eso es cierto, pero, por otro lado, Bluddennuff no tiene nariz. Tú has sido condenado y él se ha convertido en el héroe de la jornada. Concedido que en Fum-Fudge, la grandeza de un león se mide en razón al tamaño de su probóscide, pero, ¡el cielo me valga! ¿Cómo se puede competir con un león que no la tiene en absoluto?

CÓMO ESCRIBIR UN ARTÍCULO
DE BLACKWOOD

«En el nombre del Profeta... higos.»

Voces del vendedor de higos Turco.

Supongo que todo el mundo ha oído hablar de mí. Mi nombre es Signora Psyche Zenobia. Esto lo sé con seguridad. Sólo mis enemigos me llaman Suky Snobbs. Me han asegurado que Suky es una vulgar corrupción de Psyche, que es una palabra griega que significa «el alma» (esa soy yo, soy toda espíritu), y a veces, «una mariposa», lo que, sin duda, alude al aspecto que tengo con mi nuevo traje de satén carmesí, con el *mantelet* árabe azul cielo y las orlas de *agraffas* verdes, y los siete faralaes de *aurículas* de color naranja. En cuanto a Snobbs..., cualquier persona que se tomara la molestia de mirarme dos veces se daría cuenta de que mi nombre no es Snobbs. Miss Tabitha Turnip propagó ese rumor, movida por pura envidia. ¡Precisamente Tabitha Turnip! ¡La pobre infeliz! Pero, ¿qué se podía esperar de un nabo como ella? Me pregunto si conocerá el viejo adagio acerca de «sacar sangre de un nabo», etcétera (recordar: decírselo en la primera ocasión que surja, recordar también tirarle de las narices). ¿Por dónde iba? ¡Ah! Me han asegurado que Snobbs no es más que una corrupción de Zenobia, y que Zenobia fue una reina (igual que yo. El Doctor Moneypenny siempre me llama la Reina de Corazones), y que Zenobia, al igual que Psyche, es griego del bueno, y que mi padre era «un griego», y que, en consecuencia, tengo derecho a mi patronímico, que es Zenobia, y no Snobbs. La única que me llama Suky Snobbs es Tabitha Turnip; yo soy la Signora Psyche Zenobia.

Como ya dije antes, todo el mundo ha oído hablar de mí. Yo soy esa Signora Psyche Zenobia, tan justamente célebre como secretaria corresponsal de la «*Asociación Singular, Operativa, Moral de Bellas y Retoños, Oficial de Salmodias Originales, Libros, Odontólogos, Tratados, Estudios, Ditirambos, En Azote, de la Zafiedad, Universal,*

Localizada». El Doctor Moneypenny fue el que se inventó el nombre, y dice que lo eligió así porque suena grandioso, como un tonel de ron vacío. (Es un hombre vulgar, que a veces..., pero es un hombre profundo.) Todos ponemos las iniciales de la sociedad detrás de nuestros nombres, como lo hacen los miembros de la R. S. A. (Real Sociedad de las Artes), de la S. D. U. K. (Sociedad para la Difusión de Conocimientos Útiles), etcétera. El Doctor Moneypenny dice que la «S» viene de rancio, y que «D. U. K.» quiere decir pato (lo que no es cierto), y que lo que significa «S. D. U. K.» es pato rancio, y no la sociedad de lord Brougham, pero, por otra parte, el doctor Moneypenny es un hombre tan raro, que nunca se sabe seguro cuándo está diciendo la verdad. En cualquier caso, siempre añadimos al final de nuestros nombres las siglas A. S. O. M. B. R. O. S. O. L. O. T. E. D. E. A. Z. U. L. Es decir, «Asociación Singular Operativa, Moral, de Bellas y Retoños, Oficial de Salmodias Originales, Libros, Odontólogos, Tratados, Estudios, Ditirambos, En Azote, de la Zafiedad, Universal, Localizada», una letra por cada palabra, lo que introduce una clara mejora con respecto a lord Brougham. El Dr. Moneypenny insiste en que las iniciales son toda una definición de nuestro verdadero carácter, pero que me aspen si sé a lo que se refiere.

A pesar de los buenos oficios del doctor y de los enormes esfuerzos que hizo la asociación para hacerse notar, no tuvo un gran éxito hasta que yo me uní a ella. La verdad es que los miembros utilizaban un tono excesivamente frívolo en sus discusiones. Los papeles que se leían todos los sábados por la tarde se caracterizaban más por su estupidez que por su profundidad. No eran más que un revoltillo de sílabas. No existía ninguna investigación acerca de las causas primeras, de los primeros principios. De hecho, no existía investigación alguna acerca de nada. No se prestaba ninguna atención al grandioso aspecto de la «Adecuación de las Cosas». En pocas palabras, no había nadie que escribiera cosas tan bonitas como éstas. Era todo de bajo nivel, ¡mucho! Carecía de profundidad, de erudición, de metafísica, no había nada de lo que los eruditos llaman espiritualidad y que los incultos han decidido estigmatizar llamándolo jerga. (El doctor M. dice que «jerga» se escribe con «j» mayúscula, pero yo sé lo que me hago.)

Al unirme a la sociedad, mi propósito era introducir un mejor estilo tanto en el pensamiento como en los escritos, y todo el mundo sabe hasta qué punto he tenido éxito. Conseguimos ahora tan buenas publicaciones en la A. S. O. M. B. R. O. S. O. L. O. T. E. D. E. A. Z. U. L. como se puedan encontrar incluso en *Blackwood*. Digo *Blackwood*, porque me han asegurado que la mejor literatura sobre cualquier tema es la que aparece en las páginas de la tan justamente celebrada revista. La utilizamos ahora como modelo para todos nuestros temas, y, en consecuencia, estamos consiguiendo una gran notoriedad a gran velocidad. Y, después de todo, tampoco es tan difícil componer un artículo con el sello de *Blackwood*, siempre y cuando uno se tome la cuestión con seriedad. Por supuesto que no me refiero a los artículos políticos. Todo el mundo sabe cómo se hacen éstos, desde que el doctor Moneypenny nos lo explicó. El señor Blackwood tiene unas tijeras de sastre y tres aprendices a sus órdenes. Uno de ellos le alcanza el *Times*, otro el Examiner y el tercero el «Nuevo compendio de Argot Moderno de Gulley». El señor B. se limita a cortar y entremezclar. Eso queda hecho rápidamente. Todo consiste en mezclar un poco del Examiner, «Argot Moderno» y el *Times*, después otro poquito del *Times*, «Argot Moderno» y del *Examiner*, y después del *Times*, el *Examiner* y «Argot Moderno».

Pero el mérito fundamental de la revista radica en la variedad de sus artículos; y de, entre éstos, los mejores vienen bajo el encabezamiento de lo que el señor Moneypenny llama las «*Bizarreríes*» (lo que quiera que pueda significar eso), y el resto de la gente llama las *intensidades*. Este es un tipo de literatura que aprendí a apreciar hace largo tiempo, aunque sólo a raíz de mi última visita al señor Blackwood (como representante de la sociedad) he llegado a conocer el método exacto de su creación. El método es muy sencillo, aunque no tanto como el de los artículos políticos. Cuando llegué a ver al señor B., y una vez que le hice saber los deseos de la Sociedad, me recibió con gran cortesía, llevándome a su estudio y dándome una clara explicación de la totalidad del proceso.

—Mi *querida* señora —dijo él, evidentemente impresionado por mi aspecto majestuoso, ya que llevaba puesto el traje de satén carmesí, con las agraffas verdes y las aurículas de color naranja.

—Mi querida señora —dijo él—, siéntese. La cuestión parece ser ésta: en primer lugar, su escritor de intensidades debe utilizar una tinta muy negra, y una pluma muy grande, con un plumín muy romo. ¡Y fíjese usted bien, Miss Psyche Zenobia! —continuó, después de una pausa, con gran energía y solemnidad—. ¡Fíjese usted bien! *¡Esa pluma jamás-debe-ser-arreglada!* Ahí, madame, está el secreto, el alma de la intensidad. Yo me atrevo a decir que ni un solo individuo, por muy genial que haya sido, ha escrito jamás con una buena pluma, entiéndame usted, un buen artículo. Puede usted partir del supuesto de que cuando un manuscrito se puede leer, no vale la pena leerlo. Este es el principio guía de nuestra fe, y si no está usted de acuerdo con él, habremos de dar por terminada nuestra entrevista.

Hizo una pausa. Pero como yo, por supuesto, no tenía ningún deseo de dar por terminada la entrevista, acepté aquella proposición tan evidente, que era además una verdad de la que había sido consciente desde siempre. Él pareció satisfecho y siguió con su perorata.

—Puede parecer pedante por mi parte, Miss Psyche Zenobia, el recomendarle un artículo, o una serie de artículos a guisa de modelo o materia de estudio, y aun así, no obstante, tal vez fuera lo mejor que le señalara unos cuantos casos. Veamos. Estaba el «muerto viviente», ¡algo fantástico! Era el relato de las sensaciones de un caballero que había sido enterrado antes de que la vida hubiera abandonado su cuerpo... Estaba repleta de buen gusto, terror, sentimiento, metafísica y erudición. Hubiera uno jurado que su autor había nacido y había sido criado en el interior de un ataúd. También tuvimos las «Confesiones de un comedor de Opio». ¡Espléndido, realmente espléndido! Una imaginación gloriosa, filosofía profunda, agudas especulaciones, abundancia de fuego y de furia, todo bien sazonado con toques de lo ininteligible. Aquello era una cháchara de la buena y la gente se la tragó encantada. Tenían la impresión de que Coleridge era el autor, pero no era así. Fue creado por mi babuino preferido, Juniper, con la ayuda de una jarra de Hollands con agua, «caliente y sin azúcar». (Esto me hubiera costado trabajo creerlo si me lo hubiera contado una persona que no fuera el señor Blackwood, que me aseguró que era cierto.) Estaba también «El Experimentalista Involuntario», que trataba de un caballero que fue asado en un horno, y salió vivo y en buen estado, si bien, desde luego, muy hecho. Estaba también «El Diario de un Doctor Extinto», cuyo mérito radicaba en la presencia de magníficos disparates y una indiscriminada utilización del griego, ambos muy del gusto del público. También estaba «El hombre de la campana», que, dicho sea de paso, Miss Zenobia, es una obra que no puedo dejar de recomendar a su atención. Es la historia de una persona joven, que se queda dormida bajo el badajo de la campana de una iglesia y es despertada por el sonar de la campana tocando a funeral. El sonido le vuelve loco, y, en consecuencia, saca su cuadernito y nos describe sus sensaciones. Después de todo, lo fundamental son las sensaciones, que supondrán para usted diez guineas la página. Si desea usted escribir con fuerza, Miss Zenobia, preste minuciosa atención a las sensaciones.

—Eso mismo haré, Mr. Blackwood —dije yo.

—¡Magnífico! —replicó—. Ya veo que es usted un discípulo de los que a mí me gustan. Pero debo ponerla au fait en conocimiento de los detalles necesarios para la composición de lo que podríamos llamar un genuino artículo de Blackwood con el sello de lo sensacional, del tipo que supongo que usted comprenderá que considero el ideal bajo cualquier circunstancia.

—El primer requisito a cumplir es el meterse uno en una situación en la que nadie haya estado antes. El horno, por ejemplo... ese fue un verdadero éxito. Pero si no tiene usted a mano un horno, o una campana grande, y si no le resulta cómodo caerse desde un globo, o que se le trague la tierra en un terremoto, o quedarse atascada en una chimenea, tendrá que conformarse con imaginarse una situación semejante. Yo preferiría, no obstante, que viviera usted la experiencia en cuestión. Nada ayuda tanto a la imaginación como un conocimiento experimental del asunto a tratar. «La verdad es extraña», sabe usted, «más extraña que la ficción», aparte de ser mucho más apropiada.

Al llegar aquí le aseguré que tenía un magnífico par de ligas y que pensaba colgarme de ellas en la primera oportunidad.

—¡Espléndido! —replicó él—, hágalo; aunque ahorcarse está ya algo visto. Tal vez pueda usted hacer algo mejor. Tómese una buena dosis de píldoras de Brandreth y después venga a explicarnos sus sensaciones. No obstante, mis instrucciones se aplican exactamente igual a cualquier caso de desgracia o accidente, y es perfectamente fácil que antes de llegar a su casa, le golpeen en la cabeza, le atropelle un autobús o le muerda un perro rabioso, o se ahogue en una alcantarilla. Pero continuemos con lo que íbamos diciendo.

—Una vez decidido el tema, debe usted tomar en consideración el tono o estilo de su narración. Existe, por supuesto, el tono didáctico, el tono entusiasta, el tono natural, todos suficientemente conocidos. Pero también está el tono lacónico, o seco, que se ha puesto de moda últimamente. Consiste en escribir con frases cortas. Algo como esto: Nunca se es demasiado breve. Nunca, demasiado mordaz. Siempre, un punto. Jamás, un párrafo.

—También está el tono elevado, difuso e interjectivo. Algunos de nuestros mejores novelistas son adictos a este estilo. Todas las palabras deben ser como un torbellino, como una peonza sonora, y sonar de forma muy parecida, lo que suple muy bien la falta de significado. Este es el mejor estilo que se debe adoptar cuando el escritor tiene demasiada prisa para pensar,

—También es bueno el tono metafísico. Si conoce usted palabras ampulosas, ahora es el momento de utilizarlas. Hable de las escuelas Jónica y Eleática, de Architas, Gorgias y Alcmaeon. Diga algo acerca de lo subjetivo y de lo objetivo. Insulte, por supuesto, a un hombre llamado Locke. Desdeñe usted todo en general, y si algún día se le escapa algo un poco *demasiado* absurdo, no tiene por qué tomarse la molestia de borrarlo, añada simplemente una nota a pie de página, diciendo que está usted en deuda por la profunda observación citada arriba con la «*Kritik der reinem Vernunf*», o con «*Metaphysische Anfangsgründe der Naturwissenschaft*». Esto le hará parecer erudita y... y... sincera.

—Hay varios otros tonos igualmente célebres, pero mencionaré tan sólo dos más, el tono transcendental y el tono heterogéneo. En el primero, todo consiste en ver la naturaleza de las cosas con mucha más profundidad que ninguna otra persona. Esta especie de don del tercer ojo resulta muy eficaz cuando se aborda adecuadamente. Leer un poco el *Dial* le ayudará a usted mucho. Evite usted en este caso las palabras altisonantes. Utilícelas lo más pequeñas posible y escríbalas al revés. Ojee los poemas de Channing y cite lo que dice acerca de un «pequeño hombrecillo gordo con una engañosa demostración de Can». Introduzca algo acerca de la Unidad Suprema. No diga ni una sola palabra acerca de la Dualidad Infernal. Sobre todo, trabaje con insinuaciones. Insinúelo todo, no afirme nada. Si tuviera usted el deseo de escribir «pan y mantequilla», no se le ocurra hacerlo de una forma directa. Puede usted decir todo lo que se *aproxime* al «pan y mantequilla». Puede hacer insinuaciones acerca del pastel de trigo negro, e incluso puede usted llegar a hacer insinuaciones acerca del «porridge», pero si lo que quiere usted decir de verdad es pan y mantequilla, sea usted prudente, mi *querida* Miss Psyche, y bajo ningún concepto se le ocurra a usted decir «pan y mantequilla».

Le aseguré que jamás lo haría en toda mi vida. Me besó y continuó hablando:

—En cuanto al tono heterogéneo, no es más que una juiciosa mezcla, a partes iguales, de todos los demás tonos del mundo, y consiste, por lo tanto, en una mezcla de todo lo profundo, extraño, grandioso, picante, pertinente y bonito.

—Supongamos entonces que usted ya ha decidido el tema y el tono a utilizar. La parte más importante, de hecho, el alma de la cuestión, está aún por hacerse. Me refiero al *relleno*. No es lógico suponer que una Dama, ni tampoco un caballero, si a eso vamos, haya llevado la vida de un ratón de biblioteca. Y, no obstante y por encima de todo, es necesario que el artículo tenga un aire de erudición, o al menos pueda ofrecer pruebas de que su autor ha leído mucho. Ahora le explicaré cómo hay que hacer para lograr ese aire. ¡Fíjese! —dijo, sacando tres o cuatro volúmenes de aspecto ordinario y abriéndolos al azar—. Echando un vistazo a casi cualquier libro del mundo, podrá usted percibir de inmediato la existencia de pequeñas muestras de cultura o bel-esprit-ismo, que son precisamente lo que hace falta para sazonar adecuadamente un artículo modelo Blackwood. Podría usted ir apuntando unos cuantos, según se los voy leyendo. Voy a hacer dos divisiones: en primer lugar, *Hechos Picantes para la Elaboración de Símiles, y, en segundo lugar, Expresiones Picantes para Ser Introducidas Cuando la Ocasión lo Requiera*. ¡Ahora escriba!

Y yo escribí lo que él dictaba.

HECHOS PICANTES PARA HACER SÍMILES.—«Originalmente, no había más que tres musas, Melete, Mneme, Aoede: meditación, memoria y canto.» Puede usted sacar mucho partido de ese pequeño hecho si lo utiliza adecuadamente. Debe saber que no es un hecho demasiado conocido y parece *recherché*. Debe usted poner mucha atención en ofrecer el dato con un aire de total improvisación.

—Otra cosa. «El río Alpheus pasaba por debajo del mar y resurgía sin que hubiera sufrido merma la pureza de sus aguas.» Un tanto manido, sin duda, pero si se adorna y se presenta adecuadamente, parecerá más fresco que nunca.

—Aquí hay algo mejor. «El Iris Persa parece poseer para algunas personas un aroma muy fuerte y exquisito, mientras que para otras resulta totalmente carente de olor.» Esto es espléndido y... ¡muy delicado! Se altera un poco y puede dar un resultado prodigioso. Vamos a buscar algo más en el terreno de la botánica. Nada da mejor resultado que eso, especialmente con la ayuda de un poco de latín. ¡Escriba!

—«*El Epidendrum Flos Aeris*, de Java. Tiene una flor de extraordinaria belleza y sobrevive aún cuando ha sido arrancada. Los nativos la cuelgan del techo y disfrutan de su fragancia durante años.» ¡Esto es magnífico! Con esto ya tenemos suficientes símiles. Procedamos ahora con las Expresiones Picantes.

—EXPRESIONES PICANTES.—«La Venerable novela China Ju-kiao-li.» ¡Espléndido! Introduciendo estas pocas palabras con destreza, demostrará usted su íntimo conocimiento de la lengua y literatura chinas. Con la ayuda de esto posiblemente pueda usted arreglárselas sin el árabe, el sánscrito o el chickasaw. No obstante, no se puede uno pasar sin algo de español, latín y griego. Tendré que buscarle algún pequeño ejemplo de cada uno. Cualquier cosa es suficiente, ya que debe usted depender de su ingenio para hacer que encaje en su artículo. ¡Escriba!

—«Aussi tendre que Zaire», tan tierno como Zaire; francés. Alude a la frecuente repetición de la frase *la tendre Zaire*, en la tragedia francesa que lleva ese nombre. Adecuadamente introducida demostrará no sólo su conocimiento de esta lengua, sino también la amplitud de sus lecturas y de su ingenio. Puede usted decir, por ejemplo, que el pollo que estaba comiendo (escriba un artículo acerca de cómo estuvo a punto de asfixiarse por culpa de un hueso de pollo) no resultaba del todo aussi tendre que Zaire. ¡Escriba!

> *Ven muerte tan escondida,*
> *Que no te sienta venir*
> *Porque el placer de morir*
> *No me torne a dar la vida*[3]

---

[3] Esta cita y las sucesivas vienen en sus idiomas originales respectivos.

—Eso es español, de Miguel de Cervantes. Esto puede usted meterlo muy à propos, cuando esté usted en los últimos espasmos de la agonía por culpa del hueso de pollo. ¡Escriba!

> *«Il Pover' huomo che non se'n era accorto,*
> *Andava combattendo, e era morto»*

Esto, como sin duda habrá notado, es italiano, de Ariosto. Significa que un gran héroe, en el ardor del combate, sin darse cuenta de que estaba muerto, seguía luchando, muerto como estaba. La aplicación de esto a su propio caso es evidente, ya que espero, Miss Psyche, que dejará usted pasar al menos una hora y media antes de morir ahogada por el hueso de pollo. ¡Escriba, por favor!

> *«Und sterb', ish doch, so sterb'ich denn*
> *Durch sie durch sie!»*

—Esto es alemán, de Schiller. «Y si muero, al menos muero por ti... ¡por ti!» Aquí es evidente que se dirige usted a la causa de su desastre, el pollo. De hecho, ¿qué caballero (o si a eso vamos, qué dama) con sentido común no moriría, me gustaría saber, por un capón bien engordado de la raza Molucca, relleno de alcaparras y setas, y servido en una ensaladera con gelatina de naranja en mosaiques? ¡Escriba! (Los sirven preparados así en Tortoni's.) ¡Escriba, hágame el favor!

—Aquí hay una bonita frase en latín, que además es rara (uno no puede ser demasiado recherché ni breve al hacer citas en latín, se está haciendo tan vulgar...): ignoratio elenchi. Él ha cometido un ignoratio elenchi, es decir, ha comprendido las palabras de lo que ha dicho usted, pero no su contenido. El hombre es un tonto, ¿comprende? Algún pobre idiota al que usted se dirige mientras se ahoga con el hueso de pollo, y que, por lo tanto, no sabe de lo que estaba usted hablando. Tírele a la cara el ignoratio elenchi e instantáneamente le habrá usted aniquilado. Si osa replicar, puede usted hacerle una cita de Lucano (aquí está), que los discursos no son más que anemonae verborum, palabras anémona. La anémona, a pesar de sus brillantes colores, carece de olor. O, si empieza a ponerse violento, puede caer sobre él con insomnia Jovis, el arrobamiento jupiteriano, una frase que Silius Itálicus (fíjese, aquí) aplica a las ideas pomposas y grandilocuentes. Esto, sin duda, le herirá en lo más vivo. No podrá hacer nada mejor que dejarse caer y morir. ¿Tendría usted la amabilidad de escribir?

—En griego tenemos que buscar algo bonito, por ejemplo, algo de Demóstenes.

Ανερο φενων χαι παχλιν μαχεσεται

Existe una traducción tolerablemente buena de esto en Hudibras,

«Porque aquel que huye puede volver a luchar.
Lo que jamás podría hacer el que ha sido muerto.»

En un artículo *Blackwood*, nada queda tan bien como el griego. Las mismas letras tienen un cierto aire de profundidad. ¡Observe tan sólo, Madame, el aspecto astuto de esa épsilon! ¡Esa «pi» debería, sin duda, ser obispo! ¿Puede haber alguien más listo que esa omicrón? ¡Fíjese en esa tau! En pocas palabras, no hay nada como el griego para un artículo de verdadera sensación. En el caso presente, la aplicación que puede usted hacer de esto es de lo más evidente. Lance usted la frase, junto con algún terrible juramento y a modo de ultimátum al villano cabezota e inútil, que fue incapaz de comprender lo que le estaba diciendo en relación con el hueso de pollo. Él aceptará la insinuación y se irá, puede usted estar segura.

Estas fueron todas las instrucciones que el Sr. B. pudo darme acerca de aquel tema, pero, en mi opinión, eran más que suficiente. Al cabo de un tiempo, fui capaz de escribir un genuino artículo de *Blackwood* y decidí seguir haciéndolo a partir de entonces. Al despedirnos, el Sr. B. me propuso comprarme el artículo una vez que lo hubiera escrito, pero como no podía ofrecerme más que cincuenta guineas por hoja, decidí que sería mejor dárselo a nuestra sociedad, antes que sacrificarlo por una suma tan escasa. A pesar de su tacañería, el caballero tuvo todo tipo de consideración conmigo en los demás aspectos y me trató de hecho con la mayor educación. Sus palabras de despedida se grabaron profundamente en mi corazón, y espero recordarlas siempre con gratitud.

—Mi querida Miss Zenobia —me dijo con los ojos inundados de lágrimas—, ¿existe *cualquier* otra cosa que pueda yo hacer para favorecer el éxito de su laudable labor? ¡Déjeme reflexionar! Cabe dentro de lo posible que no pueda usted, en un cierto margen de tiempo, a... a... ahogarse, o... asfixiarse con un hueso de pollo, o... o... ahorcarse, o... ser mordida por un... ¡pero espere! Ahora que lo pienso, tenemos un par de espléndidos *bulldogs* en el patio, unos animales magníficos, se lo aseguro, salvajes y todo eso... de hecho, son justo lo que usted necesita. En cuestión de cinco minutos se la habrán comido entera, con todo y *aurículas* (aquí tiene usted mi reloj), y ¡piense usted tan sólo en las sensaciones! ¡Tom, Peter, aquí! Dick, maldito seas, deja salir a ésos —pero como yo realmente tenía mucha prisa, y no podía perder ni un minuto más, tuve, muy para mi disgusto, que acelerar mi partida y, en consecuencia, me despedí inmediatamente, y de una manera algo más brusca de lo que la cortesía recomienda en otras circunstancias.

Mi objetivo fundamental, una vez terminada mi visita al señor Blackwood, era el meterme en algún tipo de dificultad inmediatamente, siguiendo sus recomendaciones, y con este propósito pasé la mayor parte del día vagando por Edimburgo, en busca de aventuras desesperadas, aventuras que fueran adecuadas a la intensidad de mis emociones, y que se adaptaran a las ambiciosas características del artículo que había decidido escribir. Durante esta excursión me acompañaba un sirviente negro, Pompey, y mi perrita faldera, «Diana», a la que había traído conmigo desde Filadelfia. No obstante, no fue hasta bien entrada la tarde cuando, por fin, tuve éxito en mi ardua empresa. Fue entonces cuando ocurrió un importante suceso, cuya sustancia y resultados son los referidos en el artículo de Blackwood que sigue.

UNA SITUACIÓN COMPROMETIDA

«¿Qué mala fortuna, buena dama,
la ha dejado así de desamparada?» (COMUS)

Era una tarde quieta y tranquila cuando salí a las calles de la hermosa ciudad de Edina[4]. La agitación y la confusión que reinaban en las calles eran terribles. Los hombres hablaban. Las mujeres chillaban. Los niños se asfixiaban. Los cerdos gruñían. Los carros traqueteaban. Los toros bramaban. Los caballos relinchaban. Las vacas mugían. Los gatos maullaban a coro. Los perros bailaban. ¡Bailaban! ¿Sería posible? ¡Bailaban! Lástima, pensé yo, ¡mis días de bailarina acabaron ya! Así pasa siempre. Qué multitud de tristes recuerdos se agolpan de cuando en cuando en la mente del genio y de la imaginación contemplativa, especialmente en la del genio condenado a la incesante, y eterna, y continua, y podríamos decir, la continuada, sí, la continua y continuada, amarga, molesta, preocupante, y si se me permite decirlo, la muy atormentadora presencia de la serena, y divina, y celestial, y exaltante, y elevada, y el purificador efecto de lo que podríamos llamar correctamente la más envidiable, la más verdaderamente envidiable, ¡qué digo!, la más benignamente hermosa, la más delicadamente etérea, y como aquel que dice la más bonita (si se me permite utilizar un término tan atrevido) cosa (pido excusas a mis comprensivos lectores) del mundo, pero siempre me dejo llevar por mis emociones. En tal estado de ánimo, repito, ¡qué multitud de recuerdos se agolpan en nuestra mente bajo la influencia de cualquier bagatela! ¡Los perros bailaban! Yo... ¡yo no podía! Ellos retozaban... yo lloraba. Ellos hacían cabriolas... yo gemía en voz alta. ¡Conmovedora circunstancia! Que no pueden dejar de traer a la memoria del lector de clásicos aquel exquisito pasaje en relación con la adecuación de las cosas, que aparece al comienzo del tercer volumen de aquella admirable y venerable novela china, el Jo-Go-Slow[5].

---

[4] Edina = es una simplificación de la pronunciación de Edinburgh.
[5] Hace referencia al capítulo anterior, en que se cita como nombre real, Ju-Kiao-Li, que es fonéticamente semejante a Jo-Go-Slou, que significa, literalmente, Joe, vete despacio.

En mi solitario caminar a través de la ciudad tuve dos humildes pero fieles compañeros. Diana, mi perrita, ¡la más dulce de las criaturas! El pelo le caía sobre uno de los ojos y llevaba una cinta azul elegantemente atada alrededor de su cuello. Diana no media más de cinco pulgadas de altura, pero su cabeza era ligeramente mayor que su cuerpo, y como tenía la cola cortada muy al ras, daba un aspecto de inocencia ofendida que la hacía ser la favorita de todo el mundo.

Y Pompey, ¡mi negro! ¡El dulce Pompey! ¡Cómo podría olvidarle jamás! Yo me había cogido del brazo de Pompey. Medía tres pies de altura (me gusta ser distinta de los demás) y tenía setenta, o tal vez ochenta años de edad. Tenía las piernas arqueadas y era corpulento. Su boca no era lo que podríamos decir pequeña, ni tampoco sus orejas. No obstante, sus dientes eran como perlas y sus enormes ojos claros eran deliciosamente blancos. La naturaleza había olvidado dotarle de cuello y había dispuesto sus talones (lo que es corriente entre los de su raza) en la mitad de la parte superior de sus pies. Se vestía con llamativa simplicidad. Su única vestimenta consistía en un bastón de unas nueve pulgadas de altura y un abrigo raído casi nuevo que había pertenecido previamente al alto, elegante e ilustre doctor Moneypenny. Era un buen abrigo. Estaba bien cortado. Estaba bien hecho. El abrigo era casi nuevo. Pompey evitaba que tocara el suelo, sujetándolo con ambas manos.

Había tres personas en nuestro grupo, y dos de ellas han sido ya citadas. Había una tercera; esa tercera persona era yo. Yo soy la signora Psyche Zenobia. No soy Suky Snobbs. Mi aspecto es imponente. En la memorable ocasión a la que me refiero llevaba puesto un traje de satén carmesí, con un mantelet árabe azul cielo. Y el traje tenía adornos de agraffas, y siete elegantes faralaes de aurículas color naranja. Por lo tanto yo era la tercera persona del grupo. Estaba la perrita. Estaba Pompey. Estaba yo. Éramos tres. De la misma forma que se dice que había originalmente sólo tres Furias, Melty, Nimmy y Hetty[6], es decir, meditación, Memoria e interpretación del violín.

Apoyándome en el brazo del galante Pompey y seguida a respetable distancia por Diana, eché a andar por una de las populosas y muy agradables calles de la ahora desierta ciudad de Edina. De repente vimos ante nosotros una iglesia, una catedral gótica enorme, venerable y con una gran torre que apuntaba hacia el cielo. ¿Qué locura fue la que entonces me poseyó? ¿Por qué fui a toda prisa a encontrarme con mi destino? Me vi inundada por el incontrolable deseo de subir a aquel

---

[6] Nuevamente hace referencia al capítulo anterior: las furias son en realidad musas, y son Melete, Mneme y Aoede, nombres que son también fonéticamente semejantes a los citados arriba en idioma inglés.

altísimo pináculo para ver desde allí la inmensa extensión de la ciudad. La puerta de la catedral parecía invitarme a entrar. Prevaleció mi destino. Atravesé aquel ominoso umbral. ¿Dónde estaba entonces mi ángel guardián? Si es que de hecho existe esa clase de ángeles. ¡Sí! ¡Qué inquietante monosílabo! ¡Qué mundo de misterio, de significados y de duda, de incertidumbre, está escondido tras esas dos letras! ¡A través del ominoso umbral! Entré, y sin que mis aurículas naranjas sufrieran ningún daño, pasé por debajo del portal, emergiendo en el interior del vestíbulo. De igual forma que se dice que el inmenso río Alfred[7] pasaba ileso y sin mojarse por debaio del mar.

Pensé que la escalera no acabaría nunca. ¡Vueltas! Sí, daba vueltas y vueltas, y vueltas y vueltas, y vueltas y vueltas, hasta que no pude por menos que suponer, junto con el sagaz Pompey, sobre cuyo brazo me apoyaba con toda la confianza que me daba mi antiguo afecto por él..., no pude por menos de suponer que la parte superior de aquella escalera espiral había sido accidentalmente, o tal vez voluntariamente, arrancada. Hice una pausa para recuperar el aliento y en ese momento ocurrió un accidente de una naturaleza excesivamente trascendente desde un punto de vista moral, así como metafísico, como para ser pasado por alto sin más ni más. Me pareció —de hecho estaba casi totalmente segura de ello— que no podía haberme equivocado, ¡no! Llevaba un rato observando atentamente y con gran angustia los movimientos de Diana —insisto en que no podía haberme equivocado—. ¡Diana *había olido una rata*! Inmediatamente puse a Pompey al corriente del asunto, y él..., él estuvo de acuerdo conmigo. Entonces ya no había lugar a dudas. La rata había sido olida, y había sido Diana la que lo había hecho. ¡Cielos! ¿Podré olvidar alguna vez la tensa excitación de aquel momento? ¡La rata! —allí estaba—, es decir, estaba por allí en alguna parte. Diana la olía. Yo... ¡yo no podía! De la misma manera que se dice que la Isis prusiana[8] tiene para algunas personas un olor dulce y penetrante, mientras que para otras resulta totalmente carente de olor.

Habíamos remontado la escalera y ya no quedaban entre nosotros y la cumbre más de tres o cuatro escalones. Seguimos ascendiendo y pronto no nos quedó más que un escalón. ¡Un escalón! ¡Un pequeño, un diminuto escalón! ¡Hasta qué punto puede llegar a depender la totalidad de la felicidad o de la miseria humana de un pequeño escalón como ése en la gran escalera de la vida! Pensé en mí misma, después en Pompey y después en el misteroso e inexplicable destino que nos rodeaba. ¡Pensé en Pompey!... ¡Ay de mí, pensé en el amor! ¡Pensé en los pasos[9] que había dado en falso, y que podría volver a dar. Resolví ser

[7] Se refiere al río Alpheus, citado en el capítulo anterior.
[8] Se refiere a la Iris Persa, citada en el capítulo anterior.
[9] Pasos en inglés es «steps», que significa también escalón.

más cautelosa, más reservada. Abandoné el brazo de Pompey, y aun sin su ayuda remonté el escalón que faltaba, llegando al campanario. Inmediatamente detrás de mí entró mi perrita. Tan sólo Pompey quedó atrás. Me quedé en la cumbre de la escalera, dándole ánimos para que se reuniera conmigo. Me alargó la mano y, desafortunadamente, al hacerlo se vio obligado a soltar su presa sobre el abrigo. ¿Acaso jamás abandonarán los dioses esta persecución? El abrigo cayó al suelo, y, con uno de sus pies, Pompey pisó los largos faldones de éste. Tropezó y cayó. Fue una consecuencia inevitable. Cayó hacia adelante y me golpeó con su maldita cabeza en medio del... en el pecho, precipitándome, junto con él, al duro, mugriento y detestable suelo del campanario. Pero mi venganza fue firme, repentina y completa. Agarrándole furiosamente por el pelo con ambas manos le arranqué una enorme cantidad de material negro, rígido y rizado, arrojándolo al suelo con el mayor desdén imaginable. Cayó entre las cuerdas que había en el campanario y allí se quedó. Pompey se levantó sin decir una palabra, pero me miró con pena con aquellos grandes ojos y... suspiró... ¡Oh, dioses!... ¡Qué suspiro! Se clavó en mi corazón. Y aquel pelo... ¡Aquella lana! Si hubiera podido la hubiera bañado con mis lágrimas, como testimonio de mi arrepentimiento. Pero, pobre de mí, estaba totalmente fuera de mi alcance el hacerlo. Al verlo colgar de las cuerdas de la campana me pareció como si estuviera vivo. Me pareció que se ponía erecto de indignación. Al igual que la *happy-dandy* Flos Aeris[10] de Java, produce una hermosísima flor que vive aunque la planta haya sido arrancada. Los nativos la cuelgan del techo y disfrutan de su fragancia durante años.

Nuestra disputa había llegado a su fin, y miramos a nuestro alrededor en busca de alguna abertura a través de la cual pudiéramos ver la ciudad de Edina. No había ninguna ventana. La única luz que conseguía penetrar en aquella cámara tenebrosa procedía de una abertura cuadrada, de aproximadamente un pie de diámetro, que estaba como a unos siete pies del suelo. Pero, ¿qué hay que no pueda llevar a cabo la energía del genio verdadero? Decidí trepar hasta aquel agujero. Cerca del agujero, en el lado opuesto, había una gran cantidad de ruedas, piñones y demás maquinaria de aspecto cabalístico, y a través del agujero pasaba una barra de hierro procedente de ésta. Entre las ruedas y la pared donde estaba el agujero no quedaba prácticamente sitio para pasar, pero yo estaba desesperada y decidida a seguir adelante. Llamé a Pompey.

—Te habrás fijado en esa abertura, Pompey. Quiero ver lo que hay al otro lado. Ponte aquí, debajo del agujero..., así. Ahora pon una

[10] Se refiere a la *Epidendorum Flos Aeris*, citada en el capítulo anterior.

mano, Pompey, y permíteme que me suba encima..., así. Ahora, la otra mano, Pompey, y con su ayuda podré subirme sobre tus hombros.

Él hizo todo lo que yo deseaba, y descubrí, una vez arriba, que podía pasar fácilmente la cabeza y el cuello a través de la abertura. La vista era sublime. Nada podría haber sido más magnífico. Me entretuve un momento pidiéndole a Diana que se portara bien, y asegurando a Pompey que actuaría con consideración y procuraría no pesarle demasiado. Le dije que sería tierna con sus sentimientos, *ossi tender que beef-steak*[11]. Habiendo cumplido este acto de justicia para con mi fiel amigo, me lancé con gran ímpetu y entusiasmo al disfrute de la escena que tan generosamente se extendía ante mis ojos.

Sobre este tema, no obstante, no voy a extenderme. No voy a describir Edimburgo. Todo el mundo ha estado en Edimburgo, la Edina clásica. Me limitaré a describir los angustiosos detalles de mi propia y lamentable aventura. Habiendo satisfecho en cierta medida mi curiosidad acerca de la extensión, situación y el aspecto general de la ciudad, tuve tiempo suficiente para examinar la iglesia en la que estaba y la delicada arquitectura de la torre. Observé que la abertura a través de la cual había sacado la cabeza era la abertura de la esfera de un reloj gigante, que desde la calle debía parecer un enorme agujero para meter una llave, como los que vemos en las esferas de los relojes franceses. Sin duda, su función verdadera era la de permitir el paso del brazo del encargado cuando hiciera falta ajustar las agujas del reloj desde dentro. Observé también con gran sorpresa las inmensas dimensiones de las citadas agujas, la más larga de las cuales debía medir no menos de diez pies de largo y ocho o nueve pulgadas de ancho en la parte más gruesa. Parecían ser de acero macizo, y sus bordes, afilados. Habiendo observado estos detalles, y algunos otros, volví de nuevo la vista hacia la gloriosa perspectiva que se extendía ante mí, quedándome absorta en su contemplación.

Al cabo de algunos minutos me vi arrancada de mi arrobamiento por la voz de Pompey, que declaraba que no podía aguantar más y que me pedía que hiciera el favor de bajarme. Aquello me pareció poco razonable, y así se lo dije con un discurso relativamente extenso. Él me replicó, demostrando una clara falta de comprensión de mis ideas acerca del tema. En consecuencia, me irrité y le dije en pocas palabras que era un idiota, que acababa de cometer un *ignoramus e-clench-eye*[12], que sus ideas no eran más que *insommary Bovis*[13] y que sus palabras eran

---

[11] Se refiere a la frase aussi tendre que Zaire, citada en el capítulo anterior.
[12] Ignoratio elenchi, ver capítulo anterior.
[13] Insomnia Jovis, ver capítulo anterior.

poco más que an enneimywerrybor'em[14]. Con esto pareció quedar satisfecho y yo continué con mis contemplaciones.

Debió ser como media hora después de este altercado, estando yo profundamente absorta en el celestial paisaje que se extendía a mis pies, cuando fui sorprendida por la suave presión en mi cogote de algo muy frío. No hace falta decir que me sentí extraordinariamente alarmada. Yo sabía que Pompey estaba bajo mis pies y que Diana, siguiendo mis muy explícitas instrucciones, estaba sentada sobre sus patas traseras, en el rincón más alejado de la habitación. ¿Qué podría ser? ¡Ay de mí! Rápidamente descubrí lo que era. Volviendo cuidadosamente la cabeza hacia un lado percibí, horrorizada, que la inmensa, brillante y acerada aguja del minutero del reloj había, al cabo de su vuelta, *descendido sobre mi cuello*. Yo sabía que no había un instante que perder. Intenté retirar la cabeza, pero era demasiado tarde. No había posibilidad de pasar la cabeza a través de la boca de aquella terrible trampa en la que había caído, que se hacía progresivamente más estrecha con una más horrible rapidez de lo que concebirse pueda. La agonía de aquel momento es inimaginable. Eché mis brazos hacia arriba e intenté con todas mis fuerzas empujar hacia arriba aquella pesada barra de hierro. Igual hubiera sido intentar levantar la catedral. Y bajaba, y bajaba, y seguía bajando, cerca, más cerca y cada vez más cerca. Le grité a Pompey que me ayudara, pero él dijo que yo había herido sus sentimientos llamándole «tocino ignorante». Le grité a Diana, pero ella se limitó a decir: «¡Guau, guau, guau!», ya que yo le había dicho: «Bajo ningún concepto se te ocurra moverte de ese rincón.» Así, pues, no podía esperar ayuda alguna de mis compañeros.

Mientras tanto, la pesada y terrorífica *Guadaña del Tiempo* (y sólo entonces pude comprender literalmente el contenido de aquella frase clásica) no se había detenido, ni parecía probable que lo hiciera, en su recorrido. Bajaba y seguía bajando. Ya se había enterrado su afilado borde una pulgada en mi carne, y mis sensaciones empezaron a ser confusas e indistintas. Por un momento me parecía estar en Filadelfia, con el arrogante doctor Moneypenny, e inmediatamente después me parecía estar en el salón trasero del señor Blackwood, recibiendo sus inapreciables consejos. Y de nuevo se presentaba ante mí el dulce recuerdo de antiguos y mejores tiempos, y pensaba en aquella feliz época en la que el mundo no era un desierto y Pompey no era totalmente cruel.

El tictac de la maquinaria me divertía. *Me divertía*, digo, dado que mis sensaciones bordeaban ya la perfecta felicidad e incluso las más mínimas bagatelas me procuraban placer. El eterno *click-clack, click-clack, click-clack* resultaba una dulce música para mis oídos, e incluso

---

[14] *Anemonae Verborum*, ver capítulo anterior.

ocasionalmente me recordaba los elegantes sermones-arenga del doctor Ollapod. Después estaban los enormes números de la esfera, ¡qué inteligentes, qué intelectuales parecían todos! Y finalmente todos se pusieron a bailar la mazurca, y me parece recordar que era el número 5 el que lo hizo más a mi gusto. Era, evidentemente, una dama de alta cuna. Nada de vacilaciones y nada que no fuera delicadeza había en sus movimientos. Hacía la pirueta admirablemente, girando alrededor de su vértice. Intenté acercarle una silla, ya que parecía fatigada por sus esfuerzos, y tan sólo en aquel momento percibí totalmente lo lamentable de mi situación. ¡A fe mía que era lamentable! La barra se había enterrado ya dos pulgadas en mi cuello. Me sentí invadida por una sensación de exquisito dolor.

Recé pidiendo la muerte, y, sumida en la agonía del momento, no pude evitar el repetir aquellos exquisitos versos del poeta Miguel de Cervantes:

> *Vanny Buren, tan escondida*
> *Quey no te senty venny*
> *Pork and pleasure, delly morry*
> *Nommy, torny, darry, widdy!*[15]

Pero entonces se presentó ante mí un nuevo horror, y en verdad que era un horror como para destrozar los nervios al más templado. Mis ojos, debido a la cruel presión ejercida por la máquina, estaban empezando a salírseme de las órbitas. Mientras estaba pensando cómo me las iba a poder apañar sin ellos, uno se me salió de hecho y, rodando por el lado inclinado de la torre, fue a alojarse en el canalón que recorría los aleros del edificio principal. La pérdida de un ojo no me afectó tanto como el aire de insolencia, independencia y desprecio con el que me miraba una vez que estuvo fuera. Yacía ahí en el canalón, justo debajo de mis narices, y los aires que se daba hubieran sido ridículos de no haber sido tan repugnantes. Jamás se había visto tanto guiño y tanto parpadeo. Aquel comportamiento por parte de mi ojo en el canalón no resultaba irritante tan sólo debido a su manifiesta insolencia y su vergonzosa ingratitud, sino que resultaba también extraordinariamente inconveniente debido a la simpatía que siempre existe entre dos ojos de una misma cabeza, por separados que estén. Me vi obligada, en cierto modo, a guiñar y parpadear con el otro ojo en exacta correspondencia con aquella cosa descarada que yacía justo bajo mi nariz. No obstante, finalmente me vi libre de esta situación, al caérseme el otro ojo. En su caída siguió el mismo recorrido (posiblemente lo

---

[15] Ver capítulo anterior, página 85. (*N. del T.*)

habrían concertado de antemano) que su compañero. Los dos salieron rodando del canalón juntos y, la verdad sea dicha, me alegré mucho de perderlos de vista.

La barra había penetrado ya en mi cuello cuatro pulgadas y media, y no quedaba más que un hilillo de piel por cortar. Mi reacción fue de total alegría, ya que sentía que como mucho, en unos pocos minutos, me vería libre de aquella desagradable situación. Y mi esperanza no se vio defraudada. Precisamente a las cinco y veinticinco de la tarde, el inmenso minutero había avanzado lo suficiente como para cortar el escaso remanente que quedaba de mi cuello. No sentí ninguna tristeza al ver separarse de mí definitivamente aquella cabeza que tanta vergüenza me había producido. Primero rodó por el costado del campanario, luego se alojó durante algunos segundos en el canalón y después cayó violentamente en medio de la calle.

Confesaré con toda candidez que en aquel momento mis sensaciones eran de lo más singular, es más, de lo más misteriosas, de un carácter de lo más desconcertante e incomprensible. Mis sentidos estaban simultáneamente aquí y allá. Con mi cabeza imaginaba un momento que yo, la cabeza, era la verdadera Signora Psyche Zenobia; al momento siguiente estaba plenamente convencida de que yo, mi cuerpo, era la verdadera identidad. Para aclarar mis ideas busqué en mi bolsillo la cajita de rapé, pero al encontrarla, intentando llevarme un pellizco de su delicioso contenido a la nariz, como es habitual, me di rápidamente cuenta de mi particular deficiencia, lanzando inmediatamente la caja a mi cabeza. Ésta cogió un pellizco con gran satisfacción y me dirigió a cambio una sonrisa de agradecimiento. Poco después me lanzó un discurso que pude oír tan sólo indistintamente al carecer de orejas. No obstante, capté lo suficiente como para saber que estaba asombrada de que yo deseara seguir viviendo en semejantes circunstancias. En sus frases finales citó las nobles palabras de Ariosto:

Il pover hommy che non sera corty
And have a combat tenty erry morty [16].

comparándome así a aquel que en el calor del combate, no dándose cuenta de que estaba muerto, siguió adelante luchando con inextinguible valor. Ya no había nada que me impidiera bajarme de donde estaba, y así lo hice. Todavía no he sido capaz de averiguar qué fue lo que vio de raro Pompey en mi aspecto. El pobre individuo abrió la boca de oreja a oreja y cerró los ojos como si estuviera intentando cascar nueces con los párpados. Finalmente, lanzando lejos de sí el abrigo, echó a

[16] Ver capítulo anterior, página 85.

correr hacia la escalera y desapareció. Lancé tras él estas vehementes palabras de Demóstenes:

Andrew O'Phlegethon, you really make haste to fly[17].

y después me volví hacia el amor de mi vida, ¡a mi tuertecita! A mi lanuda Diana. ¡Ay de mí! ¿Qué horrible visión se presentó ante mis ojos? ¿Acaso fue una rata lo que vi arrastrarse hasta su agujero? ¿Son éstos acaso los roídos huesos de mi pequeño ángel, cruelmente devorado por el monstruo? ¡Oh, dioses! ¿Y qué es lo que veo?... ¿Es eso acaso el espíritu, la sombra, el fantasma de mi adorada perrita, que tan melancólicamente está sentado en aquel rincón? ¡Escuchad! ¡Habla! Y, ¡cielos!, habla en el alemán de Schiller:

Unt stubby duk, so stubby dun
Duck she! duck she!

¡Ay de mí! Demasiada verdad son sus palabras:

Y si morí al menos fue
¡por ti!... ¡por ti!

¡Dulce criatura! También ella se ha sacrificado por mí. Sin perra, sin negro, sin cabeza, ¿qué queda ya para la infeliz Signora Psyche Zenobia? ¡Ay de mí! ¡Nada! He terminado.

---

[17] Ver capítulo anterior, página 87. (*N. del T.*)

LA PÉRDIDA DEL ALIENTO

Una historia que no es de «Blackwood» ni lo ha sido nunca

¡Oh, no respires!, etc.— Melodías de MOORE

—¡Oh, tú, desgraciada! ¡Oh, tú, zorra! ¡Oh, tú, víbora! —le dije a mi mujer a la mañana siguiente de nuestra boda—. ¡Oh, tú, bruja! ¡Oh, tú, espanto! ¡Tú, bocazas! ¡Apestas a iniquidad! ¡Oh, tú, quintaesencia de todo lo que es abominable! Tú... tú...

En ese momento la agarré por el cuello, me puse en puntillas, y acercando mi boca a su oído estaba a punto de dirigirle un nuevo epíteto oprobioso, que inevitablemente la hubiera convencido, de haberlo podido pronunciar, de su insignificancia, cuando con gran horror y asombro descubrí que *yo había perdido la respiración*.

Las frases «me he quedado sin respiración», «he perdido el aliento», aparecen con bastante frecuencia en las conversaciones normales; pero jamás se me hubiera podido ocurrir el pensar que el terrible accidente al que me refiero pudiera de hecho *bona fide* ocurrir. Imagínense ustedes, es decir, si son ustedes personas imaginativas; imagínense, digo, mi asombro, mi consternación, mi desesperación.

Tengo una virtud, no obstante, que nunca me ha abandonado del todo. Incluso en mis más ingobernables estados de ánimo, mantengo aún mi sentido de la propiedad, *et le chemin des passions me conduit*, como a Lord Edouard en «Julie», *à la philosopie véritable*.

Aunque al principio no pude verificar hasta qué punto me había afectado aquel suceso, decidí ocultárselo a toda costa a mi mujer hasta que ulteriores experiencias me revelaran la extensión de mi asombrosa calamidad. Por lo tanto, alterando al instante la expresión de mi cara, y sustituyendo mis congestionadas y distorsionadas facciones por un gesto de traviesa y coqueta benignidad, le di a mi dama una palmadita en una mejilla y un beso en la otra, y sin pronunciar una sílaba (¡demonios, no podía!) la dejé asombrada por mi extraño comportamiento y salí haciendo las piruetas de un *pas de zephyr*.

Imagínenme entonces a salvo en mi *boudoir* privado, un terrible ejemplo de las malas consecuencias de la irascibilidad: vivo, pero con todas las características de los muertos; muerto, pero con todas las inclinaciones de los vivos. Una verdadera anomalía sobre la faz de la tierra, totalmente calmado pero sin respiración.

¡Sí! Sin respiración. Hablo en serio al afirmar que carecía por completo de respiración. No hubiera podido mover ni una pluma con ella, aunque mi vida hubiera estado en juego, ni siquiera hubiera podido empañar la delicadeza de un espejo. ¡Cruel destino! Aun así hallé algo de consuelo a mi primer paroxismo de dolor. Descubrí, después de mucho probar, que mi capacidad de hablar que, a la vista de mi incapacidad para continuar la conversación con mi esposa, había creído desaparecida por completo, estaba sólo parcialmente disminuida, y descubrí que si en el transcurso de aquella interesante crisis hubiera intentado hablar con un tono singularmente profundo y gutural, podría haber seguido comunicándole mis sentimientos a ella; y que este tono de voz (el gutural) no depende, por lo que pude ver, de la corriente de aire provocada por la respiración, sino de ciertos movimientos espasmódicos de los músculos de la garganta.

Dejándome caer sobre una silla estuve durante cierto tiempo sumido en la meditación. Mis reflexiones no eran, no cabe duda, precisamente consoladoras. Un millar de imágenes vagas y lacrimosas se apoderaron de mi alma, e incluso pasó por mi imaginación la idea del suicidio; pero es una característica de la perversidad de la naturaleza humana el rechazar lo obvio y lo inmediato a cambio de lo equívoco y lo lejano. Así, pues, me eché a temblar ante la idea de mi auto-asesinato, considerándola decididamente una atrocidad, mientras la gata ronroneaba a todo meter sobre la alfombra y el mismo perro de aguas jadeaba con gran asiduidad debajo de la mesa, atribuyéndole ambos un gran valor a la fuerza de sus pulmones y haciéndolo todo con el evidente propósito de burlarse de mi incapacidad.

Oprimido por un tumultuoso alud de vagas esperanzas y miedos, oí por fin los pasos de mi esposa que descendía por la escalera. Estando ya seguro de su ausencia, volví con el corazón palpitante a la escena de mi desastre.

Cerrando cuidadosamente la puerta desde dentro, inicié una intensa búsqueda. Era posible, pensaba yo, que oculto en algún oscuro rincón o escondido en algún cajón o armario pudiera encontrar aquel objeto perdido que buscaba. Tal vez tuviera forma vaporosa, incluso era posible que fuera tangible. La mayor parte de los filósofos son muy poco filosóficos con respecto a muchos aspectos de la filosofía. No obstante, William Godwin dice en su *Mandeville* que «las únicas realidades son las cosas invisibles», y esto, como estarán todos ustedes de acuerdo, era un caso típico. Me gustaría que el lector juicioso lo pensara bien antes de afirmar que tal aseveración contiene una injustificada cantidad de lo absurdo. Anaxágoras, como todos recordarán, mantenía que la nieve es negra, y desde entonces he tenido ocasión de comprobar que esto es cierto.

Durante largo tiempo continué investigando con gran ardor, pero la despreciable recompensa que obtuvo mi perseverancia no fue más que una dentadura postiza, dos pares de caderas, un ojo y cierto número de *billets-doux* que el señor Windenough había mandado a mi esposa. Tal vez sea oportuno señalar que esta confirmación de las inclinaciones que mi dama sentía por el señor W. me produjeron poco desasosiego. Que la señora Lackobreath admirara algo tan distinto de mí era un mal natural y necesario. Yo soy, como todo el mundo sabe, de aspecto robusto y corpulento, siendo, al mismo tiempo, de estatura un tanto baja. ¿A quién puede entonces extrañar que aquel conocido mío, delgado como una espingarda y de una estatura que ha llegado a convertirse en proverbial, encontrara gran estima a los ojos de la señora Lackobreath? Sin ser correspondido, no obstante.

Mi trabajo, como ya había dicho antes, resultó infructuoso. Armario tras armario, cajón tras cajón, rincón tras rincón, fueron examinados sin conseguir nada. No obstante, en una ocasión, me pareció haber encontrado lo que buscaba, habiendo roto accidentalmente, al hurgar en una cómoda, una botella de aceite de los Arcángeles de Grandjean, el cual, siendo como es un agradable perfume, me tomo aquí la libertad de recomendarles.

Con un gran peso en el corazón volví a mi *boudoir* para buscar allí algún método para eludir la agudeza de mi esposa hasta que pudiera hacer los arreglos necesarios antes de abandonar el país, porque a este respecto ya había tomado una decisión. En un clima extraño, siendo un desconocido, tal vez podría, con un cierto margen de seguridad, intentar ocultar mi desgraciada calamidad: una calamidad calculada, más aún incluso que la miseria, para privarnos de los afectos de la multitud y para traer sobre el pobre desgraciado la muy merecida indignación de la gente feliz y virtuosa. Mis dudas duraron poco. Siendo por naturaleza un hombre de decisiones rápidas, me grabé en la memoria la tragedia completa de *Metamora*. Tuve la buena suerte de recordar que en la acentuación de este drama o, al menos, en la parte correspondiente al héroe, los tonos de voz que eran para mí inalcanzables, resultaban innecesarios, y que el tono que debía prevalecer monótonamente a todo lo largo de la obra era el gutural profundo.

Practiqué durante algún tiempo a la orilla de un pantano muy frecuentado. En este caso, no obstante, careciendo de toda referencia a que Demóstenes hubiera hecho algo similar, y más bien llevado por una idea particular y conscientemente mía. Cubiertas así mis defensas, decidí hacer creer a mi esposa que me había visto súbitamente asaltado por una gran pasión por el escenario. En esto mi éxito tuvo las proporciones de un milagro, y me encontré en libertad de replicar a todas sus preguntas o sugestiones con algún pasaje de la tragedia en mis tonos más sepulcrales y parecidos al croar de una rana, lo que, según pude observar, se podía aplicar a casi cualquier circunstancia con buenos resultados. No obstante, no se debe suponer que al recitar los dichos pasajes prescindía de mirar con los ojos entrecerrados, de enseñar los dientes, de mover mis rodillas, de arrastrar los pies o de hacer cualquiera de esas gracias innominables que ahora se consideran con justicia características de un actor popular. Desde luego hablaron de ponerme la camisa de fuerza, pero, ¡bendito sea Dios!, jamás sospecharon que me hubiera quedado sin respiración.

Finalmente, habiendo puesto en orden mis asuntos, me senté a muy temprana hora de la mañana en el correo que iba a..., dejando entrever, entre mis amistades, que asuntos de la mayor importancia requerían mi inmediata presencia en aquella ciudad.

El coche estaba absolutamente atestado, pero en la incierta penumbra no había forma de distinguir las facciones de mis compañeros de viaje. Sin oponer ninguna resistencia acepté el ser colocado entre dos caballeros de colosales proporciones; mientras que un tercero, una talla mayor, excusándose por la libertad que iba a tomarse, se arrojó sobre mi cuerpo a todo lo largo que era y, durmiéndose al instante, ahogó todas mis protestas en un ronquido que hubiera hecho enrojecer de vergüenza a los bramidos del toro de Phalaris. Afortunadamente, el estado de mis facultades respiratorias convertía la muerte por asfixia en un accidente totalmente fuera de la cuestión.

No obstante, al ir aumentando la luz al acercarnos a la ciudad, mi torturador se levantó, y ajustándose el cuello de la camisa, me dio las gracias muy amistosamente por mi amabilidad. Viendo que yo permanecía inmóvil (todos mis miembros estaban dislocados y mi cabeza vuelta hacia un lado), empezó a sentir cierta aprensión, y despertando al resto de los pasajeros les comunicó con tono muy decidido que en su opinión les habían metido durante la noche a un hombre muerto a cambio de un hombre vivo y responsable, que además era su compañero de viaje; al llegar aquí me dio un puñetazo en el ojo derecho, a modo de demostración de la veracidad de sus palabras.

A raíz de esto todos creyeron su deber de tirarme de la oreja uno por uno (había nueve en total). Un joven médico, habiendo aplicado un espejo de bolsillo a mi boca, y al encontrarme carente de respiración, afirmó que lo que había dicho mi perseguidor era cierto, y todo el grupo expresó su determinación de no aguantar pacíficamente tales

imposiciones en el fúturo.y de no dar un solo paso más de momento
con un cadáver a cuestas.

En consecuencia, fui arrojado fuera bajo la señal del «Crow»
(taberna por delante de la cual pasaba casualmente el coche en aquel
momento), sin más contratiempos que la fractura de mis dos brazos,
por encima de los cuales pasó la rueda trasera izquierda del vehículo.
También debo hacer justicia al conductor y decir aquí que no se le olvidó tirar detrás de mí el mayor de mis baúles, que cayó desgraciadamen-
te sobre mi cabeza y me fracturó el cráneo de una forma a la vez interesante y extraordinaria.

El dueño del «Crow», que es un hombre hospitalario, al verificar
que había en mi baúl más que suficiente para indemnizarle por cualquier molestia que pudiera tomarse, mandó buscar a un cirujano amigo
suyo y me puso en sus manos, junto con una factura y un recibo por
diez dólares.

El comprador me llevó a sus habitaciones y empezó inmediatamente con las operaciones. Una vez que hubo cortado mis orejas, no obstante, descubrió señales de vida. Hizo sonar entonces la campana y
mandó a buscar a un farmacéutico de la vecindad para consultarle. Por
si sus sospechas con respecto a mi estado resultaban finalmente confirmadas, él, mientras tanto, realizó una incisión en mi estómago, guar-
dándose varias vísceras para hacer la disección en privado.

El farmacéutico tenía la impresión de que yo estaba muerto de verdad. Yo intenté refutar esta idea pateando y agitándome con todas mis
fuerzas, y haciendo todo tipo de furiosas contorsiones, ya que las operaciones del quirófano me habían devuelto en cierta medida a la posesión de mis facultades. No obstante, todos mis esfuerzos fueron atri-
buidos a los efectos de una nueva pila galvánica, con la cual el
farmacéutico, que es un hombre realmente informado, realizó diversos
experimentos curiosos, en los cuales, debido a la parte que yo jugaba en
ellos, no pude evitar el sentirme profundamente interesado. No obstante, era para mí una fuente de gran mortificación el que, a pesar de
haber hecho varios intentos por hablar, mis poderes en ese sentido estuvieran tan disminuidos que ni siquiera podía abrir la boca; mucho
menos, por lo tanto, dar la réplica a algunas ingeniosas pero fantásticas
teorías, a las cuales, en otras circunstancias, mi profundo conocimiento
de la patología Ipocrática podría haber suministrado una rápida refutación.

Incapaz de llegar a ninguna conclusión, los dos hombres decidieron conservarme para ulteriores exámenes. Fui trasladado a una buhar-
dilla, y una vez que la mujer del cirujano me hubo puesto calzoncillos
y calcetines, y el propio cirujano me hubo atado las manos y la mandíbula con un pañuelo de bolsillo, cerraron la puerta desde fuera y se fue-

ron a toda prisa a comer, dejándome solo y sumido en el silencio y la meditación.

Descubrí entonces, con gran satisfacción, que podría haber hablado de no haber tenido la mandíbula atada con el pañuelo. Consolándome con esta idea estaba recitando mentalmente algunos pasajes de la *Omnipresencia de la Deidad,* como tengo por costumbre hacer antes de entregarme al sueño, cuando dos gatos de temperamento veraz y vituperable que acababan de entrar por un agujero de la pared, saltaron haciendo una cabriola *a la Catalani* y, aterrizando cada uno a un lado de mi cara, se enzarzaron en una indecorosa discusión por la negligible posesión de mi nariz.

Pero, al igual que la pérdida de sus orejas, supuso el ascenso al trono de Cirus, el Magián o Mige-gush de Persia, y al igual que la pérdida de su nariz, dio a Zopyrus la posesión de Babilonia, así la pérdida de unas pocas onzas de mis facciones, resultaron ser la salvación de mi cuerpo. Excitado por el dolor y ardiente de indignación, rompí al primer intento mis ataduras y el vendaje. Mientras cruzaba el cuarto, dirigí una mirada de desprecio a los beligerantes, y abriendo la ventana, con gran horror y desilusión por su parte, me precipité por ella, con gran destreza.

El ladrón de correos W..., con quien yo tenía singular parecido, estaba en aquel momento en tránsito desde la cárcel de la ciudad al cadalso erigido para su ejecución en los suburbios. Su extrema debilidad y su perenne mala salud le habían supuesto el privilegio de ir sin esposas y vestido con su traje de ahorcado, muy similar al mío; yacía cuan largo era en el fondo del carro del verdugo (que casualmente estaba bajo las ventanas del cirujano en el momento de mi caída), sin más guardia que el conductor, que iba dormido, y dos reclutas del sexto de infantería, que estaban borrachos: Quiso mi mala suerte que cayera en pie al interior del vehículo. W..., que era un individuo con grandes reflejos, vio su oportunidad. Saltando inmediatamente, salió del carro, y metiéndose por una callejuela, se perdió de vista en un abrir y cerrar de ojos. Los reclutas, despertados por la agitación, fueron incapaces de captar la transacción. Viendo, no obstante, a un hombre exactamente igual que el felón en pie en medio del carro ante sus ojos, llegaron a la conclusión de que el muy sinvergüenza (refiriéndose a W...) estaba intentando escapar (así fue como se expresaron), y después de comunicarse el uno al otro esta opinión, echaron un trago de aguardiente cada uno y después me derribaron con las culatas de sus mosquetes.

No tardamos mucho en llegar a nuestro destino. Por supuesto, no había nada que decir en mi defensa. Mi destino inevitable era ser colgado. Me resigné a ello, por lo tanto, con una sensación medio estúpida, medio sarcástica. Siendo poco cínico, sentía aproximadamente lo mismo que sentiría un perro. El verdugo, no obstante, ajustó el lazo alrededor de mi cuello. La trampilla se abrió.

Me abstendré de describir mis sensaciones en la horca, aunque sin duda podría hablar al respecto, y es un tema sobre el que nadie ha sabido hablar con propiedad. De hecho, para escribir acerca de semejante tema, es necesario haber sido ahorcado. Los autores deberían limitarse a hablar de temas sobre los que han tenido experiencia. Así fue como Marco Antonio compuso un tratado acerca de cómo emborracharse.

Podía, no obstante, mencionar, aunque sólo sea de pasada, que no me sobrevino la muerte. Mi cuerpo estaba allí, pero no tenía respiración que perder, aun colgado, y si no hubiera sido por el nudo que había bajo mi oreja izquierda (que, por la textura, parecía ser de procedencia militar), me atrevería a decir que no hubiera experimentado casi ninguna molestia. En cuanto al tirón que sufrió mi cuello con la caída, resultó simplemente un correctivo para la torcedura que me había producido el caballero gordo del coche.

No obstante, y con muy buenos motivos, hice todo lo que pude porque la multitud presenciara un espectáculo digno de las molestias que se habían tomado. Según dicen, mis convulsiones fueron extraordinarias. Mis espasmos hubieran sido difíciles de superar. El populacho pedía un *encore*. Varios caballeros se desmayaron y una gran multitud de damas tuvieron que ser llevadas a sus casas con ataques de histeria. Pinxit se aprovechó de la oportunidad para retocar, a partir de un bosquejo que hizo allí mismo, su admirable cuadro del Marsyas siendo desollado vivo.

Cuando ya les hube procurado suficiente diversión, consideraron que sería lo más adecuado quitar mi cuerpo de la horca, tanto más cuanto que el verdadero reo había sido capturado y reconocido entre tanto, hecho que yo tuve la mala suerte de no conocer.

Por supuesto que todo el mundo manifestó gran simpatía por mí, y ya que nadie reclamó mi cuerpo, se ordenó que fuera enterrado en un panteón público.

Allí, después de un intervalo de tiempo adecuado, fui depositado. El sacristán se fue y me quedé solo. Una frase del Descontento, de Marston:

> «*La muerte es un buen muchacho, y siempre tiene
> las puertas abiertas...*»

me pareció en aquel momento una abominable mentira.

No obstante, arranqué la tapa de mi ataúd y salí. Aquel lugar era tremendamente siniestro y húmedo [...] me empecé a sentir repleto de *ennui*. A modo de entretenimiento, anduve a ciegas entre los numerosos ataúdes, dispuestos en orden a mi alrededor. Los bajaba uno por uno, y abriéndolos, me dedicaba a especular acerca de las muestras de mortalidad que habitaban en su interior.

Esto monologaba yo, tropezando con un cadáver congestionado, hinchado y rotundo:

«Esto ha sido, sin duda, en el más amplio sentido de la palabra, un hombre infeliz, desafortunado. Ha sido su terrible suerte el no poder andar normalmente, sino anadear, pasar por la vida no como un ser humano, sino como un elefante; no como un hombre, sino como un rinoceronte.

»Sus intentos de moverse en la vida han sido abortados, sus movimientos circungiratorios, un palpable fracaso. Intentando dar un paso hacia adelante ha tenido la desgracia de dar dos a la derecha y tres a la izquierda. Sus estudios se limitan a la poesía de Crabbe. No puede haber tenido ni idea de lo maravilloso de una *pirouette*. Para él, un *pas de papillon* no ha sido más que un concepto en abstracto. Jamás ha llegado a la cumbre de una colina. Jamás ha podido divisar desde lo alto de un campanario la gloria de ninguna metrópolis. El calor ha sido su enemigo mortal. En los días de perros, sus días han sido los días de un perro. En ellos ha soñado con llamas y ahogos, con montañas y más montañas, con Pelion sobre Ossa. Siempre le faltaba la respiración, en una palabra, le faltaba la respiración. Le parecía extravagante tocar instrumentos de viento. Él fue el inventor de los abanicos semovientes, las velas de viento y los ventiladores. Patrocinó a Du Pont, el fabricante de fuelles, y murió miserablemente al intentar fumarse un cigarro. Su caso era uno por el que yo sentía gran interés y con el que simpatizaba en gran medida.

»Pero aquí —dije yo—, aquí, arrastrando despreciativamente de su receptáculo una forma alta, delgada y de aspecto peculiar, cuya notable apariencia me hizo sentir una indeseada sensación de familiaridad, aquí hay un desgraciado que no tiene derecho a esperar ninguna conmiseración terrena.»

Al decir esto, y para conseguir una más clara visión del individuo, le sujeté por la nariz con el pulgar y el índice, y haciéndole asumir sobre el suelo la posición de sentado, le mantuve así, con mi brazo extendido, mientras continuaba mi soliloquio.

«Que no tiene derecho —repetí— a esperar ninguna conmiseración terrena. En efecto, ¿a quién se le podría ocurrir tener compasión de una sombra? Lo que es más, ¿acaso no ha disfrutado él ya de una parte más que suficiente de los bienes de la mortalidad? Él fue el origen de los monumentos elevados, altas torres, pararrayos, álamos de Italia. Su tratado acerca de «Tonos y Sombras» le ha inmortalizado. Editó con distinguida habilidad la última edición de «Al sur en el Bones». Fue joven a la Universidad y estudió Ciencias Neumáticas. Después volvió a casa, hablaba incesantemente y tocaba la trompa. Favorecía el uso de la gaita. El capitán Barclay, que caminó contra el Tiempo, fue incapaz de caminar contra él. Windham y Allbreath eran sus escritores favoritos. Su artista favorito, Phiz. Murió gloriosamente mientras inhalaba gas, *levique flatu corrupitur, como la fama pudicitiae en Hieronymus*[18]. Era indiscutiblemente un...

—*¿Cómo* se atreve? *¿Cómo* se atreve? —me interrumpió el objeto de mi animadversión, jadeando y arrancándose con un esfuerzo desesperado la venda que rodeaba sus mandíbulas—. *¿Cómo* se atreve, señor Lackobreath a ser tan infernalmente cruel como para pellizcarme la nariz de esa manera? ¿Acaso no vio usted que me habían sujetado la mandíbula, y tiene usted que saber, si es que sabe algo, que tengo que disponer de una enorme cantidad de aire? No obstante, si es que no lo sabe, siéntese y lo verá. En mi situación, es realmente un gran descanso el poder abrir la boca, el poder explayarse, poder comunicar con una persona como usted, que no se considera obligado a interrumpir a cada momento el hilo del discurso de un caballero. Las interrupciones son muy molestas, y deberían sin duda ser abolidas, ¿no le parece?... No conteste, se lo ruego, con que hable una persona a la vez es suficiente. Cuando yo haya acabado, podrá empezar usted. ¿Cómo demonios, señor, ha llegado usted aquí? Ni una palabra, se lo ruego... por mi parte, yo llevo aquí algún tiempo, ¡un terrible accidente! ¿Habrá oído hablar de ello, supongo? ¡Catastrófica calamidad! Pasaba yo por debajo de sus ventanas, hace poco tiempo, en la época en la que tenía usted la manía del teatro, y, ¡horrible ocurrencia! ¿Habrá oído usted decir eso de coger aire, eh? ¡Silencio hasta que yo se lo diga! ¡Pues yo cogí el aire de alguna otra persona! Siempre tuve demasiado del mío, y me encontré con Blab en la esquina de la calle y no me dio la oportunidad de decir ni una palabra, no conseguí meter una sílaba ni de costado, en consecuencia tuve un ataque de epilepsia... Blab se escapó... ¡malditos sean los idiotas!... me dieron por muerto y me metieron en este lugar... ¡todo muy bonito!... He oído todo lo que ha dicho acerca de mí... No había ni una sola palabra cierta en todo ello... ¡Horrible...! ¡Maravilloso...! ¡Repugnante...! ¡Odioso...! ¡Incomprensible...! etcétera..., etcétera... etcétera... etcétera...

Resulta imposible concebir mi asombro ante un discurso tan inesperado, o el júbilo con el que gradualmente me fui convenciendo de que el aire tan afortunadamente cogido por aquel caballero (al que pronto identifiqué con mi vecino Windenough) era de hecho la expiración que se me había perdido a mí durante la conversación con mi

---

[18] *Tenera res in feminis fama pudicitiae, et quasi flos pulcherrimus citoad marcescit auram, levique flatu corrupitur, maxime, etc.* (Hieronymus and Salviniam).

esposa. El tiempo, el lugar y las circunstancias convertían aquello en algo más allá de toda posibilidad de discusión. No obstante, no solté inmediatamente la probóscide del Sr. W..., al menos no durante el largo período de tiempo durante el cual el inventor de los álamos italianos continuó favoreciéndome con sus explicaciones.

En este sentido, mis actos estaban dominados por esa prudencia habitual que ha sido siempre mi característica predominante. Reflexioné que podía haber aún muchas dificultades en el camino de mi preservación, que sólo grandes esfuerzos por mi parte podrían llevarme a superar. Muchas personas, consideré, son dadas a valorar las comodidades que tienen en sus manos, por poco valiosas que puedan resultar a su propietario, por muy molestas u onerosas que sean, en razón directa a las ventajas que puedan obtener los demás de su posesión, o ellos mismos de su abandono. ¿No sería tal vez éste el caso del Sr. Windenough? Al manifestar mi interés por esa respiración que en aquel momento estaba deseando perder de vista, ¿no estaría acaso poniéndome a merced de los ataques de su avaricia? Hay muchos seres ruines en este mundo, recordé con un suspiro, que no tendrían escrúpulos en jugar con ventaja incluso contra el vecino de al lado, y (este comentario es de Epictetus) es precisamente en esos momentos en que los hombres están más deseosos de librarse de la carga de sus propias calamidades, en los que se sienten menos dispuestos a aliviar la carga de los demás.

Basándome en consideraciones similares a ésta, y manteniendo aún bien sujeta la nariz del Sr. W..., me pareció propio lanzar mi respuesta.

—¡Monstruo! —empecé con un tono de la más profunda indignación—. ¡Monstruo! E idiota con doble respiración... ¿os atrevéis acaso, digo, vos, a quien los cielos han castigado por vuestras iniquidades con una doble respiración... Osáis vos, insisto, dirigiros a mí con el tono familiar con el que os dirigiríais a un conocido?... «Miento» ¡El cielo me valga! Y «estése callado». ¡Cómo no! ¡Bonita conversación, sin duda, para un caballero que disfruta de una sola respiración! Y todo esto, además, cuando yo tengo en mis manos la posibilidad de aliviar la calamidad que usted, con tanta justicia, sufre; de recortar lo superfluo de su desgraciada respiración.

Al igual que Brutus, hice una pausa en espera de respuesta, con la cual, como si fuera un tornado, me abrumó inmediatamente el Sr. Windenough. Protesta tras protesta, y excusa tras excusa. No existía ningún término que no estuviera dispuesto a aceptar, y yo no dejé de sacar ventaja de ninguno de ellos.

Una vez resueltos los preliminares, aquel conocido mío me dio la respiración, por lo cual (después de examinarla cuidadosamente) le di un recibo.

Soy consciente de que para muchos yo seré culpable de hablar de una manera tan prosaica de una transacción tan impalpable. Posiblemente piensen que debería haber narrado con más detalle y minuciosidad un hecho por medio del cual, y esto es muy cierto, se podría arrojar mucha luz sobre una interesante rama de la filosofía física.

Lamento no poder responder a todo esto. Tan sólo me puedo permitir dar una pequeña pista a modo de respuesta. Dadas las circunstancias... aunque pensándolo mejor creo que será mucho más seguro decir lo menos posible acerca de un asunto tan delicado, tan delicadas, repito, que en aquel momento incluían los intereses de una tercera persona, en cuyo sulfuroso resentimiento no tengo, de momento, ninguna gana de incurrir.

No tardamos gran cosa, una vez hechos los arreglos precisos, en escaparnos de los sótanos del sepulcro. La fuerza conjunta de nuestras resucitadas voces se hizo rápidamente evidente. Scissors, el editor Whig, reeditó un tratado acerca de «La naturaleza y origen de los ruidos subterráneos». En las columnas de una gaceta democrática apareció una respuesta; luego, una contrarréplica, una refutación y una justificación. Tan sólo, después de haber abierto el panteón para decidir cuál de los dos tenía razón, la aparición del Sr. Windenough y mía demostró a ambos que estaban totalmente equivocados.

EL HOMBRE DE NEGOCIOS

«El método es el alma de los negocios.»
(Proverbio antiguo)

Yo soy un hombre de negocios. Soy un hombre metódico. Después de todo, el método es la clave. Pero no hay gente a la que desprecie más de corazón que a esos estúpidos excéntricos, que no hacen más que hablar acerca del método sin entenderlo, ateniéndose exclusivamente a la letra y violando su espíritu. Estos individuos siempre están haciendo las cosas más insospechadas de lo que ellos llaman la forma más ordenada. Ahora bien, en esto, en mi opinión, existe una clara paradoja. El verdadero método se refiere exclusivamente a lo normal y lo obvio, y no se puede aplicar a lo *outré*. ¿Qué idea concreta puede aplicarse a expresiones tales como «un metódico Jack o'Dandy» o «un Will o'the Wisp»?

Mis ideas en torno a este asunto podrían no haber sido tan claras, de no haber sido por un afortunado accidente, que tuve cuando era muy pequeño. Una bondadosa ama irlandesa (a la que recordaré en mi testamento) me agarró por los talones un día que estaba haciendo más ruido del necesario, y dándome dos o tres vueltas por el aire, y diciendo pestes de mí, llamándome «mocoso chillón», golpeó mi cabeza contra el pie de la cama. Esto, como digo, decidió mi destino y mi gran fortuna. Inmediatamente me salió un chichón en el sincipucio, que resultó ser un órgano ordenador de los más bonitos que pueda uno ver en parte alguna. A esto debo mi definitiva apetencia por el sistema y la regularidad que me han hecho el distinguido hombre de negocios que soy.

Si hay algo en el mundo que yo odie, ese algo son los genios. Los genios son todos unos asnos declarados, cuanto más geniales, más asnos, y esta es una regla para la que no existe ninguna excepción. Especialmente no se puede hacer de un genio un hombre de negocios, al igual que no se puede sacar dinero de un judío, ni las mejores nueces moscadas, de los nudos de un pino.

Esas criaturas siempre salen por la tangente, dedicándose a algún fantasioso ejercicio de ridícula especulación, totalmente alejado de la «adecuación de las cosas» y carente de todo lo que pueda ser considerado como nada en absoluto. Por tanto, puede uno identificarse a estos individuos por la naturaleza del trabajo al que se dedican. Si alguna vez ve usted a un hombre que se dedica al comercio o a la manufactura, o al comercio de algodón y tabaco, o a cualquier otra de esas empresas excéntricas, o que se hace negociante de frutos secos, o fabricante de jabón, o algo por el estilo, o que dice ser un abogado, o un herrero, o un médico, cualquier cosa que se salga de lo corriente, puede usted clasificarle inmediatamente como un genio, y, en consecuencia, de acuerdo con la regla de tres, es un asno.

Yo, en cambio, no soy bajo ningún aspecto un genio, sino simplemente un hombre de negocios normal. Mi agenda y mis libros se lo demostrarán inmediatamente. Están bien hechos, aunque esté mal que yo lo diga, y en mis hábitos de precisión y puntualidad jamás he sido vencido por el reloj. Lo que es más, mis ocupaciones siempre han sido organizadas para adecuarlas a los hábitos normales de mis compañeros de raza. No es que me sienta en absoluto en deuda en este sentido con mis padres, que eran extraordinariamente tontos, y que, sin duda alguna, me hubieran convertido en un genio total si mi ángel de la guarda no hubiera llegado a tiempo para rescatarme. En las biografías, la verdad es el todo, y en las autobiografías, mucho más aún, y, no obstante, tengo poca esperanza de ser creído al afirmar, no importa cuán seriamente, que mi padre me metió, cuando tenía aproximadamente quince años de edad, en la contaduría de lo que él llamaba «un respetable comerciante de ferretería y a comisión, que tenía un magnífico negocio». ¡Una magnífica basura! No obstante, como consecuencia de su insensatez, a los dos o tres días me tuvieron que devolver a casa a reunirme con los cabezas huecas de mi familia, aquejado de una gran fiebre, y con un dolor extremadamente violento y peligroso en el sincipucio, alrededor de mi órgano de orden. Mi caso era de gran gravedad, estuve al borde de la muerte durante seis semanas, los médicos me desahuciaron y todas esas cosas. Pero, aunque sufrí mucho, en general era que me sentía agradecido a mi suerte. Me había salvado de ser un «respetable comerciante de ferretería y a comisión, que tenía un magnífico negocio», y me sentía agradecido a la protuberancia que había sido la causa de mi salvación, así como también a aquella bondadosa mujer, que había puesto a mi alcance la citada causa.

La mayor parte de los muchachos se escapan de sus casas a los diez o doce años de edad, pero yo esperé hasta tener dieciséis. No sé si me hubiera ido entonces de no haber sido porque oí a mi madre hablar de lanzarme a vivir por mi cuenta con el negocio de las legumbres. *¡De las legumbres!* ¡Imagínense ustedes! A raíz de eso decidí marcharme e intentar establecerme con algún trabajo decente, sin tener que seguir bailando con arreglo a los caprichos de aquellos viejos excéntricos, arriesgándome a que me convirtieran finalmente en un genio. En esto tuve un éxito total al primer intento, y cuando tenía dieciocho años cumplidos tenía ya un trabajo amplio y rentable en el sector de Anunciadores ambulantes de Sastres.

Fui capaz de cumplir con las duras labores de esta profesión tan sólo gracias a esa rígida adherencia a un sistema que era la principal peculiaridad de mi persona. Mis actos se caracterizaban, al igual que mis cuentas, por su escrupuloso *método*. En mi caso, era el método, y no el dinero el que hacía al hombre: al menos, aquella parte que no había sido confeccionada por el sastre al que yo servía. Cada mañana, a las nueve, me presentaba ante aquel individuo para que me suministrara las ropas del día. A las diez estaba ya en algún paseo de moda o en algún otro lugar, dedicado al entretenimiento del público. La perfecta regularidad con la que hacía girar mi hermosa persona, con el fin de poner a la vista hasta el más mínimo detalle del traje que llevaba puesto, producía la admiración de todas las personas iniciadas en aquel negocio. Nunca pasaba un mediodía sin que yo hubiera conseguido un cliente para mis patronos, los señores Cut y Comeagain[19]. Digo esto con orgullo, pero con lágrimas en los ojos, ya que aquella empresa resultó ser de una ingratitud que rayaba en la vileza. La pequeña cuenta acerca de la que discutimos, y por la que finalmente nos separamos, no puede ser considerada en ninguno de sus puntos como exagerada por cualquier caballero que esté verdaderamente familiarizado con la naturaleza de este negocio. No obstante, acerca de esto siento cierto orgullo y satisfacción en permitir al lector que juzgue por sí mismo. Mi factura decía así:

«Señores Cut y Comeagain, sastres,
A Peter Proffit, anunciador ambulante.»

10 de julio	Por pasear, como de costumbre, y por traer un cliente	0,25	dólares
11 de julio	Por pasear, como de costumbre, y por traer un cliente	0,25	dólares
12 de julio	Por una mentira, segunda clase; una tela negra estropeada, vendida como verde invisible.	0,25	dólares
13 de julio	Por una mentira, primera clase, calidad y tamaño extra; recomendar satinete como si fuera paño fino.	0,75	dólares

[19] *Cut* significa cortar, y *Comeagain*, vuelva otra vez. (N. del T.)

20 de julio	Por la compra de un cuello de camisa de papel nuevo o pechera, para resaltar el Petersham gris.	2	centavos
15 de agosto	Por usar una levita de cola corta, con doble forro (temperatura 76 °F. a la sombra).	0,25	dólares
16 de agosto	Por mantenerse sobre una sola pierna durante tres horas para exhibir pantalones con trabilla, de nuevo estilo, a 12 centavos y medio por pierna por hora.	0,37 1/2	dólares
17 de agosto	Por pasear, como de costumbre, y por un gran cliente (hombre gordo).	0,50	dólares
18 de agosto	Por pasear, como de costumbre, y por un gran cliente (tamaño mediano).	0,50	dólares
19 de agosto	Por pasear, como de costumbre, y por un gran cliente (hombre pequeño y mal pagador).	6	centavos

2,96 1/2 dólares

La causa fundamental de la disputa producida por esta factura fue el muy moderado precio de dos centavos por la pechera. Palabra de honor que éste *no era* un precio exagerado por esa pechera. Era una de las más limpias y bonitas que jamás he visto, y tengo buenas razones para pensar que fue la causante de la venta de tres Petershams. El socio más antiguo de la firma, no obstante, quería darme tan sólo un penique, y decidió demostrar cómo se pueden sacar cuatro artículos tales del mismo tamaño de un pliego de papel ministro. Pero es innecesario decir que para mí aquello era una cuestión de principios. Los negocios son los negocios, y deben ser hechos a la manera de los negociantes. No existía ningún *sistema* que hiciera posible el escatimarme a mí un penique —un fraude flagrante de un cincuenta por ciento—. Absolutamente ningún *método*. Abandoné inmediatamente mi trabajo al servicio de los señores Cut y Comeagain, afincándome por mi cuenta en el sector de Lo Ofensivo para la Vista, una de las ocupaciones más lucrativas, respetables e independientes de entre las normales.

Mi estricta integridad, mi economía y mis rigurosos hábitos de negociante entraron de nuevo en juego. Me encontré a la cabeza de un comercio floreciente, y pronto me convertí en un hombre distinguido en el terreno del «Cambio». La verdad sea dicha, jamás me metí en asuntos llamativos, me limité a la buena, vieja y sobria rutina de la profesión, profesión en la que, sin duda, hubiera permanecido de no haber sido por un pequeño accidente, que me ocurrió llevando a cabo una de las operaciones normales en la dicha profesión. Siempre que a una vieja momia, o a un heredero pródigo, o a una corporación en bancarrota, se les mete en la cabeza construir un palacio, no hay nada en el mundo que pueda disuadirles, y esto es un hecho conocido por todas las personas inteligentes. Este hecho es en realidad la base del negocio de Lo Ofensivo para la Vista. Por lo tanto, en el momento en que un proyecto de construcción está razonablemente en marcha, financiado por alguno de estos individuos, nosotros los comerciantes nos hacemos con algún pequeño rinconcillo del solar elegido, o con algún punto que esté justo al lado o inmediatamente delante de éste. Una vez hecho esto, esperamos hasta que el palacio está a medio construir, y entonces pagamos a algún arquitecto de buen gusto para que nos construya una choza ornamental de barro, justo al lado, o una pagoda estilo sureste, o estilo holandés, o una cochiquera, o cualquier otro ingenioso juego de la imaginación, ya sea Esquimal, Kickapoo u Hotentote. Por supuesto, no podemos permitirnos derribar estas estructuras si no es por una prima superior al quinientos por ciento del precio del costo de nuestro solar y nuestros materiales. ¿No es así? Pregunto yo. Se lo pregunto a todos los hombres de negocios. Sería irracional el suponer que podemos. Y, a pesar de todo, hubo una descarada corporación que me pidió precisamente eso, *precisamente eso*. Por supuesto que no respondí a su absurda propuesta, pero me sentí en el deber de ir aquella noche y cubrir todo su palacio de negro de humo. Por hacer esto, aquellos villanos insensatos me metieron en la cárcel, y los caballeros del sector de Lo Ofensivo para la Vista se vieron obligados a darme de lado cuando salí libre.

El negocio del Asalto con Agresión a que me vi obligado a recurrir para ganarme la vida resultaba, en cierto modo, poco adecuado para mi delicada constitución, pero me dediqué a él con gran entusiasmo, y encontré en él, como en otras ocasiones, el premio a la metódica seriedad y a la precisión de mis hábitos, que había sido fijada a golpes en mi cabeza por aquella deliciosa ama —sería, desde luego, el más vil de los humanos si no la recordara en mi testamento—. Observando, como ya he dicho, el más estricto de los sistemas en todos mis asuntos, y llevando mis libros con gran precisión, fue como conseguí superar muchas dificultades, estableciéndome por fin muy decentemente en mi profesión. La verdad sea dicha, pocos individuos establecieron un negocio en cualquier rama mejor montado que el mío. Transcribiré aquí una o dos páginas de mi Agenda, y así me ahorraré la necesidad de la autoalabanza, que es una práctica despreciable, a la cual no se rebajará ningún hombre de altas miras. Ahora bien, la agenda es algo que no miente.

«1 de enero. Año Nuevo. Me encontré con Snap en la calle; estaba piripi. Memo; él me servirá. Poco después me encontré a Gruff, más borracho que una cuba. Memo; también me servirá. Metí la ficha de estos dos caballeros en mi archivo y abrí una cuenta corriente con cada uno de ellos.

2 de enero. Vi a Snap en la Bolsa; fui hasta él y le pisé un pie. Me dio un puñetazo y me derribó. ¡Espléndido! Volví a levantarme. Tuve alguna pequeña dificultad con Bag, mi abogado. Quiero que pida por daños y perjuicios un millón, pero él dice que por un incidente tan trivial no podemos pedir más de quinientos. Memo. Tengo que prescindir de Bag, no tiene *ningún sistema*.

3 de enero. Fui al teatro a buscar a Gruff. Le vi sentado en un palco lateral del tercer piso, entre una dama gruesa y otra delgada. Estuve observando al grupo con unos gemelos hasta que vi a la dama gruesa sonrojarse y susurrarle algo a G. Fui entonces hasta su palco y puse mi nariz al alcance de su mano. No me tiró de ella, no hubo nada que hacer. Me la limpié cuidadosamente y volví a intentarlo; nada. Entonces me senté y le hice guiños a la dama delgada, y entonces tuve la gran satisfacción de sentir que él me levantaba por la piel del pescuezo, arrojándome al patio de butacas. Cuello dislocado y la pierna derecha magníficamente rota. Me fui a casa enormemente animado; bebí una botella de champaña, apunté una petición de cinco mil contra aquel joven. Bag dice que está bien.

15 de febrero. Llegamos a un compromiso en el caso del señor Snap. Cantidad ingresada —50 centavos—, por verse.

16 de febrero. Derrotado por el villano de Gruff, que me hizo un regalo de cinco dólares. Costo del traje, cuatro dólares y 25 centavos. Ganancia neta —véanse libros—, 75 centavos.»

Como pueden ver, existe una clara ganancia en el transcurso de un breve período de tiempo de nada menos que un dólar y 25 centavos, y esto tan sólo en los casos de Snap y Gruff, y juro solemnemente al lector que estos extractos han sido tomados al azar de mi agenda.

No obstante, es un viejo proverbio, y perfectamente cierto, que el dinero no es nada en comparación con la buena salud. Las exigencias de la profesión me parecieron un tanto excesivas para mi delicado estado de salud, y una vez que finalmente descubrí que estaba totalmente deformado por los golpes, hasta el punto de que no sabía muy bien qué hacer y que mis amigos eran incapaces de reconocerme como Peter

Proffit cuando me cruzaba con ellos por la calle, se me ocurrió que lo mejor que podría hacer sería alterar la orientación de mis actividades. En consecuencia, dediqué mi atención a las Salpicaduras de Lodo, y estuve dedicado a ello durante algunos años.

Lo peor de esta ocupación es que hay demasiada gente que se siente atraída por ella, y en consecuencia, la competencia resulta excesiva. Todos aquellos individuos ignorantes que descubren que carecen de cerebro como para hacer carrera como hombre-anuncio, o como pisaverde de la rama de Lo Ofensivo para la Vista, o como un hombre de Asalto con Agresión, piensan, por supuesto, que su futuro está en las Salpicaduras de Lodo. Pero jamás pudo haber una idea más equivocada que la de pensar que no hace falta cerebro para dedicarse a salpicar de lodo. Especialmente no hay en este negocio nada que hacer si se carece de *método*. Por lo que a mí respecta, mi negocio era tan sólo al por menor, pero mis antiguos hábitos *sistemáticos* me hicieron progresar viento en popa. En primer lugar elegí mi cruce de calles con gran cuidado, y jamás utilicé un cepillo en ninguna otra parte de la ciudad *que no fuera aquélla*. También puse gran atención en tener un buen charco a mano, de tal forma que pudiera llegar a él en cuestión de un momento. Debido a esto, llegué a ser conocido como una persona de fiar; y esto, permítanme que se lo diga, es tener la mitad de la batalla ganada en este oficio. Jamás nadie que me echara una moneda atravesó mi cruce con una mancha en sus pantalones. Y ya que mis costumbres en este sentido eran bien conocidas, jamás tuve que enfrentarme a ninguna imposición. Caso de que esto hubiera ocurrido, me hubiera negado a tolerarlo. Jamás he intentado imponerme a nadie, y en consecuencia, no tolero que nadie haga el indio conmigo. Por supuesto, los fraudes de los bancos eran algo que yo no podía evitar. Su suspensión me dejó en una situación prácticamente ruinosa. Éstos, no obstante, no son individuos, sino corporaciones, y como todo el mundo sabe, las corporaciones no tienen ni cuerpo que patear ni alma que maldecir.

Estaba yo ganando dinero con este negocio cuando en un mal momento me vi inducido a fusionarme con los Viles Difamadores, una profesión en cierto modo análoga, pero ni mucho menos igual de respetable. Mi puesto era sin duda excelente, ya que estaba localizado en un lugar céntrico y tenía unos magníficos cepillos y betún. Mi perrillo, además, estaba bastante gordo y puesto al día en todas las técnicas del olisqueo. Llevaba en el oficio mucho tiempo, y me atrevería a decir que lo comprendía. Nuestra rutina consistía en lo siguiente: Pompey, una vez que se había rebozado bien en el barro, se sentaba a la puerta de la tienda hasta que veía acercarse a un dandy de brillantes botas. Inmediatamente salía a recibirle y se frotaba un par de veces contra sus Wellingtons. Inmediatamente, el dandy se ponía a jurar profusamente y a mirar a su alrededor en busca de un limpiabotas. Y allí estaba yo, bien a la vista, con mi betún y mis cepillos. Al cabo de un minuto de trabajo recibía mis seis peniques. Esto funcionó moderadamente bien durante un cierto tiempo. De hecho, yo no era avaricioso, pero mi perro lo era. Yo le daba un tercio de los beneficios, pero él decidió insistir en que quería la mitad. Esto fui incapaz de tolerarlo, de modo que nos peleamos y nos separamos.

Después me dediqué algún tiempo a probar suerte con el Organillo, y puedo decir que se me dio bastante bien. Es un oficio simple y directo, y no requiere ninguna habilidad particular. Se puede conseguir un organillo a cambio de una simple canción, y para ponerlo al día no hay más que abrir la maquinaria y darle dos o tres golpes secos con un martillo. Esto produce una mejora en el aparato, de cara al negocio, como no se pueden ustedes imaginar. Una vez hecho esto, no hay más que pasear con el organillo al hombro hasta ver madera fina en la calle y un llamador envuelto en ante. Entonces uno se detiene y se pone a dar vueltas a la manivela, procurando dar la impresión de que está uno dispuesto a seguir haciéndolo hasta el día del juicio. Al cabo de un rato se abre una ventana desde donde arrojan seis peniques junto con la solicitud «cállese y siga su camino», etc. Yo soy consciente de que algunos organilleros se han permitido el lujo de «seguir su camino» a cambio de esta suma, pero por lo que a mí respecta, yo consideraba que la inversión inicial de capital necesaria había sido excesiva como para permitirme el «seguir mi camino» por menos de un chelín.

Con esta ocupación gané bastante, pero por algún motivo no me sentía del todo satisfecho, así que finalmente la abandoné. La verdad es que trabajaba con la desventaja de carecer de un mono, y además las calles americanas están tan embarradas y la muchedumbre democrática es muy molesta y está repleta de niños traviesos.

Estuve entonces sin trabajo durante algunos meses, pero finalmente conseguí, gracias al gran interés que puse en ello, procurarme un puesto en el negocio del Correo Fingido. El trabajo aquí es sencillo y no del todo improductivo. Por ejemplo: muy de madrugada yo tenía que hacer mi paquete de falsas cartas. En el interior de cada una de éstas tenía que garrapatear unas cuantas líneas acerca de cualquier tema que me pareciera lo suficientemente misterioso y firmar todas estas epístolas como Tom Dobson, o Bobby Tompkins, o algo por el estilo. Una vez dobladas y cerradas todas, y selladas con un falso matasellos de Nueva Orleáns, Bengala, Botany Bay o cualquier otro lugar muy alejado, recorría mi ruta diaria como si tuviera mucha prisa. Siempre me presentaba en las casas grandes para entregar las cartas y solicitar el pago del sello. Nadie duda en pagar por una carta, especialmente por una doble; la gente es muy tonta y no me costaba nada doblar la esquina antes de que tuvieran tiempo de abrir las epístolas. Lo peor de esta profesión era que tenía que andar tanto y tan de prisa, y que tenía que variar mi ruta tan frecuentemente. Además, tenía escrúpulos de conciencia. No puedo aguantar el ver abusar de individuos inocentes, y el entusiasmo con el que toda la ciudad se dedicó a maldecir a Tom Dobson y a Bobby Tompkins era realmente algo horrible de oír. Me lavé las manos de aquel asunto con gran repugnancia.

Mi octava y última especulación ha sido en el terreno de la Cría de Gatos. He encontrado este negocio extraordinariamente agradable y lucrativo, y prácticamente carente de problemas. Como todo el mundo sabe, el país está infectado de gatos; tanto es así, que recientemente se presentó ante el legislativo, en su última y memorable sesión, una petición para que el problema se resolviera, repleta de numerosas y respetables firmas. La asamblea en aquellos tiempos estaba desusadamente bien informada, y habiendo aceptado otros muchos sabios y sanos proyectos, coronó su actuación con el Acta de los Gatos. En su forma original, esta ley ofrecía una prima por la presentación de «cabezas» de gato (cuatro peniques la pieza), pero el Senado consiguió enmendar la cláusula principal sustituyendo la palabra «cabezas» por «colas». Esta enmienda era tan evidentemente adecuada que la totalidad de la Cámara la aceptó *men. con.*

En cuanto el gobernador hubo firmado la ley, invertí la totalidad de mi dinero en la compra de Gatos y Gatas. Al principio sólo podía permitirme el alimentarles con ratones (que resultan baratos), pero aun así cumplieron con la Ordenanza Bíblica a un ritmo tan maravilloso que finalmente consideré que la mejor línea de actuación sería la de la generosidad, de modo que regalé sus paladares con ostras y tortuga. Sus colas, según el precio establecido, me producen ahora unos buenos ingresos, ya que he descubierto un método por medio del cual, gracias al aceite de Macassar, puedo conseguir tres cosechas al año. También me encanta observar que los animales se acostumbran rápidamente a la cosa y acaban prefiriendo tener tal apéndice cortado que no tenerlo. Me considero, por lo tanto, realizado y estoy intentando conseguir una residencia en el Hudson.

EL HOMBRE CONSUMIDO

Pleurez, pleurez, mes yeux, et fondez vous en eau!
La moitié de ma vie a mis l'autre au tombeau.

Corneille

No consigo acordarme en este momento dónde o cuándo conocí por primera vez a aquel individuo de tan buen aspecto, el Brevet Brigadier-General John A. B. C. Smith. *De hecho*, alguien me presentó a este caballero, de eso estoy seguro, en alguna reunión pública, sin duda alguna. Por algo de gran importancia, qué duda cabe, en algún lugar u otro, estoy convencido, cuyo nombre inexplicablemente he olvidado. La verdad es que aquella presentación vino acompañada, por mi parte, de una ansiedad que evitó que consiguiera retener una impresión definida acerca del tiempo o del lugar. Constitucionalmente soy una persona nerviosa; esto es, en mi caso, un problema de familia y no lo puedo evitar. Cualquier cosa con aspecto misterioso, la aparición de algo que no sea capaz de comprender a la perfección, me ponen al instante en un estado de lamentable agitación.

Había algo, como aquel que dice, notable —sí, *notable,* aunque este es un término excesivamente poco enfático para expresar lo que quiero decir— acerca del personaje en cuestión—. Mediría tal vez unos seis pies de altura y su presencia tenía un singular aire de autoridad. Toda su persona emanaba un *air distingué* que revelaba su alto grado de educación y hacía pensar que procedía de una alta cuna. En torno a este tema —el aspecto personal de Smith— siento una especie de melancólica satisfacción en ser minucioso. Su pelo hubiera sido digno de Brutus; nada podría haber tenido mayor riqueza en su caída o poseer un mayor brillo. Era de un color negro oscuro, que era también el color, o dicho con mayor propiedad, la ausencia de color de sus inimaginables bigotes. Como ustedes percibirán, soy incapaz de hablar de estos últimos sin que se trasluzca mi entusiasmo; no creo que sea exagerado decir que era el más magnífico par de bigotes que había bajo el sol. En todas las circunstancias rodeaban y en ocasiones sombreaban parcialmente una boca sin parangón. En ella se alojaban los dientes más absolutamente regulares y más resplandecientemente blancos que se puedan concebir. Entre ellos, siempre en la ocasión propicia, surgía una voz de una claridad, riqueza y fuerza arrolladoras. En lo que a los ojos se refiere, también mi conocido estaba preeminentemente bien dotado. Cualquiera de aquellos dos ojos valía un par de los normales. Eran de un color castaño profundo y extraordinariamente grandes y lustrosos, y se podía percibir en ellos, de cuando en cuando, esa dosis justa de oblicuidad que da contenido a una expresión.

El busto del general era incuestionablemente el más magnífico busto que jamás haya yo visto. Y aunque en ello me fuera la vida, jamás hubiera podido encontrar un fallo en sus egregias proporciones. Esta rara peculiaridad hacía destacar muy ventajosamente un par de hombros que hubiera hecho enrojecer, consciente de su inferioridad, a la marmórea faz de un Apolo. Yo soy un apasionado de los hombros hermosos, y puedo decir que jamás había visto unos tan perfectos anteriormente. Los brazos estaban también admirablemente modelados. No eran menos soberbias las extremidades inferiores. De hecho eran, sin duda, el *non plus ultra* de las piernas.

Todos los conocedores de la materia se veían obligados a admitir que aquellas piernas eran unas buenas piernas. No había demasiada carne ni, por el contrario, demasiada poca, ni rudeza ni fragilidad. Sería incapaz de imaginarme una curva más exquisita que la de aquel *os femoris*, y tenía justo esa prominencia en la parte trasera de la *fíbula*, que es la confirmación de una pantorrilla adecuadamente proporcionada. Tan sólo desearía que mi joven e ingenioso amigo, Chiponchipino, el escultor, hubiera tenido ocasión de haber visto tan sólo las piernas del Brevet Brigadier-General John A. B. C. Smith.

Pero a pesar de que los hombres con un aspecto tan absolutamente magnífico no son tan abundantes como las pasas o las zarzamoras, aún era yo incapaz de creer que aquel *algo notable* a que he hecho alusión hace un momento, que ese extraño de *je ne sais quos* que emanaba de mi nuevo amigo, se centrara totalmente, ni siquiera absolutamente, en la suprema excelencia de sus dones físicos. Tal vez podría atribuírsele a su *actitud*, aunque una vez más me atrevo a afirmarlo categóricamente. *Había* una precisión, por no decir una rigidez, en sus movimientos, un grado de precisión mesurada y, si se me permite expresarlo así, rectangular en todos sus gestos, que, observados en una figura de menor tamaño, hubiera sido atribuido a la afectación, pomposidad o rigidez, pero que, observados en un caballero de sus indiscutibles dimensiones, era atribuida inmediatamente a una actitud reservada, *hauteur*... en pocas palabras y en sentido laudatorio a aquello que emana de la dignidad de unas proporciones colosales.

El amable amigo que me presentó al General Smith me susurró al oído unas cuantas palabras acerca de aquel hombre. Era un hombre *notable* —un hombre *muy* notable—; de hecho, uno de los hombres *más* notables de aquellos tiempos. Era también el favorito de las damas, fundamentalmente debido a la gran reputación que tenía de hombre valeroso.

—En ese aspecto no tiene parangón; es, de hecho, un perfecto desesperado, un verdadero comefuego, y que nadie lo dude —dijo mi amigo, bajando la voz muchísimo y excitándome con su tono misterioso.

—Un verdadero comefuegos, y que *nadie* lo dude. Eso lo demostró de sobra en la última y tremenda lucha en los pantanos de abajo, en el Sur, con los indios Bogaboo y Kickapoo —aquí mi amigo abrió parcialmente los ojos—. ¡Que Dios me ampare! ¡Sangre y truenos y todo eso! *¡Prodigios* de valor! ¿Habrá usted oído hablar de él, supongo? Él es el hombre...

—¡Mira quién está aquí! ¿Cómo *está* usted? ¡Válgame! ¿Cómo *está*? ¡Me alegro *mucho* de verle, ya lo creo que sí! —nos interrumpió el General en persona, agarrando de la mano a mi compañero mientras se acercaba e inclinándose rígida pero profundamente al serle yo presentado.

Pensé entonces (y lo pienso aún) que jamás había oído una voz más clara ni más poderosa, ni tampoco había visto una dentadura más perfecta; pero *tengo* que admitir que lamenté que nos interrumpiera en aquel preciso instante, ya que, a causa de los susurros y las insinuaciones anteriormente expuestas, mi interés hacia el héroe de la campaña de los Bogaboo y los Kickapoo se había visto tremendamente excitado.

No obstante, la deliciosamente brillante conversación del Brevet Brigadier-General John A. B. C. Smith disipó rápidamente aquella mi pequeña frustración. Dado que mi amigo nos abandonó inmediatamente, tuvimos un *tête-a-tête* bastante largo, y no solamente disfruté mucho, sino que *realmente* aprendí cosas. Jamás había visto a un conversador más fluido, a un hombre mejor informado en general. Con entrañable modestia evitó, no obstante, tocar el tema que en aquel momento más me interesaba, quiero decir, las misteriosas circunstancias que rodeaban a la guerra con los Bogaboo, y con lo que yo por mi parte considero un adecuado sentido de la delicadeza, evité también abordar el tema; aunque, en honor a la verdad, estuve muy tentado de hacerlo. Percibí también que aquel apuesto soldado prefería hablar de temas de interés filosófico y que le encantaba en particular charlar acerca del rápido desarrollo de los inventos mecánicos. De hecho, donde quiera que orientara yo la conversación, este era un punto al que él volvía invariablemente.

—No hay nada semejante —diría él—; somos un pueblo maravilloso y vivimos en una era maravillosa. ¡Paracaídas y trenes, trampas para hombres y fusiles de resorte! Nuestros barcos de vapor recorren los siete mares, y el paquebote aéreo de Nassau está a punto de empezar un servicio regular de transporte (el precio del billete en cualquiera de las dos direcciones es de sólo veinte libras esterlinas) entre Londres y Tombuctú. ¿Y quién podría imaginar la inmensa influencia sobre la vida social, las artes, el comercio, la literatura, que ejercerán de inmediato los grandes principios del electromagnetismo? ¡Y eso no es todo, se lo puedo asegurar! Realmente no existe límite en el camino de los inventos. Día tras día surgen como hongos los más maravillosos, los más ingeniosos y, permítame añadir, señor... señor Thompson, creo que se llama usted..., permítame añadir, como decía, los más útiles, los más verdaderamente útiles inventos mecánicos, si me permite decirlo así, o de un modo más figurativo, como... ¡ah...!, saltamontes, como saltamontes, señor Thompson, a nuestro alrededor, y ¡ah...! ¡ah...! ¡ah...!, a nuestro alrededor.

Thompson, por supuesto, no es mi nombre; pero supongo que será innecesario decir que me separé del General Smith más interesado que nunca en su persona, con una exaltada opinión acerca de sus habilidades conversacionales y un profundo sentido de los valiosos privilegios de que disfrutamos al vivir en esta era de los inventos mecánicos. No obstante, mi curiosidad no había quedado totalmente satisfecha y decidí preguntar inmediatamente entre mis conocidos acerca del propio Brevet Brigadier-General, y en partitular acerca de los tremendos acontecimientos *quorum pars magna fuit* ocurridos durante la campaña de los Bogaboo y los Kickapoo.

La primera oportunidad que surgió y que yo (*horresco referens*) aproveché sin el más mínimo escrúpulo, sucedió en la Iglesia del Reverendo Doctor Drummummupp, donde me encontré un domingo a la hora del sermón no ya sólo en el banquillo, sino sentado al lado de esa valiosa y comunicativa amiga mía, la señorita Tabitha T. Así colocado, me felicité a mí mismo y con muy buenas razones por el muy adulador estado de las cosas. Si había alguna persona que pudiera saber algo acerca del Brevet Brigadier-General John A. B. C. Smith, esa persona, me parecía evidente, era la señorita Tabitha T. Nos hicimos unas cuantas señas y después empezamos *sotto voce* un animado *tête-a-tête*.

—¡Smith! —dijo ella en respuesta a mi ardorosa pregunta—. ¡Smith! ¿No se referirá usted al General A. B. C.? ¡Que Dios me bendiga; creía que ya lo *sabía* usted todo acerca de *él!* ¡Esta es una era maravillosa y llena de inventos! ¡Qué horrible asunto aquél! ¡Maldito montón de desgraciados, eso es lo que son esos Kickapoos...! Luchó como un héroe... prodigioso valor... prestigio inmortal. ¡Smith...! ¡Brevet Brigadier-General John A. B. C.! ¡Válgame! Como usted sabe, ése es el hombre...

—El hombre —nos interrumpió el Doctor Drummummupp a voz en grito, y dando un golpe que estuvo a punto de hacer caer el púlpito sobre nuestras cabezas—. ¡El hombre nacido de una mujer tiene poco tiempo de vida por delante; surge y ve su vida segada como la de una flor!

Di un respingo al extremo de mi banco y percibí, por el aspecto excitado del ministro, que la ira que había casi resultado fatal para la integridad del púlpito había sido provocada por los susurros de la dama y míos. Aquello ya no tenía arreglo, de modo que me sometí elegantemente y escuché, un verdadero mártir del silencio digno, el resto de aquel magnífico discurso.

La tarde siguiente estaba yo visitando, un tanto tarde, el Rantipole Theatre, donde tenía la seguridad de poder satisfacer mi curiosidad inmediatamente por el simple expediente de entrar al palco de esas dos exquisitas pruebas de afabilidad y omnisciencia que son las señoritas Arabella y Miranda Cognoscenti. Aquel espléndido trágico, Climax, interpretaba *Iago* ante un público muy nutrido, y experimenté algunas ligeras dificultades para hacer comprender lo que deseaba; especialmente así, considerando que nuestro palco estaba junto a las bambalinas y dominaba por completo el escenario.

—¡Smith! —dijo la señorita Arabella cuando finalmente comprendió lo que yo le preguntaba—. ¡Smith...! ¿no se referirá usted al General John A. B. C.?

—¿Smith? —dijo Miranda meditativamente—. Dios me ampare, ¿han visto alguna vez una figura más espléndida?

—Jamás, Madame; pero *dígame*...

—¿O de una gracia inimitable?

—¡Jamás, se lo juro! Pero, por favor, dígame...

—¿O con tal apreciación de los efectos teatrales?

—¡Madame!

—¿O con un sentido más delicado de las verdaderas bellezas de Shakespeare? ¡Tenga usted la bondad de mirar esa pierna!

—¡Demonio! —y me volví de nuevo hacia su hermana.

—¡Smith! —dijo ella—, ¿no se referirá usted al General A. B. C.? Horrible asunto aquél, ¿no le parece? Unos desgraciados, eso es lo que son esos Bogaboos... unos salvajes y todo eso... ¡Pero vivimos en una maravillosa época de inventos...! ¡Smith...! ¡Oh, sí! Un gran hombre... ¡El perfecto desesperado...! ¡Prestigio inmortal...! ¡Prodigioso valor! *¡Lo nunca visto!* —esto último lo dijo gritando—. ¡Que Dios me bendiga...! ¡Válgame, él es el hombre...!

> «... *Mandrágora*
> *ni tampoco todos los ensoñadores jarabes del mundo*
> *podrán jamás devolverle ese dulce sueño*
> *que tuvo usted ayer!»,*

aulló en ese momento Climax, justo junto a mi oído, y agitando al mismo tiempo su puño ante mi cara, de una forma que yo no podía y no pensaba tolerar. Abandoné inmediatamente a las señoritas Cognoscenti, pasé inmediatamente entre bastidores y pegué a aquel miserable desgraciado tal paliza que no dudo que la recordará hasta el día de su muerte.

Tenía la seguridad de que en la *soirée* de la deliciosa viuda señora Kathleen O'Trump no sufriría una desilusión semejante. En consecuencia, tan pronto como me senté a la mesa de juego, al lado de mi hermosa anfitriona para hacer un *vis-à-vis*, planteé aquellas cuestiones cuya solución había llegado a ser esencial para mi tranquilidad.

—¡Smith! —dijo mi compañera—. ¡Válgame! ¿No se referirá usted al General John A. B. C.? Un horrible asunto aquél, ¿no le parece? ¿Diamantes, ha dicho usted...? ¡Unos desgraciados, eso es lo que son los Kickapoos...! Estamos jugando al *whist*, si no le importa, señor Tattle... No obstante, esta es *la* era de los inventos, sin duda alguna la era, podríamos decir, la era *par excellence*... ¿Habla usted francés...? ¡Oh, sí, un verdadero héroe!... ¡El perfecto desesperado!... *¿No tiene corazones*, señor Tattle? No puedo creerlo... ¡prestigio inmortal y todo eso...! ¡Prodigioso valor! *¡Lo nunca visto...!* Válgame, él es el hombre [20]...

—¡Mann! ¡El capitán Mann! —gritó en ese momento alguna pequeña intrusa desde el otro extremo de la habitación—. ¿Están ustedes hablando acerca del capitán Mann y su duelo...? ¡Oh!, *tengo* que oírlo... cuéntenmelo... ¡Prosiga, señora O'Trump...! ¡Siga, por favor!

Y así lo hizo la señora O'Trump, contándolo todo acerca de un tal capitán Mann, que había sido muerto de un tiro o ahorcado o, en cualquier caso, debería haber sido muerto de un tiro o ahorcado. ¡Sí! La señora O'Trump siguió hablando y yo... yo me fui. Ya no me quedaba ni la más mínima oportunidad de enterarme de nada más acerca del Brevet Brigadier-General John A. B. C. Smith.

No obstante, me consolé con la reflexión de que aquella racha de mala suerte no podría durar siempre, y decidí, en consecuencia, lanzarme audazmente a conseguir la información de aquel ángel encantador que era la graciosa señora Pirouette.

—¡Smith! —dijo la señora P. mientras dábamos vueltas enlazados en un *pas de zaphyr*—. ¡Smith! ¡Válgame! ¿No se referirá usted al

---

[20] Hombre en inglés es man, que se pronuncia igual que Mann, de ahí el juego de palabras.

General John A. B. C.? Terrible asunto el de los Bogaboos, ¿no le parece? ¡Unas criaturas horribles, eso es lo que son esos indios...! *¡Haga* el favor de sacar las puntas de los pies hacia fuera! De verdad que me avergüenzo de usted... ¡Un hombre de gran valor, pobre individuo...! Pero esta es una maravillosa era de inventos... ¡Oh, pobre de mí, estoy agotada...! Es prácticamente un desesperado... Prodigioso valor... *¡Lo nunca visto*...! No puedo creerlo... Tendremos que sentarnos para que pueda informarle... ¡Smith! Válgame, él es el hombre...

—¡Man-Fred, *se lo digo yo!* —aulló en ese momento la señorita Bas-Bleu, mientras yo acompañaba a la señora Pirouette a tomar asiento.

—¿Han oído alguna vez en su vida algo parecido? Es Man-*Fred*, insisto, y no en absoluto Man-*Friday*.

En este punto la señorita Bas-Bleu me indicó perentoriamente que me acercara, y me vi obligado, muy a mi pesar, a abandonar a la señora P. con el fin de resolver una disputa acerca del título de una cierta obra poética de teatro de Lord Byron. Aunque me pronuncié con gran diligencia a favor de que el título era Man-*Friday*, y en absoluto Man-*Fred*, cuando volví a buscar a la señora Pirouette no pude encontrarla, y me retiré de aquella casa con una gran amargura en el espíritu y una gran animosidad contra la totalidad de la raza de los Bas-Bleu.

El asunto había adquirido ya caracteres alarmantes, y decidí visitar inmediatamente a mi amigo personal, el señor Theodore Sinivate, ya que sabía que por lo menos de él podría obtener algo que se pareciera a una información concreta.

—¡Smith! —dijo él con su tan conocida costumbre de arrastrar las sílabas—. ¡Smith! ¡Válgame! ¿No se referirá al General John A. B. C.? Un asunto salvaje, ése de los Kickapo-o-o-os, ¿no le parece?... Un perfecto desespera-a-ado... ¡Una verdadera lástima, palabra de honor...! ¡Una maravillosa era de inventos...! ¡Pro-o-odigioso valor! Por cierto, ¿ha oído hablar alguna vez acerca del Capitán Ma-a-a-nn?

—¡Al D...o con el Capitán Mann! —dije yo—. Haga el favor de seguir con su historia.

—¡Ejem! ¡Está bien! En cierto modo es *la même cho-o-ose*, como decimos en Francia. Smith, ¿eh? ¿Brigadier-General John A. B. C.? Vaya —en ese momento al señor S. le pareció apropiado apoyar el índice sobre el costado de su nariz—. Vaya, ¿no querrá insinuar con toda seriedad y consciencia que no sabe tanto acerca de ese asunto de Smith como pueda saber yo, verdad? ¿Smith? ¿John A. B. C.? ¡Válgame Dios! Él es el ho-o-ombre...

—Señor Sinivate —dije yo, implorante—, ¿acaso es el hombre de la máscara?

—¡No-o-o! —dijo él, poniendo cara de sabiduría—. Ni tampoco el hombre de la lu-u-una.

Aquella respuesta me pareció un claro insulto, y así se lo dije, abandonando inmediatamente la casa, preso de una gran indignación, y con la firme resolución de exigir cuentas a mi amigo el señor Sinivate por su poco caballerosa conducta y su mala educación.

A todo esto, no obstante, ni me había pasado por la imaginación que se estuviera intentando impedir mi acceso a la información que deseaba. Aún me quedaba una posibilidad. Iría a las fuentes. Visitaría inmediatamente al propio General y le exigiría, en términos explícitos, una explicación de todo aquel abominable misterio. Así por lo menos no habría lugar a equívocos. Me dirigiría a él de forma concisa, positiva y perentoria, seca como la corteza de un pastel y concisa como Tácito o Montesquieu.

Era aún temprano cuando me presenté, y el General estaba vistiéndose, pero dije que era un asunto urgente, e inmediatamente fui introducido a su habitación por un viejo valet negro, que se quedó a la espera a todo lo largo de mi visita. Al entrar en la cámara miré a mi alrededor, por supuesto, en busca de su ocupante, pero en aquel momento fui incapaz de localizarle. Había un gran montón de algo con un aspecto extraordinariamente extraño que yacía a mis pies sobre el suelo, y ya que no estaba precisamente del mejor humor del mundo, le di una patada para apartarlo de mi camino.

—¡Ejem! ¡Ejem! ¡Muy educado, diría yo! —dijo el montón, con una de las vocecillas más diminutas y en términos generales de las más divertidas, entre un chirrido y un silbido, que había yo oído en los días de mi vida.

—¡Ejem! Muy educado, me atrevería a observar.

Estuve a punto de gritar de terror, y me dirigí tangencialmente a la más alejada esquina de la habitación.

—¡Que Dios me bendiga, mi querido amigo! —silbó de nuevo el montón—. Qué... qué... qué... ¡Válgame! ¿Qué es lo que pasa? Estoy por creer que no me conoce usted de nada.

¿Qué *podía* yo decir a eso...? ¿Qué *podía*? Me dejé caer anonadado en un sillón, y con los ojos muy abiertos y la mandíbula colgante esperé la solución de todo aquel misterio.

—No obstante, no deja de ser extraño que usted no me conozca, ¿no le parece? —volvió a chirriar al cabo de un rato aquella cosa indescriptible, y percibí que en aquel momento estaba realizando sobre el suelo no sé qué inexplicables movimientos muy análogos a los de ponerse un calcetín. No obstante, a la vista no había más que una pierna.

—No obstante, no deja de ser extraño que usted no me conozca, ¿no le parece? ¡Pompey, tráeme esa pierna! —Pompey le alcanzó entonces al montón una magnífica pierna de corcho, ya vestida, que se enroscó en un abrir y cerrar de ojos, e inmediatamente se puso en pie ante mí.

—Y una sangrienta pelea *fue* —continuó diciendo la cosa, como en un soliloquio—, pero al fin y al cabo uno no puede esperar luchar contra los Bogaboos y los Kickapoos y salir con un simple arañazo. Pompey, te agradecería que me alcanzaras ahora ese brazo. Thomas —dijo, volviéndose hacia mí— es sin duda el mejor fabricante de piernas de corcho, pero si algún día tuviera usted necesidad de un brazo, mi querido amigo, permítame que le recomiende a Bishop.

En ese momento, Pompey le enroscó el brazo.

—Fue un trabajo bastante duro, eso se lo puedo asegurar. Ahora, tú, perro, ponme los hombros y el torso. Pettit fabrica los mejores hombros, pero si lo que usted quiere es un torso, lo mejor que puede hacer es ir a Ducrow.

—¡Torso! —dije yo.

—Pompey, ¿es que no vas a acabar nunca con esa peluca? Después de todo, que le quiten a uno la cabellera es un proceso bastante violento, pero, por otra parte, se pueden conseguir magníficos bisoñés en De L'Orme's.

—¡Bisoñé!

—¡Ahora, tú, negro, tráeme mis dientes! Para conseguir un *buen* juego de éstos, el mejor sitio es Parmly; los precios son altos, pero la mano de obra es excelente. No obstante, me tragué unas cuantas piezas excelentes cuando aquel gran Bogaboo me sacudió con la culata de su rifle.

—¡Culata! ¡Sacudió! ¡Por mis ojos!

—Oh, sí, por cierto, mi ojo... aquí está. ¡Pompey, bribón, enróscamelo! Esos Kickapoos no tienen recato en sacártelos, pero, después de todo, el tal doctor Williams es un hombre muy calumniado; no se puede usted imaginar lo bien que veo con los ojos que me ha hecho.

Empecé entonces a percibir con gran claridad que el objeto que estaba ante mí no era nada más ni nada menos que mi nuevo conocido, el Brevet-Brigadier General John A. B. C. Smith. Las manipulaciones de Pompey habían supuesto, justo es admitirlo, una gran diferencia en la apariencia personal de aquel hombre. No obstante, la voz me seguía desconcertando, pero incluso aquel misterio aparente fue inmediatamente desvelado.

—Pompey, negro sinvergüenza —chirrió el General—, realmente me da la impresión de que serías capaz de dejarme salir sin mi paladar.

Al oír esto, el negro, murmurando una excusa, se acercó a su dueño y le abrió la boca con el gesto experto de un jockey, ajustando con gran destreza en su interior una máquina de aspecto un tanto singular, cuya función yo no alcanzaba a comprender. No obstante, la alteración que produjo en la expresión de las facciones del General fue instantánea y sorprendente. Cuando volvió a hablar, su voz había recuperado toda aquella riqueza melódica y aquel poder que yo había relatado durante nuestro primer encuentro.

—¡El D... o se lleve a esos vagabundos! —dijo él, con un tono tan claro, que di un respingo de sorpresa—. ¡El D... o se lleve a esos vagabundos! No sólo no se conformaron con hundirme el cielo de la boca, sino que también se tomaron la molestia de cortarme por lo menos siete octavas partes de la lengua. No obstante, en toda América, no hay quien pueda igualar a Bonfanti en la fabricación de artículos de verdadera calidad de este género. Se lo puedo recomendar con toda confianza —aquí, el General hizo una reverencia—. Y asegurarle que lo hago con gran placer.

Agradecí su gentileza lo mejor que pude y le abandoné inmediatamente, comprendiendo perfectamente la verdadera situación, comprendiendo por completo el misterio que durante tanto tiempo me había tenido preocupado. Era evidente. Era un caso claro. El Brevet Brigadier General era un hombre... era *el hombre consumido*.

ÍNDICE

OBRASELECTAS

CHARLES DICKENS
- Canción de Navidad y otros cuentos
- Almacén de antigüedades
- Historia de dos ciudades

MIGUEL DE CERVANTES
- Novelas ejemplares
- Entremeses
- La Galatea

HONORÈ DE BALZAC
- Eugenia Grandet
- La piel de zapa
- El lirio en el valle

GUSTAVO ADOLFO BÉCQUER
- Rimas
- Leyendas
- Cartas literarias a una mujer
- Desde mi celda

FRANCISCO DE QUEVEDO
- El buscón
- Obras jocosas
- Los sueños
- El chitón de Tarabillas
- Poesía

FRANZ KAFKA
- Meditaciones
- La metamorfosis
- El proceso
- América

LEÓN TOLSTOI
- Ana Karenina
- Los cosacos

PLATÓN
- La República
- Diálogos (Georgias, Fedón, El banquete)

JEAN JACQUES ROUSSEAU
- El contrato social
- Discurso sobre las ciencias y las artes
- Discurso sobre el origen y los fundamentos sobre la desigualdad entre los hombres

MOLIÈRE
- Tartufo
- El enfermo imaginario
- El médico a palos
- El amor médico
- El avaro

RUBEN DARÍO
- Azul
- Prosas profanas
- España contemporánea

ARISTÓTELES
- Ética
- Metafísica

MARK TWAIN
- Las aventuras de Tom Sawyer

·Príncipe y mendigo
·Un yanqui en la corte
  del rey Arturo

SÓFOCLES
·Áyax
·Antígona
·Edipo rey
·Las Traquinias
·Electra
·Filoctetes
·Edipo en Colono

JACK LONDON
·La llamada de la selva
·Colmillo blanco
·Los vagabundos y otros cuentos
·Cuentos de los mares del Sur
·Nuevos cuentos de los mares
  del Sur

RABINDRANATH
TAGORE
·El jardinero
·El cartero del rey
·La cosecha
·Ofrenda lírica
·El rey
·Últimos poemas

KHALIL GIBRAN
·Espíritus rebeldes
·Lázaro y su amada
·El loco
·El jardín del profeta

·Jesús, el hijo del hombre
·Máximas espirituales
·Alas rotas
·El profeta
·El vagabundo
·Lágrimas y sonrisas

J. W. GOETHE
·Fausto
·Werther
·Herman y Dorotea

GUSTAVE FLAUBERT
·Madame Bovary
·La tentación de San Antonio

MÁXIMO GORKI
·La madre
·Los vagabundos

RUDYARD KIPLING
·El libro de la selva
·Capitanes intrépidos

SANTA TERESA DE JESÚS
·El libro de la vida
·Las moradas o Castillo interior

DANIEL DEFOE
·Robinson Crusoe
·Moll Flanders

ARTHUR CONAN DOYLE
·Estudio en escarlata
·El signo de los cuatro

·Las aventuras de Sherlock
  Holmes
·El perro de los Baskerville

JANE AUSTEN
·Orgullo y prejuicio
·Sentido y sensibilidad

HERMAN MELVILLE
·Moby Dick
·Typee

VIRGILIO
·La eneida
·Bucólicas
·Geórgicas

ROBERT LOUIS
STEVENSON
·El extraño caso del Dr. Jeckyll y
  Mr. Hyde
·Los hombres dichosos y
  otros cuentos y fábulas
·La isla del tesoro

HANS CHRISTIAN
ANDERSEN
·Cuentos fantásticos y de animales
·Cuentos humorísticos y sentimentales
·La sirenita
·El traje nuevo del emperador

LEWIS CARROLL
·Alicia en el País de las Maravillas
·Silvia y Bruno
·A través del espejo y lo que Alicia
  se encontró allí
·La caza del Snark
·Agonía en ocho espasmos

MARCO TULIO CICERÓN
·Los cuatro discursos contra
  Catilina
·Los cuatro discursos contra
  Marco Antonio
·De la vejez
·De la amistad

LEONARDO DA VINCI
·Cuaderno de notas
·El tratado de la pintura